外 国 文 学 名 著 丛 书

〔法〕雨果／著

巴黎圣母院

陈敬容／译

“外国文学名著丛书”编委会

人民文学出版社

PEOPLE'S LITERATURE PUBLISHING HOUSE

Victor Hugo
NOTRE-DAME DE PARIS
根据 Editions chronologique, le club français du livre, Paris 1980
年版本译出。

图书在版编目(CIP)数据

巴黎圣母院/(法)雨果著;陈敬容译. — 北京:人民文学出版社,
2019(2025.5重印)
(外国文学名著丛书)
ISBN 978-7-02-015110-3

Ⅰ.①巴… Ⅱ.①雨…②陈… Ⅲ.①长篇小说—法国—近代 Ⅳ.
①I565.44

中国版本图书馆 CIP 数据核字(2019)第 046024 号

责任编辑　黄凌霞
装帧设计　刘　静
责任印制　王重艺

出版发行　人民文学出版社
社　　址　北京市朝内大街 166 号
邮政编码　100705

印　　刷　河北新华第一印刷有限责任公司
经　　销　全国新华书店等

字　　数　395 千字
开　　本　850 毫米×1168 毫米　1/32
印　　张　18.875　插页 3
印　　数　24001—27000
版　　次　1982 年 6 月北京第 1 版
印　　次　2025 年 5 月第 7 次印刷

书　　号　978-7-02-015110-3
定　　价　69.00 元

如有印装质量问题,请与本社图书销售中心调换。电话:010-65233595

雨　果

出 版 说 明

　　人民文学出版社自一九五一年成立起,就承担起向中国读者介绍优秀外国文学作品的重任。一九五八年,中宣部指示中国科学院文学研究所筹组编委会,组织朱光潜、冯至、戈宝权、叶水夫等三十余位外国文学权威专家,编选三套丛书——"马克思主义文艺理论丛书""外国古典文艺理论丛书""外国古典文学名著丛书"。

　　人民文学出版社与中国科学院文学研究所,根据"一流的原著、一流的译本、一流的译者"的原则进行翻译和出版工作。一九六四年,中国社会科学院外国文学研究所成立,是中国外国文学的最高研究机构。一九七八年,"外国古典文学名著丛书"更名为"外国文学名著丛书",至二〇〇〇年完成。这是新中国第一套系统介绍外国文学作品的大型丛书,是外国文学名著翻译的奠基性工程,其作品之多、质量之精、跨度之大,至今仍是中国外国文学出版史上之最,体现了中国外国文学研究界、翻译界和出版界的最高水平。

　　历经半个多世纪,"外国文学名著丛书"在中国读者中依然以系统性、权威性与普及性著称,但由于时代久远,许多图书在市场上已难见踪影,甚至成为收藏对象,稀缺品种更是一书难求。在中国读者阅读力持续增强的二十一世纪,在世界文明交流互鉴空前频繁的新时代,为满足人民日益增长的美好生活的需要,人民文学出版社决定再度与中国社会科学院外国文学研究所合作,以"网罗经典,格高意远,本色传承"为出发点,优中选优,推陈出新,出版新版"外国文学名著丛书"。

值此新版"外国文学名著丛书"面世之际,人民文学出版社与中国社会科学院外国文学研究所谨向为本丛书做出卓越贡献的翻译家们和热爱外国文学名著的广大读者致以崇高敬意!

"外国文学名著丛书"编委会

二〇一九年三月

编 委 会 名 单

（以姓氏笔画为序）

1958—1966

卞之琳	戈宝权	叶水夫	包文棣	冯 至	田德望
朱光潜	孙家晋	孙绳武	陈占元	杨季康	杨周翰
杨宪益	李健吾	罗大冈	金克木	郑效洵	季羡林
闻家驷	钱学熙	钱锺书	楼适夷	蒯斯曛	蔡 仪

1978—2001

卞之琳	巴 金	戈宝权	叶水夫	包文棣	卢永福
冯 至	田德望	叶麟鎏	朱光潜	朱 虹	孙家晋
孙绳武	陈占元	张 羽	陈冰夷	杨季康	杨周翰
杨宪益	李健吾	陈 燊	罗大冈	金克木	郑效洵
季羡林	姚 见	骆兆添	闻家驷	赵家璧	秦顺新
钱锺书	绿 原	蒋 路	董衡巽	楼适夷	蒯斯曛
蔡 仪					

2019—

王焕生	刘文飞	任吉生	刘 建	许金龙	李永平
陈众议	肖丽媛	吴良柱	吴岳添	陆建德	赵白生
高 兴	秦顺新	聂震宁	臧永清		

目　次

第　一　部

第　二　部

译 本 序

一 浪漫主义文学的里程碑

《巴黎圣母院》这部长篇历史小说,初版于一八三一年,它的创作时期,正当维克多·雨果在政治上逐渐脱离保守派立场而倾向自由民主,文艺上逐渐脱离伪古典主义而提倡浪漫主义之际。当时雨果虽已是一个发表过几部作品,上演过几出戏剧的青年作家,但《巴黎圣母院》的出版,才真正奠定了他作为法国以至整个欧洲最重要作家之一的声誉。

在这部小说里,雨果用他擅长诗歌和戏剧的文笔,把四百年前法王路易十一统治时期的历史真实,艺术地再现于读者的眼前。宫廷与教会如何狼狈为奸压迫人民群众,人民群众如何同那两股恶势力英勇搏斗,这些都通过可歌可泣的故事和生动活泼的戏剧性场面连缀起来,铺排开来,收到成功的效果。由于作家世界观的局限,小说有些章节沾染着唯心主义宿命论的色彩,但总的看来,仍然客观地反映了历史真实,具有强大的批判力量。

小说里的弃儿伽西莫多,在一个偶然的场合被副主教克洛德·孚罗洛收养为义子,长大后又让他当了巴黎圣母院的

1

敲钟人。他虽然十分丑陋而且有多种残疾,心灵却异常高尚纯洁。长年流浪街头的波希米亚姑娘拉·爱斯梅拉达,能歌善舞,天真貌美而心地淳厚。青年贫民诗人比埃尔·甘果瓦偶然同她相遇,并在一个更偶然的场合成了她名义上的丈夫。很有名望的副主教本来一向专心于"圣职",忽然有一天欣赏到波希米亚姑娘的歌舞,就千方百计要把她据为己有,对她进行了种种威胁甚至陷害,同时还为此不惜玩弄卑鄙手段,去欺骗利用他的义子伽西莫多和学生甘果瓦。眼看无论如何也实现不了占有爱斯梅拉达的罪恶企图,最后竟亲手把那可爱的少女送上了绞刑架。另一方面,伽西莫多私下也爱慕着波希米亚姑娘。她遭到陷害,被伽西莫多巧计救出,在圣母院一间密室里避难,敲钟人用十分纯朴和真诚的感情去安慰她,保护她。当她再次处于危急中时,敲钟人为了援助她,又表现出非凡的英勇和机智。而当他无意中发现自己的"义父"和"恩人"远望着高挂在绞刑架上的波希米亚姑娘而发出恶魔般的狞笑时,伽西莫多立即对那个伪善者下了最后的判决,亲手把克洛德·孚罗洛从高耸入云的钟塔上推下,使他摔得粉身碎骨。

以上是这部小说的基本情节,中间还穿插甘果瓦夜间迷路,误入"圣迹区",出乎意料地与爱斯梅拉达结为夫妇;王室近卫弓箭队长沙多倍尔卑鄙地想玩弄爱斯梅拉达,副主教出于妒嫉,在他俩幽会时暗中刺伤了队长并嫁祸于少女;宗教法庭将爱斯梅拉达诬为杀人女巫并判以死刑,爱斯梅拉达被带到巴黎圣母院前当众忏悔,伽西莫多把她抢救到圣母院中避难并小心看护她;"圣迹区"的贫民全体出动开赴圣母院,打算抢出爱斯梅拉达,而副主教却利用甘果瓦的单纯,同他一道把爱斯梅拉达骗出了圣母院;弓箭队长奉路易十一之命,带领众多人马屠杀讲义气的乞丐,以及爱斯梅拉达同分别十余年的母亲意外相逢,然而又立即被送上了绞刑架等。这些场面都写得生动曲折,寓庄于谐,使人读来既感到妙趣横生,内心里又悲悯难禁。至于最后伽西莫多自愿跑到隼山墓窖里陪伴死友爱斯梅拉达,并于两年后和她一道化作灰尘这个结尾,更给小说增添了浪漫主义的悲剧气氛。

然而,假若仅是这些情节,它充其量不过是一部平庸的传奇而已。假若雨果没有在小说里展现出那个时代多方面的生活场景,假若没有写出王室与教廷的明争暗斗,没有写出路易十一及其宠臣们的种种丑态,假若没有那些关于中世纪法官和外交使节的描述,假如没有那些场面,如可笑可悲的法庭审判,巴士底狱,隼山刑场,"圣迹区"的贫民窟以及攻打巴黎圣母院的惊险情景,没有关于古代建筑艺术、炼金术和印刷术方面的生动叙述……假若没有这一切,小说就难以成为一部流传久远的杰作了。雨果还用了相当多的篇幅,细致地描绘了著名的中世纪哥特式建筑艺术,如巴黎圣母院这座哥特式大教堂,它本身就是一部活生生的建筑艺术史,雨果的笔赋予了它生命,在读者眼前它好像活起来了。

作为浪漫主义文学的里程碑,这部小说最明显的标志之一,是雨果把善恶美丑作了鲜明的对照。但这种对照却不是按传统方式把美与善、丑与恶分别集中在两类不同的人物身上,或是根本回避丑怪的一面,而是让它们互相交错:外表美好的,其心灵未必善良;外表丑陋的,其心灵未必不美,未必不善。敲钟人伽西莫多丑得出奇,而且显得非常凶恶,但他心灵的美和善则随着小说情节的开展而愈益突出;副主教的外表何等令人肃然起敬,但心灵却是多么邪恶毒辣!沙多倍尔是花花公子的典型,正人君子是否定他的,而单纯的少女却容易对他一见钟情。天真貌美而心地纯洁善良的街头艺人拉·爱斯梅拉达用极其纯真的爱情去爱那个浪荡子,而且至死不渝,但她对伽西莫多崇高的感情却偏偏视而不见。

人类的文学活动,最初几乎都是发端于诗歌。往后,文学的门类和品种日益繁多,但无论是小说戏剧或其他,凡是能发人深省的优秀作品,几乎也都洋溢着浓厚的诗意。或者说,具有诗的启发作用与感染力。以《巴黎圣母院》这部小说为例,无论是写教堂,写巴黎街景,写钟声,甚至是描绘凄凉的隐修所以及古怪离奇的"圣迹区",都闪现出诗的火花,尤其是第三卷第二章《巴黎鸟瞰》结尾处对钟声的描绘,那是多么美的一首散文诗啊!

在情节处理和场景描绘方面,这部小说难免有些夸张的笔墨,但那也正是浪漫主义文学作品区别于伪古典主义的拘谨迂阔之处。有些描绘虽然夸张,但使人觉得仍在情理之中,有些章节如《小鞋》,因其出于至情至性,读起来催人泪下。

浪漫主义文学与现实主义文学之间,本来并没有隔着什么鸿沟,只是背景不同,作品自然就有各自的特色。实际在观点上,浪漫主义作家与现实主义作家有着不少近似或相同之处。如果说现实主义文学以反映和揭露现实为主,则浪漫主义也并非一味满足于歌颂。所谓浪漫,主要在于情节富于戏剧性,文思活泼奔放,语言丰富多彩,运笔纵横跌宕等方面。文学史家曾经把浪漫主义分为积极的与消极的两类,而维克多·雨果正是法国积极浪漫主义文学的伟大代表。

二　雨果的生平与创作

从十八世纪末到十九世纪中期，古老的法兰西在政治和文化方面都经历了巨大的变革，它的文学也相应地迅猛发展，在不满百年的时间里，犹如海浪般奔腾起伏，涌现出一批又一批的诗人、小说家和剧作家，形成一个又一个文学流派，呈现出群星璀璨的繁荣景象。

维克多·雨果（1802—1885）一生度过了十九世纪四分之三的时间，见到了法兰西第一帝国的灭亡和波旁王朝的复辟，接着又是七月革命和二月革命，拿破仑三世政变和第二帝国的覆灭，普法战争，巴黎公社，一直到第三共和国的成立。从二十年代到八十年代，雨果运用诗歌、小说、戏剧等多种文学体裁，给读者留下了那个动荡时代的生活画卷。

一八〇二年二月二十六日，雨果出生在法国的贝桑松。他的父亲曾经是拿破仑麾下的一名将军，但在波旁王朝复辟之后就改弦易辙，对新统治者尽力效忠。他的母亲则一向是波旁王朝的拥护者。由于家庭影响，雨果在青少年时期是一个保守主义的信徒，幼年曾同父母随军到过意大利和西班牙，当他父亲在波旁王朝供职后，全家就迁回了巴黎。

早在中学时期，雨果就已开始写作，他的初期作品带有保守倾向，并曾公开站在伪古典主义一边。他同消极浪漫主义诗人维尼共同创办的周刊就取名为《文学保守者》。那时他发表的诗歌多半拥护波旁王朝，歌颂保守主义。

一八二四年，雨果二十二岁，当时法国由于查理十世的统治日趋反动，革命形势也日渐成熟。在时代进步潮流的推动下，雨果的政治态度和文学观点都开始有了转变。在自由主义思潮大为高涨的一八二六年，雨果同浪漫主义诗人缪塞及剧作家大仲马等，共同组织"第二文社"，提出了反对伪古典主义的文学主张，这时他的诗歌里也开始出现反对封建复辟和歌颂民主革命的主题。

也就是在同一年，雨果创作了戏剧《克伦威尔》，并写下著名的序言。这篇序言长达数万字，激烈批判了长期束缚文学发展的伪古典主义，明确提出了浪漫主义文学的原则。这篇序言，一向被公认为浪漫主义文艺理论的经典，浪漫主义文艺的宣言书。

雨果也曾写诗歌颂过一八三一年的七月革命，但在随之而来的几年里，由于资产阶级君主立宪制的七月王朝日趋巩固，雨果在政治上就采取了和现实妥协的态度，他被选为法兰西学院的院士，发表了拥护君主立宪，反对共和政体的就职演说。以后几年中他一直在君主立宪制与共和政体之间摇摆不定。一八四八年二月革命，巴黎的无产阶级提出推翻七月王朝，建立共和国，这时雨果才开始转向共和的立场，并在同年的总统选举中投票支持拿破仑三世。但拿破仑三世很快就暴露出野心家的真面目，于是雨果成为反对派，并在一八四九年至一八五一年间充当了国民议会中社会民主派的领袖。

一八五一年拿破仑三世发动政变，用血腥镇压的手段建立起第二帝国。雨果同社会民主派反抗失败，他被迫流亡国外十九年，直到一八七〇年第二帝国崩溃，雨果才回到巴黎。

在被迫流亡国外的时期，雨果先后在比利时首都布鲁塞尔和大西洋中英属杰西岛和盖纳西岛居住。他虽身居异国，但仍继续用自己的笔对拿破仑三世的反动统治进行坚决斗争,写出了大批优秀的作品。

巴黎公社成立时,雨果因事住在国外,但他一知道消息,就表态赞扬公社,他说:"公社的信条——巴黎的信条,迟早一定会胜利。"稍后他虽然对公社有不理解的一面,也提出过批评意见,但当公社遭到失败时,他又愤怒指责屠杀公社的凡尔赛刽子手们。

雨果在一八八五年病逝,法兰西举国志哀,巴黎举行了规模宏大的葬礼。他的遗体安葬在巴黎的先贤祠中,巴黎公社的老战士们也参加了千百万群众组成的送葬行列。

雨果一生著作宏富,并遍及文学的各种体裁,在诗歌方面的作品有:

《短曲与民谣集》(1826)、同情并歌颂希腊民族的解放斗争和向往自由的《东方集》(1829)、《黄昏之歌》(1835)、《光与影集》(1840)、愤怒声讨拿破仑三世的政治讽刺诗《惩罚集》(1853)、《静观集》(1856)、《历代传说》(1859)、《街头与森林之歌》(1865)、《凶年集》(1872)、《作祖父的艺术》(1877)、《历代传说》二集(1877)、《自由自在的精神》(1882)、《历代传说》三集(1883)等。

小说方面的作品有:《冰岛的汉》和《布格-雅加尔》、长篇历史小说《巴黎圣母院》(1831)、《克洛德·格》(1834)、描写穷苦人的悲惨生活并强烈抗议资本主义黑暗统治的长篇小说《悲惨世界》(1862)、歌颂渔民勤劳勇敢的《海上劳工》(1866)、《笑面人》(1869)、描写法国大革命恐怖时期阶级斗争的《九三年》(1872)等。

戏剧方面的作品有:《克伦威尔》(1827)、《玛丽蓉·德·洛尔墨》(1828)、《艾那尼》(1830)、《国王取乐》(1832)、《吕

克莱斯·波基亚》(1832)、《玛丽·都铎》(1833)、《安日洛》
(1835)、《吕意·布拉斯》(1838)、《城堡里的伯爵》(1848)、
《笃尔克玛达》(1882)。其中《艾那尼》一剧是浪漫主义戏剧
的代表作。在一八三〇年演出时与伪古典主义的拥护者展开
了激烈斗争,终于取得空前成功,标志着浪漫主义戏剧的
胜利。

在政论杂文等方面有:《文学与哲学札记》(1834)、《小拿
破仑》(1852)、揭露声讨拿破仑三世的《一个罪行的始末》
(1877)、反对天主教的《教皇》(1878)、批判君主权力的《至
高的怜悯》(1879)等。

在文艺理论、文艺批评方面有:《〈克伦威尔〉序言》
(1827)和《莎士比亚论》(1864)等。

三　题外的话

综观雨果的一生及其创作,可以知道他思想丰富而庞杂,
政治态度矛盾而多面。作为一个热烈向往自由的资产阶级作
家,雨果能随着时代前进,成为积极浪漫主义文学的领袖和代
表人物,他在文学上的发展道路,似有几点可以对我们有所
启发:

首先,雨果对伪古典主义的批判与突破,是和他在政治上
反对保守复辟,追求民主自由的立场分不开的。他能勇往直
前,用丰富的创作实践来进行战斗。

其次,雨果以一个不太出名的青年作家而敢于标新立异,
向具有权威性的伪古典主义文学传统挑战,以革新者的姿态,
与伪古典主义给文艺创作设置的种种清规戒律决裂,从而树

起浪漫主义文学的大旗。

再则，身为革新者的浪漫派诗人和作家，雨果除影响和造就了一代浪漫派诗人和作家之外，还对一些敢于突破浪漫主义而独辟蹊径，另创新风的后起之秀，如青年诗人夏尔·波德莱尔，表现了衷心的赞赏和支持，他认为波德莱尔给法国诗歌带来了"新的战栗"。这也是伟大作家雨果的特别可贵之处。

这部小说，我在青年时期曾经试译过，译本于一九四八年由上海骆驼书店出版。二三十年后再读旧译本，自己觉得十分汗颜，并对自己当年那种初生牛犊的勇气感到惊异。一九七三年被动员退休后，便下决心将此书重新翻译，经过几次反复修改并承专家指教，才最后定稿。

文学作品的翻译，甘苦一如创作，凡从事翻译的人都有体会。这一译本虽几经修改，但和原著相比仍有差距，我衷心希望能得到读者和专家的批评指正。"生也有涯而知也无涯"，古人早已发出过感叹，译者今后也还要不断地学习再学习，实践再实践，以期将来能有较大的进步。

陈 敬 容
一九八一年夏

原　序

几年以前,当本书作者去参观,或者不如说去探索圣母院的时候,在那两座钟塔之一的暗角里,发现墙上有这样一个手刻的单词:

'ΑΝΑΓΚΗ①

这几个由于年深日久而发黑并且相当深地嵌进石头里的大写希腊字母,它们那种哥特字体的奇怪式样和笔法不知标志着什么,仿佛是叫人明白那是一个中世纪的人的手迹。这些字母所蕴含的悲惨的、宿命的意味,深深地打动了作者。

他多方寻思,尽力猜测那痛苦的灵魂是谁,他为什么一定要把这个罪恶的或悲惨的印记留在古老教堂的额角上之后才肯离开人世。

在那以后,人们又粉刷过或者打磨过这堵墙②,已经弄不清究竟是哪一种原因,字迹就不见了。因为近两百年来,人们就是如此这般地处置这些卓绝的中世纪教堂的。它们通体都

---

① 希腊文,意为命运。
② 巴黎圣母院是一座石头的建筑。

遭受过摧残，内部的残破程度和外表上差不多。神甫粉刷它们，建筑师打磨它们，随后是民众来把它们拆毁。

因此，关于刻在圣母院幽暗的钟塔角落上的神秘的单词，连同本书作者悲伤地叙述的那个一向无人知晓的不走运的人物，除了作者在这里提供的一点脆弱的回忆之外，再没有留下什么痕迹了。几个世纪以前在墙上写下这个单词的人已经不在了，永远不在了。也该轮到这个单词从教堂的额角上消失了。这座教堂本身或许也会很快从大地上消失吧。

正是由于这个单词，作者写下了这部著作。

一八三一年三月

定刊本附记

（一八三二年）

人们宣告本书这一版里加进了几章"新"的内容，这可弄错了，应该说是"未印稿"。人家一听到"新"的，就以为是"新写的"，而放进这一版的几章却并不是"新"的，它们是和这部作品其他部分同时写成的，着手于同一个时期，来源于同一种构思，它们一直就是《巴黎圣母院》原稿的一个组成部分。再则，作者不能理解这种类型的作品在完成之后还能有什么新的发展，这是不可能任意发展的。照作者看来，一部小说所有各章应一起产生，一出戏剧所有各场应一起写就，这是相当必要的。不要以为构成你们称之为小说或戏剧的那个整体、那个神秘小天地的各个部分可以随意写成。接枝法和焊接法只会损害这一类型的作品。它们应该是一气呵成的，生就如此的。作品一旦出版，它的性质不论是否雄伟，只要一经肯定、认识和宣布，就如同婴儿发出了他的第一声哭喊，不管是男是女，它就是那个样子了，父母再也无能为力了。它今后属于空气和阳光，死活只好听之任之。你的作品是失败的吗？随它去吧，不要给失败的作品增加篇章。它不完整吗？你应该在创作时就使它完整。你的树木弯曲虬结吗？你不可能使它再挺直了。你的小说有病吗？你的小说难以成活吗？你无从把它所缺乏的生命力再赋予它。你的戏剧生来就是断腿的吗？我奉劝你不要去给它装上木腿。

也许读者会看出加进去的这几章并非特地为这一版而写的，这个想法作者十分重视。本书的前几版之所以没有印出这几章，乃是由于一个相当简单的原因。当《巴黎圣母院》初版印行的时候，包括这三章①原稿在内的那些文件丢失了。要么是把它们重新写出来，要么就随它去。作者考虑到其中有两章对知识的广博方面而言不无重要性，都是关于艺术和历史的，但没有这两章也无损于小说或戏剧的内容，读者是看不出它们的脱漏的，惟有他，作者本人，才深知这一脱漏的秘密。于是他采取了任其脱漏的办法。再则，假若必须全部讲清楚的话，那是他的惰性使得他在重写丢失的三章这个任务面前退缩了，他想还不如干脆去写另一部小说吧！

现在，丢失的这三章重新找到了，他就乘机把它们放还原位。

那么这里就是他的作品的全貌了。他原先想象的就是这个样子，他原先写成的就是这个样子，不管它是好是坏，是经得起时间考验还是只昙花一现，反正这就是作者所希望的样子。

对那些尽管有着相当判断力但在《巴黎圣母院》里只寻求离奇情节和悲剧性遭遇的读者来说，毫无疑问会认为重新找到的这几章并没有什么太大价值。但或许会有另外一些读

---

① 指第四卷第六章、第五卷第一章和第二章。

2

者,他们并不认为去对本书里隐含的美学以及哲学方面的思想加以研究是无用的事,他们乐意在阅读《巴黎圣母院》的同时,去辨认传奇故事里的非故事部分,然后,哪怕被人当作不无狂妄也罢,通过诗人的这样一部作品,去探索历史学家的体系和艺术家的目标。

由于认识到《巴黎圣母院》值得成为一部完整作品,也特别是为了上面提到过的那些读者,加进本版的这几章,将会使《巴黎圣母院》完整起来。

在其中的一章里,作者表达并且展示出一种不幸在他头脑里久经考虑并已根深蒂固的、关于当代建筑艺术的没落以及关于这一艺术之王死亡的见解——照他看来这个死亡如今已是无从避免的了。他感到他有必要在这里说明一下,他热切希望将来能证明是他错了。他知道,一切形式的艺术对于还处在萌芽状态的有才华的新的一代,寄托着一切希望,他们正在我们的工作室里涌现出来。种子撒进了垄沟,丰收肯定在望。他只是担心(读者会在本版第二部里看出是什么原因)建筑艺术的古老土地会失去生机,这片土地好几世纪以来一直是这一艺术最好的园地。

然而当今的青年艺术家们都有如此饱满的生命和精力,并且可以说是前程无限,以至于现今私立建筑艺术学校的教师们虽则可厌,却不仅是在不知不觉地,而且是不由自主地造就着一批优秀的学生。这同贺拉斯[①]提到的那位陶工正好相反,那位陶工只想制造双耳瓮,却做成了锅子。**轮子一转动就**

① 贺拉斯(前65—前8),古罗马著名诗人,其代表作《诗艺》,对欧洲古典主义文学理论影响很大。

做成了锅子①。

可是不管怎样,不管建筑艺术的将来如何,不管我们的青年艺术家们将会怎样去解决他们的艺术问题,在我们期待着新的纪念性建筑的时候,还是把古老的纪念性建筑保存下来吧。假若可能,就让我们把对于民族建筑艺术的热情灌输给我们的民族吧。作者宣告,这就是他的这部作品的主要目标之一,这就是他毕生追求的主要目标之一。

《巴黎圣母院》或许展现了有关中世纪艺术的某些真实景象,这一卓绝艺术有些人至今一无所知,而更糟的是另一些人至今还不屑一顾。但作者并不认为自己已经完成了他自愿担任的工作。他已经再三为我们古代建筑作辩护,他已经高声指责过多种玷污、毁损和亵渎的行为。他会坚持不懈的,他决心要经常提起这个课题,他以后还要提起的。他还要不倦地护卫那些被各种艺术流派和学院派的圣像毁坏者们竭力攻击的历史性建筑。眼看着中世纪的建筑艺术落到了什么样的人的手中,而且让现今的泥水匠们粗暴地处置这一伟大艺术的遗迹,真是令人伤心。对于我们这些人,对于我们这些有学问的人,这些看到了他们的所作所为却只向他们吆喝几声就感到满足的人,这简直就是一种耻辱。我们这里所说的不仅是指那些发生在外省的事件,而且还指那些发生在巴黎的事件,那些发生在我们的大门口,在我们的窗子下,在这座大城市里,这座有学问的,有报纸、有言论、有思想的城市里的事件。这种破坏文物的行为是每天都在我们的眼皮底下,在爱好艺术的巴黎群众的眼皮底下,当着被这类胡作非为搞得狼

① 原文是拉丁文。

狈不堪的批评界,公然被策划、讨论、着手、继续并被异常平静地导演出来的。在我们结束这篇序言的时候,我们忍不住要举出其中的几桩来说说。他们刚刚拆毁了大主教的城堡,那座式样寒碜的建筑,那倒还为害不大,可是他们竟还连带拆毁了主教的私邸,它却是罕见的十四世纪的遗物,拆毁的人竟没有把它同其余的建筑区别开来。他们把稻秧和稗草一齐拔掉,反正一样呗。他们扬言要把凡赛纳宫的美妙小教堂夷为平地,在那里修筑一个石头的什么工事。连多梅尼尔①也不会需要那样的工事呀。民众耗费巨资去重建波旁宫这一废墟,却听任圣小教堂里豪华的花玻璃窗被大风②刮掉。在圣雅克·德·拉·布谢里教堂的钟塔上,近几天来搭了一个鹰架,也许在最近几天里,在某个早晨就要开镐拆除这座钟塔了。一个泥水匠给人找来,准备在司法官③的庄严的塔楼之间盖一间小白屋。另一个给找来拆毁圣日耳曼·代·勃雷,这是座有三座钟塔的中世纪的大寺院。当然哪,还会有另一个被找来拆毁圣日耳曼·俄吉华教堂的。那些自称为建筑师的泥水匠都是由省政府或者官儿们给钱,而且都有绿色制服④。他们假冒风雅,凡是对真风雅有害的一切坏事,他们无所不为。当我们写到这里时,说来可叹,他们当中的一个正在处置杜伊勒里宫⑤,另一个正在从正中央砍伤菲立贝尔·德

① 多梅尼尔(1776—1832),法国的将军。曾在一八一四年抵御第三次反法盟军的战役中受命保卫凡赛纳。
② 指春分秋分前后西欧常有的大风。
③ 司法宫就是法院,全称是"司法女神的宫殿"。
④ 指法兰西学院的制服。
⑤ 杜伊勒里宫(1514—1570),十六世纪法国君主的宫殿。

洛姆①的前墙。看着那家伙刚刚用他那笨拙的建筑术厚颜无耻地来凿通这座文艺复兴时代最精致的正墙时,当然喽,这就不是我们这个时代一桩普通的丑事了。

一八三二年十月二十日,巴黎。

① 菲立贝尔·德洛姆(1514—1570),十六世纪法国大建筑家,杜伊勒里宫就是他修建的。

第 一 部

第 一 卷

一 大 厅

　　巴黎人被旧城区、大学区和市民区三重城垣里一片轰鸣的钟声惊醒的那个日子，距离今天已经有三百四十八年六个月零十九天了。

　　一四八二年一月六日那个日子，历史上并没有保存下什么记忆。一大早就使得巴黎市民和那些钟如此骚动的那个事件，也没有什么值得大书特书的地方。那既不是庇卡底①人和勃艮第②人的进攻，也不是一个抬圣骨盒的仪式行列，也不是拉斯葡萄园的一次学生暴动，也不是"尊贵的国王陛下"的入城式，也不是巴黎的司法宫判处的男女盗窃犯的漂亮绞刑，更不是十五世纪常见的那些盛装的戴翎毛的使臣们的莅临。才不过两天以前，就有那样一支人马——弗朗德勒③的使臣们，带着为王太子与弗朗德勒的玛格丽特公主联姻的使命来到了巴黎。他们的到来使波旁红衣主教非常厌烦，因为他为

①　庇卡底是法国一省，位于巴黎盆地的北部。
②　勃艮第是古法兰西的一个公国。
③　弗朗德勒是欧洲的一个旧管区，后来分属比利时和法国。

了向国王讨好,不得不对那帮土里土气的弗朗德勒市政官笑脸相迎,并且用许多"寓意剧、滑稽剧和闹剧",在他的波旁官邸招待他们,当时下了一场瓢泼大雨,把他房门口的精致帷幔全浇透了。

一月六日,这个若望·德·特渥依斯①所谓的"使全体巴黎民众情绪激动的日子",一个从远古以来既是庆祝主显节又是庆祝愚人节的日子。

在那天,格雷沃广场②上要燃起篝火,布拉克小教堂要植上五月树,司法宫要上演圣迹剧③。身穿胸前缀有白十字的紫红羽缎上衣的府尹衙役们,前一天已经在各个十字路口用喇叭般的高音通知了大家。

男女市民一大早就关好家门和店铺,从四面八方向那三个指定的场所涌去。他们各有各的打算:有些人要去看篝火,有些人要去看圣迹剧,有些人要去观赏五月树。不过,巴黎游民很具备那种古已有之的见识,大多数要去看篝火——它正合时令,或是去看圣迹剧——它要在屋顶严实、门窗紧闭的司法宫演出。那些爱热闹的人都赞成让那花朵稀少的可怜的五月树孤零零地在布拉克小教堂的墓园里,在一月的天空下冻得发抖。

聚集在通往司法宫的几条路上的群众尤其多,因为他们知道,那些两天前到达的弗朗德勒使臣准备来观看圣迹剧的演出和愚人王的选举,这个选举也要在司法宫大厅举行。

在那个日子,要挤进司法宫大厅可不是一件轻而易举的

① 特渥依斯,十五世纪法国历史学家。
② 格雷沃广场在塞纳河的河滩上,以缓慢坡度朝塞纳河倾斜。
③ 圣迹剧是中世纪人根据圣母、耶稣或圣徒们的事迹写成的一种戏剧。

4

事,虽然它号称当时全世界最大的大厅(真的,那时索瓦尔①还不曾测量过孟达里行宫的大厅呢)。司法宫广场上万头攒动,站在窗口看热闹的人们只看见一片人的海洋,而广场的五六条街口就像是通到海洋的河口,随时吐送着一股股人流。人群的浪潮不断高涨,冲击着那些屋角和房檐,它们像海岬似的到处突出在形状像不规则的大水池般的广场上。在司法宫高高的哥特式②前墙的正当中,有一座大阶梯,人流在那里分成了两股,川流不息地上上下下,在中间的台阶上散开,又在两旁的坡道上扩展成巨大的浪潮倾泻而下。这座大阶梯不断向广场倾泻人流的情景,正像是万丈飞瀑落入湖泊。喊声、笑声、千万人杂沓的脚步声,汇成一片巨大的喧哗和声响。这片喧哗和声响随时增长着,涌向大阶梯的人流后退了,波动了,混乱了,原来是京城总督的弓箭手跑来干涉,京城总督的执达吏骑着马维持秩序来了。这个由京城总督传给保安队,由保安队传给武装警察队,由武装警察队传给我们巴黎宪兵队的传统,可真值得称道呢。

在所有门口、窗口、天窗和屋顶上,聚集着又安静又老实的千千万万市民的漂亮面孔,对着司法宫,对着广场,显得十分满意。我们不少的巴黎人都喜欢观看那些看热闹的人,只要看到墙背后有点什么动静,就会使我们心满意足。

---

① 亨利·索瓦尔(1623—1676),十七世纪法国著名历史文献家,著有《古今巴黎》。

② 哥特式一词,大家的理解并不确切,但已经约定俗成了。为了描绘中世纪后半期的建筑艺术,我们也像别人一样勉强来采用这个词。中世纪后半期的建筑主要是尖拱形,是由前半期那种以半圆拱为基调的建筑艺术发展而来的。——作者注

假若我们这些一八三〇年的人有幸能混杂在十五世纪的这些巴黎人当中，同他们一道拉拉拽拽地、推推挤挤地、跌跌撞撞地走进这个司法宫大厅（它在一四八二年一月六日显得何等窄小），那景象就不是既无兴趣、又无吸引力的了，我们就会觉得周围那些很古老的事物都显得十分新鲜。

假若读者愿意，就请他想象一下，当我们和那些穿宽外套，穿武士装，系裙子的人们一起跨进大厅的当儿，会产生什么印象。

起先只听见一片嘈杂声，只感到一阵眼花缭乱。我们头顶上是一道有木刻镶板的双尖拱，涂刷成天蓝色，饰有金色百合花的图案。我们脚下是黑白两色大理石交错铺成的路面。离我们几步远是一根大柱子，然后又是一根，又是另一根，一共有七根柱子在大厅里形成纵列，从横的方面支撑着双尖拱的起拱点。头四根柱子的周围摆着商人们的杂货摊，闪烁着玻璃和金箔的亮光。后三根柱子的四周有几条橡木板凳，已经被诉讼代理人的短裤和律师们的长袍磨损磨亮。在大厅四周，沿着高高的墙壁，在那门扉、窗户和柱子的空档里，是一长串从法拉蒙开始的法兰西国王们的塑像，多得望不到头。懦弱的国王两臂下垂，双目俯视，孔武善战的国王们头颅和臂膀都豪迈地朝天高举。那些尖拱顶的长窗上都装着五光十色的花玻璃，在大厅的几个宽阔的出口处，是几扇精雕细刻的富丽堂皇的门扉。所有这一切：拱顶、柱子、墙壁、窗框、镶板、门扉、塑像，上上下下都涂饰得金碧辉煌，我们看见的时候已经有几分暗淡，到了公元一五四九年，就几乎完全被灰尘和蛛网淹没了。据说，就是在那一年，杜布厄尔还赞赏过它们呢。

假若读者想象一下,那长方形的宽阔的大厅被一月的暗淡天光映照着,被各色服饰的熙熙攘攘的人群占据着,那些人顺着墙壁乱跑,绕着七根柱子转悠,这样你对整个地方就会有一个大致的印象了,我们且试着来较为准确地描述它各个有趣的方面。

当然啦,假若拉瓦亚克没有暗杀过亨利四世,那么,司法宫的档案室里就不会存有他的案卷,而他的从犯们也就不会出于利害关系去销毁那些案卷,放火的人们也就不至于为了销毁那些案卷,而又无计可施,只好放火去烧档案室。为了火烧档案室就要火烧司法宫。所以要不是因为这样,也就不会有一六一八年的大火灾了。古老的司法宫,连同它的大厅,也就会依旧安然屹立,这样我就可以告诉读者:"你们自己去看吧!"于是我们双方也就都省事了:我用不着来描述一番,读者也用不着来阅读这样的描述。这情况可以说明一个真理:凡是重大事件,其后果往往难以预料。

这当然很有可能,首先拉瓦亚克可能并没有从犯,再说即使他有从犯,那些人对一六一八年的大火灾可能并没有什么干系。有两种说法都解释得通:第一是三月七日后半夜,有一颗直径一法尺①、高一法尺半的燃烧着的星星,从天上落到了司法宫。第二呢,有代阿菲②的四行诗为证:

> 那当然是一场悲惨的游戏,
>
> 司掌法律的女神在巴黎,
>
> 由于吞吃了太多的贿赂,

---

① 法尺,法国古长度单位。1法尺相当于325毫米。
② 代阿菲是古代的一位主教。

放火烧毁了自己的庙宇。

关于一六一八年司法宫的那场大火灾,说它是政治性的也罢,自然界引起的也罢,富于诗意的起因也罢,不管你如何看待这三种解释,可惜的是,它确实是一场火灾。由于那次灾难,特别是由于以后接二连三的修复,又把灾后幸存的一切都扫荡一空,这座比卢浮宫更为年代久远的法兰西帝王们最早的宫室,到如今就所剩无几了。它在美男子菲利浦①时代已经存在,有人曾经在那里寻找过为罗贝尔王所兴建、为艾尔加杜所描述过的宏伟建筑的遗迹。这些差不多全都无影无踪了。圣路易②在其中"成就了婚事"的那个机要室遭了什么难呀?他"穿着紫红羽缎上衣、棉毛布的宽马甲和黑呢外套躺在地毯上",同若安魏耶③一起审理案件的那座花园遭了什么难呀?哪儿是西吉斯蒙皇帝④的寝宫?还有查理四世⑤的?还有"没领地的约翰"⑥的寝宫呢?哪儿是查理六世⑦颁布大

---

① 美男子菲利浦(1268—1314),即法王菲利浦四世,一二八五年至一三一四年在位。

② 圣路易(1214 或 1215—1270),即法王路易九世,一二二六年至一二七○年在位。

③ 若安魏耶(1224—1317),法国历史学家,路易九世的顾问。他的回忆录详述了路易九世统治时期以及十字军的历史。

④ 西吉斯蒙皇帝于一三八七年至一四三七年为匈牙利王,一四一一年至一四三七年为德意志皇帝,一四一九年至一四三七年为波希米亚王。

⑤ 查理四世(1316—1378),一三四六年至一三七八年为德意志皇帝。

⑥ "没领地的约翰"是英王亨利二世之子,一一九九年至一二一六年在位。青年时代在法王奥古斯特的支持下背叛祖国。由于他夺走了法国贵族的未婚妻,被迫宣布放弃他在法国的领地。

⑦ 查理六世(1368—1422),查理五世之子,一三八○年至一四二二年为法国国王。

赦令的那道楼梯？哪儿是马赛尔①当着王太子的面杀害罗贝尔·德·克雷蒙②和香槟元帅的那块石板？哪儿是伪教皇贝内迪克特的诏书被扯成碎片的那道小门？那些把诏书带来的人穿戴非常可笑，又从那里走出来去向全巴黎的人认罪。哪儿是那座金碧辉煌的大厅，连同那些尖拱、那些塑像、那些柱子、那些由于复杂的雕饰而显得支离破碎的巨大拱顶？那间金色的房间在哪里？它的门口有着一头石狮，垂着脑袋、夹着尾巴，就像所罗门座前的那些狮子一样姿态恭顺，表示暴力要服从正义。那些漂亮的门扇，漂亮的花玻璃窗又在哪里？那些曾经使比斯哥雷特认输的錾花的铁器在哪里？杜昂席的那些精工木器在哪里？……时间和人使这些卓绝的艺术遭受了什么样的摧残？关于这一切，关于古老的高卢历史，关于整个哥特式艺术，现在还有什么存留给我们呢？艺术方面给我们留下的只是这位笨拙的圣热尔维教堂大门道的建筑师德·布罗斯先生的沉重的扁圆拱，至于历史方面给我们留下的，那只有巴推③之流对那根大柱的胡说八道了。

这些都无关紧要。我们还是来说说古代那座司法宫的大厅吧。

这座巨大的长方形大厅两头都被占据着，一头是那著名的大理石台子，那个台子在长度、宽度和厚度方面都是罕见

①　马赛尔（约1316—1358），是巴黎商会会长。一三五五年至一三五七年间他代表富裕的中产阶级反对君主政体，激烈反对当时的王太子——后来的法王查理五世。
②　克雷蒙是圣路易的第六个儿子。
③　巴推（1604—1681），法国律师，作家布瓦洛的朋友。

9

的,正像早先土地赋税簿籍上那种能使卡冈都亚①读后兴趣大增的文体所描写的"此大理石板真乃举世无匹"。另一头就是那座小礼拜堂。在圣母像前有着路易十一的跪着的塑像。路易十一又叫人把他认为深得天宠的像圣人一样的查理曼大帝和圣路易皇帝的塑像从那里搬走,并不在乎使那一列君王塑像里留下两个空空的壁龛。这座修建了才不过六年的小礼拜堂依然很新,仍旧保留着那种精致的建筑艺术所特有的高雅风格:到处是卓绝的雕刻、精妙的金属雕制品,它给我们指出哥特式艺术时代已经结束,现在已朝着十六世纪中叶文艺复兴时期那一富于想象的仙境迈进。正门顶端那透光的小小的花形玻璃窗,装饰得更为优美精巧,真可以说是一颗花边形状的星星。

在大厅中央,正对着大门,是一座铺饰着金线织锦的看台,背靠墙壁,墙上有个特别入口,凭借走廊上一扇窗户通向那个金饰房间。这座看台是用来迎接弗朗德勒使臣们和另一些请来观赏圣迹剧的贵宾的。

圣迹剧照例要在那个大理石台子上演出。为此它一大早就准备好了。在它那被司法宫的书记官们的脚跟划了许多道道的亮堂堂的大理石台面上,搭起了一个相当高的棚子,台面就当作戏台,整个大厅都看得见。棚子尽头挂着帷幔,当作演员们的更衣室。一架梯子无遮无盖地靠在外边,当作戏台和更衣室之间的通路,粗糙的梯级就当做上场口和下场口。当时也没有什么角色是意料不到的,没有什么曲折的剧情和临时插入的情节,一切都从这架梯子登上舞台。早期的戏剧艺

---

① 法国文艺复兴时期著名作家拉伯雷的《巨人传》中的人物。

术和布景装置是何等的天真诚实啊!

四名卫士直挺挺地站在大理石台子的四角上。无论在节日或是行刑日,他们总要到场监视老百姓的娱乐活动。

戏要在司法宫的大钟敲响正午十二点的时候才能开演。这对一场戏的开演说来当然是够晚的了,然而还是得遵照使臣们的时间来行事。

可是群众从大清早起就已经在等候了。这些爱热闹的老实人当中,大多数是天刚亮就已在司法宫的台阶前冻得发抖,有些还声称他们已经在司法宫的大门口守了一宿,为的是能抢在别人前面挤进去。人越来越多了,像猛涨的河水一样,他们沿着墙壁升高,朝着柱子周围扩展,一直泛滥到屋椽上、飞檐上、窗棂上,甚至爬到这座建筑物和它的雕刻装饰的一切突出部分上。在使臣们应该到来的时刻以前,沮丧和不耐烦的情绪,狂欢日子里的打打闹闹,各种原因所引起的争吵,例如胳膊肘被人碰了一下,或是脚被谁的钉鞋踩了一下,还有长时间等待的疲劳,等等,早就已经在摩肩接踵、骚乱打闹的群众中引起了刺耳的叫嚷。只听得一迭连声地埋怨和咒骂弗朗德勒的使臣们,咒骂市政总监、波旁红衣主教、法官、奥地利的玛格丽特夫人、教堂的侍役们,还有那冷和热,那坏天气,那巴黎主教和愚人王,那柱子和塑像,那道紧闭着的大门和那扇打开着的窗子。总之这情景使成群的学生和散杂在人群里的仆役们大为高兴,他们用嘲讽和戏谑给不满的群众火上浇油,也可以说是用恶作剧来刺激大家的恶劣情绪。

人群中还有这样一批快活的捣蛋鬼,他们把一扇窗子的花玻璃打掉,大胆地坐到墙头上去,一会儿对着大厅里的人们,一会儿对着广场外的人们,边看边嘲笑。从他们模仿别人的动作,从他们响亮的笑声,从他们和大厅两头的伙伴们互相打招呼和相互嘲骂的声音,很容易看出这些青年书生没有任何一点在场的人的那种厌烦和疲倦,可以看出他们很懂得,为了使自己开开心,要从眼下场景中引出一幕戏来,这幕戏可以使他们耐心地等待着那另外一场戏的开演。

"准定是你呀,若望·孚罗洛·德·梅朗狄诺!"这些人中有一个小伙子,头发褐黄、面孔又漂亮又狡猾,高踞在柱子顶端的雕饰上喊道,"你取名叫磨坊的若望倒挺好呢,你的两条腿活像风磨的四个翅膀呀。你来这儿多久了?"

"魔鬼见怜,"若望·孚罗洛回答,"来了四个多钟头啦,我希望这四个多钟头能算在我的净罪时间里就好了。我听到西西里国王的八个唱经人在圣小教堂里高唱七点钟举行的第一遍弥撒曲呢。"

"多好的唱经人呀,"那一个又说,"嗓子比他们的尖帽子还尖! 在创作一支献给圣若望先生的弥撒曲以前,国王应当去问一问圣若望先生喜欢不喜欢人家用普罗旺斯省的口音来唱拉丁文的赞美诗。"

"雇用西西里国王的那些该死的唱经人原来是为了这回事!"窗户下边人群中有个老妇人尖声嚷道,"我问问你,一场弥撒花了一千个巴黎利勿尔①。再说,而且还是在巴黎菜市场卖海鱼的地方进行呢!"

"老太婆肃静!"卖鱼妇旁边有个板着脸孔的胖子捂着鼻子斥责道,"举行一场弥撒是挺应该的呀,你们总不希望国王

----

① 利勿尔为法国古代记账货币单位,有巴黎利勿尔和图尔利勿尔之分。巴黎利勿尔又叫老法郎,每个值二十五苏。图尔利勿尔每个值二十苏。

再生病吧?"

"说得好,吉尔·勒科尼阁下,王室皮货店老板!"盘踞在柱顶雕饰上的小个子学生喊道。

学生们听见王室皮货店老板这个倒霉称呼,就哄堂大笑起来。

"勒科尼! 吉尔·勒科尼!"有的喊道。

"有角有毛的。"①另一个说。

"哎,没问题!"柱顶上那个小子接口说,"有什么好笑的? 令人肃然起敬的吉尔·勒科尼,是王宫总管若望·勒科尼的令弟,凡赛纳森林首席护林官马耶·勒科尼的公子,他们都是巴黎公民,父子两代都是新郎官!"

玩笑越来越多。肥胖的皮货店老板一言不答,竭力要摆脱四面八方投射到他身上的目光,他尽管又流汗又喘气也是枉然,就像一支想钻进木器里去的楔子,他的努力只能使他那由于羞耻和愤怒而涨红了的中风的大脸盘在周围人群中更加显眼。

周围的人中有个同他一样又矮又胖、一样道貌岸然的人来给他帮忙了。

"大学生竟敢对一位市民这样讲话! 在我们那时候,要是这样就得把他们先鞭打一顿再活活烧死!"

大伙儿嚷嚷开了。

"哎呀,谁在唱这个调调? 那不吉祥的猫头鹰是哪一个?"

"瞧,我认得他,"一个说道,"那是安德里·米斯尼哀

①　原文是拉丁文。

老板。”

“因为他是大学区四个该骂的书店老板之一。”另一个说道。

“在他的店铺里，什么都用四来计算，”第三个嚷道，“譬如说四个国家，四门学科，四个节日，四个医学家，四个选举人，四个书店老板。”

“那就让‘四’见鬼去吧！”若望·孚罗洛说。

“米斯尼哀，我们要烧掉你那些书！”

“米斯尼哀，我们要揍你店里的那些伙计！”

“米斯尼哀，我们要让你老婆伤心！”

“那好心肠的胖胖的乌达德女士啊。”

“要是她成了寡妇，她也还是又鲜艳又快活的！”

“魔鬼把你们都抓去吧！”安德里·米斯尼哀老板嘀咕道。

“住口，安德里老板！”依旧吊在柱顶雕饰上的若望说，“要不我就跌到你脑袋上来了！”

安德里老板举目一望，好像在目测柱子的高度和那滑稽家伙的体重，又把那体重和跌下来的速度相乘起来，算了一算，只好住口不响了。

战场上的主人若望又胜利地接着说下去：

“我一定要这样干的，虽然我是一位副主教的老弟！”

“我们大学区的人真是些好好先生，在这样一个日子，也不要求别人尊重我们的特权，到头来在市民区人家有五月树和篝火，在旧城区有愚人王和弗朗德勒使臣们，而在大学区却什么都没有！”

“但是莫贝尔广场可够大的呢！”守在窗台上的学生里有

一个说道。

"打倒校长! 打倒选民们和医学家们!"若望嚷道。

"安德里老板的那些书呀,"另一个接着说,"今晚上应该拿到加雅田野里去烧起一堆篝火!"

"还有书记们的桌子!"他旁边的人说。

"还有教堂侍役们的棍棒!"

"还有长老们的痰盂!"

"还有医学家们的大肚皮!"

"还有选民们的票箱!"

"还有校长的那些凳子!"

"打倒呀!"小若望用打雷般的声音嚷道,"打倒安德里老板、侍役们和书记们! 打倒神学家们、医生们和发号施令的人们! 打倒医学家们、选民们和校长!"

"这真是世界的末日啦!"安德里喃喃说,一面把耳朵捂上。

"说起校长,校长凑巧到广场来啦!"窗口上那群人里面有一个喊道。

这话是向那个正要朝广场转过身去的人说的。

"真的是我们可敬的校长蒂博大师吗?"磨坊的若望·孚罗洛问道。他蜷缩在里边的一根柱子上,看不见外面发生的事。

"对呀,对呀,"其余的人一齐回答,"就是他,真的是他,是校长蒂博大师。"

那的确是校长,他和大学区全体要员排着队去欢迎使臣们,此刻正从司法广场走过。拥挤在窗口的学生们用嘲笑和讽刺的鼓掌来迎接他们。走在同伴们前头的校长忍受了第一发排炮,这发排炮是够厉害的。

"日安,校长先生,喂,日安呀!"

"他到这儿干吗,这个老赌棍? 难道他不再掷骰子了吗?"

"他骑在骡子上摇摆得多厉害! 骡子的耳朵还没有他的耳朵长呢!"

"喂,日安,校长蒂博先生! 幸运儿蒂博! 老糊涂! 老赌棍!"

"上帝保佑你! 昨晚你照常去掷双六①了么?"

"啊,这张脸是多么衰老! 那是因为爱玩爱赌,给扭歪了,抓破了,打伤了的呀!"

"倒霉蛋蒂博,你这样背向大学区朝着市民区奔跑,想上哪儿去呀?"

"他准是要上蒂博多代街②去找个住处!"磨坊的若望嚷道。

那群人全都重复这句嘲骂,一面雷鸣般地嚷叫,使劲地鼓掌。

"你要到蒂博多代街找住处,不是吗,校长先生,从魔鬼那里来的赌棍?"

随后又轮到嘲笑那些要员们了。

"打倒教堂侍役们! 打倒权杖手③们!"

"你说说,罗班·普斯潘,那个家伙是什么人?"

---

① 是一种骰子戏。
② 是一条赌场很多的街。
③ 权杖是一种装饰精美的棍子,由权杖手举着走在官员的前面或放在他们的座前,当做职位和权力的标志。

"那是吉贝尔·德·许里,'吉贝尔杜·德·索里亚科'①,他是俄当学院的挂名校长。"

"喂,这是我的鞋。你占的位置比我优越,把它朝他脸上扔去!"

"今天可会有烂苹果丢到头上啦!"②

"打倒那六个穿白袈裟的神学家!"

"那边的几个就是神学家吗? 我还当是圣热纳维埃夫学院为了胡尼采邑送给市民区的六只白鹅呢。"

"打倒医生们!"

"打倒乱七八糟的争论和玩笑!"

"我向你行脱帽礼,圣热纳维埃夫学院的校长! 你亏待了我,那可是确实的! 他把我的名次,一个诺曼底人的,给了布尔日省人③小阿伽略·法札斯巴达,其实他是个意大利人。"

"这可不公平呀,"所有的学生一齐嚷道,"打倒圣热纳维埃夫学院的校长!"

"喂! 若相·德·拉朵大师! 喂,路易·达于耶! 喂,朗贝·阿克特芒!"

"让魔鬼勒死那个德国医生吧!"

"还有圣小教堂那些戴黑头巾的神甫!"

"还有那些穿灰毛皮袈裟的!"④

"哎呀,艺术大师们! 穿漂亮灰斗篷的人们! 穿漂亮红

---

① 用拉丁文重复一次他的名字。
② 原文是拉丁文。
③ 布尔日是法国一省。
④ 原文是拉丁文。

斗篷的人们!"

"这可就使校长有了一条漂亮尾巴啦!"

"真像是一位去和大海举行婚礼的威尼斯公爵呀!"

"喂,若望! 圣热纳维埃夫司教会的会员们来啦!"

"司教会会员们见鬼去吧!"

"克洛德·绍尔长老! 克洛德·绍尔博士! 你是在找玛丽·拉·日法尔德吗?"

"她是格拉莠尼的芸香。"

"她给流氓头儿铺床。"

"她付出四个德尼埃①。"

"或者光是嚷嚷。"②

"你愿意她当面付给你吗?"

"同学们,那是庞卡底的选举人西蒙·尚甘先生,他让老婆坐在马屁股上哪!"

"骑士背后坐着黑色的悲伤。"③

"好样的,西蒙先生!"

"日安呀,选举人先生!"

"晚安呀,选举人太太!"

"他们什么都看得见可快活啦!"若望·梅朗狄诺感叹道,他依旧高踞在柱顶的花叶形雕饰上。

这当儿,该挨骂的大学区书店老板安德里·米斯尼哀凑到王室皮货商吉尔·勒科尼老板的耳边说道:

"先生,我告诉你,这是世界的末日到了,从来没见过这

---

① 法国古币,每个德尼埃等于十二分之一的苏。

②③ 原文是拉丁文。

么胡闹的学生。都怪本世纪那些该死的发明把一切都毁了。什么大炮呀、古炮呀、射击炮呀,尤其是印刷术——它是德国传过来的另一种瘟疫。手稿越多,书越多!印刷术败坏售书业。世界末日到了。"

"这个呀!我从天鹅绒衣料的风行上也看得出来。"皮货商说道。

正在这时,响起了正午的钟声。

"啊!……"人们异口同声地喊了一声。学生们不再出声了。接下去是一阵大骚动,一阵手忙脚乱,一阵使劲地咳嗽和用手绢的声音。人们各自调整位置,坐着或是踮起脚尖站着,或是聚到一处。然后是一片沉寂。所有的人都伸着脖子,张着嘴,所有的眼睛一齐向那个大理石台子望去。那四个卫士依旧站在原处,直挺挺地一动不动,好像四座涂成彩色的塑像。人们又把眼睛朝那个为弗朗德勒使臣们准备好的看台望去。门依旧紧闭着,看台依旧空无一人。这群人从大清早就指望着三桩事:中午的到来、弗朗德勒使臣们以及圣迹剧。现在只有中午是按时到来了。

这太过分了啊。

人们又等了一分钟、两分钟、三分钟、五分钟,直到一刻钟。什么也没有出现。看台上依旧空空如也,戏台上依旧毫无动静。人们的烦躁到这时变成了愤怒。怒冲冲的话起先真的还只是低声地回荡着。"开演圣迹剧呀!开演圣迹剧呀!"人们低声嘀咕着,所有的脑袋都在晃悠。一场风暴起初还只是轻轻地扫过人们的头顶,那是磨坊的若望使它发出了第一阵雷电。

"开演圣迹剧!让弗朗德勒的使臣们见鬼去吧!"他像一

条蛇似的绕着柱顶雕饰扭来扭去,使足劲大声喊道。

群众拍起手来。

"开演圣迹剧!"他们又嚷道,"让弗朗德勒人见鬼去吧!"

"得马上给我们开演圣迹剧,"若望说,"要不然我可敢把法官吊起来,这件事就算是喜剧和寓言剧了。"

"说得好,"人们嚷道,"咱们先把这几个卫士吊起来吧!"

一片响亮的欢呼随之而起。那四个可怜虫吓得脸色发白,面面相觑。人群朝他们涌过去,他们看见那道把他们同群众隔开的不大牢固的木栏杆,已经被挤得向里面弯过来了。

情况十分危急。

"杀呀! 杀呀!"四面八方一片喊声。

这当儿,我们在前面提起过的那幅帷幔忽然揭开,走出一个人来。人们一看见他就忽然停止了叫嚷,好像变戏法似的,这事把人们的愤怒变成了好奇心。

"肃静! 肃静!"

那个人相当不安,手脚颤抖,一直走到大理石台子边上连连鞠躬,走得离人们越近,那种鞠躬越发像是跪拜了。

"公民先生们!"他说道,"公民女士们! 我们十分荣幸地宣布,我们要当着红衣主教大人的面,演一出美妙的警世剧,剧名叫《圣母马利亚的裁判》。由我扮演朱庇特①。红衣主教大人刚才是在陪伴尊敬的奥地利公爵的使臣们,他们在波代门听大学校长的演讲被耽搁住了。等红衣主教大人一到场,我们马上开演。"

老实说,不用别的,单只这位朱庇特的突然出现,就使那

---

① 希腊神话中掌管宇宙的大神。

四个卫士得救了。是不是因为我们有这荣幸把这故事编得那么好，所以才要我们在圣母面前承担责任，而不是为了反对我们，人家才在这个时候引用了这一惯用的训诫：但愿神不来干预①。再说大神朱庇特又穿扮得十分漂亮，没费力就吸引住了观众的注意，使他们安静了下来。朱庇特穿着一件金扣的黑天鹅绒铠甲，戴着一顶有白银镀金装饰的头盔，要不是那占了他双颊一半的又红又厚的胡须，要不是他手拿着钉有铁钉，饰有长短金箔条的涂金的硬纸卷（不难看出那是代表雷电的），要不是他那照希腊方式绑着饰带的肉色双脚的话，那么，他那副严厉的神态，真比得上贝里先生卫队里一个布列塔尼地方的射击手了。

二　比埃尔·甘果瓦

在这个人向观众致词的当儿，观众对他的服装所一致感到的满意和崇敬，统统被他的话赶跑了，刚一说出"等红衣主教大人一到场我们就开演"这个可悲的结尾，他的声音就淹没在人们的咒骂声中了。

"马上开演！圣迹剧！马上开演圣迹剧！"人们嚷着。在所有喧闹声中，大家听见若望·德·梅朗狄诺的声音好像从尼姆②的狂乱音乐里透出来的一片笛声："马上开演！"这个青年学生尖着嗓子喊道。

"打倒朱庇特和波旁红衣主教！"罗班·普斯潘和另一些

① 原文是拉丁文。
② 尼姆是法国加尔省的省会。那里有各种建筑物及竞技场等。

待在窗口的青年怒吼着。

"马上开演寓意剧!"人们一遍又一遍地叫喊,"立刻开演! 马上开演! 要不我们可要屠杀啦,可要把那些喜剧演员和红衣主教都杀死,绞死啦!"

那可怜的朱庇特吓呆了,脸孔变得惨白,手中的雷电掉落下来,他把头盔摘下拿在手里,战战兢兢地行着礼,结结巴巴地说道:"红衣主教大人……使臣们……弗朗德勒的玛格丽特夫人……"他不知说什么好了,他终究是害怕给绞死的呀。

由于使群众等得太久而被他们绞死,或者由于没有等候红衣主教而被他绞死,从这两方面都只看到同一个深渊——也就是同一个绞刑架。

幸好有人来解救他,来替他做主了。

一个站在栏杆里边大理石台子近旁空地上的家伙,他那瘦长的身子完全被他倚着的柱子挡住了,谁都瞧不见他。这家伙长得高大,瘦削,面色苍白,头发金褐,虽然额头和双颊上都已经有了皱纹,可还是显得年轻,有明亮的眼睛和微笑的嘴唇,身穿破旧的黑哔叽衣服。他走到大理石台子跟前,向那可怜的受难者做了个手势,可是那一个正在为难,并没有注意。

这新来的人又向前跨了一步:"朱庇特,"他喊道,"我亲爱的朱庇特!"

那一位还是没听见。

这瘦长、漂亮的人终于不耐烦起来,几乎一直走到他的鼻子底下喊道:"米歇尔·吉博伦!"

"谁在叫我?"朱庇特问道,仿佛刚从梦里惊醒。

"是我呀。"穿黑衣服的人回答。

"啊!"朱庇特说。

"马上开演吧!"那一位说道,"让观众满足吧。我负责去请求法官的谅解,法官负责去请求红衣主教的谅解。"

朱庇特这才透了一口气。

"公民先生们!"他用力向着还在朝他吼叫的观众喊道:"我们马上开演!"

"朱庇特,向你致敬! 公民们,喝彩吧!"①

"好啊! 好啊!"群众喊叫着。

人们使劲鼓掌叫好,朱庇特却已经退到帷幔后面,那帷幔被叫喊声震得还在颤动呢。

这时,那个像我们亲爱的老高乃依②所谓的巧妙地"平息了风暴"的陌生人,谦虚地退到了圆柱的阴影里去了,要不是站在最前面的两位年轻女士留意到他同米歇尔·吉博伦的谈话而把他喊了出来,他一定还是像先前那样悄没声地一动不动也无人看见地待在原处。

"大师。"她们中的一位喊道,一面示意叫他走过去……

"别叫了,亲爱的丽埃纳德,"她那位美丽的容光焕发的穿着漂亮的星期日服装的同伴说,"他并不是什么学者,他是个普通人,不用称大师,就称先生得了。"

"先生。"丽埃纳德喊道。

陌生人从柱子那儿走过来了。

"你们要我做什么,小姐们?"他热心地问。

"啊,没有什么。"丽埃纳德困窘地说,"是我的同伴吉斯盖特·拉让新想同您说话。"

<hr>

① 原文是拉丁文。
② 高乃依(1606—1684),法国十七世纪著名悲剧作家,《熙德》的作者。

"啊,不是这样,"吉斯盖特红着脸说,"因为丽埃纳德称呼您是大师,我告诉她说大家都叫您先生。"

两位女士低下了眼睛。那一位却只想把谈话继续下去,便微笑地看着她们问道:

"那么你们并没有什么话同我谈吗,小姐们?"

"啊,什么话也没有。"吉斯盖特回答。

"没什么话。"丽埃纳德说。

高个儿金发青年退了一步打算走开,但那两位寻根究底的人却不想那么轻易放他走呢。

"先生,"吉斯盖特带着像打开了的水闸或是下了决心的妇女的那种急躁心情,热心地说,"那么,您认得要在圣迹剧里扮演圣母的这个兵士吧?"

"您是说扮朱庇特的那位吗?"那个不知名姓的人说。

"哎,对了,"丽埃纳德说,"她真笨! 那么您认识朱庇特了?"

"米歇尔·吉博伦吗?"不知名姓的人回答,"我认识他,夫人。"

"他有一撮不寻常的胡须呢!"丽埃纳德说。

"他们打算在那台上演出的戏也是挺美的吧?"吉斯盖特怯生生地问。

"美极了,小姐!"不知名姓的人毫不迟疑地答道。

"那是什么戏呢?"丽埃纳德说。

"一出寓意剧,名叫《圣母的裁判》,要是您赏脸的话,小姐。"

"啊,那可就不一样了。"丽埃纳德说。

接着是短暂的沉默。不知名姓的人打破沉默说:

"这个寓意剧完全是新的,还没有上演过呢。"

"那么,"吉斯盖特说,"它和两年前教皇特使到来那天上演的戏是一样的了,那天有三个漂亮姑娘参加演出……"

"她们扮演的是美人鱼。"

"全都光着身子。"那青年人补充道。丽埃纳德害羞地低下眼睛,吉斯盖特看了看她,也照着办。青年微笑着接着说道:

"那挺好看呢。今天的戏是专门为了弗朗德勒公主写的寓意剧。"

"戏里唱牧歌吗?"

"呸!"陌生人说,"在一出寓意剧里唱牧歌!那就和这种戏的性质不相称了。要是一出滑稽剧,那还可以。"

"多可惜!"吉斯盖特说,"上次演出的那一天,蓬梭喷池有些粗野的男女互相打闹,唱着赞美歌和牧歌,表演了好几种身段。"

"那对教皇特使倒挺合适,"陌生人相当生硬地说道,"对一位公主可就不合适了。"

"在他们近旁,"丽埃纳德又说,"几件低音乐器奏出了优美的乐曲。"

"为了让过路人精神畅快,"吉斯盖特接口道,"喷池还从三个喷口里喷出酒、牛奶和调和饮料,让人们随便喝。"

"在蓬梭过去不远的地方,"丽埃纳德又说道,"在特里尼代,上演着一出耶稣受难的哑剧。"

"这个我记得清楚极了!"吉斯盖特嚷道,"耶稣在十字架上,两个强盗一左一右!"

说到这里,这一对年轻的多嘴驴因为记起了教皇特使莅临时的情景,兴奋起来,争着同时张嘴讲话。

"再往前,在画家门那里,有些人穿戴得挺讲究。"

"在圣婴泉那边,有个猎人追赶一只母鹿,猎狗的叫声和号角的声音真响亮!"

"在巴黎屠宰场,临时搭起的戏台上在演出进攻狄哀普城堡呢!"

"当教皇特使经过的时候,戏台上正在演攻城,那些英国佬统统给砍了脑袋。"

"在沙特雷门对面,有些很了不起的人物!"

"教皇特使走过的当儿,人们让欧项热桥上飞起两千多只各种各样的鸟儿。那好看极了,丽埃纳德。"

"今天的戏更加好看。"听着他们谈天的人终于说道,他好像听得不耐烦了。

"你担保今天的圣迹剧会好看吗?"吉斯盖特问。

"当然好看,"他回答着,随即又加重语气补充道,"女士们,我就是剧本的作者。"

"真的吗?"两位姑娘惊讶地问。

"真的!"他不无骄傲地回答,"就是说我们有两个人:若望·马尔尚锯好树枝,搭好戏台的木架和板壁,我写好剧本。我的姓名是比埃尔·甘果瓦。"

就连《熙德》的作者,也不会比他更骄傲地宣布"我是高乃依"呢。

我们的读者也许注意到,从朱庇特消失在帷幕后面到吉斯盖特和丽埃纳德的天真的赞叹所引起的新寓意剧作者这样唐突的自我表白,这中间已经过了一段时间。真是怪事,几分钟前还那样闹嚷的全体观众,此刻却温顺地等候寓意剧的开演。这就证明了一条真理:要想叫观众耐心等待,先得向他们声明马上就要开演。

无论如何,大学生若望是不会睡熟的。

"喂,哎,"在观众一阵闹嚷后等待开演的安静当中他突然喊道,"朱庇特,圣母,可恶的骗子们,你们是开玩笑吗?演戏呀,演戏呀!马上开演!要不我们可又来啦!"

不用再说什么了。

一阵抑扬的乐声从戏台里面传出,幕揭开了,跳出四个花面文身的角色,爬上戏台的粗糙的梯级来到台面上,在观众面前排成一行,深深地鞠躬行礼。于是交响乐停住,圣迹剧开演了。

那四个角色在得到观众为了他们的鞠躬送给他们的足够掌声之后,在一片沉寂中间开始演出。这是序幕,请读者恕我们不再详细描写了。更何况情况和我们现在完全一样,观众留心演员的服装更甚于留心他们扮演什么角色,事实上这也是对的。他们都穿着半黄半白的两色衣服,只是在衣料上有所区别:第一个穿的是金银两色的锦缎,第二个穿的是金银两色的丝绸,第三个穿的是金银两色的麻布,第四个穿的是金银两色的棉布。第一个右手执一把剑,第二个拿着两把金钥匙,第三个拿着一架天平,第四个握着一把铁铲。为了怕懒惰的人的智力从这些明显的标志上还看不懂是怎么回事,所以还可以读到这样几个大字,在锦缎袍子的边上绣着"我名叫贵妇",绸料袍子的边上绣着"我名叫教士",麻布袍子的边上绣着"我名叫商女",棉布袍子的边上绣着"我名叫工人"。那两个男演员,由于他们的衣服特别短和帽子的式样不同,很容易分辨出来,而那两个女演员则衣服较长,戴着头巾。除非是有心装不懂才可能在听了序幕的韵文台词后还体会不出工人是商女的配偶,教士是贵妇的配偶。这两对幸福的夫妻共有一只金海豚,他们打算把它献给妇女当中最美的一位,于是他们走遍全世界去寻找这位美人。当他们接连拒绝了戈贡德女皇、鞑靼可汗的女儿瑞比蓉德公主和别的许多人之后,工人和教士,商女和贵妇,就来到了司法宫的大理石戏台上,向这里公正的观众宣读了这么多警句和格言——这些都是当时在艺术院系里进行研究,展开辩论,采取决定,或涉及修辞或制订条例时才听得到的,大师们也正是通过这些来取得他们的学位和等级。

所有这一切都非常美妙。

在听着四个角色竞赛般地倾吐着这些隐喻的观众中间,此刻再没有谁的耳朵能比这位作者,这位诗人,这位正直的比埃尔·甘果瓦的耳朵更专注的了,再没有谁的心能比他的心跳动得更快的了,再没有谁能比他把脖子伸得更长的了。刚才他就是因为太高兴了,才忍不住把自己的姓名告诉了那两位漂亮的姑娘的。现在他从她们身边走开几步,到他先前靠过的柱子后面,倾听着,观看着,玩味着。戏剧开场时候的掌声还在他心里回荡,他完全沉浸在剧作家看见自己的意图从演员们口中逐一落到观众中时那种狂喜的沉思里去了。可敬的比埃尔·甘果瓦!

我们这样说可没错,不过这种初次的狂欢很快就受到了干扰。甘果瓦刚刚把这欢乐与胜利的酒杯举到唇边,就有一滴苦汁渗了进去。

有个没人注意的破衣烂衫的乞丐挤在人群中间,他肯定是没能从身边别人的衣袋里找到足够的报酬,就打算坐在明显的地方,以便引人注目和接受施舍。于是正当台上演唱着序幕开头几行诗的时候,他就攀着那些看台的柱子,爬到了看台栏杆下边的飞檐上。在那儿他坐了下来,一身褴褛,右胳膊全是脓疮,这就吸引了人们的注意和怜悯,所以他就用不着再多说什么话了。

他保持着沉默,使序幕的表演能顺利地继续进行着,要不是倒霉的命运偏偏让若望·孚罗洛从柱顶上认出了那个乞丐和他的装腔作势,本来是什么骚动也不会发生的。这年轻的捣蛋鬼大笑一声,他不管这会不会扰乱观众的凝神倾听,兴冲冲地嚷道:“喂!这个病鬼在乞讨呀!”

就像是谁朝着满塘青蛙扔去了一块石头,或是朝着一群飞鸟开了一枪似的,你可以想象出这句不恰当的话在凝神倾听的观众当中会产生什么样的影响,甘果瓦像触了电似的抖了一抖,序幕突然中断了,人们的脑袋骚动着一齐朝那乞丐转过去,他却毫不慌张,反倒从这个机会里看出他可以得到很好的收益,于是就半闭起眼睛,用凄惨的声调喊道:“行行好吧!”

“咳,凭我的灵魂打赌,”若望说,“这是克洛潘·图意弗呀。啊呀!朋友,你的疮本来是长在腿上的,你怎么把它弄到胳膊上去了呢?”

这样说着,他丢了一个小银币到那乞丐放在有疮的胳膊上的大毡帽里。乞丐并不躲避他的布施和他的讥笑,继续用那凄惨的调儿唱着:“请行行好吧!”

这个插曲使观众受到了相当的干扰,以罗班·普斯潘和大学生们为首的大部分观众,快活地鼓掌欢迎这一刚刚插到序幕中间的奇异的二重唱——那大学生的尖嗓子和那乞丐的沉着的唱圣诗的声调。

甘果瓦很不高兴。他从最初一阵麻木状态里清醒过来，大声向台上的四个角色喊道："演下去呀，活见鬼，演下去呀！"他简直不屑向那两个打断了演出的人投去一个轻蔑的眼色。

这时他觉得有人在拉他的外衣边儿，他回转身去，有点恼怒并且烦乱得笑也笑不出来。但他是应该笑的，那是吉斯盖特·拉让新的美丽的胳膊，她跨过了栏杆，这样来引起他的注意。

"先生，"这位姑娘说，"他们还会演下去吗？"

"当然哪！"甘果瓦答道，这个问题有些触怒了他。

"那么，先生，您愿不愿意给我解释……"

"解释他们还要讲些什么吗？你听下去就得啦！"

"不，我问的是他们刚才讲的是什么来着。"

甘果瓦抖了一下，好像突然被人碰着了伤口。

"这笨姑娘真烦人！"他在牙缝里轻声说。

从这个时候开始，他对吉斯盖特失去了好感。

这当儿，演员们听从了他的命令，群众看见他们重新表演，都留心倾听着，但是相当多的美妙词句却已经错过了，两幕戏当中的衔接处被突然打断了，而那却是甘果瓦费尽苦心写出来的。不过人们逐渐肃静下来，那个大学生住口了，乞丐数着他帽子里的几个钱，戏继续在台上表演着。

这实在是出相当好的戏，假若略加整理，就是现在也还是可以上演的。情节尽管有点冗长和空洞，但是十分简单，也还合乎要求。心地直率的甘果瓦十分珍视它的清晰易懂这一点。正如人们所猜想的那样，四个寓意的角色跑遍了全世界三大地区,还没找到适合接受他们的金海豚的人,他们有点疲倦了。于是台上开始了对这条神妙的鱼①的赞颂,连同成千上百的关于他的未婚妻弗朗德勒的玛格丽特公主的美妙的暗示,说到昂布瓦斯②就惨淡地结束了,丝毫不考虑工人和教士,贵妇和商女曾经为着他跑遍了全世界。上面谈到的这位王太子是年轻漂亮和壮健的,尤其因为他是“法兰西之狮”的儿子,一切王室美德的美好的源泉。我申言,这个大胆的比喻是值得称赞的。而且在寓意诗和贺婚诗的时代,戏剧里演出动物界的故事,对于把一只海豚比做一位狮王之子是绝不会感到大惊小怪的。正是由于这些罕有的潘达尔③式的混杂的作品表明了赞美的热忱。可是按照批评家的意见,诗人尽可以把这一构思加以发挥,至少也得写成两百行。遵照总督先生的命令,圣迹剧应该从正午演到下午四点,所以应该好好表演一下,何况观众听得挺耐心呢。

当商女同贵妇正在争吵,当工人师傅正在演唱下面这行美妙的诗句的时候:

> 我从不曾在森林里见过更神气的野兽!

一直毫无道理地关着的大门,这时忽然更加毫无道理地给推开了,守门人响亮的声音突然通报说:“波旁红衣主教大人到!”

---

① 神妙的鱼指海豚。海豚在法文中和太子是同一个词,所以戏里用海豚比喻太子。
② 昂布瓦斯,法国卢瓦尔河上的城市,是王太子(即未来的查理八世)诞生的地方。下文“法兰西之狮”指法国国王。
③ 潘达尔(前518—约前438),古希腊抒情诗人。

三　红衣主教大人

可怜的甘果瓦！无论是圣·若望的双料大爆竹发出的声响,二十支火绳枪的放射,比里炮塔上著名的古炮的射击(在一四六五年九月二十九日那个巴黎被围的星期天,这种古炮一炮就打死了七个庇卡底人),或者是庙门贮存的弹药的爆炸,在这个庄严的激动人心的时候,都不会像从守门人嘴里说出的"波旁红衣主教大人到"这几个字那样震动他的耳朵。

并不是甘果瓦畏惧或者看不起红衣主教,他既没有这种懦弱也没有这种傲慢,用我们现今的话来说,他是那些人里的一个,他们具有高尚、坚决、中庸、温和的精神,永远懂得站在一切的中央,有着满脑子的理智和自由主义的哲学思想,同时又是十分尊敬红衣主教的折中主义者。哲学家是属于高贵的永不绝灭的种族,像另一位亚里安娜①一样,智慧也好像给了他们一团线,使他们从洪荒时代开始,就能顺着线球穿过人类事物的迷宫。在任何时代都可以找到这类人,他们总是一样的,这就是说,他们总是能适应一切时代的,除开我们的甘果瓦不算,假若我们可以把他应得的这份声誉归在他身上的话。他在十五世纪可能是他们的代表。确实是他们的这种精神鼓舞了杜·布厄尔神甫,使他在十六世纪写出了这些永远值得流传下去的话:"我在籍贯上是个巴黎人,说起话来是个自由论者②,因为巴黎人这个词在希腊文中就是自由讲话的意思。

---

① 亚里安娜,希腊神话中克里特国王米诺斯的女儿,她爱上了代兹,授予红线使他走出迷宫。
② 法语的巴黎人和自由论者两词读音近似。

我甚至把这个词用到红衣主教大人们和太子贡蒂殿下的叔父和弟兄身上,同时对他们的高贵怀着敬意,不得罪他们的任何一位侍从,而他们的侍从相当多呢。"

那么,使比埃尔·甘果瓦不愉快的,并不是他对于红衣主教的怨恨,也不是轻视他的莅临。正好相反,我们的诗人有着过多的良知和太破的上衣,他并不特别担心他的序幕里隐喻太多,更不怕他对法兰西狮王的称颂会给那高贵的耳朵听见。但是人们高贵的天性中占优势的并不是兴致,我猜想,诗人们的天性可以用"十"这个数字来表现。假若我们让化学家来分析,就像拉伯雷①所说,那就一定会发现其中只有十分之一是兴致,而十分之九是自尊心。可是当大门为红衣主教打开的时候,甘果瓦那在一致赞赏的气氛里膨胀起来的十分之九的自尊心,就变成了一种深深的狂热,致使我们刚才在诗人们的天性中指出的那种兴致,仿佛给窒息了似的消失得半点不剩了。此外这一兴致也是一种可贵的组成部分,诗人如缺少这种对现实和人类的感情,便无从和大地建立联系。甘果瓦能高兴地去感到看到和接触到全体观众(其实这是一些无赖),但那又有什么关系呢? 他们好像被贺婚诗里到处出现的长篇大论窒息了,惊呆了。我敢断定他自己也分享着观众的这份福气,他可不像拉封丹②在自己的喜剧《佛罗伦萨人》首次公演时问道:"这狂乱的诗章是哪个低劣的作者写的?"甘果瓦倒很想问问他身边的人:"这是谁的杰作?"现在你可以想象红衣主教的突然到来对他产生了什么影响了。

① 拉伯雷(1494—1553),文艺复兴时期法国著名作家,著有《巨人传》。
② 拉封丹(1621—1695),法国十七世纪著名寓言诗人。

他很有理由担心发生的事,却过早地发生了。红衣主教阁下的进场使观众的情绪激动起来,所有的脑袋都朝看台转过去。听不见别的,只听见大家重复地喊:"红衣主教!红衣主教!"不幸的序幕又一次被打断了。

　　红衣主教在看台的门槛上停留了一会,他相当傲慢地朝观众看了一眼,吵嚷声就更厉害起来。每一个人都希望更清楚地看到他,都把头抬得比旁边的人更高些,都朝他看着。

　　他的确是一位出众的人物,看他比看任何喜剧都值得。查理是波旁的红衣主教,里昂的大主教和伯爵,高卢的首席主教,他还因为哥哥——波热的贵族比埃尔——娶了路易十一的长女,而和国王有了姻亲关系。又因他母亲阿涅丝·德·勃艮第,使他又和勇敢的查理①有姻亲关系。这位高卢的首席主教性格里的鲜明特点,就是具有弄臣的精神和对于权势的虔敬。为了使自己不至于同路易或查理弄得关系破裂——这种关系很像曾经使纳姆公爵和圣波尔元帅②覆没的沙西德漩涡与锡拉岩礁③一样——,你就可以想象出这双重关系给予他的无数阻碍,以及他的精神的船只必须从其间通过的那些岩礁了。谢天谢地,他总算免于覆没,一无阻碍地到达了罗马。他虽然已经到达港岸,而且正因为已经在岸上,每当他想起在相当长的政治生活中的种种惊险的遭遇,内心还是不能平静。讲起一四七六年,他照例总是说那对于他是"既白且

①　勇敢的查理(1433—1477),勃艮第公爵。他一心要使勃艮第脱离法兰西而独立。一四七六年被瑞士人击败。
②　纳姆(1433—1477),巴黎总督,几次反抗路易十一,被处死。圣波尔(1417—1462),路易十一的元帅,以叛乱罪被处绞刑。
③　沙西德是西西里海边一个很危险的漩涡,航海人想避开这个漩涡,又撞到对面的锡拉岩礁上,终致覆没。此处借以比喻王族间关系的险恶。

黑的"，意思是说他在那一年里失去了他的母亲波旁公爵夫人和他的表兄勃艮第公爵，不过这一种哀伤由于另一种而得到了安慰。

但他是个好人，他愉快地度着他的红衣主教的生涯，喜欢在莎里约王室葡萄园游玩，不憎恨理查德·拉卡尔玛和多玛斯·拉沙雅德，给少女们的布施比给老妇们的多些。由于这一切，他是受巴黎公众欢迎的。红衣主教无论到哪里去，身边总是围绕着一小群血统高贵的主教和神甫，他们都是又文雅又轻佻，而且喜欢宴饮。圣日耳曼·多克塞尔的虔诚信徒们在黄昏时分经过波旁府邸那些灯火辉煌的窗子时，不止一次听见那黄昏前给他们唱晚祷歌的声音混在一阵玻璃杯相碰的声音里，唱着曾经三次加冕的教皇伯努瓦十二世的酒神颂，这使他们非常反感。

毫无疑问，正是由于他那身份和声名，人们在他进来的时候就把恶意的表示压制住了。他们在一会儿以前还很不高兴，并不认为应当在选举愚人王的日子里对红衣主教表示敬意。但巴黎人是很不善于怀恨的，何况由于权威性的戏剧提前开演了，好心的公民们已经占了红衣主教的上风，这就使他们很满意了。何况波旁的红衣主教先生是一个美男子，很整齐地穿着非常漂亮的红色长袍，这就是说他赢得了全体妇女，也就是一半观众的好感。由于红衣主教在戏演了好一会儿才到场，你就去责骂他，那可是不妥当的，恶劣的；因为他是一位美男子，而且还端整地穿着他的红袍子。

他进来了，带着大人物面对公众时照例有的微笑向观众行了礼，慢慢移步走向他那张铺着华丽的天鹅绒的靠椅，神色显得完全心不在焉。在他走上看台的当儿，跟在他身后的随员们,即我们如今称之为智囊团的那些主教和神甫们,更加引起了厅堂里观众的骚动和好奇。每个人都乐于指点他们,说出他们的姓名,他们至少认识其中的一个:那一位是马赛的主教阿罗丹先生,假若我记得不错;那一位是圣德尼的副主教;那一位是圣日耳曼·代·勃雷教堂的神甫罗贝尔·德·内斯比纳斯,路易十一的某个情妇的放荡的兄弟。他们说时,差不多全都用的是轻视的口吻和刺耳的声调。至于大学生们,他们是骂声不绝。因为这是他们的日子呀,这是他们的愚人节,是他们纵情狂欢的日子,是大理院书记团和学校一年一度的大摆筵席的日子呀。在这个日子里,任何胡闹都是被允许而且被认为是神圣不可侵犯的。何况这群人中间还有几个愚蠢的饶舌的女人:西蒙娜·加特里芙、阿涅丝·拉加丁和罗宾娜·比埃德布。在这个美妙的日子里,同教会里的人以及荡妇们在一起,他们不是至少可以随便赌咒发誓和骂骂上帝吗?在一片嘈杂声中,从那些舌头上滑出了大量可怕的辱骂和谬论,这些青年和大学生的舌头,在一年的其余日子都是害怕圣路易①的炮烙酷刑的。倒霉的圣路易!人们在他的司法宫里对他表现出怎样的轻视!看台上其他新到的人,各穿一件灰色、白色或紫色的长袍。至于若望·孚罗洛·德·梅朗狄诺,因为他是一位副主教的老弟,就大胆地穿了一件大红色的。他把眼睛盯着红衣主教,用最高的嗓门唱道:“浸透了美酒的袍子呀!”②

　　我们在此用详细描述来帮助读者了解的这些情景,都被

---

　　①　即法王路易九世,一二二六年至一二七〇年在位。
　　②　原文是拉丁文。

一片喧哗声遮盖着，看台上的人并没有注意到。既然自由行动在这一天照例是被允许的，红衣主教也就不怎么在乎，何况他还有一桩挂心的事儿使他显得心事重重，那就是弗朗德勒的使臣们，他们紧跟在他后面，几乎同他一起来到了看台上。

他并不是一个城府很深的政治家，他并不考虑他的表妹玛格丽特·德·勃艮第夫人同他的堂兄，维埃纳省的太子查理殿下的婚姻会产生什么后果，或是奥地利公爵同法兰西国王之间的友好关系能维持多久，或是英吉利国王会怎样对待他女儿的傲慢无礼，这些都不怎么令他不安。他每晚享受着莎里约王室葡萄园特产的葡萄酒，从未想到路易十一也会诚恳地赠送给爱德华四世①几瓶同样的葡萄酒（当然是先被医生夸克纪埃掺进了药汁的），竟会在一个美好的早晨，使路易十一摆脱了爱德华四世的束缚。"最尊敬的奥地利公爵殿下的使臣们"并未使红衣主教怎么操心，但却在别的方面给他添了麻烦。他，查理·德·波旁，他这位红衣主教，他这个法国人，这个酒友，却要热烈欢迎并盛宴招待那些爱喝啤酒的弗朗德勒人，那些资产阶级，那些执政官员（我们已经在前面交待过），而且还是当着公众的面，这实在是有些令他难堪的。的确，这要算是他讨好国王的事情里面最可厌的一种了。

当守门人用响亮的声音通报："奥地利公爵殿下的使节们到"，红衣主教就表现出全世界最好的礼貌（对此他是何等的熟悉），朝大门口转过身去。不用说，整个大厅的人也跟着守门人喊了一遍。

---

① 爱德华四世（1442—1483），英吉利国王，一四六一年至一四八三年在位。

奥地利的马克西米良①的四十八位使臣并排着双双到来了,他们都很端庄,和跟随查理·德·波旁的那些教会人士截然不同。为首的是圣倍尔丹的副主教,金羊毛法令②的掌管人若望神甫和刚城的高等司法官加克·德·柯瓦·多比阁下。全场观众悄悄忍住笑声,听着他们把那些怪诞的名字和不足道的官衔告诉守门人,守门人又把那些名字和官衔胡乱搅混着转报给观众:卢万市的执政官何埃洛甫阁下,布鲁塞尔城的执政官克雷·代居尔德阁下,弗朗德勒的首脑彼尔·德巴埃斯大人,安特卫普市的市政官若望·戈兰阁下,刚城的首席执政官乔治·德·拉莫埃尔阁下和吉尔多甫·封·代尔·阿克阁下,还有比埃倍格先生,若望·比埃克先生,若望·蒂玛耶日尔先生,等等,等等。司法官们,执政官们,市政官们;市政官们,执政官们,司法官们。全都那么僵硬、古板、迂执,穿着天鹅绒和缎子的节日服装,戴着嵌有大簇西勃尔岛金线的黑天鹅绒帽子。总之,全都是些弗朗德勒的漂亮脑袋,他们庄重而善良的仪表和伦勃朗③夜景画里黑色背景上强壮严肃的人物属于同一类型。这些人似乎把一切都写在额头上,正如奥地利的马克西米良在声明书里说的,他有理由"完全相信他们具有审慎、英勇、干练、忠实及其他难得的好品质"。

　　可是也有一个人是例外。这个人有一副清秀、聪明、机警

---

① 马克西米良(1459—1519),路易十一同时代的德国皇帝,出生于奥地利。一四九三年至一五一九年在位。
② 金羊毛法令是号称好心眼的勃艮第公爵菲利浦于一四二九年在布鲁日颁布的一条法令。
③ 伦勃朗(1606—1669),十七世纪荷兰名画家兼雕刻家,在光影方面有非凡的成就。

的面孔,嘴鼻又像猴子又像外交家。红衣主教在这人面前迈了三步,深深地施了一礼,而他的称呼不过是"刚城的参事和养老金领取人居约姆·韩"。

很少人知道这位居约姆·韩是什么人。他是一个罕见的天才,在革命时期一定会干得轰轰烈烈,但是在十五世纪,他却不得不采用空洞的阴谋诡计,就像圣西蒙公爵①说的"生活在地道里"。他被认为是欧洲第一个挖地道的人②,经常替路易十一出谋划策,插手这位国王的一些机密事务。群众根本不知道这些情况,看见红衣主教对这个其貌不扬的弗朗德勒官员表示的那种礼貌,都觉得非常惊奇。

四 雅克·科勃诺尔老板

当这位刚城养老金领取人同红衣主教相互低低地鞠躬和以更低的声音谈话之际,一个高身材大脸盘宽肩膀的人凑了过来,打算同居约姆·韩并肩走进大厅。这真像是一条大狗站在一只狐狸旁边。他的毡帽和皮外衣在四周那些穿天鹅绒衣服的人当中显得非常触目。守门人以为他是个走错了路的马夫,把他拦住了。

"喂,朋友! 这儿是不让走的!"

那穿皮外衣的人把他的肩膀一推。

"这家伙想把我怎么样?"他大声嚷道,使得整座大厅里

① 圣西蒙公爵(1675—1755),《回忆录》的作者,这部作品记录了自一六九一年至一七二三年宫廷里发生的事件,并描述了当时的一些著名人物。
② 此处暗指里通外国。

都开始注意这奇怪的对话来了，"你没有看见我是同他们一道的吗？"

"你的姓名叫什么？"

"雅克·科勃诺尔。"

"你的身份是什么？"

"袜店商人，刚城的三链记袜店。"

守门人犹豫起来。通报执政官和市政官们，那还说得过去，但是要通报一个袜店商人，可就困难了。红衣主教如坐针毡，所有的人观看着，倾听着。为了对付这些弗朗德勒狗熊，使他们在公众面前像样一点，红衣主教大人两天来费尽了心血，但这种无理太难堪了。这时居约姆·韩带着文雅的笑容向守门人走过去，用极低的声音对他说：

"给刚城执政官的秘书雅克·科勃诺尔通报。"

"守门人，"红衣主教高声说道，"给著名的刚城执政官的秘书雅克·科勃诺尔通报！"

这是一个误会。居约姆·韩以为他个人就能把这个困难搪塞过去，可是雅克·科勃诺尔听出了红衣主教的声音。

"不！凭十字架发誓！"他用打雷般的声音喊道，"你听清了吗？我是刚城的袜店商人雅克·科勃诺尔，一个字不多，一个字不少！凭十字架发誓！袜店商人，这是够漂亮的！大公爵殿下不止一次在我的袜子堆里寻找他的手套①呢！"

爆发了一阵哄笑和赞叹。俏皮话在巴黎是马上就会被人听懂的，当然也总是受到喝彩的。

何况科勃诺尔是平民出身，他周围的群众也是来自民间，

---

① 法语中"手套"一词与"刚城"一词的读音相同。

他们之间感情的交流是敏捷的,迅速的,甚至可以说是坦然的。弗朗德勒袜店商人的高傲语气,虽然羞辱了那些宫廷显贵,却在全体平民的心里唤起了某种庄严的感情,这种感情在十五世纪还是模糊不清的。刚才向红衣主教挑战的这个袜店商人原来是同他们一样的平民呀!这给了那些可怜虫很好的印象。他们向来习惯于尊敬与服从圣热纳维埃夫学院大僧正(给红衣主教牵衣裾的角色)的侍卫们的奴才。

科勃诺尔傲慢地向红衣主教施礼,红衣主教向这位使路易十一畏服的威风凛凛的老板还礼。同时,被菲利浦·德·果明①称作"聪明而狠毒的人"的居约姆·韩,带着意味深长的、充满优越感的笑容看着他俩,他俩于是各就各位。红衣主教困窘不安,科勃诺尔安静而高傲,而且当然在想着他那袜店商人的称号也同别的称号一样是非常美妙的。玛丽·德·勃艮第(科勃诺尔今天特意来参加其婚礼的那个玛格丽特的母亲)对这个商人比对一位红衣主教还要敬畏呢!因为煽动民众起来反抗勇敢的查理的女儿的宠臣们的,并不是一位红衣主教。而当弗朗德勒的公主跑到绞刑台下用眼泪和哀恳,为她的宠臣们的性命向民众求情的时候,一句话就鼓动起刚城市民反对她的,也不是一位红衣主教。只要这位袜店商人抬一抬他皮外衣里面的胳膊,显赫的居耶·德·安培古老爷和居约姆·雨果奈老爷呀,你俩的脑袋就得掉下来!

可是对于可怜的红衣主教,一切还没有完结,既然陪着那样的客人,他就得尝尽辛酸。

―――――――――

① 菲利浦·德·果明(1447—1511),法国编年史家,路易十一的亲信和顾问。

读者也许没有忘记戏剧开场时爬到红衣主教的看台栏杆突出部分的那个莽撞的乞丐吧。贵宾们的到来并没有引起他丝毫注意，当教士们和使臣们像真正的弗朗德勒青鱼一般涌进来的时候，他自由自在地坐在那里，还大胆地把两条腿在他坐的地方架成十字。这种少见的傲慢举动，人们起先都没有看见，他们正注意着别的事情。可是他呢，却根本不明白大厅里发生了什么事，他若无其事地摇着头，仿佛由于机械的习惯，在一片喧闹当中时不时地喊道："请行行好吧！"真的，所有在场的人里面，可能只有他是独一无二不屑于回过头去注意科勃诺尔与守门人的争论的人了。已经迅速获得了人们的同情，吸引住人们眼光的这位刚城袜店老板，这时候偏偏走来坐在看台第一排的座位上，恰巧是在那个乞丐的头顶上。这位弗朗德勒使臣一看见在他下面的那个乞丐，便友好地拍拍他那全是补丁的肩膀，人们不免吃了一惊。乞丐回过头去，两人脸上都现出惊异、熟识和兴高采烈的样子。于是这个袜店商人毫不在乎观众会怎样想，就同那生疮的乞丐握着手低声交谈起来。克洛潘·图意弗的破衣烂衫衬在看台的金色帷幔上，就跟青虫爬在橘柑上一样。

这件不寻常的新鲜事激起了大厅里一阵疯狂的欢乐的喧闹，弄得红衣主教急不可待地想要看清楚是怎么回事。他半侧着身子，但从他的座位上只看得见图意弗的破衣服边儿，他想当然地以为是乞丐在乞求施舍，这种冒失激怒了他，他喊道："司法官先生，请把这家伙给我抛到河里去！"

"凭十字架的名义，红衣主教大人，"科勃诺尔依旧握着克洛潘的手说，"他是我的朋友呀！"

"好极了，好极了！"群众叫嚷道。从这个时刻起，科勃诺尔在巴黎也像在刚城一样"得到了群众的爱戴",就像菲利浦·德·果明说的:"因为在这样混乱的场合,这种性格的人一定会受人拥护。"

红衣主教咬着嘴唇,低声向身边的圣热纳维埃夫的大僧正说:

"为了通知我们玛格丽特夫人的光临,大公爵先生竟把这些有趣的使臣送来了。"

"大人,"大僧正回答道,"你在对这些弗朗德勒的蠢猪白糟蹋礼貌哪。珍珠在猪的前边呀①。"

"不如这样说吧,"红衣主教微笑着回答,"猪在珍珠前边。"②

穿长袍的那一小群人都很欣赏这个文字游戏。红衣主教感到了一点安慰,他到底对科勃诺尔进行了报复,因为他的俏皮话也赢得了赞赏。

现在,请让我们问一问读者中间那些能用现今人们的方法把概念和想象综合起来的人,在我们请他们注意的时刻,从我们提供的情景,他们对那巨大的长方形的司法宫大厅是否能有个清楚的印象。大厅中央有一座宽大美观的看台,背靠西墙,它有着金色帷幔,重要人物随着守门人的大声通报不断成队地从一道小小的尖拱门向里面走进去。第一排上已经坐着许多尊严的人,穿着貂皮和天鹅绒衣服以及主教的袈裟。在依然肃静的看台的前面和两侧,到处是人群和喧闹。人们的上千道眼光投向看台上每个人的面孔,上千种声音在低声

---

① 原文是拉丁文。"珍珠在猪的前边"是法国成语,意思是"对牛弹琴"。
② 原文是拉丁文。

谈论他们的姓名。那景象的确很热闹,很值得一看。可是在那边,在大厅的尽里头,那上下各站着四个彩色木偶般人物的是个什么台子呀?台子旁边那个穿黑衣服的脸色发白的人又是谁呀?哎哟,亲爱的读者,那就是比埃尔·甘果瓦同他的序幕。

我们几乎完全把他忘记啦。

这却正是他所担心的。

自从红衣主教进了大厅,甘果瓦就不断地努力抢救他的序幕。他首先吩咐那些犹豫不决的演员们继续演下去并且把他的嗓门提得很高,随后发现并没有一个观众在听,他又阻止了他们。这种停顿一直继续了大约一刻钟之久,这当儿他手忙脚乱,不断地恳求吉斯盖特和丽埃纳德叫她们旁边的人继续把戏看下去。但这一切都是白费力气。没有一个人不掉头去看红衣主教,看那些使臣和看台,那是大厅里惟一吸引注意力的地方。我们只好抱歉地说,这也是应该相信的,正是在序幕稍稍引起观众厌烦的当儿,红衣主教的到来才造成了那样可怕的骚动。何况那戏台或大理石台子上又老是同一个场景:工人和教士的纠纷,贵妇和商女的纠纷。大多数人宁愿看见他们穿着红衣主教的袍子,科勃诺尔的皮外衣,在这群弗朗德勒使臣中间,在这帮教士中间,善良地、摩肩擦背地、有血有肉地生活,呼吸和行动,却不愿看着他们像稻草人一样穿着甘果瓦设计的黄白两色的衣服,粉墨登场,朗诵诗句。

然而当我们的诗人看见人们稍微安静了一点,他就又想出了一个补救的办法。

"先生,"他侧身向旁边一个样子很耐心的正派的胖子问道,"还要演下去吗?"

“什么?”那人说。

“哎,圣迹剧呀!”

“随您的便吧。”那人马上回答。

这句半带赞同的回答对于甘果瓦就已经足够了,他便亲自出马,尽可能让自己夹杂在观众的呼声里喊道:“重新开演圣迹剧呀,重新开演呀!”

“见鬼!”若望·德·梅朗狄诺说,“他在那边唱些什么,在那尽里头?(因为甘果瓦装出四个人的声音在喊。)说呀,同学们,圣迹剧不是还没有演完吗? 他们倒想重新开演。这可不对呀。”

“不对! 不对!”全体学生一齐嚷道,“打倒圣迹剧! 打倒!”

但这却使甘果瓦更加活跃起来,喊得更响了:“重新开演! 重新开演!”

这些叫嚷引起了红衣主教的注意。

“司法官先生,”他向离他几步远的一个阴沉沉的高个儿说,“难道这些家伙是在圣水盆里吗? 竟弄出这种可恶的怪叫?”

那个司法官是个两栖类,是司法界的蝙蝠那一类的人物,他又是老鼠又是鸟雀,又是审判官又是士兵。

他惟恐红衣主教发脾气,便走到主教跟前,结结巴巴地向他说明群众的轻举妄动:由于正午在他殿下莅临之前就到来了,演员们没等他殿下来到就被迫开演了。

红衣主教哈哈大笑起来。

“其实,就是大学校长也只能这样办呢! 你的意见怎样,居约姆·韩阁下?”

"大人，"居约姆·韩回答道，"我们倒应该高兴逃过了半场戏呢。真是因祸得福了。"

"还让这些家伙演下去吗?"司法官问。

"演下去吧，演下去吧!"红衣主教说，"这对于我都是一样的，我要趁这当儿读我的祈祷书。"

司法官走到看台边做了个手势叫大家肃静以后，喊道："乡里和城里的公民们，为了让希望重新开演的人和希望马上结束的人都满意，主教殿下吩咐接着演下去!"

双方只好让步。因此戏剧的作者和观众都把红衣主教埋怨了一阵。

台上的演员重新打起精神，甘果瓦巴望着自己的作品的其余部分还能被观众听到。这个希望也像他别的幻梦一样很快就落了空。观众的确有好一会相当安静，可是甘果瓦并没有发现，当红衣主教吩咐继续演下去的当儿，看台上还远没有坐满，在那些弗朗德勒使者就座以后，他们那边人还在不断到来，守门人还在断断续续地大声通报他们的姓名和职务，这些通报穿插在戏剧的对话中，造成了相当的混乱。读者请想象一下，一场戏剧刚演到半当中，守门人就朝两个诗韵或者往往是两个音缀当中扔进去这样一些像连珠炮似的插曲：

"雅克·沙尔莫吕阁下，国王的宗教法庭检察官!"

"若望·德·阿雷，巴黎巡夜骑兵队办事处的守卫和武官!"

"加约·德·吉诺亚克老爷，骑士，布鲁沙的爵士，国王的炮兵队长!"

"德厄·阿盖阁下，归法兰西国王管辖的香槟省和勃里省的森林与水泽管理人!"

"路易·德·格拉维尔老爷,国王的骑士、顾问和管家,法兰西海军总司令,凡赛纳森林的护林官!"

"德里·勒·梅西耶阁下,巴黎盲人院监督!"

等等,等等,等等。

简直是难以忍受。

这种让戏很难演下去的奇怪的伴奏使甘果瓦非常生气,他不能装不知道观众对他的戏兴趣越来越大,以及他的作品就只差给人听到。实在再也没有一出戏能比这出戏更富于戏剧性的了。当那位外套上绣有船形巴黎纹章的维纳斯走到序幕的四个角色跟前时,这些角色却因为要命的窘困而叹息起来。维纳斯亲自走到那条大鱼面前要他承认她是最美的美人。朱庇特——他那响雷般的声音一直传到了更衣室——支持她,眼看那位女神要把大鱼抢去了,这就是说,一点也不假,她就要嫁给太子殿下了,这时一个身穿白衣,手拿一朵白菊花(它象征着弗朗德勒公主①)的姑娘,前来同维纳斯竞争。剧情急转直下,竞争结果,维纳斯、玛格丽特和全体人员一致同意去请求圣母公正裁判。另外还有一个漂亮角色,扮的是美索不达米亚的国王堂·倍德尔。可是经过这样长久的停顿之后,已经不容易弄清楚他和剧情有什么联系,虽然全体人员都是从楼梯登上戏台去的。

然而情况就是这样,谁都对那些美妙演出不感兴趣,也不理解。自从红衣主教到场之后,可以说像是有一根看不见的魔线把所有的眼光从大理石台子上拉到看台上去了,从大厅的南边拉到西头去了。什么也不能打破观众的着了魔似的情

① 菊花的法文发音也是玛格丽特。

绪,新到的人和他们杂乱的名字,他们的面貌,他们的服装,都接连不断地吸引着观众的注意。这实在遗憾。除了吉斯盖特和丽埃纳德由于甘果瓦拉她们的衣袖才时时转过头来之外,除了他旁边那耐心的胖子之外,再也没有谁在听,也没有谁在看那遭到遗弃的可怜的圣迹剧了。甘果瓦只看见人们的侧面。

他用怎样的悲痛的心情看着自己那座光荣的诗歌的高台逐渐在倾塌!请想一想,观众等候他的作品开演等得不耐烦的时候,竟还反对过司法官先生呢!现在他们看见戏已经开演就不在乎了,这就是那开演时获得了一致赞赏的演出呀!群众的好意老是一变再变!试想,他们还曾经要吊死司法官先生的几个卫士呢!假若还能回复到那个甜蜜的时刻去,他真不惜献出一切!

守门人粗声粗气的独唱终于停止了,所有的人都已到齐,甘果瓦又呼吸自如了,演员们起劲地继续表演。那个袜店商人科勃诺尔老板不知为什么突然站了起来,在全场专心听戏的当儿,发表了一通讨厌的议论:

“巴黎的市绅先生们和乡绅先生们,凭十字架发誓,我不明白我们在这儿干些啥名堂!我看得很清楚,在那个角落里,那个台子上,有几个人好像是要打起来了。我不知这是不是你们所谓的圣迹剧,但这可一点都不好玩,他们不过是在耍嘴皮罢了。我等他们打第一拳已经等了一刻钟,可是根本没有打起来。这是些胆小鬼,只会互相咒骂。应该把伦敦或是鹿特丹的斗士请来。那才妙呢!那你们就会有几下子连广场上都听得见的拳击可看了。这些家伙真没用,他们至少也该给我们表演个化装舞或别的假面舞,人们告诉我的并不是那个戏。人们约我来庆祝愚人节,说要选举愚人王。我们在刚城也选举愚人王,在这方面我们也不落后。凭十字架发誓!不过我们是这么办的:我们聚集起一大堆人,像这儿一样。然后每个人轮流从一个雕花窗洞里伸出头来朝其余的人扮一个怪笑。谁笑得最难看,谁就在一片欢呼声里当选为愚人王。就是这样,真是挺有意思。你们愿意照我国的方法来选举你们的愚人王吗?那可不像听这些家伙讲废话那么讨厌了。要是他们乐意在窗洞口扮怪笑,就让他们试试。你们以为怎样,市绅先生们?这里我们有够多的男女滑稽标本来照弗朗德勒方式取乐一番。我们也有够难看的脸,一定会扮出漂亮的怪笑来的。"

甘果瓦本来想要答话,可是恼怒、昏乱和愤慨使他说不出话来。何况那平民出身的袜店商人的提议,受到了因为被他称为乡绅而得意非凡的居民的热烈拥护,什么反对都是徒然的。除了听之任之,没有别的办法。甘果瓦用双手捂着脸,因为他没有那样的幸运,他缺少一件外套把头蒙起来,就像第芒特画的阿加门农一样①。

五　伽西莫多

霎时间,实现科勃诺尔的愿望所需的一切,全都准备停当了,市民们、学生们和司法界的人们都出了力,选了大理石台子对面的小礼拜堂当做表演怪笑的场所。漂亮的雕花小窗洞

---

① 第芒特,公元前四世纪希腊画家。其创作多以荷马史诗中故事为题材。阿加门农是《伊利亚特》中的英雄形象。

上有一扇玻璃打破了,只留下个石头框框,人们打算让竞选愚人王的人都从那个窗洞口露出脑袋。人们不知从哪儿弄来了两只大桶,并且马马虎虎地把一只桶搁在另一只上面,要到达小窗洞,只需爬上那两只大桶就行了。为了使怪笑引起完美无缺的效果,规定每个候选人无论男女(因为也可能选上个女的愚人王呢),都得蒙着脸躲在小礼拜堂里,直到去表演的时候。才一会儿,小礼拜堂就挤满了候选人,因此把门也关上了。

科勃诺尔在他的座位上命令一切,指挥一切,安排一切。在人们吵吵嚷嚷的当儿,和甘果瓦同样不高兴的红衣主教借口说他有事,说他要去做祷告,就同他的随员们退了出去。对红衣主教的到来曾经那样激动的群众,对于他的离开却丝毫无动于衷。只有居约姆·韩注意到这位大人是吃了败仗溜走的。群众的注意像太阳光一般不断改变方向,它离开大厅的一端,在中央停留了一阵,此刻移到另一端来了。大理石台子,用锦缎装饰的看台,都有过它们的好时光,现在该轮到路易十一的小礼拜堂了。那地方打这时起就成了随便笑闹的场所。那里全是弗朗德勒人和民众。

怪笑表演开始了。头一个出现在小窗洞口的面孔,眼睛发红,嘴张得挺大,满是皱纹的额头很像我们帝政时代轻骑兵的靴子,使观众发出了一阵忍不住的哄笑,连荷马①都可能把这些老百姓当做天神。同时整个大厅简直就像一座奥林匹克山②,甘果瓦的那位可怜的朱庇特对那座山可比谁都清楚

① 荷马,公元前九世纪希腊伟大的游吟诗人,传说著名史诗《伊利亚特》和《奥德赛》都是他的作品。
② 奥林匹克是希腊神话中众神居住的山。

呢。接着表演了第二个,第三个怪笑,接着是另一个,接着又是一个,愉快的笑声和踏脚声接连不断。这个情景具有某种特别的魔力,某种令人陶醉的力量,要使我们现今的上流社会的读者对它有个明确的概念可就困难了。请想想,一连串的面孔出现了,奇形怪状,各种各样:三角形的,梯形的,圆锥形的,还有多面形。还有各种人的表情:愤怒、放浪,等等。有各种年龄的脸,从脸发皱的初生婴儿到脸发皱的垂死老人,有从牧神福纳到魔鬼王子倍尔日比特的各种宗教鬼怪的脸,还有各种各样像野兽一样的口鼻嘴脸。请想想,好像是新桥上所有奇形怪状的鬼神——那是日耳曼·比隆①的石刻——忽然活过来似的,一个接一个地跑来用发亮的眼睛望着你的脸,好像是威尼斯狂欢节里所有的假面人接连出现在你的望远镜前面了。总之,这真是一个由人的脸谱组成的万花筒。

笑闹越来越变成弗朗德勒式的了,就连邓尼埃②也不可能把它很好地表现出来。请想想沙尔瓦多·罗沙战役竟变成了酒神祭日。学生、使臣、市民、男人、女人等都没有什么区别了,也分不出是克洛潘·图意弗,还是吉尔·勒科尼,是西蒙娜·加特里芙,还是罗班·普斯潘了。人人都变得无拘无束,整个大厅成了一个厚颜和欢笑的大火炉,那里的每张嘴都各有各的喊声,每双眼睛都各有各的光彩,每张脸上各有一副怪样,每个人各有各的姿态,所有的人都在乱嚷乱叫。一个接一个在窗洞口出现的那些脸,好像是扔在烈焰中的木柴,如同火

① 比隆(约1537—1590),法国十六世纪雕塑家。
② 历史上有两个邓尼埃,父为邓尼埃(1582—1649),子为邓尼埃(1610—1690),均为十七世纪弗朗德勒画家。后者以用色柔和、笔法细腻著称。此处多半指后者。

炉上冒出来的热气似的,从嘈杂的人群中出现了一声尖细刺耳的声音,就好像昆虫在振动翅膀一样。

"嗬哎!真倒霉!"

"瞧这副嘴脸!"

"这算不了什么!"

"可又是一个!"

"居约姆·莫吉比,瞧那个牛鼻子,他就差两只犄角了。那可不是你的丈夫呀。"

"又是一个!"

"教皇的肚皮呀!扮这个怪笑的人是谁呢?"

"啊唉!那是骗人的,他应该把本来面目给人看看。"

"这个该死的贝海特·加尔波特!她真会这一套!"

"好极啦!好极啦!"

"我都喘不上气了!"

"又一个家伙耳朵伸不出来!"

诸如此类,层出不穷。

应该提一下我们的朋友若望了。在这片吵嚷声里,看得清他依旧高踞在他的柱顶上,仿佛桅杆上的一朵浪花,用难以想象的疯劲儿在那里扭来扭去。他嘴巴张得老大,从这张嘴里发出的一声叫喊,人们却没有听见,并不是因为那一片吵嚷盖住了他的喊声,而是因为他无疑用的是他最尖的噪音——梭瓦尔①的一万二千度颤音或比阿②的八千度颤音。

至于甘果瓦,他在沮丧之后打起了精神,他抵住了灾难。

---

① 梭瓦尔(1653—1716),法国几何学家兼物理学家。

② 比阿(1774—1862),法国天文学家和物理学家。

他第三次向他的演员们,他讲话的对象说道:"继续演下去吧!"接着就迈开大步在大理石台子前面走来走去,他甚至也想到那小礼拜堂的窗洞口去出现一下,想去体验体验向那些忘恩负义的人怪笑一下的快乐。

"这没有必要,"他心里想道,"犯不着那样,不用报复了,挣扎到底吧!诗歌对于民众有很大的力量,我要重新进行下去。我们要看看到底是哪一样得胜,是怪笑呢还是好作品。"

唉!他成了他的戏剧的惟一观众了。

最糟糕的是他看见的只是观众的背。

我弄错啦。曾在一个危急关头和他谈过话的那个耐心的胖子并没有背转身去,至于吉斯盖特和丽埃纳德,她们已经溜开好久了。

甘果瓦被这个惟一的观众的忠诚深深感动了,他向他走了过去,轻轻摇着他的胳膊同他说话,原来这个好人正靠在栏杆上打瞌睡。

"先生,"甘果瓦说,"我感谢您。"

"先生,"胖子打着呵欠回答道,"为了什么呀?"

"我看出是谁使您厌烦了的,"诗人说,"是这片吵闹使您不能舒舒服服地看戏。可是您放心,您的大名会流传后世的。请问您的尊姓大名,您愿意告诉我吗?"

"雷诺特·加多,巴黎沙特雷法庭印章保管人,我听候您的吩咐。"

"先生,您在这儿是诗神的惟一代表。"甘果瓦说。

"先生,您太客气哪!"沙特雷的印章保管人答道。

"您是惟一的一个留心听戏的人,"甘果瓦又说,"您对它有什么高见?"

"哎！哎！"那胖官儿睡眼蒙眬地回答，"的确很俏皮呢！"

甘果瓦只好同意这个赞许，因为突然一阵欢呼和奇怪的叫喊声打断了他们的谈话，愚人王选出来了。

"好极啦！好极啦！好极啦！"人们在四面八方嚷着。

实在的，这当儿在那窗洞口出现了一个容光焕发的丑怪，真是奇妙无比。在所有的五角形、六角形和多角形的面孔之后，最后来了一个出乎观众想象之外的几何图形的面孔，再不用别的了，单只这副奇特的丑相，就博得了观众的喝彩，连科勃诺尔本人也欢呼起来了。曾经是候选人的克洛潘·图意弗——天知道他的相貌要多丑有多丑——也只好认输了。我们也得认输。关于那四角形的鼻子，那马蹄形的嘴巴，那猪鬃似的红眉毛底下小小的左眼，那完全被一只大瘤遮住了的右眼，那像城垛一样参差不齐的牙齿，那露出一颗如象牙一般长的大牙的粗糙的嘴唇，那分叉的下巴，尤其是那一脸轻蔑、惊异和悲哀的表情，我们并没有这种妄想来给读者把一切都描绘清楚。请你想象一下那整个相貌吧，要是你能想象的话。

全场的人都欢呼起来。大家都争先恐后地往小礼拜堂挤去，他们从那里把幸运的愚人王领出来了。这时惊讶和赞叹达到了顶点，原来那副怪样正是他的本来面目啊。

或者可以说，他的全身都是一副怪相。一个大脑袋上长满了红头发，两个肩膀当中隆起一个驼背，每当他走动时，那隆起的部分从前面都看得出来。两股和两腿长得别扭极了，好像只有两个膝盖还能够并拢，从前面看去，它们就像刀柄连在一起的两把镰刀。他还有肥大的双脚和可怕的双手。但是他虽然生得奇形怪状，却具有某种毅力、机智和勇气，他有一种令人望而生畏的神态，对于那条希望"力"也能像"美"一样能导致和谐的永恒法则来说,他可算是一个特殊例外了。而这个人就是群众刚才选出来的愚人王。

他简直像一座被打碎但并没有好好黏合起来的巨人塑像一样。

这位赛克罗平①似的怪人出现在小礼拜堂的门槛上,毫无表情,又矮又胖,身材的高度和宽度差不多是一样的,正像一位伟大人物所说:"下部方正"。从他那半是红色半是紫色的散缀着钟形花纹的外衣上,特别是从他的丑得出奇上,观众立刻认出了他是谁,异口同声地喊道:

"他是伽西莫多,那个敲钟人! 他是伽西莫多,那个圣母院的驼子。独眼人伽西莫多! 罗圈腿伽西莫多! 好极啦! 好极啦!"

这可怜鬼有好几个绰号任人挑选呢。

"孕妇要当心点!"学生们嚷道。

"想怀孕的女人要当心!"若望接口说。

那群妇女真的用手把脸孔捂起来了。

"啊! 这只讨厌的猴子!"一个说道。

"又丑又凶呢。"另一个说。

"他是个魔鬼呀!"第三个也加以补充。

"我住在圣母院近旁真倒霉呀! 整夜都听见他在承水槽上走来走去。"

"和猫在一起呢!"

"他经常在我们的房顶上。"

"他从烟囱里咒骂我们。"

---

① 赛克罗平,欧洲古代神话里的独眼巨人。

"有一个晚上,他跑到我家天窗口朝我扮了个鬼脸。我以为那是个男人。可把我吓坏了!"

"我敢断定他是去参加妖怪们的安息日会的。有一回他丢了一把扫帚在我家铅皮屋顶上。"

"啊,可恶的灵魂!"

"呸!"

男人们恰恰相反,他们高兴非凡,拼命鼓掌。

伽西莫多,那引起哄闹的人物,他依旧庄严地直挺挺地站在小礼拜堂的门口,听任人们赞赏他。

有个学生,我想是罗班·普斯潘吧,跑到他跟前去嘲笑他。伽西莫多像闹着玩似的把他拦腰抱起来,一声不响地把他从人们头顶上扔出了十步开外。

科勃诺尔老板惊奇极了,就向他走去。

"凭十字架的名义! 你是我生平看见过的丑人里面最丑的了。在罗马你也会像在巴黎一样当选为愚人王的。"

他一面说一面快活地把一只手搁在那一个的肩头上。伽西莫多毫不动弹。科勃诺尔又说道:

"你是个好汉。我想请你吃顿饭,尽管那得花费我十二个新的图尔利勿尔。你觉得这样好吗?"

伽西莫多仍然不出声。

"凭十字架的名义! 难道你是个哑巴吗?"

他倒真是个哑巴呢!

这时他开始对科勃诺尔的举动不安起来了。突然转身朝他露出牙齿扮了个可怕的怪笑,使那高大的弗朗德勒人像叭儿狗遇见猫似的向后退了。

于是这个外国人的四周围上了一些惧怕和恭敬的人,形成了一个至少十五步的半圆圈。一个老妇人对科勃诺尔说明伽西莫多是个哑巴。

"哑巴!"那个袜店老板照他的弗朗德勒方式大笑着说,"凭十字架作证!那才是十全十美的愚人王呀!"

"哎!我认得他,"若望喊道,为了走近些去看看伽西莫多,他终于从柱顶上下来了,"他是我那位副主教哥哥的敲钟人。日安,伽西莫多!"

"鬼东西!"罗班·普斯潘说道,他因为给扔了出去,全身磕碰得在发痛,"他刚出现的时刻是个驼背,走起路来呢,他是个罗圈腿,看你的时候呢,他是个独眼,你同他讲话呢,他又是个哑巴。那么他的舌头生来干什么用呀,这个波里菲姆①?"

"他要乐意说话的时候才说,"一个老妇人说,"他是因为敲钟敲哑了,不是生来就哑的。"

"那他还不如生来就哑呢。"若望评论道。

"幸好他还有一只眼睛。"罗班·普斯潘接着说。

"不,"若望认真地说道,"一个独眼人和完全的瞎子比起来缺点更严重,因为他知道他缺什么。"

这时,所有的乞丐,所有的仆役,所有的扒手,都同学生们聚在一起,排成队到大理院书记团的衣橱里去拿来了愚人王用的硬纸板做的王冠和假道袍,伽西莫多毫不在乎地听任别人给他穿戴,态度又骄傲又温顺。接着人们让他坐在一乘有彩绘花纹的轿子上,十二个愚人之友会的会员把轿子抬在肩头。看见自己难看的双脚底下那些漂亮、端正、健壮的人的脑

---

① 波里菲姆是古代神话中最有名的独眼巨人。

袋,这张赛克罗平式的闷沉沉的脸上就布满了一种傲慢和狂喜。于是这喧闹的行列开始出发,按照习俗先在司法宫所有的回廊上绕行一周,然后到大街上和十字路口去游行。

六　拉·爱斯梅拉达

我们很高兴能够告诉读者,在发生那桩事情的当儿,甘果瓦和他的戏一直好好撑持着。被他鼓舞起来的演员们没有停止演他的戏,而他自己也没有停止欣赏。不管人们怎样哄闹,他决心让戏一直演到终场,他对于挽回观众的注意还没有失望呢。当他看见伽西莫多、科勃诺尔以及跟随愚人王的人们闹嚷嚷地离开大厅时,这一线希望更加光明了。群众急急忙忙地跟着涌了出去。"好呀,"他说,"这些无赖滚蛋了!"但不幸全都是些无赖。大厅一眨眼就空空如也了。

说实在的,也还有些观众留在那里。他们有的东一个西一个,有的分成几堆围着那些柱子,都是些老人、妇女和儿童,闹嚷得够厉害的。有几个学生骑在窗口上朝广场望着。

"也好,"甘果瓦想道,"还有这么多我需要的观众想听听戏的结尾呢。他们人数虽少,但却是高尚的人,有文学修养的人。"

过了一会儿,那本来应该在圣母出场时引起惊人效果的交响乐竟没有按时演奏,甘果瓦发现他的乐队被愚人王的行列带走了。

他觉得一群市民好像在谈论他的戏剧,就走了过去。下面就是他听到的谈话的片断:

"秦多阁下,您知道德·纳姆先生的那瓦尔大楼吗?"

"知道呀,就在布拉克小教堂对面。"

"好,财政部刚刚把它租给了历史学家居约姆·亚历山大,租金每年六个巴黎利勿尔零八个苏。"

"房租涨得多厉害!"

"得了吧,"甘果瓦叹息道,"总算其余的人还在听戏。"

"同学们!"一个跨在窗口上的青年忽然喊道,"拉·爱斯梅拉达! 拉·爱斯梅拉达到广场来哪!"

这词儿产生了魔术般的效果,大厅里剩下的人都跑到窗口,爬上墙头去看,并且一迭连声地喊道:"拉·爱斯梅拉达! 拉·爱斯梅拉达!"

同时听得见外面有一阵响亮的欢呼声。

"拉·爱斯梅拉达这个词是什么意思?"甘果瓦失望地交叉着双手说。

"啊,我的天呀! 似乎现在轮到那些窗户跟前的人也要跑啦!"

他转身回到大理石台子跟前,看见演出给打断了。那正是朱庇特应该带着雷电出场的时候。可是朱庇特呆呆地站在戏台下面。

"米歇尔·吉博伦!"激怒的诗人喊道,"你在那儿干什么? 这是你要演的角色吗? 快上台去!"

"哎!"朱庇特答道,"一个学生刚才把楼梯搬走了。"

甘果瓦看了看,情况是再真实不过了。戏台的上下场口被切断啦。

"无赖汉!"他喃喃地说道,"但是他把那梯子搬去干什么呢?"

"拿去看拉·爱斯梅拉达呀。"朱庇特可怜巴巴地回答,

"他说了一声'这里有一架没人用的梯子呢!'就把它搬走了。"

这是最后一个打击,甘果瓦听天由命地接受了。

"让魔鬼把你们抓去吧!"他向演员们说,"要是我得到钱,你们也能得到的啊。"

于是他低着头退出大厅,可是走在最后,就像一位吃了大败仗的将军。

走下司法宫的那些七拐八弯的梯级时,他咬着牙抱怨说:"这些巴黎人都是一大群驴子和笨蛋!他们是来看圣迹剧的,却根本不看戏!他们忙着看所有的人,看克洛潘·图意弗,看红衣主教,看科勃诺尔,看伽西莫多,看魔鬼,却不看圣母马利亚!假若我早一点知道,我早就把圣母马利亚送给你们哪,你们这些东游西逛的家伙!我呢,我是来看人们的面孔的,却只看到些脊梁!我是诗人,却被当做卖狗皮膏药的了!真的,荷马曾经在希腊村镇讨过饭,纳松在莫斯科人中间流浪到死。可是假若我懂得人们说的拉·爱斯梅拉达是什么意思,我情愿让魔鬼来把我剥皮!首先,这到底是什么话呢?这是埃及话呀!"

第 二 卷

一 从沙西德漩涡到锡拉岩礁①

正月里夜晚来得很早,甘果瓦走出司法宫时,街上已经昏黑了。夜的降临很令他高兴,他正想找一条幽静的街道,以便随意沉思,好让哲学给诗人的创伤做初步的包扎。而且哲学正是他独一无二的藏身之处,反正他不知道往哪儿去投宿。在他的戏上演流产之后,他不敢回到他在干草港对面水上楼街所住的那个客栈去。他本来认定总督大人要为了他的贺婚诗给他些钱,好拿去付还他欠巴黎牲畜税承包人居约姆·杜克斯·西尔老板的六个月房租——相当于十二个巴黎苏,他在世界上所有的一切,包括他的短裤、衬衫和汗背心在内,合起来还值不到一个苏呢。稍微考虑了一下,他就暂时待在圣礼拜堂的库房监狱的小门洞里。至于过夜的地方,他可以在巴黎所有街道中任选一处。他记起上星期在制鞋街一个参事官的门口看见过一块骑马磴,那时他就曾经想,有时候这块石头倒可以给一个乞丐或是一位诗人当枕头用呢。他感谢上天

---

① 请参看第 34 页注③。

给他送来了这么个好主意,可是当他正要穿过司法宫广场走向迷宫似的旧城区时(所有暗旧的街道如制桶场街、老呢绒街、制鞋街、犹太街,等等,都曲曲折折地布满在那里,它们那些九层楼房至今依旧巍然矗立),他忽然看见愚人王的行列也正从司法宫出来,带着大声的吆喝,亮晃晃的火炬和他的乐队,正穿过街道向他甘果瓦奔来。这个景象使他重新想起了他那自尊心所受的创伤,他躲开了。由于他的戏剧的失败所引起的痛苦,凡是能使他记起那个节日的一切事物,都使他心酸,使他的伤口流血。

他打算从圣米歇尔桥走,有些儿童在桥上跑来跑去地放花炮。

"该死的花炮!"甘果瓦一面咒骂着,绕到了欧项热桥。桥头堡上挂着三幅很大的油画像,上面画的是国王、太子和弗朗德勒的公主,另外有六幅小的油画像,画的是奥地利的公爵,波旁的红衣主教,德·波热先生,让娜·德·法朗士夫人,波旁的私生子先生,还有一个不知是谁。全都被火把照得通亮,成群的人在那里观赏。

"幸运的画家若望·富尔波!"甘果瓦长叹了一声,朝着画像背转身走了。他前面就是一条街,他发现这条街非常僻静和昏黑,就打算在这里逃避节庆日子里嘈杂、辉煌的一切。过了一会,他的脚踏着了一个什么东西,绊了一下,跌倒了。原来那是五月树,是大理院的书记们在那天早上放在大理院院长的大门口庆祝节日的。甘果瓦勇敢地忍受了这个新的打击。他站起来,走到了河边。把大理院的民事庭和刑事庭扔在背后,他沿着王宫花园的高墙走去,在没有铺砌的河滩上,泥泞一直没到他的脚胫。他来到旧城区的西头,久久地俯瞰渡牛岛,这个小岛如今早已消失在铜马和新桥底下。被一条发白的小河把他隔开的那个小岛,在阴暗里好像一个黑堆。只要有一线亮光,就看得见摆渡人晚上渡河时住宿的那像蜂窝似的小房子。

"幸福的摆渡人!"甘果瓦想道,"你并不幻想光荣,也用不着写什么贺婚诗! 联姻的国王们和勃艮第公爵夫人们对于你算不了什么! 你只认识那些在四月的草地上给你的母牛当饲料的雏菊①! 我呢,我是一个诗人,但我受人讥笑,我冷得发抖,我欠人家十二个苏,我的鞋底薄得可以做你灯上的玻璃。谢谢你,摆渡人! 你的草屋使我开了眼界,使我忘记了巴黎!"

忽然从那间草屋里发出一声比圣若望的爆竹大一倍的爆炸声,把他从略带诗意的梦幻中惊醒了。原来是摆渡人放了个花炮来庆祝节日。

这花炮声使甘果瓦毛骨悚然。

"该死的节日!"他嚷道,"你要到处跟着我吗? 我的上帝,一直跟到摆渡人这里来了!"

于是他望着脚边的塞纳河,起了一个可怕的念头:

"哦!"他说,"我多么愿意跳下河去,要是河水不这样冷!"

这时他下了失望后的决心,既然躲不开愚人王的选举、若望·富尔波的油画、五月树、篝火同花炮,他便决定大着胆子钻进节日的中心去,到格雷沃广场去。

~~~~~~~~~~~~~

① 雏菊的法文发音是"玛格丽特",这里是双关语,影射弗朗德勒的公主,见第47页注①。

"至少,"他想道,"我在那边能够有一堆篝火可以取暖,还能在市民区的会餐大桌上弄到三大块甜点心渣儿做晚饭。"

二　格雷沃广场

当时的格雷沃广场,现在已经只剩下模糊的痕迹。占据广场北头一个角落的那座可爱的小塔楼,它的生动的浮雕已经被难看的粉刷盖住,淹没在那些迅速吞没巴黎所有古老建筑物的新式房屋之中,也许不久就会完全消灭了。

从格雷沃广场走过的人们,和我们自己一样,都不会不朝这座塔楼投去怜悯和同情的眼光,它夹在两座路易十五时期的破屋中间。人们可以很容易在心里描绘出附有这个小塔楼的那座主体建筑的样子,并通过它来恢复这十五世纪古老的哥特式广场的全貌。

格雷沃广场在当时也像现在一样是个梯形,一边是码头,其余三边是一排排又高又窄的黑洞洞的房屋。在白天,人们可以欣赏这些形形色色的建筑物,它们到处都有石刻或木刻,已经表现出中世纪(从十五世纪上溯到十一世纪)各种建筑形式的完整雏形,从那些开始取代尖拱的交叉尖拱一直到那已经被尖拱替代了的罗曼式半圆拱,这种圆拱式建筑在尖拱下面却仍占据着这座古老的罗兰塔建筑的第一层。这座塔构成广场的一角,位于制革街这一边,朝着塞纳河。到晚上,就只看得出这堆建筑的一排排尖顶,那些参差不齐的黑色轮廓展现在广场的周围。因为那时候的城市和现代城市根本不同,现代建筑物都是正面朝向街道和广场的,那时朝向广场和街道的却是一些山墙。两个世纪以前,那些房屋就已经翻修过了。

在广场东边的正中,矗立着一座分为并排三套的笨重错杂的建筑,它有三个名字可以说明它的历史、它修造的目的和它的建筑方式。因为查理五世继位前在那里住过,它名叫太子宫;因为它曾经是总督府,所以叫百货商场;又由于支撑它那三层楼的一排大柱子,它又叫柱子房。在那里可以找到巴黎这样一座好城市所需要的一切:一座用来祷告上帝的小礼拜堂,一个用来谒见和在必要时猛烈还击国王近卫队的厅堂,顶楼上还有一个兵器室。因为巴黎的市民都知道,在任何一个非常时期,为旧城区辩护或恳求特权都是不够的,所以他们经常在总督府的一座顶楼上藏着几支生锈的好火绳枪。

格雷沃广场从那时起就像今天这样一直保持着这副惨淡景象,那是由于它本身以及修建在柱子房旧址上的多米尼格·波卡多尔的阴沉沉的总督府所引起的。在那里有一座永久性的刑台和绞刑架,或者照当时人们的说法:一个法官和一架梯子。这座刑台和绞刑架紧挨着矗立在路当中,使那要命的地方特别触目惊心。曾经有多少健康而富于生命力的人在那个地方断送了性命,五十年以后那地方发生过一种圣瓦利埃热病①,那是担心被绞死的病,是一切病症中最可怕的一种,因为它不是出于天意,而是来自人为。

我们顺便说说,想到死刑在三百年前还把它那些铁轮、石头绞架和一切常设的器械深深嵌进路面,塞满了格雷沃广场、

---

① 若望·德·布瓦基耶是圣瓦利埃的贵族,曾先后在查理八世(即本书中的王太子)、路易十二以及弗朗索瓦一世领导下,率领皇室百人团到意大利作战,使人民大批死亡,故称之为"圣瓦利埃热病"。

菜市场、王妃广场、德·特拉瓦尔十字架、猪市、骇人听闻的隼山、警卫卡、猫场、圣德尼门、草场、波代门和圣雅克门,这还没算上总督、主教、教务会、神甫和执掌生杀大权的修道院长们的无数"梯子",还没算上那种把人扔到塞纳河去淹死的刑罚;想到封建社会这个衰老的统治者,在不断失掉它的各种甲胄,失掉它那五花八门的酷刑和各种异想天开的刑罚,失掉每五年要为大沙特雷法庭定制一张作拷问用的皮床之后,如今几乎已消失在我们的法律和我们的城市之外了——想到这种情况,实在令人觉得万分欣慰。在我们庞大的巴黎,如今只剩下格雷沃广场一个不光彩的角落,只剩下一个阴惨的、见不得人的、不安和可耻的绞刑架,它仿佛老在害怕被人当做现行犯,每次行刑完毕就迅速消失不见了!

三　以爱来对待打击[①]

　　比埃尔·甘果瓦到达格雷沃广场的时候已经冻僵了。为了避开欧项热桥上的人群和若望·富尔波的油画,他是从风磨桥上走来的。可是主教的所有风磨的轮子,在他经过时无情地溅了他一身水,把他的破衣服浇得透湿。并且,他的戏剧的失败使他好像比以往任何时候都怕冷。于是他急忙朝着广场中央那燃烧得很旺的篝火走去。但篝火四周已经围上了相当多的人。

　　"该死的巴黎人!"他自言自语道,因为像甘果瓦这样一位戏剧家正是独白的角色。"他们把篝火挡住啦!我还不如

---

　　① 原文是西班牙文。

去待在一个厨房角落里呢。我的鞋子可喝饱了,那些该死的风磨简直是朝我下了一场暴雨!巴黎主教同他那些风磨见鬼去吧!我倒想知道,一个主教要风磨干什么用?他打算当磨坊主教吗?假若他不要别的,只要我的诅咒,我就诅咒他,诅咒他的教堂和他那些风磨!等一下,瞧他们现在会不会走开,这些笨蛋!请问他们在那边干什么!他们在烤火呢,真是好消遣!他们看着上百根柴火燃烧呢,真是好景致!"

再走近些去看,才看出那里的人实际上还要多得多,不光为了在国王的篝火上取暖,他看出这一大群人并不只是被那百来根柴火吸引来的。

在篝火与人群之间的一块空地上,有一位姑娘在跳舞。作为一个怀疑派哲学家和一位诗人的甘果瓦,被这个灿烂夺目的景象迷住了,不能一眼就看清这姑娘究竟是凡人,是仙女,还是天使。

她个儿并不高,但是她优美的身材亭亭玉立,看起来仿佛很高似的。她的头发略带褐色,但是可以想象在阳光下一定是像罗马妇女和安达卢西亚①妇女一般闪着漂亮的金光。她那双小脚也是安达卢西亚式,穿着精美的鞋,又小巧又舒适。她在一条随便铺在她脚下的旧波斯地毯上舞蹈着、旋转着,每当她转过身来的时候,每当她光辉的形象经过你面前的时候,她那乌黑的大眼睛就朝着你一闪。

她周围所有的人都目不转睛,大张着嘴。她两只结实的圆胳膊把一面巴斯克②小鼓高举在她那小巧玲珑的头顶,她伴随着鼓声这样跳着舞,窈窕、纤细、活泼得像一只黄蜂,她那

---

①② 安达卢西亚和巴斯克都是西班牙的省份。

毫无皱褶的金色小背心，她转动时鼓胀起来的带小斑点的裙衣，她那裸露的双肩，她那偶尔从裙里露出来的一双漂亮的腿，她乌黑的头发，她亮晶晶的眼睛，真的，她真是一位神奇的妙人儿。

"一点不错！"甘果瓦想道，"这是一只壁虎，这是一位森林里的仙女，这是一位女神，这是梅纳伦山上的一位女酒神！"

这时，那只"壁虎"的一条发辫松开了，别在辫子上的一只黄铜别针掉在地上。

"不对，"他说道，"这是个波希米亚①姑娘。"

幻象一下子就整个儿消失了。

她又舞蹈起来。她从地上拾起两把剑，拿剑的尖头抵在额上，然后把剑朝一边旋转，她自己朝另一边旋转。她的确是一个波希米亚姑娘呀，一点不错。甘果瓦有几分不高兴，觉得这整幅图景带着某种妖术和魔法的成分。篝火的红光照着这幅图景，闪烁在周围观众们脸上和这姑娘的淡棕色额头上，向广场尽头射出一道混着人们晃动的影子的微弱反光，这光一头照着柱子房发黑起皱的前墙，一头照着石头的绞刑架。

被火光照得红红的上千张脸孔之中，有一张脸孔似乎比其余的更加注意那跳舞的姑娘。那是一张严肃、平静、阴沉的脸孔。那人顶多不过三十五岁，他的衣服被周围群众遮住看不清楚，他是一个秃头，只有几撮稀疏的花白头发，他那高朗

---

① 波希米亚是古代中欧的一个国家，在今捷克共和国境内。波希米亚族后来成为一个流浪民族，波希米亚人也成为流浪人的同义语。波希米亚族同其他流浪民族形成一个很大的流浪群流浪在欧洲各国。在法国称为波希米亚人，在英国称为吉普赛人，在俄国称为茨冈人。

宽阔的额头已经开始打皱,但是他深湛的眼睛里闪烁着一种奇异的青春,狂热的生命,深刻的热情。他目不转睛地盯住波希米亚姑娘,当那十六岁的活泼的少女飞舞着取悦观众的时候,他就觉得他的幻梦愈来愈暗淡无光。间或有一丝微笑和一声叹息同时出现在他的唇边,但是那微笑比那叹息还要痛苦得多。

那少女终于喘息着停止了舞蹈,观众溺爱地向她鼓掌。

"加里!"波希米亚姑娘呼唤道。

这时甘果瓦看见一只美丽的小山羊走了过来,它雪白、敏捷、机灵、光亮,它有两只金色犄角,四只金色的蹄子和一副镀金项圈,它刚才一直蜷伏在地毯的一角看着她主人跳舞,甘果瓦还没瞧见它呢。

"加里,"跳舞的姑娘说,"该轮到你哪!"

她坐下来,温存地把她的巴斯克小鼓举到小山羊面前。

"加里,"她问道,"现在是什么月份?"

小山羊举起一只脚在小鼓上敲了一下。那时的确正是一月,观众鼓掌喝彩了。

"加里,"姑娘把小鼓翻过一面,又问,"今天是几号了?"

加里举起它的小脚在小鼓上敲了六下。

"加里,"波希米亚姑娘改变了一下拿小鼓的姿势,接着问,"现在几点了?"

加里敲了七下,同时柱子房的大钟也正敲响七点。

人们简直惊呆了。

"这里头有妖法呀。"人群里有个阴险的声音喊道。这就是那个眼睛一直盯住波希米亚姑娘的秃头男子。

她战栗了一下,转过身来,但是一阵喝彩声盖过了那阴险的喊声。

那些喝彩甚至把那人的声音完全从她的心灵上抹去了，她继续考问她的山羊。

"加里，市民区手枪队长居夏尔·大雷米阁下在庆祝圣烛节①的行列里是什么样儿?"

加里用两条后腿站起来咩咩地叫，一面用十分斯文端庄的姿势走了几步，观众看见手枪队长的惟妙惟肖的有趣的虔诚样儿，不禁大笑起来。

"加里，"被这愈来愈多的喝彩鼓舞了的少女又说道，"王室宗教法庭检察官雅克·沙尔莫吕阁下是怎样祈祷的?"

小山羊坐在后腿上咩咩地叫起来，一面用前腿做出一种十分奇怪的动作，除了缺少劣等法语和劣等拉丁语之外，那动作、语气和姿态，全都活像是沙尔莫吕本人在场。

"这是亵渎神明的! 这是侮辱神明的!"又是那个秃头人的声音。

那波希米亚姑娘又一次转过身来。

"啊，"她说，"就是那个可恶的男人呀!"于是她把下嘴唇伸出在上嘴唇外面，好像习惯地略为扁一扁嘴，旋转着脚尖，开始用一面小鼓向观众收钱。

各种大银币、小银角和铜钱像雨点一样落下来。忽然一下子她转到了甘果瓦面前。甘果瓦着急起来，把手伸进衣袋，她便停下来等着。"见鬼!"甘果瓦搜遍衣袋，知道了自己的真实情况，即发现衣袋里空空如也之后这样说道。这当儿那

---

① 西俗在二月二日——即圣母马利亚产后净秽、携耶稣往圣殿之日，举行圣烛节，为一年间所用的蜡烛祷告。

美丽的少女站在跟前用大眼睛望着他,把小鼓朝着他在等待呢。甘果瓦的汗珠大颗大颗地流下来。

假若有一块秘鲁宝石在他的衣袋里,他一定会把它交给那个跳舞姑娘的。可是甘果瓦没有秘鲁宝石,当时美洲也还没有被发现呢。

幸好有一件意外的事情来解救了他。

"你不滚开吗,你这埃及知了?"从广场最暗的一角里发出一种尖声的叫喊。

那少女惊骇地转过身去。这不再是那个秃头男子的声音了,这是一个女人的声音,一种又虔诚又凶恶的声音。

然而这个使得波希米亚姑娘害怕的声音,却使在近旁溜达的一群孩子高兴起来。

"这是罗兰塔里那个隐修女呀!"他们大笑着嚷道,"这是那个小麻袋在骂人呢! 大概是她没有吃晚饭吧? 咱们到市民区会餐桌上弄点残汤剩饭给她吃去!"

他们全体急忙朝柱子房跑去。

甘果瓦趁那跳舞姑娘正在不安的当儿悄悄地溜了。孩子们的喊声使他记起他自己也没有吃晚饭,于是他朝会餐地点跑去。可是小孩们的腿比他快,当他跑到跟前,他们已经把桌上的东西一扫而光,连五个苏一磅的面包渣都没有了。那里只有马蒂厄·贝代纳在一四三四年画在墙上的几株纤细的水仙花夹杂在几朵玫瑰里。这可是一顿寒酸的晚饭啊。

不吃晚饭就睡觉是一件不能忍受的事,没有地方睡觉也和没有晚饭吃一样糟糕。甘果瓦正是如此。没有面包,没有住处,发现自己所需要的一切全都没有,他便加倍地觉得需要它们。他早已发现了这个真理:朱庇特是在一阵厌恶情绪中创造了人类的。哲人的一生,他的命运老是攻击他的哲学。至于他,他从来没有遭到过这样全面的封锁。他听见自己的胃乱响一通,非常惶惑地发现恶运用饥饿战胜了他的哲学。

这种悲惨的默想愈来愈使他消沉,忽然一阵奇异的充满柔情的歌声解救了他,原来是那个波希米亚姑娘在唱歌。她的歌声和她的舞蹈、她的美貌一样,都是那么迷人和难以捉摸,可以说是又纯洁,又清亮,又飘忽,好像长着翅膀一样。一连串的旋律和意外的音韵,接着是一些音调忽尖忽细的简单乐句,接着是赛过夜莺歌声的几个突然升起但总是和谐的高音,接着是随同那青年歌手的胸脯一起一伏的柔和的低音。她漂亮的面孔异常灵活地应和着歌声的一切变化,从最奔放的灵感到最纯净的尊严,可以说她一会儿是个疯子,一会儿是一位女王。

她的歌词用的是一种甘果瓦不懂的语言,而且好像连她本人也不懂似的,她在歌里所表现的和歌词的内容关系不大。下面的四行诗歌在她的嘴里唱出来具有一种疯狂的欢乐:

> 他们在一根柱子旁边
> 找到一个珍贵的匣套,
> 里面装着新的旗帜,
> 上面印有威风凛凛的形貌。①

过了一会,她又唱起下面的一节歌来:

> 他们是阿拉伯骑士,
> 看起来同塑像般威风,

---

① 原文是西班牙文。

72

他们佩着刀剑,肩头上
还有精制的弩弓。①

　　甘果瓦觉得自己的眼睛里迸出了热泪。这时她的歌声特别欢乐,她好像鸟儿一样,唱歌是出于心地安宁和无忧无虑。

　　波希米亚姑娘的歌声扰乱了甘果瓦的沉思,不过那只是像天鹅搅乱了水波一样,他迷迷糊糊地倾听着,忘记了一切。几个钟头以来,这是他的苦恼第一次得到了缓解的时刻。

　　但这个时刻太短暂了。

　　曾经打断波希米亚姑娘舞蹈的那个女人的声音,这时又来打断她的歌唱了。

　　"你还不住嘴吗,地狱里的知了?"她仍然从广场最暗的角落里喊道。

　　那可怜的知了突然停住不唱了,甘果瓦用手捂着自己的耳朵。

　　"哦,"他嚷道,"该死的锯子,它把琴弦锯断啦!"

　　这时其余的观众也同他一样抱怨起来,不止一个人说道:"魔鬼把这个小麻袋抓去吧!"要不是当时观众的注意转向了愚人王的队伍,那个看不见的老厌物也许会由于攻击了波希米亚姑娘而受到惩罚呢。这支队伍在走遍一切街巷之后,带着它所有的火把与喧闹到格雷沃广场上来了。

　　我们的读者曾经看见离开司法宫的那个队伍,一路上吸收了巴黎的所有的强盗、小偷和乞丐,到达格雷沃广场时,队伍显得挺像样了。

　　走在队伍最前面的是流浪人。那个埃及公爵一马当先,

——————————
　　①　原文是西班牙文。

73

伯爵们在他旁边替他拉着马缰,扶着马鞍。在他们后面走着杂乱的流浪人,男的和女的,女人肩头上坐着哭哭啼啼的小孩。所有的人,无论公爵、伯爵或小老百姓,都穿着破衣烂衫。接下去是"黑话王国",也就是法国所有的小偷,按等级排列,最卑微的在最前头。他们四个人一排,带着他们那种特殊技能的各种等级的不同标记向前移动,大部分是残废人,有些是跛脚,有些人缺胳膊,还有假失业者、假香客、被疯狗咬过的人、长头癣的人、头部受伤的人、酒鬼、拄拐杖的人、扒手、水肿病人、遭火灾的人、破产的商人、残废军人、小要饭的、伪装的高级执事和麻风病人——连荷马也会疲于记述的一大群数不清的人。在一大群假麻风病人和伪高级执事之间,很难分辨出那个小偷们的头目,那个大加约斯①,他蜷缩在一辆由两条大狗拉着的小车里。在这"黑话王国"后面,是"加利利帝国"。"加利利帝国"的皇帝居约姆·卢梭穿着被酒弄脏了的紫红袍子高傲地走着,他前面有几个杂技演员,一边走一边打架并且耍枪弄棒,周围是他的权杖手,他的侍从和他的财政人员。接下去是大理院书记团的人们,他们身穿黑衣,手捧花枝招展的五月树,带着他们那支可以出席安息日会的乐队和他们那些有黄色光晕的高大的蜡烛。在这群人的正中央,是愚人之友会的会员们抬着一乘轿子,它比瘟疫流行时期的圣热纳维埃夫教堂的神座更豪华地点满了蜡烛。新的愚人王,圣母院的敲钟人驼子伽西莫多,手持圭杖,身穿道袍,头戴王冠,容光焕发地坐在这乘轿子上。

这个奇形怪状的行列每一段都有它特别的音乐。波希米

① 黑话,乞丐王的称号。

74

亚人弹奏他们的巴勒福①，敲着他们的非洲小鼓。黑话王国的人是音乐极少的种族，他们依旧用的是七弦琴、羊角和十二世纪的三弦琴。加利利帝国也不比他们进步多少，在它的乐器里只找得到那种代表早期艺术的只会奏出"来""拉""咪"的三弦琴。但是在愚人王的周围，却用洪亮的声音奏着那个时代最壮丽的音乐，那是最高音、次高音和中音的三弦琴合奏，还没有算笛子和铜器呢。哎呀，我们的读者应该记得，它就是甘果瓦的乐队啊。

在从司法宫来到格雷沃的胜利的行列里，伽西莫多愁苦而可厌的脸上表现出来的那种骄傲的心花怒放的神态真是很难描画。那是他头一次感觉到一种从未体验过的自尊自爱的欢乐。他一向只认识蔑视他的地位和厌恶他本人的那种耻辱。他虽然那样耳聋，却像一位真正的愚人王似的，欣赏着由于使他感到被人憎恨因而也被他憎恨的人们的音乐。他的民众不过是一群愚人、残废人、小偷和乞丐，那又有什么关系！他们总是民众，而他却是统治者。他十分重视那些讽刺的喝彩，嘲弄的恭敬，我们不能不说，那一切在群众方面还引起了十分真实的敬畏呢。由于这个驼背相当健壮，由于这个罗圈腿相当灵活，由于这个敲钟人相当凶恶，这三桩就把玩笑制止住了。

并且，这位新的愚人王怎样去衡量他所体验过的感情和他当时所引起的感情，这却远非我们所能判断的了。封锁在这残废的躯壳里面的灵魂，它本身对于残废和聋哑必然是最容易有感触的，但他当时所感觉到的却还是绝对的模糊不清，

---

① 巴勒福是黑人的一种简单的弦乐器。

一片混沌。他完全被欢乐浸透着,完全被骄傲支配着,那忧郁的不幸的面孔竟泛出了灿烂的光辉。

当伽西莫多在那种如痴如醉的状态中胜利地经过柱子房跟前,人群里忽然跳出了一个男子,用发怒的姿势从他手中夺下了那根表示他的愚人王身份的镀金圭杖。那情景真是可惊可怕。

这个男人,这个冒失鬼,就是那个秃头。不大会儿之前他还混在波希米亚姑娘的观众里,用可怕可恨的话吓唬过那可怜的姑娘。他穿着教士的服装。当他从人群中跳出来的时候,一直没有注意他的甘果瓦立刻就认出了他。"真的,"甘果瓦惊呼道,"这是我那赫耳墨斯①式的老师堂②·克洛德·孚罗洛副主教呀!他同那个独眼捣的什么鬼?他会被吞吃掉呢。"

的确听到了一声惊恐的叫喊,可怕的伽西莫多从轿子上跳下来了。妇女都转过脸去,免得看见他把副主教撕成碎片。

但他却一下子跳到那个神甫面前,望了他一眼就向他跪下了。

神甫掀掉了他的王冠,折断了他的圭杖,撕破了他那件闪光的道袍。

~~~~~~~~~~~~~~~~

① 赫耳墨斯本是希腊神话里神的信使。罗马神话里则称之为墨丘利。但希腊人也把埃及的月亮神称作"三倍伟大的赫耳墨斯"。他们把一切科学艺术的发明都归功于他,他也是一系列巫术、占星术、炼金术著作的作者。在四世纪时这些著作在宗教界引起了一场大论战,但只有少数篇章流传下来。一四七一年这些篇章译成拉丁文,一八六三年译成法文。雨果在这里把"赫耳墨斯"一词当作神秘学说的代名词使用,他同时也把"代达罗斯"和"俄耳甫斯"当作古代神秘学说的代名词使用。

② "堂"是冠于贵族僧侣等人姓名前面的称号,意即"阁下""老爷"。

伽西莫多依旧跪着,低着头,交叉着双手。

于是他们互相打起奇怪的暗号和手势来了,他俩谁也没有说话。神甫激动地直立着,粗暴地恫吓着,伽西莫多卑恭地、顺从地匍匐着。那当儿,伽西莫多其实是很可以用他的拇指把那神甫捏碎的。

最后,那副主教粗暴地摇着伽西莫多的胳膊,做了个手势叫他站起来跟他走。

伽西莫多站起身来。

愚人之友会的会员们发了一阵呆之后,才想起要保卫他们那位给人拉下了宝座的愚人王。波希米亚人、小偷们和大理院书记团的人们,都围着那神甫嚷嚷开了。

伽西莫多站到神甫跟前去,紧握起双拳,像发怒的老虎一般磨响着牙齿,看着攻击神甫的人们。

神甫又装出他那副阴森严厉的神气,向伽西莫多做了个手势,悄悄地退去了。

伽西莫多走在他的前头,在人群里替他开路。

他们穿过了人群和广场,一群爱看热闹的人和游手好闲的人想跟上去。于是伽西莫多又当了后卫,跟在副主教身后,背朝前倒退着走。他矮壮、暴躁,不好惹,长得像个怪物,蜷缩着手脚,舐着长牙,像疯狂的野兽一样咆哮着。他的一个手势或一个眼色,就能使群众大大地骚动一阵。

人们听任他们走进一条狭小的街巷,那儿可再没有谁敢跟着走了,只要想到咬牙切齿的伽西莫多,就足以使人不敢再跟上去。

“这就奇怪了!”甘果瓦说,“可是我到哪儿吃晚饭去呢?”

四 夜间在街上跟踪美女的种种麻烦

甘果瓦决心冒险去跟踪那个波希米亚姑娘。看见她带着小山羊走上了刀剪街，他也跟着朝那条街走去。

"干吗不？"他自言自语道。

熟悉巴黎街道的哲学家甘果瓦，觉得没有什么事比跟踪一位你不知她要往哪里去的美女更有助于幻想的了。在他对自己的意愿的甘心放弃之中，在那屈从的怪念头里面，无疑有着奇特的独立性与盲目的顺从性的混合物——介于自由和不自由之间的某种符合甘果瓦爱好的东西。他的思想基本上是一种混合体，优柔寡断而且比较复杂，他知道怎样来控制过火的行为，总是在各种人的癖好之间徘徊，使它们互相抵消。他喜欢把自己比作穆罕默德的坟墓，被两块方向相反的磁石吸引着，永远动摇于顶峰和底层之间，拱顶和路面之间，上升和下沉之间，最高和最低之间。

假若甘果瓦出生在我们这个时代，他会在古典作家和浪漫作家之间占据何等不偏不倚的中间地位！但他还没有强壮到能活上三百岁，这很可惜。他的去世使我们今天感到分外空虚。

何况，对于甘果瓦来说，要他心甘情愿地在大街上这样跟踪一个路人（尤其是一个女性），而他自己又不知要到何处去投宿，没有比现在更合适的了。

那个少女看见市民们回来，关上了酒吧间（那天只有这类店铺开门），她就加快了脚步并且让她那漂亮的小山羊小步跑着。甘果瓦若有所思地跟在她身后。

"到底，"甘果瓦大概是这样想的，"她总得有个地方住宿呀。波希米亚妇女都是好心肠的。谁知道？……"

　　在他心里，这句故意没说完的话不知包含着什么动人的意思。

　　当他从那些最后关店门的商人面前走过时，偶尔听到了几句谈话的片断，把他的愉快的遐想链条弄断了。

　　例如两个老年人的这种攀谈：

　　"蒂波·菲尼克尔老板，你知道天气很冷吗？"

　　（刚一入冬甘果瓦对这一点就很清楚了。）

　　"是呀——嗯，波尼法斯·迭若姆老板！我们会不会像三年以前，像八○年①那样，每捆柴卖到八个苏呢？"

　　"呸，那算不了什么，蒂波老板。大约在一四○七年的冬天，从圣马丁节一直到圣烛节都结着冰呢！天气冷得吓人，大理院的书记们每写三个字，笔尖上的墨水就都结冰啦！它使得审判记录都中断了。"

　　再远一点，有几个邻家妇女拿着蜡烛站在窗口。雾气使她们的蜡烛爆出响声。

　　"布德拉格小姐，你的丈夫有没有把那件倒霉事讲给你听？"

　　"没有。你指的是什么事呀，居尔刚小姐？"

　　"沙特雷法庭公证人吉尔·戈丹先生的马被弗朗德勒使臣们和随员们惊了，它就把塞勒斯丹修会的修士菲立波·阿弗里约踢倒啦。"

　　"真的吗？"

---

　　①　指一四八○年。

"没有更真的了。"

"一个市民的马，那还不打紧。要是武士的马呀，那可就不妙了！"

那些窗子重新关上了。但是甘果瓦因此就失掉了思想的线索。

幸好他重新找到了它，而且不费力地把它接上了，那得感谢波希米亚姑娘和加里一直在他的前面赶路。由于崇拜着那两个美妙奇巧的生物的小小的脚，优美的形象，可爱的姿势，使他在沉思默想中几乎分不清她们谁是谁了。她们的聪明和友爱使他把她俩都当成了少女，而她们轻捷灵巧的脚步又使他以为她俩都是母山羊。

那些街道愈走愈荒僻，灭灯钟已经响过好久了，路上只是偶尔碰到一个行人，窗户里只是偶尔透出一点亮光。甘果瓦跟着波希米亚姑娘走进了围绕着古代的"圣婴公墓"①的错综纷歧的狭巷、弄堂和十字路，那些街巷就像是一堆被猫抓乱了的线。"这些街上是难得有旅店的呀！"甘果瓦说。他在那不断出现在他面前的迂回曲折里迷失了，但那个姑娘却好像走上了一条很熟悉的路，毫不犹豫地加快了脚步。至于他呢，他完全不明白自己在什么地方，要不是在拐角处看见了八角形菜市场那里的刑台，这座刑台的黑黝黝的齿形顶部清楚地突出在维尔代雷街的一个亮着灯的窗上。

他引起那个少女的注意已经好一会了。她好几次不安地朝他回过头来，她甚至还停了一会脚步，借着一个面包房半开

① 圣婴公墓是巴黎的一所公墓，在一一八六年至一七八六年间是巴黎一处堆尸的地方。

的窗户里透出的一线亮光,把他从头到脚仔细打量了一番,转瞬间,甘果瓦看见她像他上次看见过的那样,略为扁了一下嘴,就走开去了。

这个微微的扁嘴使甘果瓦陷入了深思,这种可爱的模样似乎表现着某种轻蔑或嘲笑的意思。他低着头慢慢地走,好像在数那些铺路的石板,在离那姑娘几步远之外,他跟着她转过了一条街。当那姑娘转过拐角看不见了的时候,他忽然听到一声尖锐的叫喊。

他赶紧加快了脚步。

街上是一片昏暗。借了街角圣母像的铁栏里燃着的一支流着烛油的蜡烛的亮光,甘果瓦才看见波希米亚姑娘正在两个男人的胳膊里挣扎,他们想堵住她的嘴不让她叫喊。那可怜的山羊吓坏了,低着头咩咩地叫着。

“救命呀,夜巡队!”甘果瓦叫喊着,勇敢地走向前去。抓住那少女的两个人中有一个转过头来,原来是伽西莫多那张可憎的脸。

甘果瓦并没有逃开去,但他没有再往前走一步了。

伽西莫多朝着他走来,一反手把他抛到了四步开外的石板路上,又迅速回过身去走进黑暗里,把少女举起来搭在他的一只胳膊上,好像搭一条绸披巾似的。他的同伴跟着他,那可怜的山羊悲哀地咩咩叫着跟在他们身后。

“捉凶手呀! 捉凶手呀!”不幸的波希米亚姑娘喊道。

“快到那边去,小子们,去给我把那个恶棍赶走!”忽然附近有个骑马的人用打雷般的声音喊道。他从邻近的一个十字路口横冲直闯地急驰而来。

他是国王的近卫弓箭手队长,从头到脚都武装着,手里拿着宝剑。

他从惊呆了的伽西莫多手臂里夺下波希米亚姑娘,把她横放在自己的马鞍上。那可怕的驼子从惊讶中清醒了,冲过来想把少女夺回去。十五六个手握双刃剑的弓箭手出现在那个队长身后。那是国王近卫军的一支分队,奉了巴黎总督罗贝尔·代斯杜特维尔老爷的命令在巡夜。

伽西莫多给包围了,抓住了,绑上了。他咆哮着,吐着唾沫,咬着牙。要是在白天,单只他那张由于愤怒而变得更加怕人的脸,就会把那支巡逻队吓跑啦。但是黑夜解除了他那可怕的武器——丑陋。

他的同伴在他们扭打的当儿溜走了。

波希米亚姑娘在那军官的马上妩媚地坐直了身子,把双手放在那个年轻人的肩头,仔细地端详了他几分钟。好像被他那英俊的容貌和搭救她的好意打动了。随后她首先打破沉默,用她那本来就很温柔的声音更加温柔地问道:

"军官先生,您尊姓大名?"

"我是近卫队长弗比斯·德·沙多倍尔,我听您吩咐,我的美人!"军官挺直身子回答。

"谢谢您!"她说。

可是当近卫队长伸出有小胡子的嘴想去吻那个姑娘的时候,她便从马上一下子滑落下来,像支掉到地上的箭一般地逃跑了。

她消失得比箭还快。

"去她妈的,"近卫队长说道,一面把绑着伽西莫多的皮带系得更紧了些,"我没有好好看牢那个婊子。"

"您要干什么呀,队长?"一个兵士说道,"会唱歌的鸟儿已经飞掉了，蝙蝠还留在这儿。"

五 《……麻烦》续篇

跌昏了的甘果瓦仍然留在街角圣母像跟前的路面上，他渐渐恢复了知觉。起初几分钟他在一种不无温甜的朦胧的幻觉里飘浮，在那里，天使般的波希米亚姑娘和那只山羊的形象，同伽西莫多沉重的拳头连在一起。只不过一会儿工夫，他的身子挨着石板引起的寒冷感觉，使他一下子清醒过来了，他打起了精神。"哪儿来的这股寒气呀？"他突然自问道。他这才发现自己差一点就是躺在一条阴沟里面。

"让鬼把那独眼驼子抓去吧！"他咬牙切齿地说着，想站起来。但是他的头相当晕，他太衰弱了。体力不够，他只好依旧躺着。他的双手还能相当自由地活动，便捂着鼻子听天由命了。

"巴黎的烂泥啊，"他想道，（因为他非常相信那条阴沟要成为他的住处，你能把一个意想不到的住处怎么样呢？）"巴黎的烂泥特别讨厌，它里面一定含着大量的碳酸盐和硝酸盐。至少尼古拉·弗拉梅尔阁下和炼金家们认为是这样的……"

"炼金家"这个名词使他忽然想起了副主教克洛德·孚罗洛。他记起了刚才看见的凶暴景象，记起了波希米亚姑娘在两个男子中间挣扎，记起了伽西莫多还有一个同伴，而副主教的阴沉高大的形象便混乱地进入了他的记忆。"这真奇怪！"他想道，根据这点并把它作为基础，他便开始建造一座假想的海市蜃楼——哲学家的那种纸糊的堡垒。接着他又一次回到了现实里，忽然喊道："哎呀，我都快冻成冰了！"

那个地方的确愈来愈难以待下去了,阴沟里的每一滴水都从甘果瓦的怀里带走一分温暖,他的身体变得跟阴沟里的水一样凉了。

可是立刻又有另一种完全不同的苦恼来袭击他。

一群儿童,就是那些经常在巴黎街头徘徊,永远被人叫做"流浪儿"的赤足小野人,当我们也还是小孩子的时候,每天傍晚放学回家时他们都朝我们扔石子,因为我们的裤子没有撕破。这样一群小家伙跑到了甘果瓦躺着的街口,一路大笑大闹,完全不在乎会不会打扰附近居民的睡梦。他们拖着一个不知做什么用的大口袋,单只他们走路的声音就能够把死人惊醒。还不完全是死人的甘果瓦于是半抬起了身子。

"喂,恩纳坎·凡代歇!喂,若望·潘斯布德!"孩子们尖声叫道,"拐角上那个铁货店商人老厄斯达谢·慕邦刚刚死去,我们拿到了他的草席,正好把它烧起一堆篝火来。今天是欢迎弗朗德勒使臣的日子啊。"

他们把草席不偏不倚地刚好抛到了甘果瓦身上,他们来到了他的身边却还没有看见他呢。有个孩子扯下一把草来,拿到圣母像前的蜡烛上去点燃。

"倒霉!"甘果瓦嘀咕道,"我现在不是又会太热了吗?"

正在千钧一发之际,正当他处于一边是火一边是水的境地,就像伪币制造者怕被人煮死却又无法逃走一样,他用一种超自然的力量直直地站起来,把草席向流浪儿们扔回去,随后就逃跑了。

"圣母呀,"孩子们嚷道,"那个铁货商人复活啦!"

草席成了战场的主人。宗教裁判官倍尔孚雷神甫和加罗扎特都曾经证明:"那个区的神甫于次日将草席郑重地拾起,送去放在圣奥波蒂纳教堂的贮藏室。那个教堂的圣器保管人就每年因莫贡赛耶街拐角处圣母像的那次显灵获得了一笔可观的收入，直到一七八九年。这是因为在一四八二年一月六日到七日那个值得纪念的晚上，由于圣母的显灵，就把厄斯达谢·慕邦死后恶意地躲在草席里打算和魔鬼开玩笑的鬼魂吓跑了。"

六　摔破的瓦罐

甘果瓦拼命地跑了一阵，他不知自己在什么地方，脑袋磕碰在好多拐角上，跌进好几条阴沟，跨过许多街道、许多胡同以及许多十字路口。他想要从菜市场那些曲折的旧石板路中间寻找一条通路，在慌乱中他还在探索"道路以及和道路有关的"①这几个绝妙的拉丁字到底是什么意思。我们的诗人忽然停步，喘息了一会，随后就被突然想起的一种两点论抓住了。他用手指按着额头说道："甘果瓦阁下，我看你是像个冒失鬼一样在那儿乱跑。那些小家伙害怕你可一点不亚于你害怕他们呢。我告诉你，我觉得你向北边逃跑的时候，一定听见他们那些穿木屐的脚在向南边逃跑。反正不出下面的两种情况：要么是孩子们逃掉，他们在惊慌里忘记带走的草席，正好成为你今天一早起就到处跑着去找寻的救济床。圣母把它送给你，用来报答你凭她的光荣而胜利地完成的一出热闹的圣迹剧。要么孩子们没有逃走，却把草席烧起来，那就正是你所需要的一堆好火，给你烤暖身子，烘干衣服，让你高兴。在这

----

① 原文是拉丁文。

两种情况里,不管是好床还是好火,总之草席是天赐的呀。莫贡赛耶街角上好心的圣母马利亚也许就是为了这个原因才让厄斯达谢·慕邦死掉的,而你却这样拔腿飞跑,像庇卡底人逃避法国人似的,倒把你一直在寻找的东西丢在背后。你真疯了!你真是个笨蛋!"

于是他掉转脚步,一面确定方向,一面开始寻找,耳朵鼻子都留神着,尽力要找回那床幸运的草席。可是白费力气。四周是一些错杂的房屋和死胡同,他在那里始终犹豫不决。这些黑暗的街巷,比杜尔内尔大厦①那座迷宫还令人狼狈和迷惑,他终于失掉了耐性,气呼呼地嚷道:"这些街巷真可恶!简直是魔鬼照着他那铁叉的式样修建的!"

这声叫嚷使他稍稍松了一口气,这时他看见一条长巷的尽头有一道通红的火光,他终于振作起精神。"赞美上帝!"他说,"它在那边呢!那是我的草席在燃烧呢!"他把自己比成夜间翻了船的水手,虔诚地补充道,"敬礼,圣母的星光!"②

他这句赞美诗是向着圣母的还是向着草席的呢?我们可就不得而知了。

在长巷里走了不多几步——长巷弯弯曲曲,没铺石板,越走越显得泥泞和倾斜——,他发现了一桩奇怪的事情,原来这条长巷并非没有行人,沿途有成群的人,看不清,模糊一片,都在向着长巷尽头处那摇晃的火光移动,好像一群笨拙的昆虫,夜里从一根草向另一根草,朝着牧童的火光爬着一样。

没有什么比袋里没钱更能使人敢于冒险的了,甘果瓦继

---

① 杜尔内尔是巴黎的一所王宫,法王亨利二世曾在其中被廷臣蒙哥梅利刺伤。
② 原文是拉丁文。

续前进,不多一会就走到了一个像爬虫似的懒洋洋地跟在别人身后拖着步子的人身边。再走近了些,他才看出那不过是一个可怜的没脚的人,在用两只手跳着走,就像一只仅仅剩下了两条前腿的蜘蛛。当他走到这只人面蜘蛛的跟前时,人面蜘蛛就用一种悲切的声音对他嚷道:"行行好吧,老爷,行行好吧!"①

"让魔鬼抓你去!"甘果瓦说,"把我也同你一道抓去,要是我懂得你的话是什么意思!"

他远远地走开了。

他走到一群移动的人里,到了另一个人的身边,仔细打量起来。那是一个双重残废的人,是个跛子,又是独臂,他的拐杖和木腿使他像走动着的泥瓦匠的脚手架一样。以优美的古典比喻见长的甘果瓦,把他比成乌尔冈②的活动三角架。

这只活动三角架在他走过时向他脱帽行礼,并把帽子像理发师的盘子似的举到他的下巴底下,对着他的耳朵喊道:"骑士先生,给点钱买块面包吧!"③

"好像这个人也在和我说话呢,"甘果瓦说,"但是这种语言很不好懂。要是他懂这种语言,那他可比我幸运。"

随后他忽然念头一转,拍拍自己的额头说:"那么,他们今天早上说的'拉·爱斯梅拉达'是什么意思呢?"

他想加快脚步,可是又有什么东西第三次挡住他的路。这个什么"东西",或者不如说这个什么"人"原来是个瞎子,是个长着胡子、面孔像犹太人的小个儿,由于一条大狗朝着他

① 原文是意大利文。
② 乌尔冈是罗马神话里的火神,相貌奇丑。
③ 原文是西班牙文。

乱吠,他正在向四周挥动着一根棍子。那人用匈牙利人的鼻音向他喊道:"请行行好吧!"①

"好啦!"甘果瓦说,"总算有个说基督徒的语言的人了!在我这样囊空如洗的当儿,我应该对向我求乞的人装出一副乐善好施的样子。我的朋友(同时他朝那瞎子回过头去),我上礼拜刚卖掉了我最后的一件衬衣呢。这就是说,你们是只懂西塞罗②的语言的:'我上礼拜刚卖掉了我最后的一件衬衣呢。'③"

说完他就背朝着那个瞎子,继续走他的路。可是那瞎子也和他一块儿迈步,同时那另外两个残废人——没脚人和断胳膊人,也急急忙忙拖着拐杖,拐着木腿走到了他身边。于是三个人合在一起紧跟着甘果瓦,向他唱起来:

"行行好吧!"④瞎子唱道。

"慈悲慈悲吧!"⑤没脚人唱道。

那个跛子便重复这句唱词:"给一块面包吧!"⑥

甘果瓦捂上耳朵:"啊呀,这真是座巴别塔!"⑦

他拔腿就跑。瞎子也在跑,跛子也在跑,没脚人也跑了起来。

随后,他刚走进了那条街,没脚人就同瞎子、跛子一道把他围上了。从几所房舍里,从附近的小巷和地窖里,又走出一些断胳膊人、独眼人和麻风病人,他们号着,吼着,喊着,慢慢

---

① 原文是拉丁文。
② 西塞罗(前106—前43),古罗马政治家、演说家,以雄辩著称于世。此处"西塞罗的语言"即指拉丁文。
③④⑤⑥ 原文是意大利文。
⑦ 意思是使用各种语言的地方。

地一拐一拐地向光亮处跑来,满身泥污,活像雨后的蜗牛。

一直被那三个讨厌鬼跟着的甘果瓦,不十分清楚究竟这种情况还会变成什么样子,他惊慌地走在这些陌生人中间,一会儿擦过那些跛子,一会儿碰着那些没脚人,一会儿又踏着那些腿受伤的人,真像是一位英国船长被困在一堆暗礁当中。

他想试着逃跑,可是太晚了,他身后的路被堵得水泄不通。那三个乞丐紧紧地缠着他,于是他继续向前走,被那难以抵挡的浪潮推动着,恐惧和昏乱使他觉得一切仿佛是在一个可怕的梦里。

终于到达了那条街的尽头。街尽头是一个大广场,那儿有千万点光亮在蒙蒙的夜雾里摇晃。甘果瓦连忙跑到广场上去,希望轻快的脚步能帮助他逃脱三个紧跟着他的乞丐。

"人哪儿去啦?"①跛子丢掉了拐杖,一面喊一面用从前在巴黎石板路上迈过几何形步子的两条好腿在甘果瓦身后跑步追来。

同时那个没脚人直立起来,把他那沉重的铁皮包边的瓦钵扣在甘果瓦头顶上,那个瞎子用亮晶晶的双眼直瞪瞪地瞧着他的脸。

"我是在什么地方呀?"惊呆了的诗人问。

"在圣迹区②。"走到那三个人跟前来的第四个幽灵回答道。

"的确是奇迹!"甘果瓦说,"我真的看见了睁眼的瞎子,跑步的跛子。可是上帝在哪儿呀?"

<hr />

① 原文是意大利文。
② 圣迹区,旧时巴黎的一个区。该区集中了大量乞丐、无赖及流浪汉等,他们装成各种残废外出乞讨行窃,回区后即恢复正常,仿佛突然因"圣迹"而治愈一般,该区因而得名。

他们用一片可怖的笑声来回答。

可怜的诗人向四周观看，他的确是在那骇人的圣迹区里，诚实的人从来不敢在那样晚的时刻闯进去。它是个魔法的圈子，沙特雷法庭的官儿们和总督府的官儿们假若冒险到那个地方去，就会悄悄地失踪。它是小偷的地区，是巴黎脸上一颗难看的瘤子，它是一条阴沟，奔泻的水每天早上从那儿流出，晚上就把那些经常浪荡在首都街头的无赖汉、乞丐和流浪人臭气熏天地送回那里。它是一个大蜂窝，那个秩序井然的社会里全体雄蜂每天都带着赃物回到那里。它是一个欺诈病院，那里有波希米亚人、还俗的修道士、失意的学者；有各种不同国籍的人：西班牙人、意大利人、德意志人；有各种不同宗教的人：犹太教徒、基督教徒、回教徒和偶像崇拜者。他们全身盖满了用彩色颜料画出来的脓疮，白天是乞丐，晚上就变成强盗。总之它是个庞大的更衣室，那个时代巴黎街道上一切盗窃、卖淫和暗杀案件这类永恒喜剧的扮演人，都是在那里上装和卸装的。

这是一片很大的空地，形状不规则，铺砌得也不好，像那时巴黎所有的广场一样。到处燃着一堆堆篝火，成群奇形怪状的人围在火边取暖，他们来来去去，喊嚷不停。听得见高声的大笑，小孩的啼哭和妇女的声音。在明亮的背景上，这群人的脑袋和胳膊形成种种奇怪的黑影。在地面上，摇晃的火光把它照出好些大块的不定型的阴影，经常可以看见一条像男人似的狗或者一个像狗似的男人经过。种族和地区的界限，在这个地方就像在群魔殿里一样都给抹掉了。男女、禽兽、年龄、性别、健康、疾病在这群人里仿佛是共同的，一切都合在一起，混在一起，搅在一起，叠在一起，大家都有福同享，有难同当。

不管甘果瓦是多么烦恼，摇摇晃晃的微弱火光还是使他看得清这宽广的空地的周围,看见一些已被虫蛀坏了的老房子正面的可怕轮廓,每座房子都开了一两个有亮光的天窗,那些房子在黑暗里看去就像是排成一圈的老妇人的大脑袋,眨着眼睛在望着魔鬼的安息日会。

这地方又像是一个没人看见过或听说过的畸形的、拥挤的、奇特的新世界。

甘果瓦被那三个乞丐抓住,像被三把钳子钳住一样,他的耳朵被另一群人的吵嚷震聋了,使他愈来愈惊惶失措。甘果瓦尝试着重新打起精神,想一想那天是不是礼拜六①。但他的努力都白费了,他的记忆和思想的线索已经断了,他一面在怀疑一切,一面在看到的和感到的事物之间飘飘忽忽,他向自己提出了这个难以解答的问题:“假若我是真的,这是怎么回事?假若这是真的,那我又是怎么回事?”

正在这时,在包围他的闹嚷人群中发出了一声清楚的呼喊:“带他见大王去!带他见大王去!”

“圣母在上!”甘果瓦喃喃地说,“这地方的大王,那大约是一只公山羊吧!”

“去见大王!去见大王!”所有的声音都重复地喊。

人们拖他拽他,有的把手伸到他身上。但那三个乞丐不肯放松他,他们把他从那些人手里拉开,一面嘶声喊道:“他是我们的呀!”

诗人那件本来就很破的上衣,在这次争夺中完全被撕成碎片了。

穿过那骇人的空地时,他的昏晕已经给赶跑了,走了几步

① 据西方传说,魔鬼们都在礼拜六晚上举行安息日狂欢会。

之后他就恢复了真实的感觉。他开始能适应那地方的气氛了。起初，从他那诗人的头脑里（那里或许一切都简单而平庸），从他那空空的胃里升起了一股烟——也可以说是一层雾气——笼罩在他和其他事物之间，他只能在不连贯的梦魇的迷雾中，只能在梦境的深渊里，朝它们稍稍瞟上一眼。在那梦魇里，一切轮廓仿佛都在颤抖，一切形象仿佛都在狞笑，一切事物仿佛都在堆叠，物体膨胀得有如龙蛇狮虎，人们膨胀得有如妖魔鬼怪。渐渐地，这种幻觉又变成了不那么错乱、不那么夸张的景象。现实使一切都真相大白，照亮了他四周的一切，刺痛他的眼睛，踏痛他的双脚，把他起先以为是围绕着他的可怕的文学的想象一一撕毁了。他不能不看出他并非行走在黄泉路上，而是走在泥泞当中，并不是被魔鬼们推拥着，而是被小偷们推拥着，走到了那里的并不是他的灵魂，而是他真实的生命（这是由于他缺少盗贼与诚实人之间的重要联系——钱包）。更贴近些、更冷静些观察那个地带时，他终于从魔鬼们的安息日会跌落到了酒店里。

圣迹区其实只不过是一个酒店，但它是强盗们的酒店，一切都染上了血和酒的红色。

当他的破衣烂衫的护送人终于把他送到了目的地的时候，映入他眼中的景象并没有把他带回诗的境界，而是带到了地狱诗篇的境界，这是酒店那空前粗暴而缺乏诗意的现实世界。假若我们的故事不是发生在十五世纪，我们就会说甘果瓦是从米盖朗琪罗①那里降到了卡罗②那里。

① 米盖朗琪罗（1475—1564），意大利十六世纪的大雕塑家、画家和诗人。
② 卡罗（1592—1635），法国十七世纪的画家和雕塑家。

在一个巨大的圆形石板上燃烧着一堆大火,火舌从一只空的三角架上伸出来,在这堆火的周围随便乱放着几张蛀坏了的桌子。那个安排桌子的人并没有用起码的几何学常识把它们排列起来,或者至少要留心不让它们那些经常不用的角互相交错。有几只流着葡萄酒和麦芽酒的瓶子在那几张桌子上发亮。瓶子周围聚集着许多人,由于火同酒,他们的脸已经变成了紫红色。有一个脸色快活的大肚皮男人粗鲁地拥抱着一个笨拙肥胖的妓女。一个假扮的士兵——或者用他们的黑话说,一个诡诈的人物——打着口哨从他那伪装的伤口上解下绷带,搓揉着从早上起就绑着许多布条的强壮的膝盖。他身后有一个病鬼正在准备牛油和牛血,以便明天涂到他那“天赐”的腿上。较远的两张桌子上,有个穿着整套香客服装的骗子正在唱“神圣女王”的哀诉,但并没忘记用鼻音。另一处有个年轻的无赖汉在向一个老浪子请教如何装癫痫病,那老浪子就把技艺传授给他,叫他含一片肥皂在嘴里,弄出泡沫来。他旁边有一个假装患水肿病的人正在弄平他身上的肿胀,使得四五个正在那张桌上为了当晚偷来的一个小孩而争吵的女骗子连忙捏住鼻子。正像两个世纪以后的索瓦尔所说,“所有这些情景在宫廷中显得如此可笑,于是就成为国王的消遣,成为一出名叫‘黑夜’的芭蕾舞剧的前奏曲,这出舞剧分成四部分在小波旁宫的戏台上演出”。有个看过那场演出的人在一六五三年补充说:“圣迹区的突然变形法从来还没有像那次那样好的被表演出来。关于此事彭斯拉德①还给我们写过几行相当优美的诗呢。”

～～～～～～

① 彭斯拉德(1613? —1691),法王路易十三、路易十四时的宫廷诗人。

到处响着粗鲁的笑声和放浪的歌声，每个人自管自地笑骂和评论着，不去听旁边的人在说什么。瓶子给打翻了，于是引起了关于瓶子的破片碰着了谁的争吵，而破瓶子又把破衣服挂得更破。

一条大狗用后腿坐在那里望着火。几个孩子也参与了这个宴会。那个偷来的小孩哭闹着；另外一个四岁的胖男孩两腿悬空地坐在一条很高的长凳上一声不吭，桌子齐到了他的下巴底下；还有一个正在用手指头把蜡烛上流下来的油一本正经地往桌上涂抹；最后是一个蹲在烂泥里的小家伙，他正在用瓦片刮着一只大汤锅，身子几乎都钻进锅里去了。他那刮东西的响声简直可以把斯特拉第瓦瑞阿斯①吓昏过去。

火边有一只大桶，上面站着一个乞丐，那就是乞丐王在他的宝座上。

那三个把甘果瓦据为己有的人把他领到了大桶跟前。除了那个小孩依旧刮着大汤锅之外，这五花八门的人群安静了一会。

甘果瓦不敢出气也不敢抬一抬眼睛。

"伙计，脱帽呀！"②据有他的那三人中的一个说。他还没听懂这句话是什么意思，另一个就替他脱下了帽子。那的确是一顶破帽，不过在大晴天或下雨的日子还是有用的。甘果瓦叹了一口气。

这时，那高高站在大桶上的大王对他讲话了。

"这家伙是个什么人？"

① 斯特拉第瓦瑞阿斯(1644 或 1648—1737)，十七到十八世纪意大利最著名的乐器制造者。
② 原文是西班牙文。

甘果瓦发抖了。这个带点恫吓的声音,使他记起了那天早晨给他的圣迹剧头一个打击的声音,那个曾经在观众中间喊"请行行好吧!"的声音。他抬头观看,那人的确是克洛潘·图意弗。

克洛潘·图意弗挂着王徽,衣服上的补丁并不比平常多一块或者少一块。他胳膊上的创伤已经不见了,他手里拿着白皮条的鞭子,就是当时的法庭执达吏们用来赶开人群的,被称之为"赶人鞭"的那一种。他戴着一顶又高又紧的帽子,很难看清楚它是环形帽檐突出的儿童帽呢还是一顶王冠,因为这两者是十分相似的。

认出了这个圣迹区的大王就是司法宫大厅里那个可恶的乞丐,甘果瓦不知为何又觉得有了点希望。

"阁下,"他结结巴巴地说道,"大人……老爷……我该怎样称呼您呀?"他终于用最高的嗓音呼唤道,而且不知怎样才能再高声些或再低声些。

"大人,陛下,或者同志,你愿意怎样称呼我就怎样称呼吧。可是得赶快。你要怎样替你自己辩护?"

"为自己辩护!"[①]甘果瓦想道,"我才不高兴那样呢。"他结结巴巴地补充道:"我就是那个今天早上……"

"让魔鬼用爪子把你抓去!"克洛潘打断了他,"只要通报你的姓名就行了。恶棍,不用多啰唆,听着,你是当着三位统治者的面:我本人,克洛潘·图意弗,是土恩之王,黑话王国的最高统治者,大加约斯的继承人;他是埃及和波希米亚的公爵马蒂亚斯·韩加蒂·斯比加里;正在安慰身边的娼妓没听我

---

① 此处原文用斜体排,表示着重,现改为着重点。

们说话的那个胖子,是加利利①的皇帝居约姆·卢梭。我们是你的审判官。你并不是会说黑话的人,却闯入了黑话王国,你盗用了我们这个区域的特权。既然你不是一个胆小鬼、三只手或者沿街游荡的人,也就是你们那些良民所谓的小偷、叫花子和流浪汉,你就应该受处分。你是不是这一类人呢?证明你自己吧,陈述你的身份吧!"

"哎!"甘果瓦回答,"我可没有那份荣幸。我就是作家……"

"够了,"图意弗不让他把话讲完就说道,"一定得把你绞死。事情很简单,正派的先生们!我们要像你们对付我们的人一样来对付你们的人了!你们用在乞丐流氓身上的法律,乞丐也要用在你们身上。这不好受,那可是你们的过错。得让我们看看一个好人怎样在麻绳活结里不断地露出牙齿做怪脸,这就会使事情变得光彩。来呀,朋友,你要高高兴兴把你的衣服分给这些妇女。我要命令绞死你,好让乞丐们开开心,你得把你的钱包送给他们买酒喝。要是你想举行个仪式,那边地窖里有个石像,是我们从圣比埃尔·俄·倍甫教堂偷来的。你可以去向它祷告五分钟。"

这个通知是可怕的。

"讲得好呀,千真万确!克洛潘·图意弗好像圣父教皇在讲道呢!"加利利的皇帝喊道,一面把他的酒瓶摔破,用来把桌子垫高。

"皇帝和国王大人们,"甘果瓦冷静地说,(他不知怎么又恢复了勇气,说得很坚决)"你们别那么想,我名叫比埃尔·

---

① 加利利是巴勒斯坦一个地区。

甘果瓦,我就是那个诗人,今天早上在司法宫大厅还演出过我写的那出圣迹剧。"

"啊,原来是你呀,阁下!"克洛潘说,"当时我也在场呢,凭上帝的脑袋作证! 呀,伙计,难道因为你今天早上曾经使我们厌烦,倒成了你今天晚上不给绞死的理由吗?"

"我很难逃脱了。"甘果瓦想道,但他还是想再作一番努力,再试一试。"我不懂为什么诗人们就不能当叫花子,伊索①就当过流浪人,荷马就当过叫花子②,墨丘利③也当过小偷……"

克洛潘打断了他的话说:"我明白你是想拿些难懂的词儿来作弄我们。皇天在上! 得绞死你,不用多啰唆!"

"请原谅,土恩大王大人,"甘果瓦回答,他一步一步地夺取阵地,"用不着那么费事……稍等一会……听我说……你不能不听我说就给我定罪呀……"

实际上,他那凄凉的声音完全被周围的一片闹嚷声盖住了。那个小顽童用空前未有的狂热把那只汤锅刮得震天响,好像这还不够,又走过来一个老太婆,放了一只装满油的锅在那个火热的三角架上,油锅在火上发出了像一大群儿童在假面人身后追着叫喊的响声。

同时,克洛潘·图意弗似乎同那埃及公爵和加利利皇帝商量了一阵,那皇帝已经喝得烂醉如泥。随后他高声喊道:"肃静!"汤锅和油锅不听他吩咐,还继续在那儿合奏,于是他

---

① 伊索,公元前六世纪古希腊著名的寓言家,《伊索寓言》的作者。
② 古希腊大诗人荷马曾走遍许多地方吟诵自己的诗歌。
③ 墨丘利是大神朱庇特之子,他是天神们的信使,是雄辩与商业之神,也是小偷供奉的神。

便从桶上跳下来,朝汤锅踢了一脚,汤锅和小顽童一齐滚到了十步开外,他又朝油锅踢了一脚,油锅里的油完全翻倒在火上了。这之后他庄严地重新走上他的宝座,不管那顽童要闭气似的哭号和那老妇人的抱怨,她的晚餐已经变成漂亮的白色火焰啦。

图意弗做了个手势,于是公爵、皇帝、要人和假香客们走来围着他排列成一个马蹄形,仍然被牢牢抓住的甘果瓦,正在那半圆圈的正当中。那个半圆圈里尽是补丁、破布、金箔,尽是铁耙、小斧头,尽是光腿和光胳膊,尽是肮脏、憔悴、蠢笨的脸孔。在那破衣烂衫的人们的圆桌会的中央,克洛潘·图意弗就像是这个元老院的总督,这个部落的酋长,主持这个秘密会议的教皇一样。他引起所有的人的敬畏,首先是由于那高高的木桶,其次是由于某种崇高的神态,既凶猛又可怕,使他的两眼炯炯发光。他粗犷的轮廓改正了流浪民族的那种近乎兽类的模样,可以说是猪群中的一个猪头。

"听着,"他用粗硬的手抚摸着甘果瓦消瘦的下巴说,"我看不出你怎么能够不给绞死。真的,这似乎让你不高兴,那也很简单,你们这些市民们,你们对绞刑是不习惯的,把它当成一桩大事。无论如何,我们对你并没有什么恶意。这儿还有个办法能使你马上摆脱。你愿意参加我们一伙吗?"

你可以想象这个建议对甘果瓦产生的效果,他本以为已经没法再来挽救自己的生命,并且已经开始准备听天由命了。他热烈地抓住这个建议。

"我愿意参加,千真万确,再好不过。"他回答道。

"你同意当明火执仗的强盗吗?"克洛潘问道。

"同意当明火执仗的强盗。准定!"甘果瓦答道。

"同意当不交税的市民吗?"土恩之王又问。

"我同意当不交税的市民。"

"当黑话王国的臣民吗?"

"当黑话王国的臣民。"

"当一个叫花子吗?"

"当一个叫花子。"

"用你的灵魂担保吗?"

"用我的灵魂担保。"

"我得警告你,"大王又说道,"就是这样你也还得给绞死。"

"见鬼!"甘果瓦说。

"不过,"克洛潘泰然说道,"你会过些时候才给绞死,有比较好的仪式,由巴黎这座好城市来负担这笔费用,在一个漂亮的石头绞架上,给那些良民们绞死。那也是一种安慰。"

"但愿如你所说。"诗人回答道。

"还有另外一些危险。当了不交税的市民,你就不能缴付清道捐、贫苦捐和灯火捐了。那些都是巴黎市民的事。"

"当然如此,"诗人说,"我同意。我是一个叫花子,一个乞丐,一个不交税的市民,一个明火执仗的强盗,一个你们所愿意要的无论什么人,而且我比那些人还多一种身份呢,土恩大王先生,因为我是个哲学家。你知道,万物都在哲学里,众人都在哲学家的头脑里呢①,你知道。"

土恩王皱起了眉头。

"你把我当成什么人哪,朋友?你用匈牙利犹太人的什

---

① 原文是拉丁文。

么黑话在那儿向我们哼哼呀？我不懂希伯来语。既然当了强盗就不是犹太人啦。我连偷窃都不屑干，我比那个更高明，我杀人。砍脑袋，可以，偷钱包，不成。"

甘果瓦试着要在被恼怒弄得愈来愈简短的这些话当中滑进去一句请求宽恕的话。"我请您原谅，大人，那并不是希伯来语，那是拉丁语呀。"

"我告诉你，"克洛潘暴躁地说，"我不是犹太人，我告诉你我要把你绞死，你这个鬼东西！就像你跟前那个犹太的小商人一样，我巴望有一天会看见他给钉在一个柜台上，他真像一个假铜钱呀！"

这样说着，他一面用手指着那个曾经用那句"行行好呀！"向甘果瓦打过招呼的长着胡子的小个儿匈牙利犹太人。那人不懂别种语言，瞠目结舌地看着土恩的王向他大发雷霆。

克洛潘大人终于安静下来了。

"恶棍！"他向我们的诗人说道，"那么你愿意当叫花子了？"

"毫无问题。"诗人回答。

"这也还不是只要愿意就行了的，"乖张的克洛潘说道，"好愿望不会给晚饭里多添一个葱头，除了让我们能进天堂之外它也没别的用处，当然天堂和黑话王国是两回事啰。要想加入我们讲黑话的这一伙，你就得证明你有点本领，得证明你会偷钱包。"

"我会去偷你们乐意要的无论什么东西。"甘果瓦说。

克洛潘做了一个手势。几个黑话王国成员就走出了圈子，一会又回转来。他们扛来了两根木桩，每根向下的一端都绑着宽宽的木板，他们把木桩很便当地立在地上。他们在两根木桩顶上架起一条横杠,就做成了一个非常好的便于携带的绞刑架。甘果瓦满意地看见它一转眼就竖在自己面前了,什么也不缺,连那在横杠上动人地摇晃的绳子都齐备了。

"他们还打算要什么花招?"甘果瓦不安地自问。这时他听见一阵铃声,使他的忧虑告了结束。那是一个人体模型,乞丐们把它的脖子吊在绳子上,它好像吓唬鸟儿的稻草人,穿着红衣服,身上挂满了足够装饰三十头卡斯蒂恩①牝骡鞍子的小铃铛。那成千的铃铛跟着绳子的摇摆响了一阵,声音慢慢低下去,终于完全寂然,那个模型也像钟摆似的停止了摆动。

于是克洛潘指着放在人体模型脚下的一张摇摇欲倒的破凳子,向甘果瓦说:"上去!"

"真该死!"诗人回答,"我会把脖子摔断的呀!你的凳子就像马尔蒂亚②的两行体诗歌一样,是个残废,它一条腿是五个音步的,另一条腿是六个音步的。"

"上去!"克洛潘又说。

甘果瓦踏上凳子,头和胳膊摇晃了一阵才找到了重心。

"现在,"土恩的王接着说,"把你的右脚盘到左腿上,再用左脚站直。"

"大人,"甘果瓦说,"那么你一定要让我弄断手脚吗?"

克洛潘摇摇头。

"听着,朋友,你话说得太多,只要两句话就够啦。你得像我教你的那样用脚尖站住,这样你才够得着那个模型的口袋。你就在那里掏摸,你把摸到的钱包拿出来。假若你能够

①　卡斯蒂恩是西班牙的一个城市。
②　马尔蒂亚(约40—约104),古罗马诗人。

101

不让人听见一声铃响就干完这些事，那就好了，你可以当小偷了，我们只需再鞭打你一个星期。"

"我的天哪，这我可不敢保证，"甘果瓦说，"假若我把铃铛弄响了呢？"

"那你就得给绞死。你懂吗？"

"我半点都不懂。"甘果瓦答道。

"我再说一遍。你得在模型身上掏摸，把它的钱包拿到手。要是你弄响了一个铃铛，你就得给绞死。明白了吧？"

"得啦，"甘果瓦说，"我明白了。以后呢？"

"要是你做得到没弄响一个铃铛就把钱包偷到手，你就是一个扒手了，我们要在一星期之内天天鞭打你。现在你一定明白了吧？"

"不，大人，我更不明白了。哪一样对我更好呢，是给绞死还是给鞭打？"

"可是当一个扒手呀！"克洛潘补充说明，"当一个扒手，难道是一件无所谓的事吗？我们鞭打你是为了对你有好处，为了训练你习惯于挨打。"

"非常感谢！"诗人回答道。

"那么，赶快吧！"克洛潘用脚把木桶敲得像大鼓一样响，"在那个模型身上掏摸吧，把这件事干完。我再最后一次警告你，要是我听到了一个铃铛发出响声，你就得给绞死在那个模型的地方。"

黑话王国的公民们给克洛潘的话喝彩，他们围住绞刑架，脸上堆着毫无怜悯的笑容。甘果瓦看得出自己使他们非常开心，也就不怎么害怕他们了。他再没有别的希望，只盼能侥幸完成那派给他的艰巨的任务。他决定冒险试一试，但那也是在他先向要去掏摸的模型做了一番虔诚的祷告之后才决定的,因为感动它总要比感动扒手们容易些吧。那无数带着铜舌的铃铛,好像许多张开嘴准备咬人和发出嘶嘶叫声的蛇。

“啊,”他悄声说道,“难道我的性命得由这些铃铛里面最小一个铃的最轻微的晃动来决定吗? 啊,”他双手合十,补充道,“铃铛们,别摇响吧! 小铃儿们,别碰响吧!”

他尝试着再去说服图意弗一次。

“要是忽然刮风了呢?”他问道。

“那样你也得给绞死。”那一个斩钉截铁地答道。

看到再没有缓刑、减刑和逃脱的可能,他就勇敢地打定了主意。他把右脚盘在左腿上,用左脚尖站着,伸出胳膊。可是他刚刚摸着那个模型,他的只用一条腿支持着的身子就在那三条腿的凳子上摇晃起来。他机械地想抓住模型,却失去了平衡,于是沉重地跌倒在地。那个模型起先跟着他的手转动了一下,随后就在两根木桩中间摇晃起来,它身上成千的铃铛拼命地乱响,震得他两耳发聋。

“真不走运!”他跌下时这样喊了一声,就脸孔朝下像死人似的躺在地上。

这当儿他听见头顶上一阵可怕的铃铛声和乞丐们恶魔般的笑声,是图意弗的声音在说:“把这家伙给我拉起来,给我狠狠地绞死他!”

他站起身来。人们已经把那个模型解下,给他让出了地方。

黑话王国的人们把他拖上凳子。克洛潘来到他跟前,把绳索套在他脖子上,拍着他的肩膀:“永别了,朋友。你哪怕跟罗马教皇一样走运,这会儿也逃不脱了!”

甘果瓦嘴里轻轻哼了声："饶命吧！"他向四周扫了一眼。可是毫无希望：每个人都在笑。

"倍勒维尼·代多阿尔，"土恩的王向一个魁伟的扒手说道，那人就从行列里跳了出来，"爬到横杠上去！"

倍勒维尼·代多阿尔敏捷地爬上横杠。过一会甘果瓦抬眼望去，恐怖地看见他正蜷伏在自己头顶的横杠上面。

"现在，"克洛潘又说，"只要我一拍手，红脸安德里，你就一脚把凳子踢倒。弗朗索瓦·尚特·普律尼，你就吊在那家伙的脚上去。倍勒维尼，你就压住他的肩膀。你们三人要同时动手，听见吗？"

甘果瓦发抖了。

"你们都准备好了吗？"克洛潘·图意弗对那三个正准备像蜘蛛捉苍蝇那样朝甘果瓦扑上去的乞丐说。可怜的罪犯还得恐惧地等一阵子，这当儿克洛潘平静地把几根没烧着的柴火踢到火里去。"你们都准备好了吗？"他重复了一遍，并且张开两手准备拍，再过一秒钟他就要拍手了。

但是他忽然停下来，好像想起什么事。"等一等！"他说道，"我忘啦……照习惯，在我们还没有问过哪位妇女肯要他以前，是不能把一个男人绞死的。伙计，这是最后一个机会啦，你得娶个女扒手或者同麻绳套结婚。"

读者可能认为十分荒谬的这条波希米亚人的法律，如今依旧写在英吉利的宗教法典里呢。请参看《倍林通观察报告》吧。

甘果瓦又打起精神来。在半个钟头里，这是他第二次重生了，他还不敢十分相信呢。

"好啦！"克洛潘又升上他的宝座，"好啦，妇女们，妇女们！你们当中有妇女吗？不管是女巫或是她的母猫,总之,有需要这个荡子的荡妇吗？戈莱特·拉夏洪！伊莉莎白·徒万！西蒙·若度因！玛丽·比埃德普！多勒·拉龙格！贝拉德·法努埃尔！米谢尔·吉拉伊！咬耳朵克罗德！马居新·纪罗乌！好啦,伊莎波·拉蒂耶里！来看看吧！什么都不用就得到一个丈夫！谁要呀!"

处在那样悲惨的境地,甘果瓦当然是不怎么吸引人的,女扒手们并没怎样为这个建议动心。那不幸的人听见她们回答道:"不要,不要！绞死他,让大家开开心吧!"

这时,从人群里跳出了三个女人,走到跟前端详他。第一个是方脸孔的胖姑娘。她仔细地察看甘果瓦的上衣。那件上衣破旧极了,上面的破洞比烤栗子的烤锅上的破洞还多呢。胖姑娘做了个怪脸。"破布渣!"她抱怨着,又向甘果瓦说,"咱们瞧瞧你的斗篷吧!""弄丢啦!"甘果瓦答道。"你的帽子呢?""给人拿走了。""你的鞋呢?""鞋底都快磨穿啦。""你的钱包呢?""哎,"甘果瓦结结巴巴地答道,"我连最后一个铜板也没有啦。""那么让你给绞死吧,谢谢!"那女乞丐说完就朝他背转身走开了。

第二个又老又黑,满脸皱纹,相貌奇丑,就是在圣迹区里她也是最丑的了。她围着甘果瓦转来转去,甘果瓦甚至担心她会看中自己呢。可是她在牙缝里说了声"他太瘦啦!"就走开去了。

第三个是一个少女,相当娇嫩,也不太难看。"救救我吧!"那可怜鬼向她低声说。她怜悯地瞧了他一会,接着就低下眼睛,搓弄着裙子,犹豫不决。他用眼睛追随她的一举一动,这是最后的一线希望了啊。"不能!"少女终于说道,"居约姆·龙格汝会打我的。"她走回人堆里去了。

"伙计，"克洛潘说，"你真不走运呀！"

随后他便在那大桶上挺直身子，"没有人要他吗？"他模仿着拍卖行商人的声音喊道，人们听见都乐开了。"没人要他吗？一遍——两遍——三遍！"于是他掉转头望着绞刑架说："判定了！"

倍勒维尼·代多瓦尔，红脸安德里，弗朗索瓦·尚特·普律尼，通通来到了甘果瓦跟前。

这时黑话王国的公民中间发出了一片喊声："拉·爱斯梅拉达！拉·爱斯梅拉达！"

甘果瓦抖了一下，把头转向发出那个欢呼声的方向。人群散开来，让路给一位容光焕发的人物。

她就是那个波希米亚姑娘。

"拉·爱斯梅拉达！"甘果瓦说道，被感情激动得发呆了。这个有魔力的名字使他想起了白天的每件事情。

这个罕见的尤物仿佛是到圣迹区来试验她那妩媚和美貌的魅力的。男女乞丐安静地排成队让她走过，他们粗野的面容也由于看见她而开朗起来。

她用轻快的脚步向犯人走来，她那漂亮的加里跟着她。甘果瓦已经半死不活了。她静悄悄地端详了他一会。

"你们要绞死这个人吗？"她严厉地问克洛潘道。

"是呀，妹妹，"土恩的王答道，"除非你肯要他做丈夫。"

她略为扁一扁嘴。

"我要他。"她说。

听了这话，甘果瓦坚信自己从早上就一直在做梦，而这件事也是发生在梦中。

变化虽然是愉快的,可是也太突然了。

人们解开绳套,让甘果瓦从凳子上下来。他太激动了,只好坐着。

埃及公爵一声不吭,抱来了一个瓦罐。波希米亚姑娘把它递给甘果瓦。"把它摔在地上吧!"她对他说。

瓦罐给摔成了四块。

这时埃及公爵把两只手分别放在两人额头上说道:"兄弟,她是你的妻子;妹妹,他是你的丈夫。定期四年。去吧!"

七　新婚之夜

过了不多一会,我们的诗人就进入一间相当严密、温暖的尖拱顶房间,坐在一张便于从旁边的高食橱里拿东西的桌子跟前了,预计还会有一张好床,还可以同一位漂亮的姑娘亲密地谈心。这桩奇遇具有相当迷人的成分,他开始把自己当成神话中的人物了,他的眼睛向周围东看西看,好像是要弄清楚那两头怪兽架着的火炉还在不在那里,刚才使他一下子从地狱升到天堂的好像就是那只火炉吧。有时他又盯着看他那上衣上所有的破洞,以便抓住现实,不至于完全神志不清。他那在幻想上飘来飘去的理智,只能攀附在这样一条线索上了。

那个少女似乎丝毫不注意他,她走来走去,或者挪动一下凳子,或者向山羊说几句话,或者向这里那里扁一扁嘴。她终于坐到桌子跟前来,甘果瓦可以仔细端详她了。

读者啊,你也曾经是个孩子,也许你很幸运,现在还是个孩子。你一定曾经不止一次地(至于我,我往往是整天如此,那是我消磨时间最好的方法)在晴朗的日子沿着一座又一座丛林,在小溪边追踪一只蓝色的或绿色的蜻蜓,它常常改变飞行方向,并且轻擦着树梢飞过。请回想一下,你抱着多么迷恋的好奇心,全神贯注地看着那嗡嗡叫着的旋风似的小东西,那一对紫色或蓝色的翅膀,中间浮动着它那由于迅速的运动而显得难以捉摸的形体。那个会飞的生物,对于你它显得多么虚幻和难以想象,无法捕捉,无法辨明。可是当那蜻蜓终于在一茎花枝上停下来时,你能屏息细看它那一对薄薄的长翅膀,一身珐琅般光滑的长袍和两只水晶样透明的眼睛,那时你是多么惊异,多么担心它会重新躲进阴影或是遁入虚空。回想起这些,你就容易体会到甘果瓦仔细端详爱斯梅拉达那看得见也摸得着的形体时的感受了,那个形体他只是当她在人群里歌舞时看见过一眼。

他愈来愈沉迷在自己的梦中。"难道这就是——"他睡眼蒙眬地望着她,自言自语地说,"这就是所谓'拉·爱斯梅拉达'吗?一个天生尤物!一位大街上的女舞蹈家!一点不错!今天早上使我的戏剧遭受打击的就是她!今天晚上救了我性命的也是她。我可怜的天才!我可爱的天使!依我看,她是一个漂亮的女人!她既然救了我,也会热烈地爱我吧!然而,"他忽然带着来自他性格和哲学深处的真实感说道,"我不大弄得清到底是怎么回事,我成了她的丈夫!"

他心里和眼睛里装着这个念头,用十分庄严优美的姿态向那少女走过去,使她倒退了一步。

"你要我做什么吗?"

"你能这样问我吗,令人敬爱的拉·爱斯梅拉达?"甘果瓦用充满感情的声音说,连他自己听起来也觉得诧异。

那波希米亚姑娘睁大着眼睛说:"我不懂你的话是什么

意思。"

"怎么啦!"甘果瓦说,想到最后只需实现圣迹区的一项规定了,他就变得更加热情起来,"难道我不是属于你的吗?温柔的朋友,难道你不是属于我的吗?"

他一面说,一面天真地抱住她的腰。

波希米亚姑娘的短上衣像鳗鱼的皮似的从他手里滑过,她从小房间的这一头跳到了那一头,先弯下腰去又马上挺直身子,手里握着一把尖刀。甘果瓦还没来得及看清那尖刀是从哪儿拔出来的,她神态又激动又高傲,噘着嘴,闪动着鼻翼,两颊红得像杏子,两眼闪出电一样的光芒,那白山羊不时跑到她跟前,耸起两只尖尖的漂亮的金色犄角,向甘果瓦做出挑战的姿势。这都发生在一转眼之间。

那蜻蜓变成了黄蜂,她不想别的,只想螫人。

我们的哲学家困惑地呆立不动,用迟钝的目光来回看那山羊和那姑娘。

"圣母啊!"他惊骇了一阵之后,说得出话了,终于说道,"原来是两个泼妇呀!"

波希米亚姑娘开口说话了。

"你应该是个比较勇敢的人!"

"请原谅,小姐,"甘果瓦微笑着说,"可是你为什么又要我当你的丈夫呢?"

"难道应该让你给绞死吗?"

"这样说来,"诗人补充道,他对爱情的希望受到挫折了,"你同我结婚就只是为了搭救我,再没别的想法吗?"

"你还希望我会有什么别的想法?"

甘果瓦咬着嘴唇。"好吧,"他说,"我并不是像我自己以为的那样，是一个胜利的爱神。但是，摔破那可怜的瓦罐又有什么好处？"

这当儿爱斯梅拉达的尖刀和小山羊的犄角依然保持着防卫姿势。

"拉·爱斯梅拉达小姐，"诗人说，"咱们和解吧。我不会同你争辩，你不应该这样不顾总督大人的禁令，私下揣着一把尖刀。你不会不知道，诺爱勒·莱斯克里万就是因为带着一把剑，在一个星期以前被判了五个或十个苏的罚金。不过这事和我不相干，还是说说我们自己的事吧。我用我进天堂的希望向你保证，不得到你的同意和允许，我决不挨近你。可是给我晚饭吃吧。"

事实上，甘果瓦就像代斯普奥①先生一样，是"并不怎么多情"的。他不是那种用突然袭击的方法去抢夺少女的骑士和军官。他对恋爱也像对别的事情一样，总是情愿等待时机和保持一定界限。况且，当他正在饥饿的时候，一顿伴着亲密谈话的晚餐，对于他正像是爱情奇遇的开场和结尾之间的一段美妙的插曲。

不多一会，桌上就摆出了一块裸麦面包、一片腌猪肉、几个干皱的苹果和一瓶啤酒。甘果瓦狼吞虎咽地吃起来。听见铁刀叉和陶瓷碟子碰得叮当直响，你会认为他的全部爱情都变成食欲了。

那个姑娘坐在他前面，静静地看着他吃饭。她显然在想别的念头，时时露出笑容，一面用可爱的手抚摸那温柔地伏在

---

① 布瓦洛·代斯普奥（1636—1711），法国十七世纪诗人和评论家，著有《诗艺》。其作品以严峻著称。

她膝头上的小山羊。

一支带着黄色光晕的蜡烛照着这幅健啖和梦幻的景象。

最初的食欲满足后,甘果瓦看见桌上只剩下了一个苹果,有点不好意思。"你不吃吗,爱斯梅拉达小姐?"

她摇摇头代替回答,若有所思的眼睛盯着房间的拱顶。

"她在想什么鬼事情呀?"甘果瓦想着,也向她望的地方望去,"拱顶石上那个石刻的丑脑袋不可能这样吸引她的注意吧。什么鬼东西!我可要同它较量较量!"

他提高声音喊道:"小姐!"

她仿佛没有听见似的。

他用更大的声音喊道:"拉·爱斯梅拉达小姐!"

白费力气。那少女的心思在别的地方,甘果瓦的声音无力把它唤回。幸好那只白山羊插了进来,轻轻地拽它主人的衣袖。

"你要什么呀,加里?"爱斯梅拉达好像忽然从梦中惊醒,热情地问道。

"它饿了。"甘果瓦说,很得意又理开了话头。

爱斯梅拉达撕了一点面包,加里高兴地在她的掌心里吃起来。

甘果瓦不再给她时间去做梦了,他提出了一个巧妙的问题。

"那么你并不愿意要我当你的丈夫了?"

少女牢牢地盯着他说:"不愿意。"

"当你的情人呢?"

她扁了扁嘴答道:"不愿意。"

"当你的朋友呢?"甘果瓦接着问。

她依旧牢牢地盯着他,想了想说:"也许。"

　　在哲学家们听起来非常亲切的这个"也许",给了甘果瓦一点勇气。

　　"你知道友谊是怎么回事吗?"他问道。

　　"知道的,"波希米亚姑娘回答,"那是像兄妹一般,两个相碰的但并不结合在一起的灵魂,就像手上的两根指头。"

　　"爱情呢?"

　　"啊,爱情么!"她说,声音颤抖起来,眼睛光彩焕发,"那是两个人合成一个。那是一个男人和一个女人合成一个天使。那是天堂。"

　　这个街头舞女讲这些话的时候,神态美得出奇,使甘果瓦大大地受到感动,他觉得那种美和她那东方色彩的激昂慷慨的语言很相称。她那玫瑰色的纯洁的嘴角略带微笑,她的心思使她端庄纯洁的额头时而显得暗淡无光,就像谁吹了一口气在一面镜子上似的。她低垂的又长又黑的睫毛下闪出一种难以描绘的光芒,使她的容貌带着内心的柔和,就像拉斐尔①一向在童贞、母性和神性的神秘交点上所追求的那样。

　　甘果瓦继续盘问。

　　"要怎样一个人才能使你喜欢呢?"

　　"应该是个男子汉。"

　　"我呢,"他问道,"那么我是个什么人呢?"

　　"应该是个头上戴着盔,手里握着剑,靴跟上有金马刺的男子汉。"

　　"这样说来,"甘果瓦说,"没有马就不是男子汉了。你爱

---

① 　拉斐尔(1483—1520),意大利大画家、建筑家和考古学家。

着什么人吧？"

"爱情的爱吗？"

"爱情的爱。"

她沉思了一会，带着奇特的表情说："我很快就会弄明白的。"

"为什么不在今天晚上弄明白？"诗人柔声问道，"为什么那个男子汉不是我呢？"

"我只能爱一个能保护我的男子汉。"

甘果瓦脸红了一会，知道那是在责怪他，显然那姑娘指的是两个钟头以前在那危急情况下他没有给她什么帮助。被当天晚上许多别的险遇抹去了的这桩记忆，此刻重新回到他的心里。他拍拍自己的额头。

"提起这事呀，小姐，我本应该从这件事说起。请原谅我的疏忽大意，你是怎样逃出了伽西莫多的爪子的呢？"

这个问题使波希米亚姑娘战栗起来。

"啊，可怕的驼背！"她用手捂着脸惊呼道，同时好像冷极了似的哆嗦起来。

"真是可怕！"仍然没放弃刚才的想法的甘果瓦说，"可是你怎样从他那里逃脱的呢？"

爱斯梅拉达叹了一口气，笑了一笑，可还是不作声地瞧着他。

"你知道他为什么要跟踪你吗？"甘果瓦又说，试着绕个弯子重新提出他的问题。

"我不知道。"少女回答。她又马上追问道："可是你也跟踪我来着，你为什么跟踪我呢？"

"说老实话，"甘果瓦回答道，"我也不知道呀。"

两人好一会没讲话。甘果瓦用晚餐的刀轻轻敲桌子玩。少女微笑着,好像透过墙壁注视着什么东西。忽然她用几乎听不清的声音唱起歌来:

> 当色彩鲜艳的鸟儿
>
> 沉默无声,当大地……①

她忽然停下来,抚摸着加里。

"你有个美丽的小动物呢。"甘果瓦说。

"这是我的妹妹呀。"她答道。

"大伙为什么管你叫'拉·爱斯梅拉达'呢?"诗人问道。

"我一点也不明白。"

"不过总还有点什么道理吧?"

她从胸前取出一个椭圆形的小荷包,那是用一串阿德雷扎拉的念珠挂在她的脖子上的。荷包里发出一股强烈的樟脑味。它外面是一层绿绸子,中间嵌着一大块宝石似的绿色玻璃。

"也许是因为这件东西。"她说。

甘果瓦想去拿那只小荷包,她便缩回手去。

"别碰它,这是一个护身符。你会破坏它的法力的,要不它会使你着魔。"

诗人的好奇心更加被激动起来。

"那是谁给你的呀?"

她把一根手指头放在嘴上,把护身符藏在胸前。他又试着提出别的问题,可是她不怎么理睬。

---

① 原文是西班牙文。

“‘拉·爱斯梅拉达’这个字是什么意思？”

“我不知道。”她说。

“它是属于哪种语言？”

“是埃及话吧，我想。”

“我也这样想，”甘果瓦说，“你不是法国人吧？”

“我一点也不知道。”

“你有父母吗？”

她唱起一支古老的歌曲：

> 父兮鸟中雄，
>
>   母兮堪匹俦；
>
> 我渡沧浪水，
>
>   何需艇与舟；
>
> 父兮鸟中雄，
>
>   母兮堪匹俦。

“这支歌很好，”甘果瓦说，“你是几岁到法国来的？”

“一点点大的时候。”

“到巴黎呢？”

“去年。我们从巴巴尔门进城的时候，看见一只黄莺从芦苇里飞向天空，那时正是八月底，我就说：‘今年冬天一定很冷。’”

“去年冬天的确很冷，”甘果瓦说，很高兴又接上了话头，“我每天都朝手指头呵气过日子。那么你是天生就会预言的吗？”

她又做出爱理不理的样子。

“不是。”

"你们叫做埃及公爵的那个人,是你们地区的头头吗?"

"是呀。"

"给咱俩主持婚礼的就是他呢。"诗人怯生生地说。

她又习惯地扁了扁嘴说:"我连你的姓名都不知道。"

"我的姓名吗? 要是你想知道的话,我叫比埃尔·甘果瓦。"

"我知道一个更漂亮的名字。"她说。

"狠心的人!"诗人说,"没关系,你不会让我发脾气的。同我熟悉之后你也许就会爱我的。既然你这样坦白地把你的身世告诉了我,我也要把我的告诉你。你知道我叫比埃尔·甘果瓦,我是戈内斯地方一个书记官的佃农的儿子。二十年前,在巴黎围城期间,我父亲被勃艮第人绞死了,我母亲被庇卡底人剖腹杀死了。因此我六岁就成了孤儿,脚底下没有鞋袜,只有巴黎的石板路。我不明白从六岁到十六岁那十年我是怎么活下来的。当时,这里那里,偶尔有个卖水果的妇女给我一个青梅,偶尔有个面包师傅扔给我一块面包。晚上我就被那二百二十人的夜巡队捉进监牢,我发现那儿倒是有一捆稻草当床铺呢。所有这一切都没有阻挡我长大和变瘦,就像你现在所看到的这样。冬天,我在精神病院的大门道里晒太阳取暖,我觉得圣若望的篝火要在三伏天才烧起来真是滑稽。十六岁上我想找个职业,我不断尝试去做各种事情。我当过兵,可是不够勇敢;我做过修士,可是不够虔诚;于是我吃了苦头啦。失望之下,我去给拿大斧头的木匠当学徒,可是我又不够健壮有力。我很想去当教师,说真的我又目不识丁,但那还不是理由。过了一个时期,我发现自己缺少干任何事情的才干,看到自己做什么都不行,我就决定去当一个诗人,一个韵文作者。既然是个流浪汉,总是可以从事这种职业的,何况这种职业比我的几个小偷朋友们劝我干的偷盗之类总要好些。一个晴朗的日子,我遇上了巴黎圣母院可敬的副主教堂·克洛德·孚罗洛,他对我发生了兴趣。我就是靠了他,这才变成了像今天这样的一个真正的学者,懂得了从西塞罗的祈祷词到赛勒斯丹教派神甫念亡灵书用的拉丁文。我对于教育学、诗学、音韵学,甚至炼金术这门诡辩学中的诡辩学,也都不算外行。我就是今天早上在司法宫大厅演出并且博得很多掌声的那个圣迹剧的作者。我还写了一部差不多有六百页的著作,讲的是一四六五年出现的一颗巨大的彗星使一个男人发了疯的故事。我还做成功了另外一些事情。我当过工人,我参与了若望·莫格制造大炮的工作。你知道,今天在夏昂东桥试放这种大炮,它爆炸时炸死了二十四个看热闹的人。你看,我并不是个坏配偶。我懂得许多别的奇妙的技艺,这些我以后都可以教给你的母山羊,例如模仿巴黎主教的神态举动——就是让自己的水车把风磨桥上的行人全都喷湿的那个该死的伪君子。并且我的圣迹剧会给我赚一笔钱的,要是人们肯付给我的话。最后,我听任你的吩咐,我本人准备和你一道生活,连同我的灵魂、我的学识、我的文章。小姐,随你的便吧,或者是纯洁地或者是快活地生活,要是你认为可以,咱们就做夫妻;要是你认为做兄妹更好些,就做兄妹。”

甘果瓦不作声了,等待着他的表白在那少女身上引起的效果。她的眼睛盯在地上。

“‘弗比斯’,”她低声说道,接着就掉头问诗人,“‘弗比斯’这个词是什么意思呀?”

甘果瓦弄不清他刚才的一番话同这个问题有什么关系,

但他也乐意炫耀一下自己的博学。他自命不凡地回答道：
"这是拉丁文，意思是'太阳'。"

"太阳！"她重复道。

"这是一位非常漂亮的弓箭手——一位天神的名字。"

"一位天神！"那埃及姑娘重复着这个词，她的声调里带有某种若有所思和热情冲动的成分。

正当这时候，她的一根别针松开了，掉到了地上。甘果瓦敏捷地俯身去拾，他再抬起头来的时候，少女和山羊都已经不见了，他听到锁门的声音。无疑是同隔壁一间小房间相连的那道门给反锁起来了。

"至少她给我留下了一张床铺吧？"我们的哲学家说。

他在小房间里走了一圈，房间里除了一个四面雕花的大木箱之外，没有什么可以当床的家具。甘果瓦躺在上面时，觉得真有点像米克俄梅加①全身躺在阿尔卑斯山上一样。

"得了吧，"他说道，一面尽可能躺得舒服些，"应该忍耐。不过这可真是一个奇特的新婚之夜。真可惜！不过这个碎罐缔姻的方法倒真有点洪荒时代的那种朴实，它挺合我的口味。"

---

① 法国作家伏尔泰（1694—1778）同名小说里的人物，一个来自天狼星的巨人。

第 三 卷

一 圣母院

巴黎圣母院这座教堂如今依旧是庄严宏伟的建筑。它虽然日渐老去,却依旧是非常美丽。但是人们仍然不免愤慨和感叹,看到时间和人使那可敬的纪念性建筑遭受了无数损伤和破坏,既不尊重给它放上第一块石头的查理曼大帝①,也不把给它放上最后一块石头的菲利浦·奥古斯特皇帝②放在眼里。

在这位教堂皇后衰老的面部,我们经常在一条皱纹旁边发现一个伤疤。"Tempus edax, homo edacior."我们不妨把这句拉丁文译成"时间盲目,人类愚蠢"。

假若我们有工夫同读者去一一观察这座古代教堂身上的各种创伤,我们就可以看出,时间带给它的创伤,还不如人——尤其那些搞艺术的人——带给它的多呢。我说"搞艺

---

① 即法王查理曼一世(742—814),于七六八年至七七一年间为南斯特里国王;七七一年至八一四年间为法兰克国王;八〇〇年至八一四年间被尊为整个西方的皇帝。
② 即法王菲利浦二世(1165—1223)。

术的人"，这是最恰当不过的，因为最近两个世纪以来，有些家伙竟然号称建筑艺术家。

先举几个比较显著的例子吧。确实很少有别的建筑比得上它的前墙那么漂亮。那三个挖成尖拱形的大门道，那一排有二十八位穿着旧的绣花长袍的君王的神龛，正中间有个巨大的玫瑰花饰圆窗洞，两旁各有一个小窗护卫着，就像祭师和助祭师陪伴着神甫一样。那高大而秀气的三叶形回廊，它的平顶被一些小柱子支撑着。最后还有那两座黝黑笨重的巨大钟塔，连同它们那石板的屋檐，在整体的宏伟中又各各协调，依次分为五大层展现在你的眼前，虽然拥挤却并不混乱，连同无数的雕刻、塑像以及雕镂装饰，很适合它整体的庄严伟大。可以说是一部规模宏大的石头交响乐。它是人类和民族的巨大工程，它也像它的姐妹《伊利亚特》和《罗曼赛罗》这两篇杰作一样，整个建筑既单一又复杂。它是整个时代各种力量的奇特的产物，从每块石头上可以看出，有水平的工匠在艺术家天才的启发下把神奇变成了现实。总之，它是人类的一种创造，像神的创造一样又有力又丰富，仿佛具备着两重性格：既永恒又多变。

我们所讲的关于这座教堂的前墙的这些情况，实际上应该说整座教堂都是这样。我们所说的关于这座巴黎大教堂的情况，实际上应该说中世纪所有的基督教教堂都是这样。这类艺术所保持的一切都存在于它本身，合乎逻辑而又自成比例。量一量巨人的脚趾，也就等于量巨人的全身了。

还是来说圣母院的前墙吧，就照它如今呈现在我们眼前的情况来说吧。当我们正要虔诚地瞻仰这座庄严宏伟的大教堂的时候，它却像某些编年史家所说的："用它的庞大把观众吓住了。"①

　　它的前墙如今早已失去三件重要东西。第一件是往昔把它从地基加高的那十一级阶梯;第二件是三个大门道下部的壁龛里成排的塑像;第三件是二楼回廊上的二十八位法国古代君王的塑像,从西尔得倍尔到手里拿着帝国疆域球仪的菲利浦·奥古斯特。

　　是时间把旧城区的地平线不可抗拒地慢慢升高,使得那座阶梯消失不见了。巴黎路面的这种升高的浪潮,虽然把那使教堂显得更加巍峨宏伟的十一级阶梯逐渐吞没,但时间所给予它的,也许倒要比从它夺去的多些。把那种经历了几个世纪的幽暗色调给了它的前墙,使它的老年处于最美丽时期的,正是时间。

　　然而,把那两排塑像打坏了的是谁?把那些壁龛弄空了的是谁?在中央那个大门道的正当中修了一个新的粗劣尖拱的是谁?胆敢在比斯戈耐特的阿拉伯花纹旁边筑起了这道笨重难看的路易十五式木雕门的是谁?那是人,是建筑师们,是我们这一代的艺术家们。

　　假若我们走进这座建筑里面去看看,又是谁把巨大的克利斯朵夫的塑像翻倒了的?它是同类型像中公认的典范,正如殿堂中的皇宫大殿,钟塔里的斯特拉斯堡尖塔一样。还有,在教堂的本堂和唱诗室里,在许多柱子之间那千万个小雕像,有跪着的,站着的,骑马的,有男人、女人、儿童、帝王、主教和警察,有石头刻的,大理石刻的,有用金、银、铜甚至蜜蜡制造的。把它们粗鲁地毁掉了的是谁?那并不是时间。

---

　　① 原文是拉丁文。

是谁把那富丽堂皇的堆满了圣龛和圣物龛的哥特式祭坛,换成了刻着天使的头颅和片片云彩的笨重的大理石棺材,使它看起来就像慈惠谷女修院或残废军人疗养院拆散了的模型一样?是谁把刻错了年代的笨重的石头,嵌进了艾尔康居斯修筑的加洛林王朝①的石板路?难道不是路易十四为了完成路易十三的夙愿才这样干的吗?

是谁用一些冷冰冰的白色玻璃窗,代替了大门道顶上的圆花窗和半圆形后殿之间的那些曾令我们父辈目眩神迷的"色彩浓艳"的玻璃窗?要是十六世纪的唱经人看到我们那些汪达尔②大主教们用来粉刷他们的大教堂的黄色灰粉,又会怎么说呢?他会想起那是刽子手涂在牢房里的那种颜色,他会想起小波旁宫由于皇室总管的叛变也给刷上了那种颜色。"那毕竟是一种质量很好的黄粉",正如索瓦尔所说,"这种粉真是名不虚传,一百多年也没能使它掉色。"唱经人会认为那神圣的地方已经变成不洁的场所,因而逃跑开去。

假若我们不在数不清的野蛮迹象上停留,径直走上这座大教堂的屋顶,人们把那挺立在楼廊交点处的可爱的小钟楼弄成什么样子了?这座小钟楼的纤细和大胆不亚于旁边圣礼拜堂的尖顶(同样也毁坏了),它比旁边的两座钟塔更加突出在天空下,挺拔、尖峭、剔透而且钟声洪亮。它在一七八七年被一位具有"好鉴赏力"的建筑师截断了,他认为只要用一大

---

① 加洛林王朝是法兰西第二代王朝,始于短命贝班,终于路易五世,自七五一年至九八七年。

② 汪达尔族居住在波罗的海沿岸,在奥德河与维斯杜拉河之间;四〇六年入侵高卢和意大利北部,四二九年渡海入侵北非,四五五年掠夺过罗马。

张锅盖似的铅皮把伤痕遮住就行啦。

中世纪的卓绝艺术就是这样在各国被处置,尤其是在法国。我们从它们的遗迹上,可以看出它们遭受的三种伤害以及受害的三种不同程度:首先是时间,它使得教堂到处都有轻微的坼裂,并且剥蚀了它的表面。其次是政治和宗教的改革,它们以特有的疯狂和愤怒向它冲去,剥掉它到处是塑像和雕刻的华丽外衣,打破它的圆花窗,扭断它的链条式花纹,有的是阿拉伯式的,有的是一串肖像;捣毁它的塑像,有时是出于宗教的因素,有时是出于政治的因素。最后是那些越来越笨拙荒诞的时新样式,它们那从"文艺复兴"以来的杂乱而华丽的倾向,在建筑艺术的必然衰败过程中代代相因。时新样式所给它的损害,比改革所给它的还要多。这些样式彻头彻尾地伤害了它,破坏了艺术的枯瘦的骨架,截断,斫伤,肢解,消灭了这座教堂,使它的形体不合逻辑,不美观,失去了象征性。随后,人们又重新去修建它。时间和改革至少还没有如此放肆,凭着那种"好鉴赏力",它们无耻地在这座哥特式建筑的累累伤痕上装饰着短暂的毫无艺术趣味的东西,那些大理石纽带和那些金属的球状装饰,那些相当恶劣的椭圆形、涡形、螺旋形,那些帷幔,那些花饰,那些流苏,那些石刻的火焰、铜铸的云彩、肥胖的爱神以及浮肿的小天使,所有这一切,使得卡特琳·德·梅迪西①的祈祷室的装饰失去了艺术价值,而在两个世纪之后,在杜巴里②的客厅里,艺术又备受折磨,变

① 梅迪西(1519—1587),法王亨利二世之妻,弗朗索瓦二世、亨利三世和查理九世之母,曾在查理九世年幼时垂帘听政。她有政治才能但无真知灼见。
② 杜巴里(1743—1793),公爵夫人,曾被路易十五宠信。

得奇形怪状而终于一命呜呼。

　　这样,把我们指出的几个方面总括起来,导致哥特式艺术改变模样的破坏就可以分为三种。那些表面上的坼裂和伤痕,是时间造成的;那些粗暴毁坏,挫伤和折断的残酷痕迹,是从路德①到米拉波②时期的改革改成的;那些割裂,截断,使它骨节支离以后又予以复原的行为,是教授们为了模仿维特依维尔③和韦略尔④那种野蛮的希腊罗马式工程所造成的;汪达尔人所创造的卓越艺术,学院派把它消灭了。在时间和改革的破坏之后(它们的破坏至少还是公平的和比较光明正大的),这座教堂就同继之而来的一大帮有专利权的、宣过誓的建筑师们结了缘,他们用趣味低劣的鉴赏力和选择去伤害它,用路易十五的菊苣形去替代那具有巴特农神殿⑤光荣色彩的哥特式花边。这真像驴子的脚踢在一头快死的狮子身上。这真像是老橡树长出了冠冕一般的密叶,由于丰茂,青虫就去螫它,把它咬伤,把它扯碎。

　　那个时代已经是多么遥远!罗贝尔·塞那里曾经把那个时代的巴黎圣母院和艾法斯著名的狄安娜神庙⑥相比(那座神庙曾令"古代异教徒赞不绝口",曾使艾罗斯特拉特因之留

---

①　路德(1483—1546),德国的宗教改革家。
②　米拉波(1749—1791),法国大革命时期的著名政治家和演说家。
③　维特依维尔(前88? 一前26?),罗马建筑家,传说曾随恺撒的军队到过高卢和西班牙,晚年撰写了《论建筑》一书。
④　韦略尔(1507—1573),意大利著名建筑家,曾设计修建多座著名教堂,曾继米盖朗琪罗担任圣比埃尔教堂的修建工作。著作有《论建筑的五种体系》。
⑤　巴特农神殿是雅典人祭祀雅典娜的圣殿,建于公元前五世纪。
⑥　狄安娜是大神朱庇特之女,森林女神,好狩猎。

名于世①），认为这座高卢人的大教堂"在长度、高度、宽度和结构方面，都比那座神庙更为卓绝。"

然而巴黎圣母院决不能称为一座完整的建筑，无法确定它属于什么类型。它既不是一座罗曼式教堂，也不是一座哥特式教堂。这座教堂不只属于一种类型。巴黎圣母院不像杜尔尼斯大寺院，它根本没有那种笨重建筑物的宽度，没有又大又圆的拱顶，没有那种冷冰冰、空荡荡，那种环形圆拱建筑物的庄严简朴。它也不像布尔日大教堂，不是那种华丽而轻浮、杂乱而多样的高耸入云的尖拱化建筑。不可能把它算在那些幽暗、神秘、低矮、仿佛被圆拱压垮了的古代建筑之列，这些教堂的天花板接近埃及的风格，一切都是难以理解的，一切都是祭典式的，一切都是象征式的。在那里，菱形和锯齿形的图案要比花的图案多，而花的图案比鸟兽的图案多，鸟兽图案又比人像多。与其说它们是建筑家的作品，不如说它们是主教的作品。这是艺术的第一类变种，处处流露着始于西罗马帝国而终于征服者居约姆②的神权政治和军国主义的精神。也不可能把我们这座教堂列入另一些教堂里面，它们高耸入云，有着很多彩绘大玻璃窗和雕刻，形状尖峭，姿态大胆。这些教堂作为政治的象征散发着市镇和市民的气息，而在艺术方面又奇幻奔放，富于自由的色彩。这艺术的第二个变种，它的时期是从十字军东征归来开始到路易十一王朝为止，已不再是难

① 艾罗斯特拉特是希腊艾法斯地方的人，他想通过一桩耸人听闻的事件使自己留名于世，便放火烧毁了当地号称世界七大奇迹之一的狄安娜神庙。
② 征服者居约姆（1027—1087），诺曼底公爵，一○六六年击败英王哈罗德二世，成为英国的统治者，一○六六年至一○八七年统治英国。

以理解的、进步的、平民化的建筑了。巴黎圣母院既不像第一种类型的教堂那样纯粹是罗马式的,也不像第二种类型的教堂那样纯粹是阿拉伯式的。

它是一座过渡时期的建筑。撒克逊族的建筑家们给它竖起了本堂的第一批柱子,十字军东征带来的尖拱形,像征服者一般高踞在支撑环形圆拱的那些粗大的罗曼式柱子的顶端。尖拱从此就成了主要角色,构成教堂的其余部分。然而它起先还只是不熟练地、胆怯地约束着自己,逐渐地有所发展和扩大,但还不敢像后来在许多奇特的教堂里那样,突然变得像箭和柳叶刀那样尖峭。这可能是受了近旁那些笨重的罗曼式柱子的影响吧。

并且这种从罗曼式过渡到哥特式的建筑,和那两种单纯的样式同样值得研究。它们体现了艺术的某种色调变化,没有这些差异就谈不上什么艺术色调。这就是尖拱和圆拱的结合度。

巴黎圣母院尤其是这种变化的一个奇特的标本。这座可敬的纪念性建筑的每一面、每块石头,都不仅载入了我国的历史,而且载入了科学史和艺术史。我们不妨在这里举出主要的几处来吧:当小红门已经接近十五世纪精致的哥特式艺术的最好水平的时候,本堂里那些柱子却由于体积和重量,又把你带回到圣日耳曼·代·勃雷教堂的加洛林式修道院的时代去了。人们会认为那种小红门和那些柱子之间存在着六百年的差距呢。即使是炼金家们,在大门道的象征性图案里也找不到一种能满足他们那种科学所需要的解答,所以圣雅克·德·拉·布谢里教堂对他们来说,同样是那样难以理解。因此,这种罗曼式寺院,这种具有哲学意味的教堂,这种哥特式艺术,这种撒克逊艺术,这种使人想起格雷果瓦七世①的笨重的圆柱子,这种成为路德先驱的尼古拉·弗拉梅尔②的神秘的象征主义,教皇权力的统一和分裂,圣日耳曼·代·勃雷教堂,圣雅克·德·拉·布谢里教堂,所有这些,通通融化,结合,混杂在这座圣母院里了。巴黎古老教堂里最中心的这座教堂像一只怪兽,它的头像是这一座教堂的,四肢是那一座教堂的,臀部又是另一座的,它是所有教堂的综合。

我们重申,这种混杂的构造,在艺术家、考古家和历史学家看来是不乏兴味的。这些建筑物使人感到建筑艺术在某一点上是原始的东西,它表现出来的,就像古希腊的大型石建筑遗迹、埃及金字塔以及印度巨塔表现出来的一样,那就是:最伟大的建筑物大半是社会的产物而不是个人的产物。与其说它们是天才的创作,不如说它们是劳苦大众的艺术结晶。它们是民族的宝藏,世纪的积累,是人类社会才华不断升华所留下的残渣。总之,它们是一种岩层。每个时代的浪潮都给它们增添冲积土,每一代人都在这座纪念性建筑上铺上他们自己的一层土,每个人都在它上面放上自己的一块石。海狸和蜜蜂是这样做的,人类也是这样做的。建筑艺术的伟大标本巴别塔③就是一个大蜂窝。

---

① 格雷果瓦七世(1020—1085),一〇七三年至一〇八五年间任罗马教皇,他以捍卫教规与亨利四世斗争著称于世。

② 尼古拉·弗拉梅尔在传说中是个神秘人物,他因联姻得到的巨大财富被说成是得到炼金术的秘方而致富的,而圣雅克·德·拉·布谢里教堂就是属于尼古拉·弗拉梅尔的。路德因创建新教派被当时教会目为异端,认为他有神秘主义色彩,后来路德派和教皇对立,因而形成宗教的分裂。

③ 巴别塔是传说中的巨塔。《圣经》上说,亚伯拉罕的子孙曾经想从这座巨塔爬上天去。

那些大教堂一如那些大山,同样是世纪的产物。往往在艺术已经改变时,他们却依然如故。但它们平静地随着改变了的艺术继续修建下去。新的建筑艺术抓住自己所能找到的纪念性建筑,就把自己和它镶嵌在一起,与它同化,按照自己的想象力来把它加以发展,要是可能的话,它就让工程进行到底。就这样,事物按照一条自然而平静的规律,无所阻挠地、不费力地、没有反抗地实现了。它是一个突然长出来的接枝,一股环流树身的树浆,是再一次的生根发芽。这种在同一座建筑上几种不同的艺术向几个不同高度的发展,真可以写成好几本长篇巨著,而且往往是人类的通史。人、艺术家、个人在这些大建筑物上并没有留下自己的姓名,而人类的智慧却在那里凝聚,集中起来。时间就是建筑师,而人民就是泥瓦匠。

我们在这里只谈到欧洲基督教的建筑艺术,这位东方伟大泥水工程的妹妹,它看起来像巨大的岩层,明显地分为三个部分而又互相重叠,这就是罗曼层①、哥特层和文艺复兴层——我们更情愿称之为希腊罗马层。罗曼层是最古最深的一层,它被环形圆拱占据着,这种环形圆拱被希腊式的柱子支撑着,在处于上层的近代的文艺复兴层中再现。而尖拱则处于两层之间。只属于三层中任何一层的那些建筑物是很容易被认出来的,它们单一而又完整。耶米埃日大寺院、兰斯的大教堂、奥尔良的神圣十字架都是这一类型。但那三层的边沿部分却互相混杂,就像太阳的七种色彩互相混杂一样。因此

---

① 根据地区、气候和种类,又称为伦巴第层、撒克逊层和拜占庭层。它们是四种并行但各具特点的建筑艺术,但都从同一原理——环形圆拱发展而来。——作者注

就产生了那些复杂的纪念性建筑和那些各具特色的过渡性建筑。有种建筑物是下部为罗曼式、中部为哥特式、头部为希腊罗马式，人们花了六百年才把它建成。这种类型的建筑真是罕见，艾达普的主塔就是一个标本。但是两重构造的建筑就比较常见了，例如巴黎圣母院这座尖拱形的建筑，它最初的几根柱子扎在罗曼层里，和圣德尼教堂的大门道和圣日耳曼·代·勃雷教堂的本堂一样。又如波歇韦尔的可爱的半哥特式大厅，它的罗曼层一直伸展到中部。卢昂的大教堂也是如此，要是它不把它那中央钟楼尖顶的尖端插进文艺复兴层里去的话，它就完全是哥特式的了①。

再说，如此种种不同的色度和差异，也都只存在于那些建筑的表面，是艺术改变了它们的外表。基督教教堂的结构本身并没有受到影响，内部的骨架和各部分合乎逻辑的配置还是依旧。不管一座大教堂的有雕刻有花饰的外表是什么样子，我们仍旧可以在它的内部找到古罗马教堂的雏形。它们永远按照同一个规律在地面上发展。两个教堂不偏不斜地互相交叉成十字形，顶端后部成半圆状，形成唱诗室。总是那些侧面的过道来作为内部的通路，通往小礼拜堂，这是教堂内部散步的地方，它是由那个主要本堂的两侧构成的，是由许多柱子分隔开的通道。一定数量的小礼拜堂、大门道、钟楼和尖顶，随着世纪、人民与艺术的想象力，全部进行了安排，而且不断地有所变化。每当宗教仪式经过准备而确定下来，建筑艺术就去尽善尽美地把它实现。它把塑像、彩绘大玻璃窗、圆花

---

① 它正是一八二三年被天火烧掉的那座用木料修盖的尖顶的一部分。——作者注

窗、阿拉伯花纹、齿形雕刻、柱子和浮雕，协调地组合在一起。因此，在那些建筑物外表不可思议的千变万化之中，却依然存在着秩序和一致。树干总是一成不变，树叶却时落时生。

二 巴黎鸟瞰

我们刚才试着给读者描述了巴黎圣母院这座可敬的教堂。我们概括地指出了它在十五世纪时还存在而如今已消失的大部分的美，但我们遗漏了最重要的，就是当年从它的钟塔顶上俯瞰的巴黎全景。

情况就是这样，当你在两座钟塔的厚墙间黑暗的螺旋梯上毛骨悚然地摸索了好久，最后突然来到充满阳光和空气的平台中的一座时，一幅美妙的全景就一下子展现在你的眼下。假若你们当中有人幸运地看见过同样完整的哥特式城市，你们就容易对它有一个概念了。这种城市如今还有几座留存下来，例如巴伐利亚的纽伦堡城，西班牙的维多利亚城，或者比较小些的（假若它们好好地保存下来的话），如布列塔尼的韦特列城，普鲁士的诺霍桑城。

三百年前的巴黎，十五世纪的巴黎，已经是一座大城市了。我们这些现代的巴黎人，通常把它向来所占的面积估计错了。从路易十一王朝以来，巴黎顶多不过扩充了三分之一，事实上，它失去的美好成分比它增加的面积还要多。

众所周知，巴黎出生在那个如今叫做旧城区的形状像摇篮的小岛上。小岛的堤岸就是它最初的城墙，塞纳河就是它最初的城壕。巴黎一连好几个世纪都保持着小岛的形状。它有两座桥，一座在北边，一座在南边，两个桥头堡同时当做它的城门和碉堡。大沙特雷门在右岸，小沙特雷门在左岸。而且自从最初一个王朝以来，巴黎就发觉自己给局限在那个狭隘的岛上转身不得，于是它跨过了塞纳河。那时就开始在大小沙特雷门之外，在塞纳河两岸的郊野，修建了最初的一圈城墙和几个城楼。那道古城墙的遗迹在过去几个世纪里都还存在，如今只剩下一点同它有关的记忆和这里那里残存的一点痕迹了，例如波代门，或者叫它波多瓦耶门或巴戈达门①。成堆的房舍逐渐从城里扩展到城外，把那道城墙挤倒了，吞没了。菲利浦·奥古斯特给了它一个新的范围，他把巴黎约束在一大圈高大坚固的碉堡形成的链条之中。在一百多年里，房舍又逐渐稠密起来，它们的水平线像蓄水池里的水一样从地面逐渐上升，它们开始升高，盖了一层又一层，一座房子高过另一座房子，它们像压缩的液体一般膨胀起来，一座房屋总要高出邻近的许多房屋才能得到一点空气。街道则越来越显得凹进去，越来越窄，整个广场都被房屋占据而且消失了。于是那些房屋终于像一群逃犯似地跳出了菲利浦·奥古斯特的城墙，快活地、纷乱错杂地伸展到原野上。它们在那里自得其乐，在郊野里随便开辟了一些花园。打从一三六七年起，这座城市已经扩展了许多，又需要一道新的城墙了，尤其是塞纳河右岸。查理五世修建了那道城墙。但是像巴黎这样一座城市，总是无止境地在那里扩展，只有这样的城市才能成为一个国家的首都。它们是一些水库，一个国家所有地理的、政治的、伦理的、智慧的河流，一个民族所有的当然潮流，都导源于此；它们可以说是些文化的矿井，也可以说是些文化的沟渠，

①　巴戈达门是拉丁语的叫法。

131

一个国家的商业、工业、智慧和人口,这也是这个国家的生命、活力和灵魂,都不断地从一个世纪到另一个世纪在那里汇集和过滤。于是查理五世的城墙也遭到菲利浦·奥古斯特的城墙同样的命运。它从十五世纪末叶就倒塌了,毁坏了,而城郊的区域也就扩展得更远。在十六世纪,它好像更是逐渐退缩不见,仿佛深深陷进了古老的旧城区里面,而一座新城市在它的外面形成而且逐渐繁荣起来。这样,从十五世纪开始,为了把我们留在那儿,巴黎就已经摧毁了它的三道城墙,这些城墙,可以那么说,是从背教者朱利安时代的大小沙特雷门发展而来的。这座大城市接连胀破了它的四道城墙,像一个小孩大起来撑破了去年的衣服一样。在路易十一时代,还可以在某些地方,在房屋的大海中,看到古城墙上倾圮的城楼,好像是突出在一片汪洋里的几个小山头,好像是沉陷在新巴黎下面的古巴黎群岛。

从那时起,我们很不幸看到巴黎又有过很大的改变,但它只是越过了一道城墙,就是路易十五修造的那道城墙,那道布满了泥污的可怜的城墙,它的情况是和修建它的那位国王和描绘它的那位诗人相符的:

　　环绕巴黎的城墙使巴黎悄声埋怨。

在十五世纪,巴黎分成了十分清楚而又各自独立的三个区域,每个区域各有自己的面貌,自己的姿态,自己的特点,自己的风俗,自己的优点和自己的历史。这三个区域就是旧城区、大学区和市民区。旧城区占据着整个小岛,是三个区域里面最古老、最小的一个,假若打个比方,它就像是其余两个区域的母亲,它夹在它们当中,就像一个小老太婆夹在两个美丽、高大的女儿当中。大学区占据着整个塞纳河左岸,从杜尔内尔塔一直到内斯尔塔。杜尔内尔塔正当如今巴黎的酒市所在地,内斯尔塔正是如今造币厂所在地。它的城墙占据着朱利安修建过浴池的那片乡野,圣热纳维埃夫山冈被围在城墙里面。这道弯弯曲曲的城墙最高的处所是巴巴尔门,就是靠近如今的先贤祠的地方。三个区域中最大的一个是市民区,它占据整个右岸。它的码头尽管有好几处中断,但仍沿着塞纳河伸展,从比里塔到木塔,这就是说从现在的丰收谷仓到现在的杜伊勒里宫一带。塞纳河将首都城墙割断的四个处所——左岸的杜尔内尔塔和内斯尔塔,右岸的比里塔和木塔,统称"巴黎四塔"。市民区比大学区更加深入郊野。市民区的城墙(查理五世修建的)的最高处,是圣德尼门和圣马尔丹门,它们的位置至今尚未改变。

如我们刚才所说,巴黎这三大区域,都各自成为一座城市,但都是一座由于过分特殊而不可能完整的城市,它们每一座不依靠其余两座就无法存在。但它们三区各有完全不同的外表,旧城区里有很多教堂,市民区里有很多宫殿,大学区里有很多学院。不算老巴黎那些次要的特征,只按照总的情况和乱七八糟的分区裁判管辖权来讲,我们一般可以说小岛是归主教管的,右岸是归商会会长管的,左岸是归大学校长管的。巴黎总督——他是代表王室而不是代表地方——则总辖全市。旧城区里有圣母院,市民区里就有卢浮宫和总督府,大学区里就有索邦神学院。市民区里有菜市场,旧城区里就有大医院,大学区里就有教士广场。大学生们在左岸他们的教士广场上犯了罪,却要到小岛上的司法宫去受审,到右岸的隼山去受刑,除非校长认为在这一点上大学应比国王有权而愿意出面干涉,因为让学生给绞死在自己的区域里也算是一桩特权呢。

（顺便指出,这类特权的绝大部分以及更重要的特权的行使,都被国王们附会成了暴动和叛乱。国王不等到人民造反是不肯开恩的,这是一个亘古不变的规律。有一个古代文献提到忠诚时讲得很明白:"对于帝王的忠诚,虽然多次为叛乱所破坏,仍然使市民们得到了很多权利。"①）

在十五世纪,塞纳河有五个小岛深入到巴黎的城墙里面:卢维耶岛,从前有许多大树而现在只剩些丛林;母牛岛和圣母岛,很荒芜,都是主教的领地（十七世纪人们把两岛合并为一,重新修建,如今称为圣路易岛）;最后是旧城区所在的岛以及它顶端的渡牛岛,这个岛后来沉没在新桥底下的泥泞中了。旧城区当时有五座桥:三座在右岸,即石头的圣母桥和欧项热桥,木头的风磨桥;两座在左岸,即石头的小桥和木头的圣米歇尔桥。五座桥上都布满了房屋。大学区有菲利浦·奥古斯特修建的六道城门:从杜尔内尔塔开始,它们依次是圣维克多门,波代门,巴巴尔门,圣雅克门,圣米歇尔门,圣日耳曼门。市民区有查理五世修建的六道城门:从比里塔开始,它们是圣安东尼门,庙门,圣马尔丹门,圣德尼门,蒙马尔特门,圣奥诺雷门。这些城门都坚固美观,单凭力气是不能损坏它们分毫的。由塞纳河提供水源的一条又宽又深的城壕,冬天的潮水流进去变成奔腾的溪流,浸湿巴黎所有城墙的墙基。晚间人们把城门关上,塞纳河就被城市两头的粗大铁链拦住,巴黎便静悄悄地睡去。

---

① 原文是拉丁文。

对这三个区域作一次鸟瞰时，城区、大学区和市民区都各把一堆纠缠不清的街巷送进眼中。第一眼就可以看出这三个部分是合成一个整体的。马上你就看见两条平行的毫无毁损和中断的长街横贯这三个区域，从这头到那头，从南端到北端，差不多成为两条直线垂直于塞纳河。人们不断从一个区向另一个区的城墙拥去、挤去，使三个区域连起来成了一片。第一条街从圣雅克门通到圣马尔丹门，它在大学区的一段叫圣雅克街，在城区那一段叫犹太街，在市民区那一段叫圣马尔丹街。它已经在小桥和圣母桥的名字下两次跨过了塞纳河。第二条街在塞纳河左岸的一段叫竖琴街，在岛上那一段叫制桶场街，在右岸的一段叫圣德尼街。塞纳河的一边是圣米歇尔桥，另一边是欧项热桥，可以从大学区的圣米歇尔门直达市民区的圣德尼门。可是，虽然有这许多名字，它们仍然不过是两条长街，但它们是为首的两条街，主要的两条街，是巴黎的两条大动脉。这座城市其余的街道，都是从它们引出或是向它们汇集的。

除了这两条贯通巴黎并且占据它全境的主要街道之外，市民区和大学区还各有它们特殊的街道，它们与塞纳河平行，横过那两条大动脉似的街道时形成直角。所以在市民区，你可以从圣安东尼门笔直地走到圣奥诺雷门，在大学区，你可以从圣维克多门笔直地走到圣日耳曼门。这两条大路，和那最大的两条街形成十字形，形成一个架子，巴黎的市街用各种可能的方式连接和交叉在它上面成为一个迷宫般的巴黎市街网。我们透过这张难解的网仔细观看，就可以看见两堆禾苗一般密集的街道，一堆在大学区，一堆在市民区，从那些桥直达那些城门。

这种平面几何图形，有的至今依然存在。

那么，在一四八二年，从巴黎圣母院的钟塔顶上望去，所有这一切合起来又是什么样子呢？这正是我们要在这儿试着说明的。

眺望的人气喘吁吁地爬到了钟塔上，首先就被那些屋顶、烟囱、街道、桥梁、广场、高塔和尖阁弄得头昏目眩。山墙、尖顶、墙角里突出的尖楼，十一世纪的尖石塔，十五世纪的石板尖顶方塔，碉堡的光溜溜的圆塔，教堂的有花纹的方塔，大的和小的，笨重的和轻巧的，全都一下子呈现在眼前。眼睛久久逡巡在这高高低低的乱堆里，其中任何一座建筑物无不有它奇异之处，无不有它的来由，无不显示出它的特性和它的美，没有一座建筑不是艺术品，从有绘画和雕刻的木质椭圆形大门道和架空楼梯的最小的房子，到那当时还有一排高塔的最大的卢浮宫。但是假若用眼睛在这些建筑里仔细寻找，还可以分辨出那些主要的建筑群。

首先是旧城区。索瓦尔称它为城岛。在他的琐碎的描述里偶尔也有好句子："城岛的形状像一只大船，它搁浅在塞纳河中游而且陷进了泥泞。"我们刚才说过，这条船是用五座桥同两岸连起来的。这只船的形状还使纹章学家感到震惊，因为照法凡和巴斯基耶①的叙述，巴黎古代兵器上的船形纹章，就是从那个时代而不是从诺尔曼人围城时开始采用的。对于那些懂得纹章的人，纹章是一种代数学，是一种语言。中世纪全部历史的后一半就是写在那种纹章上的，正如它的前一半

---

① 巴斯基耶（1529—1615），法国十六、十七世纪著名法学家、文化史学家，著有《法兰西研究》。

是写在一些罗曼式教堂的象征饰物上一样。它是在神权时代象形文字之后的那种封建时代的象形文字。

旧城区尾朝东头朝西地呈现在眼前。向它的头部望去，你眼前就有一大堆古老的屋脊，圣礼拜堂后部圆室的铅皮顶高耸在它们之上，好像是背着钟塔的大象的臀部。不过这儿的这座钟塔是最大胆最有装饰性最精巧的，它的边缘都是缺刻的。从来都是通过它那镂空花的圆锥形塔顶去望见天空。在圣母院跟前，有三条街通到那有许多老房子的教堂前的漂亮广场上。这个广场南边直立着大医院的打皱的阴暗的前墙和好像布满疤痕与痣瘢的屋顶。其次，在右边、左边、东边、西边，在旧城区这个窄小的范围里，却有二十一座教堂的钟楼高耸着，它们属于各个年代，有着各种式样和规模，从圣德尼·居·巴教堂的低矮的虫蚀的罗曼式钟楼到圣比埃尔·俄·倍甫教堂和圣朗特利教堂精巧的尖顶。圣母院背后，往北去是那有哥特式回廊的修道院，往南去是主教的半罗曼式府邸，往东去是名叫德罕荒地的一头。在成堆的房屋当中，从高耸在府邸屋顶和最高窗口上的那些石头烟囱里，依然能够看出查理六世时代这个城市供给雨维纳尔·代·于尔森①居住过的大厦。再远一点，是巴吕商场的盖着柏油毡的木板房子。此外还有老圣日耳曼教堂新建的唱诗室，在一四五八年它扩展到了费白韦斯街的一头。接下去，这里是一个挤满了人的十字路口，那里有座绞刑架竖在一个街角上，还有一段菲利浦·奥古斯特修建的精美的石板路，路当中是漂亮石子嵌成的驰马凹道，到了十六世纪，却被按一种称为里格铺道法修建的寒

①　于尔森(1360—1431)，一三八八年任巴黎市长。

碜的碎石路代替了。接着又是一个荒芜的后庭连同它那有半透明楼梯的角楼，就和十五世纪修建的，如今还能在布尔多雷的一条街上看到的那种一样。最后，在圣礼拜堂右边朝西的地方，司法宫以及它的成群塔楼坐落在河岸上。王室花园那些覆盖旧城区西头的树木把渡牛岛遮住了。至于河水呢，从圣母院的钟塔上望去，在旧城区的两边都看不见它。塞纳河在桥梁下不见了，桥梁在房屋下不见了。

当视线掠过那些桥梁，就看见桥上的屋顶都带着绿色，并非由于年代久远，而是由于湿气受潮之故。假若向左朝大学区望去，第一眼看到的建筑是一群又大又矮的城楼，那是小沙特雷门，它那敞开着的门洞正好容纳下小桥的末端。假若你把视线从东头一直拉到西头，从杜尔内尔塔拉到内斯尔塔，你就可以望见一长排带有雕花椽子和彩色玻璃窗的民房在石板路上层楼重叠，一些商店没完没了地排列在曲折的街巷里，时常在一个街口中断，间或又被一排石头大厦的门面或墙角挡住。这类大厦连同庭院和花园、厢房和正屋，自在地矗立在一堆堆狭窄拥挤的房屋中间，就像高大的主人待在一群仆役中间似的。码头上有五六座这种大厦，从洛林府邸（它和倍尔那丹大寺院一齐分享着附近杜尔内尔塔的高大围墙）一直到内斯尔大厦，这座大厦高大的塔楼是巴黎的界标，那尖尖的塔顶，一年里总有三个月要用它的黑黑的三角墙遮住灿烂的落日。

塞纳河这边岸上的店铺远没有对岸的店铺多，学生们的吵闹和聚会却比手艺人要多。说确实些，这边岸上并没有码头，除了从圣米歇尔桥到内斯尔塔那一段。塞纳河畔的其他地方，或者是一片光秃秃的河岸，例如在倍尔那丹大寺院一带,或者是一大排屋基浸在水里的房子,例如在两座桥之间那一带。

　　成群的洗衣妇从早到晚沿岸叫嚷、谈天和唱歌,并且用力捶打衣服,就像我们现今一样。这真是巴黎的一桩不小的乐事。

　　大学区看上去像一个整体。从这头到那头,它是一个匀称、牢固的整体。那成千的屋脊,窄小、嶙峋、拘谨,差不多全都是按照同一个几何图形建造的。从高处看去,像是同一种物质的结晶体。街道上乱七八糟的坑洼,并没有把街道分割得东零西碎。四十二所学校相当均匀地分布在各处,哪儿都有一所。那些漂亮建筑上有趣的部分,是它们那些高耸入云的用同一种工艺建成的简单屋顶,事实上这些只不过是同一个几何图形的一些正方形或立方体而已。它们使整个建筑群看上去复杂而不混乱,补其所缺又不显画蛇添足。几何学是注重和谐的。几家漂亮的旅店间杂在左岸如画的顶楼之中:纳维尔客栈,罗马客栈和如今已不存在了的兰斯客栈,还有使艺术家感到安慰的克吕尼大厦依然矗立着,但它的顶楼已在几年前被人愚蠢地弄掉了。在克吕尼大厦附近,那有着漂亮圆拱的罗马式宫殿般的建筑,是朱利安浴池。还有很多大寺院,比起那些大厦来更具有一种虔诚的美,更为庄严伟大。接着眼睛又接触到的是倍尔那丹大寺院连同它的三座钟楼,还有圣热纳维埃夫大寺院至今依然存在的方塔,人们因而想起其余的塔而怅然不欢。索邦一半是学院,一半是修道院,它那令人赞叹的本堂至今依然存在,再下去是漂亮的四角形的马居韩修道院,旁边是圣伯努瓦修道院,就在本书第七版到第八版这段时期,人们居然有工夫在其中草草地修盖了一个剧台。

接着是方济各会修道院和它那些并列的大山墙，奥古斯丹修道院雅致的尖阁，这是巴黎西头第二个有雉堞的建筑（第一个是内斯尔塔）。那些学校事实上是修道院和尘世之间的联系，它们位于一排排的大厦和寺庙之间，具有一种优美的严峻气概，雕刻之富丽仅次于宫殿，建筑之庄严仅次于寺庙。哥特式艺术用不太奢侈也不太寒碜的方法精确地分别修建的那些伟大的纪念性建筑，不幸如今已经几乎毫无痕迹了。那些教堂（它们数不清地分布在大学区，而且分别属于建筑学上每个时期，从圣朱利安的环形圆拱到圣塞维兰的尖拱）统率一切，而且好像是在一片和声之上升起的另一片和声，不时突出在许多高低不一的尖阁的山墙、镂空的钟楼和纤细的尖顶之间，而尖顶的轮廓线也只是那些屋顶尖角的华丽的夸张而已。

大学区的地面是崎岖不平的。圣热纳维埃夫山像一个巨瘤似的矗立在东南方。狭窄拥挤的街道（现在是拉丁区）和一堆堆房舍散布在山顶各处，还有些房屋又从那块高地两旁杂乱地一直伸展到河岸，一个低下去，一个高起来，全都是一个紧挨着一个。从圣母院塔顶望去，路面上纵横交错的成千个黑点形成了一股浪潮，好像全都在眼前移动。那是人群，从高处和远处看去就是那样。

最后，在这些屋脊、钟楼和无数使大学区的轮廓分外起伏不平和七扭八歪的奇特的建筑的空当里，到处都看得见一堵长满青苔的厚墙，一个坚固的圆塔和一道看上去像碉堡的有雉堞的城门，那就是奥古斯特城墙。城墙外面就是绿色的郊野，长长的道路，路的两旁有一些乡村房舍，愈远愈稀少。其中有些村镇颇为重要，从杜尔内尔塔开始，首先是圣维克多镇，连同它那座在比耶勿尔河上的单孔桥，它的寺院——那里可以读到胖路易①的墓志铭,它那座十一世纪时期的挂着四个小钟的八角形尖塔的教堂——在艾达普也有同样一座教堂,至今尚未拆毁。其次是圣马尔梭镇,它当时就已经有三座教堂和一个修道院了。把戈普兰磨坊和它的四堵白墙留在左边,就到了圣雅克郊区。它的十字路口有着漂亮雕刻的十字架,圣雅克·居·俄巴教堂当年是尖峭可爱的哥特式建筑,而圣马格洛瓦教堂那十四世纪的漂亮的本堂曾被拿破仑当做秣草仓库,还有郊区圣母院,它里面有拜占庭式的细工镶嵌。把那座与司法宫属于同一时代的富丽建筑查尔特勒修道院和它那带格子的小花园以及有鬼怪出没的沃凡尔废墟留在广阔的田野之后,向西方望去,眼光就落到那有三个罗曼式尖顶的圣日耳曼·代·勃雷大寺院了。圣日耳曼镇已经成了一个由十五到二十条街组成的大教区。圣须尔比斯修道院的尖峭的钟楼就在镇的一角上。在它附近可以看到圣日耳曼镇的方形的市集,那里现在是正式的商场了。接下去是大寺院的刑台,一座有铅铸圆锥顶的漂亮小圆塔。再过去是制瓦厂和直通到破旧瓦窑的瓦窑街,还有小山岗上的磨坊和麻风病院那又小又难看的孤零零的小房子。但是最醒目而且最能抓住视线的,是那座大寺院本身,那座大寺院的确又像教堂又像贵族府邸,巴黎的主教们以能在院内住上一宿为荣的这座寺院之宫,建筑家给了它大教堂应有的风度与美丽,给了它精致的雕花窗,优美的圣母堂,宏伟的大寝室,那些宽敞的花园,那道铁闸,那座吊桥,那些把目光引向绿野的雉堞,那些庭院,里面有披着金色斗篷的卫队。这一切合在一起,环绕着三座耸立在哥特

①　胖路易就是法王路易六世。

式唱诗室上的圆拱高阁,在视野里形成一种壮观。

在久久瞭望大学区之后,你的眼睛终于转向右岸,朝市民区望去,景色就突然变了性质。市民区实际上比大学区大得多,但它不仅仅是一个区,你一眼就看得出,它是清楚地分成若干区域的。首先在东边,在市民区的如今依旧称为沼地的那一带,就是加米罗仁曾经引诱恺撒深入腹地①之处,有成排的宫殿,还有成堆的房屋直达河边。四座差不多连接在一起的大厦——汝耶大厦,桑斯大厦,巴尔波大厦和皇后大厦——把它们的轻便角楼的石板屋顶投影到塞纳河上。这四座建筑填满了从农南第耶尔街到赛勒斯丹修道院之间的空隙,这座修道院的尖塔使山墙和雉堞的轮廓更加幽雅地显现出来。在这些豪华大厦前面的水边,有一些发绿的倾斜的残壁颓垣,但并未挡住眼光去观望它们前墙那些漂亮的墙角,那些带石框的十字形大窗子,那些刻满雕像的拱门,还有墙上那些永远利落生动的棱角。所有那些建筑上的可爱的装饰都使人感到好像哥特式艺术要重新装饰每一座纪念性建筑物似的。在这些大厦后面,是那令人惊叹的圣波尔大厦,它的高大重叠的围墙向各个方向伸展,有时它像一座被城墙和栅栏围绕着的城堡,有时它像一座浓荫掩映的吉尔特勒修道院。法兰西国王在这座大厦里招待过二十二位与太子和勃艮第公爵有同等地位的王子以及他们的侍臣与随员,还不算那些贵族和到巴黎来参观的皇帝,不算那些在王宫大厦里另有住处的宠臣。我们得在此说明,当时一套王子居住的房子至少不下于十一个厅室,

① 恺撒是公元前 100 年到前 44 年的罗马皇帝,高卢族领袖加米罗仁曾用诱敌深入的战术抵抗恺撒部将拉比埃尼的进攻。

从检阅厅到祈祷室,这还不算那些花楼、浴室、暖房和与住所相连的"多余的地方",还不算每个国王的贵宾都有的那些特别花园,还不算那些厨房、地窖、办公室和家庭餐室,不算那些下房——包括烤房和酒窖等二十二个制品作坊——,不算那些击槌,打网球,竞技等游戏用的场所,不算那些鸟棚、鱼池、动物园和马厩,不算那些图书室、军械室和铸造室。这就是当时的一座王宫,一座卢浮宫,一座圣波尔大厦,一座城中之城。

从我们所在的钟塔上望去,圣波尔大厦虽然一半被我们在前面说起过的四座大宅挡住,但望去依然相当宏伟。查理五世修建在他王宫旁边的三座大厦,虽然巧妙地用彩绘玻璃窗和小柱子的长廊同王宫连在一起,但依然能够看出小米斯大厦的屋脊上围着一圈轻便的栏杆。圣摩尔院长的大厦的外表像一座大城堡,有一个巨塔、一些凸堞、一些枪眼、一些铁闸,那寺院的纹章刻在撒克逊式的大门上,正当吊桥的两个切口之间。顶楼坍塌的艾达普伯爵大厦呈现到眼中像个残缺的鸡冠,间或看得见三四棵老橡树聚在一起,好像几棵巨大的菜花。成群的天鹅在鱼池的清澈的水中游戏,羽毛间带着阳光和阴影。有些大庭院可以一直望进去,直到它那美丽如画的庭院的尽头。宠臣们所住的宅邸,有着它那被撒克逊式矮柱支撑的低矮的尖拱,以及它那铁格子和不断的咆哮声①。越过这一切,可以望见有鳞形装饰的马利亚礼赞楼,它的左边是巴黎总督的府邸,两旁有四幢精巧的小楼,在当中和背后,就是刚才说过的圣波尔大厦和它那些繁复的前墙,它那些自从查理五世以来就不断增添的装饰,两个世纪以前的建筑家异想天开地给它加上的那些杂乱的多余的东西:它的礼拜堂的各种拱

---

① 法文宠臣一词也作狮子讲,所以这里就提到了狮子的吼声。

顶、各种游廊和各种山墙,成千的风信标,还有它那顶端是圆锥形,下面围着雉堞,看起来像卷边尖帽子的两座并排的高塔。

继续向这些层出不穷地伸展到远处的大厦望去,越过市民区屋脊之间的一道深注——它就是圣安东尼街的一段——,我们通常只留意主要建筑的眼光,就落到了安古勒姆府邸上了。这是一座修建多年的经历了各个时期的巨型建筑,有些部分还是全新的并且十分洁白,整个看上去就像一件蓝色上衣缀了一块红色补丁一样,非常不调和。这座时髦宫殿的又尖又高的有水槽的铅皮屋顶,布满了细工镶嵌的闪亮的金色蔓藤花纹。这个带有金属装饰的奇特的屋顶,耸立在那座古老建筑的黑沉沉的废墟当中,废墟的几个巨大的古塔,因年久而变得坼裂歪斜,上上下下全是裂缝,好像敞开衣襟的大肚皮。再往后,是杜尔内尔宫,它尖阁林立,在全世界,无论在相波尔①或阿朗波拉②,再也没有比这些多如森林的尖顶、钟楼、烟囱、风信标、螺旋梯,没有比这些由于风吹日晒而满是洞眼的灯笼,比这些亭台楼阁,或者像当时人们的说法,比这些在高低和形态方面各不相同的塔楼更为壮丽,更为高耸,更为可爱的了。真可以说是一个石头的大棋盘。

在杜尔内尔宫的右边,那成群的墨黑的塔,一个挨着一个,好像一道壕沟把它环绕着。那里有一座枪眼比窗户还多的碉堡,有经常拉起的吊桥,有老是关着的铁闸,那地方便是巴士底狱③。一些大炮从雉堞中伸出来,远看好像水槽的黑色缺口。

---

① 相波尔,在法国布卢瓦市,当地有弗朗索瓦一世所建雄伟宫殿。
② 阿朗波拉,西班牙格拉纳达地方摩尔王族著名的宫殿及园林。
③ 巴黎的大监狱,一七八九年大革命时被攻破。

在这座可怕的建筑跟前,在它那些炮口下面,那就是掩蔽在两座城楼当中的圣安东尼门了。

从杜尔内尔宫到查理五世的城墙之间,铺展着一些又像精工织成的地毯又像大花园的栽满花草的富丽区域,在它们当中,那些葱茏的树木和小径,使你可以认出路易十一赐给夸克纪埃的著名的代达罗斯花园。那个医生的天文台高耸在那片景色里,好像一根孤零零的大柱,顶端置有一间小屋,可怕的占星术就在那个实验室里进行。

那地方正是如今的王宫市场。

像我们刚才所说的,我们本来想给读者描绘个大概,但只描绘了它的一些屋顶的王宫那一带,也就是在东边,在查理五世的城墙和塞纳河相交的地方。市民区中心被一堆民房占据着。右岸旧城区里的三座桥梁事实上都是从那儿修起的,在一些宫室前面,桥上又造了一些房屋。小市民的那些民房像蜂房的小孔一般挤在一起,倒也有它们的好看处。首都的屋顶就像大海中的波浪,显得十分壮观。首先是那些街道,纵横交错,千姿百态。市场像一颗星星那样,在它周围射出千道华光。圣德尼街和圣马尔丹街连同一条接一条的无数岔路,好像枝叶互相纠缠的两棵大树。其次是那些弯弯曲曲的小胡同,如灰泥街、玻璃街、第克塞昂德里街,等等,分布全区。也有些漂亮建筑突出在这个楼阁之海的硬化了的波浪之中。欧项热桥(从它背后望得见塞纳河从风磨桥的水车下流过)的桥头上是沙特雷门,它已经没有背教者朱利安时代那样的罗马式城楼了,它只有坚固的石头筑成的十三世纪封邑式的城楼,这种城楼即使用铁锹去敲它,三个钟头也敲不下拳头那么大的一块来。圣雅克·德·拉·布谢里教堂的富丽的方形钟塔,连同它那因布满了雕刻而显得很柔和的塔角,在十五世纪虽然还没有完工,但已经相当可观了。那时它还没有那四只看上去像斯芬克斯一样的怪兽,这些怪兽叫新的巴黎来猜猜过去那个巴黎那难解之谜,它们是雕刻家何尔特在一五二六年才放上去的,他得到了二十法郎的报酬。柱子房在我们给读者略略讲起过的格雷沃广场上,还有圣热尔韦教堂,后来被一道所谓"趣味高尚"的大门洞给败坏了。圣梅里教堂,它的尖拱几乎还是半圆形,圣若望教堂,它那壮丽的尖顶是远近闻名的,还有并不在乎把自己的优美埋没在又黑又窄的街巷里的二十座别的建筑,在那些十字路口还有比绞刑架更多的石雕十字架。越过许多屋顶,可以望见远处圣婴公墓的几道垣墙,从高松纳里街的两个大烟囱之间可以望见菜市场的刑台的顶端,杜·特拉瓦尔十字架的梯级正是在经常黑压压地挤满了人的街口上。在小麦市场的一圈圈断壁颓垣间,到处看得见从前菲利浦·奥古斯特城墙的遗迹,它淹没在那些房舍和长满常春藤的城楼、倾圮的拱门以及一堵堵残破不堪的墙壁之间。码头上有着成千的商店和血污的屠宰场,塞纳河上,从干草港到主教法庭一带,都布满了船舶。这样,你就得到了这个市民区中央梯形地带在一四八二年的大概印象了。

同大厦和民房两个部分一起,市民区的第三个部分是成排的寺院,几乎从东到西围绕着市民区,在那一带城壕后面,成了由修道院和礼拜堂形成的第二个内城。恰好在杜尔内尔宫的花园近旁,在圣安东尼街和旧庙街之间,是卡特琳寺院连同它的耕地,它以巴黎的城墙作为它的边界。在新旧两条庙街中间,就是那座庙堂,它的一群高塔孤单地耸立在有雉堞的高大围墙里面。在新庙街和圣马尔丹街之间,是圣马尔丹寺院,在它那些花园中央有一座巍峨坚固的教堂,教堂塔顶的围墙和钟楼的尖顶,其坚固和华丽只有圣日耳曼·代·勃雷教堂才能与之媲美。在圣马尔丹街和圣德尼街之间,伸展着特里尼代寺院的围墙。最后,在圣德尼街和奥格耶街之间,是女修道院,它近旁可以望见圣迹区的那些倾斜的屋顶和破败的垣墙,那是寺院的虔诚的链条上惟一凡俗的环节了。

最后,第四部分展现在右岸一堆堆屋顶中间,占据着城墙靠西的一角与下游的河岸,那又是一排排宫殿和宅第,就在卢浮宫的紧跟前。菲立浦·奥古斯特所建的这座庞大建筑旧卢浮宫,它的巨塔被另外二十三座塔环绕着,加上其余的小塔,从远处望去,就像嵌在阿郎松大厦和小波旁宫的哥特式屋顶上一样。这个塔中怪物,这个巴黎的高大监护者,连同它那经常仰起的二十四个脑袋,它那盖着铅皮镶着石板,闪着好多条金属反光的怪异的躯体,使市民区令人赞叹地在西边终止了。

像这样,被罗马人称为"巨岛"的那一大堆普通民房,左右各有两排宫殿,一排是卢浮宫,另一排是杜尔内尔宫,它的北边被寺院和修道院的长墙围住,这一切都纠缠和溶混到视野里来。在这成千的建筑上(它们的砖铺的或石板的屋顶一个接一个地形成奇怪的链条),是右岸那四十四座教堂的有花纹、有图像、有雕刻的钟楼,是无数条纵横交错的街道。一道有好些方塔(大学区的塔都是圆形的)的高墙成为它一边的边界,另一边是有许多桥梁和布满船只的塞纳河。这就是市民区在十五世纪时的状况。

在那些城墙外,紧靠城门出现了郊区的房屋,数目比大学区的要少些,但要比大学区的分散。在巴士底狱后面,二十来所小茅舍聚集在有着卓绝雕刻的孚班十字架和郊区圣安东尼寺院飞墙的周围,接着是一直伸展到麦田中的波班古尔村,再过去是古尔第耶村,那是一个到处有小酒店的欢乐的村庄。圣洛昂镇,它的教堂钟楼从远处看去像是圣马尔丹门的尖塔里面的一个,再过去是圣德尼郊区连同它那高大的圣朗德尔寺院。在蒙马尔特门外,是围着白色垣墙的船夫仓库,它后面是有白垩质斜坡的蒙马尔特地区。那时这里的教堂几乎和磨房一样多,而现在就只剩下磨房了,因为现在的社会只需要维持生命的食粮。最后,从卢浮宫前面可以望见一片草地的圣奥诺雷郊区,那时已相当可观,小布列塔尼村呈现出一片绿色,猪市展现在眼前,那用来煮死伪币制造者的可怕的大锅屹立在它的中央。这时你的眼睛已经注意到那凌驾在荒郊之上,位于古尔第耶村和圣洛昂镇之间的一座远看好像一排倾圮的柱子似的建筑,矗立在一片荒芜的地基上。它既不是巴特农神殿,也不是奥林匹克山上的朱庇特神庙,它就是隼山①。

现在,假若我们所作的关于那无数建筑的简要叙述,还不能在读者心中唤起一个往昔的巴黎的大概印象,我们就再用几句话总括一下。在中央是城岛,它的形状像一只大海鳖,几座石板桥就像海鳖的脚爪,从那些鳖壳似的灰色屋顶下伸出来。在左边,是坚固、稠密、拥挤、闹杂的大学区那个梯形地带。在右边,是那个像巨大半圆形的市民区,大量的花园和重要建筑错杂其间。旧城区、大学区和市民区这三个区域,都有无数街巷纵横交错,好像大理石上的条纹。塞纳河——杜·布厄尔神甫称之为"供人衣食的塞纳河"——,被船舶和岛屿

① 隼山是巴黎的古刑场,其中有很多绞刑架,地下有墓穴。

拥塞着,被许多桥梁横断着,流经全市。四周是大片原野,遍布着成千块种着各种作物的农田,点缀着一座座美丽的村镇。往左去是易瑟镇、凡沃尔镇、孚日阿尔镇、蒙乌日镇和有圆塔与方塔的让第耶镇,等等;往右去是另外二十个村镇,从贡符朗镇一直到主教城。地平线上环绕着一带山峦,好像是这块盆地的镶边。最后,在远处,在东边,是凡赛纳森林和它的七座四边形瞭望塔;南面是比赛特地区和它那些尖尖的角塔;北边是圣德尼教堂和它的尖顶;西边是圣克鲁地区和它的城堡主塔。这就是一四八二年的那些乌鸦从圣母院钟塔顶上所能看到的巴黎。

这也就是伏尔泰所说的"在路易十四以前还只有四座漂亮建筑的"那座城市。那四座建筑就是索邦神学院的圆屋顶,慈惠谷女修院和近代的卢浮宫,第四座我不知道是什么,也许是卢森堡宫吧。幸好伏尔泰没有根据这点来写他的《老实人》①,而且他也并不因此就成了人类历史上最善于像魔鬼般发笑的人之一。但是这却可以证明,一个人即使丝毫不懂那并非他本行的艺术,也能够成为一个卓绝的天才。莫里哀把拉斐尔和米盖朗琪罗称为"他们那个时代的米勒②",不就是认为给他们最大的荣誉吗?

我们还是回头来说说十五世纪的巴黎吧。

当时它不仅是一座美丽的城市,而且是一座结构匀称的城市,一个中世纪建筑学与历史学的产物,一部石头的编年史。它是一座仅仅由罗曼式和哥特式两层建筑构成的城市,

① 《老实人》是伏尔泰的著名小说,书名就是小说主人公的绰号。
② 莫里哀(1622—1673),法国十七世纪大剧作家。米勒(1606—1668),十七世纪法国名画家。

罗曼层早就在哥特层下面消失了，只有朱利安浴池还从残存的中世纪厚厚的地层里显露出来。至于克尔特层，人们就连在掘井的时候也找不出它的遗迹了。

五十年之后，当文艺复兴走来把它那富丽的想象和结构，它那卓绝的罗曼式环形圆拱，希腊式柱子和哥特式扁圆拱，它那异常精致异常理想的雕刻，它那奇特的阿拉伯花纹和叶形花纹，它那和路德同时代的异教建筑艺术，混进了巴黎那庄严而多变的匀称中的时候，巴黎或许会变得更加美丽，虽然在观感上没有那么和谐了。不过那美妙的时期没经过多久，文艺复兴是大公无私的，它不但喜欢建设，它还会破坏。它的确需要地方，所以哥特式的巴黎只有过短暂的完整，圣雅克·德·拉·布谢里教堂还没有修好，人们已开始拆毁旧卢浮宫了。

从那以后，这座大城市就一天天变了样，那曾经把罗曼式的巴黎消灭了的哥特式的巴黎，也轮到它本身被消灭了。可是谁知道代替它的又是哪一种巴黎呢？

有卡特琳·德·梅迪西时代的巴黎，那便是杜伊勒里宫①，有亨利二世时代的巴黎，那便是总督府，这两座建筑具有同一种高尚的风格；有亨利四世时代的巴黎，那便是王宫广

---

① 看到人们竟妄想去扩充，翻修，重建，亦即摧毁这座优美的宫室，我们既难过又愤慨。现代建筑师的手去触碰文艺复兴时代精致的作品未免太笨重了。我们总希望他们不敢如此。何况，拆毁杜伊勒里宫如今已不只是一种连汪达尔醉汉都会脸红的野蛮行径，而且还是一种背叛。杜伊勒里宫不单是十六世纪的艺术杰作，而且是十九世纪历史的一页。这座宫殿不属于国王，而属于人民。让它保持原先的样子吧！我们的革命曾两次在它的前额上留下了标志。它那两堵前墙，一堵上有八月十日的弹痕，另一堵上有七月二十九日的弹痕。这座宫殿是神圣的。

一八三一年四月七日于巴黎。
（原作第五版注）

场,那里有石头墙角和石板顶的砖砌的前墙,还有它那三色的房屋;有路易十三时代的巴黎,那便是慈惠谷女修院,一座倾圮的庞大建筑,拱顶好像花篮的提手,柱子有点肿胀,圆屋顶有点扭曲;有路易十四时代的巴黎,那便是残废军人疗养院,高大、壮丽、金光闪闪而且冷冰冰;有路易十五时代的巴黎,那便是圣须尔比斯修道院,一些螺旋梯,一束束纽带,一片片云霞,一些管形和菊花形的装饰,全部是用石头做成的;有路易十六时代的巴黎,那便是先贤祠,它是罗马的圣比埃尔教堂(那座建筑已经向左倾圮,连轮廓线都不直了)的劣等仿制品;有共和国时代的巴黎,那便是医学专科学校,一座希腊罗马式的混合趣味的建筑,就像公元三年米诺斯统治时期的竞技场和巴特农神殿那样,建筑学上称为稿月式;有拿破仑时代的巴黎,那就是旺多姆广场,它很卓绝,有一根用大炮铸成的铜柱子;有复辟时期的巴黎,那便是交易所,它有一排雪白的廊柱支撑着十分平滑的墙沿,整个呈四方形,花费了两千万。

构造方式和形态各有特点的这类建筑是相当多的,它们分布在各处,熟悉它们的人很容易把它们辨认出来。只要你善于观察,你就能重新发现一个世纪的灵魂和一个帝王的相貌,甚至他敲门的样子。

现代的巴黎并没有任何一致的外貌,它是综合几个世纪的样式,而最美的样式已经消失了。这个首都只是增添了一些房屋,而且是怎样的房屋!在巴黎,盛行一时的样式每隔十五年就要有一次变化。它那些建筑物上的有历史意义的标志,往往自行消失。有纪念意义的建筑愈来愈少,人们似乎看着它们逐渐被侵吞,终于淹没在那些房屋之中。我们的祖先有过一个石头的巴黎,而我们的子孙将会有一个石灰的巴黎了。

　　至于新巴黎的现代建筑，我们提起它就宁愿缄口不言。这并不是我们不给它恰当的赞赏。苏孚洛先生的圣热纳维埃夫大寺院，的确像一块漂亮的萨瓦省的糕饼，石头的建筑从来没有像那样好的。光辉的荣誉勋位团的建筑也是一块出色的奶油蛋糕。小麦市场的圆屋顶好像一顶英格兰赛马师的鸭舌帽放在一架大梯子上。圣须尔比斯修道院的两座钟塔是巨大的号角，两座都一个形状，扭曲狰狞的电线做了屋顶上可爱的附加物。圣罗克教堂有一个大门道，这个大门道只有达干的圣托马教堂才可以媲美，它地窖里还有一个耶稣受难的浮雕像和一个木头镀金的太阳，这一切全都异常卓绝。植物园里的螺形彩灯也相当高明。至于交易所，它的回廊是希腊式，门上和窗上的圆拱是罗马式，大拱顶是文艺复兴式。它那连雅典都不曾有过的顶楼，轮廓线美丽挺直，间或幽雅地突出在几根烟囱之上，这也足以证明它是一座最正确最纯粹的建筑了。我们还须指出，假若一座建筑的构造必须和它的用途相适应，并且宣告这种用途只表现在建筑的一个方面，那么，我们对于这座建筑竟能具有做一座王宫、一个下议院、一个市政府、一所学校、一个马术练习所、一所学院、一个仓库、一个法庭、一所博物馆、一个军营、一个墓园、一座庙宇、一个剧场等的各种用途，就不会感到太惊奇了，不过它暂时只是一个交易所。这座建筑还应该适应气候的需要。它明显地表现了我们那阴冷多雨的天气，它有一个近乎东方式的平坦的屋顶，在冬天下雪时就便于打扫，而屋脊修造得便于打扫是很对的，至于我们刚才提到的那种功用，它完成得很好。在法国它是一个交易所，假若在希腊，它或许会是一座庙宇。建筑家费了很多心血，才把那可能破坏前墙优美轮廓的钟面藏了起来,可是回过来我们又有了一排环绕这座大厦的回廊,每逢举行庄严宗教仪式的重大纪念日,经纪人和掮客们就在那儿进行堂皇的争论。

那当然都是些异常高超的建筑,此外还有一些非常漂亮的街道,有趣而多变化,例如意弗里街。假若有一天从气球上俯视巴黎,我相信会看到这种线条的丰富,这种亭台和门窗的华丽,这种外表上的形形色色,这种简单中的宏伟以及这种好像跳棋棋盘异色方格的意想不到的美。

然而,尽管此刻巴黎在你看来是如此值得赞赏,但请你去恢复一下十五世纪的巴黎,在你的想象中去重建它吧!请看看那越过许多尖顶、高塔和钟楼照射过来的日光,再想象一下塞纳河和它那些大水洼,它们有时是绿色,有时是黄色,比蛇皮的颜色还要斑斓多彩,遍布在这座大城市的中央,它们使这座城市在那些小岛两端开裂,在桥洞那里拱起来。试刻画一下古代巴黎高耸在蓝色天际的清晰的哥特式轮廓吧!让它四周漫起一片袅绕在无数烟囱上的冬雾。请设想这是在一个深夜里,在这群阴沉沉的迷宫似的建筑物里,你去看看那种黑暗与光明的奇特的游戏吧!请在那里投进一片月光,这片月光就会模糊地照出它淡淡的轮廓,使那些高塔的巨大头颅从雾霭中浮现出来。或者是让那黑黑的影子把那些尖顶与山墙的成千个尖角重新在阴影中复活吧!并且让它们比鲨鱼的牙齿更加参差不齐地凸现在黄昏时分古铜色的天空里。在这之后再把这古代巴黎和今天的巴黎作一比较吧。

假若你想得到一个古代巴黎的印象,那是现代巴黎不能给予你的,那就请在一个盛大节日的早晨,当太阳从复活节或者从圣灵降临节升起的时候,攀登到一个可以俯瞰这首都全景的高处,去倾听晨钟齐鸣吧。去看看天空一角的颜色——那是阳光照射成的,去听听成千座教堂一下子颤动起来,起先是一阵丁当声从一座教堂响到另一座教堂,好像音乐家们宣告演奏就要开始一样。突然之间,你看吧(因为耳朵有时好像也有视觉呢),看看同时从每座钟楼里升起一根根声音的圆柱,一片片和声的云烟。最初,每只钟的振动笔直地、简单地升起来,也可以这么说,它不和其他钟的振动相混,一直升到早晨灿烂的天空里。随后它们逐渐愈来愈搅在一起,混在一起,成为一个壮丽的大合奏。现在只有一大片响亮的颤音不断地从无数的钟里升起,在城市上空飘浮,波动,跳跃,回旋,并且把它那震耳欲聋的颤音扩散到远远的天边去。但这和声的海洋并不是一片混乱,它既深沉又辽阔,而且又不失其明朗性。你可以看见成群的音符从每只钟里蜿蜒而出,跟随着这木铃和巨钟的时而尖厉时而低沉的和鸣,你可以看见各种八度音程从一座钟楼跳到另一座钟楼,你可以看见它们飞快地、轻捷地、响亮地从银钟里出来,落到木钟里就变得嘶哑而破碎。在它们之中,你会特别赞赏圣厄斯达谢教堂的七口钟的忽起忽落的变化多端的音阶,你看见从每个方向跑来了清亮而急剧的音符,作了三四个光辉的转折,又像光一样消逝了。那边是圣马尔丹寺院尖锐而薄弱的歌声,这边是巴士底狱的悲惨而枯竭的调子,另一边是卢浮宫大钟塔的歌唱性男低音。王宫的御钟不断向各个方向抛掷它那华丽的颤音,圣母院钟塔上沉重的钟声均匀地落在它上面,使它像一块铁砧在铁锤下闪出了火花。你时时还听见来自圣日耳曼·代·勃雷大寺院的钟乐三重奏的各种声调,这一雄壮的乐声逐渐散开,让路给突然升起的圣母颂——它像一顶用星星缀成的冠冕一般凸现出来。在下面,在这个大合奏的最深处,你可以模糊地分辨出教堂内部的歌声从拱顶的颤动着的洞孔里传出来,这实在是一部值得一听的歌剧。一般来说,巴黎在白天发出的种种声音,是这座城市在讲话;夜晚的声音,是这座城市在叹息;而刚才提到的那些声音,则是这座城市在歌唱。把你的耳朵朝向这些钟的合奏吧,听听那五十万人的絮语,那河水的永恒的呜咽,那风的无休止的叹息,那天边山岭上四座森林的像管风琴那样遥远而低沉的四重奏。听听那最中心的排钟吧,它那最尖细和最沙哑的声音怎样融化成为一种中等的响度。你说,世界上还有什么能比这种声音和铃声的汇合,比这个音乐的大熔炉,比这支在三百法尺高的云端里同时吹响的石笛,比这座像乐队似的大城市,比这像暴风雨在咆哮似的大合奏更为壮丽、更为辉煌、更为灿烂的呢?

第 四 卷

一　善人们①

　　这个故事发生在距那时十六年以前,在复活节后第一个美好的星期天早晨,做过早弥撒之后,一个活生生的小东西被放在圣母院前廊左侧的一张雕花木榻上,正对着圣克利斯朵夫的巨大塑像。自从一四一三年以来,安东尼·代·艾沙尔骑士阁下的石雕像就跪在这座塑像面前,但人们却胆敢把这位圣者和这个信徒一起拆毁了。这种木榻是用来放置弃儿好求诸公众的慈悲的,谁愿意收养他们,就可以领去。木榻前面有一只放捐款的铜盆。

　　主历一四六七年复活节后第一个星期日早晨被放在这张木榻上的活生生的小东西,显然激起了挤在木榻四周的一群人的好奇心,这群人多半是妇女,差不多全都上了年纪。

　　第一排最靠近木榻的人中间有四个妇女,从她们的灰色披巾和黑色长袍上就可以看出她们是属于某个慈善团体的女信徒。我不知道历史为何没有把这四位神秘可敬的女士的名

———————

　　①　这是反话,含有讽刺意味。

字流传下来,她们是阿涅丝·拉埃尔姆,让娜·德·拉特尔姆,昂西埃特·拉·戈蒂叶,戈歇尔·拉·维奥兰特。这是四个老寡妇,爱丁·俄德里礼拜堂的四个善女,她们是得到会长的许可,遵照比埃尔·达耶条例,从家里出来听传道的。

可是,假若这四个善女是遵守了比埃尔·达耶的条例,但她们同时却由于心头高兴而违犯了米歇尔·德·伯拉奇的条例和比萨的红衣主教条例了,那些条例都是严格要求静默不语的。

"那是什么东西呀,我的教姊?"阿涅丝问戈歇尔,一面便死盯着蜷曲在木榻上号叫的小生物,他被许多陌生面孔吓坏了。

"要是如今人们生的孩子就是这种东西,"让娜说,"那这个世界将会变成什么样啊?"

"我对于孩子们的事不怎么熟悉,"阿涅丝又说,"但看到这种事可是一桩罪过。"

"它不像个小孩,阿涅丝。"

"它是一只残废的猴子。"戈歇尔品评道。

"这是一桩圣迹呀!"昂西埃特·拉·戈蒂叶补充说。

"那么,"阿涅丝提醒说,"这该是四旬斋第四个星期里的第三桩圣迹了。不到一个星期以前刚发生过俄贝尔·维叶尔的圣母惩罚一个假香客的圣迹,那就已经是本月份的第二桩圣迹啦。"

"这个所谓的弃儿,可是个真正丑恶的怪物。"让娜说。

"它号叫起来简直能把一个唱经人吓成哑巴呢,"戈蒂叶接口道,"别号啦,小叫猴!"

"听说兰斯的主教把这个怪物送给巴黎主教了!"戈蒂叶

双手合掌说。

"我想，"阿涅丝·拉埃尔姆说，"它是一个畜生，一只野兽，是犹太人和母猪生下的东西。总之是个异教的怪物，应该扔到火里去烧死或是扔到水里去淹死。"

"我很希望，"戈蒂叶补充道，"没有人收养它。"

"我的天呀！"阿涅丝嚷道，"主教大人府邸旁边那河岸小巷孤儿院里的乳娘们该多么可怜，要是人们把这个小怪物交给她们去喂奶！我宁愿奶一个吸血鬼呢。"

"可怜的拉埃尔姆，她多么天真！"让娜说，"我的教姊，你没看见这小怪物至少有四岁了吗？它咬起肉来比咬你的奶头可要胃口好得多呢。"

"这个小怪物"（我们自己也很难找出别的话来形容它）的确并不是刚生下来的婴儿，它是一小块不成形的活动的肉，装在一条麻袋里，只留着脑袋伸出在外面，麻袋上有当时的巴黎主教居约姆·夏尔蒂耶的姓名的第一个字母。那个脑袋非常难看，只看得见一撮红头发，一只眼睛，一张嘴和几颗牙齿。那只眼睛在哭，那张嘴在号，那几颗牙齿好像只想咬人。他整个身子在麻袋里挣扎，使他周围的人们异常惊讶，他们来往不断，越聚越多。

阿洛伊思·德·贡德洛里耶夫人，一个有钱的贵族妇女，帽子角上挂着一条长长的面纱，手里挽着一个六岁左右的漂亮女孩，走到木榻前停住了，她看了看那个不幸的小东西，同时她那全身穿着丝绸和天鹅绒衣服的可爱的小女儿佛勒尔·德·丽丝，用漂亮的小手指着永远挂在木榻上的招牌念道："弃儿放置处。"

"真是的，"那位夫人不高兴地转过脸去说，"人们就会把孩子放在这种地方。"

她丢了一枚银币在铜盆里就转过身走了,那枚银币在几个铜板当中显得锃亮,使艾丁·俄德里礼拜堂那四个贫穷的善女睁大了眼睛。

过了一会,庄严博学的王室宗教秘书罗贝尔·米斯特里果尔打这儿经过,他一只手拿着一本巨大的弥撒书,一只手挽着他的妻子居叶梅特·美雷斯小姐,因此他身边就有了两个调节器了,一个是精神方面的,一个是世俗的。

他注视了那可怜的生物一会,说道:

"捡来的孩子!显然是在弗来吉多河岸上捡的!"

"只看得见他一只眼睛,"居叶梅特小姐说,"另外那只眼睛上有一个大肉瘤。"

"那不是个肉瘤,"罗贝尔·米斯特里果尔阁下说,"那是个胚胎,里面装着一个同这鬼家伙一样的东西,那东西也长着这样一个小胚胎,里面装着同样的一个鬼东西,那东西又长……"

"你怎么知道呀?"居叶梅特·美雷斯问道。

"我知道得可清楚呢。"宗教秘书回答。

"宗教秘书先生,"戈歇尔问道,"这种捡来的孩子是预兆什么事呢?"

"预兆最大的灾难。"米斯特里果尔答道。

"啊,我的上帝!"人群里有个老妇人说,"怪不得去年发生过一次相当厉害的瘟疫,这阵子人们又说英国军队快要在阿尔弗勒登陆哪。"

"那就可能使王后不能在九月份到巴黎来啦,"另一个接口说,"买卖已经很不好做了。"

"我认为,"让娜·德·拉特尔姆嚷道,"要是不把这个小怪物放在木榻上,要是把他扔到一堆柴火上烧死,那时咱们巴黎老百姓倒会好得多呢。"

"一堆烧得旺旺的好柴火!"老妇人补充道。

"那才是最好的办法呢。"米斯特里果尔说。

有一位年轻教士,在那儿倾听善女们和宗教秘书的谈话已经好一会了。他相貌严肃,前额宽大,眼光深邃。他悄悄地推开人群挤向前去,仔细观察那个"小妖怪",并且把手伸到他的头上。这正是好时机,因为那些虔诚的人已经舔着嘴唇在等待"旺旺的好柴火"了。

"我收养这个孩子。"那神甫说道。

他把那孩子裹在自己的长袍里带走了,旁观者用惊讶的眼睛跟踪他,过了一会,他就在当时从圣母院教堂通往修道院的红门里不见了。

最初的一阵惊讶过去之后,让娜·德·拉特尔姆附在拉·戈蒂叶的耳边说道:

"教姊,我不是给你讲过吗,这年轻的克洛德·孚罗洛教士可是个巫师呢。"

二　克洛德·孚罗洛

克洛德·孚罗洛确实不是一个村野之辈。

他属于我们近代语言称之为高等市民或小贵族的中产家庭。这个家庭从巴克雷的修士那里继承了蒂尔夏浦封邑,属巴黎主教管辖,有二十一栋从十三世纪以来不断引起法律纠纷的房子。作为这个封邑领主的克洛德·孚罗洛,是一百四十一位要求在巴黎及其近郊享有领主权益的贵族之一，人们早就看见他的名字为此登记在唐加维尔大厦（那是弗朗索瓦·勒芮阁下的产业）和杜尔学院之间的郊区圣马尔丹教堂的簿册里。

还在童年时期克洛德·孚罗洛的父母就决定要他从事圣职，他们教他学拉丁文，他学会了低头走路和低声讲话。当他还是一个孩子的时候，他的父亲就把他送到大学区的朵尔西神学院去当修道士，他就在那里，在弥撒书和辞典中长大起来。

他是一个忧郁、认真、严肃的孩子，学习很勤奋，领悟很快。课间休息的时候，他从不大声叫嚷，他很少同孚瓦尔街的酒徒们混在一起，不懂得"打人家耳光和相互揪头发"①，没有在一四六三年的暴动中露过面，编年史家们把那次暴动称为"大学区的第六次骚乱"。他很少欺侮蒙塔居绰号"小东西"的穷学生，或是那些穿着灰蓝紫（就像四重冠冕的红衣主教的公约里所说的"蔚蓝色和褐色"）三色制服的多尔芒学院的公费生。

而且他孜孜不倦地到若望·德·波维街的那些大大小小的学校去听课。当时第一流的学者，圣比埃尔·德·瓦尔神甫开讲宗教法规时，从正对着他的座椅的柱子空当里经常看见的第一个学生，便是克洛德·孚罗洛。他拿着墨水瓶，咬着笔杆，伏在已经磨损的裤子膝盖上写着，假若是在冬天，他还不断向手指头上呵气。每星期一的早晨，在歇甫·圣德尼学校刚开大门的时候，神学博士米尔斯·底斯里耶先生看见气

<hr>

① 原文是拉丁文。

喘吁吁地跑来的第一个听众，便是克罗德·孚罗洛。因此，在十六岁上，这个青年教士在神学方面就已经比得上一位教堂的神甫，在经学方面已经比得上一位议会里的神甫，在教育学方面已经比得上一位索邦神学院的博士了。

学完了这些学科，他又攻读法典。他从《格言大师传》读到《查理曼法规》。由于狂热的求知欲，他贪婪地接连阅读了教令，如伊斯巴尔的主教代阿朵尔，渥尔姆的主教布夏尔以及夏尔特尔的主教伊乌文三人的教令，接着又读了教皇格雷果瓦九世的选集，接着又读了俄诺雅二世的书札《在思辨之上》[1]。他明白了，熟悉了平民法和宗教法在中世纪的混乱状态里苦苦挣扎的那个漫长而复杂的时期，即从六一八年代阿朵尔主教开始到一二二七年格雷果瓦教皇为止的那段时期。

攻完法规，他又致力于医学和自由学科[2]，他研究了草药学、膏药学，他善于治疗寒热病、跌打损伤和疮毒等病症。雅克·代斯巴尔夸他是内科医生，理夏尔·艾兰夸他是外科医生。他经历了成为学士、教师和各种学术大师的每一个阶段。他学习了各种文字：拉丁文、希腊文、希伯来文——这三座圣殿当时是很少有人能够踏进去的。他用一种真正的狂热去获得和积累这些学问，到了十八岁，他已经精通了四种学科，对于这个年轻人来说，好像生活的惟一目的就是学习。

大约就在那个时期，一四六六年夏季异常的炎热招来了一场大瘟疫，它在巴黎子爵领地夺去了四万多人的生命，据若望·德·特渥依斯所说，其中就有"国王的星象家阿尔努尔

---

① 原文是拉丁文。
② 中世纪的自由学科，包括文法、论理、修辞、几何、音乐、天文等。

先生,一个诚实、聪明、和蔼的人"。大学区里传说蒂尔夏浦街是瘟疫最猖狂的地带,克洛德的父母正是住在他们领地中心的那条街上。那青年学者十分惊骇地跑回父母家去,他一进门就发现父母都已经在头一天晚上死去了,只有一个襁褓中的小弟弟还活着,独自在摇篮里啼哭,那是克洛德的家庭留给他的惟一亲人。年轻人把孩子抱在怀里,若有所思地走出家门,直到那时他都是生活在科学里,此刻才开始到人生中来生活。

这个变故是克洛德一生的一个转折点。作为一个孤儿,一个长子,一个十九岁的家长,他忽然从学校的梦里被召回到现实的世界里来了。于是,被怜悯激动着,他开始爱怜地专心抚养那个小孩,他的弟弟,这个除了书本之外还没有爱过谁的人,从此竟有了一种奇怪而甜蜜的人的感情。

这种感情发展到了奇特的地步,在一个这么新鲜的灵魂里,这种感情就像初恋一般。他小时刚记事就离开他的父母,当了修道士,被关闭在书斋里狂热地学习一切和研究一切,直到那时为止他一直专注于他那研究科学而发展起来的理解力和日益增长的文学方面的想象力,这位可怜的学者还没有时间去感觉他的心的存在。这个没有父母的小兄弟,这个小孩儿,突然从天上掉进了他的怀抱,使他变成了一个新人。他明白了世界上除开索邦神学院的理论与荷马的诗歌之外还有别的东西。他明白了人是需要感情的,他知道没有温情,没有爱的生命,就像一个干燥的车轮,转动时格轧格轧地乱响。因为他正处在幻想一个个接连不断的那种年纪,便以为只要有来自家族和血统的感情就够了,只要爱一个小兄弟就足够充实他的一生了。

他的性格本来就已经十分深刻、虔诚、专注，现在又被这种狂热推动着，使他投身于对小兄弟的热爱之中。那可怜的美丽的粉红色的小生物，那只有另一个孤儿做依靠的孤儿，使他心灵深处深受感动。由于他是个深思熟虑的人，他便以无限的爱怜去看待小若望，给他一切可能的关注和爱护，仿佛他是什么异常精致异常珍贵的东西似的。他对于那孩子不仅是一位兄长，简直变成了那孩子的母亲。

小若望还没有断奶就失去了母亲。克洛德把他交给奶妈喂养。除了蒂尔夏浦那个领地之外，他还从父亲那里承继了一座附属于让第耶的方形堡的磨坊。那磨坊在一个靠近文歇斯特（比赛特）的小山冈上。磨坊的女主人正奶着一个漂亮的孩子，那地方离大学区并不算远，克洛德便亲自把小若望送去给她哺养。

从那时起，他觉得肩负起一个重大的责任，便生活得更严肃了。对小兄弟的思念，不仅成为他的安慰，而且是他研究学问的动力。他决心把自己发誓奉献给上帝的全部热忱用来照顾小兄弟，他没有别的伴侣，别的孩子，只有小兄弟的快乐与幸福，于是他比以前更加专心从事他的宗教职务。他的才能，他的博学，他那巴黎主教家臣的身份，使每座教堂都向他敞开大门。到了二十岁，由于罗马教廷的特别许可，他当上了神甫，并且由于他是圣母院神甫群中最年轻的一个，他还执掌那个据说因为弥撒举行得很晚而称为"懒圣坛"的圣坛所的职务。

他在那里更加埋头在心爱的书堆里面，除了跑到磨坊奶妈那儿去一个钟头之外，他一步也不离开。这种如今罕见的求知欲与修炼的结果，使他很快就在修道院里引起敬仰和尊崇。他博学的名声从修道院传到了群众中,和当时常有的情形一样,他的名声在群众中竟变成了"巫师"的称号。

复活节后第一个星期天,他在那个"懒圣坛"给懒人们念过弥撒后正往回走(圣坛就在本堂右侧的唱诗室的门边靠近圣母像的地方),围着放弃儿木榻聊天的老妇人的谈话引起了他的注意。于是他走到那十分可怕可厌的不幸的小东西跟前,那种惨状,那种畸形,那种被抛弃的身世,使他想起了自己的弟弟,心里突然闪出一个念头:假若他自己死了,他亲爱的小若望也会同样悲惨地给扔到那只放弃儿的木榻上去。这些都一下子来到他的心头,于是他心里突然感到一种极大的悲悯,就把那个弃儿领走了。

他把那孩子从麻袋里抱出来的时候,发现他的确是难看极了,那可怜的小东西左眼上长着一个肉瘤,脑袋缩在两肩当中,背是驼的,胸骨凸起,双腿蜷曲,但是显得很有生气。虽然没法弄清楚他嘴里嘟嘟囔囔讲的是哪一种语言,他的哭声却表现出几分健康和精力。

这种丑陋越发激起了克洛德的同情,他在心里发誓,为了对小兄弟的爱,他一定要把这孩子抚养成人,将来小若望万一犯了什么罪过,也可以用这桩为了他才做的善事来补偿。这是他用他弟弟的名义贮备的一桩功德,这是他打算为弟弟事先积蓄的一件好货物,因为他担心小家伙有一天会发现自己缺少那种资财——那种通过去天堂的关卡时要缴纳的惟一的资财。

他给他的养子受了洗,取名叫伽西莫多①,也许他是想纪

<hr />

① 伽西莫多的本义是复活节后第一个星期日。

念收养那孩子的日期,也许他是想用这个名字来表示可怜的小生物是何等残废而且发育不全。真的,独眼、驼背、罗圈腿的伽西莫多只能说是勉强有个人样儿。

三　圣母院的敲钟人[①]

在一四八二年,伽西莫多已经长大成人,他当圣母院的敲钟人已有好几年了,那得感谢他的义父克洛德·孚罗洛。克洛德当上了若札斯的副主教,得感谢他的恩主路易·德·波蒙阁下。一四七二年波蒙在居约姆·夏尔蒂耶逝世后能当上巴黎主教,得感谢他的保护人奥里维·勒丹。奥里维·勒丹当上国王路易十一的理发师,则是由于上天的恩赐。

于是伽西莫多成了圣母院的钟乐奏鸣家。

随着时光的消逝,某种亲密的关系把这个敲钟人和这座教堂联结在一起。出身不明和相貌奇丑这两重灾难,早就使他同世界隔离,他从小被幽禁在难以解脱的双重束缚之中,这可怜的不幸的人,在掩护他的宗教壁垒里已经习惯于看不到外界的任何事物,随着他的发育和成长,圣母院对于他就是蛋壳,就是窝,就是家,就是故乡,就是宇宙。

在这个生物和这座建筑之间,一定存在着某种神秘的超人的协调。他还很小的时候,就驼着背,伸长脖子,在那些拱顶的阴暗处爬行。由于他那人的脸孔和走兽般的四肢,他仿佛是在那阴暗潮湿的地方生长起来的一条爬虫,罗曼式柱顶

---

① 原著本章的题目是拉丁文,意思是"一群可怕的野兽的保护人,他本人更加可怕"。现为避免冗长,采用本章最初的标题。

雕饰就在那地方投下了多种奇形怪状的影子。

稍后,当他第一次机械地抓住钟塔上的绳索,吊在那里把钟振响起来的时候,在他的义父克洛德看来,就像是一个小孩第一次出声讲话。

就这样,他适应着那座教堂而逐渐发育成长。他在教堂里生活,在教堂里睡觉,几乎从不走出教堂一步。他每时每刻都受到它神秘的影响,以至于他竟变得同那座教堂十分相像,他把自己镶嵌在教堂里,使自己变成了教堂不可分割的一个部分。他的向外凸出的角(假若我们可以这样来形容),嵌进了那座教堂的往里凹陷的角里,好像他不仅是教堂的住客,而且是教堂当然的组成部分,甚至可以说,他获得了教堂的形状,就像蜗牛具有蜗牛壳的形状一般。教堂是他的住所,他的窝,是装他的封套。在他和那座古老的教堂之间,有一种十分深刻的天然的同情,有那么多的互相吸引的共同性,那么多的实质上的类似,使他就像乌龟依附龟壳一般依附着教堂,那座凹凸不平的教堂成了他的甲壳。

去提醒读者不要照字面来理解我们在这里不得不用来表现一个人和一座教堂之间的奇特、匀称、直接以及几乎是同类物质的配合是没有用的。同样,要说明在那样长的时期里,在那样亲密的相处过程中他对教堂熟悉到了什么程度也是没有用的。这个住所对伽西莫多挺合适,它没有一个深处不被伽西莫多踏入过,没有一个高处不被伽西莫多攀登过。有多少次,他仅仅靠那些凹凸的雕刻的支持就爬上了教堂前墙的最高处。人们常常看见他爬在两座钟塔外面,就像壁虎爬在陡峭的墙上似的。那两个十分高峻、十分骇人、十分可怕的双生姐妹,没有使他吓得发昏,也没有使他突然惊倒。看见那两座钟塔在他的手底下那么温柔,那么容易攀登,人们会认为正是他把它们驯服了的呢。由于用力地跳跃,爬行和深入这座大教堂的内部,使他变得有些像猿猴或羚羊了,就像一个卡拉布里亚①的小孩还没学走路就先学游泳,很小的时候就同大海嬉戏。

而且,不单是他的身体好像具有教堂的形状,就连他的灵魂也是如此。这个灵魂在什么情况下有过什么波折,在那隆起一块的皮囊里这个粗犷的生命是什么样儿,这可是难以说清楚的了。伽西莫多生来就是独眼、驼背、罗圈腿,克洛德费了很大的劲,用了很大的耐心才教会他讲话。但是这弃儿命该倒霉,他十四岁就当了圣母院的敲钟人,这使他得了一种新的残疾:钟声破坏了他的听觉,他变成了聋子。大自然留给他的惟一开向世界的大门,突然永远地关闭了。

这道门的关闭,把那条还能深入到伽西莫多灵魂里去的惟一快乐与光明的亮光隔绝了,这个灵魂沦入了深深的黑夜。这可怜人的悲哀变得和他的残疾一般齐全,一般无法治疗了。何况他的耳聋又使他有些喑哑,因为发现自己聋了之后,为了不被别人耻笑,他便决定缄口不语,除了独自一人的时候才会破例。他甘愿把克洛德费尽苦心解放出来的舌头又收藏起来,以至于每当不得不说话的时候,他的舌头竟变得那么笨拙和麻痹,好像铰链生锈的门窗一样。

现在,假若我们试着透过厚实粗糙的皮囊去探索伽西莫多的灵魂,假若我们能去探测这粗笨躯体的深处,假若我们决心去照亮这个不透明的身体,去探寻这迟钝的生物昏暗的内

① 卡拉布里亚是意大利南部的一个地区,与西西里隔海相望。

心,去洞悉它的一些暗角和死巷,并且忽然给锁在这洞穴深处的落地大镜子上投去一道极明亮的光,我们一定会发现那不幸的灵魂的姿态是多么可怜、畸形、佝偻,好像那些蜷伏在太矮太低的石头匣子里直到老死的威尼斯铅皮屋顶下的囚犯。

心灵在一个畸形的躯体中的确是会憔悴的,伽西莫多几乎感觉不到在自己的身体里有一个和他一般模样的灵魂在盲目活动。事物的映象在到达他的思想之前,先遭遇到一定程度的折射。他的头脑是一个奇特的中心,经由它出来的概念都是扭曲的,这种折射所造成的映象,当然是散漫的和迷乱的了。

于是他那有时疯狂有时痴呆的思想,往往游荡在成千种眼睛的错觉,成千种判断的错乱和种种偏差之中。

这个注定倒霉的机体得到的第一种影响,是扰乱了他对事物的视觉,他几乎得不到任何直接的反映,外在世界对于他似乎比对于我们遥远得多。

使他感到不幸的第二种影响,是他变得相当的凶狠。

他的确是凶狠的,因为他本来就很粗野,而他的粗野又是由于他的丑陋。他的性格使他有一套他的逻辑,就像我们的性格使我们有一套我们的逻辑一般。

他那格外发达的精力,是造成他凶狠的另一个原因。正如俄伯斯①所说:"精力充沛的孩子是凶恶的。"②

然而,我们应当公正地指出,他的本性也许并不是凶狠的。自从他在人间第一次迈步,他就感到,随后就看到自己是

①　俄伯斯(1588—1679),英国哲学家。
②　原文是拉丁文。

被人鄙弃,厌恶和不受欢迎的,人的语言在他听来总是嘲笑和咒骂。在他成长的过程中,他从周围发现的只是憎恨,他也学会了憎恨,他有了人所共有的凶狠,他拾起了别人用来伤害他的武器。

结果,他对人就只有转过脸去,他的圣堂就够使他满足的了,四处都是大理石像,有帝王,有圣徒,有主教,至少他们不会当面嘲笑他,却只向他射来安静和善的眼光,其余妖魔鬼怪的造像,对他伽西莫多也没有仇恨,在这方面他和他们十分相似,他们宁可去嘲笑别人。圣徒都是他的朋友,他们为他祝福,妖怪也是他的朋友,他们保护他不受欺凌,他也长久地和他们谈心。他有时一连几个钟头去蹲在一座塑像跟前,寂寞地同它说着话,在这种时刻,假若突然有什么人走来,他便像一个唱夜曲唱得入迷的情人似的飞快地逃开。

教堂对于他不仅是一个社会,并且还是一个宇宙,还是整个的自然界。除了那些画着花草的彩绘玻璃窗,他不梦想别的草木;除了那些撒克逊式柱顶上石刻的树叶和鸟雀,他不梦想别的绿阴;除了教堂的两座钟塔之外,他不梦想别的大山;除了在它们下面喧腾的巴黎之外,他也不梦想别的海洋。

但是在那座慈母般的建筑上,他最喜爱的,那唤醒了他的心灵,使他展开悲惨地蜷缩在脑海里的翅膀,使他有时感到幸福的,则是那些钟。他爱那些钟,他抚摸它们,对它们讲话,他了解它们。他对于交叉点上尖尖的钟楼里的那些钟和大门顶上那口大钟,都有一处温柔的感情。十字窗上的那个钟楼和那两座钟塔,对于他就像是三只大鸟笼,笼中的鸟儿被他唤醒,单单为了他而歌唱。虽然使他耳朵变聋了的就是那些钟,但是他热爱它们,正如一位母亲往往最喜爱那个最使她痛苦的孩子。

真的,他还听得见的只有它们的声音了。那些钟里面他特别喜爱那最大的一口,在节日里围着他笑闹的一群姑娘中间,他选中了她。那口钟名叫玛丽,她挂在靠南边那座钟塔里,同挂在旁边较小的一只笼子里的她的妹妹雅克琳在一道。而雅克琳则是那个把她送给教堂的若望·蒙塔居以他老婆的名字命名的,虽然这件礼物并没能阻止他在隼山扮演掉脑袋的角色。在另一座钟塔里是另外六口钟,最后还有六口最小的钟在交叉点的钟楼里。此外还有一口木钟,那是只有在升天节下午到复活节前一天的早晨这段时间里才可以敲响的。这样,伽西莫多的后宫里就有十五口钟,其中最大的玛丽最为得宠。

很难形容他在那些钟乐齐奏的日子里享有的那种欢乐。每当副主教放开他,向他说"去吧"的时候,他爬上钟楼的螺旋梯比别人下来还快。他气喘吁吁地跑进放那口大钟的房间,沉思地、爱抚地向那口大钟凝视了一会,接着就温柔地向它说话,用手拍拍它,好像对待一匹就要开始一次长途驰骋的好马,他对那口钟即将开始的辛劳表示怜惜。这样抚慰了一番之后,他便吼叫一声,召唤下一层楼里其余的钟开始行动,它们都在粗绳上挂着。绞盘响了,巨大的圆形金属物就慢慢晃动起来。"哇!"他忽然爆发出一阵疯狂的大笑和大叫,这时钟的动荡越来越快,当大钟的摇摆到了一个更大的幅度时,伽西莫多的眼睛也就睁得更大更亮。最后大合奏开始了,整座钟塔都在震动,木架、铅板、石块,全都同时咆哮起来,从底层的木桩一直响到塔顶的栏杆。于是伽西莫多快乐得嘴里冒出白沫,走过来又走过去,从头到脚都同钟塔一起战栗。那口大钟开放了,疯狂了,把它巨大的铜喉咙向钟塔的左右两廊晃动,发出一阵暴风雨般的奏鸣,四里之外都能听到。伽西莫多在那张开的喉咙跟前,随着钟的来回摆动蹲下去又站起来,他吸着它那令人惊讶的气息,一会儿看看离他二百法尺以下的那个深处,一会儿望望那每分钟都在他耳朵里震响的巨大的铜舌,那是他惟一听得见的话语,惟一能扰乱他那绝对寂静的心灵的声音,他在那里把自己舒展开来,就像鸟儿在阳光里展开翅膀一样。钟的狂热突然感染了他,他的眼光变得非常奇特,像蜘蛛守候虫豸一般,他等钟荡回来的时候一下子扑上去吊在钟上,于是他在空中高悬,同钟一道拼命地摇来荡去,抓住那空中怪物的两只耳朵,双膝靠着它,双脚踏着它,用自己身体的重量使那口钟摇荡得加倍的快。这时那座钟塔震动起来了,他呢,吼叫着,磨着牙齿,他的头发根根直竖,胸膛里发出拉风箱一般的响声,眼睛里射出光芒,那口古怪的大钟就在他下面喘息地嘶鸣,于是,那既不是圣母院的钟也不是伽西莫多了,却成了一个梦境,一股旋风,一阵暴雨,一种在喧嚣之上的昏晕,成了一个紧抓住飞行物体的幽灵,一个半身是人半身是钟的怪物,一个附在大铜怪身上的阿斯朵甫[1]。

这个怪人使整座教堂里流动着某种特别的生气,好像是他身上散发出的一种神秘的气息(至少大多数人是这样说的),使圣母院里每块石头都活跃起来,使那座老教堂的五脏六腑都激动起来,只要有他在教堂里,大家就认为门道里和走廊上的塑像都活了过来,动了起来。真的,那大教堂在他的手

<hr>

[1] 阿斯朵甫是英国传说里的一个王子,据说有个仙女送给他一支号角,这支号角发出尖厉可怕的声音,别人都无法忍受。

底下就像一个温驯的活物，它一得到他的命令就发出洪亮的声音，它被伽西莫多所占有，所充实，就像被一个家神所占有所充实一样。可以说是他使得那座大教堂开始呼吸，教堂里到处都有他，他分布在教堂的每个地方。人们有时惊恐地看到在一座钟塔顶上有一个奇怪的侏儒在扭动，他悬空吊着，用四肢在爬行，来到了下面的空处，又从一个檐角跳到另一个檐角，为了去摸索那些夜叉般的雕像，那便是伽西莫多在捅乌鸦窝。有时有人在教堂的一个黑暗角落里被一个蹲在那儿的怪模怪样活像妖精样的人绊了一跤，那便是伽西莫多在沉思。有时人们看到在一座钟楼下面，一个大脑袋和畸形的四肢在一条绳索末端疯狂地摇来荡去，那便是伽西莫多在敲晚祷钟或奉告祈祷钟。夜里，人们常常看到一个可怕的形体围着钟塔顶和半圆殿的空花栏杆上游荡，那还是这个圣母院的驼子伽西莫多。于是教堂附近的人们就说整座教堂都有某种神怪的、超自然的和可怕的东西，到处都有睁着的眼睛和张开的嘴，人们听见日夜守卫那怪异教堂的张牙舞爪的石狗石龙石狮之类忽然吼叫起来，假若是在圣诞节晚上，当那口大钟嘶声召唤信徒们去做热忱的午夜弥撒时，那座教堂阴暗的前墙就布满了一种恐怖的气氛，仿佛是那大门道在吞吃群众，而大门顶上的雕花窗则眼睁睁地望着他们。这一切都是因为伽西莫多。假如是在埃及，人们可能把他奉为这座寺庙的神祇了，但中世纪的人们却认为他是魔鬼，认为他是魔鬼的灵魂。

竟至到了这种地步，那些知道伽西莫多曾经在这座教堂里生活过的人，觉得圣母院如今是荒芜的、没有生气的和死沉沉的了。人们感到某种事物已经离去，这个庞大的躯体已经变得空空洞洞。它是一具骷髅，精灵已经飞去，现在只能见到它过去寄居的地方,它就像一具颅骨,虽然有两个眼眶,可是再也没有眼睛的光芒了。

四　狗和它的主人

　　但是也有一个人是在伽西莫多对人的憎恨之外的,他非常爱他,也许比爱教堂更甚,这个人便是克洛德·孚罗洛。

　　事情很简单,克洛德曾经收养他,给他洗礼,找奶娘奶他,教育他长大成人。很小的时候,他总是在克洛德的腿膝间躲避那些跟在他身后叫喊的狗和儿童。克洛德·孚罗洛教他说话,教他念书,教他写字。克洛德·孚罗洛最后还让他当了敲钟人。把那口大钟嫁给了伽西莫多,简直像是把朱丽叶嫁给了罗密欧呢①。

　　伽西莫多的报答也是深厚的、热情的、无边的,虽然他义父的脸孔有时候又阴沉又严厉,虽然他的话有时既简短又生硬,简直不堪忍受,但这种报答却没有一刻不支配着他。他对于副主教好像一个最卑微的奴仆,最温顺的侍者,最机警的卫士。可怜的敲钟人耳朵聋了之后,他和克洛德之间就建立了只有他俩才懂得的神秘的手语,这样一来,副主教就成了伽西莫多惟一可以交谈的人了。他在这个世界里只同两件事物有联系,那便是圣母院和克洛德·孚罗洛。

　　副主教在敲钟人心里的权威以及敲钟人对于副主教的依恋,都是无可比拟的。只要克洛德做一个手势,或者是伽西莫

①　英国诗人和剧作家莎士比亚的著名悲剧《罗密欧与朱丽叶》中的男女主角。

多产生了一个想使克洛德高兴的念头,就足以让伽西莫多从高高的钟塔顶上纵身跳下。看到伽西莫多身上发展得十分奇特的精力竟会盲目地听从另一个人的吩咐,真是令人惊讶。这一定是出自维持家族关系的那种儿子的孝心,也是出自一个心灵对另一个心灵的迷恋。这是一个可怜的、畸形的、残缺的人在一个深刻、能干、高贵的人物面前低下头颅,眼里充满乞怜的目光。最后,是这一切里最主要的原因,这是一种报恩思想,一种我们无法比拟的发展到了顶点的报恩思想。这种情况在常人中间找不出例子,我们可以这么说,伽西莫多对副主教的爱,比一切犬马对它们主人的爱更为深厚。

五　克洛德·孚罗洛续篇

在一四八二年,伽西莫多大约是二十岁,克洛德·孚罗洛大约是三十六岁,前一个成年了,后一个老去了。

克洛德·孚罗洛早已不再是朵尔西神学院的单纯的学生,不再是一个孩子的温和的保护人,不再是对好些事物很熟悉,对好些事物很陌生的一位青年玄学梦想家了。他成了一位严厉的阴沉的神甫,一位掌管灵魂的人物,他是若扎斯的副主教,是主教群中的第二个头目,他手底下有蒙莱里和夏多弗尔两个教区和一百七十四位乡村本堂教士。他是个阴森可怕的人,当他交叉着双臂,脑袋低垂在胸前,人们从他脸上只看得见光秃秃的额头,庄严而若有所思地从唱诗室高高的尖拱下面慢慢走过时,唱诗室里穿长袍披袈裟的孩子们和圣奥古斯丹的教友们以及圣母院司晨祷的教士们,全都在他的面前战战兢兢。

堂·克洛德·孚罗洛并没有放弃研究科学和教育小兄弟这两件成为他生活的主要内容的工作,但这两种甜蜜的工作里逐渐渗进了苦汁。保尔·第阿克尔①说过:"日子久了,最好的腌肉也会发臭。"小若望由于在磨坊里被奶大,因此有了个绰号叫"磨坊的"若望·孚罗洛,他并没有按照克洛德·孚罗洛所期望的方向发展。哥哥指望他成为一个虔诚、笃实、光荣的学生,而这个弟弟呢,却好像那些小树,尽管园丁枉费苦心,它们依旧朝着有阳光和空气的一边弯过去,这个弟弟只管向着懒惰、放荡、无知的方面,交错地、繁多地伸出一丛丛茂密的枝叶。他是一个使堂·克洛德皱眉头的十分放肆的真正的小魔鬼,但他的机智和诙谐又常常引得克洛德发笑。克洛德把他送进当年自己曾在那儿攻读过几年的朵尔西神学院,但是那座往日以克洛德姓氏为荣的圣殿,如今却把这个姓氏当作耻辱。这件事使克洛德很伤脑筋,常常向若望发出一长串责骂,这一位就勇敢地忍受着,这小无赖到底还有点良心,就像一切喜剧里常见的那样。不过责骂以后,他照旧若无其事地去干他的放纵勾当。有时他欺负小鹰(这是大学里对新生的称呼),因为他们比较老实。这种欺负新生的可贵的传统,一直流传至今。有时他唆使一部分同学仿照老办法袭击一家酒店,用"进攻的大棍子"打倒酒店主人,快活地把酒店里的东西一扫而光,甚至把地窖里的大酒桶打开。这之后,朵尔西神学院的副

---

① 保尔·第阿克尔(约720—约799),古代意大利伦巴第王国用拉丁文写作的历史学家和诗人,著有《伦巴第人史》。伦巴第是公元六世纪日耳曼人侵略意大利部分地方后在那里建立的一个强国,其末代国王于七七四年为法国查理曼大帝所击败。

学监可怜巴巴地给克洛德送来了一份通知,边上还写着一条伤脑筋的拉丁文附注:"一场斗殴导致了一次放纵的狂饮。"最后,人们说他放纵自己,多次到格拉蒂尼街①消磨时光。这对于一个十六岁的少年真是太可怕了。

克洛德在自己的感情遭到了这些阻碍和挫折之后,就更专心致志地投进科学的怀抱——这个姐妹至少不会当面嘲笑你,却会常常报答你对她的关心,虽然她的报答有时是相当空虚的。于是他越来越博学了,同时,很自然的,他也越来越有了神甫的谨严,越来越有了人的悲哀。对于我们每个人说来,在我们的才智、我们的道德、我们的气质之间,存在着某种平衡,它们毫不间断地自行发展,除非生活遭到重大的变故才会中断。

因为克洛德在青年时代就已经遍历了人类学问中正面的、外部的和合法的范畴,使他不得不走远些去为他难以满足的求知欲觅取食粮,除非他认为"一切都到了尽头"②而止步不前。古时对自啮其尾的蛇的比喻,对于科学非常合适,克洛德仿佛从自己的切身经历里懂得了这个比喻。有些认真的人断言,人类吸尽了合法③的知识之后,就敢于深入到非法④的知识里去。人们说他尝遍了智慧树上所有的果实,由于饥饿或是嘴里没味,终于咬起禁果来了。读者知道,他转换了好些地方,参加过神学院的逻辑学会,以圣伊尔为崇拜对象的哲学协会,以圣马尔丹为崇拜对象的宗教法辩论会,和圣母院圣泉边的生理学会。四位伟大的厨师——即四门学科——所苦心

---

① 这条街上有很多赌场。
②③④ 原文是拉丁文。

调制而且放在智慧之前准许取食并证明可食的四种菜肴,他全部吞吃了,而且还没有吃饱就厌烦起来,于是他更向前发掘,往更深处发掘,一直发掘到这门科学已穷究过的物质的极限之下。他也许会以他的灵魂去探险,在他那个洞窟里,坐在那化学、占星学和炼金术的神秘的桌子跟前——在中世纪,阿威罗伊①和巴黎主教居约姆以及尼古拉·弗拉梅尔在这方面已经研究得法。而这门学问在东方还一直有所发展,在七支烛台的照耀下,所罗门②、毕达哥拉斯③和查拉图士特拉④都曾探索过。

　　至少人们是这样猜测的,不管猜得对不对。

　　副主教一定常常造访圣婴公墓,他的父母和一四六六年那场瘟疫中死去的另一些人就埋葬在那个地方,但是那坟头上庄严的十字架还不及建造在旁边的尼古拉·弗拉梅尔与克洛德·倍尔奈尔⑤墓上奇特的塑像更能引起他的注意。

　　人们一定常常看见他沿着伦巴第街走去,偷偷地走进代书人街和马里沃尔街转角处的一所小屋,这所小屋是尼古拉·弗拉梅尔建造的,一四一七年前后他死在这所小屋里,此后小屋就荒芜了,已经开始倾坍,各地的炼金家和玄学家都跑到这里来,在墙上刻下自己的名字,就这样把墙壁毁坏了。有

---

① 阿威罗伊(1126—1198),古代阿拉伯哲学家和医学家,原名伊本·路西德,西方人称他为"阿威罗伊"。其哲学著作涉及唯物论和泛神论,因而被巴黎大学和罗马教廷判刑。

② 所罗门(约前970—前931),古代希伯来的君主,毕生致力于国政,他的智慧长期流传在东方各国。

③ 毕达哥拉斯(约前570—前480),古希腊著名哲学家和数学家。

④ 查拉图士特拉是古波斯的宗教改革者,通译琐罗亚斯德。

⑤ 克洛德·倍尔奈尔是尼古拉·弗拉梅尔的妻子。

些住在附近的人，甚至说他们某次从一个通风口里看见克洛德在挖掘并且翻动那两个地窖，地窖的柱子上刻满了尼古拉·弗拉梅尔自己写的诗歌和象形文字。人们猜想是弗拉梅尔大师把"炼金石"埋在那两个地窖里了，两个世纪以来，从马吉斯特里到巴西菲克神甫这些炼金家，就没有停止过挖掘这里的地面，直到那所小屋由于那么厉害的挖掘和翻动，终于倾塌在他们脚下，变成了一堆尘土。

副主教对于圣母院那个有象征意义的大门廊一定抱着一种特殊的感情。大门廊是巴黎主教居约姆写在石头上的一页难懂的文字，他本人一定被罚入了地狱，因为他把一页可怕的书名页放进了这座教堂，而这座建筑物的其他部分则永远高唱着圣诗。人们认为克洛德副主教研究过圣克利斯朵夫的巨型塑像和站在教堂前廊进口处的那个神秘的高大塑像——人们嘲笑地称它为勒格里先生。可能所有的人都注意到他往往一连好几个钟头坐在教堂前面的广场的栏杆上，凝神望着大门廊的雕刻，有时仔细观看笨拙的童女们和她们倒拿着的灯，有时仔细观看聪明的童女们和她们正拿着的灯。另外几次他在测量那只乌鸦在大门道左边所占的角度和它俯瞰教堂里一个神秘处所时所占的角度，炼金石一定就藏在那里，要是它没有藏在尼古拉·弗拉梅尔的地窖里的话。我们顺便说说，圣母院在那段时期被克洛德和伽西莫多两个不同的人用不同的方式和同等的热情如此钟爱，这真是一种奇怪的命运。它被那个又固执又粗野、只有一半像人的人所爱，是因为它的美丽，它的高大，以及造成它整体宏伟壮丽的那种和谐；它被那个聪明、热情、富于想象力的人所爱，是因为它很有意趣，它的神话性，它所蕴含的意义，它前墙上各种雕刻所表示的象征意义,就像羊皮纸上那第二次书写的文字下面被擦去的第一次的文字①一样。一句话,是因为它那不断向智慧提出的难解之谜。

最后,副主教一定在望得见格雷沃广场的那座钟塔里放钟的木栏旁边,给自己设置了一个十分神秘的小房间,据说不得到他的同意谁也不能进去,哪怕是主教本人。从前的主教雨果·德·贝尚松②把那个小房间差不多快修建到塔顶上那些乌鸦窝中间去了,他当时就是在那里念咒语的。那房间里到底有些什么,谁也不知道。但是黑夜里在德罕沙滩上,望得见那座钟塔背后一个小窗口里有一道闪烁的奇怪的红光,仿佛跟着什么人的呼吸间歇地、均匀地忽明忽灭,它更像火光而不大像灯光,在黑暗里,在那么高的地方,它产生了特别的效果。于是女人们就说:"副主教在那儿吹气啦,在那高高的地方地狱里的火在闪闪发亮哪!"

那一切终究不能很有力地证明这是种巫术活动,不过那里经常冒出烟来,于是使人猜想到火,因此副主教就得到一个相当可怕的名声。不过我们必须说明,凡是埃及的科学,凡是魔术、巫术,哪怕是最清白无辜的,在那些圣母院管事人看来,都是妖法,再没有比他们更顽固的仇敌、更无情的告发者了。不管那是由于真正的恐怖还是属于贼喊捉贼的伎俩,一切都挡不住教务会里那些博学的人把副主教当成一个堕入邪教深渊和神秘学科黑暗中去的正在探索地狱的灵魂。公众也差不多有着这同样的误解。稍有眼力的人,都把伽西莫多当作魔

① 古时纸料缺乏,往往把羊皮纸上写过的一层刮掉后再写。
② 即比尚西奥的雨果二世(1326—1332)。——作者注

鬼,把克洛德当作巫师。显然是那个敲钟人必须在一定的时期内替副主教服役,期满之后就要带走他的灵魂作为报酬。不管副主教生活得多么严肃,他在善人们①中间仍然有着坏名声,那些人里没有一个虔诚的鼻子会笨得嗅不出他是个术士的呢。

在他逐渐老去的时候,假如他在自己的科学里给自己造成了一道深渊的话,那么他在自己的心灵里也给自己造成了一道深渊。当人们观察这个必须透过一层阴云才看得见灵魂的人时,至少大家都是根据这点来猜想的:他怎么会有那样光秃秃的宽大的额头?怎么经常低垂着脑袋?他的胸膛怎么老是胀满了叹息?是什么秘密念头使他那样痛苦地叹气,使他那紧蹙的眉毛紧锁得像两条马上要格斗的公牛?他仅有的一撮头发为什么已经花白?他眼光里偶然闪露的是什么内在的火焰,使他的眼睛好像火炉内壁上的窟窿?

一种强烈的有关道德修养方面的忧虑,在这个故事发生的期间尤其发展到了顶点。好几次,唱诗班的孩子们发觉只有他一个人在教堂里,就立刻被吓跑了,因为他的目光又怪又亮。好几次,在唱诗室做祷告的时刻,邻座的神甫听见他把一些难懂的字句混进了答谢章里。德罕岸边替教士们洗衣服的妇女,有好几次发现若扎斯的副主教先生的衣服折痕里有几处被指甲或爪子抓破的地方。

然而,他变得加倍严肃起来,再没有比他更可以作为典范的了。由于性格关系,也由于环境关系,他一向是远离女人的,现在就似乎比一向更加憎恨女人了。一件丝绸衣服的窸

---

① 这是含讽刺意味的反话。

窣声就足以使他把风帽拉下来遮住眼睛。他在这方面是如此尊严庄重，以至于国王的女儿波热夫人在一四八一年十二月来探访圣母院修道院的时候，他竟严厉地拒绝让她进去。他提醒主教说，记得一三三四年圣巴尔代勒米守夜节的黑皮书上，曾规定禁止教士接见"无论老年、青年、已婚、未婚"的一切妇女。主教抗议地向他提出罗马教皇的特使俄多的法令："某些贵族妇女不应无故遭受拒绝"。但副主教依旧坚持自己的意见，指出教皇的法令是一二〇七年颁布的，比黑皮书要早一百二十七年，所以事实上它已被后来那条法令所废除。他终于拒绝在公主面前露面。

人们还注意到，自从好些时候以来，他更是加倍地害怕埃及女人和吉卜赛女人。他恳求主教颁发了一道不许波希米亚妇女到圣母院前面广场上跳舞和击鼓的禁令，同时他开始不辞辛苦地去搜寻那些发霉的档案，为了研究那些把不祥技艺传授给猫儿或者猪羊而遭受火刑或绞刑的男女巫师的案件。

六　不得民心

教堂一带的大人和小孩都不大喜欢副主教和敲钟人，这我们已经说过了。好多次克洛德和伽西莫多一块儿外出，当人们看见他主仆俩相偕穿过圣母院附近那些荒僻狭窄而且被泥泞弄得阴暗潮湿的街道时，就冲他们说几句恶言，几声讥讽或几句嘲骂来凌辱他们，而克洛德只管昂头走路，让那些拦路谩骂的家伙看着他那严峻的额头而目瞪口呆，不过这种情况一般是很少的。

他俩在这种处境中倒有些像雷尼埃①在《诗人们》里所说的：

> 各种各样的人跟在诗人们身后行进，
> 好像猫头鹰背后有啭鸟飞鸣。

有时，某个顽童为了获得在伽西莫多的驼背上插进一根针去的那种难以形容的快乐，竟不惜用自己的皮肉去冒险。有时，某个漂亮的姑娘，愉快地羞怯地抓住副主教的黑袍边儿，当面对他唱这支挖苦的曲子："停下，停下，魔鬼给捉住啦！"有几次，一群妇女并排挤坐在大门前台阶的阴暗处，当副主教和敲钟人走过的时候，她们就嘀嘀咕咕，一面咒骂一面朝他们喊出这类使人心里高兴的话："咳！这人的灵魂同那人的躯体是一样的呀！"有时一群学生或者正在玩踢石子游戏的孩子，一齐站起来，文雅地用拉丁话向他们致敬："呀！呀！克洛德同跛子呀！"②

但这种伤害往往是在副主教和敲钟人不知不觉之中进行的，伽西莫多太聋，克洛德太耽于梦幻，都听不见所有这些赏心悦耳的话。

---

① 雷尼埃（1573—1613），法国讽刺诗人。
② 原文是拉丁文。

第 五 卷

一 圣马尔丹修道院院长①

克洛德的名声传扬得很远。这使他在拒绝接见波热夫人之后不久，又必须接受一次访问。他把有关这件事的记忆保存了很久。

那是一个傍晚，他刚从办公房回到圣母院修道院他那间密室里。那小房间除了角落里放着几只封好的玻璃小药瓶之外，全是一片灰尘，就像幻灯上的灰尘似的，并没有什么神秘奇怪。墙上到处是字迹，但那全是些纯粹的科学术语，或是从优秀的作家那儿摘录来的虔诚的语句。副主教刚刚在一张放满了原稿的大台子前面坐下来，面对着三只嘴的铜烛台的亮光，靠在一本打开了的书上，这是俄诺里雅斯·德·俄当所著的《论宿命和自由意志》②。他一页一页地翻阅着刚才拿来的一本对开的印刷本，一边深深进行思考，那是他的密室里惟一的印刷品。正当他沉入了梦一般的境界时，有人敲门了。"谁呀？"这位学者喊道，声音就像饿狗被抢走了肉骨头那么

①② 原文是拉丁文。

好听。一个声音在门外回答道:"是你的朋友雅克·夸克纪埃。"于是他走去开门。

那的确是国王的医生,一个五十来岁的人,他的面貌由于眼光狡猾才显得不那么生硬。另外有一个人伴同着他。两人都穿着深红色带小灰点的长袍,束着腰带,裹得严严实实,戴着同样质地和颜色的帽子。他们的手被衣袖遮住了,脚被长袍遮住了,眼睛被帽檐遮住了。

"愿上帝帮助我,先生们,"副主教说,一面把他们让进房间,"我没料到在这种时候还能得到你们来访的荣幸呢。"副主教一面彬彬有礼地说着,一面用不安的探究的眼光看看医生,又看看他的朋友。

"对于拜访蒂尔夏浦的克洛德·孚罗洛这样有名的学者,这时辰还不能算太晚呀。"夸克纪埃医生说。他那纯粹外省人的口音,使他的话像他那带后裾的庄严的袍子一样,拖得很长。

于是副主教和医生之间开始了当时学者们谈话之前照例的寒暄,但这并不能阻止他俩比世界上任何人都更互相仇视。何况,如今也还是这样,从一个学者口中倾注给另一个学者的恭维,只不过是一瓶加了蜜的苦胆汁而已。

克洛德·孚罗洛向雅克·夸克纪埃所说的奉承话,特别抨击了那令人尊敬的医生在业务上的收益,那些收益是他用他那令人羡慕的职业从国王每次疾病中榨取来的,那种职业可是比寻找"炼金石"更为有效而且可靠的一种化学实验呢。

"真的!夸克纪埃先生,我很高兴听到令侄,我尊敬的比埃尔·维尔塞先生升任了主教。令侄不是亚米昂地方的主教吗?"

"是的，副主教先生，那是出于上帝的恩赐。"

"你知道吗？圣诞节那天，当你走在你那位审计院的同伴前头的时候，你的仪容是多么的了不起，总管先生。"

"只不过是个副总管罢了，堂·克洛德。唉，也就不过如此罢了。"

"你那圣安德烈·代·亚克街上的宏伟住宅不就在那里吗？那真是一座卢浮宫呢。我很喜欢刻在大门上的杏树和以巧妙的手法刻成的杏—树那两个有趣的字。"①

"唉，克洛德阁下，整个工程花了我很多钱呢。等到房子盖成，我也毁了。"

"嗬，你不是还有监狱和司法宫执达吏的收入吗？不是还有克罗居的全部房屋、肉铺、客栈和商店的租税吗？这就等于去挤一只有很多乳汁的乳房一样。"

"今年我那波瓦塞领地没给我带来什么收益。"

"可是你在特里爱尔，在圣雅姆和在圣日耳曼·昂·雷耶的税收，经常都是很好的呀。"

"才一百二十利勿尔，而且还不是巴黎利勿尔。"

"你不是还有你那国王参事室的收入吗？那可是固定的。"

"是的，克洛德教友，但是那该死的波里尼庄园，听说不管好年成还是坏年成都收不到六十个金币。"

克洛德向夸克纪埃讲的这些恭维话，带着挖苦的尖刻的讽刺语气和一种凄苦冷酷的微笑，这是一个优秀而不走运的

---

① 法语"杏树"L'abricotier 断开刻成 A L'Abri-Cotier, A L'Abri 有隐蔽、掩护之意，双关意是"在杏树掩护之下"，这里克洛德是讽刺夸克纪埃有国王作靠山，正是俗话所说的"大树底下好遮荫"。

人偶尔取笑一下恶人的财富，而那个恶人却没有发觉。

"凭我的灵魂担保，"最后克洛德握着他的手说道，"看见你十分健康我真高兴。"

"谢谢，克洛德阁下。"

"可是，"克洛德忽然高声说，"陛下的御恙怎样了？"

"他不肯付足他的医药费呀。"医生望了他身边的同伴一眼回答道。

"你认为是这样吗，夸克纪埃老兄？"那个同伴问。

这句用诧异和责备的声调吐出来的话，引起了副主教对这个陌生人的注意。说真的，自从那个怪人跨进了小密室的门槛，克洛德就没有一刻不在留神观察他。他应该有上千种理由来小心对待国王路易十一那极其能干的医生雅克·夸克纪埃，既然这位医生让那个人陪伴着他。

他脸色没有表现半点兴奋，当夸克纪埃告诉他：

"可是，堂·克洛德，我给您带来了一位教友，他久仰您的大名，想来拜望您。"

"先生是搞科学的吧？"副主教用他那明察秋毫的眼光盯着夸克纪埃的同伴。他发觉那陌生人眉毛底下也有着不亚于自己的那种深沉的、不信任的眼光。

微弱的灯光使人只能看出他是一个六十岁左右的老人，中等身材，好像病得相当厉害，相当衰弱。他的面目虽然很清秀，却有几分坚强和严肃。他的眼睛在弯弯的眉毛下闪着深邃的、仿佛从洞穴里射出来的光芒，在他那几乎遮住了鼻子的帽檐下面，可以感觉到他那聪明的额头上滚动着一双大眼睛。

他决心亲自来回答副主教的问话。

"崇敬的阁下，"他用一种严肃的声调说，"您的名声一直传到我的耳朵里，我想来向您求教。我不过是一个走进学者家里之前先得脱掉鞋子的笨拙的外省绅士。应该让您知道我的姓名。我是杜韩若长老。"

"绅士会有这么个怪名字。"副主教想道。这时他才发觉自己面对着某一强劲的严肃的事物。他的绝顶聪明，使他猜测到杜韩若长老的皮帽下也有着同样的绝顶聪明。他仔细打量那庄严的容貌，雅克·夸克纪埃的到来在他阴沉的面孔上引起的笑容这时便逐渐消失，就像暮色消失在黑夜的天边一样。他忧郁地、沉默地坐在他的大安乐椅中，手肘习惯地支在台子上，手撑着额头。考虑了一会之后，他做了个手势让两位来客坐下，便向杜韩若长老发问道：

"阁下，既然您来同我讨论，那么，是讨论哪一种科学呢？"

"崇敬的阁下，"杜韩若答道，"我病了，病得很厉害。人们说您是一位伟大的艾斯居拉普①，我是来请您开一个药方的。"

"药方！"副主教摇摇头。然后他想了想又说："杜韩若长老，既然您叫这个名字，请回过头去，您可以看见我的答案已经写在墙上。"

杜韩若顺从地回过头去，他看见墙头上比他高的地方刻着这样的话：

　　医学是梦幻的女儿。

　　　　　　　　　　　　——雅北里格②

①　艾斯居拉普，古希腊神话中的医药之神，太阳神阿波罗之子。
②　雅北里格（约250—330），公元三至四世纪古希腊新柏拉图派哲学家。

这时,雅克·夸克纪埃听见他的同伴提出的可厌的问题得到了堂·克洛德的加倍可厌的回答,便凑到杜韩若长老的耳边,用不让副主教听见的声音向他说:"我早就告诉过您他是个疯子。是您想来看他的!"

"这个疯子很可能是有理智的呢,雅克医生。"长老用同样低的声音回答,苦恼地微笑了一下。

"随您的便吧!"夸克纪埃冷冰冰地说道。随后他便同副主教闲谈起来:"堂·克洛德,您在工作上是很灵活的,希波克拉特①绝不会妨碍您,就像一个胡桃绝不会妨碍一只猴子一样。医学是一种梦幻!我想要是走方郎中和医生正在这儿的话,他们会向您投石子的!那么,您是不承认刺激性药品对于血液的影响以及膏药对于肌肉的影响了!这个被人称为一个世界的、特意为那不断生病的所谓人类建立的、由花和金属组成的不朽的药物学,您也是不承认的了?"

"我既不是否定药物学也不是否定病人,"堂·克洛德冷淡地说道,"我否定的是医生。"

夸克纪埃激昂地说:"那么风湿病的病灶是一个气孔也不是真的了。用烧焦的老鼠制成的外用药能治好大炮打伤的地方,适当地输入青春的血液能使衰老的血管恢复青春也不是真的了。二加二等于四也不是真的了。"

副主教不为所动地答道:"对某些事物我有我一定的看法。"

夸克纪埃气得脸都变红了。

<hr />

① 希波克拉特(前460—前377),古希腊的名医。在西方被尊为"医学之父"。

"得啦,得啦,我的好夸克纪埃,咱们不用生气,"杜韩若长老说,"副主教先生是咱们的朋友。"

夸克纪埃镇静下来了,但还低声抱怨着:"总之他是个疯子!"

"克洛德阁下,"杜韩若长老沉默了一会说,"您使我很不好意思呢。我有两个疑难问题要向您讨教,一个是关于我的健康的,一个是关于我的星宿的。"

"先生,"副主教说,"假若这就是您的想法,您实在用不着喘着气爬上我的楼梯。我不相信医学,也不相信占星术。"

"真的!"杜韩若长老惊讶地说道。

夸克纪埃勉强地笑了一笑。

"您很可以看出他是个疯子了,"他在杜韩若长老的耳边低声说,"他连占星术都不相信呢!"

"那等于去想象每道星光都是长在人们头上的一根发丝!"堂·克洛德补充道。

"那么您信什么呢?"杜韩若长老高声问道。

副主教犹豫了一会儿,随后便露出一个阴沉的微笑,好像在否认自己的回答:"信上帝。"①

"我们的主。"②杜韩若划了一个十字补充道。

"阿门!"夸克纪埃说。

"尊敬的阁下,"那个长老又说,"看到您有这么好的宗教信仰,我真是由衷地感动。可是,您既然是一位大学者,竟至连科学都不相信吗?"

"不,"副主教呆定定的眼睛里射出一道强烈的光,抓着

①② 原文是拉丁文。

190

杜韩若长老的胳膊说，"不，我不是不承认科学。我长时间把肚子贴着地、指甲陷在泥土里爬过地窖里无数条小路，决不会看不见我前面远远的地方有一道亮光，一股火焰之类的东西，那一定是那耀眼的总实验室的反光，那里有耐心的和聪明的人曾经使上帝都吃惊呢。"

"到底，"杜韩若长老插话说，"您认为什么才是真的和实在的呢？"

"炼金术。"

夸克纪埃嚷起来了："当然啦，堂·克洛德，炼金术一定有它的道理，但是何必咒骂医学和占星术呢？"

"您那关于人的科学是空洞的。您那关于上天的科学也是空洞的。"副主教武断地说。

"艾比达须斯①和迦勒底②地方可是一片兴旺的景象呢！"医生冷笑说。

"听着，雅克阁下，我说的话是很诚恳的。我不是国王的医生，他陛下也没有赐给我代达罗斯花园让我观察星辰。别生气，听我说吧。您发现了什么真理呢？我不是指医学，那是过于蠢笨的东西。我指的是占星术。请你告诉我那些直上直下的线③以及齐鲁夫数字、泽费洛德数字方面的新发现又能说明什么。"

"您不承认锁骨的感应力和异乎常情的通神术吗？"夸克

---

① 古希腊城市，滨爱琴海，医药之神艾斯居拉普神庙所在地，病人云集，想以祈祷来治愈所患疾病。

② 巴比伦王国的一部分，位于美索不达米亚，那里很早就开始研究天文学。

③ 占星术认为每个人头顶有条看不见的线和天上自己的星宿相连系，星宿又通过这条线控制人一生的活动。

纪埃说。

"您错了，雅克先生。您的信念没有一个接近现实，但炼金术却有一些发明。您不承认这些成果吗？玻璃埋在地下千万年之后，就变成水晶石。铅是一切金属的始祖（因为黄金并不是一种金属，黄金是一种光）。铅只要经过二百年一期一共四期的转化就成功地从铅变为雄黄，从雄黄变成锡，从锡变成银子。这难道不是事实吗？但是相信锁骨，相信星宿和通往星宿的线，那就像中国的居民那样可笑，他们相信黄莺会变成鼹鼠、麦粒会变成鲤鱼！"

"我学过炼金术，"夸克纪埃嚷道，"我敢断定……"

可是激奋的副主教不让他说下去。

"我学过医学、占星术和炼金术。这才是惟一的真理（说着他便把一只我们在前面描述过的盖满了灰尘的小药瓶放在台子上），这才是惟一的光明。希波克拉特是一个梦，于拉尼亚①是一个梦，赫耳墨斯②是一种思想。黄金呢，它是太阳。能制造黄金，那就变成神了。这才是独一无二的科学。我研究过医学和占星术。我告诉你：空虚！空虚！人类的躯体是神秘莫测的，星辰也是神秘莫测的！"

他跌坐在他的安乐椅里，处在受到某种启示的振奋状态中。杜韩若长老默默地望着他。夸克纪埃使劲冷笑着，悄悄地耸耸肩膀，一遍又一遍地低声说："一个疯子！"

"但是，"杜韩若长老突然问道，"你达到那美妙的目的没有呢？你炼成了黄金没有呢？"

---

① 于拉尼亚是九位文艺女神之一，掌管天文地理。
② 参见第76页注①。

"假若我炼出了黄金,"副主教好像在考虑什么似的慢吞吞地字斟句酌地回答,"那么法兰西国王就会是克洛德而不是路易了。"

　　长老皱了一下眉头。

　　"我刚才说了些什么?"堂·克洛德不在乎地笑了一笑说,"当我能够重建东方帝国的时候,法兰西王位对我有什么用处?"

　　"好极了!"长老说。

　　"啊,可怜的疯子!"夸克纪埃喃喃低语道。

　　副主教继续谈下去,好像仅仅是为了回答自己的问话。

　　"可是不,我还得爬行,还得在地狱的路上擦破我的脸和膝盖。我进去了,我只是隐约看见,而不是凝视。我不会阅读,却只会拼音。"

　　"到你会读的时候,"长老问道,"你就能炼成黄金吗?"

　　"谁会怀疑这个呢?"

　　"情况是这样的,圣母知道我十分需要钱财。我很想阅读你那些书。请告诉我,尊敬的阁下,您的科学是不是圣母所反对的或者不喜欢的呢?"

　　对于长老提出的这个问题,克洛德乐意用平静高傲的语气回答:"我是属于谁的副主教呀?"

　　"那是当然的,我的阁下。好哇,您高兴把奥妙传授给我吗? 让我同你一道拼读吧。"

　　克洛德作了一个庄严神圣的姿态,好像沙米埃尔①似的。

　　"老先生,做一次通过这类神秘事物的旅行,需要很多年

---

　　①　沙米埃尔是公元前十一世纪以色列有名的法官兼预言家。

193

月呢,您剩下的年月已经不够了! 您的头发已经很白啦! 人们从那个地窖里出来时已经满头白发,但是进去的时候必须是满头黑发才行呢。科学本身就足以使人们面容消瘦枯槁和烙印重重,它不需要那些由衰老带来的皱巴巴的脸孔。不过,假若您在这样一把年纪,还具有让自己受教育和辨认讨厌的字母表的志愿,那就来找我吧。很好,我可以试一试。对于您这样不幸的老年人,我不会叫您去拜访古代希罗多德①讲起过的那些金字塔的墓室,也不叫你去拜访巴比伦砖砌的高塔,也不叫您去拜访艾克林加印度神庙里白色大理石的神殿。我也跟您一样,没有看见过仿照塞克拉的神圣式样修筑的迦勒底的泥水工程,也没有看见过如今早已倒塌的所罗门神庙,也没有看见过以色列国王墓园残破的大门。我们要一块儿去瞻仰就在我们手边的赫耳墨斯的著作的片断,我要给您讲克利斯朵夫的塑像,他是播种者的象征,也要给您讲圣礼拜堂拱门上的两位天使,一位天使的手插在一只瓶里,一位天使的手伸在一片云里⋯⋯"

说到这里,被副主教热烈的答辩打下了马的夸克纪埃重新上马了,他用一位学者纠正另一位学者的胜利的口气插话道:"喂,克洛德好友,象征并不是数字。您错把俄耳甫斯②当

① 希罗多德(约前484—约前420),古希腊史学家,有"历史之父"之称。著有《希腊波斯战争史》。

② 俄耳甫斯原是希腊神话里有名的歌手,但这里的俄耳甫斯指的是古希腊的一种哲学思潮,一种称之为俄耳甫斯的神秘教理,创立于公元前六世纪。这是一种泛神论的思想,它关心灵魂的得救和来世的幸福,提倡禁欲主义。到了公元五世纪,这一教理就和毕达哥拉斯的轮回转生说以及雅典附近爱勒齐斯的神秘学说合而为一,变成一种包括研究炼金术等巫术在内的神秘教理。这里雨果借用来作为神秘学说的代名词。

成了赫耳墨斯。"

"那是您弄错了，"副主教认真地回答道，"代达罗斯①是地基，俄耳甫斯是墙壁，而赫耳墨斯则是那座建筑物本身。整个情况就是这样。您愿意来的时候就请来吧，"他转身向杜韩若说下去，"我要让您看看埋在尼古拉·弗拉梅尔坟墓底下的一部分黄金，您可以把它同巴黎的居约姆的黄金比较一下。我要教给你'柏里斯特拉'②这个希腊词的神秘的含义，但是在一切之先，我要让您去挨个阅读那本书的大理石字母和花岗石篇页。我们要从居约姆主教的大门道、圣若望圆形礼拜堂一直走到马里沃街上尼古拉·弗拉梅尔的房子里去，到圣婴公墓他的坟墓上去，到蒙莫昂塞街他的两座医院去。我要让您去读铁器厂街圣热尔韦医院大门上的象形文字，这座大门是四角包铁的。我们还要在一起拼读圣果姆教堂、圣热纳维埃夫·代·阿尔当教堂、圣马尔丹教堂、圣雅克·德·拉·布谢里教堂的前墙……"

眼光十分敏锐的杜韩若好像已经有好大一会儿弄不清堂·克洛德的话是什么意思了，便打岔道：

"哎呀！那么您说的究竟是些什么书呀？"

"这里就有一本。"副主教说。

他一面打开密室的窗户，一面用指头指着圣母院这座大教堂，它那两座巨大钟塔的石头外墙和那庞大下部的黑黑轮廓高耸在满是星星的夜空里，好像是一尊巨大的、长着两个脑

---

① 代达罗斯本是希腊神话里木工的始祖，希腊人把锯斧等发明都归功于他。他建造迷宫，制作飞行器械，是一个能工巧匠。这里借作神秘莫测难以理解的事物的代名词。

② 希腊神话里山林水泽女神，维纳斯的随从，后来变成鸽子。

袋的斯芬克斯①坐在城市的中央。

副主教不声不响地观看了一会这座大教堂,接着叹了一口气,右手指着那本打开在台子上的书,左手指着圣母院,把忧郁的眼光从书本移向教堂:

"唉！这个要消灭那个的!"

急忙走到那本书跟前的夸克纪埃禁不住嚷道:"不过,哎——这儿这些字有什么可怕的呢？'《圣保罗书札评注》,纽伦堡,安东尼奥·科布尔格尔,一四七四年出版'②。这并不是新书,这是格言大师比埃尔·伦巴第的著作呀！是不是因为它是印刷的？"

"您说对了。"克洛德回答道。他好像沉入了一种深深的冥想,挺直地站在那儿,把他的食指弯着放在著名的纽伦堡印刷的那本对折本的书上,继续讲出这些神秘的话:"唉！唉！有些小事往往变成大事:一颗牙齿会战胜一块岩石,一只尼罗河的老鼠会杀掉一条鳄鱼,一把带柄的剑会杀掉一条鲸鱼。这本书要消灭这座教堂!"

雅克医生用极低的声音向他的同伴重复地讲那句老话:"他是个疯子。"这回他的同伴也回答道:"我想是这样的。"正在这时,修道院的灭灯钟响了。

这个时辰,任何外人都不能再停留在修道院里了。两位客人起身告辞。"阁下,"杜韩若向副主教告别时说道,"我是热爱学者和那些伟大的心灵的,我对您尤其尊重。明天请到杜尔内尔宫去,找圣马尔丹·德·杜尔修道院的院长。"

---

① 斯芬克斯是长着狮子躯干、女人头面的有翼怪物。
② 原文是拉丁文。

惊呆了的副主教回到自己屋里,他记起了圣马尔丹·德·杜尔修道院记事册里的条文:"圣马尔丹修道院的院长,就是法兰西国王,他像圣沃南提斯一样,享有小额薪俸,并且主掌教堂的宝库。"①他终于明白那个杜韩若长老是什么人物了。

　　人们断定就是从这个时候开始,每当路易十一国王陛下来到巴黎,就经常召副主教去商量事情,并且他对克洛德的信任超过了他对奥里维·勒丹以及对雅克·夸克纪埃的信任,而后者便用自己的办法来对付国王。

二　"这个要消灭那个"

　　请读者允许我们停顿一下,好弄清楚副主教说的"这个要消灭那个,这本书要消灭那座建筑"这两句难懂的话包含着什么意思。

　　照我们看来,这一意思有两方面。这首先是一种神甫的思想。这是僧侣在新的代理者印刷术跟前的恐惧。这是一座圣殿上的人在古腾堡②光辉的印刷品跟前的惊恐和晕眩。这是讲道同手稿、讲出来的话以及写下来的话对于印出来的话所感到的惊慌不安,这好像是一只燕雀看到天使莱戎张开六百万只翅膀时所感到的那种麻木。这是预言家已经听到解放了的人类在轻微细语和开始活动时发出的惊呼,他看出了将来智慧要代替教义,舆论要推翻信仰,人们要摆脱罗马。这是

---

① 原文是拉丁文。
② 约翰·古腾堡(1400? —1468),德国印刷工人,发明活版印刷术。

哲学家在看到人类的思想被印刷术所截取,在神权政治的蓄水槽里蒸发干时所作的预言。这是兵士在观察青铜破城锤时说"塔快要倒了"所感到的恐怖。这表示一种权力要被另一种权力所取代。这意思就是说:"印刷品要消灭教堂。"

但是我们认为,在第一层简单的意思下面,还有另一层更新的意思。它是第一层意思的一个推论,不那么容易看出,却比较容易发生争议。它纯粹是一种哲学观点,不再是神甫的见解,而是学者和艺术家的见解了。它预示着人类的思想在改变形式的同时也将改变表现方式,每代人的思想不再用同样的方式同样的材料来写,哪怕是用石头写的十分坚固持久的著作,也将让位给用纸张印刷成的更加坚固更加持久的著作。因此副主教的含糊的话还有第二层意思,它表示一种艺术将要推翻另一种艺术,它的意思是说:"印刷术要消灭建筑艺术。"

事实上,自从洪荒时代直到公元十五世纪,建筑艺术一直是人类的大型书籍,是人在各种发展状况里的主要表现形式,它可以是力的表现,也可以是智慧的表现。

当最初几代人的记忆感到负担过重的时候,当人类记忆的行李变得沉重和繁杂的时候,当名言没有收集、失散开去,有可能完全消失的时候,人就用最容易看见,最持久,同时又最自然的方式,把它们抄写在泥土上。人们把各种习俗刻写在一座座纪念碑上。

最早的纪念碑就像摩西①所说,是用"没有被铁碰过"的

---

① 摩西,古代犹太人的领袖。《圣经·出埃及记》记载,摩西带领在埃及为奴的犹太人迁回迦南(巴勒斯坦和腓尼基地区的古称),并在西奈山上接受上帝写在两块石板上的十诫。犹太教认为《圣经》的首五卷出自摩西之笔,故有《摩西五经》之称。

石头修成的。建筑艺术开始的时候就像书法一样,起先它是一些字母。人们把一块石头竖起来,这就是一个字母。每个字母都是象形的,每个象形字都代表一些概念,就像柱顶上的花叶雕饰一样。最初几代人同时在世界各地这样做。在亚洲西伯利亚的克尔特人中,在美洲的潘帕斯草原上,到处可以看见一些"竖起的碑石"。

稍后一些时,人们就创造单词。人们把石头堆叠起来,把花岗石的音缀拼合起来,动词便试着去把这些词连接起来。克尔特人的石棚和石环,伊特鲁立亚①人的坟墓,希伯来人的墓室,这些都是单词。有些是专有名词,尤其是那些坟墓。有时,只要有很多石头和一个宽阔的场所,人们就写出一句话来。卡纳克②巨大的土石堆积已经是一个完整的表达形式了。

最后人们就开始著书。传说产生了符号,而且在符号底下消失了,就像树干消失在它的枝叶下面一样。所有这些人类所信赖的符号增多起来,聚集起来,交错起来,愈来愈繁杂。最初的几个纪念碑容纳不下它们了,它们散布到各处。当时这些纪念碑还勉强能表达原始的传统,这些像纪念碑一样简单,毫无修饰而且半埋在土中的传说。象征需要在建筑上开花,于是建筑艺术同人类的思想一道发展起来,它成了千头万臂的巨人,把有着象征意义的飘浮不定的思想固定在一种永恒的,看得见的,捉摸得到的形式下面。

当代表才干的代达罗斯测量的时候,当代表智慧的俄耳

① 伊特鲁立亚,意大利古代一地区名。

② 卡纳克是古埃及南方名城比底斯废墟上的两大村落之一。

甫斯歌唱的时候，柱子就是一个字母，拱廊就是一个音节，方尖塔就是一个单词，它们同时被一条几何学的定理与一条诗律所组合，在地面上聚集起来，连接起来，混合起来，上升下降，排列成行，耸入天际，直到它们按照一个时代的一致观念写出了这些最好的书——也是最好的建筑，如艾克林加的塔，埃及的拉姆雪昂以及所罗门神庙。

主要的概念——动词，不只是表现在建筑的内部，而且也表现在它的外形上。例如所罗门神庙，它绝不单纯是圣书的封面，它就是圣书本身。在这座神庙的每一间有着同样内容的关闭着的大厅外面，神甫们能读到那些出现在眼前的被表达和显示出来的动词。他们就这样从一座祭台间到另一座祭台间看着这个被表达的动词的种种变化，直到他们最后在神庙的圣幕那里看到它的最具体的形式，这种形式还是属于建筑艺术的，那就是圣约柜①。动词就是这样被封闭在建筑物里面，但它的形象却停留在建筑物的外表上，就像装木乃伊的棺材上面画有人的肖像一样。

不仅是建筑的形式，就连他们所选择的地点都显露出它们所代表的思想。根据所要表现的象征性的东西是雅致还是阴暗，希腊人在山顶上修一座庙宇来使山峰看上去更为和谐，而印度人则开山劈岭，为了建造由一排排巨大的花岗岩石像支撑的地下怪塔。

---

① 这里作者把建筑艺术的发展和句子的构成作对比。作者认为原始社会的建筑如同字母，后来有所发展，就好比进到单词阶段，到宏伟的教堂出现时也就等于构成了一句完整的句子。在句子里动词是相当重要的，而在教堂里最神圣的地方是祭台间里的圣约柜，这是安放摩西十诫的地方，所以作者把圣约柜和动词相比。

这样,在世界最初的六千年里,从印度斯坦最古老的塔到科隆的大教堂,建筑已经成为人类的伟大手迹。这是千真万确的,不但一切宗教的象征,而且连人类的全部思想,在这本大书和它的纪念碑上都有其光辉的一页。

一切文明始于神权政治而终于民主。继统一而来的这个自由法则,也写在建筑艺术里。因为,假若我们坚持这一观点,就不必相信泥水工程只能修建庙宇,只能表现神话和成为司祭的象征,只能用象形文字来把作为法则的神秘的十诫书写在这些石头的篇页上。假若情况就像我们所说的那样,假若整个人类社会忽然碰到那么一天,神圣的象征在自由思想下面失去影响和消失了,那时候人就要躲开神甫,哲学与制度的肿瘤就要侵蚀宗教的面目,建筑艺术就不再表现人类精神的新状况,它那些正面写得满满的篇页,反面将会是空空如也,它的作品将被大肆删节,它的书将会是不完整的了。不过情况还不完全是这样。

就以中世纪为例。这个时期离我们较近,我们能够看得比较清楚。在它最初的时期,在神权政治统治整个欧洲的时期,那个时期梵蒂冈①把那个倒塌在加比多尔②山附近的罗马遗迹重新组织在自己的周围,重新再组合成一个罗马。那个时期基督教开始在古代文化的破砖碎瓦中找寻社会的每个地层,并且在它的遗址上重新建立一个新的等级制度的世界,而僧侣就是这个世界的拱顶石。这时人们首先在这一片混乱里听到,随后在基督教的气氛下,在蛮族③的手底下逐渐看到

① 梵蒂冈是罗马教廷所在地。

② 加比多尔,罗马的七座山陵之一,上有朱庇特神庙。

③ 古代希腊罗马人用以指外族人的称呼。

发掘出来的希腊罗马式建筑物的残余,这种神秘的罗曼式建筑,它是埃及和印度的神权时代泥水工程的姊妹,一种纯粹天主教的永恒标志,一种表现罗马教皇的统一权力的不变的象形文字。那个时代的整个思想,实际上都是写在那罗曼式的阴暗风格上。人们在那儿到处都感觉得到权威、难测、绝对、格雷果瓦七世;到处都是牧师,不是普通人;到处都是上等阶级,绝没有平民。然而十字军来了。那是一个群众性的大运动,而凡是群众性的大运动,则不论其起因及其目的如何,总是在最后的阶段带来了自由的精神。新的事物即将出现,于是雅克团、布拉格派和联盟的暴风雨时代来临了。权威动摇了,统一分裂了,封建制度要求同神权制度分享权利,它等待着人民的加入,这是必然的,像常有的情形那样,来要求该得的那份权利。"因为我的名字叫狮子。"①领主政权从僧侣团体下显露出来,而公社又在领主政权下滋长起来。欧洲的面貌变了。好哇!建筑的式样也改变了。像整个文明一般,它也翻过了一页。时代的新精神发现它已准备好按照它的启示来写作。它同尖拱一道和十字军一起回来,就像民族获得了自由一样。于是,当罗马逐渐瓦解的时候,罗曼式建筑艺术就死去了。象形文字抛弃了大教堂,跑去装饰城堡主塔,以便给封建制度增加一点威望。而过去充满教理的大教堂本身,从此就被市民、公社和自由思想淹没了,它逃脱了神甫,而落入艺术家之手。艺术家按照自己的爱好去建造它。永别了,神秘性、神话性和规律性。于是来了幻想和任性。神甫既然有了自己的大教堂和祭坛,也就没什么可说。四壁都是艺术家

① 原文是拉丁文。

的。建筑艺术这本书不再属于僧侣,不再属于宗教,不再属于罗马;它是属于想象,属于诗歌,属于人民的了。由此而来的这个只有三个世纪的建筑艺术的迅速而无数的改变和这个已有六七个世纪的罗曼建筑艺术的停滞不前相比,这是多么不同啊。这时的艺术用巨人的步伐前进着。群众的才智和独创性完成了过去主教的工作。每一代人走过时都要在这本书上写下一行字。他们抹去了大教堂正面古老的罗曼象形文字,我们顶多还能看见在他们那新的象征下面四处显露出来的教义。民间的帏幔使人很难想见宗教的骸骨。人们无法想象当时建筑师的放肆,甚至对待教堂也是如此。那刻着男女修士们无耻地混杂在一起的柱顶雕饰,如在巴黎司法宫的壁炉大厅;那用各种文字刻成的挪亚①历险记,如在布尔日教堂的大门廊;那个长着驴耳,手里举着酒杯在一大群人面前笑闹的喝醉酒的修士,如在波歇韦尔修道院的洗脸台上所见。至于写在石头上的思想,在那个时代是存在着一种特权的,同我们今日的印刷的自由十分相像,那就是建筑艺术的自由。

这种自由走得很远,有时一道门廊、一堵前墙、甚或整座教堂都表现出一种与宗教毫无关系、甚至与教堂敌对的象征意义。巴黎的居约姆在十三世纪,尼古拉·弗拉梅尔在十五世纪,就在这些骚动的篇页上留下了他们的字迹。圣雅克·德·拉·布谢里教堂就完全是一座矛盾的教堂。

那时的思想只有在这种方式下才是自由的,它也只能全部标明在人们称为建筑的这些书上。假若它不是凭借着建筑

① 挪亚是《圣经》里的一位族长,曾奉上帝之命修造方舟,使许多人免于被洪水淹没。

的形式而是凭借着手稿的形式保存下来，假若它敢于不小心去冒那种危险，那它早就被刽子手在公共场所烧掉了。教堂大门廊所代表的思维目击了书籍这种思维蒙受的苦难。泥水工程要想得见天日，只有这一条路，于是它就从各方面迅速地汇集到这里。这样就产生了大量的大教堂，覆盖了整个欧洲，其数目之多简直难以相信，哪怕是在把它们核对过之后。社会的一切物质力量，一切精神力量，都集中于同一个焦点——建筑艺术上。用这个方法，借口给上帝修建教堂，艺术就以宏伟的规模发展起来了。

于是，有些生来是诗人的人也变成了建筑家。散布在群众里的天才，在封建统治下各方面都受到压抑，就像处在青铜的头盔下一样，他们只有在建筑艺术身边才能找到出路，只有通过这门艺术才能涌现出来。他们的《伊利亚特》就采取了大教堂的形式，别的艺术也全都顺从建筑艺术，而且成为建筑艺术的一门分支。这是些伟大作品的匠师。建筑家、诗人和大师们都亲自来计算它前墙上共有多少雕刻，它玻璃窗上有多少彩色绘画以及聆听它的管风琴和钟的齐鸣。就连那可怜的坚持要在手稿中过日子的所谓诗学，也不得不在圣歌或散文的形式下进入教堂。总之，它们和希腊牺牲节上演的埃斯库罗斯①的悲剧以及所罗门神庙上演的《创世记》②一样，起的都是同样的作用。

这样，在古腾堡之前，建筑艺术一直是主要的普遍的创作体裁。这部花岗岩的书从东方开始，被古希腊和古罗马所继

---

① 埃斯库罗斯(约前525—前456)，古希腊三大悲剧家之一。
② 即《圣经·旧约》的第一卷。

承,在中世纪写出了最后一页。而且,人民艺术这一社会现象,它替代了我们刚才在中世纪所见到的等级建筑,在历史上其他伟大的时代里,将和一切与人类智慧有关的运动同时出现。因此在这里,我们只是以卷轴的形式简要地陈述其发展的规律。在远古时代的东方——这原始时代的摇篮——在印度建筑之后,是腓尼基建筑——这位丰满的阿拉伯建筑的母亲;在古代,在埃及建筑——那伊特鲁立亚和蛮石建筑风格[1]只不过是它的一个变种——之后,是希腊建筑,它的罗马风格只不过是装饰物过多的迦太基圆屋顶的延续而已;在近代,在罗曼建筑之后,是哥特式建筑。我们在把这三组建筑都各分为二的时候,就能在印度建筑艺术、埃及建筑艺术和罗曼建筑艺术这三位姐姐身上找到同样的象征,即神权政治、等级、统一、教义、神话和上帝;至于腓尼基建筑艺术、希腊建筑艺术、哥特式建筑艺术这三位妹妹,不管她们原有的形式如何迥异,在她们身上也能找到同样的标记,即自由、民众和人。

不管名叫婆罗门[2]、祆教僧侣还是教皇,我们在印度、埃及或罗曼式泥水工程上永远只能感觉到"祭司的存在",除了祭司之外别无其他。在人民的建筑艺术中就不是这样,它们较为富丽堂皇,但并不那么神圣。腓尼基的建筑艺术有商人气息,希腊的则有共和政体气息,而哥特式艺术则有市民气息。

神权时代一切建筑的普遍特征是一成不变,害怕进步,固守传统,它把一切原始形式当作神圣,把不可理解的随意想象

---

① 蛮石建筑,如希腊古城迈锡尼的建筑。
② 印度古代的宗教。

当作人和自然界一切形态的象征已经由来已久，成为习惯。这是些特定的被授予宗教奥秘的人才读得懂的晦涩的书，再说所有的形式，所有的变形本身，都还具有一种使它变得不可侵犯的意味在内。不要去要求印度的、埃及的和罗曼的泥水工程改进它们的图案或是改善它们的雕刻艺术，任何改进对它们来说都是违反教规的。在这些建筑艺术里，教条的生硬仿佛散发到了石头里，有如第二次石化一样。同这种情况相反，人民的泥水工程的一般特征却是变化，进步，奇特，丰富和无穷的动力。它们已经在一定程度上摆脱了宗教，它们想的只是自己的美，只注意并且不断改进自己的雕塑或阿拉伯式的装饰图案。它们是属于世俗生活的，它们有了一些人性的东西，它们不断使之渗入神圣的象征并在其下发展自己。因此有些建筑可以被一切人，被一切聪明和富于想象力的人所接受，虽然依旧是象征性的，但它们好像大自然一样容易了解。在神权时代的建筑艺术和这种建筑艺术之间，存在着神的语言与凡人的语言、象形文字与美术、所罗门与费狄亚①的差异。

要是把到目前为止的那些简要叙述来概括一下，而不去管那上千种证据和上千种不足道的反对意见，人们就会看出建筑艺术一直到十五世纪都是人类的主要记录，在那段时期，世界上没有一种稍微复杂的思想不是以建筑形式表达的。人民的思想就像宗教的一切法则一样，也有它们自己的纪念碑，最后人类没有任何一种重要的思想不被建筑艺术写在石头

---

① 费狄亚（约前490—前431），古希腊最大的雕塑家，曾负责巴特农神庙的装饰。

上。为什么呢？因为一切思想，无论是宗教的还是哲学的，都有兴趣永远流传下去，因为激动过一代人的思想，还想留下来去激动另外几代人。况且手稿的经久性又是何等的不可靠！而一座建筑却是一部多么结实耐久经得起考验的书！一把火或者一个残暴的人，就能将那写下的语言毁掉，但是要毁掉那建筑物所代表的语言，却需要一次社会革命或尘世的革命。野蛮人曾践踏过古罗马的大剧场，洪水或许会淹没古埃及的金字塔。

到十五世纪情况就完全改变了。

人类的思想发现了一种能永久流传的方式。它不仅比建筑艺术更耐久更坚固，而且更简单更容易。建筑艺术走下了它的宝座。俄耳甫斯的石头文字将要由古腾堡的铅字继承下来。

书籍将要消灭建筑。

印刷术的发明是最重大的历史事件，它是革命之母，它是人类完全革新了的表现方式，这是抛弃了一种形式而获得另一种形式的人类思想，是从亚当以来就象征着智慧的那条蛇的最后一次蜕变。

在印刷的形式下，思想比任何时候都更易于流传，它是飞翔的，逮不住的，不能毁坏的，它和空气融合在一起。在建筑艺术统治时期它就以大山的形式出现，强有力地占领一个地区，统治一个世纪。现在它变成了一群飞鸟，飞散在四面八方，同时占领了空中和地面。

我们再说一遍，这样看来它是更难以消灭了，它从僵硬的变成生动活泼的了，它从有期限的变成不朽的了。你可以毁坏那成堆的东西，但你怎么去消灭那无处不在的东西呢？假若发生了洪水,在大山被波涛淹没很久之后鸟儿却仍然飞翔如故,在洪水里会浮起仅有的一艘方舟,鸟儿便会去停息在上面,和方舟一道飘浮水面,一道来观看洪水的退去。在这场混乱中诞生的新世界,一出世就会看见被淹没了的那个旧世界的思想在它上面飞翔,生动活泼得像长着翅膀一样。

当人们看见这种表现方式不但最容易保存,并且最为简单、最为便当、最易实现时,当人们想到它并不拖带一件巨大的行李,并不搬动一件笨重的用具时,当人们把那种为了要借一座建筑来表达一种思想便不得不去求助四五种其他艺术以及成吨的金属、整座大山的石头、整座森林的木材以及成群成群的工人时,当人们把它同那种以书的形式出现的思想,那种只要有少许纸张和墨水,只要有支笔就能表达的思想来作对比时,人类的智慧就抛弃了建筑艺术而采取了印刷术,这有什么可以惊奇的呢?要是突然把一条河流原来水道里的水和挖在它水位线下渠道里的水来一次截流,河水就会舍弃原来的河床他去。

同样,自从发明了印刷术以后,建筑艺术就逐渐变得枯燥无味,日益衰老和剥落。人们似乎感到水位下落了,活力消失了,各个时期各民族的思想从它那里退出来了。那种衰退的情况,在十五世纪还是几乎感觉不到的,那时印刷业还太弱,顶多只能从强有力的建筑艺术过剩的精力里汲取一点力量。但是从十六世纪以来,建筑艺术的弊病变得更加明显,它基本上已经不能表现社会,它变成了可怜的古典艺术,它从高卢人的艺术、欧洲人的艺术和土著人的艺术变成了希腊罗马式的,从真正的现代的作品变成仿古的赝品了。这种衰落就是人们所谓的文艺复兴。然而这却是一种体面的衰落,因为哥特式的古老天才,这个在美因兹①巨大印刷机背后落山的太阳,有时依旧把它最后的余晖投射在拉丁式拱廊和戈林斯式柱廊的一大堆混合建筑物上。

这就是我们当作黎明旭日的那个黄昏夕照。

而且,当建筑艺术已经只是一种像其他艺术那样的艺术时,当它不再是一种艺术的总和、一种统治一切压制一切的艺术时,它便不再具有阻挡其他艺术的力量了。那些艺术便自行解放,脱离了建筑家的掌握,各自走它们自己的路。它们全都达到了这种决裂的地步。分离在增长,雕刻变成了雕塑艺术,画片变成了绘画,音乐摆脱了经文。那真如同一个帝国在它的亚历山大死后便瓦解了,它的那些省份便都自封为王国一样。

于是产生了拉斐尔、米盖朗琪罗、若望·古戎②和巴来斯特里纳③,那些在光辉的十六世纪里涌现出来的优秀艺术家。

和各种艺术同时,思想也从各方面自行解放。中世纪的异端邪说已经给天主教留下了巨大的创伤。十六世纪破坏了宗教的统一。在印刷术以前,宗教改革不过是一种分裂,印刷术却给了它一个革命。没有印刷机,异端邪说便会软弱无力。不管是命中注定的还是出于天意,古腾堡总是路德的先驱。

那时,中世纪的太阳完全西落了,哥特式的天才永远在艺术的天际熄灭了,建筑艺术也就日渐暗淡,褪色,消逝了。印

---

① 美因兹,德国城市,在莱茵河左岸。

② 若望·古戎(约1510—约1566),法国十六世纪雕塑家和建筑师。

③ 巴来斯特里纳(1525—1594),意大利音乐家。

刷的书——建筑物的蛀虫——把它蛀空,吃掉了。看来它已经剥落,凋零,憔悴,它变得毫无价值,贫乏而一无所有。它再也不能表现什么,甚至不再引起大家对另一个时代艺术的回忆。它还原到自己的本来面目,被别的艺术抛弃了,因为人类的思想抛弃了它。它把那些建筑上的粗制滥造归咎于缺少艺术家,普通玻璃代替了彩绘玻璃,石匠继承了雕刻家。永别了,所有的特色,所有的元气,一切充满智慧和生命力的东西,都再见了。建筑艺术好像工场里可怜的乞丐,从一本抄本爬行到另一本抄本。在十六世纪就觉得它一定要死去的米盖朗琪罗,有过一个最后的想法,一个失望的想法,这位曾经在巴特农神殿的废墟上再现了万神庙①的艺术巨人,建造了罗马的圣比埃尔教堂。那是值得单独留存下来的伟大工程,那是建筑艺术的最后新颖之作,是那位伟大艺术家在那本合上了的宏伟的石头记事册下面留下的签名。米盖朗琪罗逝世了,在幽灵与阴影的状态中残存下来的建筑艺术又能干些什么呢?它抓住罗马的圣比埃尔教堂,模仿它,歪曲它。这是种怪癖,这也真是可悲。每个世纪各有自己的罗马圣比埃尔教堂呀。十七世纪有慈惠谷女修院,十八世纪有圣热纳维埃夫大寺院。每个国家各有自己的罗马圣比埃尔教堂,伦敦有它自己的,彼得堡有它自己的,巴黎有两座或三座。这是不足道的遗嘱,是一种衰落的伟大艺术临终前回到童年时代去的胡言乱语。假若我们放下刚才提到的这些特殊的纪念性建筑而去考察这一艺术从十六世纪到十八世纪间的一般情况,我们就会看到同样的低落和衰败。从弗朗索瓦二世以来,建筑物的

〰〰〰〰〰〰〰

① 万神庙,古罗马著名庙宇,在那里祭祀基督教所有的神。

建筑形式就逐渐消失,而几何形式随之产生,就像一个消瘦的病人的骨架一样。那些艺术性的美丽的线条,让位给几何图形的冷峻的线条。一座建筑不再是一座建筑了,它变成了一个多面体几何图形。于是建筑艺术苦于去遮掩那种裸露。希腊式三角楣同罗马式三角楣互相掺杂在一起,这就是巴特农神殿式的万神庙,罗马的圣比埃尔教堂。这就是亨利四世的四角由石头砌就的砖房,王宫广场,太子广场。这就是路易十三的那些教堂,沉重,低矮,像驼子那样背着一个低低的,矮矮的圆拱顶。这就是马扎兰①式的建筑艺术,如四国大学那个意大利劣等仿制品。这就是路易十四的那些宫殿,廷臣们的长排营房,呆板,冰冷,使人生厌。最后是路易十五的宫殿,连同那些菊形花纹和细面条般的装饰,以及使这一陈旧过时、残缺而又精心布置的建筑艺术变形了的全部弊病和废物。从弗朗索瓦二世到路易十五,由于几何形建筑的发展,使情况变得越来越糟。现在艺术仅仅是骨架上的一层皮而已,它可怜地发出了临终的呻吟。

这时印刷术变得怎么样了?离建筑艺术而去的全部生命力都来到了它的身上。随着建筑艺术的衰落,印刷术膨胀了,变得更为有力。人类思想花费在建筑上的精力,它从此就去倾注在书籍上。在建筑艺术日渐衰落的情况下成长起来的印刷术,从十六世纪起就同建筑术进行斗争而且把它消灭了。到了十七世纪,印刷术已经享有相当的权威,变得相当神气了,它已经稳稳当当地坐在自己胜利的宝座上,给世界带来了

---

① 马扎兰(1602—1661),意大利的红衣主教,曾任路易十三朝第一任首相。四国大学是他创办的。

因伟大的文艺世纪的到来而感到的喜悦。在路易十四的宫廷里得到长期发展的印刷术，到了十八世纪就重新握起路德的古剑，以伏尔泰为武器，气势汹汹地奔去攻击古老的欧洲，它早就不以建筑艺术作为自己的表现方式了。到十八世纪告终时，它已经摧毁了一切。到了十九世纪，它将要重新创建一切。

不过，现在我们要问，这两种艺术中到底是哪一种真正地表现了三个世纪以来的人类思想呢？是哪种艺术把它表达出来了呢？是哪种艺术不仅表现了它的文学的和经院哲学的爱好，而且还表现了它的广阔、深刻和普遍的变迁？是哪种艺术既不中断而又不留空隙地经常盘踞在人类这种行动着的千足怪物之上？是建筑术呢还是印刷术？

是印刷术。假若我们不想欺骗自己，建筑艺术是死去了，永不复返地死去了，被印刷的书消灭了，由于不够耐久和费用较贵而被消灭了。每座教堂都价值亿万。请大家想一想，到底需要多少投资，假若要去重写那本建筑艺术的书，要在大地上重新建造起千万座建筑，要回到那种时代，那时建筑物之多就像一个亲眼看见过的人说的那样："我们可以这么说，为了穿上一身教会的白衣服，这个世界就整个地摇晃起来，它已经把旧衣服都扔掉了。"（格拉倍·拉居尔孚斯）

一本书很快就印出来了，价钱如此便宜，又能够流传广远！人类全部的思想在这个斜坡上滚转时多么令人惊奇啊！这并不是说建筑艺术再也不能在什么地方去修建一座漂亮的宏伟建筑，一件孤零零的杰作。在印刷术的统治下，人们依旧能够随时看到一根柱子，我想那是由一支军队用乱七八糟的大炮建造成的，就像在建筑艺术统治时的《伊利亚特》和《罗曼赛罗》《摩诃婆罗多》①和《尼贝龙根之歌》②一样,都是由全体民众把许多吟游史诗合并和堆砌而成的。二十世纪可能会突然诞生一位天才的建筑家,就像十三世纪忽然诞生了但丁③一样。然而建筑艺术将不再是社会的艺术,集体的艺术,占统治地位的艺术了。人类的伟大诗篇,伟大建筑,伟大作品不会再修建起来,而是要印刷出来。

从此,纵然建筑艺术还可能东山再起,它也不再是主人了。它将要服从文学的管辖,就像文学过去服从它的管辖一样。这两种艺术各自的地位都会转化。在建筑艺术的时代,诗歌同建筑的确很少有相似之处。在印度,毗耶娑④就像一座塔一样,楼台林立,奇特而又难以捉摸。在埃及东部,诗歌也像建筑物一样,有其线条的雄伟与庄严;在古希腊,诗歌是美的,宁静的,沉着的;在基督教的欧洲,诗歌有天主教的尊严,有民众的朴实,有一个复兴时期丰富多彩的发展。《圣经》就像金字塔,《伊利亚特》就像巴特农神殿,荷马就像费狄亚。但丁是十三世纪最后的一座罗曼式教堂,莎士比亚是十六世纪最后的一座哥特式大教堂。

这样,把我们已经讲过的当然不算完整的一切概括起来,人类就有两种书籍,两种记事簿,两种经典,即泥水工程和印

---

① 《摩诃婆罗多》,一译《玛哈帕腊达》,印度古代梵文叙事诗,意思是“伟大的婆罗多王后裔”。
② 《尼贝龙根之歌》,德国史诗,形成于公元一二○○年左右。
③ 但丁(1265—1321),意大利十三世纪下半叶到十四世纪初期最伟大的诗人,有意大利“诗歌之父”之称,著有长诗《神曲》。
④ 毗耶娑,一译维雅萨,又译广博仙人,印度古代传说中的圣人。相传是他把《吠陀》整理成现有的形式,著名史诗《摩诃婆罗多》也是他的作品。

刷术。一种是石头的圣经,一种是纸的圣经。我们瞻仰这两部在许多世纪中大大地打开着的圣经时,我们一定会惋惜那花岗石书法的显明的庄严,会追忆那些由巨大字母构成的柱廊、塔门、方尖碑以及那遮蔽全世界的各种人类建造的大山的历史,追忆这部从金字塔到钟楼,从盖奥甫斯①到斯特拉斯堡②的全部历史。应该重读一下写在那些大理石篇页上的过去。应该不断地欣赏和翻阅建筑艺术写下的著作,而不应去否认应时兴起的印刷术这一建筑的伟大。

这种建筑是高大无比的。我不知道哪个爱吹牛的统计员计算过自古腾堡以来所有印刷出版的书籍。假若把它们一本本地堆积起来,真可以填满从地球到月亮的空间呢!但我们想说明的并不是这种高大,要是人们愿意对直到今天为止的所有印刷品有个总的印象,它难道不像一座占据整个世界的巨大建筑吗?为这一建筑人类至今仍不倦地为之劳动,而它那巨大的头颅还隐藏在未来茫茫的云雾深处。它是智慧的蚁穴,是一切想象的蜂房,想象如同金色的蜜蜂一样,带着蜜汁飞到这里来了。这座建筑是层楼重叠的,到处可以看到从楼梯栏杆那里通往内部的那些错综复杂的科学暗窟。在它的表面,艺术处处用阿拉伯花纹、雕刻和雕花窗花边来使人目不暇接。一些看起来似乎充满狂想而又独特的作品,每件都有其价值和特色,一切都是和谐的。从莎士比亚的大教堂到拜伦的清真寺院,成千的小钟楼混杂地聚集在这座无所不包的各种思想的首府里。在它的底层,写着一些人类过去的篇章标

---

① 盖奥甫斯,公元二千六百年前埃及国王,他建造了最大的金字塔。
② 斯特拉斯堡,法国城市,市内有著名的教堂及钟楼。

题,那是建筑艺术从没有记录下来的。在它的入口处左侧刻着古老的白色大理石的荷马浮雕像,右边刻着挺起七个脑袋的各种文字的圣经。再过去一点直竖着《罗曼赛罗》这条七头蛇,还有另外一些神怪的事物,如《吠陀》①和《尼贝龙根之歌》。尽管如此,这座奇妙的建筑总是没有完工。印刷机这一庞大的机器,不停地进出社会上智慧的种子,把不断倾泻出新产品作为自己的任务。人类全都在脚手架上劳动。每一个有才学的人都是一名泥瓦工人。最卑微的人也在给它填补空白或是放上石块。布雷东②式的顽强给它带来了一筐筐的灰泥,每天都有一层砖石建成。除了每位作家独特的个人的作品之外,还有一些集体创作的作品。十八世纪给了我们一部百科全书,革命给了我们一份《通报》。当然它也是一项不断发展和螺旋式上升的建筑工程,是各种语言的混合,是不停的活动,是持续不懈的操作,是全人类的剧烈竞争,也是让智慧来对付新的洪水和逃避野蛮行为的避难所。它是人类的第二座巴别塔。

---

① 《吠陀》,印度最古的宗教文献和文学作品的总称。
② 若望·布雷东(约1416—1493),布尔日省的印刷工人和书法家。传说他发明印刷术,但有人否认。早在古腾堡之前布雷东就印刷了《巴黎的教义》一书,现为法国国立图书馆所收藏。

第 六 卷

一 公正地看看古代司法界

在一四八二年，贵人罗贝尔·代斯杜特维尔是个相当走运的人物。他是骑士，倍因地方的贵族，芒什省易弗里和圣安德里两领地的男爵，国王的参事官和侍从官，常任的巴黎总督。大约在十七年之前，在一四六五年，彗星①出现的那一年的十一月七日，他就奉上谕担任了巴黎总督这一美缺，那是被看做不仅是一个官职，而且是一个显要的职务的。若阿纳·勒姆纳斯说那是"在处理治安方面具有不小力量并附带许多特权的要职"②。一位绅士得到国王的信任，这在一四八二年可是件十分了不起的大事。国王的委任状上写明任期是从路易十一的私生女同波旁的私生子结婚的日期算起。就在罗贝尔·代斯杜特维尔代替雅克·德·维耶担任了巴黎总督的同一天，若望·朵威代替艾尔叶·德·多埃特担任了大理院首席议长；若望·雨维纳·代·于尔森取代了比埃尔·德·莫

---

① 这颗彗星出现时，波尔雅的叔父，教皇加利斯特下令普遍举行祈祷。它就是在一八三五年重新出现的那颗彗星。——作者注
② 原文是拉丁文。

尔维里耶,当上了法兰西司法大臣;勒尼奥·代·多尔曼排挤掉比埃尔·皮伊,当上了国王宫廷的查案长。自从罗贝尔·代斯杜特维尔担任巴黎总督以来,首长们、法官们和主管们更换了不知多少,但他却根据特许状上说的"准予连任",一直好好地保持着那个职位。他同那个官职贴得多么紧,结合得多么密,合并得多么好啊!他何等巧妙地逃过了路易十一那种喜欢更换臣仆的谋算。路易十一是一位妒忌、吝啬、勤谨的国王,想用经常任命和撤职的方式来保持他权力的灵活性。此外,这位勇敢的骑士还达到了让儿子继承自己职位的目的,骑士盾手——贵人雅克·代斯杜特维尔,在他的职务旁边扮演京城总督的常任书记长的角色已经有两年了。真是稀罕之至!真是王恩浩荡!罗贝尔·代斯杜特维尔的确曾经是一名合格的士兵,他曾经堂皇地对"公共福利同盟"举起过抗议的旗帜。当王后在一四××年来到巴黎的时候,他曾经献给她一只非常出色的蜜饯公鹿。他同国王宫廷的骑士总监特里斯丹·莱尔米特有很好的交情。罗贝尔阁下的境况是非常甜蜜快乐的。首先是有很好的进款,这些进款还附带着总督的民事案与刑事案注册收入,就像他的葡萄园里那些过剩的葡萄一样。他还有沙特雷法庭的民事案和刑事案的收入,曼特桥与果尔倍依桥的无数笔小额税收以及巴黎技术学校的技术费、执照制造费和食盐过秤费。再加上带着骑兵队在城里驰骋的快乐,在穿半红半褐色的袍子的市政官吏中间炫耀他一身精美战袍的快乐,这战袍我们至今还可以从他那诺曼底的瓦尔蒙修道院前坟墓的雕刻上,以及他那蒙来里的有凸纹的高顶盔上看到。他还全权管理着沙特雷法庭的十二个执达吏,管理着门房与瞭望塔,还有沙特雷法庭的两个助理办案员,十六个部门的十六个委员,沙特雷法庭的监狱看守以及四个有封邑的执达吏,一百二十个骑兵,一百二十个权杖手,还有他的夜间巡逻队,他的骑士分队,前卫队与后卫队。这难道不算什么吗?他掌握着高级和初级的审判权,有处理示众、绞刑、施刑的权力,还没算上宪章里规定的"初级审判权",即巴黎子爵领地及所属七个封邑的最高司法权。这难道不算什么吗?你能够想象出有什么能比罗贝尔·代斯杜特维尔每天在大沙特雷法庭里,在菲利浦·奥古斯特的圆拱下安排和处理事务更快活的事吗?还有什么事情比他惯常在每天黄昏把某些穷鬼打发到"艾斯果侠里街那所小房子"去过夜,然后再到王宫附近加利利街上他妻子昂布瓦斯·德·洛埃夫人管理的可爱的宅第里去解除疲劳更快活的事吗?至于那所小房子,它是"巴黎历任总督和参议员们都愿意当监狱用的,据说是十一法尺长,七法尺四寸宽,十一法尺高"。

罗贝尔·代斯杜特维尔阁下不但有巴黎总督和子爵的特别法庭,他还插手国王的最高判决权,没有一个略居高位的人不是先经过他才被交给刽子手的。把纳姆公爵从圣安东尼的巴士底狱提交莱市刑台,把圣波尔元帅提交格雷沃刑台的就是他,后一位在被押赴刑场的路上愤怒地大喊大叫,对那位陆军元帅不怀好意的总督先生却高兴之极。

真的,为了使生活过得幸福而又声名烜赫,为了有朝一日能在总督们引人入胜的历史中占据醒目的一页,吴达尔·德·维尔纳夫才在肉店大街上有一所房子,居约姆·德·昂加斯特才买下了大小萨瓦府第,居约姆·蒂波才把克洛潘街上的几所房子给了圣热纳维埃夫教堂的教徒们,于格·奥布里奥才住在豪猪大厦,以及诸如此类。

可是,虽然有这么多理由来使生活快乐而丰富多彩,罗贝尔·代斯杜特维尔阁下在一四八二年一月七日早上醒来的时候,却很不高兴,心情很坏。哪儿来的这种坏心情呢? 连他自己也说不清楚。是不是因为天色阴暗? 是不是因为他那蒙来里的旧武装带系得太紧,使他总督大人的胖腰身过分难受? 是不是因为他看见街上有好些他瞧不起的乞丐衣服里面没有衬衫,帽子只剩帽檐,身边挂着讨饭袋和水筒,四个一排从他的窗下走过,引起了他的反感? 是不是他预感到,将来的国王查理八世要在明年的总督薪俸里扣除三百七十利勿尔十六苏八德尼埃的数目? 任凭读者们去猜想吧,至于我们,我们比较相信他之所以心情不好,仅仅是由于他心情不好。

　　并且,那正是节日的第二天,那是人人都厌倦的日子,尤其是那些负责清除巴黎在一个节日里所造成的全部垃圾(按其本义和引申意义来讲)的官吏,何况他还要到大沙特雷法庭去出席审判。可是我们早已发觉,法官们通常都把他们执行审判的日子作为心情不好的日子,以便总能寻出一个人来借国王、法律和审判的名义发泄他们的怒气。

　　审判没有等他到场就开始了,照例由他的民事法庭、刑事法庭和特别法庭的助手们给他料理一切。打从早上八点起,成群的男女市民就拥挤在沙特雷法庭的一个黑暗角落里,在一个橡木大栅栏和一道墙壁中间,用最愉快的心情,观看着总督阁下的助手,沙特雷法庭预审官孚罗韩·巴尔倍第昂所主持的略为杂乱而又十分随便的民事裁判与刑事审判的各种有趣景象。

　　审判厅是窄小低矮的圆拱形,尽头处立着一张雕百合花的桌子和一把雕花的橡木圈手椅,那是总督的座位,当时空着。它左边有一张凳子,是预审官孚罗韩坐的。下面是忙碌地书写着的书记官,对面是民众。门前和桌前站着总督的一支卫队,穿着缀有白十字的紫天鹅绒衣服。两名接待室卫士,穿着半红半蓝的粗绒布短上衣,在一道关着的大门前面站岗,从那里可以一直望见桌子后面的厅堂尽头。惟一的尖拱顶窗户紧窄地嵌在厚墙上,一月份的淡弱阳光从窗口射进来,照见两个古怪的形象:拱顶悬垂下来的石刻魔鬼像和坐在厅堂尽头那张雕百合花的桌子前面的法官。

真的,请想象沙特雷法庭预审官孚罗韩·巴尔倍第昂阁下那副尊容吧。他坐在总督桌子前面两堆案卷当中,两肘支着头,脚遮在棕色呢料袍子的后幅边上,白羊羔皮衣领围住脸孔,眉毛好像锁在一起,眼睛粗鲁地闪动着,衣领神气地托着他两颊的肥肉,那两块肉一直垂到双下巴底下。

而且这位预审官是个聋子,这对于一位预审官不过是轻微的缺点罢了。孚罗韩阁下的判决是不用上诉的,它总是非常恰如其分。的确,一位预审官只要装出在倾听的样子就行了,这位可敬的预审官是很符合这个条件的——严格审判最为紧要的条件,因此任何声音都打扰不了他。

但是在听审的群众里面,却有一个对他的言语动作相当苛刻的审核者,那就是我们的朋友磨房的若望·孚罗洛,这个昨天的学生,这个游荡鬼,在巴黎到处都看得见他,只是在教授们的座椅前除外。

"你看,"他低声向同伴罗班·普斯潘说,那个同伴看见眼前展开的景象,正在咧着嘴笑,"那不是新市场的漂亮懒姑娘让内东·比宋吗?用我的灵魂担保,他会判她的罪呢,那老家伙!他准没长耳朵,也没长眼睛!因为她戴了两串珠子,就罚了她十五苏零四个德尼埃,罚得太多啦。那个是谁呀?是罗班·谢甫德维尔!就因为他成了手艺工人师傅吗?这可是他的入场费哪!哎!两位强盗绅士,艾格勒·德·苏安,于丹·德·梅里!两位骑士盾手!基督的身子呀![1] 他们赌过骰子呢!在这儿什么时候才看得见我们的校长呀?送给国王一百巴黎利勿尔的罚金!巴尔倍第昂!他像个聋子似的在那儿敲打!随他去吧!我愿我是我的副主教哥哥,要是那样我就能不去赌博的话!成天成夜地赌博,活在赌博里,死在赌博里,让我输个精光吧!圣母啊,多少个姑娘!一个跟着一个,漂亮的羔羊们啊!昂布瓦斯·莱居也尔!依莎波·拉·贝奈特!贝拉德·吉霍兰!她们我全都认识。老天作证!出罚款!出罚款!谁叫你们系着镀金腰带的!罚十个苏,这些狐狸精!啊,那猴子般的老法官,又聋又蠢!啊,笨蛋孚罗韩!啊,蠢材巴尔倍第昂!他在桌子前面呢!他吃着起诉人,他吃着案件,他大吃大嚼,他胀饱了,他塞满了!罚金、诉讼费、捐税、损失赔偿费、枷锁费、牢狱费,等等,对于他就像是圣诞节的糕饼和圣若望的小杏仁饼一样!看看他呀,看那猪猡!得啦,好!又是一个可爱的女人!是蒂波·拉·蒂波德,一点不错!就因为她是从格拉蒂尼街来的吧!那个小伙子是谁呀?纪埃弗华·马朋,弓箭队里的一个。因为他咒骂上帝啦。出罚款,拉·蒂波德!出罚款,纪埃弗华!两人都得出罚款!那个聋老头!他把两件事搅混了!他八成会判那姑娘咒骂的罪,判那个兵士淫荡的罪!注意,罗班·普斯潘!他们领进来的是什么人呀?那么多的军警!大神朱庇特作证,他们有一

~~~~~~~~~~~~~~~~~~

① 原文是拉丁文。这是一句赌咒发誓的浑话。

大帮呢。就像一群猎犬似的。来了一头野猪！来了一个，罗班，来了一个！还是一个挺漂亮的呢！天晓得，原来是我们昨天的王子，我们的愚人王，我们的敲钟人，我们的独眼，我们的驼背，我们的丑八怪！原来是伽西莫多！……"

这倒是千真万确的。

那是被捆绑着监视着的伽西莫多，围着他的军警是由候补骑士亲自带领的。骑士穿着胸前绣法兰西纹章背后绣巴黎纹章的衣服，伽西莫多则除了自己的丑陋之外一无所有。单凭这一点就能说明人们为什么剑拔弩张了。他沮丧、安静、不出一声。他只是偶尔对捆着他的绳索愤怒地看上一眼。

他也用同样的眼光向周围望望，但那眼光十分暗淡无光，妇女们指点着他好笑起来。

这时预审官孚罗韩聚精会神地翻阅起控诉伽西莫多的案卷来了，那是书记官呈递上去的。他看了一眼，仿佛考虑了一会。由于审问之前这种照例的准备，使他预先知道了这个犯人的姓名、身份和所犯的罪行，以便他能给某些料想得到的提问预备好解释和答案，使他能避免审问中的疑难之处而不会过分显出他的耳聋。案卷对于他来说，好比一个瞎子有了一条狗做向导。但他那耳聋的缺陷有时被几个不连贯的省略符号或难解的问题泄露出来了。即使遇到这两种某些人觉得很深奥，某些人觉得很笨拙的情况，这位达官的荣誉依旧不会受什么损失。因为，无论法官被人看成是笨拙的还是深奥的，总比被人当作聋子要好得多。所以他特别留神把自己耳朵聋的事实瞒过所有的人，最后连他本人也给瞒住了，而且这比人们所能想象的要容易些。每个驼子都会昂起脑袋，每个口吃的人都喜欢高谈阔论，每个聋子都会说悄悄话。他呢，他认为自己的耳朵不过有点听不太清楚罢了，而这还只是在他坦白和扪心自问的时候对于公众意见的让步。

他把伽西莫多的案子考虑了一会，便向后仰起脑袋，半闭起眼睛，做出更加威严更加大公无私的样子，这时他就成了又聋又瞎的了。要是没有这两个条件，他还算不得十全十美的法官呢。他就在这个威严的姿态里开始审问起来。

"你的姓名叫什么？"

这真是"法律都预料不到"的一桩怪事：一个聋子竟要来审问另一个聋子。

伽西莫多根本没听见问他的是什么，继续盯住法官不回答。法官是聋子，又毫不明白犯人也是聋子，就认为他已经按照通常审案子的程序回答了自己的问话，于是用死板笨拙的声调继续审问。

"很好。你多大年纪？"

对这个问题伽西莫多也没有回答。法官认为他已经回答了自己的问话，便继续问下去。

"那么，你的职业是什么？"

依旧是同样默不出声。这时听审的人们就互相耳语起来，并且你看看我，我看看你。

"够了，"沉着的预审官以为犯人已经回答了他的第三个问题，就冷静地说道，"你在我们面前是个犯人，因为第一，你在夜间引起了骚扰；第二，你殴打了一个疯女人；第三，你违背和反抗了国王陛下的近卫弓箭队。对于这几点你可以答辩。书记官，你把犯人刚才讲的话记下来没有？"

由于这句倒霉的问话，书记官和听众爆发出一阵哄堂大笑，笑得那样厉害，那样疯狂，那样有感染力，那样普遍，连那两个聋子都觉察到了。伽西莫多轻蔑地耸起驼背转过身去，同他一般惊讶的孚罗韩阁下呢，却以为听众的哄笑是由于犯人的无礼答辩，他看见犯人显然在对他耸肩膀呢。于是他愤怒地责骂道：

"恶棍，单凭你这句回答就该判你绞刑！你明白你是在同什么人讲话吗？"

这个斥责并不能阻止人们普遍的笑闹，人们都觉得他的话十分古怪荒谬，因此连接待室的军警都发疯似的大笑起来，那些家伙本来就蠢得像扑克牌上的黑桃J一样。只有伽西莫多默不出声，最大的原因是他根本毫不了解周围发生的事情。愈来愈恼怒的法官认为应该用同样的声调继续审问，希望用这个来迫使犯人畏惧，从而博得听众的尊敬。

"那么就是说，你本是那个邪恶的强盗，竟敢诽谤沙特雷法庭的预审官，诽谤巴黎警察局的行政长官，他是负责调查一切犯罪和违法等恶劣行为的，他管制一切商业，禁止一切专卖权，不准贩运家禽野味，他称量各种木材，清除城市里的泥泞和空气中的传染病，保养一切道路。总之，他不断地从事公共福利，却不指望任何报酬！你可知道我的姓名是孚罗韩·巴尔倍第昂，总督大人的私人助理，又是专员、监察员和考查员，同时掌握着审理、判决、谈话以及主持会议等的权力。"

一个聋子对另一个聋子讲起话来是无法停止的，天知道这个孚罗韩要在什么地方什么时候才会结束他的高谈阔论，要不是他背后那扇矮门忽然打开来的话。巴黎总督大人亲自到场了。

看见他进来，孚罗韩并未突然停止讲话，只是半侧过身去，粗鲁地对总督说明他刚才对伽西莫多发泄的长篇大论。

"大人，"他说道，"我请求您立刻判处此地这个犯人公然蔑视审判的罪名。"

他喘着气重新坐好，擦着从额上大颗大颗地往他面前的羊皮纸上滴落的汗珠。罗贝尔·代斯杜特维尔阁下皱了一下眉头，向伽西莫多做了一个傲慢的富于表情的手势，那个聋子似乎有点懂得了他的意思。

总督威风凛凛地向他发问：

"强盗，你是犯了什么罪给带到这里来的？"

那可怜的家伙以为总督是在问他的姓名，便打破一直保持的沉默，用一种嘶哑的喉音答道："伽西莫多。"

这一答话是如此牛头不对马嘴，又引起了哄堂大笑，使罗贝尔阁下涨红了脸大声喊道："你同我也开起玩笑来了吗？可恶的东西！"

"圣母院的好敲钟人。"伽西莫多答道，他以为应该回答法官自己是干什么的了。

"敲钟人！"总督说。我们已经指出过，他一早醒来就心情不好，他的怒火倒不一定要如此奇怪的回答才能挑动。"敲钟人！我要在巴黎的各十字路口，用成捆的细皮条抽你的脊梁。强盗，听见了吗？"

"要是您想知道我的年纪，"伽西莫多答道，"我想，到圣马丁节我就该满二十岁了。"

这个打击太厉害啦，总督不能忍受了。

"啊，你挖苦起总督来了，你这强盗！武装的军警先生们，你们把这家伙带到格雷沃广场的刑台上去，给我鞭打一顿，让他示众一个钟头！好哇，他要向我付出代价的！我希望把这个判决用四只大喇叭传达到巴黎子爵的七座城堡去！"

书记官急忙把判决记下来。

"上帝的肚皮呀！这就算判得挺不错了！"磨房的若望·孚罗洛在那个角落里嚷道。

总督又回过头来，重新把闪亮的眼睛盯在伽西莫多身上说："我相信这家伙说了'上帝的肚皮呀！'书记官，在判决上增加十二个巴黎德尼埃的罚款，并且把其中六个德尼埃捐送圣厄斯达谢教区财物委员会。我对圣厄斯达谢是特别虔诚的。"

判决书在几分钟内就写好了。全文简短扼要。巴黎总督和子爵的实施法并没有经过蒂波·巴耶议长和国王的律师何吉·巴尔纳的修正。它当时并没有受到那两位法学家在十六世纪初期提倡的诉讼程序那座大森林的阻挡。其中一切都是明确的、清楚的、敏捷的，人们可以从那儿笔直地向目的地走去，很快就能在每条路的尽头看见轮盘、绞刑架和刑台。人们至少知道自己是走向何处。

书记官把判决书呈递给总督，总督盖了大印，便走出去到听审的群众中间转了几转，心里恨不得当天就把巴黎所有的监牢都装满人。若望·孚罗洛和罗班·普斯潘偷偷地发笑，伽西莫多用惊讶而冷淡的神情看着一切。

正在孚罗韩·巴尔倍第昂阁下朗读判决书准备签名的当儿，书记官忽然受了感动，怜悯起那被判罪的可怜鬼来了，希望能减轻他的罪状，便凑到预审官的耳边，指着伽西莫多告诉他说："这人是个聋子。"

他以为这个同样的残疾会引起孚罗韩的同情，使他对那个犯人开恩。可是首先，正如我们说过的，孚罗韩并没有想到别人会猜到他的残疾；其次，他聋到这种地步，书记官的话他连一个字也没听见。然而他却装出听明白了的样子,回答道:"啊!啊!那就不同了。我还不知道这回事呢。既然是这样,就应该让他多示众一个钟头。"

于是他就在这样改动过的判决书上签了字。

"干得好!"罗班·普斯潘替伽西莫多抱屈说,"这就能教会他以后怎样去虐待别人了!"

二 老鼠洞

请读者允许我们还是来谈我们昨天由于伴同甘果瓦跟踪拉·爱斯梅拉达而离开了的格雷沃广场吧。

那是上午十点钟。一切都显示出节日后第二天的景象。石板路上到处是垃圾、带子、破布、成束的羽毛、火炬上滴下的蜡油、公共宴饮时吃剩的食物渣。成群的市民到处游荡着,用脚去踢那些烧剩一半的火炬,站在柱子房前面迷迷糊糊地回忆昨天悬挂过的漂亮帷幔,今天只好把看挂帷幔的钉子当作最后的欢乐了。卖果子露和啤酒的人们滚着大桶从人群中穿过,那些有事在身的人来来去去。商人们在店铺门口交谈,互相打招呼,大家都在谈论节日、使臣、科勃诺尔和愚人王,看看谁说得最有趣,笑得最起劲。这时,四个骑马的军警走来站在刑台的四角上。遍布广场的群众中大部分已经聚集到刑台周围来了,为了要看一次小规模的刑法的执行,人们只好安静地、不耐烦地等待着。

假若读者看过了广场到处的喧闹活跃的景象之后,此刻把眼光转向那座形成了码头西边一角的半哥特式半罗曼式的罗兰塔,就会注意到它的前墙角上有一本公用祈祷书,烛火辉煌地照耀着它,有一间小披屋给它遮风挡雨,有一道铁栅栏使小偷无法进去,但人们却能够随时翻读它。祈祷书旁边有一个尖拱顶窗洞,两个十字形铁栅栏挡在窗洞口。窗洞开向广场,它是那间没有门的房屋惟一能透进点空气和阳光的所在。小屋紧嵌在那古老宅第一层的厚墙上,充满了深深的和平与悲哀的岑寂,尽管巴黎最拥挤最热闹的公共广场在它附近骚动和喧嚷。

这所小屋子大约在三个世纪以前就闻名于巴黎了,那是罗兰塔的女房主罗兰德夫人在她自己的房子里挖修来给她那死于十字军之役的父亲守丧的。她把自己永远禁闭其中,在那座宅第里她除了这个洞穴之外再没有给自己留下什么东西,门和窗户不管冬夏总是开着。在把宅第里其余的东西都舍给穷人或献给上帝之后,那位哀伤的女士在这座提前修好的坟墓里等死实际上已经等了二十年,她日日夜夜为她父亲的灵魂祷告。她穿着一身黑色丧服,在尘埃里睡觉,连一块当枕头用的石头都没有,仅仅靠过路人放在窗口边上的面包和水来活命。她就这样在舍弃了一切之后接受别人的施舍。她死了,人们把她放进另外一个墓穴里去了,于是就把这间小屋永远留给了那些伤心的妻子、母亲或女儿,她们常常到这儿来为自己或为别人祷告,甚至把自己活活地埋葬在深深的痛苦和忏悔之中。和罗兰德夫人同时代的穷人们曾经用很多眼泪和祝福来哀悼她,但他们十分惋惜这位圣女由于缺少靠山而未被放进圣徒的行列。他们里面某些不顾一切的人曾经希望事情在天堂里可能比在罗马要好办些,全都立刻向上帝为死者祈求恩典,再不向教皇去祈求了。大多数人都主张把罗兰德夫人的纪念日视为神圣,把她留下的破衣当做圣物。这座城市便继承那位女士的遗志,在小屋的窗洞口放进了一本公用祈祷书,以便过路人随时可以停下来,不只是为了使他们便于祷告,也是为了使他们想起布施,好让那些继罗兰德夫人之后守在那个洞穴里的可怜的修行人不至于被人忘记而饿死其中。

在中世纪的城市里,这种坟墓是不算稀罕的。行人最多的街道,最拥挤最热闹的市场,人们往往就在正中央,在车马经过的地方,碰到一个洞穴、一口井或是一间有墙有栅栏的小屋,有个活人日日夜夜在里面祈祷,心甘情愿地献身于永恒的悲哀和深深的忏悔。这所介乎房屋与坟墓、城镇与墓园之间的小屋,这个隔绝在人类之外而被算进了死人行列的活人,这盏在黑夜里燃尽了最后一滴油的灯,这个在墓穴里闪烁的残余的生命,这封锁在一个石头盒子里的声音、气息和永远的祈祷,这张永远转向另一个世界的面孔,这双已经被另一个太阳照耀着的眼睛,这对倾听坟墓谈话的耳朵,这囚禁在躯体内部的灵魂,这禁锢在囚牢里的躯体,以及在肉体与花岗石双重障蔽之内的这个痛苦灵魂的呻吟,所有如今唤起我们记忆的一切,当时的人们却毫没想到。那个时代毫无理由的、也不怎么崇高的悲悯,在一桩宗教行为中是不去看这些方面的。那些悲悯笼统地看待事物,崇奉并敬重一切牺牲,并且在必要时视之为神圣,但不去分析那些遭遇,只是给予一点可怜的同情罢了。那种悲悯随时给那不幸的苦修人一点布施,从窗洞口张望一下那个人是否还活着,但是并不知道那个人的姓名,甚至几乎不知道那个人度着死人般的生活已经有多少年了。当一个陌生人问起在洞穴里等死的骨瘦如柴的活人是谁的时候,假若那是个男人,旁边的人就简单地回答:“是一位隐修士。”

假若那是个女的,就回答说:"是个隐修女。"

那时的人就是这样全凭肉眼观看一切,没有空谈,没有夸张,没有放大镜。用来观察物质和用来观察精神的显微镜当时都还没有发明。

虽然人们并不觉得怎么奇怪,城市中心的这一类隐修所,实际上是像我们刚才说的,到处都有。在巴黎有很多这种向上帝祷告和忏悔的小屋子,几乎全都有人住在里面。真的,圣职团并不愿意让它们空着,仿佛要是它们没人住着就会显出信徒们的冷淡似的。假若没有忏悔人,他们就让麻风病人住进去。除了格雷沃广场上这所小屋之外,隼山还有一所,圣婴公墓的墓窖里还有一所,另外还有一所不知在什么地方,我想也许是在克吕雄府邸里吧!还有许多在别的地方,人们可以从传说里找到它们的遗迹,虽然那些建筑早已不存在了。大学区里也有这种隐修所,在圣热纳维埃夫山上,有一个中世纪的约伯之流的人物,每天在一个水井深处歌唱七篇忏悔的赞美诗,唱完了又从头唱起,晚上唱得更响亮,就这样一直唱了三十年。至今考古学家们走进"能言井街",还觉得依旧听到他的歌声呢!

提起罗兰塔的这间小屋,我们应该说明它从来没有断过苦修人。自从罗兰德夫人去世后,它就很少空过一年或两年。很多妇女到这里来哭他们的父母、爱人,或者为了她们自己的罪过而哭泣,一直哭到死去。什么事都要插一手,连跟他们毫无关系的事情也要干预的巴黎人,竟敢说在她们里面很少看到寡妇。

按照当时的办法用拉丁文在墙上写一个匾额,给识字的过路人说明这所小屋的虔诚用途。在大门上写一个匾额来说明一座建筑的用途的这种习惯，一直保持到十六世纪中期。像这样,在法兰西,人们依然可以在杜尔维叶领主宅第监牢的小门顶上看到"肃静等候"①的字样;在爱尔兰,那高踞在孚尔特居别墅顶端的纹章下面,写着"强大的盾牌是领袖的救星"②;在英格兰,戈倍伯爵的接待所的主要入口处写着"这是你的"③。在那个时代,每座建筑都表现一种思想。

因为嵌在罗兰塔墙上的这间小屋是没有门的,人们就在小窗洞顶端刻上了两个很大的罗曼字:

你祈祷④

那些思想健康、不追究事物的深意、宁愿把路易大帝⑤翻译成圣德尼门的民众,因此给那个黑暗潮湿的洞穴取名叫老鼠洞。这个名称也许不如那一个高雅,但却比那一个更加形象化。

三 一块玉米面饼的故事

发生这段故事的时期,罗兰塔的小屋里是住着人的。假若读者想知道住在那里的是谁,只需听听这三位好朋友的谈话就行了。在我们请您注意老鼠洞的时刻,她们恰好沿着河岸从沙特雷门向格雷沃广场走去。

这三位妇女中有两位穿着有身份的巴黎妇女的服装。她

---

① ② ③　原文是拉丁文。
④　此处的罗曼文是大写的 TU, ORA,它和法文的老鼠洞 Trou aux Rats 一词读音相近。
⑤　路易大帝即法王路易十四。

们那精美的白围巾,她们那红蓝条花的麻毛混纺的裙子,她们那紧紧裹着腿肚、脚踝的彩色绣花的白丝袜,她们那黑底方头的黄皮鞋,尤其是她们的帽子,就像如今的乡村妇女和俄国近卫军掷弹兵戴的帽角上装饰着丝带和花边的那一种,这些都表明她们是属于富裕的商妇阶层,是介于仆役们称之为"太太"和"夫人"之间的女人。她们并没有戴戒指和金十字架,但也容易看出那并非由于穷苦,而是因为她们天真地害怕罚款罢了。她们的同伴和她们的打扮差不多,可是她的装束和姿态却有某种一看就知道是外地人的气派。从她把腰带束在腰部以上的样儿,就看得出她到巴黎还没有多久,何况还有她那打褶的围巾,鞋上的缎带结子,裙子条纹是横的而不是直的,以及其他区别于高雅趣味的荒谬之处。

为首的两个用巴黎妇女领着外省妇女参观巴黎的特别步伐向前行走。那个外省妇女手里搀着一个胖男孩,男孩手里拿着一大块饼。

很抱歉,我们必须说明,他因为感到天气很冷,就用手巾把嘴捂着。

孩子落在后头,像维吉尔①说的"迈着摇晃不稳的步子"②,并且老是跌跤,急得他母亲大声叫喊。事实上他只管盯住烙饼,根本没看石板路。显然有什么重大理由使他不敢把那块饼咬一口,因为他只不过温柔地看着它罢了。但那位母亲本来应该亲手拿着那块饼的,把胖小鬼弄成了一个坦塔

---

① 维吉尔(前70—前19),古罗马诗人。著有《埃涅阿斯纪》等。
② 原文是拉丁文。

罗斯①可有点残忍呢。

这时那三位太太(因为"夫人"这个称呼只能用于贵族妇女)同时说起话来。

"我们得赶快,马耶特太太,"三人中那个最年轻也最胖的对那个外省来的说道,"我担心我们会到得太迟啦。我们在沙特雷城门口就听说马上就要把他带到刑台上去了。"

"啊,咩!你说什么呀,乌达德·米斯尼哀太太?"另外那个巴黎女人说,"他要在刑台上待两个钟头呢,我们还赶得上。你看见过刑台吗,亲爱的马耶特?"

"看见过的,"那外地女人说,"在兰斯②。"

"啊咩!你那兰斯的刑台什么样儿?那不过是一只罚乡巴佬示众的破笼子罢了。这算得什么大不了的玩意!"

"乡巴佬的!"马耶特说,"兰斯的绸布商场的刑台上我们可见识过体面的犯人呢,都是谋杀父母的哟!你说是乡巴佬!你把我们当成什么人啦,吉尔维斯?"

那外地女人为了维护她那刑台的荣誉,差点要发脾气了。幸好小心的乌达德及时掉转了话头。

"那么,马耶特太太,你认为我们那些弗朗德勒使臣怎么样?你们兰斯也有这么漂亮的使臣吗?"

"我承认,"马耶特回答,"只有在巴黎才能看见这么漂亮的弗朗德勒人。"

"你看见那些使臣中间那位胖子袜店老板吗?"乌达德

---

① 是古代里底亚国王,因为得罪众神,被罚永远挨受饿,想喝水时水就从嘴边流掉喝不着,想采果子时树枝就高举起来采不到。

② 兰斯是法国东北部的一个城市。

问道。

"看见了，"马耶特回答，"他的神气活像个萨蒂纳①。"

"还看见了那个脸孔像个大肚皮的胖子吗？"吉尔维斯问，"还有那个小眼睛，红眼皮，胡子拉碴像只刺猬的小矮个儿？"

"他们的马多好看呀，"乌达德说，"全都是照他们自己国家的方式打扮的！"

"啊，亲爱的，"外地来的马耶特也神气地说道，"要是你在六一年——就是十八年前举行加冕礼的时期，在兰斯看见了王子们和王室侍从们的那些马匹，你又会怎么说呢？它们有各种各样的马鞍和装饰品，有些是用大马士革布做的，有些是用金色细布做的，还镶着黑貂皮；有些是用天鹅绒做的，灰鼠皮衬里；还有些镶着珠宝，挂着大大的金铃银铃。那要值多少钱呀！坐在马上的随从都是多么漂亮的小伙子！"

"那，"乌达德干巴巴地说，"也比不上昨天弗朗德勒使臣们骑的马漂亮！他们是到总督府去赴商会会长的晚宴的，给他们准备了葡萄酒、糖果、蜜饯和许多别的美味。"

"你说什么，我的邻居？"吉尔维斯嚷道，"弗朗德勒使臣们是由红衣主教大人在小波旁府邸招待晚餐的呀。"

"不对。是在总督府。"

"确实是在小波旁！"

"当然是在总督府，"乌达德尖刻地说，"斯古阿伯尔博士还用一番拉丁话向他们致词来着，他们听得很满意呢。这是我那当书店老板的丈夫告诉我的。"

━━━━━━━━━━

① 萨蒂纳是希腊神话里森林之神，是生着羊角及羊蹄的半人半兽神。

234

"当然是在小波旁,"吉尔维斯同样激动地说道,"红衣主教大人的会计还送了他们十二夸尔掺混着玫瑰露的白葡萄酒,二十四只里昂镀金衣箱,许多每支两磅重的火炬,六桶半波纳酒,那种又白又清亮的再好不过的酒。我想这是真的。我是从我丈夫那儿听说的,他是五十个接待员里面的一个,他今天早上还把他们同勃雷特·让以及特莱比绒德皇帝的那些使臣比较来着,那些人是在前一个朝代从美索不达米亚到巴黎来的,耳朵上戴着金环。"

　　"他们的的确确是在总督府吃的晚饭,"乌达德说,有点被刚才那些炫耀的话激怒了,"人们从来没见过那么多的酒肉和糖果呢。"

　　"我告诉你,我说他们是由城里军警护卫着在小波旁大厦用晚餐的,是你弄错了!"

　　"是在总督府,我告诉你!"

　　"是在小波旁,亲爱的! 魔术般的玻璃灯还照见了写在大门道里的'希望'两个字呢。"

　　"是在总督府,是在总督府! 于松·勒瓦尔还吹了笛子呢!"

　　"我告诉你不是这样!"

　　"我告诉你是这样!"

　　"我告诉你不是这样!"

　　好心的肥胖的乌达德还打算再争论下去,她们的口角眼看要尖锐化了,要不是马耶特突然喊道:"瞧那边桥头上挤着多少人呀! 他们好像围在那儿瞧什么呢。"

　　"真的呢,"吉尔维斯说,"我听见小鼓的声音,我想那是小爱斯梅拉达同她的小羊在表演滑稽戏了。赶快,马耶特!

加快脚步拽着你的儿子跑吧！你到巴黎来就是为了看热闹的，你昨天看过弗朗德勒使臣们，今天该看一看埃及姑娘了。"

"埃及姑娘！"马耶特说，一面紧紧抓住她儿子的胳膊急匆匆地赶路，"上帝保佑我吧！她会把我的儿子拐去的呀！来，厄斯达谢！"

她从码头上朝格雷沃广场跑去，直到远远离开了那座桥。这时她拽着跑的孩子跌倒了，她这才喘着气停住脚步。乌达德和吉尔维斯也赶上了她。

"埃及姑娘会拐走你的孩子！"吉尔维斯说，"你这个想法真是古怪！"

马耶特若有所思地摇摇头。

"更古怪的是，"乌达德说，"那个教姊对埃及女人也有这种看法。"

"你说的是哪一个教姊？"马耶特问道。

"呃！"乌达德说，"就是居第尔教姊呀！"

"谁呀？"马耶特又问，"谁是居第尔教姊？"

"你真是个地道的兰斯人，连这也不知道！"乌达德回答，"就是'老鼠洞'里的隐修女呀！"

"怎么！"马耶特问，"就是我们要给她送饼去的那个女人吗？"乌达德点点头表示肯定。

"正是这样。你马上就会在格雷沃广场那个小窗口上看见她了。对于那些敲着手鼓给人算命的埃及流浪人，她的看法同你一样。不知道她怎么会害怕吉卜赛人和埃及人的。可是你呢，马耶特，你为什么一听说埃及人、吉卜赛人就掉转脚跟跑开呀？"

"啊,"马耶特双手捧着她孩子的圆脑袋说,"我不愿遭遇到巴格特·拉·尚特孚勒里遭遇过的事。"

　　"啊,看来你要给我们讲一个故事了,我的好马耶特。"吉尔维斯拉着她的胳膊说。

　　"我很愿意,"马耶特回答道,"但你真是个地道的巴黎人,连这也不知道! 那就让我来告诉你吧。可是我们不能因为讲这个故事就停住不走。巴格特·拉·尚特孚勒里是个十八岁的漂亮姑娘,那时我也才十八岁,就是说十八年以前,她如今不是像我这样丰满鲜活的三十六岁的有丈夫有孩子的母亲,那是她自己的过错。并且从十四岁就开了头,那也太早啦! 她是兰斯船上提琴手居倍尔多的女儿。当查理七世行加冕礼的时候,国王乘船由我们的维斯尔河顺流而下,从西耶里到米松去,在国王面前拉提琴的就是他,当时比塞尔太太也在那只船上。老父亲死去的时候,巴格特还是个小孩,从此她就只有母亲了。她母亲是马蒂厄·布拉东先生的妹妹。马蒂厄·布拉东是巴黎的巴亨卡兰街上一个黄铜器商人和锅匠,去年才过世。你看她倒是个好人家出身的。她母亲是个善良的女人,只教巴格特学做点针线活和玩具,总算把小姑娘养得挺壮实,但他们依旧是十分穷苦。她俩孤苦地住在兰斯城沿河的一条名为'困难过多街'上。请注意,我想这就是使巴格特倒霉的原因。在六一年,就是上帝保佑的我王路易十一行加冕礼的那一年,巴格特已经长得十分活泼漂亮,大家光叫她尚特孚勒里①了。可怜的姑娘! 她的牙齿很漂亮,她总爱笑,好让人瞧见她的牙齿。可是,爱笑的姑娘就会爱哭,漂亮牙齿

---

　　① "尚特"法文原意是歌唱,"孚勒里"是开花的、容光焕发的意思。

往往使眼睛受苦。尚特孚勒里就是这样。她同她母亲一道挣钱过着苦日子。自从提琴手死后，她们家就败下来了，她们做的针线活每礼拜顶多才给她们赚到六个德尼埃，全部只够换两个金币，她父亲居倍尔多在加冕礼的时期拉一次提琴唱一曲歌就能赚到十二德尼埃的日子再也没有啦。那年冬天，就是六一年的冬天，这两个女人既没有木块也没有柴火来生火，天气却冷得要命，尚特孚勒里的脸色红得更好看了，男人都喊她：'巴格特！'有些人还叫她：'巴格丽特！①'她就这样堕落啦。厄斯达谢，我看你要咬那块饼了！我们在一个礼拜天看见她胸前佩着个金十字架上教堂去，就明白她堕落了。一个十四岁的姑娘呀，你想想！第一个情人是果尔芒特耶子爵，他的城堡在离兰斯四分之三法里②的地方。第二个是亨利·德·特里安古，国王的骑士。第三个职位低些，是个戴徽章的执达吏。往下数去，还有国王的能干仆役居耶里·阿倍雍，太子殿下的理发师马塞·德·佛雷比，大厨师代勿南·勒·慕昂。此外还有年纪更大身份更卑微的人，她落到了年老的流浪歌手居约姆·拉新和掌灯人提耶里·德·梅尔的手里。于是可怜的尚特孚勒里成了每个人的情妇。她的金币已经不值钱了。我还能给你们讲什么呢，太太们？就在国王举行加冕礼的那同一个六一年，她给一个流氓头儿铺床叠被啦！就在那同一年呀！"

马耶特叹息着，揩掉滴下的眼泪。

"这个故事算不上怎么别致呀，"吉尔维斯说，"我也看不

———————————

① 巴格丽特是巴格特的爱称。
② 法里，法国古代长度单位。一法里约合四公里。

238

出它同埃及姑娘和孩子们有什么相干。"

"耐心听吧!"马耶特说,"说到孩子,你会听我讲到一个孩子的。在六六年,就在距离本月份的圣保尔节十六年以前,巴格特生下了一个女儿。不幸的女人,她高兴极了,她早就盼望生个孩子。她的母亲,那一直闭着眼什么都不知道的好女人,已经死去了,巴格特在这个世界上已经没有谁可以爱,也没有谁爱她了。自从堕落之后,五年来她一直是个悲惨的人儿,可怜的尚特孚勒里,她是孤单的,她孤苦伶仃地过活,被人指指点点,在大街上被人叫骂,被军警殴打,被那些破衣烂衫的小男孩作弄。接着她满了二十岁。二十岁,这个年龄对于恋爱的女人来说已经太老了,除了经常做的针线活之外,她那种生活什么也没有带给她。来了一条皱纹,就去了一个银币。冬天对于她又艰难起来,她的火炉里又没有木柴,食橱里又没有面包了。她再也不能干活,因为自从过着放荡生活以来,她就变懒了。她的伤感更加多起来,因为自从变懒以来她就放荡了。至少圣雷米的本堂教士先生在解释那一类女人为什么到老年就比别的穷女人更加挨冻受饿的时候就是这么说的。"

"是啊,"吉尔维斯提醒说,"但是埃及人在哪儿呢?"

"等一会呀,吉尔维斯!"比较有耐心的乌达德说,"假若一切都要从头讲起,那得什么时候才讲得完呢?讲下去吧,马耶特,为了那可怜的尚特孚勒里,我求你讲下去呀!"

马耶特又接着讲下去:

"她弄得很伤心,很可怜,常常哭泣,哭得两颊都陷下去了。但是在她那耻辱、疯癫和被唾弃的处境中,假若世界上还有某件事物或某个人能被她所爱也能够爱她,她就会觉得好像不是那么耻辱、那么疯癫和那么被人唾弃了。那只能是一个孩子，只有一个孩子能够对她的底细一无所知。在试着去爱一个小偷——那惟一愿意要她的男人以后，她才体会到这一点的，因为没有多久她就发现连那个小偷也瞧不起她。对于这一类把爱情当生命的女人，必须有个爱人或是孩子去充实她们的心，要不然她们就非常不幸。不能够有爱人，她便回过头来只希望有个孩子。因为她向来就很虔诚，她便不断地向慈悲的上帝祷告。上帝怜悯她，给了她一个女儿。她那份快乐呀，我不用说你们也想象得出，又是眼泪，又是爱抚，又是亲吻。她亲自奶她的孩子，把自己床上惟一的一条被子给她做褓褓，而且从此再也感觉不到饥饿寒冷了。她重新变得漂亮起来，一个老姑娘变成了一位年轻的母亲。她又向人献起殷勤来了，人们又来找尚特孚勒里了，她又给自己的生意找到了主顾。她把从这些可怕的事情里得来的钱全都花费来给她的小孩买小衫小帽，丝带和丝头巾，倒没有想给自己买一床被子。厄斯达谢先生，我早就告诉过你不要吃那块饼。那小阿涅丝——这是那小姑娘的名字，也是她自己受洗礼时的名字，是她自己家族的一个名字，她已经很久不用这个名字了。那小家伙的装束确实比一位公主还要华丽，一身的丝带和花边！尤其是那双小鞋，连国王路易十一都绝不会有那么好的东西呢！那是当母亲的亲手给她做的，她用她那种给慈悲的圣母做袍子的最精巧的手工和最好的刺绣来做这双鞋。那真是从没见过的最可爱的一双小鞋了。它们才有我的大拇指这么点长。除非看见那小孩的小脚从鞋里脱出来，你才能相信那双小脚穿得进那双小鞋里去。那双脚的确是十分小巧，十分好看，那么粉红粉红的，比做那鞋的缎子还要红得好看！当你有了孩子的时候,乌达德,你就会明白再没有什么比那些小脚小手更好看的了!"

"我不想望比这更好的事啦!"乌达德叹口气说,"我但愿安得里·米斯尼哀先生能有这种福气。"

"并且,"马耶特又说,"巴格特的孩子不光是一双脚漂亮,我看见她的时候她才四个月,她真可爱!她的眼睛比嘴还大。最可爱的是一头黑发,那时就已开始鬈起来了。到十六岁的时候,一定会是顶好的棕色。她母亲一天比一天更加发疯般爱她,她抚摸她,摇晃她,亲她,给她洗澡,同她玩,差点想把她吞下肚去。她为了她快乐得昏头昏脑,她为了她感谢上帝。尤其那双玫瑰色的小脚没完没了地引起她的惊奇,使她快乐到了极点。她常常把嘴唇贴在那小小的脚上舍不得放开。她给它们穿上小小的鞋,穿上又脱下,崇拜着,叹赏着,端详着,就这样度过整整一天。她让那双小脚可怜巴巴地在床上学迈步,她情愿一辈子跪在那双高贵的小脚前穿鞋脱鞋,好像那就是圣婴耶稣的小脚似的。"

"这个故事很动人很好,"吉尔维斯低声说,"可是在整个故事里我们的埃及人在哪儿呢?"

"在这儿,"马耶特答道,"有一天,好些奇形怪状的人骑着马到兰斯城来了。那是在全国各地流浪的乞丐和无赖汉,由他们的公爵和伯爵带领着。他们脸色发黑,头发鬈曲,耳朵上戴着银耳环。妇女比男人更丑,脸色也更黑,头上总是什么也不戴,身上穿着破衣裳,肩头披着旧披巾,头发像马尾巴一样。那些在她们膝前爬来爬去的小孩,连猴子看见了都会害怕。真是一群和普通人完全不同的人。这些人从波兰经过下埃及一直来到了兰斯。听大家说,是罗马教皇罚他们在全世界不停地流浪七年，不许睡在床上，让他们这样来忏悔自己的罪过。于是他们自称为忏悔者，到处发散臭气。好像他们从前都是撒拉逊人①，因此信奉大神朱庇特，并且可以向每位大主教、主教和戴十字架与法冠的神甫收取十个图尔利勿尔。是教皇的一道手谕这样规定的。他们用阿尔及尔国王和德意志皇帝的名义，到兰斯来给人算命。你想想，单凭这一点就够使人不许他们进城的了。于是整队人马就心甘情愿地在勃安纳门外，在从前的石灰坑旁边一个有磨坊的山冈上住下来。兰斯城里的人都跑去看他们。他们看着你的手掌，向你讲些极其可笑的预言。他们还会告诉犹大说他将来要当教皇呢。同时到处在传他们拐骗小孩，抢东西和吃人肉的事。聪明的人就对愚笨的人说：'可别上他们那儿去呀！'自己却悄悄地跑去。简直是一阵狂热呀。事实上他们的预言真是连红衣主教听了也会吃惊呢。那些做母亲的自从埃及女人给她们的孩子看了手相并且讲出各种异教的和土耳其的奇怪预言之后，她们就十分骄傲起来了。那些人说这些孩子将来一个要当皇帝，一个要当教皇，另一个要当将领。可怜的尚特孚勒里被好奇心抓住了，她想知道自己的命运怎样，她的小阿涅丝将来是否会当亚美尼亚女王什么的，于是她把孩子带去见那些埃及人。那些埃及女人很称赞她的孩子，她们拍她，伸出黑嘴唇亲她，她们尤其佩服她那双小手。哎呀，那位母亲多么高兴，她们特别称赞孩子美丽的脚和漂亮的鞋。那孩子还不到一岁，已经会叽里呱啦学讲话，会像小傻瓜似的朝母亲笑了。她又胖又圆，会做出乐园里天使们的成千种可爱的小动作，她很害

<hr>

① 撒拉逊人，中世纪欧洲人对阿拉伯人或西班牙等地的穆斯林的称呼。

怕那些埃及女人，哭起来了。母亲更加爱怜地亲她，离开时很满意那些算命人给她的小阿涅丝算的好命：小女孩将来会成为一个美人，一个贞节女人，一位皇后。她回到困难过多街上她的阁楼里，骄傲地以为自己抱回来了一位皇后女儿呢。第二天早上，她温柔地看了看在床上熟睡的小孩——她俩是像往常那样睡在一起的——，轻轻地把房门开了一条缝，出去看望一个住在塞西尔街上的熟人，好把她的阿涅丝有一天会被英吉利国王和埃塞俄比亚大公爵请去同桌吃饭等惊人的消息告诉她。她回家来了，上楼梯时没听见小孩的哭声，便自言自语说，'好！孩子还在睡觉。'她发现房门比她出去时开得大多了，她走进房间，那可怜的母亲呀，她扑到床跟前……孩子不在那里啦，床上是空空的。要不是掉下了一只美丽的小鞋，床上就再也没有孩子的什么东西了。她奔出房门，跑下楼去，一面把头往墙上撞一面哭道：'我的孩子呀！我的孩子在什么人那里呀？谁把我的孩子抱走了呀？'那条街是僻静的，那所房子是孤零零的，没有谁能够告诉她什么。她跑遍全城，找遍每一条街，成天这里那里地到处乱窜，疯狂地、使劲地敲打每家的门窗，就像一匹丢失了小兽的母兽。她衣服褴褛，头发蓬乱，样子可怕极了。她的眼睛里有一股疯狂的火烧干了她的眼泪。她拦住过路人喊道，'我的女儿！我的女儿！我的美丽的小女儿！谁把我的女儿还给我，我愿意去给他当用人，去侍候他的狗，假若他想吃我的心，我也让他吃去。'碰见圣雷米的本堂教士先生，她就向他说：'教士先生，我可以用我的手指头去耕地，但是把我的孩子还给我吧！'这太凄惨了，乌达德，我看见律师朋斯·拉加布都哭起来了，他本来是个心肠很硬的人。啊，可怜的母亲！那天晚上她回家来了。她不在家的时候,有一个邻家妇女看见两个拎着大口袋的埃及女人偷偷地爬上楼,过一会又下楼来关上门急急忙忙逃走了。她们走后,人们听见巴格特的房里似乎有小孩啼哭的声音。母亲一听说便大笑起来,像生了翅膀似的飞快跑上楼,砰的一声推开房门扑了进去:真是一桩可怕的事!她没看见她的小阿涅丝,她的新鲜的粉红的小阿涅丝,却看见了一个上帝的好礼物,一个难看的罗圈腿、独眼、驼背的小怪物,蜷成一团在地板上叫着爬着。她害怕地用手捂着眼睛。'啊!是不是那些女巫把我的女儿变成了这个可怕的畜生啦?'人们连忙把那个小罗圈腿抱走了。那个小东西会使她发疯呢。那一定是某个埃及女人生下来又抛弃了的怪物,他看上去大约四岁左右,讲着一种不像人讲的话,那是些听不懂的字句。尚特孚勒里跪在那只小鞋跟前,那是她曾经爱过的一切所留给她的惟一的东西了。她老半天地跪着不动,不说话也不呼吸,大家以为她就那样死去了。可是她又全身颤抖起来,狂热地亲吻那只宝贵的鞋,吐出一长串叹息,好像她的心快要碎了。我告诉你们,我们大家都哭啦。她说:'啊,我的小女儿,我的漂亮的小女儿,你在哪儿呀?'听见这些话简直让人肝肠欲断。我现在想起来还会哭。你们知道,我们的孩子便是我们的骨血。我可怜的厄斯达谢!你多好呀!你们还不知道他多乖呢。昨天他告诉我:'我想当近卫骑兵!'啊,我的厄斯达谢,要是我失去了你!尚特孚勒里忽然站起来,跑遍了兰斯所有的街道,边跑边喊:'到埃及人的帐篷去!到埃及人的帐篷去!叫兵士去把那些女巫烧死!'那些埃及人逃跑了。天已经黑下来,追赶不上他们了。第二天,人们在离兰斯两法里远的地方,在格安和底格侬之间的灌木林中,发现大火烧剩的东西:有巴格特小孩的几条丝带,还有几滴血和马粪。前一天晚上正是星期六,人们断定是那些埃及人在灌木林里举行他们的安息日会,同巫神倍尔日比特一起把那孩子吃掉了,就像巫师们惯常做的那样。尚特孚勒里知道这些可怕的情况后她连哭也不哭了,只是嘴唇动呀动的,像要讲话又讲不出来的样子。第二天她的头发就白了。第三天她就失踪了。"

"这的确是个骇人的故事,"乌达德说,"连勃艮第人听了也会掉眼泪呢。"

"我现在对于你那么害怕埃及人的事也不觉得奇怪了。"吉尔维斯说。

"你刚才马上带着孩子躲开埃及人是对的,听说他们也是从波兰来的呢。"乌达德说。

"不对,"吉尔维斯说,"听说他们是从西班牙和卡塔卢尼亚来的。"

"卡塔卢尼亚? 可能是的,"乌达德说,"波兰、卡塔卢尼亚、瓦洛尼亚,这三个地方我经常弄混。但他们是埃及人这一点却是肯定的。"

"他们一定是这样,"吉尔维斯附和道,"他们有够长的牙齿来吃小孩。要是拉·爱斯梅拉达有时也努起小嘴吃吃小孩,我才不会惊讶呢,她的小羊会玩那么多怪把戏到底有点邪门。"

马耶特不声不响地走着,她有点像是沉浸在从那个惨痛故事引申出来的梦境里,她战栗起来,直到内心深处。这时吉尔维斯同她说起话来:"没有人知道尚特孚勒里后来怎样了吗?"马耶特没有回答。吉尔维斯摇着她的胳膊,喊着她的名字问了几遍,马耶特才从沉思里惊醒。

"尚特孚勒里怎么样了吗？"她机械地回答道，好像初次听人谈起这件事似的，于是她努力集中注意力来弄懂这句话。"啊，"她激动地回答道，"人们再也不知道了。"

停了一会她又说：

"有人说在黄昏时候看见她从佛雷相波门走出了兰斯，另外又有人说她是在天刚亮的时候从老巴塞门走出城的，有一个穷人在集市附近的田地里发现她的金十字架挂在一个石头的十字架上，那就是在六一年使她堕落的那件首饰，是她的第一个情人、漂亮的果尔芒特耶子爵送给她的礼物。巴格特虽然很穷，可从来不愿意从身上把它取下来的。她把它看得同生命一般宝贵呢！因此，当我们看见连那个十字架都给抛弃了，我们就都认为她已经死了。这时又有些酒鬼说是看见她经过巴黎的街道，赤着脚在石板路上走。但是她应该是打维斯尔门出城的，发生这种事已经不是第一次，或者，说得明白点，我相信她的确是从维斯尔门出城的，但那也就是走出这个世界了。"

"我不懂你的话。"

"维斯尔，"马耶特悲哀地笑了一下答道，"就是那条河的名字呀。"

"可怜的尚特孚勒里，"乌达德打了一个寒噤说，"那么她跳河死啦！"

"淹死啦！"马耶特说，"当她父亲居倍尔多从前弹着琴，唱着歌坐在船上从丹格桥顺流而下的时候，谁会告诉他说他亲爱的小巴格特有一天也会从这座桥下经过，但是既没有歌声也没有船只？"

"那只小鞋呢？"吉尔维斯问道。

“同那母亲一道不见了。”

“可怜的小鞋!”

乌达德那肥胖善感的女人觉得陪着马耶特叹叹气就心满意足了,可是比较好奇的吉尔维斯却还要寻根究底。

“那个小怪物呢?”她忽然问马耶特。

“哪个小怪物呀?”马耶特反问道。

“就是巫婆丢在尚特孚勒里家换走了她小女儿的那个小怪物,你们是怎么处理它的呢? 我希望你们也把它淹死了才好。”

“没有。”马耶特答道。

“怎么! 那么是把他烧死了吧? 其实那样更好。一个巫师的孩子嘛。”

“也没有淹死他也没有烧死他,吉尔维斯。主教大人对这个埃及孩子发生了兴趣,给他划了十字,施了洗礼,仔细去掉了他身上的妖气,把他送到巴黎来,当作一个孤儿放在圣母院的小木榻上。”

“这些主教!”吉尔维斯嘀咕道,“他们是有学问的人,同别的人不一样。我请问你,乌达德,把一个妖怪孩子当成孤儿算是怎么回事呀? 那小怪物准是个妖魔! 得啦,马耶特,在巴黎他们又把他怎么样了? 我相信没有一个好心人愿意要他。”

“我不知道,”那个乡下女人回答道,“当时正好我丈夫买下了离城两法里远的倍须记录所,我们就不再留心那件事了,倍须前面有两座塞尔内地区的小丘,使人望不见兰斯大教堂的钟楼。”

这样交谈着,三位高贵的女公民已经来到了格雷沃广场。

她们忙于谈天,走过罗兰塔的公用祈祷书也没有停一下,就径直向着刑台走去,刑台周围的人正在一刻比一刻增多。这一景象很可能吸引了她们的注意,使她们完全忘记了老鼠洞和她们打算在那里要做的事,要不是马耶特手里挽着的六岁胖小子厄斯达谢忽然提醒了她们。"妈妈,"他说道,好像是某种本能告诉他已经走过了老鼠洞,"我现在可以吃这块饼了吗?"

假若厄斯达谢比较直率,也就是说假若他不那么馋嘴,就会再等些时候,等到回去的时候,在大学区里,在拉瓦朗斯夫人街上安德里·米斯尼哀老板家里,当塞纳河两岸同旧城区的五座桥把老鼠洞和那块饼隔得远远的时候,才怯生生地问:"妈妈,现在我可以吃这块饼了吗?"

厄斯达谢在此刻突然提出的这个问题,却把马耶特提醒了。

"哎哟,"她嚷道,"我们把隐修女忘掉啦!指给我看老鼠洞在哪儿,我好把这块饼给她送去。"

"咱们马上去吧,"乌达德说,"这是一件好事。"

这才是厄斯达谢意料不到的呢。

"哎哟,我的饼!"他一面说一面扭着肩膀,搔着耳朵,那是表示他异常不高兴。

三位妇女转身往回走,到了罗兰塔附近,乌达德就向另外两位说:"我们可不要三个人同时往洞里张望,免得惊吓了隐修女。你们俩要装出专心在读祈祷书的样子,我就把脸孔贴到窗上去看。那隐修女有点认识我,我会通知你们什么时候可以到跟前来的。"

她独自走到窗口,才向里面望了一眼,她脸上就显出深深的怜悯,活泼鲜艳的表情和脸色忽然变了,好像从阳光底下走到了月光底下,她的眼睛湿了,嘴唇撅起来像要哭似的。过了一会,她把一根手指头放在嘴上,做了个手势叫马耶特去看。

马耶特感动地踮起脚尖走过去,就像朝一个快死的人的床前走去一般。

这两位妇女屏住气一动不动地向那装着栅栏的老鼠洞里望去,她们看见的景象的确十分悲惨。那小屋子又窄又浅,尖拱形,从里面看很像一顶主教的大法冠。在光秃秃的石板地的一个角落里,坐着或者不如说蜷伏着一个女人,她的下巴靠在膝盖上,两手紧紧交叉着合抱在胸前,她就这样缩做一团,身上裹着一件皱巴巴的棕色粗布袍,长长的花白头发从脸上披垂下来,一直沿着两腿披到脚上。第一眼看去,只觉得她是刻在那小屋黑暗尽头的一个奇怪的形体,好像一只发黑的三角体,从窗口射进来的阳光把她清楚地分成两半,一半暗淡,一半明亮,仿佛是人们在梦中或在戈雅①的奇特作品里看到的那种半明半暗的幽灵,苍白、呆滞、阴森、蜷伏在坟墓顶上或是监狱的铁槛上。既不是一个男人,也不是一个女人,也不是一个活的生物,也不是一个固定的形体,这是一个形象,是真实和虚幻、影子和光芒在其上截然分开的一个幻象,很难看清楚被她披到地上的长发遮住了的枯瘦冷峻的脸孔,从她的长袍下隐约露出一只缩在又冷又硬的地上的赤裸的脚。这若有若无的裹着丧服的人的形体,使人看见了就禁不住战栗。

这个可以说是密封在石室里的形体,仿佛既没有动作,也没有思想,也没有呼吸。在一月份只穿件薄薄的粗布衣服,赤

---

① 戈雅(1746—1828),西班牙画家。

着脚蜷缩在花岗石地上,没有火取暖,待在那洞穴的阴暗处,那通风口只能吹进冷风却透不进阳光。她似乎并不难过,也没有知觉,她好像同那个洞穴一块儿变成了石头,同那个季节一起变成了冰块。她双手合抱,目光呆定,第一眼看去像个幽灵,第二眼看去像个塑像。

她间或半张着发青的嘴唇透一口气,间或颤抖一下,但仍然死板机械,就像风中飘荡的树叶。

有时从她暗淡的眼中投出一道难以形容的眼光,一道深沉的、蒙眬的、呆滞的眼光,不动地盯着小屋里一个从外边看不见的角落,那是把这不幸灵魂的全部悲惨紧紧拴在什么神秘事物上的眼光。

她就是那个由于她的住处而被人唤做隐修女,那个由于她的服装被人唤做小麻袋的女人。

那三位妇女——因为吉尔维斯也凑到马耶特和乌达德一起来了——在窗口张望,她们的头把照进洞穴的微弱的光线都遮住了,那被人夺去了一切的可怜人好像还没有注意到她们。"我们不要惊动她,"乌达德说,"她正在专心祈祷呢。"

马耶特看见那个消瘦、憔悴、披着乱发的头,心里越来越难过,眼里装满了泪水。"这可真奇怪了!"她嘀咕道。

她把头伸进窗口的铁栅栏当中,这样就看得见那不幸的人一直盯着的角落了。

她从窗口把头缩回来的时候,满脸都是眼泪。

"你们是怎样称呼这个女人的?"她问乌达德。

"我们叫她居第尔教姊。"

"可是我呢,我要叫她巴格特·拉·尚特孚勒里。"

于是她把一根手指按着嘴巴,做了一个手势叫惊呆了的乌达德也把头伸进窗口去张望。

乌达德张望着,她看见那隐修女盯着的角落里,有一只绣满了金银花线的粉红缎子的小鞋。

吉尔维斯也跟在乌达德后面去张望,于是三位妇女一块儿望着那不幸的母亲,哭了起来。

可是无论她们的张望还是她们的眼泪,都没有惊动那位隐修女,她的手依旧紧握着,眼睛依旧呆定定的。知道那只小鞋来历的人,看见它被她这样呆呆地望着,怎么会不十分难过呢。

三位妇女依旧没说一句话,她们不敢说话,连低声说都不敢。那深深的沉默、深深的痛苦,那除了一件事物之外什么也记不起的深深的记忆,使她们觉得她就像复活节或圣诞节的祭坛。她们不说话了,沉思着,几乎快要跪下了。好像她们是在耶稣苦难纪念日刚刚走进一座教堂一样。

最后,三人中比较好奇的,因而也是心肠不那么软的吉尔维斯试着逗引那女修士开口说话,她喊道:"教姊!居第尔教姊!"

她这样重复喊了三遍,声音一遍比一遍高,隐修女毫不动弹,她不出一声,不看一眼,不叹一口气,连一点生命的标志都没有。

这回是乌达德用更柔和更抚爱的声音喊道:"教姊!圣居第尔教姊!"

同样的沉默,同样的寂然不动。

"真是个奇怪的女人!"吉尔维斯说,"大炮都惊不醒她的!"

"她也许是个聋子吧!"乌达德叹息道。

"她也许是个瞎子。"吉尔维斯附和着。

"也许她已经死了。"马耶特说。

事实上灵魂并没有离开那毫无生气的、梦沉沉的躯体,至少它退避或隐藏到深处,而外界的声音已不能再到达那里了。

"我们只好把饼放在窗口上了,"乌达德说,"可是这样一来,随便哪个小孩都能把饼拿走的。我们怎样才能把她唤醒呢?"

厄斯达谢一直专心在看一条大狗拖着的一辆小车从那里经过,这时忽然看见三个带他来的人在窗口上张望,他也产生了好奇心,便爬到一块界石上用脚尖站着,把他的小胖脸贴到窗口去,嚷道:"妈妈,瞧我也看见啦!"

听到了这清晰、新鲜、响亮的孩子的声音,那隐修女颤抖了一下,她忽然艰难地转过头来,用两只长长的手把额前的头发掠向脑后,用吃惊的、痛苦的、失望的眼光盯住孩子,那眼光简直像一道明亮的闪电。

"啊,我的天哪!"她忽然把头埋到膝盖上喊道,她的声音显出她的心完全碎了,"至少不要把别人的孩子给我看呀!"

"日安,太太!"孩子神情严肃地喊道。

这个刺激把那隐修女惊醒了,她从头到脚颤抖了好一会,牙齿碰得格格响,半抬起头来,一面把两肘压住膝盖,两只脚握在手里捂暖,一面说道:"啊,好冷!"

"可怜的女人!"乌达德异常怜惜地说道,"你想烤烤火吗?"

她摇摇头表示不要。

"那么,"乌达德递给她一只瓶,"这点香料酒可以使你暖和些,喝吧!"

她又摇摇头,盯住乌达德说:"只要水。"

"不对,教姊,水可不是一月份的饮料,应该喝点香料酒,尝尝我们给你烙的这块玉米发面饼。"

她推开马耶特递给她的礼物说:"只要黑面包。"

"这儿,"吉尔维斯也动了怜悯之心,她脱下自己的毛线衣说,"这件衣服比你那件要暖和些,你穿上这件吧!"

她像拒绝酒瓶和面饼一样拒绝了这件外衣,回答道:"只要粗布衣服。"

"可是你要知道,"好心的乌达德又说,"昨天是个节庆日子呀!"

"这个我知道,"隐修女答道,"我的壶里已经两天没有水了。"

沉默了一会之后她又说:"这是节日,人们把我忘了,他们做得对。我不关心的世界怎么会来关心我呢?火炉里只有冷灰。"

她好像因为说了这么多话疲倦了,又把头低垂到膝头上。

心地单纯善良的乌达德自以为懂得了她那最后一句话,认为她仍然是在抱怨自己挨冻,便天真地回答说:"那么你是想烤火吧?"

"火!"小麻袋用一种奇特声调说,"你也能让那个在地底下躺了十五年的小乖乖烤烤火吗?"

她四肢抖索索的,声音发颤,眼睛闪着光,直挺挺地跪起来。她忽然把苍白枯瘦的手指着那个惊奇地望着她的孩子,说道:"把这个孩子带走吧!埃及女人就要打这儿经过呀!"

于是她脸朝下跌倒在地上了,她的头碰在石板地上,发出好像石头同石头相碰的声音。那三位妇女以为她死过去了,过了一会她又动弹起来，她们看见她用两只手和两只脚爬到放着那只小鞋的角落，这时她们不敢再张望了，她们再也看不见她了，只听见千万个亲吻，千万声叹息，间杂着哭泣和好几下脑袋碰墙的声音，最后一下碰得响极了，把三位妇女惊得一震，此后就再没听到别的声音。

"她是想自杀吧?"吉尔维斯冒险把头伸进窗口。

"教姊! 教姊! 居第尔教姊!"

"居第尔教姊!"乌达德也喊道。

"啊,我的天哪! 她连动都不动了!"吉尔维斯说,"她是不是死去了? 居第尔! 居第尔!"

哽咽得说不出话的马耶特使了一把劲说:"等一等,"她说,随后便弯腰朝窗口喊道,"巴格特! 巴格特·拉·尚特孚勒里!"

一个小孩无心点燃一个爆竹爆痛了眼睛,也没有马耶特突然向那小屋里喊出这个名字那么可怕。

那隐修女全身颤抖着,用赤裸的脚直僵僵地站起来,眼光闪亮地跳到窗口,使马耶特、乌达德和另一个女人连同那个小孩,全都吓得一直退到码头的栏杆边去了。

这时隐修女凄惨的脸孔贴到了窗口的铁格子上。"呵,呵!"她可怕地大笑一声,"是那个埃及女人在喊我呢!"

这时,刑台上的一个景象印到了她的眼中,她的额头可怕地皱起来,两只胳膊伸到铁格子外面,用临终的人那种呼吸困难的声音吼道:"原来是你呀,埃及女人! 是你在喊我呀,偷小孩的女人! 好哇,你该死! 该死! 该死! 该死!"

四　一滴眼泪换一滴水

这几句话①可以说是当时在它们各自的特别舞台上同时并行地展开的两幕戏之间的关联,一幕是你们刚才读到的,发生在老鼠洞里的,一幕是我们就要说起的,发生在刑台上的。第一幕的见证人只有读者已经认识的那三位妇女,第二幕的观众却是我们不多会儿以前在格雷沃广场看见的拥挤在刑台和绞刑架四周的群众。

这些观众看见四名军警从早上九点钟就站在刑台的四角,就预料到将要执行什么样的刑罚,即使不是绞刑,也会是笞刑、割耳或别种苦刑。人群很快聚拢来,最后那四个军警被挤得太厉害,便只好不止一次地用马屁股和鞭子把他们"赶开",这是当时人们的说法。

群众有等候观赏公开行刑的习惯,所以并没有表现出十分不耐烦的样子,他们用观看刑台——一个十法尺高的中空的水泥台子——来消磨时间。从一个被人称作"梯子"的粗糙的石级,可以走到顶上的平台,台上有一个平放着的橡木轮盘,人们把双手反绑的犯人绑在那个轮盘上,一个木头的轮轴藏在轮盘中心,轮轴转动时,轮盘也跟着转动,这样便把犯人的脸连续不断地向四面八方呈露着,这就是所谓给犯人"示众"。

像人们看到的那样,格雷沃广场的刑台远不如菜市场的刑台那样好看。它没有什么建筑艺术的意趣,也算不得怎么

① "这几句话"指上一章末段隐修女望见刑台时叫嚷的话。

宏伟，没有铁十字架，没有八角灯，没有那些突出在屋顶边上的有饰花和叶片的精致的柱子，没有神秘古怪的水槽，没有空花镂刻，没有深深凹进石头的雕刻。

只好看看那碎石砌成的四个桩子和两根支柱，以及旁边那可恶的绞刑架，又细又秃。

对于爱好哥特式艺术的人们，这种款待也许太菲薄了吧？可是对于中世纪那些傻瓜们，什么建筑都是有趣的，他们并不怎么关心一个刑台是否美观。

犯人终于给绑在一辆车子后面带来了。当他给拖到刑台顶上的时候，当人们能够从各方面看见他被人用绳子和皮条绑在刑台的轮盘上的时候，场内爆发了一阵笑声和喊声，人们认出他就是伽西莫多。

那的确是他，就在他昨天被埃及公爵、土恩王和加利利皇帝伴送，被人崇拜，被人称为愚人王的同一个地方，他竟被绑在刑台上了，这个变化太奇怪了。有一点可以肯定，就是人群中没有一个人，包括一会儿是胜利者一会儿又是受刑者的伽西莫多本人在内，弄得清这两种处境之间有什么联系，甘果瓦同他的哲学也没见过这一场面。

我们国王陛下的司号员米歇尔·卢瓦尔马上打了一个手势叫人们肃静，在宣读了根据总督的命令草拟的判决书之后，他便带领他那些穿制服的随员们绕到车子后面去了。

对当时司法部所谓的"又紧又牢的捆绑"，伽西莫多连眉毛都没有抬一下，他认为一切反抗都是徒然的，这就是说，绳子和皮条一直陷进他的肉里去了，何况监狱和囚犯这种传统还没有丢失，脚镣手铐（还有徒刑和断头台）至今依旧宝贵地在我们这些文明的温和的有人性的人中间传下去。

他任人又拖又推又抬,绑了又绑,人们从他的脸上只能看到一个野人或笨人受惊后的表情,人们知道他是个哑巴,还可能把他当成瞎子。

人家叫他跪在那块圆形底座上,他照着做了。人家脱掉了他的上衣和衬衣,直到露出胸膛,他也听之任之。人家又用许多皮条把他绑在轮盘上,他听任人家捆绑,只不过时时粗声地喘气,就像一条牛垂头耷脑地给绑在屠夫的车沿上。

"这笨蛋!"磨房的若望·孚罗洛向他的朋友罗班·普斯潘说道(这两个学生当然随着犯人到这儿来了),"他还没有一只关在盒子里的金龟子明白呢。"

群众看见了伽西莫多赤裸的驼背,突起的胸脯,长着许多硬皮和汗毛的肩膀,便爆发出一阵哄笑。正当大家笑闹的时候,一个穿着官府制服的结实的矮个子男人爬上了平台,到了犯人身边。他的姓名立即在群众当中传遍了,他就是比埃拉·多尔得许,沙特雷法庭施笞刑的大头目。

他先把一只黑色的钟漏放在刑台的一角,那钟漏的上一层装满了红色的沙子,不断向下面一层漏去。随后他便脱掉他那两色的外衣,人们看见他右胳膊上挂着一条用许多长长的、闪光的、紧扎的、尖端包着金属的白皮条扎成的鞭子。他用左手随便地把衬衣的右边那只袖子卷起来,一直卷到腋下。

这时,若望·孚罗洛抬起他那棕发的小巧的头,在众人的头顶上喊道(他就是为了叫喊才爬到罗班·普斯潘的肩上去的):"来看呀,先生们,太太们! 他可要狠狠地鞭打我哥哥若扎斯的副主教先生的敲钟人伽西莫多了。他是一个好像东方建筑似的怪物,脊背像圆拱顶,两腿像弯曲的柱子!"

群众大笑起来,小孩们和姑娘们笑得格外厉害。

最后刽子手用脚去踏轮盘,轮盘转动起来,伽西莫多在他的绳绑中发抖,他奇丑的脸上忽然显出的蠢笨表情更加引起了群众一阵哄笑。

　　转动的轮盘忽然把伽西莫多高耸的驼背送到了比埃拉面前,比埃拉抬起胳膊,那精致的皮鞭就挥起在半空中,发出水蛇般的嘶嘶声,一鞭又一鞭疯狂地落到那可怜人的肩膀上。

　　伽西莫多好像忽然惊醒似的蹦了一下,他这才明白是怎么回事了。他蜷缩在绳绑里,一阵惊惶和痛苦的抽搐散布到他脸上每一根筋络,但是他没有叹一口气,只是把头向后转转,向右转转,又向左转转,并且把头摇得像腰上被牛虻叮过的公牛。

　　一鞭接一鞭,接着是第三鞭,第四鞭,没完没了。轮盘不停地转动,皮鞭不断像雨点般落在身上,很快就打出血来了。人们看见成千条血水在那驼子的黝黑的肩膀上流淌,皮鞭在空中挥动时就把一些血珠溅到观众的身上。

　　看起来伽西莫多至少又恢复了先前的冷静沉着,他默默地好像不十分费劲地在挣脱绳绑。人们看见他眼睛冒火,筋脉鼓起,四肢蜷曲,一下子就把皮条和链子都挣开了。他的力气那么大,那么不可思议,出人意料。但是总督府的旧镣铐依然在他身上,只是轧轧地响了几声就算了。伽西莫多又显出筋疲力尽的样子,他脸上的呆笨表情变成了痛苦和懊丧,他闭上独眼,把头垂到胸前,仿佛死去了似的。

　　从这时起他就不再动弹一下了,再没有什么能引起他轻微的动作,无论是他身上不停地流出的血,加倍疯狂地落到他身上的皮鞭,沉醉在行刑里的施刑人发作出来的怒气以及那可怕的皮鞭挥动时的嘶嘶的响声。

最后,从行刑开始时就站在石级旁边的一个穿黑衣骑黑马的沙特雷法庭守门人把一根乌木杖向钟漏伸去,轮盘停止了转动,施刑人停止了鞭打。伽西莫多慢慢地睁开眼睛。

笞刑算是执行完了,那该诅咒的施刑人的两个下手给犯人冲洗了肩膀,涂上某种立刻治愈一切创伤的药膏,扔了一件好像神甫穿的披风似的黄衣服到他身上。这时比埃拉·多尔得许才把被血染红了的皮鞭上的血滴抖落在石板地上。

可是对于伽西莫多,这还不算全部完事,他还要在刑台上挨完孚罗韩·巴尔倍第昂十分准确地加添在罗贝尔·代斯杜特维尔的判决书上的那一个钟头。若望·德·居门的那句关于生理学和心理学的古老戏言聋即愚蠢①真该大加赞赏呢。

于是又把钟漏拨转,又把那驼背绑在台上,以便把刑罚执行到底。

人民,尤其是中世纪的人民,在社会上就像孩子们在家庭里一样,他们长久停留在原始的无知状态里,停留在道德与智力的幼稚阶段,可以用形容儿童的话来形容他们:

在这种年纪是没有怜悯心的。

我们已经让读者知道,伽西莫多的确是被大家借种种理由厌恨着,人群里没有谁有理由或者觉得有理由去怜悯圣母院的可恶的驼子,人们看见他出现在刑台上都觉得非常高兴,他刚才所受的酷刑的悲惨景象,不但没有使他们心肠变软,反倒给他们提供了一桩乐趣,使他们的厌恶情绪表现得更为恶毒。

① 原文是拉丁文。

当"公诉"（按照法官们至今沿用的行话）执行完毕，就轮到千万种私人的报复了。在这里就像在大厅里一样，妇女们特别起劲，她们全都对他怀着某种憎恨，有的恨他奸诈，有的恨他丑陋，而以后一种人的憎恨最为厉害。

"邪教的怪物！"一个说。

"骑扫帚把的家伙！"另一个嚷道。

"做个凄惨的怪笑吧，"第三个说，"那样你就能当上愚人王了，要是今天变成了昨天！"

"得啦！"一个老妇人说，"那就是刑台上的怪笑了。什么时候他才在绞刑架上做怪笑呢？"

"你什么时候才会在百尺黄泉下把你的大钟顶在头上呢，可恶的敲钟人？"

"敲晚祷钟的就是这个魔鬼呀！"

"啊，聋子！独眼！驼背！怪物！"

"这个丑相比所有的医药还能使孕妇流产呢！"

那两个学生——磨房的若望和罗班·普斯潘——尖着嗓子哼起那段民间古老的回旋曲的迭句来了：

> 一根藤条子，
> 对付一个恶汉子！
> 一条木棍儿，
> 对付一只老猴儿！

别的成千种侮辱性的语句像雨点般落在他身上，场上处处都有人诅咒他，嘲笑他，向他叫骂，向他投石子。

伽西莫多虽然耳聋，但他看得很清楚，群众的狂怒表现在脸上的并不比表现在话语里的少，向他投来的石子也能说明群众是在哄笑。

他起先一直默不作声，但那在施刑人的鞭打下已达到极限的忍耐力，在这些残酷的虫豸的刺激下却渐渐减弱甚至丧失，对西班牙斗牛士的打击向来不在意的阿斯杜里①公牛，却被狗和枪刺激怒了。

他先是慢慢地对群众投去恫吓的眼光，但因为他是被绑着的，光是看一眼并不能赶开那些叮在他伤口上的苍蝇，于是他在绳绑中挣扎，他狂怒地扭动，把那老旧的轮盘弄得轧轧响。这情况使嘲骂和叫喊更加厉害起来。

于是那可怜人像无法挣脱锁链的野兽一般，只好又不动弹了，他胸膛里间或迸出一声粗重的叹息，他既不羞愧也不脸红，他太远离社会生活，太接近自然状态，不可能知道什么是羞耻。而且在那十分丑陋的脸上，还能表现出什么羞耻呢？但是愤怒、憎恨、失望，逐渐在那可怕的脸上增多，成了一片厚厚的阴云，逐渐蓄满了电流，变成了千万道电光，在那怪人的独眼里闪闪发亮。

当一头骡子载着一位神甫经过那里的时候，他脸上的阴云化开了一会儿。他远远望见那头骡子和那个神甫，这可怜人的脸色就温和起来，一直控制着他的那种愤怒变成了奇特的充满了难以形容的甜蜜宽厚而温和的微笑。那神甫愈走近他，他的笑容就愈加明显，愈加清晰，愈加光辉灿烂，简直像是不幸的人所崇敬的救主降临了似的。可是当那头骡子靠近了刑台，使骑在它背上的神甫看清了犯人是谁的时候，那神甫却低下眼睛，用两只踢马刺踢着骡子急忙转身走开了，好像在逃

---

① 阿斯杜里，西班牙旧省名。

避一声耻辱的呼唤似的，他很不愿意在那种场合被一个不幸的人认出来并且向他致敬呢。

那个神甫正是副主教堂·克洛德·孚罗洛。

伽西莫多的脸色又黯淡起来了。微笑还在一片阴云间停留了一会，但那是痛苦的、无力的、带着深深悲哀的微笑。

时间一点点过去，他在那儿至少待了一个半钟头，被人不停地折磨，虐待，嘲笑，甚至被人投石子。

突然他又带着加倍的失望在锁链里挣扎，把他身子底下的木板都震动了，他打破了一直固执地保持着的缄默，用又嘶哑又愤怒的声音吼叫，这声音不像人的声音倒很像动物的咆哮声："给水喝！"这个声音把人们叫骂的声音都盖没了。

这声悲惨的呼唤，并没有引起同情，反而使刑台四周的巴黎善良市民更加笑得厉害。应该说明，他们的残忍和狠心并不亚于我们给读者介绍过的那个可怕的乞丐集团里的人，那都是群众当中最下层的人物。除了嘲笑那不幸的犯人的口渴之外，四周没有人出声。的确，那当儿他的样子不止显得可怜，而更是显得古怪和难以接近。他那涨得紫红的脸上淌着汗，眼睛闪着狂野的光，嘴里冒着愤怒和痛苦的泡沫，舌头一半吐出在嘴唇外面。还得说明，在那当儿，人群中找不出哪个好心的男人或女人敢于送给那受苦受难的人一杯水，那刑台的可恶的石级被当做十分可耻和丑恶的东西，善人们是不愿意上去的。

几分钟后，伽西莫多用失望的眼睛扫视了人们一遍，又用更加令人心碎的声音喊道："给水喝！"

仍然只引起一阵哄笑。

"喝这个吧！"罗班·普斯潘叫喊着，把一块在阴沟里泡过的海绵扔到他脸上，"拿去吧，恶汉！算我欠你的情哪！"

有个妇人把一块石子向他头上扔去："这是给你在黑夜里用那些倒霉的钟惊醒我们的教训！"

"喂，小子！"一个跛脚使劲拄着拐杖走到他跟前喊道，"你还在圣母院塔顶上咒骂我们不？"

"这只碗给你去喝水！"一个男人把一个破瓦罐向他的胸脯扔去，"我老婆就是因为看见你从她面前走过，才生下了一个两个脑袋的娃娃！"

"我的母猫生下了一只六只脚的小猫！"一个老妇把一块瓦片向他头上扔去，尖声嚷道。

"给水喝！"伽西莫多喘息着喊了第三遍。

这时他看见人群里闪开一条路，走出了一位装束奇特的姑娘，身边带着一只金色犄角的雪白的小山羊，手里拿着一面小鼓。

伽西莫多的独眼闪了一下，原来就是他昨晚曾经想抢走的那个波希米亚姑娘呀。他模糊地意识到正是因为那件事他此刻才在这里受惩罚的呢。何况这种事在这个世界上并不算稀罕，他不是由于不幸耳聋，又由于被一个聋法官审问，才受到了惩处的么？他十分相信她也是来向他报复的，也是像别人一样来打他的。

看见她真的迅速走上了石级，愤怒和轻视使他透不过气，他真想把刑台打个粉碎，假若他的独眼能够发出雷电，那波希米亚姑娘一定会给雷电击毙，上不了刑台啦。

她一言不发地走近那扭着身子枉自躲避她的犯人，从胸前取出一只葫芦，温柔地举到那可怜人干裂的嘴边。

这时，人们看见他那一直干燥如焚的独眼里，滚出了一大颗眼泪,沿着那长时间被失望弄皱了的难看的脸颊慢慢流下来。这也许是那不幸的人生平第一次流出的眼泪。

这时他竟忘记要喝水了,那埃及姑娘不耐烦地扁了扁小嘴,微笑着把水倒在伽西莫多张着的嘴里,他一口气喝着,他显然是渴到极点了。

喝完水,那可怜人便伸出黑黑的嘴,无疑是想吻一吻那帮助了他的美丽的小手。但那姑娘有些疑惑,想起了前一晚那件未遂的暴行,便像小孩害怕被野兽咬着似的,惊恐地把手缩回去了。

于是那可怜的聋子用充满责怪和无限悲哀的眼光望着她。

那漂亮、鲜艳、纯洁、迷人而又那么娇弱的姑娘,竟会那样好心肠地跑去救助一个如此可怜丑恶的家伙,那情景无论如何是很动人的,而这件事又发生在一个刑台上,那就更为动人了。

观众也都被感动了,大家拍着手喊道:"好极了,好极了!"

隐修女正是在这个当儿从她那洞穴的小窗口望见埃及姑娘在刑台上,于是她狠狠地咒骂道:"该死的埃及女人!该死!该死!"

五　玉米面饼故事的结尾

拉·爱斯梅拉达脸色发白,摇摇晃晃地走下了刑台。那隐修女的声音还跟随着她:"下来吧!下来吧!埃及的女扒手!你还会再上去的!"

"小麻袋又在发脾气了。"人们悄悄说道,这之后大家就再不说什么了。像她那一类妇女,向来总是被人当做神圣并受到人们尊敬的,谁也不愿去打扰那日夜祈祷的人。

开释伽西莫多的时刻到了,他被解下来,人群也就纷纷散开去。

马耶特和两个同伴转身刚走到大桥边,她突然停住问道:"哎呀,厄斯达谢,那块玉米面饼呢?"

"妈妈,"孩子回答道,"你同老鼠洞里那位太太谈话的时候,一条大狗跑来把我的饼咬了一口,我也就吃起来了。"

"怎么,先生,"她说道,"你通通吃掉了吗?"

"妈妈,是狗把它吃掉的,我叫它别吃,可是它不听,于是我也就吃了,就是这样。"

"真是可怕的孩子!"母亲一面微笑一面责备道,"你知道吗,乌达德,他一人就能吃掉我们花园里所有的樱桃呢。难怪他祖父说他日后会当将领。我得好好教训你,厄斯达谢先生!走吧,胖狮子!"

第　二　部

第 七 卷

一 靠羊儿守秘密的危险

几个星期过去了。

正是三月初。那时候,古典修辞学之祖杜巴尔达斯还没有把太阳叫做"蜡烛里的大公爵",但太阳还是同样光明灿烂。那是春季里的一天,是那种美妙甜蜜的日子,全巴黎的人都跑到广场和大街上的那种日子,例如节日或星期日。在那种光明、热烈、庄严的日子里,总有某个时辰是规定可以瞻仰圣母院大门廊的,那是正当向西斜落的太阳把余晖直射着那座大教堂前墙的时候。那时的夕阳愈来愈斜,慢慢离开了广场地面,沿着教堂前墙的尖顶上升,使一切浮雕都从阴影中突现,同时正中的巨大圆形雕花窗就像是塞克罗平的独眼,反射出炼铁炉里的红光①。

现在正是那种时候。

在被夕阳照红了的巍峨的大教堂的对面,在形成巴尔维

---

① 塞克罗平是希腊神话里的独眼巨人,在埃特纳火山下帮助火神乌尔冈打铁。

街和巴尔维广场拐角的那座富丽的哥特式宅第的门廊顶上，有一座石头的阳台，有几个漂亮姑娘在阳台上欢乐地谈笑和嬉戏。从她们缀满珍珠的尖帽子上挂下来直拖到脚跟的长长的面纱，从那盖着她们双肩的照当时风尚略微袒露出处女胸脯的绣花胸衣，从她们裙子上的褶子，从她们披在华丽的（华丽得出奇的）衣服外面的小外套，从她们装饰在衣服上的棉纱、丝绸和天鹅绒，尤其是从她们的显然没有做过苦工的雪白的手，你便猜想得到她们是属于高贵富有的家庭。她们是孚勒尔·德·丽丝·贡德洛里耶小姐和她的朋友们：狄安娜·德·克利斯丹依，阿默洛特·德·蒙米歇尔，高兰布·德·加耶枫丹和年幼的德·尚谢勿西耶。她们都是好人家的孩子，当时都聚在贡德洛里耶寡妇家里，等候波热殿下和波热夫人，他们将在四月份来到巴黎，为玛格丽特公主挑选几个贵族小姐作傧相，然后到庇卡底弗朗德勒使臣那里去迎接公主。三十里内的上等人家都盼望自家的女儿能得到这份荣幸，其中有好些人已经把女儿带到或送到巴黎来，托付在阿洛伊思·德·贡德洛里耶夫人严谨而令人敬佩的管束之下。她是前王室弓箭队军官的寡妇，她和她的女儿居住在巴黎巴尔维广场她自己的房子里。

这些姑娘所在的那个阳台，紧连着一个挂满黄地金条纹的华丽帏幔的房间，大天花板上那些平行的灿烂的横梁上，有成千种奇特的描金涂色雕刻，望上去很愉快。几个有雕饰的衣架上，到处挂着华丽的铠甲，一个彩陶野猪头放在一个大食橱顶上，食橱是双层的，表示这房子的主妇是一个方旗骑士①

---

① 方旗骑士是能召集足够附庸参战而有权举方旗的领主。

的妻子或遗孀。在房间尽头一个从上到下刻满盾牌和勋章的高大壁炉旁边,有一把红色天鹅绒安乐椅,上面坐着贡德洛里耶夫人。从她的面貌和装束上都看得出她有五十五岁左右,她旁边直挺挺地站着一个神色相当骄傲的青年,虽然有点轻浮虚伪,却仍然是那种女人们一见就会倾心,而严肃的男人和星相家一见就会耸肩膀的美男子。这青年骑士穿着近卫弓箭队长金碧辉煌的服装,很像本书第一卷里那个朱庇特的装束,我们就不必再来描绘一遍了。

小姐们全都坐着,有的坐在房间里,有的坐在阳台上,有的坐在金色镶边的乌德勒支①天鹅绒坐垫上,有的坐在雕刻着人物花卉的橡木凳子上。她们正在一起绣着花的那幅很大的绣花帏幔,一半铺展在她们的膝头,另一头拖在盖住地板的草席上。

当一个青年男子在场时,她们就用那种悄悄的声音和抑制的轻笑交谈着,这个青年男子的在场足以刺激那全体多情的女性的自尊心,他本人却仿佛并不怎样在意。那几位漂亮姑娘都争着想引起他的注意,但他自己好像特别忙于用麂皮手套去擦他皮带上的纽扣。

那个老太太间或低声同他讲几句话,他尽量呆板地勉强地回答着。从阿洛伊思夫人低声同那个队长讲话时的微笑和她的聪明的小手势,从她一面向女儿孚勒尔·德·丽丝挤眉弄眼的情形看来,很容易猜出他们之间有姻亲关系,很容易看出那个青年与孚勒尔·德·丽丝一定是有了婚约的。但从那青年冷淡和不耐烦的表情,很容易看出至少在他那方面根本

---

① 乌德勒支,荷兰城市。

没有什么爱情，他是满脸的厌烦和疲倦。如今我们卫戍队里的少尉们准会把这种情形出色地解释为他心里在骂："只配打扫的娼妇！"

那位好夫人，那很为女儿骄傲的可怜的母亲，并没看出青年军官毫不热心的样子，还竭力怂恿他注意孚勒尔·德·丽丝正在一针一线地绣着未完工的帏幔。

"啊，好侄儿，"她拉着他的衣袖，附在他耳边低声说道，"你瞧她低着头的样儿！"

"是呀。"青年回答了一声，随后还是像先前那样沉默冷淡。

过了一会，他又不得不弯下腰来听阿洛伊思夫人的问话："你看见过比你的未婚妻更标致更可爱的姑娘吗？谁能有比她更白的皮肤和更好的金褐色头发呢？她的手不是十分完美吗？她的脖子不是像天鹅的脖子一般美妙吗？我祝贺你！你这放浪的家伙，你当了男人多么幸福！我的孚勒尔·德·丽丝不是漂亮得令人崇拜吗？你不是被她迷住了吗？"

"当然啦！"他答道，心里却在想别的事。

"可是去同她说说话呀，"阿洛伊思夫人忽然推着他的肩膀说道，"去同她谈点什么，你变得够胆小的啦。"

我们敢向读者担保胆小并不是那个队长的毛病，也不是那个队长的优点，但他还是尝试着照别人的意思行事。

"好表妹，"他走到孚勒尔·德·丽丝身边说，"这幅韩幔上绣的是什么呀？"

"好表哥，"孚勒尔·德·丽丝用轻蔑的声调答道，"我已经告诉过你三遍了：这是海神的洞府。"

青年队长那种冷淡和不在意的样子，孚勒尔·德·丽丝显然比她母亲看得清楚多了。他感到必须要交谈一番。

"这海神洞府的帏幔是替谁绣的呢?"

"替郊区圣安东尼寺院绣的。"孚勒尔·德·丽丝答道,连眼皮也没有抬一下。

青年队长拿起帏幔一角说:

"我的好表妹,这个鼓着两腮吹海螺的胖武士是谁呀?"

"那是特西多。"

孚勒尔·德·丽丝的简短的答话,依然显出她还在生气。那个青年男子知道自己必须附在她耳边讲讲话,讲几句无聊的恭维人的话,于是他弯下腰去,但他再也想不出比下面这句话更温柔更亲密的了:

"你母亲为什么老是穿这种我们的祖母在查理七世时代就穿的绣纹章的短外衣呢?"他说道,"好表妹,这种短外衣现在已经不流行了,她衣服上绣的铰链形和桂花形纹章,使她好像活动的火炉架子。我敢担保,人们现在真的再不打这种旗号了。"

孚勒尔·德·丽丝抬起漂亮的眼睛责怪地看了他一眼,"你要向我担保的事就是这个吗?"她低声问道。

那好心肠的阿洛伊思夫人看见他俩这样靠近地低声谈话,觉得非常开心,便拍着她的祈祷书高兴地说:"多么动人的谈情说爱的场面呀!"

青年队长愈来愈不好意思了,便朝着那幅帏幔改口说:"这真是一件漂亮的手工!"他大声嚷道。

听到这句赞赏的话,另一个姑娘高兰布·德·加耶枫丹,她身穿蓝缎衣服,皮肤白皙,有一头漂亮金发,便怯生生地问孚勒尔·德·丽丝(同时却希望那漂亮青年来回答):"亲爱的贡德洛里耶,你看见过罗歇·居容大厦的帏幔吗?"

"是不是卢浮宫里林日尔花园旁边的那座大厦?"狄安娜·德·克利斯丹依微笑着问道,她牙齿很美,因此她老是在笑。

"那里有巴黎古代城墙上高大的望楼。"皮色浅褐、两颊鲜红、头发乌黑鬈曲的迷人的阿默洛特附和道,她是惯于在别人笑的时候莫名其妙地叹气的。

"我亲爱的高兰布,"阿洛伊思夫人又说,"你说的是国王查理六世时候的巴格维勒先生的府邸吗? 那里有些上等质料的绝妙的帏幔。"

"查理六世! 国王查理六世!"那青年队长摸着小胡子抱怨道,"天哪! 这位好夫人对那些古老的东西记得多么清楚!"

贡德洛里耶夫人接着又说:"的确是漂亮的帏幔呀! 那手工的确是令人惊叹的!"

正靠在阳台栏杆上望着广场的瘦弱的七岁小姑娘倍韩日尔·德·尚谢勿西耶这时忽然喊道:"看呀,孚勒尔·德·丽丝教母! 那漂亮的跳舞姑娘又在石板路上敲着鼓跳舞啦,就在那边的平民堆里!"

人们的确听见了一面手鼓的响亮的声音。

"是个流浪的埃及姑娘。"孚勒尔·德·丽丝懒洋洋地回过头去望着广场说。

"咱们看去! 咱们看去!"她那些活泼的女伴们嚷着,全都跑到阳台边去了,孚勒尔·德·丽丝心里想着未婚夫对她的冷淡,慢吞吞地跟在她们后面,那未婚夫却因为这件突如其来的事打断那恼人的谈话,倒觉得挺高兴,便带着完成了任务的军人的满足心情回到房间尽头。侍候漂亮的孚勒尔·德·丽丝,在往日对于这个青年队长来说本来是件愉快而容易完成的任务,但他已逐渐厌烦了,看见婚期日益临近,他就一天比一天更加冷淡。他是没有恒心的,而且——还用说吗?——趣味有点低级,虽然他出身高贵,可是已经染上了不止一种的老兵的习气。他喜欢酒店,经常在里面混,他只有同那些讲粗话的人在一起时,只有同豪爽的军人在一起时,只有在容易得来的美色和容易得来的成功当中,才会觉得方便和自在。虽然他曾经在自己家里受到教育,学习礼貌,但是他非常年轻时就已经跑遍全国,非常年轻时就被送进了军队,而他那上等人的光泽,逐渐被武士服的肩带磨去了。在他由于礼貌关系随时进行的一些拜访中,要算在孚勒尔·德·丽丝家中这一次使他加倍觉得难为情了。首先因为他到处浪费爱情,他并没有给孚勒尔·德·丽丝留下多少,其次是因为在那么多有教养的又文雅又羞怯的姑娘中间,他老在担心他那说惯了粗话的嘴忽然发疯,溜出一句酒店里的话来。请想想那种情景该多么精彩吧!

何况,这一切又和他因自己有着俊美的容貌和考究的服装而感到的骄傲搅混在一起,你们爱怎么想象便怎么想象吧,我只不过是一个讲故事的人罢了。

他好一会没有说话,在那儿想事或是什么都没想,当孚勒尔·德·丽丝忽然转身向他讲话时,他正默默地靠在雕花的壁炉上。总之,使那可怜的姑娘生气的不过是他那有戒备的心罢了。

"好表哥,你不是告诉过我,说你在两个月前某个晚上巡夜的时候,从十多个强盗手里救出了一个波希米亚小姑娘吗?"

"我想是的,好表妹。"队长说。

"好吧,"她说道,"可能就是这个在巴尔维广场上跳舞的流浪姑娘吧。过来看看你认识她不,弗比斯表哥。"

她唤着他的名字叫他到身边来的这个邀请,暗中含有表示和解的意思,弗比斯·德·沙多倍尔队长(读者从这一章开头就看得出是他)拖着缓慢的脚步向阳台走去。"看呀,"孚勒尔·德·丽丝温柔地把手扶着弗比斯的胳膊说,"看那边人堆里跳舞的小姑娘,她就是你的那个流浪姑娘吧?"

"是她,我看见她的羊儿就认出来了。"

"啊,真是漂亮的小羊呀!"阿默洛特赞美地合着手说。

"它那两只犄角真是金的吗?"倍韩日尔问道。

在她的安乐椅上纹丝不动的阿洛伊思夫人说话了:"是不是去年从吉巴尔门进城的那些波希米亚人里面的一个?"

"我的母亲大人,那道城门如今叫做地狱门了。"孚勒尔·德·丽丝轻声说。

贡德洛里耶小姐知道青年队长对于她母亲那种谈论老古董的话厌烦到什么程度。真的,他已经在咬牙切齿地冷笑了:"吉巴尔门! 吉巴尔门! 那是因为她想起了国王查理六世哟!"

"教母!"倍韩日尔滴溜溜的眼睛不停地转动着,忽然抬起来望着圣母院的塔顶说:"上面那个穿黑衣服的男人是谁呀?"

姑娘们全都抬起眼睛,的确有个男子倚在靠北边的朝向格雷沃广场的那座钟塔的栏杆上,那是一个神甫,看得清他的衣服和用双手支着的脸孔。他像一尊塑像似的纹丝不动,呆定的目光望着广场。

那是鸬鹰注视它刚刚发现的鸟巢时的那种目光。

"那是若扎斯的副主教先生。"孚勒尔·德·丽丝说。

"这么远你都认出了他,可见你的眼力真好!"加耶枫丹说。

"他好像是在看那跳舞的姑娘呢!"狄安娜·德·克利斯丹依说道。

"那埃及姑娘可要当心才好,"孚勒尔·德·丽丝说,"他是不喜欢埃及人的。"

"真遗憾那个人这样看着她,她跳舞跳得好极啦!"阿默洛特·德·蒙米歇尔说。

"好表哥弗比斯,"孚勒尔·德·丽丝忽然说道,"你既然认识这个流浪的小姑娘,你就做个手势叫她上来吧。那样会使我们高兴的。"

"啊,就这样!"姑娘们都拍着手嚷道。

"但这是件傻事呀!"弗比斯答道,"她一定早就把我忘了,何况我连她的名字都不知道。但是小姐们,既然你们愿意,我就试试看。"他说着就走到阳台栏杆边上喊道:"小姑娘!"

跳舞的姑娘那时正巧没有敲鼓,听见有人喊她,就朝着喊声的方向转过头来,亮晶晶的眼光落到弗比斯身上,突然停住不跳舞了。

"小姑娘!"队长又喊了一声,并且招手叫她来。

姑娘依旧望着他,随后双颊像着了火一般涨得绯红,她把小鼓夹在腋下,穿过惊讶的人群,向弗比斯呼唤她的那座房子的大门走去,脚步缓慢而摇晃,眼光困惑得好像一只无法逃避蛇的引诱的鸟儿。

过了一会儿,帏幔被撩开了。流浪姑娘红着脸,喘着气,慌张地出现在门槛边,两只大眼睛望着地板,不敢再向前迈步。

倍韩日尔拍起手来。

跳舞姑娘仍然一动不动地呆在门槛边,她的出现在这群姑娘里产生了奇特的影响。她们一定或多或少地同时被一个想取悦那漂亮军官的模糊不清的愿望激动着,那精致的制服成了她们全体卖弄风情的目标,自从他在场,她们之间就产生了某种秘密而剧烈的竞争,连她们自己也没有觉察,只不过时刻从她们的言谈举止上显露出来罢了。虽然她们的美丽程度彼此差不多,她们却都用同等的武器在竞争,而且每人都可望取胜。流浪姑娘的到来,突然把这个均势打破了。她是那样美得出奇,当她出现在房门口时,仿佛散发着她特有的光芒,在这间挤满了人的房间里,在这些帏幔和木刻的阴影中,她比在广场上更显得容光焕发,好像是谁把一个火炬从大太阳底下带到了阴暗处来了。高贵的小姐们不由得都感到了她耀眼的美。每人都觉得自己在她的美貌里受到了某种损害。因此她们的阵线——请原谅我用这个词——也立刻转变了,虽然她们并没有交谈一句,可是她们已经互相了解得很清楚,妇女的直觉,比男人的聪明更能互相了解,互相呼应呢。她们碰到了一个共同的敌手啦,她们全都感觉到了,也全都重新打起了精神。只要滴一滴葡萄酒在一杯水里,就能使整杯水变得绯红;只要突然来了一位更漂亮的妇女,就能使一群漂亮妇女感染某种恶劣情绪——尤其是当有位男子在场的时候。

对那个流浪姑娘的接待自然是格外冷淡了,她们从头到脚地打量她,然后彼此面面相觑,一言不发。她们是相互了解的,但那姑娘却在等着别人同她说话,她非常难为情,连眼皮也不敢抬一下。

队长首先打破了沉默。"说真的,她是个迷人的小人儿呢!"他用毫无顾忌的自负的声调说,"你觉得怎样,好表妹?"

这句赞叹,比较文雅的崇拜者本来应该讲得轻声些的,当然消除不了站在流浪姑娘面前的小姐们的妒忌。

孚勒尔·德·丽丝用瞧不起的口气回答道:"还不错。"

其余的人低声交谈着。

最后,阿洛伊思夫人——为了她的女儿,她也同样妒忌呢——向那跳舞姑娘说:"过来,小家伙!"

"过来,小家伙!"老太太身后的倍韩日尔用轻视的滑稽口气重复了一遍。

流浪姑娘便向那高贵的夫人走去。

"漂亮的孩子,"弗比斯朝她跟前迈了几步,加重语气说道,"你还认得我吗? 我不知道我有没有这种极大的荣幸……"

她抬起眼睛无限温柔地看着他,微笑着打断了他的话:

"啊,是呀!"

"她记性真好!"孚勒尔·德·丽丝说。

"可是,"弗比斯又说,"那天晚上你很快逃开了,是我把你吓着了吗?"

"啊,不是!"流浪姑娘说。

这句"啊,是呀!"紧接着又是一句"啊,不是!"其间仿佛有点难以形容的什么,使孚勒尔·德·丽丝觉得受了伤害。

"我的美人,"弗比斯用那种向街头女郎讲话的随便的语气说道，"你走后却把一个可恶的流氓，一个独眼的驼子留在你原来的地方，他是主教的敲钟人吧，我想。有人告诉过我说他是副主教的养子，说他生下来就是个魔鬼，他有一个可笑的名字，叫做四旬斋、圣枝主日、封斋前的星期二，或者别的什么，总之是个重要的节日，我可记不清了。他竟敢抢走你，倒像你是为了那些教堂工役才出生的！太过分啦！那猫头鹰究竟想把你怎么样呀，嗯？告诉我吧！"

"我不知道。"她回答。

"想想那多么无聊！一个敲钟人竟敢抢起一位姑娘来了！倒像他是一位子爵呢！一个平民竟玩起上等人的把戏来了！真是少有少见！不过他付出了很高的代价，比埃拉·多尔得许是个最粗暴的人，他从来不轻饶一个无赖，要是你同意，他会巧妙地揭掉那敲钟人的皮！"

"可怜的人！"流浪姑娘想起了刚才刑台上的景象。

队长却哈哈大笑："牛角尖！这种怜悯就像是把一根羽毛插在猪尾巴上！我愿意我的肚皮像教皇那样大呢，假若……"

他忽然住了口。"请原谅，小姐们，我想我又要讲出傻话来啦！"

"呸，先生！"加耶枫丹说。

"他向那个东西讲的才是他的真心话呢！"孚勒尔·德·丽丝低声说。她愈来愈烦恼不安了，这种烦恼丝毫没有减少，当她看见队长被那流浪姑娘迷惑着，尤其被他自己迷惑着的时候。队长把脚跟旋转了一下，用十分坦率的军人气派一遍又一遍地在向姑娘献殷勤："真是个漂亮姑娘，凭我的灵魂担保！"

"她穿得真够简陋的!"狄安娜·德·克利斯丹依露出她的漂亮牙齿笑着说道。

这句话给其余的几位带来了一线光明,使她们发现了可以攻击那埃及姑娘的一面,既然无法诽谤她的美貌,她们便朝她的装束方面扑了过来。

"不过这倒是真的,"蒙米歇尔说,"你从哪儿学会了不穿胸衣不戴围巾就在大街上跑呢?"

"这条裙子简直短得可怕!"加耶枫丹补充道。

"我亲爱的,"孚勒尔·德·丽丝尖刻地接口说,"沙特雷法庭的十二个警卒要是看见了你的镀金腰带,一定会把你抓去。"

"小姑娘,小姑娘,"克利斯丹依冷酷地笑笑说,"要是你的衣袖能遮住胳膊,就不会被太阳晒疼了。"

这一情景的确值得让一位比弗比斯聪明的旁观者来观赏,来看看这些漂亮姑娘怎样讲着毒辣尖刻的话,她们怎样在那街头舞女的周围和她纠缠。她们又残酷又文雅,毫不在乎地盘问和探究她那些寒碜粗笨的镀金装饰品。她们又是讥笑,又是讽刺,又是没完没了的贬薄,冷言冷语不断地向那流浪姑娘倾注,还有高傲的假慈悲和不怀好意的眼光,你简直会觉得好像在看古罗马的小姐们用金针去刺一个漂亮女奴的胸脯呢。你会认为那是些极好的猎狗,它们鼻翼扇动着,眼睛闪亮着,在主人禁止去咬的木制牝鹿旁边转来转去。

站在这些门第高贵的小姐面前的人,终究不过是一个大街上跳舞的穷姑娘罢了!她们仿佛根本没留意她就在那里,竟当着她的面高声议论她,好像在议论某种十分不洁净、十分好玩而又十分好看的东西。

那流浪姑娘对于这类伤害并不是感觉不到,一道羞辱的红晕时时出现在她的脸上,一道愤慨的光芒时时闪露在她的眼中,她的嘴唇好像就要说出侮慢的话来,她扁了扁嘴做出我们给读者描绘过的那种不屑的神气,但她终于默不出声,她一动不动地站在那里,用一种无可奈何的又悲哀又温柔的眼神望着弗比斯。她似乎是因为怕被赶走才努力克制着。

至于弗比斯呢,他是带着半怜惜半粗鲁的神气站在那流浪姑娘一边。

"让她们说去吧,小姑娘!"他碰响了一下金马刺说道,"当然,你的装束有点儿古怪和简陋,可是对于你这样一位漂亮姑娘,那又有什么关系呢!"

"我的天呀!"褐色头发的加耶枫丹挺起天鹅般的脖子苦恼地笑着说,"我看王室弓箭手先生碰上了埃及姑娘的眼睛就容易着火啦!"

"怎么不是?"弗比斯说。

队长无心地讲出的这句话,好像扔出一块石头却没看见它落到了什么地方。高兰布笑起来了,狄安娜、阿默洛特和孚勒尔·德·丽丝也笑起来了,后一位笑的时候眼睛里含着一滴眼泪。

听见了高兰布·德·加耶枫丹的话就把眼睛望着地板的流浪姑娘,也抬起眼睛重新望着弗比斯,这当儿她真是美极啦。

那老妇人看见这个情景,莫名其妙地恼怒起来。

"圣母呀,"她忽然喊道,"什么东西跑到我身边来啦?啊,讨厌的畜生!"

原来是那只山羊刚刚走来找她的女主人,它向女主人跳过去的时候,两只犄角碰着了那贵妇人坐下时滑在脚上的毛毯。

这倒是个转机,流浪姑娘一句话没说,把小羊牵到身边。

"啊!这不是那只有金脚爪的羊儿吗!"倍韩日尔高兴得跳起来嚷道。

流浪姑娘双膝跪着,把脸孔偎着可爱的羊头,你会以为她是在请求羊儿原谅自己离开了它这么久呢。

这时狄安娜便附在高兰布的耳边说道:

"哎,我的天,我怎么早没有想到!这便是那个带着母山羊的流浪姑娘呀。听说她是个女巫,她的母羊会玩些很古怪的把戏。"

"哎呀,"高兰布说,"该让这母山羊来蛊惑我们,来给我们表演一个把戏吧!"

狄安娜和高兰布便活泼地向埃及姑娘说道:

"小姑娘,叫你的母山羊给我们演一个把戏吧!"

"我不懂你的话是什么意思。"跳舞姑娘回答说。

"一个把戏,一场魔法,总之,一种巫术!"

"我不懂!"她用手抚摸那漂亮的畜生,一遍又一遍地唤道,"加里,加里!"

这时,孚勒尔·德·丽丝发现山羊脖子上挂着一只绣花的小荷包,便问埃及姑娘:"这是什么呀?"

埃及姑娘抬起大眼睛望着她,认真地回答道:"这是我的秘密。"

"我倒很想知道你的秘密是什么呢!"孚勒尔·德·丽丝想道。

这当儿那位好夫人发起脾气来了:"那么,波希米亚姑娘,要是你同你的山羊都不肯给我们跳个什么舞,那你们到这里来干什么的呢?"

那流浪姑娘一句话也不回答,慢慢地向房门口走去,但是她离房门越近,脚步也就越慢下来,好像有一块看不见的磁石吸引着她。忽然她把含着泪花的湿润的眼睛望着弗比斯,停住了脚步。

"真是天晓得!"弗比斯嚷道,"不能这样走掉呀。回来,回来,给我们跳点什么吧。但是,可爱的美人儿,你叫什么名字?"

"拉·爱斯梅拉达。"跳舞姑娘的眼睛依然没有离开他。

听到这个古怪的名字,姑娘们发出了一阵哄笑。

"一位小姐有这么个名字真可怕呀!"狄安娜说。

"你明明知道,"阿默洛特说,"她是一个女巫。"

"亲爱的。"阿洛伊思夫人用认真的口气说道,"你这个名字一定不是你的父母给你施洗礼时起的。"

这当儿,倍韩日尔便趁着别人没看见,用一块糖把羊儿领到屋角里去了好几分钟,不多一会她俩就成了好朋友。这好奇的女孩解下了羊儿脖子上挂的一只小袋,把它打开,把里面的东西通通倒在地板上。那是一份字母表,每个字母都分别刻在一块小小的黄杨木板上。这些玩具似的字母刚刚倒在地板上,那孩子便惊奇地看见羊儿用金爪子抓起几个字母,轻轻地放在地板上,按照奇怪的顺序排列起来。这当然是一种巫术啦,一会儿就排成了一个字,那山羊好像非常熟练,排列起来毫不费事。倍韩日尔忽然合着双手,赞叹地说道:

"孚勒尔·德·丽丝教母!你瞧瞧羊儿刚才干了什么!"

孚勒尔·德·丽丝跑过去一看就气得战栗起来,地板上的字母排列的是这个字：

PHOEBUS[①]

“这是母山羊写的吗？”她用激动的声音问道。

“是呀，教母。”倍韩日尔回答道。

这是用不着怀疑的，那姑娘本人并不会写字。

“这就是那个秘密啦！”孚勒尔·德·丽丝想。

听到小姑娘的喊声，母亲、姑娘们、波希米亚姑娘和那个军官，通通跑了过去。

流浪姑娘看见山羊刚才干下的蠢事，她的脸一会儿发红一会儿发白，像个罪犯似的在队长面前发起抖来，队长却满意而惊讶地笑着看她。

“弗比斯！”惊呆了的姑娘们互相耳语道，“这是队长的名字呀！”

“你的记性好得出奇啊！”孚勒尔·德·丽丝向吓呆了的流浪姑娘说。接着又叹了几口气。“啊，”她把两只漂亮的手捂着面孔，痛苦地喃喃道，“这是一个女巫！”但是她听见心灵深处有个凄楚的声音告诉她：“这是一个情敌！”

于是她晕倒了。

“我的女儿！我的女儿！”吓坏了的母亲叫喊起来，“滚吧，地狱里的波希米亚女人！”

拉·爱斯梅拉达一会儿便收拾起地上的倒霉字母，向加里做了一个手势，从一道门里走出去了，同时人们正从另一道

①　这个词就是弗比斯的名字，本意是太阳神。

门里抬出孚勒尔·德·丽丝。

　　队长弗比斯独自留在那里,在两道门当中迟疑了一会,接着便跟在流浪姑娘身后走了出去。

二　神甫和哲学家是两回事

　　姑娘们看见的那个斜靠在钟塔顶上凝神望着流浪姑娘跳舞的神甫,的确是副主教克洛德·孚罗洛。

　　我们的读者还记得副主教在塔上给自己保留的那间密室吧。(说起来,我不知道它是否就是如今在两塔起基的平台上,从东边一人高的地方,在方形窗口那里依旧能望见它内部的那一个。这是一所光秃空洞而破旧的小屋,粉刷得不好的墙壁上,如今像教堂前墙上那样到处装饰着黄色雕刻。我猜想这个小密室可能是经常被蝙蝠和蜘蛛占据着的,因而倒霉的虫豸就遭受着双重的歼灭了。)

　　每天日落前一个钟头,副主教就爬上那座钟塔的楼梯,把自己关闭在那个密室里,有时就在那里过夜。那天,他一来到他那休息室的低矮的门前,把他经常挂在身边的小荷包里的钥匙插进钥匙孔,一阵鼓声和响板声就传到了他的耳朵里,声音是从巴尔维广场来的。我们所说的那间小密室,只有一个开向教堂屋脊的窗口,克洛德·孚罗洛急忙把钥匙放回荷包,过一会他就已经站在钟塔顶上,就像那些姑娘看见他时那副阴森沉思的样子。

　　他严肃地不动地待在那里,专心致志地观看着,思考着。他脚下是整个巴黎以及它的成千座建筑的顶楼和秀丽的山冈的圆圆的轮廓,是桥下曲折的河流与街上潮涌似的行人,是那些云彩和烟雾,是那些和圣母院挤在一起的高高低低的屋脊。但是在这整座城市里,副主教的眼睛在所有的街道中只注意一个地方,那就是巴尔维广场,在所有的人中间只注意一个人,那就是那个流浪姑娘。

很难说清楚那副眼光是什么性质,眼中闪烁的火焰又是打哪里来的,那是一副呆定定的目光,然而充满着烦恼与不安。他全身凝然不动,只是偶尔机械地颤抖一下,好像被风摇动的树木一样。看到他那比他靠着的栏杆更像大理石般不动的手肘,看到那使他面孔皱缩的呆板的笑容,你会认为克洛德身上只有眼睛还是活着的。

那流浪姑娘正在跳舞,她把小鼓在手指尖上转动,在跳普罗旺斯的沙拉邦德舞①的当儿,就把小鼓抛到空中。她又轻盈、又飘逸、又欢乐,并没有觉察到那像铅一般落在她身上的可怕的眼光的分量。

人群围在她的四周,有个穿红黄两色外衣的男人偶尔到那里来绕一圈,然后又坐在离那跳舞姑娘几步之外的一把椅子上,把山羊的脑袋抱在膝头。那个男人好像是那流浪姑娘的伙伴,克洛德·孚罗洛从他所在的高处看不清那人的脸孔。

看见那个陌生人,副主教的注意力就好像一半给了他一半给了跳舞姑娘,脸色越来越阴暗了。他忽然挺直身子,一阵战栗透过他的全身。"这个男人是谁?"他咬牙切齿地说道,"我总是瞧见她单独一人的呀!"

于是他从弯弯曲曲的螺旋梯下楼去,在经过钟楼的半开着的房门时他见到的一件事又使他心里一动,他看见伽西莫

---

① 沙拉邦德舞是一种热烈的三步舞曲。

多俯身靠着石板屋檐上一个大百叶窗似的窗口,也像他自己一样在望着广场,他望得那么专心致志,根本没发觉他的义父经过,他那粗犷的眼睛里有一种奇怪的表情。"这倒怪了!"克洛德喃喃自语道,"他这样注意看的难道是那个埃及姑娘吗?"他继续下楼。几分钟后,不安的副主教便从钟塔下面的一道门里走出,到广场上来了。

"波希米亚姑娘怎么啦?"他混进被鼓声吸引来的人群中问道。

"我不知道,"他身边的人回答道,"她刚才不见了,我想她是被请到对面那幢房子里跳舞去了吧,那里有人招呼她去。"

就在埃及姑娘待过的地方,就在她刚才用异想天开的舞步把图案遮没了的那张地毯上,副主教只看见一个穿红黄两色衣服的男人,因为该轮到他去赚几个钱啦,他便在观众面前绕圈儿走着,两肘插在腰上,头向后仰,脸涨红着,脖子伸得长长的,嘴里咬着一把椅子,椅子上绑着一只刚才从旁边一个女观众那里借来的猫,那猫因为害怕,正在大声叫唤着。

"圣母啊!"那街头卖艺人带着那个由小猫和椅子做成的金字塔淌着大颗汗水走过副主教面前时,副主教喊道,"比埃尔·甘果瓦先生在干什么呀?"

副主教严厉的声音,使那倒霉鬼受到相当的震动,他那个金字塔失去了平衡,椅子和小猫乱七八糟地倒在近旁人们的头上了。其他的人就发出一片叫骂。

比埃尔·甘果瓦(因为那正好是他呢)先生同那只猫的主人,以及围着他的那些脸孔被擦破或碰伤了的人之间,也许会发生一场争吵,要不是他急忙乘着混乱躲进了教堂,是克洛德做了个手势叫他跟去的。

教堂里已经昏暗无人，小礼拜堂的灯光已经像星星似的在闪烁发光，只有教堂前墙上巨大的雕花圆窗被落到天边的夕阳照成五光十色，像一堆宝石在暗中闪亮，把炫目的反光投射到本堂远远的尽头。

他们走了不多几步，堂·克洛德忽然停下来，靠在一根柱子上，呆定定地看着甘果瓦。这种眼光甘果瓦并不害怕，因为让那严肃有学问的人看见自己穿着小丑服装而感到惊讶，他正觉得羞愧呢。但神甫的眼光并没有嘲笑的意思，而是认真的、安静的、穿透一切的。副主教先说话了：

"到这边来，比埃尔先生，你得给我说明好些事情。第一，两个月没看见你啦，你是从哪里来的，怎么会穿着这样漂亮的衣服出现在十字路口？真漂亮哟，半红半黄，像一只戈德倍苹果！"

"老师，"甘果瓦可怜巴巴地答道，"这的确是件奇妙的衣服，你看得出来，我穿着它真比一只猫儿戴着椰子壳做的帽子还要尴尬。我觉得要是引起军警先生们来敲打这件可笑衣服里面的毕达哥拉斯派哲学家的肩膀，那才糟糕呢。可是你有什么办法呀，我尊敬的老师？这只能怪我那件旧外衣，它在刚刚入冬时就抛弃了我，借口说它已经烂成了破布渣，只配扔到捡破烂的人的篮子里去。怎么办呀？我们的文明还不到能让我们像古代狄奥瑞纳①希望的那样光着身子走路的地步，并且那时候刮着挺冷的风，一月的天气要让人尝试那种新花样

---

① 狄奥瑞纳（约前410—约前323），又译第欧根尼，古希腊的犬儒学派哲学家。

可行不通呀！这件外衣落到我手里我才把那件破旧的黑外衣扔掉了,因为它对于我这样一位神秘哲学家太不神秘啦。于是我穿上了这件江湖卖艺人的衣服,像个圣吉雷斯特①。可您有什么办法? 这是权宜之计呀! 阿波罗②不是替亚代梅来斯③喂过猪么?"

"你可有了一个漂亮差使了。"副主教说。

"老师,我明白在火炉里点火或到天上取火,都要比在大街上牵着一只猫更富于诗意和哲学意味。听见你喊我,我就觉得自己像站在一个纸球跟前的毛驴那样可笑。可是有什么办法呢,老师? 每天都要过活呀! 最好的亚力山大体诗歌,对于嘴巴还不如一片布西奶酪值钱呢。你知道我写了一首著名的贺婚诗,是献给弗朗德勒公主玛格丽特的,可是这城市却拒绝付给我稿费,借口说它写得并不算好,倒好像人们可以付四个先令给索福克勒斯④的一部悲剧似的。我眼看就快饿死了,幸好我知道自己的牙床还挺好,我便向它说道:'努力撑持着,自己养活自己吧。'有一群后来成了我的好朋友的乞丐,教会了我二十来种把戏,这样我每天晚上都能用我白天额头上流的汗水挣来的面包给我的牙齿嚼了。我承认这样浪费我的天才终究很可悲,一个人不能光是敲敲鼓咬着椅子过日子。可是,尊敬的老师,不光要活下去,还得自己挣钱活下去啊!"

① 圣吉雷斯特是古罗马的殉教者。
② 阿波罗是古希腊罗马神话中的太阳神和一切艺术之神,又名弗比斯。
③ 亚代梅来斯是古代菲尔国王。阿波罗被山林女神追逐时,亚代梅来斯收留了他,他便替亚代梅来斯牧猪。
④ 索福克勒斯(约前496或前494—前406),古希腊悲剧诗人。

堂·克洛德·孚罗洛一言不发地听他说着,忽然他那深沉的眼睛里露出一种锐利的探究的表情,以至甘果瓦觉得那种眼光一直射到他灵魂深处。

　　"很好,比埃尔先生,可是你现在怎么会同那个埃及跳舞姑娘在一块的呢?"

　　"哎呀!"甘果瓦说,"那因为她是我的妻子,我是她的丈夫呀!"

　　神甫阴森森的眼睛差点冒出火来。

　　"你竟做出了这种事吗,可怜的东西?"他怒冲冲地抓住甘果瓦的胳膊说,"你要为了做那姑娘的丈夫而被上帝抛弃吗?"

　　"说到我进天堂的事么,大人,"甘果瓦全身发着抖回答道,"我向你担保,我连碰也没有碰过她呢,要是使你担心的就是这回事的话。"

　　"那你怎么说你们是夫妇呢?"神甫问道。

　　甘果瓦赶快尽量简明扼要地把读者已经知道的那段经历讲给他听:他冒险去到圣迹区以及他的碎罐婚礼。他还说到这个婚姻连一点结果都没有,那波希米亚姑娘每天晚上都像第一晚那样不许他亲近。"这是一桩痛苦的事,"他结束道,"但这都因为我不幸是和一位圣女结婚的缘故。"

　　"你的话是什么意思?"副主教问道,他听了甘果瓦刚才的话以后,比较平静些了。

　　"这可不容易讲清楚啦。"诗人回答道,"那是由于一种迷信。据那个我们称为埃及公爵的老家伙告诉我,我的妻子是一个被抛弃的或是捡来的孩子——这两回事本来差不多。她的脖子上戴着一个符咒,他们说那个符咒会使她有一天找到她的父母,但是假若她失去了贞操,那个符咒就会失掉魔力。这件事就足够使我们两人都保持着纯洁了。"

"那么,"脸色越来越开朗的克洛德说,"你相信那小东西没有被男人碰过?"

"堂·克洛德,你想要一个男人拿迷信怎么办?她的头脑里装着那个东西呀。我本来认为,那些容易接近的波希米亚妇女中间是很少有人保持着那种修女般的贞操的。但她受着三重保护:她在埃及公爵的保护之下,他或许是打算把她卖给什么女修道院吧;她部落里所有的人全都十分尊敬她,把她当作一位圣母;还有那快活的人儿不顾总督禁令经常在胸前藏着一把匕首,要是你迫近她的身子,她就把匕首举在手里。她是一只不好惹的黄蜂呢,我告诉你!"

副主教还向甘果瓦喋喋不休地问个没完。

照甘果瓦的意见,拉·爱斯梅拉达是一个无害的迷人的人儿,除了她那特别的扁嘴。她是个天真热情的姑娘,什么都不懂,却又对什么都挺热心。她连男人和女人的差别都不明白,就是在梦里也弄不清。她就是那一种人,特别喜欢跳舞,喜欢热闹和新鲜空气。她很像一只蜂王,脚上长着看不见的翅膀,生活在永远的回旋中间,她是在一直流浪的生活里养成这种性格的。甘果瓦偶然间知道她很小的时候就走遍了西班牙和卡塔卢尼亚,一直走到西西里。他甚至认为她曾经被她所属的吉卜赛流浪群带到阿加以地区的阿尔及尔王国去,那是阿加以伸向阿尔巴尼亚和希腊的一角,另一角伸向西西里海岸,是通向君士坦丁堡去的。甘果瓦说阿尔及尔国王当摩尔的白人酋长的时候,那些流浪人都是从属于他的臣民。拉·爱斯梅拉达的确是在很年幼时从匈牙利到法国来的。这姑娘从那些地方带来了几句行话,各种各样的奇异歌曲和想法,她的语言和她那半巴黎式半非洲式的服装是同样复杂的。她常去的地方的人都很喜欢她,由于她的善良,她愉快的性格,活泼的姿态以及她的歌声和她的舞蹈。她相信全城里只有两个人恨她,她每次提起那两个人都十分恐惧:一个是罗兰塔可恶的隐修女,每当埃及姑娘经过她的窗前都要挨她咒骂;一个是一位神甫,他碰到她时的眼光和所讲的那些话都使她害怕。副主教听到后一种情况时相当不安,然而甘果瓦并未注意到,两个月来的经历使这位无忧无虑的诗人忘记了他遇见埃及姑娘那天晚上的奇异情节以及副主教在那个场合出现的情景。不过那个跳舞姑娘毕竟不用担心什么,她从来不替人算命,不会受到那些流浪妇女常遭遇到的巫术案件的牵连。甘果瓦对于她虽然算不上是个丈夫,至少还算是个兄长。总之,这位哲学家用很大的耐心忍受着那种柏拉图式的婚姻,总算有了住处和面包啦。每天早上他离开乞丐的大本营,往往是和那埃及姑娘一道,在街头协助她收集收集小银币,每天晚上他回到那同一个屋顶下,听凭她锁在她自己的小房间里,他自己却独自睡他的坦然的觉。“生活得很舒服,能学到很多东西,”他说,“沉思默想也很方便。”再说,在这个哲学家的灵魂深处,他并不能肯定自己是多么迷恋那个流浪姑娘,他倒挺爱那只母山羊呢!那是一只迷人的畜生,温柔、伶俐、聪明,是一只训练得很好的小羊。在中世纪,这种驯服的动物是很常见的,人们十分欣赏它们,这就往往把它们的导演人引向火刑。其实这只金脚爪的羊儿所玩的戏法,不过是一种十分天真的游戏罢了。甘果瓦详细地向副主教叙述的这些情况,好像真是十分有趣,常常只要随便把一只小鼓递给那小山羊,它便会表演你想看的戏法，这是它从那流浪姑娘那里学会的。那流浪姑娘有一种罕见的才能，她只用两个月的时间就教会了山羊把几个活动的字母排列成"弗比斯"这个词。

"弗比斯！"神甫说道，"为什么要排成'弗比斯'呀？"

"我不知道，"甘果瓦回答，"可能是她认为这个词包含着某种神秘意思吧。她独自一人的时候，常常低声念诵这个词。"

克洛德又用洞察一切的眼光看着他问道："你能断定那只是一个词，不是一个人的名字吗？"

"谁的名字呀？"诗人问。

"我怎么知道！"

"我也这样想过的，先生。也许是这些流浪人有点儿信奉拜火教，崇拜太阳神弗比斯。"

"我可不像你似的觉得这么明白，比埃尔先生。"

"可是这对于我没什么关系，随便她怎样去嘀嘀咕咕地念她的'弗比斯'吧。但加里爱我差不多同爱她一样，这可是确实的。"

"谁叫加里？"

"就是那只母山羊呀。"

副主教用一只手托着下巴，仿佛沉思了一会，忽然他粗鲁地转身向甘果瓦说：

"你敢发誓说你没有碰过她吗？"

"碰谁？碰小山羊吗？"甘果瓦问。

"碰那个女人。"

"碰我的女人！我敢发誓说没有。"

"可是你不是经常单独同她在一道吗？"

"每天晚上一个钟头。"

"啊,啊! 一个男人单独同一位女人在一起的时候,是不会想起去念《主祷词》①的。"

"凭我的灵魂担保,我能念《主祷词》②,也能念《圣母颂》和'我相信上帝——我们万能的父'③。要知道她对我并不比一只母鸡对教堂更关心呵。"

"用你母亲的灵魂向我担保,"副主教粗暴地说道,"说你连手指尖也没有碰过那女人。"

"我还可以用我父亲的灵魂担保呢,这样一来这个保证就不会只有一种效验了。但是,我尊敬的老师,也请你允许我问一个问题。"

"请吧,先生。"

"这事同你有什么关系呢?"

副主教苍白的面孔涨红得像少女的双颊一样,他好一会没回答,后来才带着明显的困窘说:

"听我说,比埃尔·甘果瓦先生,这样我才能知道你并没有堕落,我是很关心你,很希望你好的。可是假若你同你那魔鬼般的埃及姑娘接触一下,就会使你沦为撒旦的奴隶。你知道,肉体往往会使灵魂堕入地狱。只要你接近那个女人,你就会遭殃! 就是这么回事。"

"我试过一次,"甘果瓦搔着耳朵说,"就在新婚的那天。可是我给刺了一下。"

"你对那件事觉得害羞吗,比埃尔先生?"

神甫的脸色又沉下来了。

---

①②③ 原文是拉丁文。

"还有一次，"诗人微笑着接着说道，"我在睡觉以前从钥匙孔里张望了一下，正好看见一位光穿着衬衣的漂亮小姐，在她那赤裸的脚底下，床榻是不会发出半点响声的。"

"滚到魔鬼那里去吧！"

神甫眼睛里露着凶光喊了一声，随后，推开甘果瓦，迈开大步钻到教堂的最暗的拱顶下面去了。

三　钟

自从在刑台受刑的那个早晨之后，人们便发觉伽西莫多演奏钟乐的热情低落了。在那以前，遇到什么事都要敲钟，早祷钟，晚祷钟，高音弥撒钟，婚礼钟，洗礼钟，一长串的钟声弥漫在空气里，好像是各种钟声交织成的一幅织锦。那古老的教堂全身颤动着，震荡着，仿佛笼罩在永恒的欢乐里面。人们觉得有一个喧闹的精灵不停地在那些铜嘴里歌唱。现在那个精灵好像离去了，那座大教堂仿佛死掉了似的悄无声息。不管是节日或举行丧礼的日子，都只有单调的钟声，又枯燥又无味，不过是表示仪式罢了。构成一座教堂的二重奏——内部的风琴声和外部的钟声——现在就只剩下风琴声了。似乎音乐家已经不在那些钟塔里了，但伽西莫多还是生活在那里。有什么事在使他苦恼？是不是刑台上的耻辱与失望依旧盘踞在他的心头？是不是施刑人的鞭打还在不断扰乱他的灵魂？那种悲惨的酷刑消灭了他全部的热情，甚至消灭了他对那些钟的热情。或者，是否在这圣母院敲钟人的心里马利亚有了一个情敌，使那口大钟同她的十四个姐妹由于另一个更美丽更可爱的人而遭到了冷淡？

公元一四八二年的圣母领报节到来了，那天正当三月二十五日，礼拜二，空气非常纯洁轻柔。伽西莫多觉得自己对那些钟又有了一种爱恋心情。当教堂仆役把下面的每道大门打开来的时候，伽西莫多爬到了北边那座钟塔上。那些门是用橡木做成的，包着兽皮，钉着镀金的铁钉，装饰着"最精致"的雕刻。

到了钟塔的最高一层，伽西莫多悲哀地摇着头向那六口大钟望了一会儿，仿佛在感叹它们和他之间有什么奇怪的东西已经插了进来。可是当他把它们推动起来，当他感觉到那一群钟在他手底下摇晃，当他看到（因为他是听不到的）八度音程在那些发音器上像鸟儿在许多树枝中间跳来跳去的时候，当那音乐的精灵，那使节奏颤音和清音四处传播的精灵迷住了那不幸的聋子的时候，他又快乐起来了，他忘记了一切，他的心舒展了，脸上露出了笑容。

他走来走去，拍着手，从这根绳子跳到那根绳子，用声音和动作鼓励那六个音乐家，就像一位乐队指挥在激励天才的演奏者一般。

"奏鸣吧，"他说道，"奏鸣吧，加布西耶，把你的声音倾泻到广场上去。今天是节日呢。蒂波，你别偷懒，你太慢啦。动弹呀，动弹呀，难道你生锈了吗，懒东西！好了，快些！快些！要快得让人看不见你的摆动。让他们都像我一样给震聋吧。就是这样，就是这样，蒂波，好极了！居约姆，居约姆，你是最大的一口钟，巴斯居耶是最小的一口钟，可是它奏鸣得比你好，我可以保证大家都认为它比你还要响亮呢。好呀，好呀，我的加布西耶，再响些！哎呀，你俩在那上面干什么呀，你们这两只麻雀？我没听见你们响出一点声音。那两张在该唱歌的当儿却打着呵欠的铜嘴有什么用处？喏，干活呀！今天是圣母领报节，阳光好极了，应该奏一阵很好的钟乐。可怜的居约姆，你气都透不过来啦，我的胖朋友！"

他全心全意地在调教那些钟，它们一个赛一个地起劲跳跃着，摇摆着漂亮的腰肢，好像一群被赶骡人吆喝着的西班牙骡子。

忽然，他从挡着钟塔的山墙的石板中间向下望去，望见广场上有一位装束古怪的姑娘，看见她停下来把一条毯子铺在地上，一只小羊走来站在毯子上，一群观众便在她的四周围拢来。这个景象忽然使他改变了主意，仿佛空气使溶化的树脂凝住似的，把他对音乐的热情冻结起来了。他再也不动了，转身背对着那些钟，蜷伏在石板的单斜檐后面，用那已经使副主教惊讶过一次的梦沉沉的温柔的眼光盯着跳舞姑娘。这时那些被遗忘的钟便一齐静下来了，使爱听这些钟声的人非常失望，他们本来正在欧项热桥上快乐地倾听着，这时只好怏怏地走开了，这正好像一条狗，在人家给它看过一块肉之后却扔给了它一块石头。

四　命　运①

就在这同一个三月里一个美好的早晨，我想就是二十九日那个礼拜六吧，那天是圣厄斯达谢纪念日，我们的年轻朋友，磨房的若望·孚罗洛披衣下床的时候，发觉他放在裤子口袋里那只装得满满的钱包里已经没有半点钱币的响声了。

━━━━━━━━━

① 原文是希腊文。

"可怜的钱包啊，"他把钱包从裤子口袋里掏出来说，"怎么，连一枚小银币都没有啦！赌博、啤酒和维纳斯多么残酷地把你掏空了！你变得多么空虚和皱缩，松垮得多么厉害呀！你真像一张发怒的嘴似的。西塞罗先生和塞伦加先生，你们的著作，那些包了角的书都散在我的地板上。我请问你们，尽管我比一位造币厂厂长或者欧项热桥的犹太人更清楚，一个有王冠的金币值三十五个昂仁，一个昂仁值二十五个巴黎苏零八个德尼埃，一个带新月的银币值三十六个昂仁，每个昂仁值二十六个图尔苏零六个德尼埃，但这有什么用呀？假若我连可以去压一次双六的可怜的黑铜钱都没有。西塞罗执政官，这个灾难可不是凭一个比拟法或是几个'怎样①'和几个'但是②'就逃得掉的呀！"

　　他不高兴地穿好衣服，扣纽扣的当儿忽然起了一个念头，起先他克制住不去想，这会儿却又想起来，弄得他背心都穿反了，显然是他心里有什么在剧烈斗争。最后他使劲把帽子扔到地上嚷道："糟透了！随它去吧！我要去找我的哥哥。我会挨一顿骂，可是我会拿到一个银币。"

　　于是他急忙披上装有皮领的外衣，捡起帽子怏怏不乐地出了门。

　　他从竖琴街向旧城区走去。经过号角街的时候，那不断飘散在风中的烤野味的香气送进了他的鼻孔，他向一家烤肉店爱慕地看了一眼，那个烤肉店曾经在某一天使那个方济各会的修士卡拉塔齐罗纳发出了可怜的感叹："这些小酒馆的

〰〰〰〰〰〰

　　①② 原文是拉丁文。

299

确了不起啊！"①可是若望吃不上早点啦，他深深叹了口气走进了小沙特雷门的城门洞，那里有一群三叶形高塔护卫着旧城区的入口。

他甚至没有工夫像往常那样朝倍西内·勒克韦尔的雕像扔一块石头。把查理六世的巴黎送给了英国人的就是这个倍西内·勒克韦尔，为了惩罚他，人们把他的脸孔打破了，涂满了污泥，三个世纪以来他一直在竖琴街和比西街上受着折磨，就像是在一座永久性的刑台上一样。

过了小桥，走完新圣热纳维埃夫街，若望·德·梅朗狄诺就站在圣母院前面了，他又犹豫起来，在勒格里先生的塑像周围徘徊了一会，烦恼地连声说："挨骂是准定的，银币却不一定弄得到手！"

他拦住从修道院出来的一个仆役问道："若扎斯的副主教先生在什么地方？"

"我想他是在塔上他自己的小房间里吧，"仆役说，"我劝你不要到那里去打扰他，除非你是教皇或是国王陛下派来的什么人。"

若望拍起手来。"真见鬼！这正是看看那魔窟的一个好机会呢！"

这样一想他便下了决心，冲向那道黑黑的小门，开始去爬那通向钟塔顶上的弯弯曲曲的楼梯了。"我倒要看看，"他一路走一路说道，"凭圣母的名义，那一定是个神秘的地方，我那可敬的哥哥把自己小心地关在里面，人家说他有时在那里烧起地狱的火炉，用大火烤那块炼金石呢。我看那块炼金石

① 原文是意大利文。

不过是块普通的石头罢咧,比起世界上最大的炼金石来,我倒宁愿在他的火炉里找到一块复活节的脂油蛋糕!"

到了柱廊跟前,他停下来喘了一口气,接着便用千万个魔鬼的名字咒骂起那走不完的梯级来了,随后他鼓足勇气向如今禁止普通人上去的通到北边那座钟塔的小门走去。经过挂钟的那个栅栏几分钟后,他碰到一个侧面的壁龛和一道低矮的尖拱门,正对着螺旋梯扶壁的地方有一个枪眼,使他看得见门上的那把大锁和那高高的铁框。如今来访问的人,看到刻在发黑的墙上的这几个白色的字一定会十分惊讶,这些字是"我崇拜果拉里。一八二九年,雨仁签署"。"签署"一词是原文所有的。

"嘘!"中学生说道,"一定是这里了。"

钥匙插在锁孔里,房门没有锁住,他把门轻轻推开一点,然后探头朝房里看去。

读者一定看见过伦勃朗(他是画家里面的莎士比亚)的杰作吧。那许多卓绝的版画中,特别有一幅铜版画,好像画的是浮士德博士,使你一看就不能不被它迷住。那幅画上画着一个阴暗的小房间,房间中央有一张桌子,桌上摆满了好些可怕的东西:死人头骨、地球仪、蒸馏器、罗盘以及写着象形文字的羊皮纸。那位博士坐在桌前,穿着粗布宽袍,插羽毛的帽子拉到眉毛上,你只能看见他的上半身。他在他那巨大的安乐椅上半抬着身子,两个紧握着的拳头撑在桌上,好奇地恐怖地望着一个用魔幻文字构成的光亮的圈子,它在小屋尽头墙上闪亮着,在那阴暗的屋子里仿佛是太阳的幽灵一样。这个阴暗的太阳好像在眼睛里颤动,把它神秘的光辉充满了那个小房间,真是又好看又可怕。

若望把脑袋伸进半开的房门时，某种与浮士德的密室十分相似的景象呈现到他的眼前：也是同样阴森森的不大明亮的房间，同样也有一把安乐椅和一张大桌子，几只罗盘，几只蒸馏器，天花板上也挂着动物的骨头，地板上滚着一个球仪，乱七八糟地放着几只装着各色药汁的玻璃瓶，有几片金色的树叶在里面颤动，几个死人头骨放在写满奇怪文字画满人像的羊皮纸上，一叠不当心折坏了角的易脆的羊皮纸手稿摊开在桌上，还有一股化学药品的怪气味。在那些乱七八糟的东西上面到处是灰尘和蛛网，不过那里并没有光亮的文字所构成的光圈，也没有出神的博士像鸷鹰一样在望着光辉的幻影。

不过这间小屋里并不是没有人的，有个男人坐在一把安乐椅上，手肘靠着桌子。他是背着若望的，若望只能看见他的肩膀和后脑勺，但是他不难认出那个秃头，大自然给了那个头颅永远的削发式，好像是要从外貌的特征来表现副主教的无与伦比的圣职。

若望认得那就是他的哥哥，不过他推门的声音很轻，以致堂·克洛德丝毫没有觉察他的到来。好奇的学生便利用这个机会把那小房间察看了一番。他起先没有注意到椅子右边的窗口下有一只大火炉，从窗口射进来的日光穿过一张又大又圆的蜘蛛网，有趣地在窗子的尖拱上雕镂出一个大菊花形，那虫豸建筑家像是菊形网的轴心似的盘据在当中。火炉上杂乱地放着各种瓶瓶罐罐，小玻璃药瓶、曲颈瓶、椭圆瓶。若望看见火炉上连口小锅都没有，不禁感叹起来。"这可新鲜哪，这套厨房家具！"他想道。

而且火炉里并没有火，好像很久就没有生过火了。在那些化学仪器中间，若望看见一个玻璃做的面具，那当然是副主教做危险的实验时用来遮住脸孔的了,它放在一个角落里,被灰尘盖满了,好像被人遗忘了似的。旁边有一只同样满是灰尘的风箱,上面有铜刻的铭文"灵感,要有信心"。

墙上还有大量炼金家常用的铭文,有些是用墨水写的,有些是用一把金属刻刀刻成的,哥特文、希伯来文、希腊文和罗马文混在一起,一个盖住一个,新的字迹盖没了旧的字迹,就像参差不齐的树枝互相交错着,又像正在交战中的戈和矛一样,那的确是一切哲学,一切梦幻,一切人类学问的杂乱的混合。其中有一个字在其余的字迹上闪亮,好像一面旗子在一堆戈矛中一样。大部分是中世纪人撰写得挺好的拉丁的或希腊的格言短句:"从何时? 从何地?""对人来说人是怪物。""星、星座、名称、神明。""一本伟大的书,一次巨大的痛苦。""敢于追求智慧。""需要的时候就会产生思想。"①等等,等等。有时又是一个并无半点明显意义的希腊字②,其中或许包含着修道院制度的痛苦的暗示。有的是写成六音步诗句的圣职训规:"你在大地上的统治是靠了上天之力。"③还有一些杂乱的希伯来草书,只认得很少几个希腊字的若望一点也不懂。在所有这些文字中间还到处点缀着星星、人像、动物图形和交叉三角形,把墙壁弄得活像猴儿用饱蘸墨汁的笔画得乱七八糟的一张纸一样。

这个小房间其余部分呈现着破败景象,从那些杂乱的器具看来,可以猜到房间的主人长久忙于别的事情,放弃了自己

---

① 原文是希腊文和拉丁文。
② 这个希腊字的意思是"强制的饮食作息制度,就像竞技者要遵守的那一种"。
③ 原文是拉丁文。

的工作。

这时房间的主人正低头在看画满图形的手稿,好像被一种不断来到他心里的念头弄得昏头昏脑,至少若望打赌说他听到主教像在梦中大声讲话的梦游人那样嚷道:

"是呀,玛鲁是这样说的,查拉图士特拉是这样训诫的。太阳生于火,月亮生于太阳。火是宇宙的灵魂,它所有的原子不断形成无数细流,向地球倾泻流注,这些细流在空气里相遇的焦点就产生光,在地球上相遇的焦点就产生黄金。""光和黄金是同样的东西,它们都是由火凝集而成。在这两种相同的物质之间,只有可见与可触、液体与固体、气体与冰块之间的差异,这并不是梦幻。""这是自然的一般规律。但是怎样用科学去把这种一般规律的秘密探寻出来呢?怎么,照在我手上的这种光竟是黄金吗?这些原子按照某种法则扩散开去,只要按照另一种法则把它们凝结起来就行啦!""怎么办?""有人曾经梦想过藏起一道阳光来。""阿威罗伊。""是呀,是阿威罗伊。""阿威罗伊曾经在戈尔都清真寺的可汗陵墓左边,在第一根柱头底下埋了一道阳光,但是没有人能把那墓穴掘开看看那个试验在八千年后成功了没有。"

"见鬼!"若望在一旁说道,"为了一个银币得等很久呢!"

"……有人曾经想过,"副主教依旧像在做梦似的自言自语,"不如用一道天狼星的光去试验更好些。但是要找到天狼星的光可就困难了,别的星辰的光同它搅在一起。弗拉梅尔断定用地狱的火去试验就比较简单。""弗拉梅尔!这是哪一位预言家的名字呀!弗拉马——对了,弗拉马就是火,原来如此。① 宝石是在煤炭里,黄金是在火里。""但是怎样去把它取出来呢? 马吉斯特里认为有些妇女的名字具有某种非常甜蜜非常神秘的魔力,适合在做试验的时候念出来。""咱们读一读玛鲁的话吧:'在妇女被尊重的地方,神心里欢喜;在她们被轻视的地方,向上帝祷告也没用。'""女人的嘴唇是永远纯洁的,那是流水,那是一道阳光。""一个女人的名字应该是甜蜜的,可爱的,虚幻的,结尾是一长串元音字母,就像祷告词里用的字一样。""是呀,这位学者有道理,事实上,马利亚,索菲亚,爱斯梅拉……见鬼! 老是这个念头!"

他把书使劲合上了。

他用手按住额头,仿佛想把那使他痛苦的念头赶开,随后他放了一枚钉子和一把小铁锤在桌子上,锤柄上怪诞地刻着些神秘字句。

"好久以来,"他痛苦地笑笑说,"我的试验老是失败,有一种想法老是纠缠着我,像一块烧红的烙铁在我的脑子里一样。我连伽斯阿朵尔的秘密都不能发现,他曾经制造过一盏不用灯芯也不用油就能点燃的灯。这本是挺简单的东西嘛!"

"见鬼!"若望嘀咕道。

"只要一个可怜的念头,"神甫接着说道,"就能使人软弱和疯狂! 让克洛德·倍尔奈德笑话我吧,让她去说这种念头并不曾使尼古拉·弗拉梅尔发昏过一刻! 怎么! 我手里握的是塞西埃雷的魔锤呀! 在那可怕的法师的小屋里,他每用锤敲一下钉子,他所诅咒的两千里外的仇敌就会沉落到地底下

---

① 在法语中弗拉梅尔为 Flamel,火为 flamme。

一胳膊深。就连法兰西国王本人，某个晚上也因为轻率地敲了一下那个魔法师的门，就在巴黎的大街上陷落下去，一直陷到了膝盖。""这件事发生了还不到三个世纪。""好哇！我有钉子和锤子，它们在我的手里并不比刀具工手里的尺子更可怕。""可是关键只在于要找到塞西埃雷敲钉子时念的那个魔术般的字。"

"无聊！"若望想道。

"咱们要瞧瞧，咱们要试试！"副主教说得较快，"要是我试验成功了，我就会看见一朵蓝色的火焰从钉子头上迸出来。""艾芒——艾当！艾芒——艾当①！不是这样念法。""西日阿尼②！西日阿尼！""让这个钉子给那名叫弗比斯的人掘开坟墓吧！……该死，总是……老是……永远是这个同样的念头！"

他气恼地扔掉了锤子，随后他便颓丧地坐在桌前的椅子上，被高大的椅背挡住了，若望看不见他，有好几分钟若望只看得见他的拳头紧握着放在一本书上。忽然，堂·克洛德站立起来，拿起一只罗盘针，默默地在墙上刻下这个大写的希腊字：

'ΑΝΑΓΚΗ③

"我哥哥疯啦，"若望自言自语道，"要是写成拉丁文不是

① 这是巫师在赴安息日会时念的咒语，意思是"这里——那里，这里——那里"。
② 一个精灵的名字。
③ 希腊文，意为命运，请参看卷首的作者原序。

简单得多吗？并不是每个人都非懂得希腊文不可呀！"

副主教又在椅子上坐下来，把头埋在两只手里，好像一个发热的病人，头很沉。

中学生惊讶地观察他的哥哥，这个心地坦白的人，这个除了自然法则之外便不知世上还有别种法则的人，这个听凭感情自然流露的人，他心里的强烈感情的湖泊永远是干涸的，他十分习惯于每天早上挖些新的沟渠来把其中的水排掉。他可不知道这种人类感情的海洋假若被人堵住了出口，就会多么疯狂地汹涌奔腾，会怎样暴涨，怎样升高，怎样泛滥，怎样刺透人的心，怎样使人心里发出叹息，怎样使人发狂，直到它冲破堤岸泛滥成灾。克洛德·孚罗洛的严厉冷峻的形象，他表面上难以企及的矜持，往往使若望受骗。那快活的学生从来没有想到过在那座埃特纳火山雪白的山岩下竟会有汹涌的、深沉的、疯狂的岩浆。

我们不知道他此刻有没有这些想法，但性情愉快的他知道自己看见了不应该看见的景象，他这才发觉他的兄长的灵魂进入了一种最最神秘的境界，他一定不能让克洛德发现他在跟前。看见副主教又沉到他的座椅中，像先前那样纹丝不动了，他便极轻地把头缩回来，在门后面踏响几声，好像他是刚刚到来，在向人通报一样。

"进来！"副主教在密室里喊道，"我等着你呢。我明明把钥匙插在锁孔里的。进来吧，雅克阁下。"

那个学生大着胆子进去了。这个时候碰到这样一种来访，使副主教相当不便，他在椅子里抖了一下说："怎么！是你呀，若望？"

"总算也是一个名字用同一个字母开头的人呀。"学生涨红着脸，厚颜地愉快地回答。

堂·克洛德又板起那副严厉的面孔来了。

"你到这里来干什么？"

"我的哥哥，"学生装出一副可怜巴巴的、稳重而谦恭的样子，以一副清白无辜的神气转动着手里的帽子，"我来向你讨求……"

"什么？"

"一点我极其需要的教训。"若望不敢大声说出"还要一点我极其需要的钱"。这后半句根本没有说出来。

"先生，"副主教用冷淡的口气说，"我对你很不满意。"

"哎！"学生叹了一口气。

堂·克洛德把他的椅子转动了一下，牢牢盯住若望说："我正要见你。"

这是一个不吉的预兆，若望准备狠狠地挨一顿骂了。

"若望，每天都有人向我报告你的恶劣行为。你同那个阿倍尔·德·拉蒙相小伯爵打架是怎么回事？"

"啊，"若望说，"那算什么大不了！那坏小子骑着马在泥浆里跑，把同学们溅了一身污泥！"

"那又是怎么回事呢，"副主教又问道，"你为什么撕掉马西耶·法尔吉的衣服呢？那人诉苦说'都撕光了'。"

"不对，才不过撕破了一块劣等蒙泰古头巾罢了！"

"那人说的是'撕光'，不是'撕破'，你懂拉丁文么？"

若望没有回答。

"是呀，"神甫摇摇头接着说，"现在不大流行学语言啦，难得听到人讲拉丁语。叙利亚语没人懂，希腊语那么被人厌恶，连大学者碰到一个希腊字都跳过去不念，他们说：'这是个希腊字,没法念。① ' ”

于是学生就大胆地抬起眼睛:"我的兄长大人,你愿意我用上好的法语把墙上那个希腊字解释给你听吗?"

副主教的脸上泛起淡淡的红潮,好像火山由于内在的秘密震动产生的烟缕。那学生倒没怎么注意。

"好呀,若望,"兄长勉强结结巴巴地说,"这个字是什么意思呢?"

"是'命运'。"

堂·克洛德脸色发白了,那个学生还不在乎地说下去:

"还有下边那个字,同一个人的手刻下的那另一个希腊字,意思是'淫秽'。你看我的希腊文学得不错呢。"

副主教默不出声,这个希腊文课程使他沉思起来。具备惯坏了的孩子一切本领的若望,看出那正是提出他要求的好时机,便装出极温柔的声音说:

"我的好哥哥,你一定不会因为我同一群猫狗般的孩子——一群丑八怪②中间有点小小的口角和斗殴就讨厌我吧?你看我的拉丁语学得不错呀。"

但是这假装的哀求在那位严厉的兄长身上并没有产生往常惯有的效果,猎狗是不吃奶油蛋糕的啊。副主教额上的皱纹一丝也没有舒展开。

"你究竟是来干什么的?"他用毫无感情的口气问道。

"哎呀,真是!"若望鼓起勇气答道,"我要钱。"

听见这个坦率的告白,副主教脸上立刻有了一种好像父

① 原文是拉丁文。
② 原文是拉丁文。

亲教训儿子似的表情。

"若望先生，你知道我们蒂尔夏浦领地的收入并不好，那二十一所房子的租金和别的捐税，只有三十九个巴黎利勿尔十一苏六德尼埃。这比巴克雷修士那时候要多一半了，可是并不算多呢。"

"我要钱。"若望无动于衷地说道。

"你知道官府决定要我们拆迁那靠近主教管区的二十一所房子，除非付给尊敬的主教两个值六巴黎利勿尔的金马克，才能赎补这项过失。我还没有积蓄下这两个金马克呢，这你是知道的。"

"我只知道我需要钱。"若望第三次说道。

"你要钱干什么？"

这句问话使若望的眼睛里闪出一道希望的光，他重新装出温柔可爱的样子。

"听我说呀，亲爱的哥哥，我不会因为乱花钱来求你的。我并不是想把你的钱拿去花在酒店里，也不是想拿去买件花缎衣服穿在身上，让听差们跟着在巴黎的大街上出风头。都不是呀，哥哥，我是要拿去做件好事。"

"什么好事？"克洛德有点惊异地问道。

"我有两个朋友想给圣母升天会的一个穷寡妇的孩子买襁褓布。那要值三个银币。我也要出一份。"

"你那两个朋友叫什么名字？"

"比埃尔·拉索梅尔和巴甫第斯特·克罗格·阿瓦松①。"

---

① 这两个名字的意思是刽子手和赌徒。

"嗯!"副主教说,"要想叫这两个家伙做好事,等于想在神坛上放炮仗!"

若望挑选了这样两个人做朋友真是糟糕,可是他明白得太晚了。

"而且,"精明的克洛德继续追问道,"什么样的襁褓布能值三个银币? 那种襁褓布是圣母升天会的孩子用的吗? 那个寡妇什么时候有包在襁褓里的婴孩呀?"

若望又一次厚着脸皮说:"是啊,我要钱是为了今天晚上到爱情谷去看依莎波·拉·蒂耶里。"

"不要脸的东西!"神甫叫喊起来。

"'淫秽'的东西。"若望说。

学生可能是不怀好意地借用了写在房间墙上的这个词,但这个词却对神甫产生了奇怪的作用,他咬着嘴唇,气得脸都红了。

"滚出去吧,"他向若望说,"我正在等一个人。"

那个学生打算再作一番努力。"克洛德哥哥,至少给我一枚小银币去吃晚饭吧。"

"你那格阿纪昂的教令课读到哪儿了?"堂·克洛德问。

"我的练习本丢掉啦。"

"你的拉丁人文科学读到哪儿了?"

"我的贺拉斯的讲义被人偷去啦。"

"你的亚里士多德①读到哪儿了?"

"真的呀,哥哥,教堂里的神父为什么说异教徒老是在亚

---

① 亚里士多德(前384—前322),古代希腊哲学家、著名学者。著有《伦理学》和《修辞学》等。

里士多德的哲学里寻找遁词呢？什么亚里士多德！我可不愿意让亚里士多德的哲学破坏我的宗教信仰！"

"年轻人，"副主教说道，"上次国王进京的时候，有一位名叫菲利浦·德·果明的绅士，在他的马鞍上绣着一句格言，我来背给你听听：'不劳动者不得食。'"

学生沉默了一会，抓着耳朵，眼望着地下，脸上带着怒容。他忽然用鹡鸰般的敏捷转身向着克洛德：

"那么，好哥哥，你连买一块面包皮的小银币也不肯给我的了？"

"不劳动者不得食。"

听见副主教这句不变的答话，若望便双手捂着脸，像个哭哭啼啼的妇女那样失望地嚷道："呵嘀呵嘀呵嘀咦！"

"这是什么意思呀，先生？"听了他这种声音感到十分诧异的副主教问道。

学生用拳头把眼睛揉得红红的，装出刚刚流过泪的样子，然后抬头望着克洛德说："怎么！这是希腊文呀！这是埃斯库罗斯的一个抑抑扬格，表示伤心透顶。"

于是他发出一串抖抖索索的笑声，使副主教也不得不微笑起来了。这实在是克洛德自己的错，他为什么要把他娇宠坏了呢？

"啊，克洛德哥哥，"被这个微笑鼓起了勇气的若望说道，"看看我的破靴子吧！连底都快没啦，你看见过比这更惨的吗？"

副主教马上又恢复了先前的严厉。"我会给你一双新靴子，但钱是没有的。"

"只不过要一个小银币呀，哥哥！"若望苦苦哀求道，"我会背诵感恩祈祷,会相信上帝,会成为一个科学和真理方面的毕达哥拉斯呢,但是给我一个小银币吧,我求求你!你愿意我被饥饿吞掉吗?饥饿就在我面前大张着嘴,比出家人或是鞑靼人的鼻子更黑,更脏,更深。"

堂·克洛德皱起眉头。"不劳动者——"

若望不让他说下去了。

"得啦!"他嚷道,"见鬼呀!快乐万岁!我要去赌钱,我要去打架,我要打破酒缸,我要去找姑娘!"

他说着便把帽子往墙上一扔,把手指捏得像响板一样响。

副主教板起脸看着他。

"若望,你没有灵魂。"

"这个吗?用伊壁鸠鲁的话来说,我是缺少一种没什么用的无名的东西。"

"若望,应该想着认真地改悔才好。"

"那呀,"学生看看他的哥哥又看看那些装在盒子里的蒸馏器,"这里一切都挺古怪,这些念头和这些瓶子!"

"若望,你已经站在很陡的斜坡上了,你知道你会滑到哪儿去吗?"

"到酒店去。"若望答道。

"酒店会把你带上刑台。"

"那不过是同另一盏灯一样的灯,狄奥瑞纳或许就是用这盏灯找到了他伙伴的。"

"刑台会把你带上绞刑架。"

"绞刑架是一个天平,它的一头是人,另一头是整个的大地,当那个人可是件妙事。"

"绞刑架会把你带进地狱。"

"那是一炉很旺的火。"

"若望,若望,那结果会是很惨的。"

"那开头一定很好。"

这时楼梯上传来了脚步声。

"别出声!"副主教把一个手指头放在嘴唇上说道,"是雅克阁下来啦。听着,若望,"他放低声音接着说,"永远不要说出你在这里听见看见的一切。快躲到那边火炉下面去,不要出声。"

学生爬到火炉底下去了,他忽然有了一个美妙的念头:"好呀,克洛德哥哥,要我不出声,你得给我一个银币。"

"别响! 我答应你。"

"得马上拿给我。"

"拿去!"副主教生气地把自己的钱包扔给他。若望躲到了火炉底下,房门被推开了。

五 两个黑衣人

进来的人身穿黑色长袍,神情阴郁。我们的朋友若望(你一定知道他是采取便于随意倾听和观看一切的姿势躲在他那个角落里的)在来人身上第一眼注意到的便是那服装与面容异乎寻常的黯淡,同时那副脸孔上还布满几分温存,一种猫或法官的温存,一种柔和的温存。他头发已相当花白,脸上皱纹很多,大约六十来岁,目光炯炯,眉毛雪白,嘴唇下垂,两只手很大。当若望看出这不过是一个医生或法官一流人物时(因为那人的鼻子离嘴太远,那是愚蠢的标志),他便缩回到他躲着的洞里去了,而且为了要在那不舒服的姿势里久久陪着这么个伙伴而感到非常失望。

副主教并没有起身迎接来人,他做了个手势叫他坐在靠近房门的一张凳子上,好像依旧在沉思似的好一会没有出声,然后才用寒暄的口气说道:"日安,雅克阁下。"

"向你致敬,阁驾!"那个黑衣人回答道。

在前一位所说的"雅克阁下"和后一位所说的那绝妙的"阁驾"之间,存在着如同"大人"和"先生","主人和堵人"①之间的差异一样,这显然是表示老师和学生的区别。

"好吧,"副主教又沉默了一会(雅克阁下没有打扰他),接着说,"你成功了吗?"

"哎,我的阁驾,"那一个悲哀地笑了笑说,"我常常吹气,灰多得出乎意料,可是没有一粒黄金。"

堂·克洛德显出不耐烦的样子。"我问的不是这件事,沙尔莫吕阁下,我问的是你承办的巫师的案子。那个审计院的厨师,你不是管他叫马克·塞奈纳吗?他招认他的巫术罪了吗?你的拷问成功了吗?"

"哎,没有呢。"雅克阁下回答道,他老是带着悲哀的微笑,"我们可没得到那种安慰。那家伙是一块顽石,除非在猪市上把他煮开锅,他是不会供出一个字的。只要能问出实情,我们可以不辞劳苦,他已经完全骨节脱臼了。我们给他用上了圣若望的一切药草,正如老幽默家柏拉图②说的:

面对着棍棒、烙铁、脚镣和拷问架,

---

① 原文是拉丁文。"阁驾"和"堵人"是把"阁下"和"主人"念走了调。
② 柏拉图(前427—前348或前347),古希腊哲学家。主要著作有《理想国》等。

面对着皮鞭、锁链、足枷、绞索和颈枷。①

可是毫无结果，那家伙真是可怕，我们简直是白费力气。"

"你在他家里再没有找到别的东西吗？"

"找到了，"雅克阁下摸着他的衣袋说，"找到一张羊皮纸的文件，上面有几个我们不认识的字，连刑庭律师菲利浦·勒里耶先生也不认识。他在调查几个布鲁塞尔康代斯坦街的犹太人的案件时，还学过一点希伯来文呢。"

雅克一面说一面在桌上摊开一张羊皮纸文件。

"给我吧。"副主教说。他看了这个文件后又说："纯粹是巫术，雅克阁下！"他又喊道，"'艾芒——艾当！'这是那些女巫在参加安息日会时叫喊的话。'通过自身，与自身同在，在自身之中！'②这是把魔鬼锁到地狱去的命令。'啊嗨，吧嗨，吗嗨！'这是药方，治疯狗咬伤的药方。雅克阁下，你是王室教廷检察官，这个文件很讨厌。"

"我们还得拷问那家伙。这儿还有，"雅克掏着衣袋说，"我们在马克·塞奈纳家里找到的东西。"

那是一只罐子，同堂·克洛德火炉上那些罐子差不多。"啊，"堂·克洛德说，"这是炼金罐呀。"

"我得向你实说，"雅克阁下带着他那胆怯乖张的笑容说道，"我已经把它在火上试过，但是它不如我自己那一个好用。"

副主教察看罐子。"这炼金罐上面刻的是什么字呀？'呵歇！呵歇！'这是赶跳蚤的声音。那个马克·塞奈纳真笨！我想你用这只罐决不会炼出黄金来。夏天把它放在你的

~~~~~~~~~~

①② 原文是拉丁文。

壁橱里倒挺好！就是这么回事。"

"因为我们弄错啦，"王室检察官说，"我刚才上楼以前研究了一下大门，您能够肯定在大医院旁边的这扇大门上有着进入这门学科的奥秘吗？在圣母院底层的七个裸体雕像中，您能确定那个脚跟上长翅膀的就是墨丘利吗？"

"对了，"神甫答道，"一个意大利博士奥古斯丹·尼孚是这样写的，他有一个长胡子的魔鬼教给他一切。我们下去吧，我根据上面所表现的来解释给你听。"

"谢谢，阁驾！"沙尔莫吕一躬到地，"哎唷，我差点忘记了，你愿意我什么时候去逮捕那个小女巫呢？"

"哪个小女巫呀？"

"就是您知道的那个不顾官府禁令，每天到广场来跳舞的流浪姑娘呀！她有一只母山羊，那羊有魔鬼般的犄角，它会读会写，会像毕加特里斯一般计算数目，单凭这件事，就足够使那流浪姑娘受绞刑哪。起诉状已经预备好了，很快就能完事的。咳！我敢说那跳舞姑娘真是个美人儿，有一双最黑的黑眼睛！像一对埃及宝石！我们什么时候着手呢？"

副主教的脸色变得异常苍白。

"这我会告诉你的。"他用含糊不清的声音结结巴巴地回答，随后又鼓起劲说道，"还是忙你的马克·塞奈纳吧！"

"请您别担心，"沙尔莫吕微笑着说，"我回去就会把他绑在皮床上的。但那个家伙是魔鬼变成的，竟把比埃拉·多尔得许都弄得疲乏了。比埃拉的手比我的还大呢，就像柏拉图说的：

　　假若把你光着身体绑着，倒挂起来一称，净重足有一

317

百磅。①

至于绞索,那是我们最好的绞索,得给他套上。"

堂·克洛德仿佛又沉思起来,回头向沙尔莫吕说:"比埃拉阁下……雅克阁下……我的意思是说,还是忙你的马克·塞奈纳吧。"

"是呀!堂·克洛德,那可怜的人,他要受难了。去赴安息日会!那是什么念头啊!一个审计院厨师,他该知道查理曼的这条法令:'一个半狗半女人的吸血鬼,或者是一个狡猾的姑娘!'②至于那个小姑娘,人们好像把她叫做爱斯梅拉达,我听候您的吩咐。啊,从那大门道底下经过时,您还要给我讲解教堂进口处那个浮雕的园丁是代表什么的?是不是播种人?哎,阁驾,您在想什么呀?"

堂·克洛德深深思索起来,不再听他说话了。沙尔莫吕追随着他的视线,看见他盯着那横在窗口上的大蜘蛛网。在这当儿,一只正在昏头昏脑地寻觅三月阳光的苍蝇,飞到蜘蛛网跟前就被网住了。蛛网一振动,那只躲在蛛网中央的大蜘蛛便急忙爬过来,一下跳到苍蝇跟前,用两只前腿把它折成两半,随后便用可怕的角去敲它的脑袋。"可怜的苍蝇!"王室教廷检察官说道,并且伸出手想去救它。副主教忽然惊醒了似的,剧烈地痉挛着抓住他的胳膊。

"雅克阁下,"他喊道,"听天由命吧!"

检察官惊骇地转过头来,他的胳膊好像被铁钳钳住了似的,神甫的眼睛呆定、狂乱、闪亮,一直盯着苍蝇和蜘蛛那一对

---

① 原文是拉丁文。
② 原文是拉丁文。

可怕的东西。

"呵！是的，"神甫用一种仿佛出自肺腑的声音接着说，"这是一切的象征。它飞翔，它是快乐的，它出生不久，它寻找春天、空气和自由。啊，是呀，可是它在这个命中注定的窗口停下来，那蜘蛛就出来了，那可恶的蜘蛛啊！可怜的跳舞姑娘！可怜的命中注定的苍蝇！雅克阁下，随它去吧！这是命该如此！哎，克洛德，你就是那只蜘蛛！克洛德，你也是那只苍蝇！你飞向科学，飞向光明，飞向太阳，你只想到自由的空气里，去到永恒真理的无边的光辉里，可是，当你迫近那开向另一个世界，开向那光明的世界，那智慧与科学的世界的灿烂的窗口时，盲目的苍蝇啊，愚蠢的学者啊，你却没想到，命运已经把薄薄的蛛网张挂在光明和你中间，你全身扑进去了，可怜的疯子啊，现在你可跌跤啦，你的脑袋粉碎了，翅膀折断了，你在命运的铁腕中挣扎！雅克阁下，雅克阁下，别去管那蜘蛛吧！"

"我向你担保，"沙尔莫吕莫名其妙地望着他说道，"我再不去碰它了。但是放开我的胳膊吧，我请求你！你的手像老虎钳一样。"

副主教根本没听见，他依旧望着窗口说："啊，笨东西！要是你能用翅膀把这可恶的蛛网撞破，你以为你就可以飞到阳光里去了。可是前面那扇玻璃窗，那透明的障碍物，那水晶的墙壁，它比那个把哲学家和真理分开的空间还要坚固，你怎么能够通过？啊，科学是空幻的！多少聪明人远远地飞来，却在那里碰破了额头！多少纠缠不清的问题在那永恒的窗前吵闹不休！"

他住口了，刚才那些把他不知不觉地带到科学里去的想法,仿佛使他恢复了平静。沙尔莫吕更使他完全回到了现实里,这个检察官并且还问他:"那么,我的阁驾,您什么时候来帮助我炼出黄金呢?我老是不成功。"

副主教辛酸地笑着摇摇头回答道:"读一读米歇尔·普塞吕斯著的《关于能力的对话以及魔鬼的活动》①那本书吧。我们做的事情并不是完全无罪的呢。"

"低声点吧,阁驾!"沙尔莫吕说,"我也这样想。可是既然一个人不过是个年俸三十个图尔银币的王室教廷检察官,他是需要搞点炼金术的,不过咱们得低声讲。"

这时,火炉底下发出一种类似咀嚼食物的声音,使沙尔莫吕不安的耳朵吃了一惊。

"这是什么声音呀?"他问道。

这是那个学生,他在躲藏的地方感到十分疲倦,十分不舒服,碰巧又找到了一块干硬的面包皮和一小块发霉的干酪,正在不顾一切地大嚼起来,把这当做消遣和早餐。因为他饿极了,便嚼得很响,每一口都嚼出声音,把检察官吓了一跳。

"这是我的一只猫,"副主教连忙回答,"它在那下面享用一只老鼠呢。"

这个解释使沙尔莫吕满意了。

"真的,阁驾,"他恭敬地笑着说道,"每位大哲学家都有心爱的家畜。你知道塞尔维乌斯②那句话吧:'无所不在的守护精灵。'③"

~~~~~~~~~~

① 原文是拉丁文。
② 塞尔维乌斯(前578—前534),古代罗马王政时代第六位国王。因进行一系列军事和政治改革而著称。
③ 原文是拉丁文。

这时,堂·克洛德生怕若望又弄出什么恶作剧来,便提醒他那好弟子,说他们还得一块儿去研究大门道的雕像,于是两人一同走出了小房间。这倒使那个学生十分高兴,他正发愁他的膝盖会跟下巴粘到一起去呢。

六　弗比斯·德·沙多倍尔队长①

"为你赞美上帝!"②若望这样嚷着从火炉下爬了出来,"那两只鸱鸮走啦!'呵歇,呵歇'!'啊嗨,吧嗨,吗嗨'这些跳蚤!这些疯狗!见鬼!他们的谈话我真听够了!我的头轰响得跟钟楼似的!市场上到处都有的发霉的干酪!嘘!我要拿着我哥哥的钱包下去,把所有的钱通通用来买酒喝!"

他向那宝贵的钱包温柔地、赞赏地看了一眼,整顿了一下衣服,扣好了纽扣,扫去衣袖上的灰尘,打着唿哨用脚跟转了一圈,看看那小屋里是否还有什么可以拿走的东西。他在火炉上捡起几个小玻璃器皿,好送给依莎波·拉·居耶里当玩具,最后,拉开他哥哥由于对他最后的一次宽大而没上锁的门,而他为了做最后一次恶作剧,没有锁门就像小鸟似的蹦蹦跳跳地下了螺旋梯。

在黑暗的楼梯上,他碰到一个什么东西,它咆哮着走开了。他猜想那是伽西莫多,于是觉得十分可笑,他跑下其余的梯级时一路捧腹大笑,到了广场上还笑个不停。

①　原题是"用一串咒骂公开骂人的结果"。
②　原文是拉丁文。

他发觉自己又站在地上了，便把脚踏响着。"啊，"他说，"又好又可敬的巴黎石板路呀，连雅可布的引路天使都会喘不上气的楼梯真该骂！我怎么会想起跑去把自己逼在那个高插云霄的石堆里，就为了去吃那发霉的干酪，为了从一个小窗洞里去张望巴黎的那些钟楼！"

他走了几步，看见那两只鸥鸰——克洛德·孚罗洛和雅克·沙尔莫吕阁下，正站在大门口一尊雕像前面观看。他踮起脚尖走到他们跟前，听见副主教低声向沙尔莫吕说道："是巴黎的居约姆吩咐把约伯的肖像刻在这金边的青石上的，约伯象征着炼金石，这块石头也该受点考验和折磨才能变得整呢。正如雷蒙·吕勒说的：'把它在特殊形式下保存起来，灵魂便能得救。'①"

"那对于我是一样的，"若望说，"有钱包的是我呀！"

这时他听见身后有一种又大又响的声音在一迭连声地咒骂："上帝的血呀！上帝的身体呀！倍尔日比特的肚脐呀！教皇的名字呀！喇叭和雷霆呀！"

"我敢用灵魂担保，"若望嚷道，"这准是我的朋友弗比斯队长。"

副主教正在向王室教廷检察官讲解龙的尾巴藏在一个池塘里，池塘便冒出一缕烟和一个国王的头颅的故事，弗比斯的名字传进了他的耳朵，堂·克洛德战栗了一下，中断了讲述，在沙尔莫吕的惊讶中回转身去，看见他的兄弟若望正在同一个站在贡德洛里耶府邸门口的高个儿军官谈话。

那的确是弗比斯·德·沙多倍尔队长先生，他背靠着未

---

① 原文是拉丁文。

婚妻家的墙角,像个邪教徒似的在那里咒骂。

"啊呀,弗比斯队长,"若望握着他的手说,"你骂得好起劲呀。"

"喇叭和雷霆呀!"队长回答道。

"喇叭和雷霆对着你自己吧!"学生喊道,"可是好队长,你从哪里学来这么一大堆好字眼的?"

"请原谅,好朋友若望,"弗比斯摇着他的胳膊说,"一匹正在奔跑的马是不可能一下子停住的,我正在骂得起劲,我刚刚从那些假正经的女人家里出来,我每次出来时嘴里都装满了咒骂。我一定得骂出来,要不然我就会憋死!"

"你愿意喝酒去吗?"学生问道。

这个提议使队长平静下来了。

"我很愿意,可是我没有钱。"

"我有钱呀。"

"呸!给我瞧瞧!"

若望又庄严又坦率地把钱包在那队长眼前炫耀了一番。这时副主教把那惊呆了的沙尔莫吕丢在一边,跑过来在几步之外站住看着那两个人,那两个人正在十分专心地察看钱包,没有注意他。

弗比斯嚷道:"若望,你衣袋里的钱包,就跟水中的月亮一般,你看得见它,可是它并不存在,那不过是月亮的影子罢了。你那不过是些石子儿,我敢打赌!"

若望冷冰冰地答道:"这就是我衣袋里的石子儿,可把我胳肢窝都磨痛了!"说着他就把钱包往身边的路碑上一抖,态度很像正在救国的罗马人。

"真的呀!"弗比斯轻声说,"有些银盾,有些大银币和小银币,有些每两个就值一图尔的铜钱,有些巴黎德尼埃和真正的鹰币!……真叫人看得眼花呀!"

若望保持着庄严矜持的神气。几个鹰币滚到泥土里去了,队长热心地弯下腰想去捡起来,若望拉住他说道:"算了吧,弗比斯·德·沙多倍尔队长!"

弗比斯把钱数了数,郑重其事地向若望说:"你知道吗,若望,一共有二十三个巴黎苏呢!你昨晚在割嘴街抢了谁的钱呀?"

若望把他那金色鬈发的头向后仰着,半合着眼说道:"人家有一位糊涂蛋副主教哥哥呢。"

"上帝的喇叭!"弗比斯嚷道,"就是那个宝贝家伙呀?"

"咱们喝酒去吧!"若望说。

"到哪儿去呢?"弗比斯说,"到夏娃苹果酒家去好吗?"

"不,队长,到老科学酒家吧,那是个谜一般的地方,我喜欢那一家。"

"讨厌的谜!若望,夏娃苹果酒家的酒比较好,而且门边还有一架照满阳光的葡萄,我喝酒时看着挺开心。"

"好吧,就到夏娃和她的苹果那儿去!"若望挽着弗比斯的胳膊说,"啊,亲爱的队长,你刚才说起割嘴街,你说得不对,现在人们不那么野蛮了,人们管它叫割喉街。"

朋友俩动身向夏娃苹果酒家走去,不用说,他们先把钱收拾好了,副主教跟随着他们。

副主教跟随着他们,神色阴沉粗野,是否因为自从他上次和甘果瓦谈话之后,弗比斯那该死的名字就占据了他的心?这他并不清楚。但这究竟是一个弗比斯,而这个魔术般的名字已足够使这位副主教轻步跟随着两个无忧无虑的伙伴,不安地留心倾听着他们的谈话,观察他们每个微小的举动。再说,去听他们的全部谈话是再容易不过的,他们讲得那么大声,并不因为多半过路人听到了他们的谈话而觉得难为情,他们谈论决斗,谈论姑娘、酒瓶和放荡行为。

转过一条街,一阵手鼓的声音从街口传到了他们的耳中,堂·克洛德听见那军官向那学生说:

"手鼓声!咱们走快些。"

"为什么呀,弗比斯?"

"我怕那个流浪姑娘看见我。"

"哪一个流浪姑娘呀?"

"就是那牵小羊的小姑娘。"

"是爱斯梅拉达吗?"

"就是她。若望,我老是记不清她那个鬼名字。赶快,她会认出我的,我不愿那姑娘在大街上靠近我。"

"你认识她吗,弗比斯?"

说到这里,副主教看见弗比斯咧着嘴笑了一笑,附在若望的耳边低声说了几句话,随后弗比斯大声笑起来,带着胜利的神情摇着头。

"真的吗?"若望问。

"凭我的灵魂担保!"弗比斯说。

"今天晚上?"

"今天晚上。"

"你拿得准她会来吗?"

"你是笨蛋吧,若望?这种事还用得着怀疑吗?"

"弗比斯队长,你是个走运的武士!"

副主教听见了全部谈话,他的牙齿咬得发响,一阵看不见的战栗通过他的全身。他停了一会脚步，像醉汉似的靠在一根柱子上，随后又跟着那两个快活的伙伴走去。

等他赶上他们时，他们已经改换了话题，他听见他们低声唱着那支古老的回旋曲的迭句：

> 市场周围摆摊地方的孩子，
> 像傻瓜样去吊死。

七　妖　僧

出名的夏娃苹果酒家在大学区柳条筐街和首席律师街的拐角上，那是在底层的一间房，相当大，可是很矮，一根漆成黄色的大木柱支着拱顶正中，房里摆满了桌子，靠墙放着些闪亮的锡瓶，桌上经常坐满很多酒徒和放荡的女人。临街有一扇窗户，门边有一架葡萄，门顶上有一方块轧轧响的洋铁皮，用彩色画着一只苹果和一个女人。这块洋铁皮被雨水浇湿生了锈，在一根钉子上迎风转动，这种朝着街面的风信旗就是酒店的标记。

夜降临了，街上一片漆黑。那个灯烛辉煌的酒店，远远看去就像是一座黑暗中的铁工场。听得到碰杯的声音，宴饮的声音，咒骂的声音和吵架的声音从破了的玻璃窗里透出来。房里的热气在铺面玻璃窗上形成薄雾，透过这层薄雾望得见上百张模糊不清的脸，时时传出一阵阵大笑。有事在身的人经过这些喧闹的窗户时连望都不望一眼，只有几个破衣烂衫的小男孩踮起脚够到酒店铺面的窗台上朝里面张望，并且喊出当时用来嘲笑醉汉的老调："见鬼去吧，酒鬼呀，酒鬼呀，酒鬼呀！"

这时有一个男人在这闹嚷嚷的酒店门前不断走来走去地张望,而且绝不肯离得稍远一点,就像哨兵不肯离开岗哨似的。他穿着一件遮住鼻子的斗篷,那是他刚刚从酒家附近一个商店里买来的,多半是为了防御三月的寒风,或许也是为了遮住他自己的衣服。他时时在那铅丝网挡住的玻璃窗前停下来倾听着,察看着,还轻轻地踏着步。

酒店的门终于打开了,他所等候的好像就是这回事。两个酒徒走了出来,门里射出的亮光有一会把他们快活的脸孔照得通红。那穿斗篷的人便走去站在街对过的一个门廊里监视着他们。

"喇叭和雷霆呀!"两个酒徒中的一个说道,"就快敲七点钟了,我约会的时间到了。"

"我告诉你,"他的同伴用含糊不清的声音回答道,"我并不是住在恶言街上,我是住在若望·潘·莫雷街上,要是你说颠倒了,你就比独角兽荒谬啦。谁都知道,爬到大熊背上去过一次的人是永远不会害怕的,可是你有一个善于嗅出好气味的鼻子,就像医院的圣雅克说的。"

"若望我的朋友,你醉了。"那一个说道。

这一位却摇摇晃晃地答道:"你愿意这么说罢了,可是柏拉图的侧面像只猎狗却是千真万确的。"

读者一定已经认出了这一对好朋友:队长和学生。在暗中监视他们的那个男人显然也认出了他们。那个学生拖着那个队长走过的每条曲折的路,他都放慢脚步跟着走,队长的酒量比他的同伴大些,因此他还保持着清醒的头脑。那穿斗篷的男子留心听他们说话,在全部有趣的对话里他抓住了下面几句:

"酒神的信徒啊！好好笔直向前走吧,高中毕业生先生！你知道我得离开你了,现在已经七点啦,我同一个女人有约会呢。"

"那你就别管我呀！我看见了星星同火花,你就像丹浦马尔丹的城堡一样笑开了花啦！"

"凭我祖母的瘤子作证,若望,你讲的傻话太可笑了。不过,若望,你没剩下钱吗？"

"校长先生,一点不错,它是个小小的钱包呀。"

"若望,我的朋友若望,你知道我同那小姑娘约会的地点是在圣米歇尔桥头上,我只能把她带到法洛代尔家去,要付房钱呀。那个长着白胡子的老娼妇是不许赊欠的。若望,行行好吧！难道我们把一包钱都喝光了吗？你手边连一个小钱都不剩了吗？"

"我们的良心在那桌上的美味菜肴里很好地消磨了几个钟头呢。"

"见鬼！发疯！告诉我呀,若望,你还剩下多少钱？给我吧,看在上帝面上！要不然我可要搜你的口袋啦！你会像约伯一样害麻风,像恺撒一样生疥疮!"

"先生,加里雅谢街的一头有玻璃厂街,另一头有蒂克塞昂德里街。"

"对极了,我亲爱的朋友若望,我可怜的伙伴,加里雅谢街,对呀,好极了,可是看在老天面上,醒醒吧,我只要一个钱,而现在已经七点了。"

"静些,别吵！听听这回旋曲的叠句吧:

到了老鼠吃猫的时刻呀,

国王就要统治阿哈;

当那辽阔温暖的海

在夏至节结起冰来，

人们就会看到

阿哈城的人从冰上逃开。"

"好啦,异教徒,你怎么不用你母亲的肠子把自己勒死!"弗比斯喊道,同时鲁莽地把那醉了的学生用劲往墙上一推,他便颓然地跌倒在菲利浦·奥古斯特的石板路上了。心里还有一点酒徒的同情心的弗比斯,用脚把若望踢到上帝在每个街角上给穷人预备的枕头上,有钱人却瞧不起那种枕头,称之为垃圾堆。队长把若望的脑袋安置在一棵白菜根上,学生立刻低声打起鼾来。但是队长心头的怨恨还没有消失,他向睡着的学生说道:"这样,魔鬼的车子经过时正好把你带了去!"说完便自顾自走了。

那穿斗篷的男人并没有跟踪他,却在那熟睡的学生跟前站了一会,好像不知如何是好,随后深深地叹了一口气,依旧跟上了那个队长。

我们也像他一样让若望在星光的好意看护下睡他的觉吧,假若读者高兴,我们也来跟踪那两个人吧。

到了圣安德烈·代·阿克街,弗比斯队长发现有人跟在后面。他偶然回头,看见一个人影沿着墙跟过来,他站住,它也站住,他走,它也走。对于这个发现,他并不觉得有什么不安。"啊,呸!"他自言自语道,"我是一个钱也没有的。"

他在俄当学院门前停下来歇一歇,他就是在这个学校开始他的所谓学业的。按照这个顽皮学生的习惯,他每次经过这所学校门前,总要去侮辱大门道右边的红衣主教比埃尔·

倍尔特昂的塑像,这是一种无赖行为,正如勃里雅伯在引用贺拉斯的讽刺诗句时感叹地说的:"我曾经是无花果树的树干"①。他的冒犯是很严重的,所以塑像的题词都几乎看不清了。这回他照例在雕像前站住,街上寂无行人,他迎风懒懒地扣衣服时,看见一个人影向他移过来,脚步那么慢,使他有足够的时间看清楚那个人影是披着斗篷戴着帽子的。那人影来到他跟前便停住了,跟倍尔特昂的塑像一般纹丝不动。他看着弗比斯,瞳孔像夜间的猫一样闪闪发亮。

队长是有胆量的,他并不在乎一个手持短棍的强盗的突然袭击,可是这个走动的塑像,这个盯住他看的可怕的男子,使他模模糊糊地想起了当时流传的话,说有个妖僧夜间出没在巴黎街头。他吓得呆呆地站了几分钟,最后勉强打破沉默笑起来。

"先生,假若你是个强盗,像我希望的那样,"他说道,"那你可真像是一只啄核桃壳的鹭鸶啦,我是一个破落户的儿子,亲爱的,去打别的主意吧。这个学校的小礼拜堂里倒有些真正的做十字架的木料,藏在仓库里。"

那个人影从斗篷里伸出手来,老鹰似的猛一下抓住弗比斯的胳膊,并且说起话来:

"弗比斯·德·沙多倍尔队长!"

"见什么鬼!你居然知道我的姓名!"弗比斯说。

"我不但知道你的姓名,"披斗篷的人用一种好像墓中人的声音说,"我还知道你今天晚上有个约会。"

"是呀!"弗比斯惊呆了。

---

① 原文是拉丁文。

"在七点钟。"

"就在一刻钟以后。"

"在法洛代尔家里。"

"对极了!"

"那个圣米歇尔桥头的荡妇。"

"那个圣米歇尔大天使,就像祷告文里所说的那样。"

"邪恶的东西!"那影子吼道,"是同一个女人吧?"

"你说对了。"

"她名叫……"

"拉·爱斯梅拉达。"弗比斯愉快地说道,他又逐渐恢复了那种不在乎的神情。

听到这个名字,那人影便使劲摇晃弗比斯的胳膊。

"弗比斯·德·沙多倍尔队长,你撒谎!"

谁要是在那个时刻看见队长涨红的脸孔,看见他往后一跳,使劲抽回被抓住的胳膊而且骄傲地按着剑柄的样子,一定会吓坏了。那个情景很像唐璜与石像①之间的角斗。

"耶稣和撒旦②啊!"队长喊道,"姓沙多倍尔的人是不习惯听到这种字眼的! 我料你不敢再说一遍!"

"你撒谎!"那人影冷冷地说道。

队长气得磨牙。妖僧、幽灵、迷信的传说……他此刻通通忘掉了,只看见一个男人和一种侮辱。

---

① 唐璜是西班牙传说中的贵族青年,法国十七世纪剧作家莫里哀以他为主角写过一出五幕喜剧;十八世纪时高乃依为之写过韵文剧;英国诗人拜伦为之写过一部反映当时政治生活的诗体小说(未完成);莫扎特曾与罗伦左以他为主角合作写过一出歌剧;俄国诗人普希金也是以他为主角创作了诗剧《石客》。

② 撒旦是西方神话中恶魔之王。

"啊,那好得很!"他用被愤怒堵塞住的声音结结巴巴地说着,哆嗦着拔出宝剑(因为愤怒也像恐怖一般使人发抖),"就在这里!马上!比剑吧!比剑吧!把血滴在石板路上!"

那一位却动也不动,看见对方有了戒备,他就打算自卫了。"弗比斯队长,"他用发抖的声音说,"你忘记你有约会了。"

像弗比斯这种感情容易冲动的人,很像煮沸了的奶油汤,只要洒上一滴冷水就能使它平静下来。这句简单的话使队长手中亮闪闪的剑垂下了。

"弗比斯,"陌生人接着说道,"明天,后天,一个月或者十年之后,无论何时吧,你总能看见我是准备好要砍掉你的脑袋的。但是先去赴你的约会吧。"

"真的呢,"弗比斯说,就像是对自己让步了,"同一位姑娘,或是同一把剑约会,都是挺有意思的。可是我不明白当我两样都能得到的时候,为什么为了前一个就要丢掉后一个。"

他把剑插回了剑鞘。

"赴你的约会去吧。"陌生人又说。

"先生,"弗比斯有点不好意思地说道,"非常感谢你的好意。的确,明天还有时间在亚当神甫的汗衫上戳几个洞洞呢。谢谢你允许我再度过可爱的一刻钟。我的确希望你躺在血泊里,然后我赶到我的美人那里去,在这种情况下让女人们等一等是很有风度的。但你倒像是个热心的人,最好还是把我们的决斗留到明天吧。那么我要赴约会去了。约定的时间是七点,你知道。"说到这里,弗比斯搔了一下耳朵,"啊,天哪!我忘了!我没有钱去付那讨厌的阁楼的租金呢,何况那老妇人还要人家先付钱。她是不会让我赊欠的!"

"把这钱拿去付吧。"

弗比斯感到那只冰冷的手塞给他一个大银币，他禁不住收了这钱，并且紧握那人的手。

"天呀！你真是个好人！"

"但是有一个条件，"陌生人说，"为了证明你是对的而我是弄错了，你必须把我藏在一个角落里，好让我看看她是不是你告诉我的叫那个名字的姑娘。"

"啊，"弗比斯答道，"这对我倒是一样的。我们要在名叫圣玛尔泰的那个房间里约会，你可以躲在隔壁那间小屋里随便看。"

"那就走吧。"影子说道。

"听你吩咐，"队长说，"依我看，不知你是不是魔鬼本人。但是今天晚上我们交个朋友吧，明天我要还你的债——钱的债和剑的债。"

他们开始急匆匆地赶路，几分钟后，河水的声音告知他们已经到了当时挤满了房屋的圣米歇尔桥。"我先把你领进屋去，然后去找我的美人，她准是在小沙特雷门附近等我。"

那个同伴一句话也不回答。自从他俩并肩而行，他就一声不响。弗比斯在一家门前停住，使劲地敲门。一线亮光从门缝里透了出来。"谁呀？"一个含糊不清的声音问道。"上帝的身子！上帝的脑袋！上帝的肚皮！"弗比斯回答道。门马上打开了，看见一个抖抖索索的老妇人拿着一盏抖抖索索的灯。老妇人弯腰曲背，衣服破破烂烂，脑袋摇摇晃晃，眼睛眯得很细，头上顶着一块抹布，手上脸上和脖子上都布满皱纹，因为已经没有牙齿，嘴巴瘪了进去，白头发一直披到嘴边，像嘴上长着胡须的猫脸。她的住所内部的景象也同她一般破烂。墙上盖满灰尘,天花板上是黑黑的椽子,一个每个角上都有蜘蛛网的破炉灶,屋子当中有几张缺腿的桌凳,一个肮脏的小孩在玩炉灰。较远的一头有一道楼梯通到天花板上面的楼门口,钻进这个像贼窝似的房间时,弗比斯那位同伴就把斗篷拉起来遮住眼睛。队长却像撒拉逊人一般咒骂着,急忙炫耀着一枚像可敬的雷尼埃所谓的"太阳般闪亮的银币",而且还说"要圣玛尔泰的房间"。

老妇人像接待贵人似地接待他,把银币放进抽屉,这就是披黑斗篷的人刚才给弗比斯的那一枚。当她转过身子,那个穿着破衣烂衫长发的男孩,刚才还在玩炉灰的,就很灵巧地走近抽屉,拿走了银币,并在那里放下一片他从柴火上摘下来的枯叶。

老妇人向那两位她称为绅士的人打了个手势,叫他们跟着她,她自己先爬上楼梯,上了楼,她便把那盏灯放在一只木箱上,对这所房子很熟悉的弗比斯便打开一扇通到一个黑暗小间的门。"进去吧,亲爱的。"他向他的同伴说道。那个穿斗篷的人一句话也没讲就听从吩咐走进了那个陋室。他刚一进去,门就重新关上了。他听见弗比斯把门上了闩就马上同老妇人一道下楼去了,灯光也随着消失不见。

八 临河的窗子

克洛德·孚罗洛(因为我们的读者不像弗比斯那么笨,一定会看出妖僧不是别人,正是副主教)在队长把他关进去的那个黑暗的小间里摸索了一会。这是一间建筑师有时在顶楼和拦墙间留下角落盖成的小阁楼。这间被弗比斯称为陋室的小房间是三角形的,既没有窗户也没有通风口。

屋顶从两边往上斜,使人在屋里无法站直,克洛德只好缩在他脚底下沙沙作响的石灰和尘土之中,他的头在发烧。在地上摸到一片玻璃后他便拿来贴在额头上,玻璃的凉意稍稍给了他一点安慰。

副主教阴暗的灵魂中此刻有些什么念头掠过?那只有上帝和他自己知道了。

究竟是何种命运的安排使他思想里出现了所有这些形象和所有这些怪事,如拉·爱斯梅拉达、弗比斯、雅克·沙尔莫吕、他听其躺在泥泞中掉头不顾的小兄弟若望、他的副主教袍子,或许还有他的名誉(它此刻正在法洛代尔的屋子里受折磨),我可说不清楚,但是这些念头在他头脑里搅成了可怕的一团却是事实。

他等了一刻钟,好像觉得已经过了一个世纪似的,忽然他听见木板楼梯响,有人上楼来了。这时楼上的活门开了,又透进来了一道亮光。那陋室朽坏的门上有个相当大的小洞,他便把脸贴上去,这样他便看清楚隔壁房间里的情景了。脸孔像猫的老妇人首先从那道活门上了楼,手里拿着灯,接着上来的是弗比斯,一面捋着小胡髭,接着又来了第三个,是拉·爱斯梅拉达,那个又漂亮又可爱的人儿,神甫看见她好像一个光辉的幻象一样从地上升起。克洛德战栗起来,眼前展开了一片云雾,脉搏剧烈地跳动,四周的一切好像都在轰鸣和旋转,他再也看不见也听不见什么了。

他神志清醒些时,弗比斯和拉·爱斯梅拉达已经单独相对,他俩坐在那只木箱上,身边就是那盏灯,灯光把两张年轻的脸和那陋室尽头的一张简陋的床铺呈现在副主教的眼中。

床边有一个窗户,窗上的玻璃就像被暴雨打坏了的蜘蛛网一般满是洞眼,透过那些洞眼可以望见一角天空和远远地卧在像绒毛一样的云堆上的月亮。

那个姑娘脸孔羞红,神色慌乱,胸口起伏着,低垂的长睫毛的影子罩住了她绯红的双颊。而那个她不敢抬头望一望的青年军官,脸上却是一片欢欣。她用孩子般的天真可爱的动作,用指尖在凳子上画了许多断续的线条,眼睛望着自己的手指。看不见她的脚,因为那只山羊蜷伏在她的脚前。

队长穿得很漂亮,领口和袖口都有金线的镶边,那在当时是十分时髦的。

堂·克洛德要相当留神才能听得见他们的谈话,因为他自己的血液正在沸腾。

(情话总是那样,永远是那句"我爱你",那句优美动听的话对毫不相干的旁听者来说是十分平淡无味的,假若不加点花哨的修饰的话。可是克洛德并不是作为一个毫不相干的人在那儿倾听的。)

"啊,"姑娘说,依旧没有抬起眼睛,"不要看不起我吧,亲爱的大人,我觉得我做得不对呢。"

"看不起你,漂亮的孩子!"军官用特别温存的口气回答道,"天哪,怎么会看不起你呢?"

"因为我跟着你来了。"

"说到这个呀,我的美人,我们还没有互相了解呢。我是不会看不起你的,我只会恨你。"

姑娘惊骇地看着他问道:"恨我! 我做了什么使你恨我呀?"

"因为你让人求你多次。"

"哎!"她答道,"要不然我就会破坏一个誓言……我就会再也找不到我的父母啦……符咒就会失去效验啦。不过那又有什么关系?我现在还要父母做什么?!"

这样说着,她把两只闪着欢乐和柔情的泪汪汪的大黑眼睛盯住了队长。

"魔鬼才懂得你的话是什么意思!"

拉·爱斯梅拉达沉默了片刻,随后眼中滚下一颗泪珠,嘴里吐出一声叹息:"啊,大人,我爱你。"

那姑娘浑身发散出一种纯真的芳香,一种贞洁的妩媚,使弗比斯在她跟前不敢过于随便,可是这句话却使他壮了胆。"你爱我呀!"他狂热地说着,突然伸出胳膊抱住姑娘的腰身,他等待的就是这么个机会。

神甫看见了这个情景,便用手指试了试他藏在胸前的一把尖刀的刀尖。

"弗比斯,"流浪姑娘推开牢牢围在她腰上的双手说,"你是善良的,和气的,漂亮的,你救了我。我,我不过是一个落到波希米亚人中的可怜的孩子,好久以前我就梦见过一位军官来救我。我认识你之前就梦见过你呢,我的弗比斯。我梦中的你也穿着漂亮的军服,也有一副高雅的容貌和一柄剑。你名叫弗比斯,这是个漂亮的名字,我爱你的名字,我爱你的剑。把你的剑拔出来,让我瞧瞧。"

"孩子气!"弗比斯说,笑着把剑拔出来。埃及姑娘看看剑柄又看看剑身,用赞美好奇的眼光看着剑柄上的符号,并且吻着剑向它说:"你是一把勇士的剑。我爱我的队长呢。"

弗比斯趁她低下头的当儿,在她美丽的脖子上深深地吻了一下,姑娘猛地抬起头,双颊羞红得像樱桃似的。神甫在暗中磨着牙齿。

"弗比斯,"那波希米亚姑娘说道,"你听我说。你往前走几步,让我看看你高大的身子,听听你的马刺的响声。你多么漂亮呀!"

为了讨好她,队长站起身来,满意地笑着并且轻声抱怨道:"不过你是多么孩子气呀!说起来,可爱的人,你还没有看见过我穿着礼服吧?"

"哎,还没有。"她回答道。

"那才漂亮呢!"

弗比斯又坐到她身边来,比先前更加靠拢她。

"听我说,亲爱的……"

埃及姑娘用美丽的手轻轻在他的嘴上拍了几下,带着小孩般的疯癫、快活、欢悦的神气。"不,不,我不想听你说话。你爱我吗?我愿意听你说说你爱我不爱。"

"我爱你不爱!我生命的天使啊!"他半跪着喊道,"我的身体,我的血液,我的灵魂,完全是属于你的,完全是为着你的。我爱你,除了你我谁也没爱过。"

这些话是队长在许多相似的场合下讲过多少遍的了,他准确无误地一口气和盘托出。听到这种富于感情的告白,埃及姑娘抬起像天使一样善良的眼光,望着代替天空的肮脏的天花板。

"啊,"她柔声地喃喃说道,"人真应该在这种时候死去的呀!"弗比斯却趁这个好机会又在她脖子上吻了一下,使得躲在暗室里的副主教又苦恼了一阵。

"死去!"多情的队长说,"你说的什么话呀?好天使,这正是应该好好生活的时候呢!要不然大神朱庇特准是个骗子啦！这样甜蜜的事情刚开始便死去么？牛角尖！简直是开玩笑！不是这么回事。听我说，我亲爱的西米娜……爱斯梅拉达……请原谅，但你有一个十分奇特的撒拉逊人的名字，我怎么也记不住，这真是个拦路虎呀。"

"天哪，"那可怜的姑娘说道，"我认为这个名字漂亮就是由于它别致呢！既然你不喜欢，我就改名叫葛东吧。"

"啊，别为这么点小事难过了，我的好人！我不过是说那是一个要习惯了才记得住的名字，我只要一次把它牢牢记在心里就好啦。听我说，亲爱的西米娜，我热烈地崇拜你，我真是特别爱你呀。我知道有个姑娘听见了会生气的……"

妒忌的姑娘打断他的话问道："那是谁？"

"那同我们有什么关系呀？"弗比斯说，"你爱我吗？"

"啊！……"她说道。

"好啦，这不得了么！你也看得出我是多么爱你。要是我不能使你成为世界上最快乐的女子，但愿大魔鬼海神奈普顿用大铁叉叉我。我们要在什么地方弄个小巧快乐的住所，我要让我的弓箭手们排列在你的窗前。他们都是骑兵，他们可瞧不起米农队长的士兵们。他们手里都拿着戈矛弓箭和枪炮。我要带你到茹利的仓库去看巴黎的那些怪东西。那可好看啦。八万种兵器，三万套护心镜和带锁子甲的白铠，六十七种行业的旗子，大理院、审计院、将军库、造币厂的旗标，总之是成车的鬼玩意！我要带你到王宫大厦去看那些狮子，那些凶猛的野兽。所有的女人都喜欢这些。"

姑娘已经好一会沉浸在迷人的思想里，在他声音的抚慰下梦想着，却没去听他的话是什么意思。

"啊，你会幸福的！"队长说，同时轻轻地动手去解姑娘的衣带。

"你这是干什么呀?"她机警地问道。事实把她从梦中拽回来了。

"没什么,"弗比斯答道,"我不过是说你同我在一起的时候,必须把这种奇怪的街头装束通通扔掉。"

"当我同你在一起的时候呀,我的弗比斯!"姑娘温柔地说。

她又若有所思地不出声了。

被她的柔情鼓起了勇气的队长搂住了她的腰,她也没有拒绝,随后他便轻悄悄地解她的上衣,猛一下把她的颈饰扯开了。那个神甫呼吸变急促了,看见流浪姑娘赤裸的浑圆的浅褐色肩膀从薄纱里袒露出来,好像沐浴在天边云雾中的月亮。

姑娘听他自便,仿佛没有觉察似的。大胆的队长的眼睛闪闪发光。

她忽然转身朝着他。"弗比斯,"她用无限依恋的声音说道,"介绍我加入你的宗教吧!"

"我的宗教!"队长大笑起来,"我,我介绍你加入我的宗教呀! 喇叭和雷霆啊! 你为什么要加入我的宗教呢?"

"为了咱俩能够结婚。"她回答道。

队长的脸上现出一种掺杂着惊异、轻蔑、不在乎和放肆的表情。"啊,呸!"他说,"难道一定要结婚吗?"

那流浪姑娘的脸苍白起来,悲哀地把头低垂在胸前。

"漂亮的情人,"弗比斯温存地说,"那些傻事有什么意思呀? 结婚有什么了不起! 难道不在神甫的店铺里念几句拉丁文,就会相爱得差些吗?"

用最轻柔的声音这样说着,他便紧紧靠近着埃及姑娘,重新用抚爱的手抱住她那么细弱那么柔软的腰身,眼睛越来越火辣辣的,这一切说明弗比斯显然是接近了那种时刻,那种时刻连朱庇特本人都会发呆,使好心的荷马不得不叫一片云彩来帮忙。

堂·克洛德这时把一切都看在眼里,门板上全是裂缝,他那鹰隼般的眼睛可以看得挺清楚。这位皮肤棕黑、两肩宽阔的神甫,以前一向守着修道院的严肃和贞洁,此刻却在这爱情、黑夜和逸乐的景象之前战栗起来。任凭那青年男子调戏着的美女,好像在朝他的脉管里浇灌着铅的溶液。他的眼睛带着淫荡的妒忌,钻到了那些松开的别针底下,谁要是看见此刻贴在门缝前的那个倒霉人的脸孔,一定会以为他是在笼子里望着狼吞吃羚羊的一只老虎呢。他的瞳孔像烛光一般穿过门缝闪亮着。

突然之间,弗比斯猛一下扯开了埃及姑娘的护胸。依旧面色苍白的可怜的孩子好像忽然从梦中惊醒了,连忙从色胆包天的军官身边走开去,朝裸露的脖子和肩膀上瞟了一眼,羞得脸发红,不知所措地把两只胳膊交叉起来遮住胸脯。要是没有那照在她脸上的灯光,那么,看见她那么静立不动的样子,真会把她当成一座羞怯的塑像。她的眼睛依旧低垂着。

弗比斯的举动使她戴在脖子上的那个神秘的符咒露了出来。"这是什么东西?"他利用这个借口去重新靠拢刚才被他吓跑了的美人儿。

"别碰!"她赶忙说道,"这是我的护身符。就是它,能使我将来找到我的亲人,只要我还配得上。啊,放开我吧,弗比斯大人!我的母亲,我可怜的母亲啊!我的母亲,你在哪儿?快来救救我!行行好吧,弗比斯大人!把我的护胸还给我!"

弗比斯退缩了一下,用冷冷的声音说:"啊,小姐! 我很明白您并不爱我!"

"我不爱你!"可怜的不幸的孩子喊道,同时抓住那个队长,让他坐在自己的身边,"我不爱你,我的弗比斯! 你为什么这样说呢,可恶的人? 为什么这样来伤我的心? 啊,来吧! 把我拿去吧! 整个儿拿去吧! 随你爱怎么办就怎么办吧,我是属于你的。护身符在我算得了什么! 我的母亲在我算得了什么! 你就是我的母亲,因为我爱你! 弗比斯,我最爱的弗比斯,你看见我吗? 是我呀,看着我,这就是你不愿意抛弃的小姑娘,她来啦,她自己来找你啦。我的灵魂,我的生命,我的身体,我整个的人,都是属于你的呀,我的队长。哎,不! 我们不必结婚,既然你讨厌结婚。而且,我算什么人呢? 我,一个阴沟里的可怜的姑娘,可是你呢,我的弗比斯,你是上等人。真想得好呀,一个跳舞姑娘同一位军官结婚! 我发疯啦。不,弗比斯,不,我要做你的情妇,你的玩物,一个供你寻欢作乐的人,只要你愿意,我就是一个属于你的姑娘,我是专门为了这样才出生的。被人轻贱蔑视又有什么关系? 只要你爱我,我就会成为最骄傲最快活的女人。到我老了丑了的时候,到我已经不配爱你的时候,大人,请允许我侍候你吧。让别人去给你绣绶带吧。我是一个仆人,我得照料你。你要让我给你擦亮马刺,刷净铠甲,擦净马靴。不是吗,弗比斯,你会给我这种慈悲吧? 等一会,把我拿去吧! 呀,弗比斯,我完全属于你,只爱我一个人吧! 我们这些波希米亚姑娘就只要这个,只要空气和爱情!"

这样说着,她便用两只胳膊抱住军官的脖子,带着含泪的微笑仰头望着他,漂亮的胸脯擦着他的呢子上衣和粗糙的刺绣,她把半裸的身子俯向他的膝头。队长如痴如醉,把火热的嘴唇去吻那漂亮的非洲人的肩膀。姑娘的眼睛迷迷糊糊,向后仰着,在这个亲吻下激动得全身战栗起来。

忽然,她看见弗比斯的头顶上伸出了另一个脑袋,一张发青的痉挛的脸孔和一副恶魔般的眼光,在那张脸孔旁边有一只手举着一把尖刀。这是那个神甫的脸和手。他捣开门到这儿来了,弗比斯看不见他。那个姑娘在这个可怕的景象前惊呆了,动弹不得也说不出话,好像一只鸽子偶然抬起头来,发现老鹰正圆睁双眼往它的窠里窥探。

她连喊都喊不出来,她看见尖刀插进了弗比斯的身子,拔出来时布满了鲜血。"真倒霉!"弗比斯说着便倒下去了。

她昏了过去。

她一合眼便昏昏沉沉,只觉得自己的嘴唇像被火烧了一下似的,那是一个比刽子手烧红的铁器更烫的亲吻。

她恢复知觉的当儿,正被一群巡夜的军警围着,人们抬走了血泊里的队长,神甫已经不见了,房间尽头临河的窗子大开着,人们捡到了一件斗篷,以为它是那个军官的东西。她听到周围的人都在说:"她是一个女巫,她把一个军官刺死了。"

第　八　卷

一　银币变枯叶

　　甘果瓦和圣迹区所有的人全都是心情极其不安，他们已经整整一个月不知道拉·爱斯梅拉达遇到了什么事情，这使得埃及公爵和他的乞丐朋友们非常忧虑，也不知道她的山羊遇到了什么事情，这使得甘果瓦加倍苦恼。那个埃及姑娘在一天傍晚失踪了，以后就再没有半点能够表明她还活着的迹象。一切寻访都是枉然。有几个乞丐告诉甘果瓦，说那天傍晚曾经看见她同一个军官在圣米歇尔桥一带行走。但这位按照波希米亚人风俗结了婚的丈夫是一个怀疑派哲学家，而且他比谁都明白自己的妻子是像圣处女一般贞洁，他完全能断定符箓的魔力和埃及姑娘的贞洁合起来是何等不易破坏，而且他也用数字方式计算过这种贞节对另一种力量的反抗。因此他在这方面倒是挺放心的。

　　但他还是弄不清她这次失踪是怎么回事，他深为愁苦。假若他能够比当时更瘦，那他一定会更瘦下去啦。他为此把一切都淡忘了，连他对文学的兴趣，连他的大作《论正确的和不正确的形象》①都淡忘了,他本来是打算一弄到钱就马上印行的。(自从看见了用万德兰·德·斯比尔的最好的活字印成的圣维克多·雨盖斯的《学说》②一书之后,他就崇拜起印刷术来了。)

有一天他悲伤地经过杜尔内尔刑事监狱③,看见有一群人聚集在司法宫的一个大门口。

"那里有什么事?"他向一个从司法宫走出来的年轻人问道。

"我不知道呀,先生。"那年轻人回答,"说是要审问一个刺杀了侍从武官的女人哩。那个案子好像有些巫术成分,所以主教和宗教审判官都参加审问,我的哥哥,若扎斯的副主教,把全部时间都花在上面啦。我想同他说话,可是人太多,我到不了他的跟前。这可使我苦恼透顶啦,我正需要钱呀。"

"哎,先生,"甘果瓦说,"我倒愿意借钱给你,可是我的衣袋虽然全是破洞,却并不是装钱装破了的。"

他不敢告诉那年轻人说自己认识他的哥哥。自从在教堂里那次见面之后,他再也没有去找过副主教,想起这种疏忽他就觉得难为情。

那个学生径自走了。甘果瓦跟着人群沿着大阶梯往上向大厅走去。照他看来,审问案子之类并不能消愁解闷,法官们通常是愚笨可笑的家伙。他走在人群里,大家默默地互相挤着往前走。当他走完了一条又长又暗的回廊,这条回廊像所有古老建筑里曲折的沟渠一样,蜿蜒在司法宫里,他来到了开

①② 原文是拉丁文。
③ 这个监狱是大理院的一部分。

向大厅的一扇低矮的门前，这样，个子挺高的甘果瓦就能越过人们波动的头颅望进去了。

大厅又宽阔又阴暗，因此显得更大。太阳落西了，尖拱形的长窗上透进一线仅有的淡弱的夕阳，还没有照到巨大的有雕饰的尖拱形屋架的铁栅上就已经消失，那成千的雕刻仿佛在阴影里晃动。桌子上已经点起了几根蜡烛，烛光照着注视着大堆纸张的书记们的脑袋。大厅的前一部分完全被群众占据了，左右两旁有些穿长袍的男人坐在桌前，大厅尽头一个高高的台子前坐着好几排法官，最后的一排隐在暗中看不清，他们的脸色全都冷漠无情。墙壁上装饰着无数百合花纹，可以看到一个巨大的耶稣受难十字架突出在法官们的头顶上。这里那里竖立着好些枪戟，烛光照着它们的尖头，形成了一朵朵火焰。

"先生，"甘果瓦向他身边的一个人问道，"像教士公会的高级教士一样排在那边的是些什么人呀？"

"先生，"旁边那个人回答道，"右边是大理院的议员们，左边是些参事官，穿黑袍的那些是公证人，穿红袍的那些是律师。"

"那边那个满头大汗的红脸大个子是什么人呢？"

"那是院长先生。"

"他身后那些公羊呢？"甘果瓦又问。我们已经说过，他是不喜欢官吏的，这也许是出于他的戏剧在司法宫上演失败后产生的怨恨吧。

"那是王宫大厦的查案官们。"

"他前面那头野猪呢？"

"那是大理院的书记官先生。"

"他右边那条鳄鱼呢?"

"那是菲利浦·勒里耶阁下,国王的特别律师。"

"左边那只大黑猫呢?"

"那是雅克·沙尔莫吕阁下,王室宗教法庭的检察官,同他在一起的是宗教审判官们。"

"可是,先生,"甘果瓦问道,"那些家伙在那里干什么呀?"

"他们在审案子。"

"他们审问谁呢?我并没有看见被告。"

"是审问一个女人呀,先生。你看不见她,她背朝着我们,人们把她挡住了。看呀,她就在那边一排枪戟的地方。"

"那个女人是谁呢?"甘果瓦问道,"你知道她的姓名吗?"

"不知道呀,先生,我刚来。不过我想大概是个巫术案吧,因为宗教审判官参加审问呢。"

"得啦!"我们的哲学家说道,"我们可会看见这些穿长袍的家伙吃人肉了。这种场面总是老一套!"

"先生,"他身边那个人提醒道,"你不觉得雅克·沙尔莫吕的神气挺温和吗?"

"哼!"甘果瓦答道,"我可不相信那个尖鼻子薄嘴唇的家伙有什么温和。"

这时旁边的人叫这两个谈话的人肃静,正在审问一个重要证人呢。

"大人们。"大厅中央一个老妇人说道,她的脸孔完全被衣服遮住,使她看起来好像一堆会走路的破布,"大人们,事情就跟我名叫法洛代尔一样真实,我在圣米歇尔桥住了四十年啦,每年按时交付房租、捐税和利息。我家大门正对着河流上游洗染商人达山·加以雅的房子。我现在是个穷苦的老妇人，从前却是个漂亮姑娘呢，大人们！好久以前就有人告诉我：'别老在晚上纺纱吧，魔鬼可喜欢用他的犄角梳理老妇们的纱线呢。真的，去年在庙堂旁边的那个妖僧，现在正在旧城区里到处乱窜。法洛代尔，当心别让他来敲你的大门啊。'有一个晚上我正在纺纱，听见有人敲门。我问是谁，那人就骂开了。我开了门，走进来两个男人：一个黑衣人和一个漂亮的军官。那黑衣人身上除了一双跟烧红的煤块一样发亮的眼睛外，就只能看到他的斗篷和帽子了。他们告诉我要圣玛尔泰的房间，那是我楼上的一间房，大人们，是我最干净的一间房。他们给了我一个银币。我把那枚银币锁在抽屉里，心想明天可以拿这枚银币上肉铺去买点肉了。随后我们便上楼去。到了楼上的房间，我刚一转身，那个黑衣人便不见了，这可把我吓昏啦。那军官倒是一个像老爷般的体面人，他同我下了楼，便走出去了。当我把一绞纱线又纺了四分之一的时候，他同着一个漂亮的姑娘来啦，那姑娘要是好好打扮起来，一定会像太阳一般使你们眼花呢。她带着一只公山羊，是白山羊还是黑山羊，我可记不清了。这使我不能不考虑一下。那姑娘倒没什么关系，可是那只山羊呀！我不喜欢这种牲畜，它们都有胡须和犄角，像人似的，并且还带几分妖气。当时我可没说什么，我有银币就行了呗，不是吗，法官先生？我把那姑娘同那军官领到楼上的房间里去了。我让他俩单独在一起，就是说同那只山羊在一起。我又下楼纺起纱线来。应该告诉您，我的房子有一楼和二楼两层，后墙靠着河，像桥上别的房子一样，楼上楼下的窗户都是临河开的。我纺着纱线，不知为什么，那只公羊使我想起了妖僧，而且那姑娘的打扮又是那么古怪。突然，我听见楼上一声叫喊，听见什么东西倒在楼板上了，又听见打开窗户的声音。我跑进楼下我自己那个房间，看见一个黑影在我眼前晃了一下便跳到河里去了，那是一个穿着神甫衣服的幽灵。那时月光很亮，所以我看得很清楚。那黑影向旧城区那边游去了。我全身发抖，跑去喊夜巡队。那十二位先生进来了，一开头不知怎么回事，因为他们都是醉醺醺的，倒把我揍了一顿。我向他们解释了一番，便同他们上楼去，我们看见的是什么呀？我那可怜的房间里全是血，军官直挺挺地躺在血泊里，脖子上插着一把尖刀。姑娘昏过去了，山羊吓呆了。'得啦，'我想，'我得花两个多星期来洗地板了，我得好好地擦洗一番，那太可怕啦！'大家把军官抬走了，那可怜的人！那姑娘上身完全赤裸着。等一等，还有更糟糕的事呢，第二天我打算把那枚银币拿去买肉，却看见放银币的地方放着一片干枯的树叶！"

老妇人住口了。人群中响起一阵恐怖的低语。"那个幽灵，那只山羊，整个儿看来真像是有些巫术味儿。"甘果瓦身旁一个人说道。"还有那片干树叶！"另一个说道。"准定的，"第三个说，"准是女巫同妖僧商量好了去刺杀那个军官。"甚至甘果瓦自己，也觉得这一切又可怕又逼真。

"法洛代尔老妇人，"院长庄严地说，"你再没有别的话向本庭陈述了吗？"

"没有了，大人，"老妇人答道，"可是由于那件事，我的房子被人当成了肮脏可耻的地方，这是欺侮人呀。桥上的房子外表的确不怎么好看，因为住户太多了，但屠夫们还是喜欢住在那里，他们都是有钱人，都是同挺正经的女人结了婚的呢。"

这时，甘果瓦认为像条鳄鱼的那个官儿站起来了。"肃静！我请先生们不要忽视在被告身上发现的一把尖刀。幽灵给你的银币变成的枯叶你带来了吗？"

"带来了，大人，"她回答道，"我找到啦。在这里。"

一个传令官把那片枯叶递给鳄鱼，鳄鱼阴郁地摇摇头，把它递给了院长，院长又把它递给王室宗教法庭检察官，就这样传遍了整个大厅。"这是一片赤杨叶，"雅克·沙尔莫吕说，"这是巫术的新证据。"

一个议员发言了："显然，同时到你楼上去的是两个男人：一个是你起先看着他不见了，后来又跳到河里去的那个黑衣人，一个是那个军官。给你银币的是两人里头的哪一个呀？"

老妇人想了一想答道："是那个军官。"人群中响起一片喧闹声。

"啊，"甘果瓦想，"这可叫我弄不明白了。"

这时，国王的特别律师菲利浦·勒里耶阁下重新插话了："我提醒先生们，那被刺的军官在枕边写的诉状里宣称，当那个黑衣人——很可能就是那个妖僧——勾引他的时候，他的思想非常混乱，再加上那个幽灵又逼他去同被告相会，据那军官说，因为他身边没带钱，那幽灵便把刚才说是军官给老妇人的那枚银币给了他。那么这枚银币是地狱里来的了。"

这个结论性的意见，仿佛把甘果瓦和其余听众的疑惑打消了。

"各位先生都有案卷，"国王的律师坐下说，"可以查查弗比斯·德·沙多倍尔的诉状呀。"

被告一听到这个名字便站起来了，她的头高出人群，惊恐的甘果瓦认出了她就是拉·爱斯梅拉达。

她面色苍白,往常梳成漂亮的辫子并且缠着金箔条的头发,此刻蓬乱地披垂着,她的嘴唇发青,眼睛深深地陷进去了。唉!

"弗比斯!"她疯狂地喊道,"他在哪儿呀？啊,大人们,在你们把我杀死以前,请行行好,告诉我他是否还活着吧!"

"别出声,女人!"院长说,"那可不干我们的事。"

"啊,行行好,告诉我他是不是还活着呀!"她合着两只瘦瘦的手说。人们听见锁链顺着她的衣服发出声响。

"得啦!"国王的律师无动于衷地说道,"他快死了,你可满意了吧?"

那不幸的人一下子倒在她的座位上,既不出声也不流泪,脸色苍白得如同一尊蜡像。

院长俯身向一个坐在他脚边的人说(那人戴着金色帽子,穿着黑色袍子,脖子上挂着一条铁链,手里拿着笤杖):

"传令官,带第二个被告!"

所有的眼睛都望着一扇小门,它打开来了,甘果瓦全身脉搏剧烈跳动着,看见门里走出了一只金脚爪的漂亮山羊。那优美的牲畜在门槛上停留了片刻,伸长着脖子,好像站在一个悬崖边上望着辽阔的天际。忽然它看见了那个姑娘,便从一张桌子和一个书记官的头上跳过去,两下就跳上了她的膝头。随后轻轻溜到女主人的脚前,讨求一句话或是一阵爱抚,可是那被告依旧纹丝不动,连可怜的加里都不能逗引她看上一眼。

"啊,这就是那讨厌的畜生,"老妇人法洛代尔说,"这两个我都认得很清楚!"

雅克·沙尔莫吕插话道:"假若先生们高兴,我们要审问这只山羊了。"

它就是那第二个被告。在当时，再没有什么比把一个动物判在巫术案件里更普遍的了。人们发现，在一四六六年的总督府账目里，就有审查吉莱·苏拉尔及其母猪"为了他们的罪行被处死于果尔倍依"一案的费用那种奇怪的记载。那里面什么都记载着：有监禁母猪场所的租金，有拿到莫桑埠头去的五百捆木料，有三品脱的酒和面包，这是刽子手和受刑人友好地共同分享的最后一餐饭，还有在十一天内每天看守和饲养那头母猪所用的八个巴黎德尼埃。有时甚至还审问动物以外的许多东西。查理曼法规和宽厚的路易要求严刑惩罚那些胆敢出现在光天化日之下的幽灵。

这时王室宗教法庭检察官喊道："假若那携带这只山羊的魔鬼，那破坏了驱魔法而继续用巫术惑众的妖魔，胆敢坚持他的罪行并且拿来吓唬法庭，我们就要警告他，我们不得不用火刑和绞刑来对付他了。"

甘果瓦冒出了冷汗。沙尔莫吕从桌上拿起那埃及姑娘的手鼓，用一种特别的姿势举到那山羊跟前问道："现在是几点钟？"

山羊用聪明的眼睛望望他，举起金色的脚在鼓上敲了七下。那时正是七点，群众普遍显出害怕的样子。

甘果瓦忍受不了啦。

"它要把自己毁啦！"他高声喊道，"你们明明看得出它不知道自己在做什么呀。"

"大厅那一头的平民肃静！"传令官尖声喊道。

沙尔莫吕借那小鼓的同样几个姿势的帮助，让山羊表演了另外几种戏法，例如，要它指出当天是那一年的几月几日等等,这些戏法读者是早已看见过的。由于在审判,所以就引起错觉,那些在街头多次看见加里表演过这类无害戏法的观众,此刻在司法官的拱顶下又重新看到时却惊吓起来,那只山羊肯定是魔鬼啦。

还有更糟糕的事。当王室宗教法庭检察官把装在一只革制小荷包里的活动字母抖在桌上时,人们看见山羊用爪子把字母摆成那个要命的名字:弗比斯。人们就更加相信这便是那队长做了符咒牺牲品的有力证据,而且在大家的眼睛里,那个流浪姑娘,那往日曾以绝美的容貌使路人目眩神迷的舞蹈家,现在竟被当成了一个凶恶的女巫。

她好像一点生气都没有了,不管是加里的表演还是检察官的恫吓,或是人们的低声咒骂,她全都毫不注意。

为了使她清醒,一个军卒就跑去狠狠地摇她,同时大理院院长提高嗓门严厉地说道:

"姑娘,你是波希米亚族人,是惯会做不正当的事情的。你同你那只牵连到这个案件里的山羊,在三月二十九号那天晚上,串通地狱的势力,凭借魔法和非法手段,谋害了,刺杀了一位近卫弓箭队队长弗比斯·德·沙多倍尔。你还不招认吗?"

"可怕呀!"姑娘用双手捂着脸孔说,"我的弗比斯! 啊,这真是地狱!"

"你还不招认吗?"院长冷冰冰地问。

"当然我不承认!"她用可怕的声音说道。她两眼发光地站起身来。

院长直截了当地接着问道:"那么你怎样解释你做这件事的动机?"

她用斩钉截铁的口气回答：

"我已经说过了。我不知道。那是一个神甫干的，一个我不认识的神甫，一个跟踪我的凶恶的神甫！"

"就是这么回事，"法官说，"就是那个妖僧。"

"啊，大人们！行行好吧，我不过是一个可怜的姑娘……"

"一个埃及姑娘。"法官说。

雅克·沙尔莫吕阁下用柔和的声音发言了："由于被告这种可悲的固执，我请求用刑。"

"同意！"院长说。

那不幸的姑娘全身战栗起来，但她依然听从那些荷戟的警卫的吩咐，站起身来，被沙尔莫吕和几个宗教法庭神甫带领着，夹在两排荷戟的警卫当中，用相当坚定的脚步向一道便门走去。便门忽然打开来，她刚一进去就又重新关上。伤心的甘果瓦觉得那仿佛是一张大嘴把她吞没了。

她消失在那道便门里之后，人们听到一声伤心的咩咩叫。那是小山羊在哭它的女主人。

审案的事停顿下来了，一位议员说大家都疲倦了，要等到行刑结束却还得很长时间，院长回答说一个官员就应当为了职守而牺牲个人。

"可恶的讨厌的贱货！"一个年老的法官说道，"她偏偏在人家还没吃晚饭的时候去受刑！"

二　银币变枯叶续篇

拉·爱斯梅拉达依旧被枪戟包围着，在大白天也要点灯的黑暗过道的梯级上上来下去地走了一会之后,被司法宫大厅的警卫们推进了一个阴惨惨的房间。这是个圆形的房间,占据着高塔的底层,这种高塔如今依旧矗立在现代建筑之上,新巴黎就是用这类建筑把旧巴黎盖没了的。这个墓穴似的地方没有窗户,除了门之外再没有别的进口,门口有一道又矮又重的铁门。亮光倒是不缺,墙上有个壁炉,燃着很旺的火,红红的火光照亮了整个地洞,使放在角落里的一根蜡烛反而显得黯淡无光。用来关闭壁炉的铁耙这时掀在一边,从那黑暗的墙上的火红的炉口,只能看见那像一排又尖又稀的黑牙齿一般的铁条,它使那壁炉看起来很像传说里口吐火焰的蛟龙。借着射出的火光,那女犯人看见房间里放满了可怕的器械,她不明白那是干什么用的。房间正中的地上放着一个皮垫褥,它上头悬着一条带钩的皮条,系在一个铜环上,有个刻在穹隆拱顶石上的怪物含着铜环。铁筷、铁钳和大铁犁在火炉里烧得通红。炉火血红色的光在整个房间里单单照着那堆可怕的东西。

这个地狱般的房间就是所谓的拷问室。

该诅咒的施刑人比埃拉·多尔得许懒洋洋地坐在床上,他的两名方脸的矮小助手,穿着皮围裙和麻布短裤,正在拨弄火上的铁器。

那不幸的姑娘努力鼓起勇气,但一走进这个房间她就害怕起来。

警卫们站在一边,宗教法庭的神甫们在另一边。一张桌子摆在屋角里,一个书记官拿着纸、笔同墨水坐在屋角上的桌子前面。雅克·沙尔莫吕走到那埃及姑娘身边,带着非常温和的笑容问道:"我亲爱的孩子,你还坚持不招认吗?"

"对了。"她用极微弱的声音答道。

"既然如此,"沙尔莫吕说,"我们并不愿意用厉害的刑罚拷问你,因为那会使我们难过。坐到那边床上去吧。比埃拉,给这位女士让出地方,把门关好。"

比埃拉抱怨着站起来。"要是把门关上,"他嘀咕道,"那我的火就要灭掉啦。"

"好呀,亲爱的,"沙尔莫吕答道,"那就让它开着吧。"

拉·爱斯梅拉达依旧站在那里,那张使许多不幸的人吃过苦头的皮床令她害怕,她每根骨头都由于恐惧而战抖起来,她惶恐地、呆呆地站着。沙尔莫吕做了个手势,两个助手便把她拉过去坐在皮床上,他们并没有把她怎样,可是只要他们碰着她,只要那皮床挨着她,她便觉得浑身的血都往心里倒流回去。她用惊恐的眼睛把那房间环视了一遍,仿佛看见那些难看的刑具从四面八方朝她爬过来,爬到她身上,咬她,钳她,刺她,她觉得在她看见过的各种东西里面,那些刑具就像是鸟类和虫类里面的蝙蝠、蜈蚣和蜘蛛。

"医生在哪里?"沙尔莫吕问道。

"在这里。"她刚才还没有看见的一个穿黑袍子的人回答道。

她战栗起来。

"小姐,"宗教法庭检察官用爱抚的声音说,"我再问第三遍,你还坚持不招认你被控告的罪行吗?"

这一次她只能用点头来回答,她已经没有声音了。

"你还坚持呀?"沙尔莫吕说,"这使我很失望。但是我必须履行我的职责。"

"王室检察官先生,"比埃拉粗鲁地问道,"我们先用哪一种刑具?"

沙尔莫吕装出诗人苦苦推敲韵律时的怪样子,迟疑了一会。

"先用铁靴吧。"他终于回答道。

那不幸的姑娘觉得人和神都把她抛弃了,她的头低垂到胸前,好像一个毫无力气的笨重物件一样。

施刑人和那个医生一齐走近她身边,同时,两个助手便在那堆丑恶的刑具中乱翻起来。

听到那些刑具的可怕的响声,那不幸的孩子战栗得像一只通了电的死青蛙。"啊,"她喃喃地说道,声音低得听不见,"啊,我的弗比斯!"随后便又像大理石似的一动不动,一声不响了。看到这个情景,无论什么人心里都会非常难过,只有法官们的心是例外。她像是一个不幸的有罪的灵魂,在地狱红色的小门里受撒旦拷问。即将被那些钳子、轮子、滑车等等可怕的刑具折磨的,即将被施刑人和钳子抓住的,却是一个如此美丽温柔娇弱的人儿。人类的正义交给那苦刑的可怕的磨盘去磨的,是多么可怜的谷粒呀。

这时,比埃拉·多尔得许的两个助手用他们粗硬的手扯脱了姑娘的鞋袜,露出了那双可爱的腿和小巧的脚。它们曾经多少次用它们的精巧和美丽在巴黎街头使人们迷惑啊。

"可惜!"看见这么美丽的腿脚,施刑人不禁低声说道。这时假若副主教在场,一定会记起他那个苍蝇和蜘蛛的比喻吧。透过眼前一片云雾,那不幸的姑娘看到铁靴挨近了她,自己的双脚很快就给放进那铁器里去了。这时恐怖使她有了力量。"把它拿开吧!"她疯狂地喊道,同时一下子直直地站起来,"行行好吧。"

她想冲下床走到检察官跟前跪下，可是她的双腿夹在包铁的橡木板里，使她一下子软瘫在铁靴上，比翅膀上载着铅块的蜜蜂还要疲弱无力。

沙尔莫吕做了个手势，人们又把她放回床上，两只大手就把拱顶上悬着的皮条绕在她柔弱的腰间。

"我最后一次问你，"沙尔莫吕依旧装出那副慈悲的样子说，"你招认你犯的罪吗？"

"我是无罪的。"

"那么，小姐，你怎样向原告的证人说明你的情况呢？"

"哎，大人，我不知道呀。"

"那么你不招认吗？"

"不！"

"上刑！"沙尔莫吕向比埃拉说。

比埃拉扭动螺丝钉，那双铁靴便越来越紧，不幸的姑娘发出人类语言中从来没有过的一声惨叫。

"停住！"沙尔莫吕向比埃拉说。"你招认啦？"他向埃及姑娘问道。

"全招！"不幸的姑娘喊道，"我招，我招！开恩吧！"

在严刑之下，她再也鼓不起勇气了。一向过着快乐光明甜美生活的不幸的孩子，第一种苦刑就把她制服了。

"出于人道我不得不告诉你，"王室宗教法庭检察官说，"一招认你就只好等死。"

"我情愿死。"她回答道。她倒在皮床上，像死去了似的蜷伏在那里，任凭皮条捆着她的腰身。

"因此，漂亮的孩子，还是忍耐一点吧，"比埃拉把她扶起来说道，"你的神气真像勃艮第先生挂在脖子上的金羊。"

沙尔莫吕高声说道：

"书记官，写吧，埃及姑娘，你招认你同一些魔鬼、女巫、女妖一道参加地狱里的聚餐会、安息日会和一切妖法吗？回答吧！"

"是的。"她说。声音轻得像吹了口气。

"你招认你曾经看见倍尔日比特为了召集安息日会，在云端里变成了只有女巫才看得见的公山羊吗？"

"是的。"

"你招认你崇奉圣殿骑士团骑士崇拜的可憎的波浮梅的头像吗？"

"是的。"

"你招认你经常同牵连在案子里的那只变成山羊的魔鬼来往吗？"

"是的。"

"最后，你招认并且忏悔你凭着那个通称为妖僧的幽灵的帮助，在三月二十九日晚上，刺杀了一位名叫弗比斯·德·沙多倍尔的队长吗？"

她抬起呆定定的大眼睛望着那个官儿，既不战栗也不慌乱，像机器一般回答道："是的。"显然她的心完全碎了。

"写下来吧，书记官。"沙尔莫吕说。然后又向施刑人说道："给犯人松刑，带到堂上去。"

犯人给松刑之后，王室宗教法庭检察官察看着她那双还在疼痛的脚。"得啦，还没有怎样弄坏，刚才你叫喊来着。你还是能够跳舞的呀，美人儿！"

接着他转身向法庭的助手们说：

"到底问出结果来了。这多好呀，先生们！这位小姐可以证明我们是尽量优待了她呢。"

三　银币变枯叶续完

她脸色苍白地跛着脚,回到大厅群众里来,迎接她的是一片欢快的低语声。在群众方面,好像是剧场里奏完了幕间插曲,幕布重新拉开宣告最后一幕开演时的那种不耐烦的满意。在法官方面,则是因为他们很快就能退庭回家吃晚饭了。那只可怜的小山羊也高兴地咩咩叫,它想跳到它的女主人跟前去,但它被绑在凳子上动不了。

天色已经完全黑下来,并没比先前增多的蜡烛,闪着微弱的光,使人连大厅的墙壁都看不清楚。黑暗给一切蒙上了一层雾。只看得见法官们的模糊的脸孔。在他们对面,在大厅的这一头,可以看到一个朦胧的白影子在暗中晃动,那便是被告。

她拖着摇摇欲倒的步子走到她的座位跟前。沙尔莫吕威严地就座了,随后又站起来,竭力不让自己的成功落空,他说道:"被告全部招认啦。"

"波希米亚姑娘,"院长说道,"你招认你的全部巫术罪行,招认你卖淫和刺杀弗比斯·德·沙多倍尔队长的罪行吗?"

她的心头发紧,人们听见她在黑暗里啜泣。"凡是你们希望我招认的我全都招认,但是快点杀死我吧!"她用微弱的声音回答道。

"王室宗教法庭检察官先生,"院长说道,"大理院准备听取您的拷问报告。"

沙尔莫吕打开一本吓人的备忘录,用过多的手势和读辩护词那种夸张的语气,诵读起一篇拉丁文的演讲词来了,其中所有的例证都是他从最喜欢的幽默作家勃拉特①的作品里摘引来的,这是些西塞罗式冗长的句子。我们很抱歉不能把这篇出众的东西奉献给读者。演讲人用奇特的姿势高声念诵,还没有念完开头的引言,额上就冒出了汗珠,眼球好像要跳出眼眶。忽然他在一个句子中间停顿下来,他那平常十分温和甚至愚蠢的眼睛,此刻变得恶狠狠的。"先生们,"他喊道(这回他是用法文讲的,因为备忘录里并没有这些话),"在我们的案件里撒旦是这样的嚣张,他竟然亲自出庭扮着鬼脸来侮辱我们的尊严! 看呀!"

　　他一面说一面用手指着那只山羊,山羊看见沙尔莫吕的手势,以为是应该表演一番了,便用两条后腿坐起来,它那两条前腿和有胡须的脑袋拼命在模仿王室宗教法庭检察官那副悲壮的模样。假若读者还记得,这本来是它的绝技之一。但是这个偶然事件,这最后的"证据",却产生了特别的后果,人们把山羊的四脚捆了起来。王室宗教法庭检察官又继续演讲开了。

　　演讲词很长,但结尾非常美妙,下面就是那最后几句(读者在这里还可以想象出沙尔莫吕沙哑的声音和喘息的姿势):

　　"所以,先生们,巫术已被证实,罪状已很清楚,犯罪动机也已了解,凭着高低各级法庭管辖下的巴黎圣母院的名义,我们按照这些文件的精神,要求依法判刑:

---

①　勃拉特(前254—前184),古罗马用拉丁文写作的喜剧诗人。

一、一笔特别赔偿费。

二、在圣母院大门前举行忏悔仪式。

三、一个判决。根据判决,这个女巫同她的山羊,应该在大家称作格雷沃的广场上,或者在突出于塞纳河并与王室花园相连的小岛上,就地正法①。"

他戴上帽子重新就座。

"哎!"伤心的甘果瓦叹息道,"这个神甫的拉丁文是多么低劣!"②

被告身边一个穿黑衣服的人站起来了,那是她的律师。法官们因为肚子饿了,都嘀咕起来。

"律师,请说得简短些。"院长说。

"院长先生,"律师回答道,"既然被告已经招认了全部罪行,我只有几句话要向先生们说。沙里克法典里有这样一条:'假若一个吃人的妖魔认了罪,他可以付出八千德尼埃的罚款——共值两百金苏。'可否请法庭判我的当事人付这笔罚金。"

"这条法律早已作废了。"国王的特别律师说。

"不对!"③罪犯的律师申辩道。

"提付表决吧,"一个议员说,"罪状已被证实,现在已经太晚啦。"

于是当庭进行表决,法官们随声附和,因为他们忙着退庭回家。院长低声征求他们意见时,人们看见他们在黑暗里一一脱帽。不幸的犯人好像也在朝他们看,但是她悲苦的眼睛已经什么都看不见了。

①②③　原文是拉丁文。

于是书记官连忙书写，随后便把一个长长的羊皮纸文件呈递给院长。

随后不幸的姑娘听到人们忙乱了一阵，枪戟碰响了一阵，一个冷酷的声音说道：

"波希米亚女子，在国王陛下高兴指定的一个中午，你要只穿衬衣，赤着双脚，脖子上套着绳子，在一阵鼓声里被带到圣母院大门前，手里拿着两磅重的大蜡烛进行忏悔。你从那里再被带到格雷沃广场，在本市的刑台上给绞死。你那小山羊也要给绞死。你要向官府交纳三块金狮洋，用来抵消你所招认的你对弗比斯·德·沙多倍尔队长犯下的罪行，如妖法、巫术、淫乱和刺杀等。愿上帝收留你的灵魂！"

"啊，这是一场梦呀！"她低声说道，随后就感到有几双粗大的手来把她带走了。

四　抛掉一切希望①

在中世纪，一座称得上完整的建筑，它的地下工程差不多同地上一样多。除了像圣母院那样用成排木桩做屋基的以外，一座宫殿，一座堡垒，一座教堂，通常都有两个底层。一座大教堂下面，还有另一座相当低矮、黑暗、神秘、又瞎又聋的地狱般的教堂，就在那光辉灿烂、日夜发出琴声与钟乐声的本堂底下。有时地底下是一座坟墓。在宫殿或监狱里，地底下就是一座牢房或坟墓，或者两样都有。这些结实的泥水工程，我们已经在别处描述过它们的构造形式，它们不单是只有屋基，

---

① 原题是拉丁文。

而且还有根须分布地下，形成房间走廊与楼梯，同地上一层的建筑一模一样。这样，教堂宫殿和监狱就有一半是埋在地底下，一座建筑的地窖就是另外一座建筑，你到那里去不用往上爬，只需往下走。地底下的教堂作为它上边一层建筑的地下层，正如岸边的树林和山峦向透明的湖水投下的倒影。

在圣安东尼地区的巴士底狱，在巴黎司法宫，在卢浮宫，这种地下建筑都是牢房。那些伸入地底的牢房的梯级，越往下越窄越黑暗，它们被可怕的阴影划分成许多地段，但丁要找地狱①，也不可能找到比那些地方更合适的了。牢房的烟囱通常安在从上层地面蜿蜒而下的沟道所形成的那一类洞穴里，但丁就是在那种地方安置撒旦的。当时只有判了死刑的囚犯才被丢在那种地方，一个悲惨的生灵到了那里，就永远同阳光、空气、生命完全隔绝，把一切希望通通抛弃，要出去除非是去上绞刑架或火刑台，有时他们就在地牢里死掉了，腐烂了，人类的正义把它称为"遗忘洞"。囚犯在那里感到头顶上有一堆石头和一群狱吏把自己和人类隔绝开来，那整个牢房，那牢固的监狱，只是一把巨大的锁，把自己锁在活生生的世界下面。

拉·爱斯梅拉达在被判绞刑之后给丢了进去的，就是一个这样的地穴，就是圣路易修造的这种"遗忘洞"，就是杜尔内尔刑事监狱的这个地牢，这当然是为了怕她逃跑。巍峨的司法宫就在她的头顶上，但她不过是连它最小的一块砖石也搬不动的一只可怜的苍蝇啊！

事实上，天上人间同样不公平，要摧毁这么一个柔弱的人

① 但丁所著《神曲》分为《地狱》《炼狱》和《天堂》三篇。

儿,根本用不着那样多的苦难和酷刑啊。

她迷失在地牢的黑暗里,被黑暗覆盖着,埋葬着,禁锢着。看过她在阳光下欢笑和舞蹈的人们,又看见她处在这样的境地,一定会战栗起来。她被沉重的铁链压着,蜷伏在一张草席上,地牢墙头的水在她脚下滴成一个小水潭,身旁放着一个水罐和一块面包。她像黑夜一般冰冷,像死人一般冰冷,头发里没有一点空气,耳朵里听不到一点人声,眼睛看不见一缕阳光。她毫不动弹,也不呼吸,甚至也不觉得难受。弗比斯、阳光、中午、天空、巴黎市街,为她博得过许多赞赏的舞蹈,她同那个军官的情话,还有那神甫,那把尖刀,以及血呀、酷刑呀、绞刑架呀,通通在她的心头过了一遍,有时像一片金光闪闪的幻景,其中歌声嘹亮,有时像是一个可怕的噩梦,但那不过是消失在黑暗中的隐约的挣扎,或者是遥远的音乐,这种音乐是那不幸的人掉进深渊后再也听不见的地面的音乐。

自从来到了这里,她既不是醒着也不是睡着,在这种不幸之中,在这个地牢里面,她再也分不清醒着和做梦,分不清梦境和现实,分不清白天和黑夜,一切都是混乱的、破碎的,都在她的思想里飘浮着,流散着。她再也不能感觉,不能辨识,不能思考了,顶多只像做梦般恍恍惚惚。从来没有哪一个活人坠入过这么深的空虚。

她是这样麻木、呆定、凝冷,几乎没有听见她头顶上一扇活门两三次打开的声音,甚至也没有注意到那里透进来的一丝光亮,有人扔给她一块黑面包。狱卒的这种按时的到来,就是她和活人之间惟一的联系了。

还有一个东西机械地占据着她的听觉:那便是从屋顶石板缝里流出的水每隔一定的间歇就滴下来,她呆呆地听着水滴落在身边小水潭里的声音。

这滴在水潭里的水，就是她周围仅有的响声，就是告知她时间的钟表，就是地面上所有的声音里面惟一能到达她那里的声音。

不管怎么说，在那只有泥浆和黑暗的处所，她总算还能感觉得到冰冷的水滴落到她的胳膊和双脚上，这使她战栗。

她到这个地方多久了？她一无所知。她只记得在什么地方有人判了某个人的死刑，这之后她便给带到了这里，只记得她是在黑夜和沉寂中冻醒过来的。她手上戴着手铐，脚踝上戴着脚镣，铁链丁当地响着。她明白了自己的周围只有墙壁，身子底下只有滴满了水的石板地和一张草席，但没有灯，没有通风口。她只好坐在草席上，有时为了换一下姿势，便去坐在地牢的最后一级石阶上。有一会儿，她试着去数那水滴向她报告的黑暗的分秒，可是一个病弱的头脑所做的这个悲惨的努力，很快就在她脑子里自行粉碎，留给她的只是呆木的感觉。

某一天或是某个夜晚（因为中午或半夜在这个坟墓里都是同一种颜色），她听见头顶上有一种响声，比往常给她送来面包和水的狱卒开门的声音要响些，她抬起头来，看见寂静的地牢拱顶上的活门缝隙里透进了一线红红的亮光，同时那沉重的活门响起来。活门在生锈的锁链上轧轧地磨响一阵便转开了，她看见一盏灯，一只手和两个人的下半截身子，门太矮，她瞧不见他们的头，灯光太耀眼了，她只好把眼睛闭上。

她睁开眼睛时，活门已经关上，灯放在一级石梯上面，一个男人只身站在她的面前。他从头到脚裹在一件黑色衣服里，脸上蒙着一块黑头巾。他全身任何部分都看不见，包括他的脸和手,仿佛是一件直立着的长长的尸衣,但在那件尸衣里面好像有什么东西在颤动。她向这个幽灵一般的东西呆定定地望了几秒钟,她或他谁都不说话,真像是两尊塑像面面相对。这个地洞里好像只有两种事物还有些生气:那就是潮湿空气引起的灯芯的爆响声和从屋顶滴下的水声——它用单调的淅沥声应和着那有规律的爆响,使灯光在水潭打皱的表面上的光圈抖动起来。

犯人终于说话了:"你是谁呀?"

"一个神甫。"

这句话,这种语气,这个声音,使她禁不住战栗起来。

神甫又用清楚沉重的声音问道:

"你准备好了吗?"

"准备什么?"

"准备去死。"

"啊,"她说,"很快了吧?"

"明天。"

她高兴地抬起的头又垂下去了。"时间还是太长了!"她低声说道,"为什么不在今天呢?"

"那么你很难受吗?"神甫沉默了片刻问道。

"我很冷。"她回答。

她用手握住自己的双脚,这是不幸的人感到寒冷时常有的动作,就像我们看见过的罗兰塔里那个隐修女一样。她的牙齿也碰得直响。

神甫似乎用他那蒙在头巾下面的眼睛环顾了一下这所牢房。

"没有亮光!没有炉火!泡在水里!真可怕!"

"是呀，"她用不幸给她造成的惊慌语气说道，"全世界都有白天，为什么他们只给我黑夜呢？"

"你可知道，"神甫又沉默了一会说，"你是为什么到这里来的吗？"

"我想我是知道的，"她把瘦瘦的手指按住额头，好像为了帮助记忆，"可是我又不知道了。"

突然她像小孩子一般哭起来了。"我想离开这个地方，先生，我冷，我害怕，并且有些讨厌的东西在我身上爬。"

"那么，跟我来吧。"

神甫一面说一面抓住她的胳膊。这不幸的人本来已经连五脏六腑都冻僵了，但神甫的手还能使她感觉到是冰冷的。

"啊，"她低声说，"这是'死亡'的冰冷的手呀。你究竟是谁？"

神甫把头巾拿掉了。她盯着瞧，原来就是那个长久跟踪她的人的阴森森的脸孔，那个在法洛代尔家里出现在她崇拜的弗比斯头顶上的脑袋，那双她上次看见在一把尖刀旁边闪亮的眼睛。

这个危害她的幽灵，这个曾经把她从灾难推到灾难，使她遭受刑律的幽灵的出现，使她从呆木状态中惊醒了，那一直遮住她的记忆的厚厚的幕布好像突然拉了开来，她的全部悲惨遭遇，从法洛代尔家那个晚上到杜尔内尔法庭的审判，一下子都回到了她的心里，不像往常那样模糊混乱，而是清楚的、鲜明的、跳动的、可怕的。已经一半消失并且几乎被痛苦抹掉了的这些记忆，通通被站在她跟前的这个阴森森的男人召唤回来，就像人们用隐显墨水写在白纸上看不出来的字，一挨近火就清楚地显现出来一样。仿佛她心头所有的伤口同时给撕裂开来,流着鲜血。

"啊,"她用双手捂着眼睛,痉挛地哆嗦着嚷道,"原来是那个神甫!"

随后她便垂下无力的胳膊,依旧低着头坐在那里,眼睛盯在地上,一言不发,不断地哆嗦。

神甫望着她,那眼光就像一只长久地在高空盘旋的鹞鹰,死盯住躲在麦田里一只可怜的云雀不放,它悄悄停止了回旋,突然像闪电般朝云雀扑去,用爪子把它捕获。

她用极低的声音说:"完结吧,完结吧,再来最后一下吧!"她恐惧地把头缩在两肩当中,仿佛羔羊在等待屠夫的那致命一刀。

"是我把你吓住了吗?"他终于问道。

她没有回答。

"是我把你吓住了吗?"他重复问了一遍。

她的嘴唇似笑非笑地动了一下:"是呀,刽子手在同犯人开玩笑呢,他已经跟踪我吓唬我威胁我好几个月了。要是没有他,我的上帝,我该多么幸福! 就是他把我丢进了这个深渊! 啊,天哪! 就是他杀害了……就是这个家伙杀害了他,我的弗比斯!"

说到这里,她突然大哭起来,抬眼望着神甫:"啊,可恶的东西,你是什么人? 我对你做了什么,使你这样恨我? 啊,你为什么要反对我?"

"我爱你!"神甫大声说道。

她的眼泪忽然止住不流了,只用痴呆的眼光看着神甫。神甫跪在那里,用火焰般的眼睛死死地盯着她。

"你听见吗? 我爱你!"他又大声说。

"什么样的爱?"那不幸的姑娘战战兢兢地问道。

"下地狱的人的爱!"他回答。

两人都被感情的重量压倒了,好一会没出声,他是疯疯癫癫的,她却是呆定定的。

"听着,"神甫终于恢复了异常的平静,说道,"你会完全明白的,我要把我在上帝似乎看不见我们的漆黑的夜晚扪心自问时都不敢向自己说的话告诉你。听着,姑娘,在遇见你之前,我是幸福的……"

"我也是呀!"她有气无力地叹息道。

"不要打断我的话。是呀,我本来是幸福的,至少我以为自己是幸福的。我是纯洁的,我灵魂里充满了明净的光辉,没有谁的头抬得像我那样高,像我那样骄傲,没有谁像我那样精神焕发。神甫们同我谈论贞洁,学者们同我谈论教义。是呀,科学对于我就是一切,她是一位姐妹,一位令我满意的姐妹。随着年岁的增长我并不是没有别的念头的,不止一次我的肉体由于一个女人走过而冲动起来,我在少年时就以为被生活窒息了的这种男人的生理和血液的精力,不止一次痉挛地解开了把我这可怜人拴在神坛冰冷石头上的铁链。但是斋戒、祷告、学习和修道院的禁欲制度,又使我的灵魂重新成了我躯体的主宰,于是我回避一切妇女,此外我就只好打开书本,使我头脑里一切不洁的烟雾消失在科学的崇高之前。几分钟后我便觉得我远离尘世杂务,我又在永恒真理的安详的光辉面前变得宁静严肃起来。在教堂里,在大街上,在田野中,魔鬼曾经多次用在我面前经过的妇女的模糊影子来诱惑我,但是她们很少出现在我的思想里,我轻易地把魔鬼打败了。哎,假若胜利已经不在我这边了,那是上帝的错误,他没有让人具有和魔鬼同等的力量啊。听着！有一天……"

说到这里,神甫又停顿了一下,犯人听见他胸中迸出几声叹息,那声音好像是在垂死挣扎。

他接着说下去:

"有一天,我坐在我那小房间的窗口……我当时正在读一本什么书呀？啊,这些事在我脑子里乱成了一团,我正在读书。那窗户是朝着一个广场的,我听见一阵鼓声和音乐声,因为它扰乱了我的沉思,我愤怒地向广场望去。那时我所看见的,别的许多人也都看见的,是一种不是人类的眼睛应该看见的景象,在那边,在石板路当中,那时正当中午,有很好的阳光,有个人正在那里跳舞,一个十分美丽的姑娘。上帝应当选她当圣处女,选她当他的母亲,假若他诞生时她早已在世,他一定愿意自己是她生下的呢。她的眼睛又黑又亮,头发有几根被阳光照着,像金丝一般闪闪发光。她的脚跳起舞来就像车轮的辐条在迅速转动。在她的头上,在乌黑的发辫中间,有些金属的发针在阳光里闪亮,在她的额头上形成一圈星星。她那钉着许多亮片的天蓝色衣服,像夏夜的天空一般,闪出千万道光芒。她的柔软的浅褐色胳膊绕着她的身子一收一放,好像两条带子。她的身材漂亮极了。啊,那光辉的形体,甚至在太阳光里也像是发光的东西一般！……哎,姑娘,那就是你呀。我又惊异,又沉醉,又迷惑,我听任自己一直望着你,望到我惊恐地战栗起来,我觉得命运的手已经把我抓住了。"

情绪激动的神甫又停顿了一下,接着说道:

"已经半着迷了,我就试着要抓住什么免得堕落。我想起了撒旦早已向我张开过的罗网。我眼前的人具有那种非凡的美,那只能是从天上或地狱里来的。她不是那种用一点儿人间凡土造成的,内心闪耀着女性心灵微光的单纯的姑娘,她是一位天使,但她是从黑暗里诞生的,从火焰里诞生的,而不是从光明里诞生的。正当我在这样想的时候,我看见她身边有一只小山羊,一种经常同巫师在一起的动物,在笑着看我。中午的阳光把它的犄角照得像火一样发光。于是我看到了魔鬼设下的圈套,我再不怀疑你是从地狱里来的,是来使我堕落的,我是非常相信这一点了。"

神甫面对面看着犯人,接着又说下去:

"我现在依然相信这一点,而且魔法也逐渐在发生作用。你的舞步在我头脑里旋转起来,我感到那神秘的符咒已经控制了我,本来应该清醒的现在都在我灵魂里睡着了,就像在雪地里死去的人一般,我倒庆幸这种睡眠的来到。忽然你唱起歌来了。我怎么办呀,我这个不幸的人?你的歌声比你的舞蹈更加迷人,我想逃,但是办不到,我似乎被钉在——似乎在地上生了根,好像石头人一样。我只好依旧站在那里,我的双脚冰冷,头却热得发晕。最后,也许你可怜我啦,停止了歌唱走开了。那灿烂的幻景,那甜美的音乐,逐渐在我的眼里和耳里消失了,于是我跌倒在窗下的角落里,比倒下的塑像更僵硬更脆弱。晚祷的钟声把我惊醒了,我清醒过来便想逃开去,可是,哎,我心里有什么东西已经垮掉,再也扶不起来,好像有什么东西压在我身上,使我再也逃不掉了。"

他又停顿了一下,接着说道:

"从那一天起,我就变成了一个我不认识的人。我打算重新采用我的治疗方法:修道院、神坛、工作、书籍。真笨啊!当热情的头脑开始失望的时候,科学变得多么空虚!姑娘,你知道从此我在书本和我自己身上看见的是什么?是你,是你的形象,是那天在我面前的灿烂的形象。但这个形象不再是原来的颜色,它变成了阴森的、惨淡的、幽暗的,好像望太阳望得太久之后在眼前跳动的一圈黑影。

"我摆脱不了这个形象,我常常听见你的歌声在我脑子里鸣响,看见你的脚在我的祈祷书上跳舞,夜里在梦中,你的形象便滑过我的肉体。我希望看见你,触摸你,想知道你是什么人,看看你和你留给我的那个完美的形象是否完全一样,我以为那样一来,也许能让事实把我的幻梦粉碎。总之,我希望有一个新的形象来消灭那前一个形象,因为前一个使我无法忍受。于是我到处寻找你,我又看见你了。多么不幸!看见过你两次以后,我便希望看见你一千次,希望常常看见你。所以,在那通向地狱的斜坡上,怎么可能停住不往下滑呢?所以我再也不能控制自己了。魔鬼系在我翅膀上的长线,另一头却系在你的脚上。我变得跟你一样到处流浪起来,我在许多大门口等候你,在许多街角上窥伺你,在我的钟塔顶上偷看你。回到我的房间后我就更加入迷,更加失望,更加疯癫,更加丧魂失魄!

"我终于知道了你是什么人,是埃及人,是波希米亚人,是流浪的人和漂泊的人,那还能同巫术没关系吗?听着!我希望通过诉讼来把我身上的魔法解除掉,有一个女巫曾经把勃罗诺·达斯特迷住,他把女巫烧死了,自己也就痊愈了。我知道这件事,我也想试一下这种解脱方法。我首先禁止你到圣母院一带来,以为你不再来,我便能把你忘记了。你不遵守禁令,于是我想把你抢到手。有一天晚上我捉住了你,我们是两个人,正当我已经把你捉住时,那倒霉的军官来了,他放走了你,从此就开始了你的不幸,还有我的和他的不幸。最后我不知怎么办,不知道会怎么样,只好把你舍弃给那个军官,我以为这样我就会痊愈了,像勃罗诺·达斯特一样。但我又混乱地想到要用诉讼的办法把你弄到手,想着把你关进监牢就能得到你,在那个地方你就不能逃避我了。你占有我的心这么久,也该让我来久久地占有你啦。一个人只要干了一件坏事,就想干尽一切坏事,除非发了疯才会中途停止!罪恶的另一头有令人昏迷的欢乐呢。一个神甫同一个女巫在牢房的草席上是能够沉醉在那种欢乐里的!

“于是我控告了你,碰见你时我就吓唬你,我让你掉进我的圈套,但我堆在你头顶的风暴,带着威胁与闪电消逝了,因为我还有点犹豫不决,我的计划里有些可怕的成分使我退缩不前。

“也许我会放弃自己的打算,也许那可怕的念头会在我头脑里毫无结果地消失了,是进行呢还是撤销我的诉讼,我相信在我心里还是件悬而未决的事。但是每种可恶的念头都是十分坚决的,都是非成为事实才肯罢休的。正当我自以为很有力量的时候,命运却比我更有力量。唉,是命运把你抓住了,并且把你放在我私自做成的机器的可怕的齿轮下面了,听着,我快要讲完啦。

“有一天,在另一个阳光明媚的日子里,我看见一个男人从我面前走过,嘴里喊着你的名字,笑着,眼睛色眯眯的。真该死。我就跟踪他了,以后的事情你是知道的了。”

他住口了,那姑娘只能喊出一句:

“啊,我的弗比斯!”

“别喊这个名字!”神甫狠狠地抓住她的胳膊说,“不要说出这个名字!啊,我们都是不幸的人,就是这个名字把我们毁了的！或许是命运那无法抗拒的游戏把我们大家都毁了！你伤心，不是吗？你冷，黑夜使你变成了瞎子，牢房包围着你，可是你灵魂深处也许还有一线光明，虽然那不过是你对那玩弄你的心灵空虚的男人的幼稚的爱情罢了！我呢，我的心是一座牢狱，我的心像冬天，充满了冰霜和失望，我的灵魂里只有黑夜。你知道我遭受的一切吗？我参与了你的案子，我坐在宗教审判官的位置上，是呀，在那些神甫头巾里，有一块头巾遮盖着一个罪人的怪模样。人们把你带上法庭的时候，我在场，人们审问你的时候，我也在场。豺狼的洞穴啊！那是我的罪过，那是我应受的惩罚，但我却看见人们把它安在你的头上。每次旁证，每次辩护，我都在场，我能够计算出你踏在那苦难路程上的每一个脚步，当那只凶恶的野兽……我也是在场的，啊，我事先没料到那种刑罚。听着，我跟随你到了那个拷问室，我看见施刑人的卑鄙的双手脱去你的鞋袜，使你腿脚半露着。我看见了你的脚，我曾经希望吻一下便死去的脚，要是能踏在我的头上就会使我沉醉的脚，我却看见人们把它们装进铁靴里去，那种铁靴曾经使无数活人的脚变得血肉模糊的呢！啊，当我这个不幸的人看见这一情景时，那时我胸前衬衣底下正藏着一把尖刀，听到你一声叫喊，我便把刀向肉里刺去，听见你叫喊第二声，我便把刀向心窝刺去。看呀，我相信伤口还在流血呢。"

他把衣服解开，他的胸口的确像被老虎抓伤了一样，两胁下有个尚未愈合的很大的伤口。

女犯恐惧地倒退了一步。

"啊，"神甫说道，"姑娘，怜悯我吧！你认为你自己是不幸的，唉，唉，你还不知道什么叫做不幸呢。啊，爱着一个女人，自己却是一个神甫，一个被人厌恶的神甫！他用自己灵魂里全部力量去爱她，觉得为了她的微微一笑，就能使他把鲜血、品德、荣誉、不朽和永恒，今世和后世的生命通通抛弃；他恨自己不是国王、天才、皇帝、天使或神灵，不能在她脚下成为一个比较伟大的奴隶；他日日夜夜在思想里和睡梦里拥抱她，但他看见她喜爱的却是军官的制服，而自己能献给她的只是她所害怕和嫌弃的肮脏的教士长袍。当她把她的爱情与美貌浪费在一个可恶的笨蛋身上，他便带着妒忌与愤怒出现在她面前。看着那使人燃起欲念的形体，那十分甜柔的胸脯，那在别人的亲吻下颤动和羞红的肌肉！啊，天哪！爱着她的脚，她的手臂，她的肩膀，梦想着她的发蓝的脉络，她的浅褐色的皮肤，一直到他整夜地蜷伏在自己那小房间的石板地上。但是看见他所梦想的种种温存竟使她遭受刑律，竟使她去躺在那张皮床上！啊，那真是些用地狱之火烧红了的铁钳呀！哪怕是被锯死的人或被五马分尸的人，也都比他幸运呀！你知道他忍受着怎样的痛苦，在那些漫漫长夜里，他血液沸腾，心灵破碎，头脑胀痛，他用牙齿咬着自己的手，残忍的苦刑使他像辗转在烧红的铁耙上一样，辗转在爱情、妒忌和失望的念头上！姑娘！慈悲吧！对我宽大一会儿吧！在这个伤口上涂点香膏吧！我求你揩掉我额头上大颗地流淌的汗珠！孩子啊，请你一只手惩罚我，另一只手爱抚我吧！怜悯吧，姑娘，怜悯我吧！"

神甫在牢房的水潭里打滚，并且把脑袋向石阶上碰去。那姑娘听着他说话，呆望着他，当他停止说话，筋疲力尽地喘气的时候，她用很低的声音重复说道："啊，我的弗比斯！"

神甫爬行到她跟前。

"我恳求你,"他喊道,"要是你有点心肝,不要拒绝我吧! 啊,我爱你! 我是一个可怜的人! 不幸的姑娘,你说出这个名字,就像你是在捣碎我心上的每一条神经! 发发慈悲吧! 假若你是从地狱来的,我要同你一起回去,我所做的一切就是为了这个。你所在的地狱,就是我的天堂,你的眼光比上帝的更可爱呢! 啊,说吧! 你不愿意要我吗? 假若一个女人能够拒绝这样的爱情,高山也会活动啦。啊,只要你愿意! ……啊,我们能够多么幸福呀! 我们可以逃走,我可以帮助你逃走,我们可以到某个地方去,我们会在大地上找到一个阳光更好、树木更多、天色更蓝的处所。我们要彼此相爱,我们要互相充实彼此的灵魂,我们之间有着如饥似渴的爱情,让我们双方不断地来斟满我们那杯爱情之酒吧!"

她用可怕的笑声打断了他的话:"瞧瞧吧,神甫你的指甲里有血呢!"

神甫好几分钟惊骇得发了呆,盯着自己的手。

"哎呀,是了!"最后他用奇怪的温柔语气说,"侮辱我吧,嘲笑我吧,使我更加难受吧,可是来呀,来呀,我们得赶快,我告诉你,就在明天呀。格雷沃广场的绞刑架,你知道吗? 它是随时准备着的。太可怕啦,看着你坐在囚车里游街! 发发慈悲吧! 我从来没有像现在这样明白自己爱你爱到了什么程度,啊,跟我来呀,在我把你救出去以后你还来得及爱我的。你愿意恨我恨到什么时候都可以,可是来吧。明天呀,明天! 那个绞刑架! 你的死刑! 啊,拯救你自己吧! 饶恕我吧!"

他抓住姑娘的胳膊,神经错乱地想拽着她走。

她用呆定的目光看着他:"我的弗比斯怎样了?"

"啊!"神甫放开她的胳膊说,"你没有一点怜悯心!"

"我的弗比斯怎样了?"她神色凛然地重复道。

"他死了!"神甫叫喊起来。

"死了!"她依旧凛然不动地说,"那么你干吗还劝我活下去?"

神甫没听见她的话。"啊,对呀,"他自言自语地说,"他一定是死掉了,刀刺进去很深,我相信刀尖刺进了他的心脏。啊,我是全神贯注在刀尖上的呀!"

姑娘像狂怒的雌老虎一般向他扑去,用超人的力量把他往石级上一推。"滚开,怪物! 滚开,凶手! 让我死吧! 让我们两人的血在你额头上留下一个永远的印记! 变成你的——变成你这个神甫的? 永远不能! 永远不能! 任什么也不能把我同你结合在一起,哪怕是地狱! 滚吧,该死的东西! 永远不能!"

神甫踉跄地拐到了石阶跟前,他悄悄地把双脚缩进长袍底下,伸手拾起他的灯,慢慢地爬上通到牢门的石级,打开牢房出去了。

忽然那姑娘看见他又从门口探进头来,脸上一副骇人的表情,用又粗暴又失望的声音向姑娘说道:"我告诉你他死掉啦!"

她脸孔朝下跌倒在地上了。牢房里再也听不到别的声音,除了水滴在黑暗中落到水潭时的叹息。

五　母　亲

我不相信世界上有什么事情比得上一个母亲看见自己孩子的小鞋更愉快的了,尤其假若它是节日星期日或受洗礼时穿的鞋,连鞋底上都绣着花的鞋,孩子还不会走路时穿的鞋。这种鞋又精美又小巧,穿着这种鞋是走不了路的,母亲看见这种鞋就像看见了自己的孩子一样。她向着它笑,吻它,同它谈话。她自己问自己,人的脚真能够那样小巧么?孩子不在身边时,只要看见那美丽的小鞋,就仿佛是那柔弱可爱的小人儿在她跟前一般。她以为是看见了自己的孩子,看见了她的全身,活泼、愉快、精美的手,圆圆的脑袋,纯洁的嘴唇,眼白发蓝的亮晶晶的眼睛。假若是冬天,她便在地毯上爬行,好不容易爬到一张凳子上,那母亲就战战兢兢地担心她会爬到火炉跟前去。假若是夏天,就好像她脚步不稳地走到庭院里,花园里,去拔石板缝里的杂草,天真地看着那些大狗、大马,一点也不害怕,还同豆荚、花儿一起玩耍,弄得园丁在花坛上发现了砂子,在小径上发现了泥土,嘀咕地抱怨起来。她周围的一切都像她一样笑着,闪亮着,嬉戏着,就连在她柔软的鬈发中间嬉戏的空气同阳光也是笑眯眯的,欢快的。鞋儿把这一切呈现在母亲的眼睛里,像烛火一般把她的心熔化了。

可是,孩子丢失了之后,环绕着这小鞋的成千个欢乐、妩媚、温柔的形象,就变成了种种可怕的东西。那绣花小鞋变得只不过是一种永远使母亲心痛的刑具。依旧是那同一根弦在振动,同一根最深刻最敏感的弦,可是弹奏它的不再是那安慰人的天使,而是一个魔鬼了。

一天早上,当五月的太阳升起在澄蓝的天空,加俄法洛①喜欢把耶稣从十字架上解下来的情景画在这样的背景上,罗兰塔的隐修女听见格雷沃广场上响起一片车轮声、马蹄声和

---

① 加俄法洛(1481—1559),意大利画家。

铁器碰响的声音。她有些受惊了，便用头发把耳朵遮住不去听，一面走过去跪着看她供奉了十五年的那个没有生命的东西。我们已经说过，那只小鞋对于她就是整个宇宙，她的思想封闭在那只鞋里面，到死不会出来的了。为了这只像可爱的玩具似的玫瑰色缎子的小鞋，她向上天吐露过多少痛苦的呼吁，伤心的叹息，吐露过多少祈祷和哭泣，那只有罗兰塔的这间小屋知道了。比这只小鞋更可爱更好看的事物也从来没有人流露过更多的悲哀呢。

那天早上她好像比往常更加伤心，从外边都听得见她那尖声的、令人心酸的悲叹。

"啊，我的女儿！"她说道，"我的女儿！我可怜的亲爱的小孩！我再也看不见你啦。这可完了！我总觉得还像是昨天的事。我的上帝，我的上帝，您这样快就把她带走了，还不如早先就不要把她赐给我。难道您不明白孩子是我们肚子里的一块肉，不明白失掉孩子的母亲就不再相信上帝了吗？啊，我真是个倒运的人，偏偏在那天出门去了！主啊，主啊！您这样把她从我身边夺走了，可见您从来没看到过她同我在一起，我怎样快乐地抱着她在炉边烤火，她怎样含着我的奶头甜笑，把脚伸到我的胸口，一直伸到我的嘴唇上。啊，要是您看见过这些，我的上帝，您就会同情我的欢乐了，就不至于把我心头惟一的爱情夺走了！难道我真是这样可怜，主啊，使您看也不看我就惩罚我吗？唉！唉！鞋还在这里，可是那脚在哪儿呀？整个身子又在哪儿呀？孩子在哪儿呀？我的女儿，我的女儿！人们对你做了些什么？主啊，把她还给我吧！我跪着向您祷告了十五年，把膝盖都磨破了。我的上帝，这难道还不够？把她还给我吧，哪怕只有一天也好，一个钟头，一分钟也好。

把她还给我一分钟,主啊!然后把我永远扔给魔鬼吧!啊,要是我知道在什么地方能够拽住您的袍子边儿,我就会用我的两只手抓住它,那您就只好把我的孩子还给我啦!主啊,她这只漂亮的小鞋,难道您就不怜惜吗?您能用十五年的苦刑来惩罚一个可怜的母亲吗?慈悲的圣母,天上慈悲的圣母啊!我那孩子,我那亲生的孩子,人家把她抢去了,偷去了,在丛林里把她吃掉了,还喝了她的血,嚼碎了她的骨头!慈悲的圣母,可怜我吧!我的女儿!我要我的女儿!哪怕她是在天堂里,对我又有什么好处?我不愿要您的天使,我只愿意要我的孩子!我是一只母狮子,我要我的小狮子!啊,我要伏在地上,把我的头在石板地上磕碰,我要诅咒自己,我要咒骂您,假若您把我的孩子留着不还我!您看我把自己的手臂都咬伤啦,难道慈悲的上帝会没有怜悯心吗?要是我的孩子在我身边,她会像太阳一般使我温暖,尽管人们只给我一点盐和黑面包!上帝我主!我不过是一个卑微的罪人,可是我的女儿使我成了虔诚的信徒。由于爱她,我心头充满了宗教信仰,她的微笑像通往天堂的门户,我从她的微笑里看见了您。请让我能再有一次,仅仅一次,把这只小鞋穿在她那粉红色的脚上,然后在对您的赞美声中死去。我的圣母啊!啊,十五年啦!现在她一定长大了!不幸的孩子啊!什么?难道我真的不能再看见她了吗,也不能在天上再看见她了吗?因为我是进不了天堂的。啊,多惨!只有她的鞋在这里,就只这样罢了!"

不幸的母亲扑到那只小鞋上,十五年来,那只小鞋成了惟一能安慰她的东西,也是惟一使她失望的东西,就像发现孩子丢失的那天一样,她五内崩裂,哭得死去活来。对于丢失孩子的母亲,永远都像是刚刚把孩子丢失了似的,这种悲痛是不会过去的,丧服已经相当破旧褪色,而心依旧是漆黑一团。

这时,一阵阵富有生气的孩子欢乐的声音从小屋外传来,每次听见了他们的声音,那可怜的母亲都要躲到她那像坟墓一样的小屋的最暗的角落里去,好像是为了好把耳朵贴在石板地上不去听他们。这一次却相反,她忽然直挺挺地站起来留心听着,一个小男孩正在说:"今天要绞死一个埃及女人。"

用我们看见过的蜘蛛扑向一只在蛛网上发抖的苍蝇那样的突然一跳,她就跳到了窗口。读者知道,那窗口是朝向格雷沃广场的,的确有一架梯子放在那永久性的绞刑架跟前,执行绞刑的刽子手正在忙着整顿由于潮湿生了锈的链子,周围有一群人围着。

那一群说说笑笑的孩子已经走远了,小麻袋用眼睛找寻一个过路人,好向他打听。她发现就在她的小屋近旁有一个神甫,装出在读那本公用祈祷书的样子,但他的心思好像并不在铁栅里的祈祷书上,而是在那个绞刑架上,他不断朝那边投去狂乱的恶狠狠的眼光,她认出那是若扎斯的副主教先生,一个神圣的人。

"神甫,要在那里绞死谁呀?"

神甫看了她一眼没有回答,她又问了一遍,他才说:"我不知道。"

"那边有几个孩子说是要绞死一个埃及女人呢。"隐修女说道。

"我想是吧。"神甫说。

于是巴格特就发出一串疯疯癫癫的笑声。

"教姊,"副主教问道,"那么你很恨埃及女人吧?"

"我恨不恨她们?"隐修女喊道,"她们是巫婆,是偷小孩

382

的人呀! 她们吞吃了我的小女儿,我的孩子,我惟一的孩子! 我再没有心了,她们把我的心吃掉了!"

她的样子可怕极了,神甫冷漠地看着她。

"我特别恨其中的一个,我诅咒过她,"她又说,"那是一个姑娘,她的年龄和我的女儿差不多,要是她母亲没有把我的女儿吃掉的话。这条小毒蛇每次经过我的屋子,就使我的血往上涌!"

"得啦,教姊,高兴起来吧,"像坟头石像一般冷酷的神甫说,"你要亲眼看着死去的就是她呀。"

他脑袋耷拉在胸前,慢慢走开了。

隐修女快乐地挥舞着胳膊。"我早就说过她是要上绞刑架的! 感谢你,神甫!"她喊道。

于是她大踏步在她那洞穴的铁格窗口前走来走去,头发蓬乱,眼睛闪亮,又用肩膀往墙上撞,好像一头已经饿了很久的笼中恶狼,此刻知道快要有东西下肚了。

六　三人心不同

当时弗比斯并没有死去,这种男人的生命往往是很顽强的。国王的特别律师菲利浦·勒里耶向拉·爱斯梅拉达说的"他快死了"不过是讲错了话或者是开开玩笑。副主教向那判了刑的人重复说"他死了",但事实上他根本不知道弗比斯死了没有,不过他以为,他估计,他确信,他希望是那样罢了。要把关于他的情敌的好消息告诉那个女人,在他是太难啦。任何人处于他的地位也会同样觉得为难的。

弗比斯的伤势并不是不重,不过没有副主教所渲染的那么厉害。军警们一开始把弗比斯抬到外科医生家时,医生担心他只能活一个星期,并且用拉丁话告诉了他。然而年轻力壮占了优势,像通常的情形一样,尽管作了种种诊断和预测,大自然还是乐于通过医生的手挽救病人。躺在外科医生破榻上的那段时期,他受到菲立浦·勒里耶的侦讯和宗教法庭审判官的几次调查,使他觉得非常麻烦。于是在一个晴朗的早晨,当他觉得好些了的时候,他便把金马刺留下当做医药费,悄悄地溜走了。可是这并没有使案件的预审受到什么影响,当时的司法对于罪案很少关心它的准确性,他们需要的只是把犯人绞死,何况法官们又掌握了足够的不利于拉·爱斯梅拉达的证据,他们相信弗比斯一定已经死掉了,这就够啦。

至于弗比斯呢,他并没有逃得很远,不过是回到了他的连队,离巴黎只有几站路的法兰西岛上,在格·昂·勒里镇的驻防军里。

总而言之,他根本不想亲自出庭,他模糊地感到自己在这件案子里不过是个可笑的角色,他根本不知道应该怎样看待整个事件,他只是个头脑简单的军人,不信宗教,同时却又有些迷信。当他想起那件意外发生的事时,对于那只山羊,对于他第一次遇见拉·爱斯梅拉达时的特殊情景,对于她表达爱情的奇怪方式,对于她那埃及女人的气质,最后,对于那个妖僧,他都觉得疑惑不安。他发现在这段经历里巫术的成分倒比恋爱的成分多些,她或许是一个女巫,或许是一个魔鬼吧?那归根到底是一场滑稽戏,或者像当时的说法,一场很乏味的圣迹戏罢了,但他却在其中扮演了一个相当愚蠢的角色,一个被打击和被嘲笑的目标。那个队长为此感到惭愧,他体会到了拉封丹曾经描绘得绝妙的那种羞耻:

像一只竟然被母鸡捉去的狐狸那样感到可耻。

而且他希望这件事不要张扬开去,希望只要他不出庭,他的名字就不会被人大声提起,至少不会在杜尔内尔法庭答辩时提起。在这点上他倒是对的,那时候还没有审判公报呢。既然在巴黎的无数次审判中,没有一个礼拜不煮死伪币制造者,不绞死女巫,或是不烧死异教徒,人们已经十分习惯于跑到各个公共场所去看年老而封建的代米斯①卷起袖子,光着胳膊在绞刑架、梯子和刑台上行使职权,他们对于这些事是满不在乎的。当时的上流社会几乎不知道从街角经过的犯人姓什名谁,全体民众对于这种常见的事更加不在乎了。人们对于死刑的执行,就像对于面包匠的烤炉或屠夫的屠宰场那样已经司空见惯了,他们觉得刽子手只不过比屠夫稍微凶恶些罢了。

因此弗比斯对于女巫拉·爱斯梅拉达——或是像他所说的西米娜——,对于那流浪姑娘或那个妖僧的刺刀(刺刀是谁的他才不认为有什么要紧呢),都觉得心平气和了,不过当他的心灵在这方面感到空虚的时候,孚勒尔·德·丽丝的形象就回到了他的心头,队长的心灵和当时的科学一样都是害怕空虚的。

何况格·昂·勃里那地方枯燥无味,一个住满了铁匠和粗手粗脚的喂牛女人的村庄,一条两边排列着茅屋和砖房的半里长的街道,总之,像条尾巴似的。

孚勒尔·德·丽丝在他的感情里居于倒数第二的地位,她是一个漂亮姑娘,有一笔诱人的嫁妆。在一个晴朗的上午,

---

① 代米斯即司法女神。

这个恋爱中的骑士，他的伤口已经痊愈，而且料想流浪姑娘的案件在过了两个月之后也该早已结束并且被人遗忘，便装模作样地去叩贡德洛里耶府邸的大门了。

相当多的人正聚集在巴尔维广场圣母院的大门前，他并没有怎么在意，他记起那正是五月份，他猜想人们是在举行宗教仪式或者在庆祝节日，他把马拴在门环上，便愉快地上了未婚妻家的楼。

她正单独同她的母亲在一起。

她对那女巫到来的情景，她的山羊，她的该死的字母和弗比斯的长久不照面，现在仍然耿耿于怀，但当看见队长走进来，发现他那么漂亮，穿着那么新的军服，系着那么辉煌的肩带，神态那么热情，她就快乐得脸红起来。那高贵的小姐本人也比向来更加娇媚，她漂亮的金发巧妙地梳成辫子，全身衣服都是适合白净皮肤的天蓝色，那种卖弄风情是高兰布教会了她的，她的眼睛有一种因为爱而感到痛苦的表情，越发显得美妙。

自从在格·昂·勃里驻防以来就没有见过一位漂亮人物的弗比斯被孚勒尔·德·丽丝深深迷住了，这使我们的军官态度殷勤文雅并且心安理得起来。老是克尽母职地坐在那张大安乐椅中的贡德洛里耶夫人无心去责怪他，至于孚勒尔·德·丽丝的责备呢，当然是消失在喁喁的私语中了。

那姑娘靠墙坐着，仍然一针一线地绣着她那海神奈普顿的岩洞，队长靠在她的椅背上，她低声地撒娇地责备他。

"这两个月你都在干些什么呀，坏东西？"

"我向你发誓，"有点被这个问题窘住了的弗比斯回答道，"你美得简直令一位主教都不能不吃惊呢。"

她忍不住笑起来。

"这可好,这可好,先生,丢开我的美貌,回答我的话吧。扯什么美貌呀,真是!"

"哎呀,亲爱的表妹,我被叫到驻防军里去了。"

"请你告诉我,那是在什么地方?你为什么不来向我告别呢?"

"在格·昂·勃里。"

弗比斯很庆幸前半句问话帮助他避开了后半句。

"不过那是很近的呀,为什么你连一次都不来看我?"

这可使弗比斯相当不知所措了。"那是因为……职务……而且,可爱的表妹,我生病了呢。"

"病了!"她吓了一跳。

"是呀……受伤了。"

"受伤了!"

可怜的姑娘简直惊呆了。

"啊,你可别为这件事生气,"弗比斯满不在乎地说,"那算不了什么,不过是一次口角,一场决斗,那同你有什么关系呢?"

"同我有什么关系!"孚勒尔·德·丽丝抬起含泪的眼睛嚷道,"啊,你简直不明白你在说些什么。那场决斗是怎么回事?我愿意知道真相。"

"哎呀!亲爱的美人!我同马代·费狄吵了一架,你知道吗?他是圣日耳曼·盎·来伊的陆军中尉,我们彼此在对方皮肤上弄出了一点伤痕,不过是这么点事。"

那撒谎的队长十分明白,光荣的负伤会使一个男子在女人眼中显得特别出色。孚勒尔·德·丽丝真的用又感动、又害怕、又高兴、又赞赏的眼光直望着他的脸,不过她还没有十分安心。

"幸好你已经痊愈了,我的弗比斯!"她说道,"我不认识你那个马代·费狄,可是他一定是个无赖汉。为什么吵起来的呢?"

到此,想象力并不怎么丰富的弗比斯便不知该怎样替自己解围了。

"啊,我怎么知道? ……由于一点小事,由于一匹马,一句闲话! 好表妹,"为了改换话题,他喊道,"巴尔维广场上为什么闹哄哄的呀?"

他走到窗前去。"啊,我的上帝,表妹,广场上有好多人呢!"

"我不知道,"孚勒尔·德·丽丝说,"今天上午好像有一个女巫要在教堂前面忏悔,然后去受绞刑。"

队长认为拉·爱斯梅拉达的案子早已了结,听了孚勒尔·德·丽丝的话完全无动于衷,这当儿他向她提出了一两个问题。

"那女巫叫什么名字?"

"我不知道。"她回答道。

"他们说她干了什么呢?"

这一回她依旧只是耸了一下雪白的肩膀:"我不知道。"

"啊,我的上帝!"那位母亲说道,"现在女巫真多呀,我想,人们根本不知道她们叫什么名字就把她们烧死了。想要知道她们的名字就和想要知道天上每朵云彩的名字一样难呢。不过,我们尽管放心好了,反正有好心的上帝掌管生死簿。"那位贵妇人说到这里便站起来走到窗前。"主啊!"她说道,"你说得对,弗比斯,有好大一群人呢。感谢上帝,连屋顶上都挤满了人! 你可知道,弗比斯,这使我想起我年轻的时候,在国王查理七世进京的时候,也有许许多多的人,我记不清是哪一年了。我向你说起的事,在你看来那是相当陈旧的了,在我看来却还是相当新鲜,不是吗? 啊,那时的人可比现在还多得多,连圣安东尼城门的城垛上都挤满了人,国王的马后面坐着王后,紧跟着是贵妇们坐在爵士们的马后边。我记得他们都在大笑,因为身材矮小的阿马里翁·加尔兰德的身边是身材魁梧的骑士马特法隆先生,他曾杀死过成群的英格兰人呢,那才真正好看呢! 法兰西所有的上等人都排成行列,他们的旗帜像波浪一般在空中飘动,有三角形的矛头旗,也有军旗。若望·德·夏多莫韩拿着军旗,古西爵士拿着军旗,除了波旁公爵之外,全都精神抖擞……哎! 想到当年的盛况如今全都没有了,真是可悲呢!"

那一对爱侣可没听贵族老寡妇的话,弗比斯靠在未婚妻的椅背上,那是个迷人的位置,他可以从那里自由自在地把眼光射到孚勒尔·德·丽丝的颈饰的全部开口处,领口开得那么大,好像就是为了让他看见那美妙的部分,让他去猜想其余的部分似的。那绸缎般光泽的皮肤使弗比斯感到眼花缭乱,他自言自语地说道:"除了爱一个白净的美人之外还能爱什么人呢?"他俩依旧默默不语,那姑娘时时抬起温柔的笑眯眯的眼睛看他,她的头发同春天的阳光交融在一起。

"弗比斯,"孚勒尔·德·丽丝突然低声说道,"再过三个月我们就要结婚了,向我发誓说你除了我之外没有爱过别的人吧。"

"我向你发誓的确如此,美丽的天使!"弗比斯回答道,他那热情的眼光加上着重的声调,使孚勒尔·德·丽丝完全相信了,当时或许连他自己也是相信的呢。

这时那位善良的母亲看见未婚夫妇那种心心相印的神态,简直高兴极了,便走出房间去安排家务。弗比斯看见她离开,那种寂静无人的场合鼓舞了喜欢冒险的队长,使他脑子里产生了非常奇怪的念头。孚勒尔·德·丽丝爱他,她是他的未婚妻,此刻又单独和他在一起,他以往对她的兴趣已经复活,她还是那样鲜艳,那样热情,总之,提早尝一尝他那尚未成熟的麦子,该不是什么大不了的罪过吧!不知他心中是否掠过了这些念头,但孚勒尔·德·丽丝突然被他眼中的表情骇住了却是事实,她向周围看看,偏偏她母亲不在跟前了。

"我的上帝!"她脸红红地不安地说,"我好热!"

"我想是吧,"弗比斯回答道,"快到中午了,阳光挺厉害,不如把帷幔拉拢来。"

"不用,不用,"那可怜的姑娘喊道,"我倒需要空气呢。"

正像牝鹿听到了猎狗的呼吸,她站起来跑到窗前,把窗门打开,到了阳台上。

弗比斯很不乐意地跟在她后面。

阳台朝向巴尔维广场,这时广场上出现了悲惨奇怪的场面,使胆小的孚勒尔·德·丽丝突然害怕起来。

一大群人把那个广场四周挤得水泄不通,还把邻近的街道也挤满了。围着巴尔维广场的那道矮墙,要不是有那二百二十个军警和火绳枪手拿着刀枪一层层地排列在那里,可能早就被挤塌了,幸好有这刀山剑林挡住,巴尔维广场上还是空空的,进口处由主教的一队高大的执戟士卒把守着。教堂每道大门都关得紧紧的,相反,广场上无数房屋的窗户却大大敞开,成千的脑袋重重叠叠地挤在窗口,差不多就像是炮弹制造厂里的一堆堆炮弹。

这群人脸色灰暗肮脏,他们所期待的场景显然具有把平民中最被人嫌弃的人召集拢来的特别威力,没有什么能比这些黄帽子乱头发的人发出的喧闹声更可怕的了,在这群人里面,笑声比哭声多,男人比女人多。

间或有些发颤的尖嗓音从这一片喧闹声里透出来。

…………

"嗨,马耶·巴里孚尔! 是不是要把她在这里绞死?"

"笨蛋! 是在这里,只穿着衬衫进行忏悔! 好上帝要用拉丁话当面咒骂她呢! 这种事情向来都是中午在这里举行的。假若你是想看绞刑的执行,那就到格雷沃广场去吧。"

"过后我是要去的。"

…………

"说呀,布刚勃里,她真的拒绝了一位忏悔神甫吗?"

"好像是那样的,拉·倍歇尼。"

"你瞧,她是异教徒呀!"

…………

"先生,这是习俗如此,法官一定得把判了刑的犯人交付行刑。要是个俗人,就交给巴黎总督,要是个教士,就交给宗教法庭审判官。"

"我谢谢你,先生。"

…………

"啊,我的上帝!"孚勒尔·德·丽丝说道,"那可怜的人!"

这个想法使她望着人群的眼光充满了痛苦。队长根本没注意那些人，一心只在她身上，这时便从后面爱恋地抱住了她的腰，她回过头来微笑着恳求道：

"放开我吧，弗比斯！要是我母亲转来，她会看见你的手呢！"

这时圣母院的大钟慢慢地敲了十二点，人群里发出一片满意的低语。十二下钟声还没有完全停住，人们的脑袋就像被风吹动的波浪一般骚动起来，石板路上、窗口上和屋顶上发出一片巨大的呼喊："她来啦！"

孚勒尔·德·丽丝用双手把眼睛捂起来。

"可爱的人，你想进屋去吗？"

"不。"她回答道，她刚才因为害怕而闭上了的眼睛，又因为好奇而睁开了。

一辆由诺曼底栗色马驾着的两轮载重马车，被几个穿着胸前缀有白十字紫红制服的骑兵包围着，从圣比埃尔·俄·倍甫街进入广场，军警们使劲挥着鞭子在人群中替他们开路，车旁走着一些骑马的法官和警官，从他们的黑制服和在马上耀武扬威的姿势就可以分辨出来。雅克·沙尔莫吕威风凛凛地走在他们前头。

那不祥的马车里坐着一个姑娘，她两手反绑在背后，身边没有神甫。她只穿着衬衫，长长的黑头发（照当时的规矩，要到了绞刑架跟前才剪掉）蓬乱地披在她的脖子上和半裸的肩膀上。

一条灰色的多结的粗绳子，像蚯蚓爬在花朵上一般套在那不幸姑娘的脖子上，摩擦着她细腻的皮肤，穿过她那比乌鸦羽毛还黑亮的波浪般的头发露在外面。那条绳子下面闪亮着一个装着绿玻璃片的小小的护身符，显然是由于不便拒绝快死的人的要求才给她留下了的。窗口上的观众还看得见车子里面她的赤裸的腿，好像出于女性的最后的本能，她总想把腿缩在身子底下。有一只山羊绑在她的脚边。那罪人用牙齿咬住没有扣好的衬衫，在那种悲惨的情况下，她好像还因为几乎在众人眼前赤身露体而觉得难为情呢。哎，羞耻心可不是为了这样的颤抖才产生的啊。

"耶稣啊，"孚勒尔·德·丽丝激动地向队长说道，"看呀，表哥！原来是那个带着山羊的流浪姑娘！"

她一面说一面向弗比斯转过身来，发现他的眼睛正盯在囚车上，脸色非常苍白。

"哪一个带着山羊的流浪姑娘呀？"他结结巴巴地问道。

"怎么！"孚勒尔·德·丽丝说，"你不记得了吗？……"

弗比斯打断她的话说道："我不懂你的话是什么意思。"

他迈了一步想进屋去，可是孚勒尔·德·丽丝不久前被那埃及姑娘刺激过的妒忌心这时又苏醒了，便用充满不信任的洞察一切的眼光向他看了一眼，这时她忽然模糊地记起曾经听人讲过某个队长同那女巫的案子有牵连。

"你怎么啦？"她向弗比斯说道，"别人会当那个女人使你不安呢。"

弗比斯勉强傻笑了一下。

"我吗！绝对不会！"

"那么留在这里，"她命令道，"一直看到终了。"

队长被迫停留在那里，他看见囚犯一直把眼睛盯着囚车的底板，才稍稍觉得安心一点。那当然是爱斯梅拉达，在不幸和羞辱的最后时刻，她依然那么美，由于双颊瘦得陷了进去，一双大黑眼睛就显得更大，发青的脸面又纯洁又崇高。她还是和从前一样,就像马沙西奥①所画的圣母以及拉斐尔所画的圣母那样,不过更为纤细,更为单薄,更为消瘦。

而且,除开羞耻心之外,她一切都听其自然,她是深深地被昏迷与失望伤害了,囚车每颠簸一下,她都像一个死了的或摔破了的物件那样蹦一下,她的眼光又凄凉又呆滞,人们还看见她眼中含着一颗泪珠,可是,好像冻结了一般。

这时凄惨的马队穿过了欢呼的奇形怪状的人群。可是作为诚实的说书人,我们还得说明,看见她那么美那么孤独,大部分的人,哪怕心肠最硬的,都产生了怜悯。这时囚车进入巴尔维广场来了。

囚车在教堂正中那道大门前面停下来,押解队的人分立两旁,人们鸦雀无声。在这充满庄严与不安的寂静中,那大门的两个门扇自动打开来,铰链发出笛子般的声响,于是人们一直看到教堂的最里面,那里很阴暗,挂着帷幔,在主神坛上有几支蜡烛闪着微光。这座教堂像一个洞那样,开在阳光灿烂的广场的中央。人们可以看到在教堂最里面半圆形后殿阴暗的地方有一个很大的银十字架,衬在一幅从拱顶垂到地面的黑色帷幔上。整个本堂里空无一人,但是人们看到在远处唱诗室的神甫座位上有几个头在来回转动,大门打开的时候,教堂里便升起一片庄严、响亮、单调的歌声,悲凉的赞美诗的片段好像被疾风吹送着落到了那囚犯的头上:

> ……我绝不怕包围我的人们。主啊,求你起来,救救我吧。②

① 马沙西奥(1401—1428),意大利画家。
② 原文是拉丁文。

……救救我吧,主啊,因为大水要淹没我。①

……我陷在深淤泥中,没有立脚之地。②

在合唱之外,同时有另一种声音在主神坛的梯级上唱着这支悲哀的献歌:

谁能听到我的话并深信我派来的人,谁能长生不老,不受审判,并且死而复生。③

在远处阴暗的地方老人们唱的这支歌飘向这个充满青春与活力、被春天温暖空气爱抚着的、被阳光照满全身的漂亮人儿的头上,这是为死人唱的弥撒曲。

人们虔诚地倾听着。

那不幸的姑娘惊惶失措,好像她的生命和她的思想都落到了那教堂的黑暗的深处,她苍白的嘴唇动了几下,好像是在祷告。当刽子手的助手走到她跟前把她拽下囚车时,听到她低声地重复说着:“弗比斯”。

人们给她的双手松了绑,也把小山羊松了绑,让它跟着她下车。因为感到自由了,它咩咩地叫着。人们让她赤脚踏着冰冷的石板路走到大门前的石阶下面,她脖子上的粗绳子拖在背后,仿佛一条蛇跟在她身后似的。

教堂里的歌声突然中断了,一个巨大的金十字架和一串蜡烛在黑暗中移动起来,穿着彩色服装的教堂侍卫手中的铁戟铿锵作响。过了一会,穿裂裳的神甫们和穿礼服的祭司们

①②③　原文是拉丁文。

唱着赞美歌庄严地向囚犯走来,在那囚犯和群众的面前排成长队,可是她的眼光停在十字架后面带头的那个神甫身上。"啊,"她颤抖着低声说道,"又是他呀,那个神甫!"

那的确是副主教,他左边是副歌手,右边是拿指挥棍的歌手。他昂着头,睁着呆定定的眼睛,高声歌唱着往前行进:

我从阴间的深处呼求,你就俯听我的声音。

你将我投下深渊,就是海的深处,大水环绕我。①

当身穿宽大的银色袈裟胸前绣着黑十字的神甫脸色非常苍白地出现在教堂高大的尖拱形大门廊里时,不止一人以为他是跪在唱诗室墓石上的大理石主教雕像里的一个,他站起身来为的是到阳光下来把那快死的人带往冥界去。

她也是如同石像一般苍白,有人把一支点燃的黄蜡烛递到她的手中,她也几乎没有觉察,她没有听见书记官尖声念诵要命的忏悔文,别人叫她回答"阿门",她便照样回答。可是看见那个神甫叫看守她的人站开去,独自向她走过来的时候,她却恢复了一点生气和力量。

她觉得血液在头脑里翻涌,她那已经冷却的无力的灵魂又重新燃起了愤怒之火。

副主教慢吞吞地走到她跟前,到了这种时刻,她看见他居然还用闪着淫欲妒忌和希望的眼光扫视她半裸的身体,随后他高声问道:"姑娘,你请求上帝宽恕你的错误和罪恶了吗?"随后他又凑到她的耳边(旁观的人还以为那是在听取她最后的忏悔呢)说道:"你愿意要我吗?我还能够救你。"

---

① 原文是拉丁文。

她盯住他说道:"滚开,恶魔! 要不然我就揭发你!"

他恶狠狠地笑了一笑:"别人不会相信你的话,那不过是在一个罪名之上再加一个诽谤的罪名罢了。快回答! 你愿意要我吗?"

"你把我的弗比斯怎么样了?"

"他死掉了。"神甫说。

正在这时候,倒霉的副主教机械地抬起头来,望见在广场那一头贡德洛里耶府邸的阳台上,那个队长正挺立在孚勒尔·德·丽丝身边。他摇晃了一下,把手搭在额头上又望了一会,低声骂了一句,整个脸孔都皱缩成一团。

"得啦,你死吧!"他咬牙切齿地说,"谁也别想得到你。"

于是他把手放那埃及姑娘头上,用阴惨惨的声音大声说道:"现在来吧,罪恶的灵魂,上帝会怜悯你!"①

这是通常用来结束这种凄惨的仪式的语句,这是神甫给刽子手的暗号。

人们都跪下来了。

"主啊,请宽恕我。"②依旧站在大门道尖拱下的神甫们念道。

"主啊,请宽恕我。"③人们跟着念了一遍,他们的声音升起在他们的头顶,好像骚动的大海在咆哮。

"阿门。"副主教说道。

他在犯人身旁背过身去,脑袋耷拉在胸前,双手合十,走进了神甫们的行列,过一会就同那个十字架、那些蜡烛和袈裟一齐消失在教堂里那些阴暗的拱顶下面了。他唱着下面这句

----

① ② ③　原文是拉丁文。

悲伤的诗句,声音愈来愈听不清楚:

　　　　你的波浪洪涛,都漫过我身。①

　　同时,教堂侍卫执着的铁戟柄的那种断断续续的响声也在本堂的柱廊间逐渐低了下去,好像钟锤一样,在给犯人敲着最后的丧钟。

　　这时圣母院的每道大门依旧开着,望得见教堂里空无一人,没有烛光也没有声音,教堂里充满了阴森的气息。

　　那个囚犯依旧待在原处不动,等候着人们来处置她。一个执事不得不跑去通知沙尔莫吕阁下,在刚才那整段时间里,他都在研究大门拱顶上的浮雕,它们有的刻着亚伯拉罕的牺牲,有的刻着炼金术的实验,天使代表太阳,柴捆代表火焰,亚伯拉罕代表做实验的人。

　　费了好大劲才把他从那专心致志的状态中唤醒,他终于回转身来,向刽子手的两个助手——两个穿黄衣服的家伙——做了个手势,要他们把埃及姑娘的双手重新绑上。

　　那不幸的姑娘重新去上车,当她向她的终点走去时,心头或许产生了对生命悲痛的惋惜吧。她抬起干涩发红的眼睛望着天空,望着太阳,望着到处把天空截成蓝色四边形或三角形的白云,随后她又低下眼睛向四周望去,望着大地,人群,房屋……忽然,正当那穿黄衣服的人来绑她双手的时候,她发出了一声可怕的呼喊,一声欢乐的呼喊。就在那边广场拐角的阳台上,她刚才发现了他,她的朋友,她的主宰,她的弗比斯,仍然好好地活着呢!法官们撒了谎!那个神甫撒了谎!那的

　　　①　原文是拉丁文。

398

确是他呀,她不能不相信,他在那里,那么漂亮,生气勃勃,穿着他那辉煌的军服,头上戴着翎毛,腰上佩着宝剑!

"弗比斯!"她喊道,"我的弗比斯!"

她想朝他伸出由于爱情和欢乐而战栗的手臂,可是手臂已经被绑上了。

这时她看见队长皱起眉头,一个漂亮姑娘倚在他身边,轻蔑地噘着嘴,眼睛激怒地盯着他。随后弗比斯说了几句她从远处无法听见的话,两人便飞快地一起躲进了阳台的大玻璃门里,把门关上了。

"弗比斯!"她疯狂地喊道,"难道连你也相信了吗?"

一个奇怪的念头出现在她的脑子里,她记起她是被认为谋杀了弗比斯·德·沙多倍尔才被判了刑的。

那时以前她一直都还勉强撑持着,可是这最后一个打击太厉害了,她倒在石板路上不动了。

"来呀,"沙尔莫吕说,"把她抬上囚车,了结这件事吧!"

还没有人注意到,在大门尖拱顶上那些历代君王的雕像之间,有一个奇怪的旁观者一直非常冷静地在那里观看,他脖子弯得很低,相貌很丑陋,要不是穿着半红半紫的衣服,人家很可能把他当做那些石刻的怪物里面的一个,六百年来,这座教堂的檐溜就是从那些怪物的嘴里流下来的。这个旁观者把圣母院大门前中午以来发生的一切全都看在眼里,从一开头,趁着人们没有注意,他就在楼廊的一根柱子上系了一条打结的大粗绳,一直垂到石阶上。做完这件事,他就安安静静地在那里观看,还时不时朝飞过他面前的乌鸦打一声唿哨。正当刽子手的两个助手去执行沙尔莫吕的冷酷的命令时,他忽然跨出楼廊的栏杆,用手脚和膝盖抓住绳子,随后人们看见他好像沿着玻璃滴下的水一般沿着前墙滑了下来,像从屋顶跳下的猫一般迅速地跑向那两个助手,用巨大的拳头把他们打倒,像儿童抱洋囡囡似的抱起埃及姑娘,一闪便跳进了教堂,把那姑娘高高地举在头顶,用可怕的声音喊道:"圣地! 圣地!"

这一切都是如此迅速,假若是在黑夜,只要电光一闪便能全部看清楚了。

"圣地! 圣地!"人们跟着叫喊起来,千万双手高兴地拍响,伽西莫多的独眼骄傲地闪着亮光。

这种震动使那个罪犯醒过来了,她睁开眼睛看了看伽西莫多,又急忙合上眼,好像被救她的人吓住了似的。

沙尔莫吕呆呆地站在那里,刽子手和押解的人也是一样。真的,只要一进入圣母院的垣墙内,那个罪犯就成了不可侵犯的了。教堂是一种避难的处所,人类的司法权是不许跨进它的门槛的。

伽西莫多在大门道下面停下来,他巨大的双脚站在教堂的石板地上,好像比那些罗曼式柱子还要牢固。他头发蓬乱的脑袋缩在两肩当中,好像一头只有鬃毛却没有脖子的雄狮。他粗糙的双手举着还在心跳的姑娘,好像举着一幅白布。为了怕把她弄伤或怕她受惊,他是非常小心地举着她的。他似乎觉得她是一件娇弱、精致、宝贵的东西,是为别人的手而不是为他那样的手生的,他好像不敢碰她一下,甚至不敢对着她呼吸。随后他忽然紧紧地把她抱在怀里,贴近他瘦骨嶙峋的胸膛,好像她是他的宝贝,好像他是那孩子的母亲。他低头看她的那只独眼,把温柔痛苦和怜悯的眼波流注到她的脸上,忽然他又抬起头来,眼睛里充满了光辉。于是妇女们又哭又笑,群众都热情地踏着脚,因为那时的伽西莫多的确十分漂亮。

他是漂亮的,这个孤儿,这个捡来的孩子,这个被遗弃的人。他感到自己威武健壮,他面对面地望着那个曾经驱逐他而此刻显然被他征服了的社会,那被他把战利品夺过来了的人类司法制度,那些只好空着嘴咀嚼的老虎,那些警官、法官、刽子手和国王的全部权力,通通被他这个微不足道的人凭借上帝的力量粉碎了。

一个这么丑陋的人竟然去保护这么一个不幸的人,伽西莫多竟然搭救了一个判了死刑的姑娘,这是多么动人的事!这是自然界和人类社会中两个极其不幸的人在互相接触,互相帮助。

胜利的几分钟过去之后,伽西莫多便急忙举着那个姑娘走进教堂里面去了,喜欢一切大胆行为的群众用眼睛在阴暗的本堂里寻找他,惋惜他这样迅速地从他们的欢呼声中走掉。忽然人们看见他又出现在有法兰西历代君王雕像的楼廊的一头,像疯子一般穿过楼廊,双臂高举着埃及姑娘,喊着:"圣地!"人们又大声欢呼。他跑遍了楼廊,又钻到教堂里面去了。过了一会,他又出现在最高的平台上,仍然双臂高举着埃及姑娘,仍然在疯狂地跑,仍然在喊:"圣地!"群众再一次欢呼起来。最后,他第三次出现在放大钟的那座钟塔顶上,仿佛是在那里骄傲地把他所救的人给全城看,他那别人极少听到而他自己也从未听见过的响亮的声音,狂热地喊了三遍:"圣地!圣地!圣地!"喊声直冲云霄。

"好极了!好极了!"群众也呐喊着。这巨大的欢呼声,传到河对岸格雷沃广场的群众那里,也传到仍然盯住绞刑架在等待着的隐修女的耳朵里,使他们都感到十分惊讶。

第 九 卷

一 昏 热

　　克洛德·孚罗洛拿来套在埃及姑娘身上同时也套在自己身上的命定的活结突然被他的养子解开的时候,他本人已经不在圣母院里。他回到更衣室,脱掉袈裟、围巾、披风,一齐扔给惊呆了的仆役,便急忙从修道院的便门逃了出去,吩咐德罕的一个船夫把他渡到了塞纳河左岸,钻进了大学区崎岖的街道里,不知道该往哪里去。每走一步都碰见成群的男女,他们抱着"还赶得上"看绞死女巫的希望,高高兴兴地向圣米歇尔桥奔去。他又苍白又憔悴,比孩子们放掉后又去追赶的鸥鹩还要盲目和昏乱,他不知道自己是在什么地方,在想着和梦着什么。他毫无选择地碰见哪条街就向哪条街走去或跑去,然而老是被可怕的格雷沃广场追赶着,直往前奔,因为他觉得格雷沃广场就在他的身后。

　　他这样沿着圣热纳维埃夫山走去,终于从圣维克多门走出了该区。当他一转身望见了大学区那些塔楼的垣墙和稀疏的郊区房屋,他便继续逃走,当那崎岖的地面终于把可恨的巴黎完全挡住,使得他相信自己已经在百里之外,在乡野里,在荒郊里了,他才停下脚步,好像又能够呼吸了。

这时他忽然产生了可怕的念头,他清楚地看见了自己的灵魂,不禁战栗起来。他想起了那个毁灭了他也被他毁灭了的不幸的姑娘,他偶然望了一眼命运使他们两人所经历的那两条曲折的道路,一直望到那使他们一个在另一个身上碰得粉碎了的交点,他想到那些永恒誓言的愚昧,想到贞操、科学、宗教和真理的空虚,上帝的无能,他狂喜地沉浸在恶念里,沉得越深,他越觉得心头爆发出一种撒旦的狞笑。

在这样深深发掘自己灵魂的时候,他看见大自然在那里给热情准备着一个多么广阔的天地,他就更加痛苦地怪笑起来。他把心灵深处所有的仇恨和怨毒通通翻了出来,用医生观察病人的眼光,认出了这些仇恨和怨毒都不过是那被损害了的爱情。爱情——男人们心中整个真理的源泉——在神甫的心里变成了可怕的东西,使他这样一个人竟从神甫变成了魔鬼,于是他毛骨悚然地大笑起来,接着又想到他命中注定的感情,那腐蚀性的、有毒的、可恨的、难以控制的爱情的悲惨的一面,他又突然脸色发白了,正是那种爱情把一个人引向了绞刑架,把另一个人引向了地狱,她被判了绞刑,他堕入了地狱。

随后他想起弗比斯还没有死掉,他又笑起来了,那个队长竟还轻松愉快地活着,穿着从来没见过的漂亮军服,带着一个新情人在看他的旧情人被绞死。想到他愿意任其死去的活人中间,惟独那个埃及姑娘,那个仅有的不为他所憎恨的人偏偏没能从他手里逃脱,他便笑得更加厉害了。

他从队长又想到别的人,产生了一种闻所未闻的妒忌。他想起那些人,那全体观众,竟然也看见了他所爱的那个姑娘只穿着衬衣,几乎半裸着身子,想到他在黑暗里偷看了一下就觉得无比幸福的那个姑娘，竟然在大白天的中午穿扮得像要去度淫荡的午夜似的呈现在群众眼前，他便扭绞自己的胳膊。他愤怒地哭泣，为了那被亵渎被玷污被辱没的永远枯萎了的爱情。他愤怒地哭泣，想到多少淫邪的眼光对那件没有扣好的衬衫起了邪念，想到那漂亮的姑娘，那百合花一般的处女，他只要挨近唇边就会浑身战栗的纯洁美酒，刚才竟变成了公共的大锅饭，偷儿们乞丐们小厮们等等巴黎最低贱的民众，竟从中品尝无耻的污秽的荒淫的欢乐。

他力求形成一个幸运的观念：假若她并不是波希米亚人，他自己也不是神甫，弗比斯也并不存在；假若她会爱他，他想象着一种可能属于他的庄严的爱情生活；想象着就在那同一时刻，世界上到处都有幸福的伴侣在夕阳下或有星星的夜晚，在橘柑林中或是小溪边情话绵绵；想象着假若上帝愿意，他同她也可以成为这些幸福伴侣中的一对，这时他的心就在温柔和失望中酥融了。

啊，是她！就是她！就是这个牢固的念头不断回到他心里，使他痛苦，吸干他的脑髓，撕裂他的肺腑。他既不后悔也不抱愧，所有他做过的事，他还准备再去做，他宁愿看见她落到绞刑刽子手的手中而不愿看见她落到那个队长的手中。但是他难过极了，难过得时时用手拔下几把头发看看变白了没有。

这中间有一会他忽然想到，当时也许正是早上见过的可怕的链条正在把铁圈套上那十分纤细优美的脖子的时刻，这个想法使他每个毛孔都冒出汗来。

又有一会，正当他像魔鬼一样讥笑自己的时候，他仿佛一下子看见了拉·爱斯梅拉达，像他第一次看见她那样活泼天真,无忧无虑,穿着盛装,轻逸和谐地舞蹈着。他仿佛又看见了他最后一次看见的拉·爱斯梅拉达,只穿着衬衫,脖子上套着粗绳,慢慢地用赤脚走上绞刑架的扶梯。在这样想着这双重景象的时候,他终于迸出一声可怕的叫喊。

这个失望的飓风在他的灵魂里彻底倾覆,破碎,圻裂,根除了之后,他望着周围自然界的景象:在他的脚前,母鸡正在灌木丛中寻找食物,亮晶晶的金龟子在阳光下奔跑。在他头顶上的碧空里,飘浮着几片灰白相间的云彩,地平线上是圣维克多修道院的钟楼,它那石板方塔突出在山坡上,而戈波山冈的磨坊主人则正在观看自己磨坊里转动着的水车。这整个生动的、安排得很好的、安静的生活,在他四周以上千种形式呈现出来,使他非常痛苦。他又开始奔跑起来。

他就这样一直跑到黄昏时分,这种想逃避自然,逃避生活,逃避自己,逃避人类,逃避上帝的奔跑,继续了整整一天。有几次他脸孔朝下跌倒在地上,随手拔起新生的麦苗,有几次他在荒村的一条街上停下来,思想痛苦得难以忍受,竟用双手紧抱着脑袋,想把它从肩膀上拔出来在地上摔个粉碎。

太阳快要落山的时候,他重新观察自己,发现自己差不多已经疯了。自从失去了拯救那埃及姑娘的希望时就开始在他心里翻涌的风暴,并没有在他的心头留下一条清晰的思路。几乎完全被摧毁了的理智在他心里死去了,那时他心里只有两个突出的形象:拉·爱斯梅拉达和绞刑架,其余就全是一片漆黑。这两个形象合在一起,变成可怕的一堆,他愈是盯牢这占据了他的注意和思想的形象,就愈加看见它们用奇特的进度在发展变化,一个变得更为优美、娇媚、漂亮和光辉灿烂,而另一个变得更加可怕,最后他竟觉得拉·爱斯梅拉达好像是一颗星星,绞刑架好像一只枯瘦的大胳膊。

　　在他忍受着极大痛苦的这段时间里,他竟没有产生过寻死的念头,这倒是一桩怪事。不幸的人往往如此。他珍惜生命,也许他真的看见地狱就在他的背后。

　　这时太阳继续西落,还存在于他身体内部的生机,模糊地使他想要回去。他自以为已经远远离开了巴黎,可是辨认一下方向之后,才发现自己不过是绕着大学区的城墙转了一圈。圣须尔比斯教堂的尖塔和圣日耳曼·代·勃雷修道院的三个高高的尖顶,在他右边耸入天际。他朝这个方向奔去。听见修道院长的武装警卫在圣日耳曼周围喊口令的声音,他就转身回来,走在修道院的磨坊和麻风病院之间的一条小路上,过一会就到了教士草场的边上。这个草场是以日夜都有吵闹声闻名的,它是圣日耳曼修道院僧侣们的七头蛇,"对于圣日耳曼修道院的僧侣们,这个草场往往是在神甫们的吵闹中一再抬起头来的一条七头蛇。"①副主教担心在那里碰见什么人,凡是人的脸他都害怕。他刚才避开了大学区和圣日耳曼镇,打算尽可能晚一些才回到大街上去。他沿着把草场和新医院分隔开的一条小径走去,终于到了塞纳河边。堂·克洛德在那里找到一个船夫,给了几个钱,船夫就带着他逆流而上,一直航行到城岛的尖端,让他在读者看见甘果瓦在其上做过梦的那个荒凉的狭长的半岛上了岸,这个半岛伸展在同渡牛岛平行的王家花园的外面。

　　单调的桨声和水流声使不幸的克洛德多少得到了一点安宁。船夫远去了之后,他就呆呆地直立在格雷沃广场上,往前

<hr />

　　①　原文是拉丁文。

面望去,可是再也看不见什么东西,一切都在跳动和膨胀,使他觉得全都像怪物一样。一种深重的痛苦引起的疲乏,往往在心灵上产生这样的结果。

太阳已经落到内斯尔高塔背后去了,这正是黄昏时分,天空是一片白,河水也是一片白。在这两片白色之间,他的眼睛盯着塞纳河的左岸,那黑黑的一大片地方逐渐在视野中消失,好像一支黑箭钻进了天边的云雾里一样。岸上布满了房舍,只看得见它们阴暗的轮廓鲜明地衬托在水和天的明亮的背景上。这里那里有些窗户亮起了灯火,仿佛是些烧着炭火的洞窟。耸立在天空与河水两幅白幔之间的黑魆魆的方尖塔,在那个地带显得很大。克洛德产生了一种奇特的印象,他的体会很像一个人仰面躺在斯特拉斯堡大教堂的钟楼下,望着巨大的尖顶在他头顶上钻进了黄昏的半明半暗之中,不过在此地克洛德是站着的,方尖塔是倒立的。倒映着天空的河水,使他感到特别深,像深渊一样。那建筑物巨大的突出部分也像教堂的尖顶一般大胆地突出在空中,印象是完全一样的。这个印象同样奇怪但更为深刻,就像斯特拉斯堡钟楼所能产生的那样。而这座钟楼有两里高,巨大无比,高不可测,是人类的眼睛从来没看见过的,是又一座巴别塔。那些房屋的烟囱,墙头的雉堞,屋顶上的三角墙,奥古斯丹的尖阁,内斯尔塔,所有这些把巨大方尖塔的轮廓切成许多缺口的突出部分,这些呈现在眼前的杂乱而富于幻想的雕刻品,使人增强了幻觉。克洛德在昏迷状态中以为是看见了——用他活生生的眼睛——地狱的钟楼,那可怕的高高的塔上闪亮着的成千种光亮,使觉得好像是成千个地狱里的大火炉的炉口,从那里传出的一切声音和喧闹,又像是呼号,又像是在格格作响。他害怕起来,用双手捂着耳朵不再去听,背过身不再去看,并且迈着大步远远地离开了那个幻景。

但幻景是在他自己心里。

他回到大街上,看见店铺门前拥挤的行人,还以为那是一群永远跟在他四周来来往往的幽灵。他耳朵里老是听到古怪的声音,心头老有些奇特的幻象在骚动。他看不见房屋和道路,也看不见车辆和过路的男男女女,只看到一连串模糊不清的事物互相纠缠在一起。制桶场街的拐角上有一家杂货店,房檐周围照古时习惯挂着许多洋铁环,洋铁环上系着一圈木制假蜡烛,迎风发出响板一般的声音。他以为是听到了隼山刑场的一串串骷髅在黑暗里碰撞出的响声。

"啊,"他低声说道,"夜晚的风赶着他们一群跟一群地奔跑,把铁链的响声和他们骨头的响声混在一起了!她也许是在那里,在他们里面!"

他昏昏沉沉地不知道该往哪里走。又走了一段路,他发觉自己是在圣米歇尔桥上。一所房子底层的窗口射出了一道亮光,他走上前去。透过那破碎的玻璃窗,他看见一个肮脏的大房间,这在他心中唤醒了一种模糊的回忆。被微弱的灯光照着的这个大房间里,有一个面色红润的年轻人,一个快活的人,正在大声笑着搂着一个打扮得很俗气的女人。一个老妇人靠近灯光坐在那里纺纱,一面用抖抖索索的声音唱着一支歌曲。当那个年轻人偶然不笑不闹的时候,老妇人的歌词有几段就传进了神甫的耳朵,不很清楚但是相当可怕:

> 格雷沃,叫吧,格雷沃,吠吧,
> 纺呀,纺呀,我的纺线竿,
> 给在监牢院子里打唿哨的刽子手纺出绳子来吧,

格雷沃,叫吧,格雷沃,吠吧!

多漂亮的麻绳!
从易瑟到凡沃尔
都种大麻吧,不要种小麦,
偷儿不会去偷盗
那漂亮的麻绳!

格雷沃,吠吧,格雷沃,叫吧,
为了要看那卖淫的女娃
吊在肮脏的绞刑架上,
那些窗户都像是眼睛一样。
格雷沃,吠吧,格雷沃,叫吧!

年轻人在那里笑着,抚慰着那个女人。那个老妇就是法洛代尔,那个女人是一个妓女,那个年轻人呢,正是他的兄弟若望。

他继续观望,这个景象同另一个是何等相似!

他看见若望走到房间尽头的窗前,把窗扇打开,向远处那有许多明亮窗户的码头望了一眼,他听见他在关窗户的时候说:"用我的灵魂担保,天色已经晚了。市民点上了蜡烛,慈悲的上帝亮起了星星。"

随后若望又回到那妓女身边,抓起桌上的一个酒瓶,喊道:

"已经空了,牛角尖! 可是我已经没有钱啦! 依莎波,我的好人,我是不会喜欢朱庇特的,除非他把你这一对雪白的乳房变成两只黑色的酒瓶,让我日日夜夜从里面吮吸波纳酒!"

这句玩笑话使那个妓女快活地笑了,若望便走了出来。

堂·克洛德刚巧来得及躺倒在地,免得被他的兄弟遇上,面面相对而且被他认出来。幸好街上很黑,那个学生又已经喝醉了,然而他偏偏看见了躺在路上泥泞里的副主教。

"啊!啊!"他说道,"这儿有个今天过得挺快活的家伙!"他用脚踢了克洛德一下,克洛德屏住气息。

"醉得像个死人,"若望说,"得啦,他可喝足了,真像一条从酒桶上拽下来的蚂蟥。他是个秃头呀,"他弯下腰看了看说,"原来是个老头儿!幸运的老头儿!"①

随后堂·克洛德就听见他一面说一面走开去:"反正一样,理智是个好东西,我的副主教哥哥可幸运呢,他又有学问又有钱。"

这时副主教才站起来一口气向圣母院跑去,他看见圣母院的两座巨大钟塔在许多房屋中间高高地耸立在黑暗里。

一口气跑到了巴尔维广场的时候他却退缩不前了,不敢朝那阴森森的建筑望去。"啊,"他低声说道,"就在今天,就在上午,这里真的发生过那件事情吗?"

这时他才鼓起勇气向教堂望去。教堂的前墙是一片漆黑,后面的天空里闪亮着星星。刚刚从天边升起的一弯新月,这时正停留在靠右边那座钟塔的顶上,好像是从那雕着黑色三叶形花纹的栏杆边上飞出来的一只发光的小鸟。

修道院的大门紧闭着。但是副主教身边是经常带着他那钟塔顶上工作室的钥匙的,他掏出钥匙开门走进了教堂。

他发现教堂里像岩洞一般黑暗沉寂,他看见了从各个部

① 原文是拉丁文。

位投下来的大块阴影,他知道那是早上举行忏悔仪式时挂的帏幔还没有撤除。巨大的银十字架在黑暗的深处闪亮,它上面点缀着一些光点,好像是那阴森森夜空里的银河。唱诗室的长玻璃窗把它们尖拱的尖端伸出在帏幔顶上,那些彩绘的玻璃窗扇在月光下现出黑夜的朦胧色调,那种只有死人脸上才有的发紫发白发绿的色调。副主教看到唱诗室周围的这些苍白的尖拱顶,以为看见的是堕入了地狱的主教们的帽子。他合上眼又睁开来,觉得那是一圈苍白的面孔在盯着他看。

于是他跑步穿过教堂。他觉得教堂好像也在动弹,也在走,也活起来了。每根巨大的柱子都变成了又粗又长的腿,用巨大的石脚在地上走动着。巨人般的教堂变成了一头奇大无比的大象,把那些柱子当作脚在那里气喘吁吁地走动,两座巨大钟塔就是它的犄角,大黑幔就是它的装饰。

他的昏热或疯狂竟到了那样厉害的程度,整个外在世界在那倒霉的人看来,不过是上帝的可怕的启示,看得见,摸得着。

有一会他稍稍镇静了一点。在走进过道时他看见从一排柱子后面射出来一道朦胧的亮光,他好像奔向星星似的朝它奔去,原来那是日夜照着铁栏下圣母院公用祈祷书的那盏昏暗的灯。他热忱地跑到祈祷书跟前,希望从中找到一点安慰或鼓舞,祈祷书正翻开在《约伯》那一章,他就盯着看起来:"我看见一个鬼魂在我面前走过,我听见一声轻微的呼吸,我的头发直竖起来。"

读着这阴惨惨的句子,他的感觉就像一个盲人被捡来的棍子打痛了一样。他两腿发软,倒在石板地上,想着白天死去的那个人,他觉得脑子里冒出一股股奇怪的烟,好像他的头变成了地狱的一个烟囱。

他有好一阵就这样什么也不想地躺在那里,像是堕入了深渊,落到了魔鬼的手里那样无可奈何。最后他清醒了一点,便想去躲在他的忠诚的伽西莫多近旁的那座钟塔里去。他站起来,由于害怕,便把照亮祈祷书的灯拿在手里,这是一种渎神的行为,但他已经不可能去注意这种小事情了。

他慢慢地爬上钟塔的楼梯,心里充满了一种不可告人的恐怖,害怕巴尔维广场上稀少的行人看见神秘的灯光在这样夜深时刻从钟楼高处一个个枪眼里射出去。

忽然他感到有一阵清风吹到他的脸上,发现自己已经爬到了最高的楼廊口。空气寒冷,天空里云彩斑斓,大片的白云层层重叠,云角破碎,像冬天河里的冰块解冻时一般。一弯新月嵌在云层当中,就像一只船在天上被空中的冰块环绕着。

他从一排连接两座钟塔廊柱的铁栏当中向远处俯瞰,透过一片烟雾,看见了成堆静悄悄的巴黎的屋顶,尖尖的,数不清的,又挤又小,好像夏夜里平静的海面上的波澜。

月亮投下微弱的光,使天空和地上都是一片灰色。

这时教堂的大钟响起了嘶哑微弱的声音,是半夜了。神甫想起了中午,也是同样的十二下钟声。"啊,"他低声地自言自语,"她现在一定已经僵冷了!"

忽然一阵风把他的灯吹灭了,差不多就在那同一刹那,他看见钟塔对面的角落里出现了一个人影,一身白衣服,一个人体,一个女人。他战栗起来。那女人身边有一只牝羊,跟着最后几下钟声咩咩地叫着。

他鼓起勇气看去,那的确是她。

她苍白忧郁,头发和上午一样披在肩头上,可是脖子上再没有绳子,手也不是绑着的了。她自由了,因为她已经死去。

她穿着一身白衣服,头上盖着一幅白头巾,仰头望着天空,慢慢地朝他走来,那神奇的山羊跟着她。他觉得自己变成了石头,太重了,逃不开了,只能做到她向前走一步,他就往后退一步,他就这样一直退到楼梯的黑暗的拱顶下面。想到她或许也会走到楼梯上来,他浑身都凉了,假若她真的来了,他一定会吓死。

她真的来到了楼梯口,停留了一会儿,向黑暗里看了看,但是好像并没有看见神甫便走过去了。他觉得她仿佛比生前更高,他看见月光透过她的白衣服,他听见了她的呼吸。

等她走过去了,他就起步下楼,脚步慢得跟他看见过的幽灵一样,他觉得自己就是一个幽灵。他害怕极了,头发根根直竖起来,那盏灭掉了的灯依旧在他手中。走下曲曲折折的楼梯时,他清楚地听见一个声音在一边笑一边重复地念道:

"一个鬼魂在我面前走过,我听见一声轻微的呼吸,我的头发直竖起来。"

二　驼背,独眼,跛脚

一直到路易十二时代,中世纪法国的每个城市里都有避难的处所。在淹没整个城市的洪水般的刑法和野蛮的审判权中间,这些避难所好像是高高突起在人类司法制度之上的岛屿,罪犯到了那里就能得救。每个区域里,避难的处所几乎跟行刑的处所一样多,这是滥用刑罚和滥用赦免这两件坏事搅在一起的结果,双方都试图互相纠正。国王的宫廷,王子的府邸,尤其是教堂,都有作为圣地的权利。有时把一个需要移民的城市整个儿定为临时避难所，路易十一就曾经在一四六七年把巴黎定为圣地。

只要一只脚踏进了圣地，罪犯就成为神圣的了，可是得留心别走出去。只要走出去一步，就会重新掉进汪洋大海。轮盘绞刑架和拷问台在避难所四周布着岗哨，监视着它们的捕获物，像鲸鲛逡巡在船舶四周一样。有时一个罪犯就这样在一个修道院里，一座宫殿的楼梯上，一个寺院的耕地里，或是一座教堂的门道里白了头发，就这样一个圣地同样也是一座监牢。偶然也会碰到大理院下一道森严的命令，侵入圣地把罪犯抓去交给刽子手，不过这种情况是罕见的。议员们对主教们怀着妒忌，当这两种掌权的人物发生了冲突的时候，法官总是斗不过主教的。有的时候，例如暗杀巴黎刽子手小若望的案子和爱默里·卢梭的案子，司法机关就越过教会径自执行了它所判决的绞刑。但是除非持有大理院的命令，否则带着武器闯进圣地的人是要倒霉的！人们知道法兰西元帅罗贝尔·德·克雷蒙和香槟省元帅若望·德·夏隆是怎样死的。仅仅为了一个微不足道的凶手，一个兑换商的儿子贝兰·马克，那两位元帅竟敢打破圣梅里教堂的大门进去捕人，那当然是罪大恶极了。

圣地是那样被人尊敬，传说它甚至泽及动物。艾满讲起过一只被达戈倍尔①追猎的牡鹿逃到了圣德尼的坟墓旁边，猎狗就突然停下来，只是叫，不敢追了。

教堂里通常有一间小屋子收留那些避难人。一四〇七年

① 达戈倍尔（600—638），法兰克国王，在他统治时期保护教会，并修建了圣德尼教堂。

尼古拉·弗拉梅尔就在圣雅克·德·拉·布谢里教堂拱顶上给他们修建了这样一间小屋子,使他花费了四个巴黎利勿尔六苏另十六德尼埃。

在圣母院里,这间小屋是修筑在拱形支柱下飞檐边的屋顶上,正对着修道院,恰好在如今塔楼那儿,是门房的妻子当作小花园的地方。这个小花园同巴比伦城的空中花园比较起来,正如用一棵莴苣去比一株棕榈,用一个看门人的妻子去比赛米拉米斯①。

伽西莫多在钟塔上和楼廊上疯狂地胜利地跑了一阵之后,就把拉·爱斯梅拉达安置在那个地方。发生刚才那些事情的时候,那姑娘还没有清醒,还在半睡半醒的状态,什么也感觉不到,只觉得好像是升高到了空中,在空中飘浮,飞翔,好像有什么东西带着她离开了大地。她耳朵里时时听见伽西莫多的大笑和粗野的声音,她把眼睛张开一半,于是模糊地看见,在她下面是上千个石板屋顶和砖瓦屋顶的巴黎,好像一块又红又蓝的镶板,在她头顶上是伽西莫多那张吓人的快乐的脸孔,于是她重新合上眼睛,她相信一切都完了,人们在她昏迷的时候绞死了她,而这个统治她命运的难看的鬼魂便把她抓住带走了。她不敢朝他看,只是听天由命。

可是当披头散发跑得气喘吁吁的敲钟人把她安置在那间避难的小屋里时,她感到他那粗大的手轻轻解开那擦破了她胳膊的绳子,她便体验到那种震惊,那种航海人黑夜里突然在岸上醒过来时的震惊。她的记忆也醒过来了,许多事情一一

---

① 古代传说中阿西里和巴比伦的王后,据说巴比伦城和城中的许多空中花园都是她修建的。

回到了她的心里，她发现自己是在圣母院里，便记起自己曾经被刽子手抓住，记起弗比斯还活着，记起弗比斯不再爱她了。这两个想法，这一个给了另一个许多痛苦的想法，一起来到了可怜的罪犯的心头，她转身向着直立在她面前的令她害怕的伽西莫多，向他发问道："你为什么要救我？"

他焦急不安地看着她，好像在猜她说了什么。她又问了一遍，于是他非常悲哀地看了她一眼就跑开去了。

她惊讶地呆在那里。

几分钟后他回来了，放了一包东西在她的脚前，那是好心的妇女给她放在教堂门槛上的一包衣服。于是她低头看看自己，发现自己差不多是光着身子，不由得脸红起来，生命回到她心头来了。

伽西莫多似乎感到了她那种贞洁的羞怯，他用两只大手捂着眼睛，又一次走了开去，不过走得很慢。

她连忙穿上衣服，那是一件白色长袍和一块白头巾，是大医院新到的病人的服装。

她刚刚穿好衣服，就看见伽西莫多走回来了。他一只胳膊上挂着一只篮子，另一只胳膊抱着一床垫褥，篮里有一个瓶、几块面包和另外几种食物。他把篮子放在地上，说道："吃吧。"他把褥垫铺在地上，说道："睡吧。"原来敲钟人把自己的食物和自己的床褥给她送来了。

埃及姑娘抬起眼睛看着他，想表示感谢，可是她一句话也说不出来。那可怜人的确生得太可怕了，她恐惧地战栗着低下了头。

于是他说道："我吓着你啦。我很丑，不是吗？可别看着我，只要听我说话就行了。白天你就待在这里，晚上你可以在整座教堂里散步。可是不管白天还是黑夜,都不要走出教堂一步,一出去你就会遭殃,人们会把你杀死,我也就只有死去。"

她感动了,抬起头来想回答他,他已经走掉了。她又是独自一人,想着那几乎像怪物一般的人刚才说的话,他的声音虽然嘶哑却相当温柔,这使她感到惊奇。

随后她仔细看着那间小屋。那是一个大约六法尺见方的小房间,有一个小窗洞和一扇门朝向略微倾斜的石板屋顶,几个雕刻着怪兽脑袋的水槽好像在四周弯着腰伸着脖子,从窗洞口向她张望。她从屋顶边上看见成千根高高的烟囱,在她的眼睛底下冒出巴黎所有人家炉灶里的炊烟。那可怜的埃及姑娘,那判了死刑的弃儿,那没有故乡,没有家,没有炉灶的不幸的人,看见这个景象心里十分难过。

正当她这样比一向都更厉害地对自己孤苦伶仃的身世感叹的时候,她觉得有一个毛茸茸的有胡须的脑袋从她的手中滑过,滑到了她的膝头。她战栗着(现在一切都令她惊怕)看了一眼,原来是那只牝羊,那机灵的加里,它在伽西莫多驱散了沙尔莫吕的队伍的当儿也跟着她逃来了,在她的脚前已经抚慰她快一个钟头,却没有看到她看它一眼。埃及姑娘连连亲吻它。"啊,加里,"她说道,"我怎么把你忘掉啦!可是你还惦记着我!啊,你并不是忘恩负义的。"同时,好像有一只看不见的手,把那长久将她的眼泪压制在心里的东西拿开了,她哭泣起来。当她的眼泪流下来的时候,她觉得好像她最辛酸最沉重的痛苦也跟着眼泪流去了。

黄昏来到了,她觉得夜晚是这样美好,月亮是这样温柔,便在绕着教堂的高高的楼廊上走了一圈。她从中得到了安慰,觉得从那么高的地方望去,大地是多么宁静可爱。

三 聋 子

第二天早上她醒来的时候,明白自己睡了一个好觉,这件奇怪的事使她惊讶起来,她已经很久不习惯睡觉了。愉快的朝阳从窗洞口射进来,照到她的脸上,看见太阳的时候,她看见窗口还有一个使她害怕的东西——伽西莫多不幸的形象。她不自觉地用手遮住眼睛,可是没用,她老是觉得透过自己玫瑰色的眼皮看见了那个用来扮演侏儒的假面具:独眼,缺牙齿。她一直闭着双眼,但却听见一个粗哑的声音温柔地向她说道:"别害怕。我是你的朋友,我是来看你睡觉的。我来看你睡觉,这对你没有什么坏处吧,不是吗?当你闭着眼睛的时候,我在这里看你有什么关系呢?你瞧,我躲到墙后面去了,你可以睁开眼睛了。"

这几句话的声调里含有比这几句话本身更为惨痛的成分,受了感动的埃及姑娘睁开了眼睛,他真的已经不在窗口了。她走到窗前去,看见那可怜的驼子坐在墙角,带着痛苦的顺从的表情。她努力克制住对他的厌恶,向他温和地说:"来吧。"看见埃及姑娘的嘴唇在动,他以为她是在赶他走,于是他站起来,低着头一跛一跛地慢慢走开去了,甚至不敢抬起充满失望的眼睛向那姑娘看一眼。"来吧!"她喊道,可是他继续走远了。于是她冲出小屋向他跑去,抓住了他的胳膊。感觉到姑娘的接触,伽西莫多便浑身哆嗦起来。他抬起恳求的眼睛,看见姑娘想把他拉到她身边去,他脸色就变得又欢快又温柔。她想把他拉进小屋,可是他坚持要待在门槛上。"不,不,"他说道,"鸥鸰可不能到云雀的窝里去。"

于是她姿态优美地坐在她的垫褥上,羊儿躺在她的脚边,两人好一会没有动弹,默默地彼此对望着,一个是那样优美,一个是那么难看。每一刻她都在他身上发现更多的丑陋,她的目光从他的弯腿看到他的驼背,从他的驼背看到他的独眼。她不明白全身如此奇形怪状的人怎么能够生存。但是他脸上表现出那样的悲哀和痛苦,使她有点心软了。

他首先说起话来:"那么你是叫我回来吗?"

她肯定地点点头答道:"是呀。"

他明白点头的意思。"哎!"他说,似乎犹豫着不想说下去,"因为……我是聋子。"

"可怜的人!"埃及姑娘带着善意的同情喊道。

他痛苦地微笑起来。"你发现我不只有这个缺陷,不是吗?是呀,我是聋子,我生来就是这副模样,这真是可怕,不是吗?你呢,你却这么漂亮!"

在那不幸的人的语气里,有一种对于自身不幸的深深的感慨,使她没有勇气回答,何况即使回答,他也是听不见的。他接着说道:

"我从来没有像现在这样明白自己的丑陋。我把自己同你比较的时候,我就非常怜悯自己,我是多么可怜的不幸的怪物呀!我一定使你把我当成野兽了。你呀,你是一道阳光,一滴露珠,一支鸟儿的歌!我呢,我却是一个可怕的东西,不像人也不是禽兽,是某种比脚下的石头更粗硬、更难看、更不成形的东西!"

于是他笑起来了,那是世界上最痛心的笑声。他接着说道:

"是呀，我是聋子。但你可以用表情用手势对我讲话，我有一个主人曾经教给我这种办法。这样，从你嘴唇的动作和你的眼光，我很快就会明白你的意思。"

"好呀！"她微笑着说道，"告诉我你为什么要救我。"

她讲话的时候，他注意地看着她。

"我明白了，"他回答道，"你问我为什么要救你，你忘了，一天晚上，有个坏家伙想把你抢走，第二天你却在他们的可耻的刑台上帮助了他。我即使付出性命也报答不了那滴水和哪怕是一丁点儿的同情心呀。你已经忘掉那个坏家伙了，但他却还记得呢。"

她非常感动地听着他的话，一滴眼泪在那敲钟人的眼睛里滚动，却没有落下来，他好像在努力把它往肚里吞。

"听我说，"他不再担心眼泪掉下来了才说道，"那边有两座很高的钟塔，一个人假若从那里掉下去，还没有掉到地上就会摔死。要是你愿意我从那里摔下去，你连一句话也不用说，只要用眼睛表示一下就行了。"

于是他站了起来。这个怪人啊，那埃及姑娘虽然自己十分悲伤，却还对他产生了几分同情。她做了个手势叫他不要走。

"不，不，"他说道，"我不应该待得太久。你看着我，我就觉得不自在。你不肯掉转头去不看我，那是出于怜悯。我要去待在一个我看得见你，你却看不见我的地方，这样会好一些。"

他从衣袋里掏出一只金属的小口哨说："拿去吧。你需要我的时候，你想叫我来的时候，你不太害怕看见我的时候，就把这只口哨吹响吧。口哨的声音我是听得见的。"

他把口哨放在地上便走了开去。

四　陶罐和水晶瓶

日子一天天过去。

宁静渐渐回到了拉·爱斯梅拉达的心里。极端的痛苦，像极端的欢乐一样不会经久，因为它过于猛烈。人的心不可能长久停留在任何一个极端，那个流浪姑娘经受了太多的悲痛，以致仅仅剩下惊骇的心情了。

有了安宁，她便又有了希望。她离开了社会，离开了生活，但她模糊地觉得并不是不可能再回转去。她好像一个死人保留着打开自己的坟墓的钥匙。

她觉得曾经长久盘踞她心头的那些可怕的形象已逐渐远远离开了她，一切可怖的幽灵如比埃拉·多尔得许，雅克·沙尔莫吕，甚至连那个神甫，都从她心头消失了。

何况弗比斯还活着，她确信他还活着，因为她看见过他。弗比斯的生命便是一切。在遭受了一连串摧毁了她的致命打击之后，她发现自己心中只有一样东西依旧屹立不动，那便是她对那个队长的爱情。因为爱情好像树木一样自行苗长，但把树根埋在我们体内，并且在荒芜的心坎里继续发绿。

这种感情愈是盲目，就愈加顽强，这真是不可理解的事。在毫无道理的时候反倒是最最坚决。

拉·爱斯梅拉达想起那个队长时，当然是不无苦楚的。连他也会弄错，也会相信那种不可能的事，也会以为宁肯为他牺牲一千次生命的人竟会用匕首刺杀他。这当然可怕呀。不过到底不能太责怪他，她不是自己承认了她的"罪名"吗？她这个软弱的姑娘不是对酷刑屈服了吗？一切错处都在她。她应该宁肯被削掉指甲也不要说那种话呀。总之，假若她能再看见弗比斯一次，哪怕一分钟，她只要一句话或一个眼色，就能使他醒悟，使他回心转意，她认为那是一定的。但也有几件怪事使她觉得糊涂：那天她忏悔的时候，弗比斯的突然出现，还有同他一起的那个姑娘。她猜想那当然是他的姐妹了。这是一种不合理的解释，但她对这种解释感到满意，因为她需要相信弗比斯依旧爱她，而且除了爱她之外不爱任何人。他不是这样向她发过誓的吗？像她那么天真那么轻信的人，还能想望别的什么呢？何况，那种事公开化对于他不是比对于她更不利吗？于是她等待着，她希望着。

何况那座教堂，那隐藏她保护她救助她的教堂，它本身就是最好的止痛药。那座建筑庄严的线条，那姑娘周围的一切事物都散发着一种虔诚的气息，仿佛是从那座石头建筑的每个毛孔里渗透出来的纯洁安静的思想，不知不觉地对她发生了作用。这座建筑里还有一些如此幸福如此庄严的声音，使她病弱的灵魂得到安慰。值班教士单调的歌声和听众回答神甫的声音，有时听不清，有时很响亮，窗上玻璃的均匀的颤动，像上百只号角一般突然响起来的风琴声，像大蜂房似的嗡嗡响的三座钟楼，这个有着巨大音阶的乐队，它的音阶从底层的群众直达钟楼，不断上升下降，这些都使她的回忆、她的想象、她的痛苦平息下来了。那些钟尤其使她觉得安慰，那些巨大的机器向她倾出汹涌的波涛，犹如一股强大的磁力。

每天，朝阳也发现她更为安静平和，呼吸得更好，更加有血色。她内在的创伤愈合以后，她又容光焕发起来，不过更为沉静，更为安详。她又恢复了从前的性情，甚至连同她的欢乐,她对那小羊的爱怜,她那好看的扁嘴的动作,她爱唱歌的习惯,她贞洁的羞怯。早上她小心地躲到房间角落里去穿衣服,惟恐旁边顶楼里有什么人从窗口上偷看。

偶然不想弗比斯的时候,埃及姑娘就有几次想起了伽西莫多。这是她和人类、和活人们之间惟一的联系,惟一的来往。不幸的人啊!她比伽西莫多更加和世界隔绝!对于机缘偶然送给她的这位陌生朋友,她一点也不了解,她常常责备自己没有那种能使她对他的丑陋视而不见的感恩心情,她是无论如何也看不惯那个敲钟人的,他实在太丑了。

她没有把他给她的口哨从地上拾起,但这并不能阻止伽西莫多在最初几天时时走来。她尽可能不在他送食物篮或水罐来的时候表现出太厌恶的样子,可是只要有一点点这类表情他都看得出来,于是悲哀地走开去。

有一次,正当她抚爱加里的时候,他忽然来了。他若有所思地看着山羊和埃及姑娘亲切地在一起,看了好一会,最后他摇着蠢笨的脑袋说道:"我的不幸正因为我还是过分像人,我情愿完全是一头牲畜,像这只山羊一般。"

她惊讶地看了他一眼。

他回答她这一眼说:"啊,我知道是什么原因。"说完就走开了。

另一次他出现在他从来没有跨进去过的小屋门口,拉·爱斯梅拉达正在唱一支古老的西班牙歌谣,她并不懂得歌词的意思,但是因为波希米亚女人曾经在她幼年时唱着这支歌哄她睡觉,所以她一直记得这支歌。看见那丑恶的脸孔突然在她唱到一半时出现,她便做了个不乐意的表情停住不唱了。不幸的敲钟人跪在门槛上,用哀求的姿势合着两只难看的大手痛苦地说道:"啊,我求你继续唱下去,不要赶走我吧!"她不愿意使他难堪,就颤声地继续唱她的歌。她的惊恐逐渐消失,让自己完全沉醉在歌声的忧郁气氛里。他依旧跪在那里,像在祈祷似的合着双手,注意地屏息倾听,眼光盯牢在埃及姑娘的亮晶晶的眼瞳上,好像他是从她的眼睛里听到她的歌声的。

还有一次,他又尴尬又胆怯地走到她跟前。"听我说,"他好容易说出话来,"我有些话对你讲。"她做了个愿意听的姿势。于是他叹息起来,半张着嘴,有那么一会儿好像准备讲话,随后却看了看她,摇了摇头,把脸埋在手里慢慢走开了,使那埃及姑娘惊讶不止。

刻在墙上的许多人像里面,有一个他特别喜爱,他好像常常和他像兄弟般地交谈着。有一次埃及姑娘听见他向那个雕像说道:"啊,我为什么不是像你一样的石头人呢!"

有一天早晨,拉·爱斯梅拉达终于走到屋顶边上,越过圣若望圆形教堂的尖顶望着广场。伽西莫多在她的背后,他这样安置自己,是想尽力躲避,免得那姑娘看见他会不高兴。忽然埃及姑娘哆嗦了一下,一颗泪珠和一道欢乐的光芒同时在她的眼中闪亮,她跪在屋顶边沿,痛苦地向广场伸出手臂喊道:"弗比斯!来吧!来吧!一句话,只要说一句话,凭上帝的名义!弗比斯!弗比斯!"她的声音,她脸上的神色,她的姿势,她整个的人,都好像覆舟者在向远处天际阳光里欢乐的船儿呼救似的。

伽西莫多俯身向广场望去,发现引起这种温柔热烈的呼唤的对象,原来是一个队长,一个年轻漂亮的骑士,全身闪耀着兵器和装饰品,勒着马从广场的那一头驰过,装模作样地向一个在自家阳台上朝他微笑的夫人行礼。可是那军官并没有听见不幸的姑娘喊他,他离得太远了。

然而可怜的聋子却听见了,他胸膛里迸出深深的叹息,转身退了回来。他心中胀满了他吞下的眼泪,用痉挛的拳头使劲敲自己的脑袋,当他放下双手,每只手里都有一撮发红的头发。

埃及姑娘丝毫没有注意他。他磨着牙齿低声说道:"见鬼!就得像那种样子!只要表面漂亮!"

这时她依旧跪在那里,异常激动地喊着:"啊,他在那边下马了!他要到那座房子里去了!弗比斯!他听不见我的喊声!那个和我同时向他说话的女人真可恶!弗比斯!弗比斯!"

聋子看着她,他是明白这种哑剧的。可怜的敲钟人眼睛里充满了泪水,但他一滴也不让它流下来。忽然他拽了拽她的衣袖,她回转身来,他装出若无其事的样子向她说道:"你愿意我替你去找他吗?"

她快乐地喊了一声。"啊,去吧!跑去吧!快一点!那个队长!那个队长!把他给我带来!我会喜欢你的!"她抱住了他的膝盖。他不禁悲哀地摇摇头。"我会把他给你带来的。"他用微弱的声音说。随后他就掉过头忍住眼泪,连忙大踏步下楼去了。

他到达广场的时候,再也看不见什么,只有那匹漂亮的马拴在贡德洛里耶府邸的大门上,那个队长刚刚走进府邸去了。

他抬头望着教堂屋顶,拉·爱斯梅拉达还在那里,还是原来那个姿势。他向她悲哀地摇摇头,随后他就背靠着贡德洛里耶府邸门廊的一根柱子,决心等候队长出来。

贡德洛里耶府邸里面正在举行婚礼前的庆祝。伽西莫多看见好些人进去，却没看见一个人出来。他随时向教堂顶上望一望，那埃及姑娘也像他似的纹丝不动。一个马夫来把那匹马解下，牵进府邸的马棚里去了。

　　整个白天就这样过去，伽西莫多靠着柱子，拉·爱斯梅拉达待在屋顶上，弗比斯呢，当然是在孚勒尔·德·丽丝的脚边。

　　夜晚终于到来了，一个没有月亮的夜，一个昏暗的夜。伽西莫多枉自把眼睛盯在拉·爱斯梅拉达身上，很快就只看得见一个白点在暮色里，随后就什么也看不见了，一切都消失了，只有一片黑暗。

　　伽西莫多看见贡德洛里耶府邸的前墙上上下下的窗子全都亮起了灯火，他也看见广场上别人家的窗里也一个接一个地有了灯光，后来他又看见它们一个跟一个地熄灭了，因为他整个晚上都靠着那根柱子站着，不过那个军官并没有出来。等到最后的过路人回家了，别的房屋窗口最后一盏灯火也熄灭了，伽西莫多还独自在黑暗里站着。当时圣母院前面广场上是没有灯的。

　　贡德洛里耶府邸的那些窗户却仍然非常明亮，虽然时间已经是半夜过后，凝神不动的伽西莫多仍然看见玻璃窗里穿着鲜艳服装的人在热烈地跳着舞。假若他耳朵不聋，在这熟睡的巴黎一切声浪都已静息的时刻，他会渐渐清楚地听出贡德洛里耶府邸内有一种节日的喧闹，一片笑声和音乐声。

　　快到早晨一点钟的时候，宾客们才开始告退。躲在黑暗中的伽西莫多看着他们一一经过灯火辉煌的门廊，但没有一个人是那个队长。

他心里充满了悲苦。有时他像疲倦了的人一样望望天空。大片乌云,沉重而凌乱,像黑纱吊床一般挂在缀满星星的夜幕下,仿佛是张在天顶的蜘蛛网。

就在这时候,他看见阳台上的落地窗忽然神秘地打开了。那阳台的石头栏杆正好在他的头顶上,从两扇狭长的玻璃窗门里走出两个人来,窗门在他们身后无声地合上了,那是一个男人和一个女人。伽西莫多不无痛苦地认出男的正是那个漂亮的队长,女的就是早上他看见在那同一个阳台上向那军官表示欢迎的姑娘。广场上非常黑暗,玻璃窗门关上时垂下来的深红色双幅窗帘,使房间里的灯光一点也透不到阳台上。

我们的聋子虽然听不见那个年轻人和那个姑娘的谈话,却猜到他们是沉醉在温柔的情话之中。那姑娘似乎允许那年轻人用手臂抱住她的腰,却婉转地拒绝了他的亲吻。

伽西莫多从下面看到了那本来不准备让人看见因而特别出色的情景。他带着悲苦心情观察那种幸福,那种美。那可怜人的天性到底并不是缄默的,虽然他背驼得很难看,却也同别人一样会战栗起来。他想到上苍赋予他的悲惨的身世,想到女人、爱情和逸乐永远从他眼皮底下溜过,他永远只能观看别人的幸福。而且在那种情景下最使他痛心,最使他厌恶和愤怒的,还是想到假如那埃及姑娘看见那种场面将会多么伤心。夜确实相当黑,假若拉·爱斯梅拉达还在原先的地方(他断定她还在那里),不过那也太远了,能看得见阳台上那一对情侣的顶多只有他自己。这个想法使他觉得有了点安慰。

这时那两人的谈话愈来愈亲密了,那个姑娘似乎在请求军官不要再向她要求什么。伽西莫多只能看见姑娘那双紧握着的美丽的手,含着眼泪的微笑,望着星空的眼睛以及那队长热情的俯视她的眼光。

当那姑娘已经只能微微挣扎的时候,幸好阳台的窗门忽然打开了,出现了一位老太太,那漂亮的姑娘好像很为难,军官现出恼怒的神情,三个人一道进里面去了。

过了一会,一匹马在门廊里蹦跳起来,那浑身亮闪闪的军官,披着夜间穿的斗篷从伽西莫多面前迅速走过。

敲钟人让他走到了那条街的拐角,才用猴子般的敏捷在他身后一面跑一面喊道:"喂,队长!"

"你这恶汉想对我怎么样?"他说,一面在黑暗里观察向他一拐一拐地跑来的粗笨的人。

伽西莫多已经跑到他跟前,大胆地抓住他的马缰:"跟我走,队长,有一个人想同您谈谈。"

"见你的鬼!"弗比斯咆哮起来,"我好像在哪里见过这只慌张的猫头鹰。喂,掌柜! 你愿意放开我的马缰么?"

"队长,"聋子回答道,"您是不是问我是谁呀?"

"我叫你放开我的马,"队长不耐烦地说,"你这家伙这样吊在我的马缰上干什么? 你是把我的马当成绞刑架了吧?"

伽西莫多不但不放开马缰,还打算让那匹马掉转头往回走,他不明白那队长为什么要拒绝,只得赶紧对他说:"来吧,队长,有个女人在等您呢。"他又添上句,"是一位爱您的女人。"

"少见的奴才!"队长说,"他以为我非要到每个爱我的女人那里去不可呢。要是她也跟你似的,一张脸活像猫头鹰呢? 去告诉打发你来的人,说我快要结婚了,叫她见鬼去吧!"

"听我说,"伽西莫多喊道,他以为只要一句话就能够使他不再犹豫了，"是您认识的那个埃及姑娘呀！"

这句话的确对弗比斯产生了极大的影响，可是并不是那个聋子所期望的那种影响。读者也许记得，伽西莫多把囚犯从沙尔莫吕手中抢救出去以前不多一会，我们的漂亮军官就同孚勒尔·德·丽丝一起退到阳台窗门里面去了。从那以后，他每次拜访贡德洛里耶府邸的时候，就提防着不去谈论她，他想起她到底难免有点内疚。在孚勒尔·德·丽丝方面呢，她认为假若把埃及姑娘还活着的事告诉他，那就很不策略。于是弗比斯认为可怜的"西米娜"已经死去了，已经死去一两个月了。队长本来已经有好一阵在想着夜里深深的黑暗，想着这种非人的丑陋，想着这陌生送信人那阴惨的声音，想着那时已经过了半夜，想着那条街那跟碰到妖僧那个晚上一样没有行人，想着他的马看见伽西莫多就直喘气……

"埃及姑娘！"他几乎惊呆了似的喊道，"那么，你是从阴司地府来的么？"

他用手去抓佩剑的柄。

"赶快！赶快！"聋子说着就去拉马，"从这边走。"

弗比斯用马靴朝他的胸口狠狠地踢了一脚。

伽西莫多眼睛里闪出怒火，他做了一个打算向队长扑过去的举动，随后又忍住了说："啊！你是幸运的，有人爱你呢。"

他在"有人"两个字音上加重了语气，一面放开马缰说道："滚你的吧！"

弗比斯咒骂着，用两个马刺踢那匹马，伽西莫多看着他钻进街上的雾里不见了。"啊，"可怜的聋子低声说道，"连这点事也要拒绝！"

他回到圣母院，点灯爬上了钟塔，正像他猜想的那样，那流浪姑娘还在原来的地方。

她远远地看见了他，就向他奔过去。

"只有你一个人呀！"她悲伤地握着漂亮的双手说。

"我没有找着他。"伽西莫多冷静地回答。

"应该整夜等着他呀！"她生气地说道。

他看见她气愤的样子，明白那是在责怪他。"我下次好好地等候他吧。"他低下头说。

"走开！"她向他说道。

他离开了她。她不满意他呢，他宁愿受她虐待也不愿使她难过，他自己承担了全部的痛苦。

从那天起，埃及姑娘再也没看见过他，他不再到她的小屋跟前来了。她顶多只有几次看见那不幸的敲钟人在一座钟楼顶上悲哀地盯着自己。可是她一看到他，他就又躲开去了。

我们应该指出，她对于可怜的驼子这样甘心回避并不觉得怎么不安，她心灵深处倒很同意他这样做呢。在这一点上伽西莫多并没有弄错。

她再也看不见他，可是感觉到有一个精灵在她的周围，她的食物都在她睡着的时候由一只看不见的手给换成了新鲜的。有一天早上她在窗口发现了一只鸟笼。她的小屋顶上有一个雕像使她害怕，她在伽西莫多面前表示过几次。一天早晨（因为这一类事都是在夜里进行），她看不见那个雕像了，有人把它打破了。要爬到雕像那里可得冒着生命危险才成啊。

有几个黄昏，她听见有人藏在钟楼斜檐底下唱着一支凄凉古怪的歌，好像在哄她睡觉。那是几句没有韵律的诗歌，正

如一个聋子能够作出的那样：

> 不要看脸孔，
> 姑娘啊，要看那心灵，
> 男人的心灵往往丑恶，
> 有些心里并没有爱情。
> 姑娘啊，枞树并不美丽，
> 并不像白杨那么美丽，
> 但它在寒冬里还保持绿叶浓荫。

> 哎！提起这个有什么用？
> 不美的人生来就错！
> 美只爱美，
> 四月对一月背过脸去。

> 美就是完整，
> 美就是全能，
> 美是惟一的有生命力的东西。

> 乌鸦只在白天飞翔，
> 鸱鸮只在黑夜飞翔。
> 天鹅却不管白天黑夜都能够飞起。

一天早晨，她醒来时看见窗口放着两只插满了花的瓶罐。一只是水晶瓶，很好看很光亮，可是有裂缝，瓶里装的水流出来了，插在瓶中的花枯萎了。另一只是个粗糙平凡的陶罐，但它贮存着满满的水，插在罐里的花依然新鲜红艳。

不知拉·爱斯梅拉达是不是故意的，她拿起枯萎的花束，整天抱在胸前。

那天她再没有听到钟楼里的歌声。

她对于这一情况并不介意，白天她就抚爱加里，瞭望贡德洛里耶府邸，低声地同自个儿叨念弗比斯，或者拿面包喂给燕子吃，这样来消磨时间。

她再也看不见伽西莫多，听不到他的歌声了，那可怜的敲钟人好像已不在教堂里面。可是有一天晚上，她正睡不着觉，想念着她那漂亮的弗比斯时，忽然听到房间近旁有人叹气。她害怕了，就起身来到窗口，在月光下看见一堆难看的东西横躺在房门外，原来是伽西莫多睡在石头上。

五　红门的钥匙

当时，群众的传闻使副主教知道了埃及姑娘如何在奇迹般的情况中被救走的事。知道了这件事之后，他不明白自己对它究竟有什么想法。他本来确信拉·爱斯梅拉达已经死去，这样他倒也平静了，因为他已经经受了最大的痛苦。人的心（堂·克洛德深深思考过这些问题）只容得下一定程度的绝望，海绵已经吸够了水，即使大海从它上面流过，也不能再给它增添一滴水了。

拉·爱斯梅拉达死了，海绵吸够了水，在世上，一切对于克洛德都已成为过去。可是知道她还活着，弗比斯也还活着，痛苦又重新开了头，又开始震撼他，又要反复出现和发展，不过克洛德对于这一切都已经疲倦了。

他知道这个消息以后，就把自己关闭在修道院自己的那间小屋内,不出席全体教士大会,也不参加日常的办公,他对谁都闭门不纳,哪怕是主教来也一样。他这样连续把自己囚禁了几个星期,大家都以为他病了,他也的确是生着病。

他这样关在房间里干些什么呢?那倒霉的副主教在哪些念头里挣扎?他是否在同可怕的热情进行最后一次斗争?他是否在安排让那姑娘死去并且也让自己毁灭的计划?

他的若望,他亲爱的弟弟,他娇惯的孩子,有一次来到他的门口,上十遍地敲门,咒骂,恳求和通报自己的名字,克洛德还是不肯开门。

他成天把脸贴在玻璃窗上,从修道院这间房的窗子上,他看得见拉·爱斯梅拉达的房间,他常常看见她同她的羊儿在一起,有时同伽西莫多在一起。他注意到那可恨的聋子对埃及姑娘小心顺从,态度又可敬又崇高。他的记忆力很好,而记忆正是制造妒忌的材料。他记得某个傍晚曾经看见那敲钟人温柔地望着那跳舞的姑娘,他寻思是什么动机促使伽西莫多去救她。他亲眼看见那个流浪姑娘同那聋子之间的成千个小插曲,那些从远处看到并且由他的热情加添了注解的哑剧,使他感到异常温柔。他对女人奇特的性格不放心,他模糊地感到自己心里产生了一种意想不到的妒忌,一种使他因羞耻和愤怒而脸红的妒忌。"那个队长还说得过去,可是这一个呀!"这想法使他迷惑不解。

那些夜晚他过得真骇人,自从知道那埃及姑娘还活着,一度纠缠过他的关于鬼魂和坟墓的念头就完全消失了,肉体又来统治着他。一想到那肤色浅褐的姑娘离他这么近,他就在床上辗转不眠。

每天晚上,那疯狂的想象力把各种姿态的爱斯梅拉达呈现在他的眼前，使他筋脉膨胀。他看见她朝着那受伤的队长躺着，两眼紧闭，裸露的胸脯上溅满了弗比斯的血，他自己极其幸福地在她苍白的嘴唇上印下了一个吻，那不幸的姑娘当时虽已经半死不活，但也感觉到那火烫的接触。他看见施刑人粗暴地脱掉她的鞋袜，把她赤裸的小脚、秀丽圆润的腿和雪白柔软的膝头放进铁靴里去。他还看见只有那象牙色的膝盖没有被刑具遮住。最后他又想象那个姑娘穿着衬衣，脖子上套着绳子，袒露着肩膀，赤着脚，几乎等于全身赤裸着，像他在那罪恶的一夜看见的样子。这些形象使他捏紧拳头，全身一阵颤抖。

有一个夜晚，这些形象十分厉害地使他脉管里全部童男和神甫的血液都沸腾起来，以致他狠命去咬枕头，接着他跳下床，披了一件袈裟在衬衣外面，从小屋里走出来，手里拿着灯，身子差不多半裸着，一副惊惊慌慌的样子，眼睛里闪着火一般的光。

他知道在什么地方可以找到从修道院通向教堂的那道红门的钥匙，而且，众所周知，他是经常带着一把钟塔扶梯的钥匙的。

六　红门的钥匙续篇

那天晚上，拉·爱斯梅拉达带着一种忘怀一切和充满希望与温甜的心情，在她的小房间里睡得很熟。当她听到近旁有些声响时，她已经睡着了好一会了，并且像往常一样梦着弗比斯。她的睡眠一向轻微警觉，像鸟儿的睡眠似的，随便一点响动就会把她惊醒。她睁开眼睛，夜晚一片漆黑，这时她看见一张脸孔在窗口望着她,有一盏灯照着那个人影。那个人影发觉拉·爱斯梅拉达看见了他,便一口气把灯吹灭了,可是那姑娘还赶上瞧了一眼,她骇怕地闭上眼睛,用极轻微的声音说:"啊,是那个神甫!"

她过去的全部不幸像一道闪电似的都回到她的眼前,她倒在垫褥上,惊吓得好像冻僵了。

过了一会,她感到全身有一种使她战栗的接触,她清醒地狂怒地坐起来。

神甫刚刚溜到了她的身边,用双臂抱着她。

她想叫喊,但喊不出来。

"滚开,怪物! 滚开,凶手!"她用愤怒和惊恐得战栗的低低的声音说。

"怜悯吧,怜悯吧!"神甫连连地亲吻她的肩膀,叽里咕噜地说道。

她双手抓住他那秃头上仅有的一撮头发,尽可能使他吻不到自己,似乎认为他是在咬她。

"怜悯吧!"那倒霉的人重复说道,"要是你能知道我对你的爱情是怎么回事,那是火,是烧熔的铅,是一千把插在我心上的刀子啊!"

他用超人的力气抓住她的胳膊,她吓坏了,向他说道:"放开我! 否则我要向你脸上吐唾沫了!"

他放开了她。"咒骂我吧,打我吧,狠心吧! 你愿意怎样都可以! 但是怜悯吧,爱我吧!"

于是她像小孩般狂怒地打他,她弯起美丽的手指要去抓他的脸。"滚你的吧,妖怪!"

"爱我吧! 爱我吧! 怜悯吧!"可怜巴巴的神甫一面在她

身上翻腾，一面不断用亲吻回答她的捶打。

忽然她感到他比自己的力气大得多。"应该来个了结啦！"他咬着牙说道。

她敌不过他了，在他的怀抱里喘息，在他的支配下，筋疲力尽，气喘吁吁。她感到他那色情的手在她身上乱摸，便鼓起最后一点力气喊道："救命呀！到我这儿来呀！有个吸血鬼啦！有个吸血鬼啦！"

谁也没有来，只有羊儿惊醒了，痛苦地咩咩地叫。

"住口！"神甫喘息着说。

在挣扎着滚到地上的当儿，埃及姑娘的手忽然触到一个冰冷的铁器，那是伽西莫多的口哨。她带着希望的痉挛把它拿起来举到嘴边，用仅剩的一点力气拼命吹起来。哨子发出清亮尖锐的声音。

"那是什么东西？"神甫问道。

差不多就在那同一时刻，他觉得被一只有力的臂膀举了起来，房间里很黑，他看不见抓住他的人是谁，但是他听见愤怒地磨响牙齿的声音。黑暗中只有一点朦胧的光亮使他看得见头顶上有一把明晃晃的短刀。

神甫觉得看到的是伽西莫多，他猜想那只能是他，他记起进屋时曾经在门外踩着一包什么东西，何况那新来的人一句话也不说，他更断定是他了。他抓住那举着短刀的胳膊喊道："伽西莫多！"他情急之际，竟忘了伽西莫多是个聋子。

一眨眼之间，神甫就被扔到了地上，并且感到一个铅一般重的膝盖压在自己的胸口。由于那棱角凸出的膝盖的压力，使他认出了伽西莫多。可是怎么办呢？怎样使伽西莫多认出自己呢？黑夜使那聋子又成了瞎子。

他慌乱起来。那姑娘像激怒了的雌老虎似的毫无怜悯心,根本没打算救他。短刀迫近了他的脑袋,情势危急了,忽然对方好像犹豫起来。"别让血溅到她身上!"他用哑嗓子说道。

的的确确是伽西莫多的声音。

这时神甫感到一只粗大的手抓住他的脚,把他拖到了门外,那是他应当去死的地方。他真侥幸,那时月亮刚升起不多一会。

他们刚跨到小屋门外,苍白的月光正巧照在那神甫的脸上,伽西莫多看着神甫的脸,不禁浑身发抖,他放开神甫向后倒退。

走到了房间门槛上的埃及姑娘,惊异地看到两人交换了角色:现在是神甫在那儿威吓,伽西莫多在那儿哀求。

神甫用愤怒和责骂把聋子镇住,挥手叫他走开。

聋子低下头,随后在姑娘的房门外跪下来。"大人,"他用严肃而忍耐的声音说,"您先把我杀死吧,然后随您怎么办。"

这样说着,他就把短刀献给神甫。愤怒极了的神甫连忙伸手去抓刀,但那埃及姑娘比他更快,她从伽西莫多手里把刀夺过来,发出一声疯狂的大笑。"过来吧!"她向神甫说。

她把刀高高举起。神甫心里七上八下,她真的像要砍下来了!"你现在可不敢走过来了,无赖汉!"她向他喊道,随后又用毫无怜悯的表情说,"啊,我知道弗比斯并没有死!"她十分明白这句话像成千根烧红的铁扦直戳进神甫的心坎。

神甫一脚把伽西莫多踢倒在地,愤怒地发着抖冲到楼梯的拱顶下去了。

他走后,伽西莫多拾起刚才救了埃及姑娘的那个铁哨。"它已经生锈啦!"他把口哨递给她说。随后他就走了开去,留下她独自一人。

刚才凶险的情景使姑娘非常激动,筋疲力尽地倒在垫褥上哭起来,她的天空重新变得阴暗了。

神甫也摸索着走回了他的房间。

事情就这样结束了,堂·克洛德竟对伽西莫多也产生了妒忌!

他用深思熟虑的神气重复讲着那句要命的话:"谁也别想得到她!"

第　十　卷

一　甘果瓦在倍尔那丹街上有了一串妙计

自从看到那整个案件怎样改变,并且断定总是绳索绞刑架和其他不愉快的结局在等待那一出喜剧的主要角色,甘果瓦就不怎么打算牵连进去。他曾在当中混过的那些乞丐,却认为那埃及姑娘始终是他们在巴黎最好的一个伙伴,便继续干预她的案件。他觉得那在他们方面是十分自然的,他们也像那个姑娘一样,除了沙尔莫吕和刽子手之外再也指望不到什么,他们不可能像他那样,去展开波戈斯①的双翅在幻想的领域里飞翔。从他们的谈话中,他得知他那碎罐缔婚的伴侣躲藏在圣母院里,因此也就十分心安理得了。但他连到那里去看看她的打算都没有,只有几次想起了那只小山羊罢了。何况他白天得忙于生计,晚上要苦苦思索对付巴黎主教的办法,他还记得主教的风磨曾经泼了他一身水,因而怀恨在心。他又要忙着给鲁阿雍和杜奈伊的主教波德里·勒呼日的佳作

――――――――――――

① 波戈斯是希腊神话中文艺女神所乘的有翅膀的天马。

《论磨光石头》①作注解,这部书在他心里唤起了对于建筑艺术的强烈兴趣。这种兴趣替代了他对炼金术的兴趣,前者不过是后者的自然结果,因为炼金术同砖石工程之间是有紧密联系的。甘果瓦从爱好一种观念进而爱好起那种观念的形式来了。

有一天,他站在圣日耳曼·多克塞尔教堂附近一座名叫主教法庭的府邸的角上,这座建筑和国王法庭正好相对,里面有一座可爱的十四世纪的小礼拜堂,它的唱诗室面临大街。热心观赏着它外部雕刻的甘果瓦,正处于艺术家在世界上只看到艺术,并且只在艺术中看到世界时那种自私、专注、崇高的享受的时刻,忽然他感到有一只手臂重重地搭在他的肩头,他回转身来,原来是他从前的朋友和老师副主教先生。

他非常惊讶,他已经很久没看见副主教了。堂·克洛德是属于那种又阴沉又热情的人,怀疑派哲学家在碰到那种人时往往会失去平静的心情。

副主教好一会没有说话,甘果瓦便乘机观察他。他发现堂·克洛德改变得相当厉害,像冬天的早晨那样苍白,眼睛凹陷,头发几乎白了。神甫终于打破沉默,用冷静而淡漠的声音问道:"你近来身体好吗,比埃尔先生?"

"我的身体吗?"甘果瓦答道,"哎,哎,可以说好也可以说不好,总的说来是好的。我对什么事都不求过分。你知道吗,老师?根据希波克拉特的意见,保持健康的秘密就是'适当地节制食物、饮料、睡眠和爱情'②。"

① 原文是拉丁文。
② 原文是拉丁文。

"那么你没有忧愁吗，比埃尔先生？"副主教牢牢地盯着甘果瓦问道。

"当然没有呀。"

"你这会儿在干什么？"

"你看见的呀，我的老师，我在观察这一堆石头，看这些浮雕是怎么刻法。"

神甫微笑起来，那是仅仅挂在嘴角上的痛苦的微笑："你对它挺感兴趣吗？"

"这是个乐园！"甘果瓦大声说，他转身向着那些雕刻，像一个解释一种奇异现象的人那样，容光焕发，"例如这种变形的浅浮雕，你难道不认为是花了很多巧思和耐心制成的吗？请看这根小柱子，你见过哪根柱子周围有雕得这么柔和可爱的簇叶？这里是若望·马那凡刻的三个圆形装饰图案，它还不算是这位天才最好的杰作呢。可是，请看那面孔的真挚与柔和，那姿态的欢乐，还有那些帏幔，那掺混在一切连接之处的说不清楚的装饰物，使得那些造型非常生动，非常优美，也许过分生动过分优美啦。你不觉得这是很有意思的吗？"

"是这样！"神甫说。

"要是你看见小礼拜堂的内部，"诗人又热心地喋喋不休，"到处都有雕刻，像成堆的花椰菜心一般！唱诗室的式样很好，很别致，我在别处没见过同样的。"

堂·克洛德打断他的话问道："那么你是挺幸福的吧？"

甘果瓦热烈地回答说：

"是呀，凭我的荣誉担保！起先我爱过女人，后来我爱禽兽，现在我爱石头。它们也同女人和禽兽一样可爱，而且没有那么虚伪。"

神甫把手举到额前,那是他惯常的姿势。"真的!"他说。

"等一等!"甘果瓦说,"这也很有乐趣呢!"他挽着神甫的胳膊,神甫没有拒绝,他就把神甫领到主教法庭的角楼下。"这儿是一道楼梯,我每次看见它总是非常高兴。它挺简单,但却是巴黎最少见的,每一级的底下部分都是圆形,它的美丽和单纯并存于那些重叠处,它们每一级相隔三尺左右互相衔接着、联系着、嵌合着,用又牢固又美观的方式互相吻合。"

"你什么也不想望吗?"

"不。"

"你什么也不悔恨吗?"

"既不悔恨也不想望,我把我的生活安排好了!"

"人们已经安排好了的,"克洛德说,"往往有些事情会把它打乱。"

"我是个怀疑派哲学家,"甘果瓦答道,"我凡事都只求保持平衡。"

"你怎样维持你的生活呢?"

"我仍然有时写写史诗和悲剧,但是挣钱最多的是你看见过的那种职业,就是用牙齿咬住椅子搭成的金字塔。"

"这种职业对于哲学家是低下的呀。"

"这也是为了平衡,"甘果瓦说,"当你头脑里有了一种观念的时候,你就会把它应用到每件事情上。"

"这我知道。"副主教回答。

过了一会神甫问道:

"那么你仍然很穷吗?"

"穷是很穷,快乐倒也快乐。"

这时响起了一阵马蹄嘚嘚的声音,我们的两位对谈者看见街的尽头出现了一队王室近卫弓箭手,高举着戈矛,为首的是一个军官。整个骑兵队金碧辉煌,耀武扬威地在石板路上奔驰。

"你好像在注意看那个军官。"甘果瓦向克洛德说。

"因为我相信我认识他。"

"你说他叫什么名字?"

"我想,"克洛德说,"他的姓名是弗比斯·德·沙多倍尔。"

"弗比斯!多么奇怪的名字!还有一个弗比斯,他是法克斯的伯爵。我记得我认识的一位姑娘,她只有凭着弗比斯的名字才肯发誓。"

"跟我来,"神甫说,"我有话同你谈。"

打从这个骑兵队经过,副主教那冷冰冰的神色就变得很激动。他迈步走,甘果瓦也跟他走,他对那副主教是顺从惯了的,无论谁,只要接近过那卓越的人一次,也总是如此。他们默默地走到相当偏僻的倍尔那丹街。堂·克洛德在这里停步不走了。

"你有什么话对我讲呀,老师?"甘果瓦问他。

"难道你不认为刚才走过的那些骑士,"副主教深思地回答道,"衣服穿得比你我都漂亮吗?"

甘果瓦摇摇头:"什么!我倒挺喜欢我这半红半黄的上衣,它比那些钢铁做的衣服漂亮得多。他们每走一步,那些衣服就像铁工场似的发出地震般的响声,那才可笑呢。"

"那么,你从来不羡慕那些穿铠甲的好汉吗?"

"羡慕什么呀,副主教先生?难道羡慕他们的力量,他们的武器,他们的操练吗?还是哲学家和穿着破衣烂衫的无牵无挂的人有价值些。我宁愿做苍蝇的脑袋,不愿做狮子的尾巴。"

"这就奇怪啦,"像在做梦似的神甫说,"一身漂亮军装到底是漂亮的呀。"

甘果瓦看见他若有所思的样子,就走到旁边去观看一座房子的门廊,接着他又拍着手走回来。"要不是你那么一心在想战士们的漂亮服装,副主教先生,我就想请你去看看这个门廊。我常说俄伯里大人的房子有一个全世界最好的入口处。"

"比埃尔·甘果瓦,"副主教说,"你为那个跳舞的小姑娘做了些什么?"

"拉·爱斯梅拉达吗?你怎么突然改变了话题!"

"她不是你的妻子吗?"

"是呀,摔破一只瓦罐缔结的婚姻,我们可以做四年夫妻。那么,"甘果瓦望着副主教半带嘲讽地说,"你是常常想这件事的了?"

"你呢,你就不再想了吗?"

"很少想,我的事情这样多!……我的上帝,那只小山羊多么好看呀!"

"那个流浪姑娘不是救过你的命吗?"

"这是千真万确的。"

"得啦!她怎么样了?你为她做过什么?"

"我没什么话要对你说。我想她给人绞死啦。"

"你相信是那样吗?"

"我不敢断定。看见他们想绞死人,我就抽身走开了。"

"这就是你所知道的全部情况么?"

"等一下。有人告诉过我说她躲在圣母院里,她在那里挺安全,我听了非常高兴,可是我弄不清那只小山羊是不是同她一起得救了。这就是我知道的全部情况。"

"我还可以再告诉你一点,"克洛德那一直低沉缓慢近于嘶哑的声音忽然变得响亮起来,他嚷道,"她的确是躲在圣母院里。可是三天以后,法庭仍然要把她抓去绞死在格雷沃广场上,大理院已经下了一道命令。"

"那太可恶了!"甘果瓦说。

一眨眼,神甫又恢复了冷淡和平静的神情。

"是哪一个魔鬼,"甘果瓦问道,"偏有兴趣搞这种维持原判的命令呢?他们不能叫大理院别管闲事吗?一个可怜的姑娘躲在圣母院屋檐下的燕子窝旁边,关他们什么事?"

"世界上是有撒旦的啊。"

"那是脾气顶坏的魔鬼。"

副主教沉默了一会说:"那么她是救过你性命的啦?"

"就在我那些乞丐朋友那里,差一点儿我就给绞死哪。他们现在想起来一定会难过的。"

"你一点都不打算替她出力吗?"

"我再愿意不过了,堂·克洛德。可是那样我的脖子就可能套上活结!"

"那有什么要紧!"

"什么!有什么要紧!你倒是好心人,我的老师!可是我已经着手在写两部伟大的作品呀!"

神甫拍拍自己的额头,他虽然外表故作镇静,但时时会有突然的举动泄露出他内心的痉挛。"怎样才能救她呢?"

甘果瓦说:"老师,我来回答你,有句土耳其话说'上帝就是我们的希望’。"

"怎样才能救她呢?"神甫像在做梦似的说道。

这回轮到甘果瓦拍自己的额头了。

"听我说呀,我的老师,我有点想象力,我会给你想出点计策的。可不可以请求国王开恩?"

"向路易十一请求恩典吗?"

"为什么不行?"

"那是到饿虎嘴巴里去取骨头呀!"

甘果瓦又考虑另外一些计策。

"咳,有啦! 你愿不愿意让我去请稳婆来检查一番,就说那姑娘怀孕了?"

这句话使那神甫深陷的眼睛里闪出怒火。

"怀孕了! 恶棍! 你是不是知道什么真相?"

甘果瓦被他的神色骇住了,连忙回答说:"啊,不是我呀,我们的婚姻是一种真正的‘假婚’①。我总是被关在门外的。可是无论如何我们总可以要求缓刑吧。"

"笨蛋! 无耻的东西! 住口!"

"你发怒可不对!"甘果瓦抱怨道,"那样就能求得缓刑,对谁都没有什么坏处,还可以让稳婆们得到四十个巴黎德里埃的报酬,她们都是些穷苦女人。"

神甫没听他说话。"无论如何她得离开那个地方,"他心里嘀咕道,"命令三天后就要执行了。何况,哪怕没有那个命令,也还有个伽西莫多,女人都有堕落的兴趣。"于是他提高声音说,"比埃尔先生,我考虑好了,只有一个办法能够

---

① 原文是拉丁文。

救她。"

"什么办法？我呢，我可看不出还有什么办法。"

"听着，比埃尔先生，可得记着你应该用生命来报答她。我坦白地把我的意见告诉你吧，教堂日夜都有人把守着，他们只许他们看见进去过的人出来。你是能够进去的，你来吧，我要把你领到她的身边，你要同她换穿衣服，她穿你这件红黄两色的上衣，你穿她的连衣裙。"

"到此为止一切都挺好，"哲学家说道，"可是以后呢？"

"以后吗？她就穿着你的衣服出来，你穿着她的衣服留在教堂里。你也许会被绞死，但她就能得救了。"

甘果瓦态度非常认真地抓抓耳朵。

"得啦，"他说，"这么个念头决不会自个儿跑进我的脑子！"

听到堂·克洛德这个出乎意料的提议，诗人开朗愉快的面容上忽然阴云密布，好像赏心悦目的意大利风景遭到了讨厌的风暴的袭击，给太阳盖上了一层乌云。

"咳，甘果瓦！你认为这个办法怎么样？"

"我说呀，我的老师，他们或许不会把我绞死，不过他们一定会把我绞死的。"

"那可同我们不相干。"

"真倒霉！"甘果瓦说。

"她救过你的命，你这是还一笔债呀。"

"有许多债我是根本不还的！"

"比埃尔先生，这笔债一定得还。"

副主教说话的语气斩钉截铁。

"听我说，堂·克洛德，"惊惶失措的诗人说道，"你坚持

447

这个意见,可是你弄错了,我不明白我有什么必要代替别人去受绞刑。"

"是什么使你这样留恋生命呀?"

"啊,有一千个理由!"

"是哪些理由,可以告诉我吗?"

"哪些理由?空气、天空、早晨、黄昏和月光,还有我那些乞丐朋友,我们同好脾气的姑娘们的嬉戏,要研究巴黎的漂亮建筑,要写出三部伟大的作品,其中有一部是反对大主教和他那些风磨的……我怎能知道还有些什么! 安纳克沙戈拉斯①说他活在世界上是为了赞颂太阳的。何况我从早到晚同我自己这样一位天才一块儿生活,这是非常惬意的啊。"

"你的脑子简直可以做铃铛!"副主教埋怨道,"咳,说呀,你觉得这么可爱的生命,是谁替你保全的?谁使你能够呼吸空气,仰望天空,还能用荒谬和愚蠢来使你那云雀般的心灵高兴的?没有她,哪里还有你?你倒情愿让她死掉,让那使你留下了一条命的她死掉?让那个美丽温柔可爱的人,那个世界需要她正如需要太阳一样的人,那比上帝还神圣的人死掉!你这样一个半聪明半疯癫的家伙,你这毫无用处的像草一样的东西,你这种自以为会走路会思想的草木,你却要用你从她那里偷来的生命活下去,像大白天点的蜡烛一样毫无用处地活下去?得啦,发点善心吧,甘果瓦! 轮到你来表现勇气了。她已经先开了头啦。"

神甫说得非常热心,甘果瓦起先是用犹豫不决的态度听着,随后心软起来,最后做出一副难受的怪样子,就像初生的

---

① 安纳克沙戈拉斯(约前500—约前428),公元前五世纪的希腊哲学家。

婴孩肚子痛时那样。

"你的话很动听,"他抹掉一滴眼泪说,"好吧,我考虑一下,总之,你这个主意怪滑稽的。"他静默了一会之后接着说,"谁知道呢?也许他们不会绞死我。订了婚的人往往不能成婚。他们发现我在那个房间里,看见我穿着连衣裙,戴着女人帽子,他们或许会大笑一场。要是他们处我绞刑呢?咳,被绳子绞死也不过同别的死法一样,或者,说得好听点,和别种死法不一样,那是一个终生犹豫不决的智者的死,一种像可敬的怀疑论者那样不明不白的死,一种深受怀疑和犹豫的影响,介乎天地之间的吊着的死。那是一位哲学家的死,我可能是注定要那样死了,活过了才死倒是很了不起的呢。"

神甫打断他说:"咱们意见一致了吧?"

"说到终了,死又算得了什么?"甘果瓦激动地接着说道,"那是个不愉快的时刻,是从本来很少到完全没有的那条路的买路钱。有人问一个大城市的居民塞尔西达斯会不会甘心死去,他回答说:'为什么不会?死后我就能看到那些伟大人物,像哲学家里面的毕达哥拉斯,史学家里面的埃加德斯①,诗人里面的荷马,音乐家里面的奥兰普。'"

副主教抓住他的手:"那么说定了?你明天来。"

他的态度把甘果瓦带回了现实。

"啊,绝对不行!"他用从梦中惊醒的人的语气说道,"给人绞死!那太荒谬了。我不愿意。"

"那么告别了!"副主教咬牙切齿地说,"我还会找你的!"

"我可不愿意这个魔鬼般的人再来找我。"甘果瓦想。于

---

① 埃加德斯,公元前六世纪的希腊历史学家和地理学家。

是他追上了堂·克洛德说:"等一等呀,副主教先生! 老朋友之间犯不上闹别扭呀! 你对那位姑娘——也就是我的妻子——发生兴趣,我可以说,那挺好呀。你想出了一个把她救出圣母院的计划,可是你那个计划对我绝对不适用。我刚才想到了一个好主意。假若我有办法不让自己的脖子给活结套住也能把她救出来,你以为怎样? 难道绝对不行吗? 难道非得我被人绞死才能令你满意吗?"

神甫不耐烦地扯着衣服上的钮扣说:"真是口若悬河! 你的办法到底是怎样的?"

"对了,"甘果瓦自言自语道,一面把一根食指按着鼻头表示在沉思默想,"就是这样! 乞丐们都是些好汉,那些埃及人都疼爱她,一句话就能使他们挺身而出,再没有比这事更容易的了,突然一下子,趁着混乱的当儿,他们就很容易把她抢走。从明天傍晚……他们可再情愿不过了。"

"用什么办法,说呀!"神甫摇着他说道。

甘果瓦庄严地转身向着他:"别吵! 你看见我正在想办法呀。"他又考虑了一会,随后他笑着拍手赞赏自己的想法:"妙极了! 一定会成功!"

"用什么办法?"克洛德恼怒地问。

甘果瓦满面光辉。

"过来,让我悄悄告诉你,这是一条大胆的反攻计,它会使我们完全解除困难。老天作证! 可得承认我并不是一个笨伯呢。"

他忽然停顿了一下:"啊! 小山羊是同那姑娘在一起吧?"

"是呀。让魔鬼把它带去!"

"他们也要把它绞死,不是吗?"

"那跟我有什么关系?"

"是呀,他们要绞死它。上个月他们就绞死了一头母猪,刽子手愿意那样呗,然后他就好吃猪肉了。要绞死我那漂亮的加里,可怜的小羔羊呀!"

"该诅咒的家伙!"堂·克洛德嚷道,"你自己就是刽子手。你有什么好办法救她呀,恶棍?要用钳子才能把你的想法钳出来吗?"

"妙极了,老师,办法在这里。"

于是甘果瓦在副主教耳边用很低的声音告诉他,一面用不安的眼光从街道这一头望到那一头,虽然街上一个人也没有。他讲完后,堂·克洛德握着他的手冷淡地说道:"很好。明天见。"

"明天见。"甘果瓦说。副主教从街道的一边走远了以后,他就从另一边走去,一面低声地自言自语说:"这是一件值得骄傲的事,比埃尔·甘果瓦先生,没关系,人家不会说因为他渺小才被庞大的计划吓住了。比多①曾经把一头大公牛扛在肩膀上,鹌鹑、夜莺和燕子都能够飞过海洋。"

二　当你的乞丐去吧

副主教回到了修道院,发现他的弟弟磨坊的若望正在他的小屋门前等候他,因为等得不耐烦了,就用一块木炭在墙上画了一幅他哥哥的侧面像,鼻子画得挺大。

---

① 希腊神话里女祭司之子。

堂·克洛德几乎没看他的弟弟,他在想别的事情。那个无赖脸上快活的神色往常曾经多次使得神甫阴沉的面容变得明朗起来,此刻却不能消除这个腐烂发臭、毫无生气的灵魂日益聚集的浓雾。

"哥哥,"若望怯怯地说,"我来看望你。"

副主教连眼睛都不朝他抬一下,说:"还有呢?"

"哥哥,"那口是心非的家伙答道,"你对我这么好,给我这么多的好劝告,使我老要跑来找你。"

"然后呢?"

"哎,我的哥哥,你说得对呀,你常常告诉我:'若望,若望,学者的学说和学生的纪律都后继无人和松懈①。若望,要聪明,若望,要用功! 没有正当理由或是没得到老师许可,不要在学校外面过夜。不要去打那些庇卡底人,不要像目不识丁的驴子一般在学校的麦秸上腐化堕落②。要接受老师的责罚。若望,要每天晚上到礼拜堂去向光荣的圣母唱赞美诗,还要静默和祷告。'这是些多么高明的劝告呀。"

"还有呢?"

"哥哥,你瞧,我是一个该打该罚的人,是一个可恶的人,放荡的人,是一个堕落的人。我亲爱的哥哥呀,若望把你那些善意的劝告像粪草一般踩在脚下,我受到严厉的惩罚了,好上帝是非常公平的。我有点钱的时候,享乐,狂欢,过得挺快活。酒色表面上多么迷人,实际上是多么丑恶! 现在我一个钱都没有了,我卖掉了我的帽子,我的衬衫,我的擦手毛巾,再没有

① 原文是拉丁文。
② 当时学生把麦秸铺在教室里。

452

快活日子啦！漂亮的蜡烛熄灭了，只剩下可怜的一点蜡烛油，怪难闻的。姑娘们嘲笑我。我只喝清水过活，我被悔恨和债主们苦恼着。"

"此外呢？"

"哎！最亲爱的哥哥，我很想给自己安排一种好一些的生活，我悔恨交加，回到你跟前来了。我是来忏悔的，我承认。我用拳头狠狠地捶我的胸膛。你有很多理由希望我有一天成为俄当学院的学士和副学监，此刻我更觉得我有做那些事的才能。可是我再没有墨水了，我得再买去；我再没有钢笔了，我得再买去；我再没有纸张了，我得再买去；我再没有书本了，我得再买去。为了这一切我需要一点钱，于是我满怀着悔恨到你跟前来了。"

"这就是你的全部要求吗？"

"是呀，要点钱。"

"我没有钱。"

于是那学生用又认真又坚决的态度说道："那好，我的哥哥，我非常抱歉，不得不告诉你有人在别的方面向我提了些很好的建议和计划。你不愿意给我钱吗？不愿意吗？那么我就当乞丐去。"

讲出这奇怪的话时，若望装出阿雅克斯①等待着雷霆降到头上的神情。

副主教冷冰冰地对他说道："当你的乞丐去吧！"

若望朝他深深地一鞠躬，打着口哨下楼去了。

---

① 阿雅克斯是特洛伊战争中希腊军主要将领之一，在和奥德修斯发生争执后，发疯错杀希腊军中的牲口，醒悟后自杀。

他经过修道院的前庭,走到他哥哥那小屋窗户底下的时候,他听见窗子开了,抬头看见副主教庄严的脑袋探出在窗口上。"滚到魔鬼那里去吧!"堂·克洛德说道,"这是我最后一次给你钱了。"

同时神甫扔了一个钱包给若望,把他头上打出了一块疙瘩。若望像一条狗,得到了人家抛给的几块骨头,他又恼怒又高兴地拿着钱包走了。

三 快乐万岁!

读者也许还记得,圣迹区有一部分地方是被市民区的古老城墙围住的,好多城楼在当时已经开始倾圮。那些城楼里有一座被乞丐们改成了俱乐部,下面的大厅做了酒店,上面几层派了别的用场。这个城楼是乞丐们聚会的场所中最活跃的,因而也是最可怕的一处。它是一个日夜吵闹不停的蜂窝。晚间,那乞丐王国里所有的人都去睡觉了,广场上那些可怕的前墙上再没有一个窗户里还亮着灯,再也听不到在那无数小房间无数窠巢里那些拐来的或私生的男女小孩的叫喊,但人们还能从那里的吵闹声里,从那同时在火炉窗户墙缝和一切孔隙里透出来的深红的火光里认出那座快活的城楼。

这样地窖就成了酒店。要下到地窖必须经过一道低矮的门和一条像古典亚历山大诗体那样陡直的楼梯。门上有一块招牌,招牌上画着几个簇新的钱币和一只杀死的鸡,底下写着这样的双关语"死者来此按铃"。

有一天晚上,当巴黎每座钟楼都敲响灭灯钟的时候,那些巡夜军警假若被准许走进可怕的圣迹区,就会看见乞丐们的酒店比往常更为嘈杂，酒喝得比往常更多，咒骂得也更加厉害。外面广场上有好几群人低声谈着话，好像是在策划什么重要的事情，到处有人蹲在石块地上，在磨生锈的刀剑。

在酒店里，酒和赌博是乞丐们那晚拿来排遣他们心中思虑的主要消遣。要从喝酒的人的谈话里猜出他们的计划可不容易，只是他们的神态比往常兴奋，看得出他们每人的腰边都闪亮着某种武器，如一把镰刀，一柄斧头，一根大木棍或是一个旧火绳枪的枪托。

那个厅堂是圆形的，相当宽大，但桌子摆得很挤，喝酒的人很多，所以酒店里的一切，包括男人，女人，凳子，啤酒瓶，喝酒的人，打盹的人，玩耍的人，健康的人，残废的人，全都像一堆牡蛎壳似的齐整协调地聚在一起。桌子上点着几支蜡烛，但是把酒店照得像歌剧院那样明亮的却是那个炉灶。地窖很潮湿，因此哪怕在大热天也从来不让炉火熄灭。那个大炉灶的炉台上有雕刻，笨重的柴架和几件烹调用具直立在那里，炉灶里的木柴和煤炭烧得很旺，红红的火光射到对面的墙上，假若是在夜间的乡村街道上，看上去真像是铁工场的窗户。一条大狗一本正经地坐在炉火的灰烬里，一根串满了烤肉的铁扦在炭火前面翻动。

虽然非常杂乱，可是一眼就看得出那些人分成主要的三堆，分别挤在读者早已认识的三个人物周围。三人中那一位穿着奇怪的东方式破旧衣服的，是马蒂亚斯·韩加蒂·斯比加里，他是埃及和波希米亚的公爵，这家伙坐在一张桌子上，架起腿，举起一根手指头，在给周围许多目瞪口呆的人讲授借助恶魔和不借助恶魔的巫术。另一群人围着我们的老朋友——全副武装的勇敢的土恩王克洛潘·图意弗周围，他正严肃地低声说着话,一只装满武器的大桶掀开了盖子,放在他面前,他正在安排武器的分配,他从桶里拿出大批的斧头、剑、铠甲、猎刀、枪托、锯子、钻子等等,这些东西好像丰收角①里大量的苹果葡萄一样。每人随自己高兴领取一件,有的领一个头盔,有的领一把轻便的长剑,有的领一把有十字柄的短剑。连孩子们也武装起来。有几个没脚的人也全身披挂着,像大甲虫似的在人们脚前爬来爬去。

最后是第三堆人,他们最会嚷嚷,最快活,人数也最多,他们把桌子和凳子都占了,从他们那全副甲胄里不断发出尖声的咒骂。有一个全身披挂的家伙,几乎看不见身子,只露出一个大而无当的红鼻头,鼻孔朝天,一束棕色的头发,一张鲜红的嘴和一双大胆的眼睛。他胸前装满了匕首和短刀,腰上佩着一把长剑,左边有一把生锈的弓,面前放着一大瓶酒,毫不理睬他右边那个衣衫不整的妓女。围着他的人们都在笑骂和痛饮。

此外大约还有二十堆人,人数较少,这是些头上顶着大罐子走来走去的男女仆从和弯着腰玩弹子或骰子的家伙。一个角落里有人在吵架,另一个角落里有人在亲吻。这些情景会使你对全体产生一个个印象。照着这些人的红红的火光,使几千个巨大古怪的影子好像在酒店的四壁上跳舞。

那种吵闹,简直就像一座钟楼里所有的钟通通敲响起来一样。

烤肉时承油滴用的锅子里,滚开的油正在翻着泡沫,用它

①　丰收角是古欧洲艺术品中一种装满花果和玉蜀黍之类的羊角,表示丰收。

456

不断的尖叫声填补着整个大厅里那愈来愈多的谈话间的空隙。

在这片喧闹声里,在酒店尽头处的炉灶角落里一位哲学家坐在一张椅子上沉思,他双脚踏在炉灰里,眼睛盯着燃烧的木柴,他就是比埃尔·甘果瓦。

"咳,快些! 赶紧装备好! 一个钟头以后出发!"克洛潘·图意弗向他那黑话王国的臣民喊道。

一个姑娘颤声唱起来:

> 晚安呀,我的父母,
>
> 最后的人要灭掉灯火。

两个斗牌的人吵起架来了。"小子!"两人中脸色较红的那一个喊道,同时向另外那一个伸出拳头,"我要在你这张梅花上做个记号,你可有资格在国王陛下斗牌时填补米斯蒂格里①的角色啦。"

"蠢货,"另一个说道,从他说话时的鼻音就能分辨出他是个诺曼底人,"我们可是像加育维尔的圣徒们一样在这儿吃饱喝足啦!"

"孩子们,"埃及公爵用假嗓子向他的听众说,"法国的巫婆去赴安息日会可不带扫帚和别的东西,不用油脂也不用牲畜,只用几句符咒。意大利的女巫往往弄一只公羊在门口等着她们。她们都必须从烟囱里走。"

一个全副武装的青年的声音比谁都高:"妙呀,妙呀!"他喊道,"我今天才第一次武装起来! 乞丐! 我当上乞丐啦!

---

① 米斯蒂格里,纸牌中侍从的名字,专指梅花"J"。

耶稣的肚子！倒酒给我喝吧！朋友们，我名叫磨坊的若望·孚罗洛，我是一个绅士。我认为假若上帝是一名警察，他一定会当强盗。弟兄们，我们要好好地洗劫一番，我们都是些好汉，包围教堂，冲进每一道门，把那位漂亮姑娘拉出来，把她从法官手里救出来，从神甫手里救出来。捣毁修道院，把主教烧死在主教府。我们用不了一个市政官喝完一勺汤的时间，就能把事情办妥。我们的理由是正当的，我们要去抢圣母院，这是说定了的。我们要绞死伽西莫多。女士们，你们认识伽西莫多吗？在圣灵降临节你们可看见过他在那口大钟上喘气？天知道，那才好看呢！真像一个妖怪骑在一个食尸鬼身上。朋友们，听我说呀，我打心眼里是个乞丐，灵魂深处是个讲黑话的，我生来就是叫花子。我曾经非常有钱，我把我的财产吃光了。我母亲希望我当官，我父亲希望我当助祭教士，我伯母希望我当宗教法庭顾问，我祖母希望我当国王的首席秘书，我的伯祖母希望我当短袍保管人。我呢，我自愿当上了乞丐。我把这事告诉我父亲，他就当面骂我，告诉我母亲，那老太太就哭起来了，并且像那火上的烤肉一般嘘气。快乐万岁！我是一个真正的比塞特人。酒店老板我亲爱的，再拿酒来！我还有钱付账呢。我不愿再喝须雷逊酒了，怪呛喉咙的。我真高兴，咳，喝了一筐酒呢！"

人们哄笑起来。看见大家围着他，那学生就嚷道："多好的嗓门！这是疯狂的人群的大规模发作啊！"①随后他就唱开了，眼睛仿佛浸沉在狂欢里，他用唱晚祷曲的声音唱道："什么歌曲？什么乐器？这是什么样的漂亮歌曲和节奏呀！流利

----

① 原文是拉丁文。

的风笛吹奏着赞美诗！这是天使的曲调中最动听的,一切歌
曲里最奇特的了!"①……他忽然不唱了,说道:"倒霉的酒家,
给我晚饭吃呀!"

稍稍安静了一会,就轮到埃及公爵用他那尖嗓子向流浪
人发命令了:"……伶鼬取名安君,狐狸取名蓝脚或是林中赛
跑者,狼取名灰脚或金脚,熊取名老人或祖父。扮侏儒的人要
让别人看不见你们,你们却能看见别人。每只受过洗礼的癞
蛤蟆都要穿上紫红色或者黑色的衣服,脖子上系一只铃铛,两
脚上也系上铃铛。老祖父带头,老祖母殿后。这是能够使姑
娘们裸体起舞的魔鬼西特亚加沙啊。"

"凭弥撒祭发誓!"若望插话说,"我倒愿意当魔鬼西特亚
加沙呢。"

这当儿,乞丐们还在酒店的另一头一面低声谈话一面继
续武装自己。

"那可怜的拉·爱斯梅拉达!"一个流浪人说道,"她是我
们的妹妹,我们得把她从那地方弄出来。"

"她还在圣母院里吗?"一个犹太人模样的小贩说。

"是呀,老天哪!"

"咳! 同志们,"那个小贩喊道,"到圣母院去吧! 更妙的
是那里面的圣费埃阿尔和圣费于西翁礼拜堂里有两个神像,
一个是圣若望·巴甫第斯特,一个是圣安东尼,两个都是黄金
铸成的,一共要值十七个金马克和十五个埃斯泰,那一对白银
镀金的座脚也值十七个马克零五个盎司。我非常清楚,我是
个金匠呀。"

<hr>

① 原文是拉丁文。

这时人们给若望送晚饭来了。他便靠在身边那个女人的胸前喊道：

"凭圣乌特·德·吕格的名义发誓，虽然人们称呼他叫圣果格吕，我快活极啦！我前面有一个笨蛋用大公爵一般的狡猾样儿瞧着我，左边有一个牙齿长得遮住了下巴的家伙，而且我像那位围攻彭多瓦斯的纪埃元帅①一样，右边靠着一个小丘———一只乳房。穆罕默德的肚子呀！伙计，你的神气像个骨器商人，却跑来坐在我跟前！我是贵族呢，朋友。商业和高贵是势不两立的。滚到那边去吧！哎呀，你们这些家伙！别打架呀！巴甫第斯特·克罗格·阿瓦松，你有一个挺好看的鼻子，怎么冒险去尝那个笨蛋的拳头！蠢货！并不是每个人都有鼻子的呢②。你真了不起，咬耳朵雅克林！可惜你没有头发。哈，我名字叫若望·孚罗洛，我的哥哥是一位副主教，让魔鬼把他抓去吧！我讲的全都是实话。为了能当上乞丐，我心甘情愿地放弃了我哥哥允许我分居一半的天堂里的住宅。我可以引用拉丁原文，我有一块值得夸耀的蒂尔夏浦领地，所有的女人全都是我的情妇，这件事就像圣艾洛阿是个金匠一样千真万确，就像巴黎这座好城市的五种职业是皮匠、制革商人、皮带商人、钱包商人和苦力一样千真万确！就像圣洛昂是被蛋壳烧死的一样千真万确！我向你们担保，伙伴们！

要是我说谎，

一年前我就不会喝辣汤！

可爱的人，有月光呢！打窗口朝那边望吧，瞧大风怎样卷刮那

---

① 纪埃元帅(1451—1513)，路易十一和查理八世时代最优秀的将领。

② 原文是拉丁文。

些云片！我就要把你的护胸揉得像云那样皱成一团呢。姑娘们,给孩子们擤擤鼻涕,把蜡烛剪剪①！耶稣和穆罕默德呀！我吃到了什么东西？朱庇特呀,嗨,我在你们这些家伙的脑瓜上没发现头发,却在煎蛋上发现头发了！老妇人,我喜欢不带头发的煎蛋。让魔鬼把你弄成个塌鼻头！倍尔日比特漂亮的酒店老板娘,恶汉们在你的店里用叉子梳头发呢!"

他一面说,一面把菜盘往石板地上一摔,用顶尖的嗓门唱起来:

> 我呀,凭上帝的血起誓,
>
> 我既没有信仰,也没有法律,
>
> 既没有炉火,也没有住所,
>
> 　国王和上帝都把我无可奈何!

这时克洛潘·图意弗已经结束了分配武器的工作。走到双脚搁在炉架上仿佛睡熟了的甘果瓦跟前。"比埃尔朋友,"土恩的王说道,"你在想什么鬼事儿?"

甘果瓦带着忧郁的微笑转过头来。"我喜欢炉火,亲爱的大人,不单是由于炉火能够烤暖我们的脚或是为了在火上烧汤,而是因为它冒出火星。有时我一连几个钟头望着这些火星,黑洞洞的火炉里爆出的火星使我发现了千万种事物。这些火星也是些宇宙呢。"

"要是我明白你的话,让天雷劈我!"土恩的王说道,"你知道现在几点了?"

"不知道。"甘果瓦回答。

---

① 原文擤鼻涕和剪蜡烛是同一个动词,在这里当双关语用,译文只好分开。

于是克洛潘走向埃及公爵。

"马蒂亚斯同志，"他说，"这个时辰不妙，听说国王路易十一正在巴黎。"

"那就更有理由把我们的妹妹从他们的魔爪里救出来了。"那个老流浪汉说。

"你这话很有丈夫气，马蒂亚斯，"土恩的王说，"不过我们要从从容容地干，不必怕教堂里会有人抵抗，那些议事司铎不过是些野兔，可是我们都强壮有力。大理院的人明天去找她的时候，正好让我们抓住！教皇的肚肠呀！我可不愿意人家把那漂亮的姑娘绞死！"

克洛潘走出酒店去了。

这时若望用沙哑的声音嚷道："我喝呀，吃呀，我醉了，我是朱庇特！哎，屠夫比埃尔，你要是再那样瞧着我，我可要用指甲把你的鼻子弹得嘣嘣响！"

被他从沉思里惊醒的甘果瓦，看了看四周一片狂饮喧闹的景象，就咬着牙嘀咕道："酒是淫乐的东西，使人酩酊大醉。① 哎，我不喝酒是对的，圣伯努瓦说得好：'酒甚至使智者放弃学说。'②"

这时克洛潘回来了，用雷鸣般的声音喊道："半夜到了！"

听到这句话，就像休息的马队听到了军号声似的，酒店外面所有的乞丐无论男女老少，全都忙乱起来，响起了一片铠甲和刀枪的声音。

月亮隐到云里去了。

圣迹区顿时黑了下来，没有一丝亮光，可是并不是没有人

①② 原文是拉丁文。

462

在里面,有一群男女在那儿低声交谈,听得见他们嗡嗡的谈话声,看得见他们的兵器在黑暗里闪亮。克洛潘站到一块大石头上。"排队呀,黑话王国的人们!"他喊道,"排队呀,埃及人!排队呀,加利利帝国的人!"黑暗里到处在骚动,庞大的人群似乎排成了一支长长的队伍。过了几分钟,土恩王又提高嗓门喊道:"悄悄地穿过巴黎街道!通行口令是:小火把在闲逛!到达圣母院才准点燃火把!开步——走!"

几分钟以后,黑压压的一长队人朝着欧项热桥开了过去,巡夜的骑兵队看见他们,便惊慌地穿过通到人烟稠密的菜市场的曲曲弯弯的街巷,四散逃开去了。

四 一个帮倒忙的朋友

那天夜里伽西莫多并没有睡觉,他刚刚把教堂巡视了最后一遍,关那些大门的时候,他没有注意到副主教从他近旁走过,也没注意到他露出讽刺的神色看着自己把那道大铁门关紧并且加上铁闩,这根铁闩使那两扇大门坚固得跟墙一样。堂·克洛德似乎比往常更加满腹心事,自从那次在小屋里的黑夜冒险之后,他待伽西莫多就一直非常苛刻,可是尽管他经常威胁甚至打骂伽西莫多,却丝毫不能动摇那忠实的敲钟人的决心、耐心和坚定,他忍受着副主教的咒骂、恫吓和拳打脚踢,毫无怨言也不叹息一声,只是每当副主教爬上钟塔的楼梯时,他就用不安的眼光跟随着,但是副主教也留心着不让自己再在那埃及姑娘面前出现了。

那天晚上,伽西莫多向他那些被遗弃的钟雅克琳、玛丽、蒂波看了一眼之后,爬到靠北边那座钟塔的屋顶,把关得严严的有遮光装置的提灯放在铅皮上，就开始瞭望巴黎的景色。我们已经说过，夜色很黑，巴黎在那段时间可以说是完全没有灯光的，呈现到眼前的是一些杂乱的黑堆，被发白的塞纳河到处截断，露出些缺口。伽西莫多没有看到一点亮光，除了远处一座建筑的窗户还有一星灯火，使那座建筑模糊阴暗的轮廓耸立在圣安东尼门那边的许多屋顶之上。那里也有人彻夜不眠。

敲钟人让自己的独眼游荡在夜晚雾闲闲的天边，他觉得心头有一种莫名其妙的骚动，几天以来他一直提防着，他看见教堂周围有些相貌凶恶的人不断在那里走来走去，眼睛牢牢盯着那个姑娘避居的小屋。他猜想那些人多半在策划着某种不利于那个避难人的阴谋诡计，他猜想大家也憎恨那个姑娘，就像憎恨他本人一样。他料到马上会发生什么事，于是他在钟楼上站岗，像拉伯雷说的"在梦中做梦"，眼睛一会儿看着那间小屋，一会儿望着巴黎，怀着满肚子疑问，像条忠实的狗一般守卫在那里。

当伽西莫多用大自然为了补偿他而使之敏锐得能替代他所缺少的别种器官的那只独眼仔细观察那座大城市的时候，他忽然隐约看见老皮货店码头的形状有些特别，那地方似乎有些骚动，那黑黝黝地突出在白色河面上的栏杆的轮廓，不像别的码头的栏杆那么挺直和平静，它像河里的波浪似的在那里波动，又像是那些正在行进的人们的脑袋。

这使他觉得非常奇怪，他加倍留神起来了。那波动的人群似乎在朝旧城区这边移动，何况到处一片漆黑，那移动的人群似乎在码头上停留了一下，接着就逐渐走远了，似乎走进了小岛，随后就完全不动了，码头的栏杆又恢复了原先的挺直和

464

平静。

伽西莫多正在多方寻思时,那移动的人群仿佛走进了巴尔维街,这条街是从圣母院前面一直伸展到旧城区里的。最后,他看见在一片黑暗中有一队人已经走出了那条街,一会儿巴尔维广场上就布满了一大群人,广场上什么也看不清楚,只看得出是一大群人罢了。

这个景象异常骇人。可能因为这奇怪的行列为了避免暴露,一直小心地保持着肃静,这当儿却难免有了些声音,虽然不过是脚步声,可是这种声音钻不进我们这位聋子的耳朵,他只隐约看得见但什么也听不见的这一大群人在离他很近的地方骚动和行走,使他觉得好像是静悄悄的一群死人隐藏在雾气里。他觉得好像看见一层布满了人的雾气在向他迫近,看见阴影中移动着一群人影。

于是他又恐惧起来,又想到那埃及姑娘可能会遭受侮辱,他隐约感觉到面临着一场大祸。在这危急之际,他用他那简单头脑里意外的机智考虑着应该采取什么行动。他要唤醒埃及姑娘吗?要让她逃走吗?从哪里逃走呢?街道都被包围了,教堂背后就是一条河,没有船只,没有出口。只有一个办法,就是单枪匹马地在教堂门槛上拼死抵抗,至少抵抗到有援军到来,但不必去惊扰拉·爱斯梅拉达的睡梦,那不幸的人还有足够的时间,她要等睡够了才死呢。下了这个决心之后,他就更加安心地观察着"敌人"。

巴尔维广场上的人群好像每时每刻都在增多,但他猜想他们大概只弄出了极小的声响,因为广场四周街道上的窗户都还好好地关闭着。忽然亮起了一个火把,马上就有七八个火把高举在人们的头顶,火光摇曳,照亮了周围的黑暗。伽西莫多这时才看清了广场上骚动的情景,有一大群破衣烂衫的男女,都拿着镰刀、枪、矛、锄、戟之类,这些兵器的尖头闪闪发亮。到处有一些黑黑的铁叉从那些可怕的头上伸出来,像犄角似的。他模糊地想起了这群人,认出了他们,几个月以前他们还向愚人王致过敬呢。有一个一手拿火炬一手拿短棒的人爬到了一个木桩上,好像在向他们讲话。同时那奇怪的队伍改变了队形,好像分别在教堂周围站立停当了。伽西莫多拿起灯笼下楼到了两座钟塔当中的平台上,更近些去观察并且考虑抵抗的办法。

到达了圣母院高高的大门前的克洛潘·图意弗,真的已经把队伍排成了阵势。他虽然估计不会有什么抵抗,但仍然像谨慎的将领那样情愿严阵以待,以便在必要时抵御从守门人或从二百二十人的夜巡队方面来的任何袭击。他把他的队伍排得那么整齐,从高处或远处望去,很像埃克罗姆战役的罗马三角阵,亚历山大的猪头阵或居斯达夫·阿道尔夫著名的楔形阵。那个三角形的底边在广场最远的一端,一边正对着大医院,另一边对着圣比埃尔·俄·倍甫街。图意弗、埃及公爵和我们的老朋友若望以及几个最勇敢的乞丐,站在三角形的顶端。

在中世纪的城市里,乞丐在这种时辰袭击圣母院之类,并非罕见的事。现在所谓的"警察局",那时候是没有的。那些普通城市,尤其是那些首都,并没有常规的独一无二的集中的武装力量。封建制度是用奇怪的方式来形成它的那些大的市镇的,每座城市里都有几千个领地,把城市划分为许多大大小小的各种形状的区域。有一千个互相搞摩擦的警察局,那就等于一个警察局都没有。就拿巴黎说吧,从拥有一百五十条街道的巴黎主教到拥有四条街道的郊区圣母院的长老,它一共有一百四十一位各自为政的领主要求着领地权,二十五个领主要求司法权和领地权。封建时代所有的司法官都只承认国王的无上权威,他们管理着交通,一切都各自为政。路易十一这位不倦的工人开始大规模地捣毁封建制度那座大厦,黎世留和路易十四为着王室的利益接着干下去,米拉波①为了人民的利益完成了那个工作。路易十一曾经尝试着打破那种遍布巴黎的领地网,胡乱在这里那里设置两三个警察局,于是在一四六五年命令居民天一黑就要在窗口点上蜡烛,把他们的狗关在家里,违者要处绞刑。同年又命令居民每晚都要用铁链把街道封锁起来,禁止夜晚带着匕首或别种武器上街。可是不久这些规定又不执行了,市民听任晚风吹灭他们窗口的蜡烛,让他们的狗在外面游逛,铁链只有在围城期间才用上。禁止带着匕首上街的命令并未引起什么改变,只是把割嘴街的名字改成了割喉街,就算是明显的进步了。各种封建裁判权依然屹立不动,领地把城市划分成无数区域,一个个互相妨碍,磕碰,纠缠,穿插,大量的盗窃抢劫和暴动事件都被那些卫队、下卫队和近卫队放过。在这种混乱状态中,一群强盗在人烟稠密的地带袭击宫殿、府邸、民房之类的事件并不罕见。邻居一般都不干预这类事,除非抢到了他们自己家里。他们对于枪声充耳不闻,只是关上自家的窗板,封住自家的大门,听任事情在有夜巡队或没有夜巡队的情况下自行解决,第二天巴黎就到处传说:"昨晚艾丁·巴尔倍特家被抢了"或是"克雷蒙元帅被捉去了"等等。所以,不仅是王家宫室如卢浮

---

① 米拉波(1749—1791),法国大革命时期著名的政治家和演说家。

宫、王宫、巴士底和杜尔内尔宫，就连纯粹的领主宅邸如小波旁宫、桑斯大厦、安古勒姆府邸等，墙头上也都有雉堞，大门上也都有枪眼。而教堂则用自己的神圣来自卫。也有几座教堂有自己的防卫设备，但圣母院是没有的。圣日耳曼·代·勃雷修道院有男爵城堡一般的雉堞，它用来造钟的铜还不及用来制造大炮的铜多呢。一六一〇年还能看到它的炮台，如今连修道院本身都几乎不见了。

咱们还是来谈圣母院吧。

最初的安排结束以后，我们必须指出，由于乞丐们严守纪律，克洛潘的命令都被他们悄悄地极准确地执行了，最前面的一排人便爬到巴尔维广场的栏杆上，用嘶哑粗糙的声音叫喊着，向圣母院摇动着火把，火把被风吹得忽闪忽闪的，同时被它自己的烟遮住，使教堂的淡红色前墙时隐时现。

"告诉你，巴黎的大主教，大理院的议员路易·德·波蒙，我，土恩的王，大加约斯，黑话王国的君主，愚人们的大主教克洛潘·图意弗，我告诉你，我们的被错判了巫术罪的妹妹躲在你的教堂里，你应该是保护她和搭救她的人。可是大理院法庭又想去逮捕她，你却表示同意。要是没有上帝和我们这些乞丐，她明天就得被绞死在格雷沃广场。因此我们找你来了，大主教。假若你的教堂是神圣不可侵犯的，我们的妹妹同样是神圣不可侵犯；假若我们的妹妹不是神圣不可侵犯的，那你的教堂也不是神圣不可侵犯的了。因此我们劝你把那位姑娘交还给我们，假若你愿意救你的教堂，不然我们就要把她带走，还要抢劫你的教堂，那就更好了。我为此竖起我的旗帜宣誓。但愿上帝保佑你，巴黎大主教！"

可惜伽西莫多听不见这些用阴沉粗犷的庄严态度讲出来

的话,一个乞丐把旗帜递给克洛潘,后者便严肃地把它插在两块石板之间。那是一把铁叉,铁叉上叉着一块带血的兽肉。

竖起旗之后,这位土恩王就转过身来巡视他的队伍,那是些眼睛跟枪矛一般闪亮的人。他顿了一下喊道:"向前冲呀,小子们! 干吧,硬汉们!"

三十个腿胫粗大脸如黑铁的壮汉从行列里跳出来,肩头上扛着大锤锄头和铁钎。他们向教堂正中那道大门冲去,爬上了台阶,马上就看见他们全都伏在尖拱顶下用锄头和铁钎敲打大门了。一群流浪汉走去帮忙或者观看,大门前的十一级台阶上全都站满了人。

可是大门非常牢固。"见鬼,它又结实又固执!"一个乞丐说道。"它老了,关节都变硬了!"另一个说。"加油呀,弟兄们!"克洛潘喊道,"我敢用我的脑袋去碰拖鞋打赌,不用惊醒一个仆役你们就能把大门打开,把那个姑娘救出来,把主神坛抢空。使劲! 我相信门锁已经松动啦!"

克洛潘的话突然被他背后一个可怕的响声打断了,他转过身来,看见空中掉下了一根大梁,把教堂石阶上的流浪汉压死了十二个。这根大梁弹到石板路上还发出大炮般的响声,又打伤了好些流浪汉的腿,使他们惊恐地呼号着逃开去,一转眼巴尔维广场便空了。那些壮汉虽然躲在深深的门廊里,这时也弃门而逃。克洛潘自己也退避到了离开教堂很远的地方。

"我正好躲过了它!"若望嚷道,"我感觉到它旋起的一阵风呢,我敢打赌! 可是屠夫比埃尔给打死了!"

要描写怎样的惊慌恐怖同那根梁木一齐落到了这群乞丐中间,那是不可能的。他们好一阵把眼睛盯着空中,他们害怕那根木头远甚于害怕两万名王室弓箭手。"撒旦啊，"埃及公爵抱怨道，"真像演魔术一般！""这是月亮扔下来的一根木头吧。"红脸安德里说。"那么，"弗朗索瓦·尚特普津尼说，"可以说月亮是圣母的朋友了！""一千个教皇作证！"克洛潘喊道，"你们全都是些笨蛋！"但是他自己也不明白掉下梁木来是怎么回事。

这时教堂前墙上什么也看不见了，火炬照不到教堂顶上。那可怕的梁柱躺在广场中央，只听见在它掉下时挨了一记或者肚皮在石阶角上碰破了的人们在呻吟。

一阵惊惶之后，土恩王终于想起了一个能使同伴们信服的解释。"天罚的！是不是那些议事司铎在进行自卫呀？那么，抢吧！抢吧！"

"抢吧！"人们狂怒地喊道。箭头与火绳枪朝着教堂前墙射击起来。

在一片惊呼声中，四周那些静悄悄的住户给吵醒了，有些窗户打开了，戴着睡帽的脑袋和举着蜡烛的手出现在窗口上。"向窗口射击！"克洛潘喊道。那些窗户马上又关上了，可怜的居民还没有来得及惊恐地看一眼这暴怒的人群，就吓得满头大汗地回到妻子身边，互相询问巴尔维广场上是否在举行安息日会，或者是否勃艮第人又来袭击，像六四年那样。于是丈夫们想到了抢劫，妻子们想到了暴行，彼此都吓得哆嗦。

"抢呀！"黑话王国的人们吼道，可是他们不敢前进。他们望望教堂又望望梁木，梁木一动不动地躺在地上。那座建筑依旧保持着寂静和安宁，可是仍然有点什么在使乞丐们胆寒。

"干呀，硬汉们！"克洛潘喊道，"冲开大门呀！"

谁也不肯向前走一步。

"胡须和肚子啊,"克洛潘说,"这些男子汉竟害怕一根椽子。"

一个年老的汉子答话了:

"头目,让我们发愁的并不是那根椽子,是大门用铁闩闩上了,锄头对它无可奈何。"

"要用什么东西才能冲开它呢?"克洛潘问道。

"啊,得用一根破城锤。"

土恩王勇敢地跑到梁柱跟前,把一只脚踏着它。"这里就是一根,"他喊道,"这是那些议事司铎送给你们的。"于是他嘲笑地向教堂行了一个礼说:"谢谢哪,议事司铎们!"

这个英勇的举动产生了好效果,梁柱的魔力被打破了,乞丐们重新鼓起勇气。马上那笨重的柱子就像羽毛似的被两百来只强壮的手臂抬了起来,向着他们曾经枉然想打开的大门猛烈地撞去。在照着广场的火炬的微弱光亮中看去,那根大柱子同抬着它的人们,就像一个百足巨兽低着头在向一位石头的巨人进攻。

柱子撞过去,那半金属的大门就像一面大鼓似的响起来。大门还没有撞开,但那座教堂整个儿给震动了,听得到那座建筑的胸膛深深地在叹气。同时,一阵大石块像下雨似的落在攻打它的人们头上。"见鬼!"若望喊道,"是不是那两座钟塔把它们栏杆上的柱子扔到我们头上来了?"可是已经有了些进展。土恩王说得对,一定是主教在进行自卫了。于是人们不顾石头从左右两边打到他们头上,更加勇猛地攻打着大门。

可惊的是石头下落得那么快,而且接二连三一直落个不停。黑话王国的人有时一下子挨到两块石头,一块打在腿上,一块打在头上，很少没有被打中的。进攻的人们脚前已经躺着一大堆打死了的和打伤了的以及还在流血和扭动的人体，于是他们盛怒之下不断振作精神，用那根大梁柱一下接一下像敲钟一样以同样的间歇撞那道大门。石块像雨点般打来，大门号叫着。

不用说，我们的读者一定猜想得到，把乞丐们惹恼了的这种意外的抵抗是来自伽西莫多。

不幸的是时机正好有利于那勇敢的聋子。

他走到两座钟楼当间的平台上时，头脑里一片混乱。他像疯子似的沿着楼廊来回跑了一圈，从高处看着乞丐们准备冲进教堂，不知应该请求上帝还是请求魔鬼来援救那个埃及姑娘。他忽然想爬上当中那座钟楼去敲响那口警钟，可是又想到在他能够把玛丽敲响一下之前，恐怕教堂已经被冲破十次以上了。这当儿铁匠们已经搭着凳子爬上了大门。怎么办呀？

他忽然想起泥瓦匠成天都在修理南边那座钟塔的墙壁、屋架和屋顶，这是一线光明。墙是石头的，屋顶是铅皮的，屋架是木头的。那个屋架的柱子又大又密，人们称之为森林。

伽西莫多朝那座钟塔跑去，那座塔里的确堆满了建筑器材，有成堆的石头，成卷的铅皮，一捆捆锯好的木头，一堆堆汞砂。简直像一座工厂。

情况危急了，锄头和铁锤在下面攻打着，他用临近危险时那种巨大力气在那些柱子当中扛起一根最大最长的，从一个窗口上抛了出去，随后又在窗外抓住它，把它从绕着平台的栏杆角上滑出，让它从半空中落下去。那根大木柱从一百六十法尺的高处擦过墙，撞碎了一些雕刻，穿过空间时像风磨的轮子一般旋转了几下,最后碰到地面,引起一片惊恐的叫喊。那黑黑的木柱在石板地上蹦了几下,好像一条蟒蛇在那里跳动。

伽西莫多看到乞丐们一见木柱掉落便像孩子吹散的灰尘一般四散奔逃,他就利用他们的惊惶失措,趁他们用迷信的眼光望着从天而降的木柱,趁他们用箭和火绳枪把大门上那些石雕圣徒像弄成独眼的时候,他就悄悄地搬来许多石块瓦片和小石子,还搬了泥瓦匠的一袋袋工具,一齐堆到他抛下那根大木柱的栏杆角上。

正当他们攻打大门的当儿,石块像雨点似的掉下来,乞丐们以为是教堂倒坍在他们头顶上了。

谁要是在那个时刻看见伽西莫多,那真要吓一大跳,他除开堆了许多东西在栏杆角上之外,还堆了一大堆石头在平台上,前一堆用完了,就用后一堆来补充,他用难以相信的敏捷不断地蹲下去又站起来,他那侏儒般的大脑袋多次伸到栏杆外面看看,随后就扔下去一大块石头,接着又是一块,接着是第三块,他的眼睛看着他扔出去的石头,石头打中了,他就吼一声:"嗯!"

乞丐们也不气馁,被他们攻打的那道厚厚的大门,在几百人用那根大橡木柱撞击之下已经晃动了二十多次,嵌板裂开了,雕刻四散飞落,每撞击一下,那些铰链就在枢轴上跳起来,门板就震动起来,嵌在铁条当中的木头就成了碎屑。门上的铁比木料多,这对伽西莫多来说真是好运气。

可是他依然感到大门在晃动,虽然他听不见,可是那根梁柱每次碰击所引起的教堂内部的震动,也同时震动了他的肺腑。他从高处看见愤怒的乞丐们充满了胜利的信心,他们向阴暗的教堂前墙高举着拳头。为了埃及姑娘和自己,他多么希望能像头顶上飞过的猫头鹰那样长着翅膀。

雨点般打下去的石头并没有使进攻的人们后退。

正在危急之际,他注意到在那段栏杆下面不远的地方,就是从那里滑出梁木去打死乞丐的,有两个长长的石头水槽,不偏不倚正好在那道大门顶端。这两个水槽朝里的开口处正好同平台在一个水平线上。于是他想出了一个主意。他跑回他那间敲钟人的小屋里找来了一把柴火,又放了几块木板和几卷铅皮——那是他还没有动用的武器——在柴火上,把这些通通放在水槽口之后,他就用灯笼把柴火燃起来。

这当儿石头不再往下掉了,乞丐们也不再望着空中了,他们像一群朝着躲在洞里的野猪狂吠的猎狗那样挤在大门口,大门已被那根梁柱撞得变了形,但还没有被撞开。他们气得发抖地准备使劲再撞一下,把它完全撞垮。每个人都愿意站得近些,以便在大门被撞开后第一个冲进去。教堂是藏着三百年来一切宝物的大宝库呀,他们快活地贪婪地怒吼着,想起了那些漂亮的银十字架,富丽的织锦,漂亮的银边墓石,宏伟的唱诗室;想起了在烛光辉煌的圣诞节和阳光灿烂的复活节等光辉的节日里,教堂里那些灯台、圣体盒、圣龛和圣骨匣,都用黄金或宝石装饰着,摆在神坛上;想起这些情景的时候,所有的假麻风病人和水肿病人,伪装的高级执事和火灾受害者,他们希望抢劫圣母院一定要比希望拯救埃及姑娘更强烈得多,我们还可以认为他们里面有些人不过是把拯救埃及姑娘当作抢劫圣母院的一个借口罢了,假若抢劫也需要借口的话。

正在他们聚集拢来进行最后努力的当儿,每个人都屏住气息,鼓起全身筋肉,把全部力量集中起来用在那决定性的一击上的当儿,忽然发出了一片叫喊,比那根梁柱掉下时的喊声更加可怕。没有叫喊还活着的人则张目四顾,原来是两股铅熔液从教堂顶上倾泻到这密集的人群当中来了。铅熔液流泻下来的两个地方,成了两个大黑洞,好像开水泼在雪上似的。人们对着这滚沸的熔铅惊惶失措,半身烧焦了的人发出濒死的痛苦的号叫。那两股熔铅还溅出许多可怕的小滴,散落到进攻的人们身上,像烧红的铁钻一般钻进了他们的脑子。它好像一场大火灾,把那些可怜的人烧得七零八落。

哀号声可怕极了,乞丐们无论胆大的或胆小的,全都把那根梁柱向那些尸体上一扔就四散逃跑,巴尔维广场又一次空了。

人们的眼睛一齐望着教堂屋顶,他们看到的景象异常恐怖。在比正中的圆花窗更高的那层楼廊顶上,在两座钟塔之间,腾起了一股带着无数火花的大火,一股猛烈的疯狂的大火,一阵阵夜风把它烧着的碎片卷刮到烟雾里,在那股烈焰下面,在那有三叶形木花边的栏杆下,有两个像怪兽的喉咙一般的石槽,不断地吐出两股滚沸的熔液,把银色的液体倾注到下面黑暗的前墙上。到达地面以后,那两股透明的铅液就四面飞溅,好像从成千个洞口里喷出来的水一般。在火光中,那两座巨塔呈现出了对照鲜明的两面,一面是红红的,一面是黑黑的,连同高耸到空中的塔影,显得更加高大了。它们的无数鬼怪龙蛇的雕刻,显出阴森森的样子,在摇晃的火光下看去,仿佛都在活动。那些雕刻的怪物好像在笑,水槽好像在号叫,火蛇在向火里吹气,秃鹰被烟呛得在打喷嚏。被火光和声响从熟睡中惊醒的这些怪物里面,有一个在那里走动,人们看见他像烛光下的蝙蝠一般,时时在火光里来来去去。

这奇怪的火光一定会把那些远在比塞特山上的樵夫惊

醒,他们会恐怖地望着在灌木林上空摇晃着的圣母院那两座巨塔的高大影子。

乞丐们保持着可怕的肃静,只听到藏在修道院里的那些议事司铎发出的惊叫,他们比拴在失火的马厩里的马还要烦躁不安,还有那些窗户急忙打开又急忙关上的声音,房子里和大医院里一片忙乱的声音,风刮着火焰的声音,濒死的人的痰喘和铅液像大雨般不停地流淌的声音。

这时,乞丐们退避到贡德洛里耶府邸的门廊里去商量对策。埃及公爵坐在一块界石上,带着迷信的恐惧望着两百法尺以上的高空里灿烂的火光。克洛潘·图意弗愤怒地咬着自己的大拳头。"冲不进去啊!"他咬牙切齿地嘀咕道。

"真是一座像老妖婆似的教堂!"老流浪汉马蒂亚斯·韩加蒂·斯比加里抱怨说。

"凭教皇的胡须打赌,"一个当过兵的头发半白的幽默家说道,"这个教堂的水槽里吐出来的熔铅,比从来克杜尔的枪眼里射出的子弹还厉害!"

"你们看见火光前面来来去去的那个鬼怪吗?"埃及公爵问道。

"当然,"克洛潘说,"那是可恶的敲钟人伽西莫多。"

流浪汉摇摇头。"我告诉你吧,那是城堡里的鬼怪大侯爵沙布纳克的幽灵。他的身子像武装的士兵,脑袋像狮子,有时他骑着一匹可怕的马,他把人变成石头拿来造塔,他统率着五十队人马,那一定是他。我是认识他的。有时他扮成土耳其人,穿着漂亮的金袍子。"

"倍勒维尼·代多阿尔哪里去了?"克洛潘问道。

"他死啦!"一个乞丐回答。

红脸安德里像个傻子似的大笑说:"圣母可给大医院找到活儿干哪!"

"难道再没办法冲进那道大门了吗?"土恩王顿着脚嚷道。

埃及公爵愁苦地指给他看那好像两匹发光的卷纱一般的熔铅仍然朝着教堂黑黑的前墙上倾泻。"我们看见过有些教堂就是这样保卫自己的,"他叹息道,"四十年前,圣索菲亚就曾经在康斯坦丁①市接连三次一面摇动屋顶,一面把回教的新月旗扔到地上,屋顶就是她的脑袋。这座教堂是巴黎的居约姆修建的,他本人就是一个巫师。"

"难道我们能够像大街上的胆小鬼一般可耻地逃开吗?"克洛潘说,"难道我们能把我们的妹妹留在那里不管,让她明天被那些豺狼抓去绞死吗?"

"何况圣器所里放着大量的黄金!"一个乞丐说道。可惜我们不知道这个乞丐的姓名。

"凭穆罕默德的胡须作证!"克洛潘嚷道。

"咱们再试一次吧!"刚才那个乞丐说。

马蒂亚斯·韩加蒂摇摇头:"我们不可能从大门进去。我们应该寻找那武装的老妖婆身上的弱点。例如一个洞穴,一道侧门或是一条接缝之类。"

"谁愿意陪我去? 我要再去一趟,"克洛潘说,"可是,那铁一般坚强的学生若望哪里去了?"

"他一定死掉了,再也没听见他笑了。"

土恩王皱起眉头。

① 康斯坦丁,即今土耳其城市伊斯坦布尔。

"多可惜。那钢铁般的身体里面有一颗勇敢的心。还有比埃尔·甘果瓦先生呢?"

"克洛潘头目,"红脸安德里说,"我们刚走到欧项热桥他就溜掉了。"

"该死,"克洛潘顿足道,"是他求我们这样干的,他自己却半道里溜掉了! 无耻的胆小鬼! 把拖鞋当钢盔的家伙!"

"克洛潘头目,"红脸安德里望着巴尔维街喊道,"那个学生在那边呢!"

"应该感谢普路托①!"克洛潘说,"可是他拖了个什么东西在背后呀?"

那的确是若望,他穿着披风一般的衣服,把一架挺长的扶梯拖在地上飞快地走来,气喘得赛似一只蚂蚁拖着比自己身子还长二十倍的草叶。

"胜利了! 赞美上帝!②"那学生喊道,"这是圣朗德里码头的卸货梯!"

克洛潘走到他身边。

"小孩子! 天哪,你要这梯子干什么用?"

"我可弄到它了,"若望喘着气回答,"我知道它在什么地方,在上尉家的厂棚里呢。有一个我认识的姑娘,她觉得我像丘比特③一般漂亮。我靠她帮忙才拿到了梯子。哈! 那可怜的姑娘差不多只穿着衬衣就来给我开门!"

"得哪!"克洛潘说,"可是你拿这梯子干什么用?"

若望用狡猾的权威的神气看着他,把手指头捏得跟响板

---

① 普路托,冥王。
② 原文是拉丁文。
③ 丘比特是希腊神话中的爱神。

一样响。他此刻的确很崇高,他头上戴的是十五世纪的沉重头盔,就是可以用它的怪诞吓跑敌人的那一种。他的这顶头盔伸着十只铁嘴,因此若望可以同荷马的涅斯托尔①的船一样,去获得"十个冲角"②这个可怕的形容词了。

"我拿它干什么用吗,尊严的土恩王? 你看见三道大门顶上那一排笨蛋似的雕像没有?"

"看见了。那又怎么样?"

"那是陈列那些法兰西君王雕像的走廊。"

"那同我有什么相干?"

"等一等呀! 那走廊尽头有一扇门,经常不上门闩。我用这架扶梯爬过那扇门,就到了教堂里面哪!"

"孩子,让我头一个爬上去。"

"不行,老兄,梯子是我的呀。来,你第二个上去吧。"

"让倍尔日比特把你掐死!"恼怒的克洛潘说,"我可不愿落在任何人后头。"

"那么,克洛潘,你自己去找一个梯子来。"

若望拖着他的梯子在广场上跑着喊道:"小子们,跟我来呀!"

不多一会,梯子就靠在旁边一道大门顶上的走廊的栏杆边了,大群乞丐欢呼着急忙跑过去打算往上爬,可是若望有优先权,便第一个踏上了扶梯。当时那陈列法兰西君王雕像的走廊距离地面大约有六十法尺高。大门跟前的十一级台阶更增加了它的高度。若望慢慢往上爬去,笨重的甲胄很妨碍他,

----

① 涅斯托尔,荷马史诗中以深谋远虑著称的军事首领。

② 原文是希腊文。

他一只手抓住梯子，另一只手握着弩弓，爬到半当中的时候，他向躺满在台阶上的死者怜悯地看了一眼。"哎，"他说，"这些死尸应该用《伊利亚特》第五章来歌颂呢。"随后他继续往上爬去。乞丐们跟在他后面，梯子的每一级上都有一个。看见这一行穿铠甲的人的一起一伏的背影，会以为那是一条有铁鳞的大蛇直立在教堂前面呢。若望就是那蛇的脑袋，他嘶叫的声音使人们的想象更逼真了。

那个学生终于碰到走廊的阳台，在全体乞丐的欢呼声中慢慢踏上去。他高踞在那城堡似的地方，才欢呼了一声就呆住了，原来他发现伽西莫多正躲在一座国王雕像的后面，在黑暗中闪亮着一只独眼。

第二个进攻的人还没来得及踏上楼廊，那可怕的驼子已经跳到扶梯顶上，一言不发地用两只大手抓住梯子的两边，把它托起，使它离墙晃了几晃，接着便在一片痛苦的喊叫声里用超人的力气把那从上到下站满了乞丐的扶梯向广场上摔去。那一会儿，连最镇静的人也不能不心跳。梯子被摔到半空，要倒不倒地立了一会，接着晃动一下，忽然划了一个八十法尺长的弧线，带着乞丐们一下子倒在石板地上，比断了链子的吊桥还倒得快。人们发出一阵大声的咒骂，随后一切声音都静了下来，几个摔伤的人从一堆尸体下面爬出来往后退。

最初的一片呼声刚过去不久，乞丐们中间便腾起了一片痛苦而愤怒的叫喊。伽西莫多两肘撑在栏杆上不动声色地观看着，神色很像是一位乱发蓬松的老国王站在窗口。

若望·孚罗洛正处在危险的境地，他发现自己单独面对着那可怕的敲钟人，八十法尺高的陡墙把他同伙伴们隔开了。趁着伽西莫多把那架扶梯摔开的当儿，那个学生就朝他认为一定没有上门闩的侧门跑去。但那道门却已经上了闩,是那聋子走进楼廊的时候随手把它闩上的。若望只好躲到一尊国王石像背后,气也不敢透,用吓呆了的眼光盯着那奇怪的驼子,就像一个结识了野兽看管人的妻子的男人,有一晚去赴她的幽会,却错爬到了另一个墙头,突然发现自己面对着一头大白熊。

起先那聋子并没有注意到若望,可是他终于回过头,一下子就站起身来,他刚刚看见了那个学生。

若望以为会狠狠地挨一下子的,可是那聋子却一动也不动,只是转身向他盯着的学生走来。

"嗬,嗬!"若望说道,"你用悲哀的独眼看着我干什么呀?"

那小伙子一面说着,一面就狡猾地整顿自己的弩弓。

"伽西莫多,"他喊道,"我要把你的外号改过,人们只好叫你是瞎子了。"

一箭射过来,箭头啸叫着落到敲钟人的右臂上。伽西莫多毫不在乎,好像法拉蒙王的雕像受了一点抓伤似的,他用手抓住箭从手臂上拔出来,悄悄地在粗壮的膝头上把它折断了。他没有把那两截折断的箭扔到地上,却随它们自己掉下去。可是若望已经来不及发第二箭了,伽西莫多折断了箭就喘着粗气像蚱蜢一般朝那学生跳了过来,那学生的铠甲在墙上碰得直响。

在火把半明半暗的光亮里,人们看见了一件可怕的事。

伽西莫多用左手抓住若望的两只胳膊,若望知道自己快完了,并不挣扎一下。那聋子用右手慢慢地解除了他的全副武装:剑、匕首、头盔、铠甲和臂甲,好像猴子剥胡桃一样。伽西莫多把那学生的铁甲一件件扔到脚边。

那个学生发觉自己被解除了武装,脱掉了衣服,怯弱地赤裸地被两只可怕的手抓住。他也不想同那聋子说话,只是望着他的脸傻笑,并且用他那十六岁少年的无忧无虑的声音,唱起了一支流行歌曲:

> 那刚布埃城呀,
> 它装备得挺好,
> 马哈番把它抢了……

他没有唱完,人们看见伽西莫多直立在楼廊的栏杆上,一只手倒提着学生的两只脚,把他像弹弓似的在空中甩来甩去。接着就听见好像椰子壳甩在墙上摔破了的声音,又看见一个东西掉落下来,掉到三分之一的地方就停在那座建筑的一个突角上了。那是一具死尸,缩成了一团,腰摔断了,头摔破了,空了。

乞丐们发出可怕的喊声。"报仇呀!"克洛潘喊道。"抢呀!"众人回答。"进攻!进攻!"这是混杂着各种语言、各种土话、各种声调的奇异的呐喊。那可怜的学生的惨死在人群里激起了疯狂的愤怒,他们由于长时间在教堂前被一个驼子打败而感到耻辱和恼怒。激愤使得他们找来了好几架梯子,增加了一些火把。几分钟以后,伽西莫多惊惶地看见这可怕的混杂的人群从各个方向朝圣母院进攻了。没有梯子的人用绳子打成结踏着往上爬,没有绳子的人就顺着那些浮雕往上爬,他们一个拽着另一个的破衣服。没有什么办法抵抗得住这相貌可怖的上升的人的浪潮,这些粗犷的脸孔愤怒得发红,可怕的额头上流着汗水,眼睛闪闪发光。所有这些奇形怪状的人此刻一齐向着伽西莫多逼近,仿佛是另一座教堂把它那些妖魔鬼怪以及最怪诞的雕像送来攻打圣母院了,好像是一群活怪物爬到前墙的石头怪物上来了。

这时广场上燃着千万个火把,一直隐在暗中的一片混乱景象,突然被照亮了。巴尔维广场向天空射去了一片光亮,平台上的柴火堆还在那里燃烧,把这座城市照耀得在远处都看得见,两座钟塔突出在许多屋顶上的巨大轮廓,在亮光里投下一大片黑影。这座城市仿佛在那里忙碌起来,远处的警钟在呼号,乞丐们叫喊着,喘息着,咒骂着往教堂上攀登,伽西莫多对付不了这么多敌人,他为了埃及姑娘而颤抖起来。看着那些愤怒的脸孔愈来愈迫近楼廊,他只好绝望地搓着双手,祈求上苍显示奇迹。

五　法王路易的祈祷室

读者也许还没忘记,伽西莫多在发现那群黑压压的乞丐之前,在高高的钟楼上眺望过巴黎,那时他只看见一星亮光在圣安东尼门边一座高大阴暗建筑的顶楼窗户里闪烁。那座建筑就是巴士底狱,那一星亮光,是路易十一的蜡烛。

国王路易十一的确已经来到巴黎两天了,他后天就要动身到他的蒙第·莱·杜尔城堡去。他是很少到漂亮京城巴黎来的,即便来了,也只作短期逗留,因为他觉得他周围的活门、绞刑架和苏格兰射击手都还不够多。

那天他在巴士底狱过夜。他不大喜欢卢浮宫里他那间一百法尺见方的大寝室,那雕刻着十二只巨兽和十三位伟大预言家的大壁炉,那张十二法尺长十一法尺宽的大床。在那什么都大的房间里,他觉得茫然若失。这位市民习气的国王比较喜欢巴士底的一个小房间,一张小床,何况巴士底比卢浮宫更为坚固。

国王在那著名监狱里住的小房间仍然是相当大的,占据着望楼最高的一层。那是一个圆形的斗室,地板上铺着光滑的草席,天花板上的椽子装饰着镀金百合花,用彩色木条间隔着,富丽的板壁上缀满了白锡做的蔷薇,漆成靛青和紫堇混合的鲜绿色。

房间里只有一个带铜丝格子和铁栅的尖拱形窗户,那画着国王和王后纹章的上等彩色玻璃窗扇有些阴暗,它的每一个窗棂就值二十二个苏。

那个房间只有一个进口,一道时髦的圆拱门,里边挂着布帘,外面那爱尔兰木料的门廊,是用一百五十年前在古老宅第里常见的那种细工修成的。索瓦尔曾经失望地说:"它们虽然既不美观又妨碍进出,老人们却仍然不愿拆毁,仍然不顾一切地把它们保存下来。"

在那房间里找不出任何一种普通房间里常见的家具,没有板凳,台子,架子,既没有箱子般的方凳,也没有四苏一只的漂亮的柱脚凳,只能看到一张富丽堂皇的安乐椅,红漆木料上绘着许多玫瑰花,科尔多瓦①的红皮椅座上镶着丝边,上面钉着许多金的钉子。看得出房间里这把惟一的座椅是只有一个人有权坐在上面的。安乐椅旁边靠窗的地方,有一张铺着百鸟织锦台布的桌子,桌子放着一个满是墨渍的文件夹,几张羊皮纸,几枝羽毛笔和一个镂花大银杯。再远一点有一个炭盆,

———————————————

① 科尔多瓦,西班牙的城市。

一张铺着绣花红绒台毯的祈祷台。房间尽头放着一张朴素的床，挂着金红色缎子幛幔，幛幔上除了朴素的条纹之外，没有金银线的镶边和亮片，穗子也不算考究。由于路易十一在上面入睡或失眠而出了名的这张床，两百年前在内阁大臣的府邸内还能看到，用阿里西第和"活道德"的笔名写《西须斯》那本书的老皮鲁夫人就看见过它。

这就是号称"法王路易陛下的祈祷室"的那个房间。

我们给读者介绍这个房间的时候，它是相当暗的，灭灯钟在一个钟头之前就响过了，夜已经很深，只有一支摇晃的蜡烛放在桌上，照见房间里分别站在几处的五个人。

烛光首先照到的那个贵人穿着华丽的长袜，深红色闪银条纹的紧身背心，一件金色作底上绣黑色图案的罩衣。被烛光照着的这身灿烂的衣服，好像每个褶纹都在发亮。穿这件衣服的人胸前挂着一枚色彩鲜艳的徽章，徽章是山形的，底下有一只跑着的梅花鹿，徽章左边配着一条橄榄枝，右边配着一只鹿角。他腰边佩着一把漂亮的匕首，镀银的刀柄雕刻成山峰形状，峰顶像伯爵的帽子。他高傲地抬着头，神情刁恶。从他的脸上第一眼可以看出他的傲慢，第二眼可以看出他的奸猾。

他手里拿着一叠纸张，光着脑袋直直地站在安乐椅旁边，椅上坐着一个衣着极不考究的人物，弓着背，架起一条腿，手靠在桌上。请想象一下搭在大红科尔多瓦皮垫上的两条细长腿，两只穿黑毛袜的瘦脚和那裹在皮领斜纹布外套里的身子吧！那皮领上的毛都快掉完了。最后是一顶用最坏的黑布做成的又旧又脏的帽子，帽檐饰着一串铅铸的肖像，还有一顶把头发盖得严严的睡帽，这就是从那坐在椅上的人身上能看到的一切了。他的头低垂在胸前,要不是烛光照着他的鼻子尖,简直就完全看不见他那被黑影遮住的脸孔了。鼻子一定很长。由那布满皱纹的双手,可以猜想到他是一个老年人。这人就是路易十一。

在他们身后不远,有两个弗朗德勒装束的人在低声交谈,阴影没有完全遮住他们,假若甘果瓦的戏剧演出时在场的人们中有一个来到这里,一定会认得他们就是弗朗德勒使臣当中的两位,一位是刚城有远见的养老金领取人居约姆·韩,另一位是群众喜爱的袜店老板雅克·科勃诺尔。人们记得这两人是参与路易十一的政治机密的。

最后,在最远的地方快靠近房门那儿,在黑暗中纹丝不动地站着一个像石像一般矮胖结实的人,穿着军服和绣有纹章的外套,方方的脸上长着一对凸出的眼睛,咧着一张大嘴,两只耳朵被垂下的头发遮住,看不见额头,样子又像狗又像老虎。

除了国王,其余的人都能让人看清楚。

站在国王跟前的贵人正在给他读着一篇长长的账目,国王似乎在留心倾听。那两个弗朗德勒人在交头接耳地谈话。

"上帝的十字架作证!"科勃诺尔嘀咕道,"我可站够了!这里就没有椅子吗?"

韩摇摇头不安地笑了一下。

"凭上帝的十字架起誓!"科勃诺尔不得不放低声音说道,"我情愿坐在地上,架着腿,就像我在自己店铺里当我的袜店老板那样。"

"安静点吧,雅克老板!"

"什么! 居约姆先生,难道在这儿就只好站着吗?"

"要不然就跪着。"居约姆·韩说。

这时国王说起话来,他们就都缄口不语了。

"我的仆人的衣服要五十个苏,给我做王冠的人的外套要花十二个苏! 就这样把黄金成吨地往外倒呀! 你疯了吗? 奥里维?"

老人这样说着就抬起头来,看得见他脖子上闪亮着圣米歇尔项链的金坠子,烛光把他瘦削阴沉的脸孔整个儿照亮了。他从那个人手里把那叠纸夺了过来。

"你要叫我们破产哪!"他用深陷的眼睛仔细看着那份账单嚷道,"这都是些什么? 我们干吗要这么大的房子? 两个教诲师,每人每月十利勿尔! 一个礼拜堂神甫要一百苏一月! 一个寝室侍者要九十利勿尔一年! 四个厨房的主膳官每人每年一百二十利勿尔! 一个烤肉师傅,一个果园管理人,一个管调料的人,一个大厨师,一个司膳,两个助手,都是每人十利勿尔一月! 两个厨役,每人十八利勿尔一月! 一个马夫和两个助手,每人二十四利勿尔一月! 一个脚夫,一个糕饼师傅,一个面包师傅,两个车夫,每人六十利勿尔一年! 还有铁厂管理人,一百二十利勿尔一年! 还有我们的国库管理局局长,一千二百利勿尔一年! 审计官五百利勿尔一年! 我怎能知道还有些什么! 这是发疯啊! 为了我们这些日常开支,就会把法兰西搜刮空了! 卢浮宫里的金锭银锭都会被这种浪费的火熔化掉呢! 我们会因此卖掉我们的碗碟! 到了明年,假若上帝和圣母(说到这里他举起帽子)还允许我们活着,我们也只好用锡罐子喝药汁了!"

他一面说一面朝桌上的大银杯看了一眼,咳嗽了一声接着说道:

"奥里维先生，像国王和皇帝这些统治大国的君主，可不能让自己家里有浪费现象，因为宫中的火灾一定会蔓延到各省。别让我再重复讲了，奥里维先生，我们的费用年年都在增多，这种事情我不喜欢。怎么，天知道！七九年以前没有超出过三万六千利勿尔，到八○年就是四万三千六百十九利勿尔，我记得清这个数目。八一年是六万六千六百八十利勿尔，今年呀，我打赌，准得到八万利勿尔！四年工夫就增加了一倍，真是骇人！"

他喘息着停顿了一下，随后焦躁地说道："在我周围我只看到那些利用我的消瘦来使自己肥胖起来的人，你们从我每个毛孔里吸出钱来！"

大家都没说话，这是那种只好任其发泄的恼怒。他接着说道：

"这就像法国贵族们的拉丁文请愿书，说要重建他们所谓大规模的王室。的确是大规模！可以压碎人的大规模！啊，先生们！你们说我不像一个国王，没有总管，没有侍臣便统治国家。我要让你们看看，天知道！看看我究竟是不是一个国王！"

说到这里，他觉得自己有权，便微笑了一下，脾气缓和些了，便转身向那两个弗朗德勒人说道：

"你看见吗，居约姆老弟，大面包师、大总管、大侍从、大执事，还不如一个下等仆人。记住我的话，居约姆老弟，他们一点用处都没有，他们在国王跟前毫无用处，只让我想起王宫里那座大钟钟面周围的四个福音使者，菲利浦·伯西耶最近才把它修理一新，它们都是镀金的，可是它们并不能指示时辰，时针没有它们完全可以。"

他若有所思地停顿了一下,又摇着他老态龙钟的脑袋说:"嘀!嘀!我可不是菲利浦·伯西耶,我才不去给那些大臣镀金呢。我赞同爱德华王的意见:拯救平民,杀掉贵族!念下去吧,奥里维!"

他指的那个人双手捧起那份账单高声朗读起来:

"付京城总督之印章保管人亚当·德隆为该印章镀金与雕刻之费用,该印章新近制成,因前一印章已破旧不复能用。十二个巴黎利勿尔。

"付居约姆·弗埃尔四个巴黎利勿尔零四个苏,因彼在今年正月二月三月饲养杜尔内尔大厦两只鸽笼中之鸽子,又为此付彼七夸特零六分之一大麦。

"付罪犯忏悔用的僧帽一顶,四个巴黎苏。"

国王静悄悄地听着,有时咳嗽一声,这当儿他把大银杯举到嘴边,做着怪样子呷了一口。

"今年曾奉司法官通知,于巴黎各个街口装设五十六只扩音器,此笔账目应予付清。

"为了寻找和发掘据云埋藏在巴黎和别处的金银,但并未找到,付四十五个巴黎利勿尔。"

"埋藏了一个小钱,却要花一个苏去挖掘!"国王说。

"……在杜尔内尔大厦放大铁笼的地方安装六块白玻璃壁板,付十三苏。

"奉国王旨意,于怪物节做四个挂在铠甲上的盾形徽章,周围装饰一圈玫瑰花,付六利勿尔。

"为国王的旧上衣做两只新衣袖,付二十苏。

"付国王擦皮靴的靴油一瓶,十五德尼埃。

"付为放国王黑猪之新猪栏一个,三十巴黎利勿尔。

"为关闭圣保尔大厦里的一群狮子,付墙壁地板门窗等费用二十二利勿尔。"

"这些野兽真费钱呀!"路易十一说,"没关系! 这是国王的豪华气派。有一匹赭红色的大狮子,我很喜欢它那文雅劲儿。你看见过它吗,居约姆先生? 君王们应该有些珍奇的动物。我们这些国王,应该有狮子一般的狗,老虎一般的猫,要这样大才和国王的权威相称。在信奉朱庇特的异教时代,老百姓献给教堂一百头牛羊,帝王们就献一百头狮子和一百只老鹰。那才值得骄傲,才有气派呢。法兰西国王过去都曾有过一群禽兽在王座周围的。要不然,人们就会说我在这方面比我的祖先少花了钱,说我在那些狮子大熊大象豹子身上过于节省了。念下去吧,奥里维,我愿意把这些情况告诉我的弗朗德勒朋友们。"

居约姆·韩深深地弯腰行礼,科勃诺尔却摆出一副不高兴的样子,活像一只国王陛下刚才提到的大熊。国王没有注意到这些,他正把嘴伸到大银杯边上,把刚才喝下去的药汁吐出来并且说道:"呸! 讨厌的药汁!"那个人接着往下朗读:

"付六个月来关在屠宰房听候发落的一个拦路抢劫犯的伙食费,六利勿尔零四苏。"

"这是怎么回事?"国王插话道,"喂养要处绞刑的人! 天知道! 我决不再为这种喂养付出一个苏。奥里维,去同代斯杜特维尔先生商量一下,今天晚上就给我准备好,让那个该处绞刑的家伙去同绞刑架结婚! 再念下去!"

奥里维用大拇指在关于"拦路抢劫犯"那笔账目上做了个记号,又继续念道:

"付巴黎法庭总剑子手昂里耶·库赞共六巴黎苏,此系巴黎总督大人审定,为遵照总督大人命令,购一大宽薄刀,为判处死刑之人处斩时之用,备有刀鞘及其他零件。又付修理处斩路易·德·卢森堡先生时折损之旧刀之费用,以便再用该刀……"

国王插话道:"够了,我完全同意这笔费用,我是不在乎这种花费的,我从来不后悔用这种钱。继续念吧!"

"为制造一崭新大囚笼……"

"啊!"国王双手抓住安乐椅的扶手说,"我知道我到这个巴士底来是专为这件事的。等一等,奥里维先生,我想亲自去看看那个笼子,你可以在我观看的时候把它的价钱念给我听。弗朗德勒的先生们,来看看这个吧,挺别致的呢。"

于是他站了起来,扶着同他谈话的那个人的胳膊,做了个手势,叫直直地立在房门口的那个哑巴似的人在前面带路,叫那两个弗朗德勒人跟在后面,走出了那个房间。

由拿着笨重铁器的人和瘦长的执着蜡烛的年轻侍卫组成的国王的卫队赶快聚到房门口来,他们把黑暗的堡垒巡逻了一遍,堡垒所有的楼梯和走廊都是嵌进厚厚的墙壁里的。巴士底典狱长走在前头,把那些便门一道道在伛偻的老国王前面打开,国王一路走一路咳嗽。

除了因年老而弯腰驼背的国王之外,大家走过每一道门时都不得不把脑袋低下来。"嗯,"他咬着牙龈(因为他已经老掉牙了)说道,"我们都已经离坟墓的门不远哪。低矮的门,就得弓着身子才过得去。"

最后到了一道锁着好几把锁的门前,费了一刻钟才把门打开,大家走进了一个高朗的尖拱顶的大厅,顺着烛光望去,看得见大厅中央放着一个用砖头、铁和木料做成的中空的立方体,这就是那种叫做"国王的小女儿"的关犯人的著名囚笼。笼壁上有两三个小窗洞,都密密地装着铁条,看不见窗上的玻璃。门是用一块大石板做的,像墓门一样,只为了让人一进去就永远不出来。可是,在那里面的并不是一个死人,而是一个活人。

国王慢慢地绕着这个像房子一样的东西一面走一面仔细察看,奥里维先生跟在他身后大声朗读那篇账单:

"新制大木笼一个,装有粗栅栏梁木和底板,宽八法尺,长九法尺,从顶到底高七法尺,用大铁板夹住,置于圣安东尼门的巴士底狱中一个房间内,奉国王陛下旨意,将原关在另一破囚笼中之犯人关入新笼。该新制囚笼共用去九十六根铁栅,五十二根支柱,十根十八法尺长的梁木,共聘请十九个木匠在巴士底之庭院中砍削那些木料共二十天⋯⋯"

"顶呱呱的橡木呢!"国王敲了敲木笼说。

"为此笼共用去二百二十块八法尺和九法尺长的厚重铁夹板,"那一个接着念道,"其余为中等长度,并附带螺旋纽带等等,共用去铁三千七百三十五磅,连同钉于该木笼上之八只大铁钩与铁钉等,共用铁二百十八磅,尚未计算放置该笼之室内窗上之铁格,该室之铁门及其他杂物⋯⋯"

"竟用了这么多铁,"国王说道,"为了关押这样一个微不足道的人!"

"⋯⋯合计共付出三百十七利勿尔五苏七德尼埃。"

"天晓得!"国王嚷道。

路易十一最喜欢说的这句粗话好像把笼子里面一个什么人吵醒了,听得见铁链拖在地上的响声,一种好像来自坟墓的微弱的声音说道:"陛下,陛下!开恩吧!"但是看不见说话的人。

"三百十七利勿尔五苏七德尼埃!"路易十一重复说。

囚笼里发出的悲惨的声音使包括奥里维在内的全体在场的人心寒起来,只有国王一人仿佛没有听见一般。奥里维遵照他的命令继续念账单,国王陛下继续冷冰冰地察看囚笼。

"……此外,付泥水匠二十七个巴黎利勿尔十四苏,为窗上铁条挖掘洞孔,并为放置囚笼之室内铺设地板,因原有地板不堪承受新囚笼之重量。"

囚笼里又发出呻吟声:

"开恩吧,陛下! 我向您发誓,那个谋反的人是安吉尔的红衣主教先生,并不是我呀。"

"泥水匠好心狠! 往下念吧,奥里维!"

奥里维接着念道:

"为制造窗户床架椅凳及其他物件,付木匠二十个巴黎利勿尔两苏……"

那个声音接着说道:

"哎,陛下! 您不听我讲话么? 我向您保证,写那篇东西给居耶恩大人的人并不是我,那是红衣主教巴吕!"

"木匠够贵的呢,"国王说,"就是这些了吧?"

"没完呢,陛下,为装置该室之玻璃窗,付玻璃匠四十六巴黎苏八德尼埃。"

"开恩呀,陛下! 他们把我的全部财产都给了那些审判我的法官,把我的碗碟给了杜尔奇先生,把我的图书给了比埃尔·杜西阿尔先生,把我的地毯给了茹西雍的长官,这还不够么? 我是无辜的呀! 我在一个铁笼里关了十四年哪! 开恩吧,陛下! 您会在天堂里得到报偿的!"

"奥里维先生，"国王说道，"一共是多少？"

"三百六十七巴黎利勿尔八苏三德尼埃。"

"圣母呀！"国王嚷道，"好一个贵得吓人的囚笼！"

他从奥里维手中夺过账单，掐着手指头计算起来，一面望望账单又望望囚笼。这时大家听见犯人在哭泣，那哭声在黑暗中非常凄惨，大家都脸色苍白地面面相觑。

"十四年了，陛下，已经十四年了！从一四六九年四月就开始关起。圣母在上，陛下，请听我说吧！您一直在温暖的阳光下幸福地生活，我呢，可怜的我，就不能再见天日了么？开恩吧，陛下！慈悲慈悲吧！宽仁是君王的美德，它能够平息愤怒的波浪。难道连陛下也认为为君的必须惩罚一切罪犯，这样他升天的时候才会愉快吗？何况我并没有背叛您呀，陛下，那是安吉尔的主教先生干的。我脚上系着一根大铁链，铁链末端坠着一个大铁球，重得不近情理。哎，陛下，请怜悯我吧！"

"奥里维，"国王摇着头说，"我查出这上面把石灰开了二十苏一桶，但实价不过十二苏。你得把这笔账重算过。"

他转身背着那个囚犯往房外走去。那可怜的犯人看见烛光远了，声音静了，知道国王已经离去。"陛下！陛下！"他绝望地喊道。房门又关上了。他再也看不见什么，只听到狱卒的沙哑的声音在他耳边响着，唱的是：

> 若望·巴吕先生，
>
> 他的主教职位
>
> 已经丢掉了。
>
> 凡尔登的先生
>
> 再也没有了，

全都消灭了。

国王平静地回到了他的祈祷室,跟在他身后的侍卫们听见那个囚犯最后的悲惨的声音,全都吓呆了。国王陛下忽然回头对巴士底的典狱长说:"哎呀,囚笼里有个什么人吧?"

"当然哪,陛下!"被这句问话惊呆了的典狱长说。

"那么是谁呢?"

"凡尔登的主教先生。"

其实国王对这件事比谁都清楚,这不过是他的一种手法罢了。

"啊,"他好像才初次想起了似的,装出老实的神态说,"原来是居约姆·德·阿韩古尔,巴吕红衣主教的好朋友,一个挺不错的主教呢。"

过了一会,祈祷室的门重新打开又关上,进来的是我们在这一章开头给读者介绍过的那五个人,他们各自回到先前站着的地方,恢复了先前的姿态和低声的交谈。

国王离开祈祷室的时候,有人放了几件紧急公文在他的案头,国王亲手把封口拆开,随后急忙一件一件地翻阅着。他朝那个像内阁大臣一般侍立在他身边的奥里维做了一个手势,叫他拿起笔,也不告诉他公文的内容,只是低声把复文说给他听,他就怪不舒服地跪在桌前写起来。

居约姆·韩留神看着。

国王用很低的声音说着,弗朗德勒人一点也听不清复文里讲些什么,只掠到下面几句:"……用商业扶持那些富足的地区,用农业扶持那些贫穷的地区……让英格兰贵族看看我们的那四尊大炮:隆特尔,布拉邦,布尔·昂·伯雷斯,圣阿梅……炮兵部队使现代的战争更加合理了……致我们的朋友德·倍雷须尔先生……军队没有粮饷是无法维持的……"

有一次他提高了嗓门："天知道！西西里国王竟像法兰西国王一般用黄蜡封他的信件,我们允许他这样做可是错误的。我的表兄德·勃艮第没有盖上印章。房屋宽大就证明他们享有完整的特权哪。把这个记上,奥里维老弟。"

还有一次他说道："啊！啊！重要消息！我的皇兄又要求什么啦?"他中止了口授,把眼睛在一堆公文上看了一遍,"当然啰,德国强大得难以置信,但我们不会忘记这句老话:'最漂亮的郡国是弗朗德勒,最漂亮的公国是米兰,最漂亮的王国是法兰西。'不是吗,弗朗德勒先生们?"

这回科勃诺尔和居约姆·韩一道躬身施礼了,袜店老板的爱国心被触动了。

最后一件公文使路易十一皱起了眉头。"这是什么?"他嚷道,"抱怨起我们派在庇卡底的驻防军来了！奥里维,赶快写封信给卢奥元帅先生,就说军纪松弛了,说王室宪兵队、放逐的贵族、弓箭队和御前卫士不断伤害我的百姓,说这些军人在农民家里找到财物还不满意,还用大棍把他们赶出屋子而且还要到城里去拿美酒鱼肉及其他奢侈品,说国王知道全部情况,说我准备保护我的人民,不让他们遭受困苦、抢劫和伤害,说圣母在上,这是我的愿望,说我不同意让一个农村提琴师、理发师或士兵打扮得像个王子,穿上天鹅绒或丝绸的衣服、戴上金戒指,说上帝讨厌这种虚荣,说连我这样一个上等人,只要穿上那种每巴黎俄纳①只值十六苏的布缝成的衣服就满意了呢,说勤务兵先生也可以降低到穿这种价钱布料做

---

① 俄纳,法国古尺名,一俄纳等于 1.188 米。

496

成的衣服,说我吩咐并命令你们照办,致我的朋友德·卢奥先生。好了。"

他高声口授这封信,念念又停停,他刚念完就有人推门进来,一面害怕地跑进房一面嚷道:"王上!王上!巴黎发生了群众暴动哪!"

路易十一严厉的面色突然变了,不过那只是像电光般一闪而过,他压着怒火,只是用平静严肃的声音说道:"雅克老弟,你进来得太鲁莽了!"

"王上!王上!造反哪!"跑得气喘的雅克说。

国王站起来抓住他的手臂,斜着眼睛望望两个弗朗德勒人,怒不可遏,但为了不让那两人听见,只好凑在他耳边悄声说:"别出声!要不就小点声!"

刚进来的人明白了国王的意思,就低声向他报告一个可怕的情况,他留心地听着。这时居约姆·韩就叫科勃诺尔看那新来的人的面貌和服装,从那人的皮帽短披风和黑绒袍,一看就知道他是审计院院长。

这人才向国王解释了几句,路易十一就大笑起来:"真的呀!大声说吧,夸克纪埃老弟!你何必讲得这样轻声呢?圣母知道,我们对弗朗德勒的朋友是什么都不用隐瞒的。"

"可是,王上……"

"尽管大声讲!"

夸克纪埃"老弟"可惊讶得说不出话了。

"那么,"国王又说道,"讲吧,先生,在我们巴黎这座城市里有些平民骚动起来了,是吧?"

"是的,王上。"

"你说他们反对的是司法宫的大法官,是吗?"

"好像是的。"那位"老弟"仍然十分惊讶国王突然莫名其妙地改变了想法,便结结巴巴地答道。

路易十一又说:"夜巡队是在哪里碰见那群人的呢?"

"是在那群人从乞丐大本营到欧项热桥去的路上。我到这里来听取王上的旨意,路上也碰见了他们。我听见好几个人在喊'打倒司法宫的法官!'"

"他们对法官有什么仇恨呢?"

"啊,"那雅克老弟说,"法官是他们的领主老爷呀!"

"当然!"

"对了,王上。他们都是圣迹区的乞丐,他们早就对法官不满了,他们是他的臣民呀,但他们不愿意承认他是审判官,也不承认他是路政官吏。"

"啊呀!"国王露出忍不住的笑容说。

"在他们呈递给大理院的每份请愿书里,"雅克说,"他们希望只有您陛下和上帝才是他们的主人。他们的上帝大概就是魔鬼吧。"

"嗯,嗯!"国王说。

他搓弄着双手,心里的欢笑流露到脸上来了,使他满脸放光。他虽然老在装腔作势,但仍然掩盖不住心头的高兴。谁也不明白这是怎么回事,连"奥里维先生"也弄不清,他好一会没说话,神色若有所思但很愉快。

"他们人数很多吗?"他突然问道。

"当然很多,王上。"雅克老弟回答。

"有多少人?"

"不到六千。"

国王禁不住说了声"好!"接着又说,"他们带着兵器吗?"

"他们拿着锉子、钻子、长矛、斧头等各种厉害的兵器。"

国王对这种夸耀的话一点也没表示惊慌,那个雅克老弟以为应该提醒他,于是说:"假若陛下不赶快派兵援救那个法官,他一定会完蛋。"

"我们要派救兵去的,"国王装出认真的样子,"这很好,我们一定派救兵去。法官先生是我的朋友。六千!都是些亡命之徒,他们太大胆了,我为此很生气。但今夜我身边没有什么人可派。得等明天再说。"

雅克老弟叫喊起来:"王上,得即刻派救兵!要不然法官家里早给抢上二十次了,领地会给抢空了,法官也给绞死了。看在上帝分上,陛下,天不亮就派救兵去吧!"

国王看着他的脸说:"我已经告诉你要等到明天早上。"

他的眼光使人不敢再望。

沉默了一会,路易十一又提高嗓门说:"我的雅克老弟,你应该知道,在哪个地区……"他重复道,"那法官的领地在哪个地区?"

"王上,那法官的领地包括从加朗特街到蔬菜市街,包括圣米歇尔广场和郊区圣母院(国王听到这个字就举起帽子)旁边那些统称为垣墙的地带,那里有十三幢大厦,外加圣迹区和称作郊区的麻风病院,再加从这个麻风病院开始到圣雅克门的整段车道。他是这些地带的路政官,绝对的统治者,是高级的中级的和初级的审判官。"

"怎么!"国王用右手抓抓左耳朵说,"这是我城市里的一块好地区呀!法官先生在这个地带称王呢!"

这回他不再说话了。他好像做梦似的自言自语道:"很好,法官先生,你可咬住我们巴黎的一块好地方哪!"

他忽然激动地说:"天知道! 那些在我们这里当路政官、审判官、统治者和主人的家伙究竟是怎么回事? 是谁让他们时时刻刻收通行税, 谁让他们把法庭和刽子手安置在每条路口, 安置在我的人民中间? 正像希腊人看见几股泉水就以为有同样多的上帝, 波斯人看见几颗星星就以为有同样多的神明一样, 法国人会因为看见那么多刑台就以为有同样多的国王呢! 天知道! 这种事情太糟糕了, 我不喜欢这种骚动。我很想知道, 荣耀的上帝是否乐意在巴黎除了国王之外还有另一个路政官, 除了大理院之外还有另一个司法机关, 在这个帝国里除了我之外还有另一位帝王! 凭我心里的法则起誓! 应该会有那样的日子到来, 那时法兰西只有一个国王, 一个领主, 一个法官, 一个有权处斩刑的人, 像天堂里只有一个上帝一样!"

他又举起帽子, 仍然好像做梦似的接着说, 神态和声调就像叫一群猎狗去追踪猎物的猎人那样:"好! 我的百姓们! 好极了! 推翻那些假冒的领主! 干你们的吧! 进攻! 进攻! 打倒他们, 杀掉他们, 绞死他们! 啊! 你们都想当国王吗, 大人们? 干吧, 老百姓, 干吧!"

说到这里他忽然停住, 咬着嘴唇似乎想要捉住已经溜掉一半的思路, 不断用锐利的眼睛打量他周围五个人中的每一个。他忽然双手把帽子捧起来呆呆地瞧着, 并且向它喊道:"要是你知道我脑子里此刻有些什么想法, 我就要把你烧掉!"

随后他重新环顾四周, 眼光就像刚刚溜回洞穴的狐狸一般机警和不安:"这不要紧! 我们要支援法官先生, 可惜我们此时此地只有很少的军队, 不足以抵挡那样多的人, 得等到明天再说。传令到旧城区去，叫把抓到的人狠狠地绞死。”

“啊，王上！”夸克纪埃老弟说，“我一慌就忘了这件事：夜巡队抓到了那些暴民中的两个，假若陛下想看看那两个人，他们就在那边。”

“还问我想不想看他们？”国王喊道，“天知道！你怎会忘掉这种事！你快跑去，奥里维，去把他们带来！”

奥里维先生出去一会就带着两个俘虏回来了，近卫弓箭队环立在那两人身边。第一个有一张醉醺醺的吓昏了的大胖脸，一身破烂，走起路来一拐一拐地拖着脚步。第二个是读者早就认识的那个笑嘻嘻的脸色苍白的人。

国王一言不发地观察了他们一会，随后突然向第一个问道：

“你叫什么名字？”

“吉佛华·潘斯布德。”

“干什么的？”

“讨饭的。”

“你打算在那该死的暴动里干什么？”

那乞丐望着国王，昏迷地摇着胳膊，他的头脑是那种糟糕的头脑，智慧在那里就像火光在灭火器下面熄灭了一样。

“我不知道，”他说，“人家去，我也去。”

“你们不是要去猛攻和抢劫你们的领主司法宫的大法官吗？”

“我只知道他们要到什么人家里去拿点什么东西。”

一个兵士把从那个乞丐身上搜出的一把砍刀呈给国王看。

“你认得这件兵器么？”

"认得，这是我的砍刀，我是种葡萄的。"

"你认得你这个同伙吗？"路易十一指着另一个俘虏问。

"不，我不认识他。"

"够啦。"国王说。他又向我们早已给读者提到过的那个站在门边的人说道：

"特里斯丹老弟，这个人交给你发落。"

特里斯丹·莱尔米特躬身行礼，他低声吩咐两名弓箭手把那可怜的人带走。

这时国王走到第二个俘虏跟前，那个俘虏正在大颗地淌汗。

"你叫什么名字？"

"王上，我叫比埃尔·甘果瓦。"

"干什么的？"

"我是个哲学家，王上。"

"坏蛋！你怎么跟他们去围攻我的朋友法官先生呢？你对这个群众暴动有什么说的？"

"王上，我没有参加暴动。"

"啊，强盗！你不是被夜巡队从那群歹徒里抓来的么？"

"不是呀，王上，他们弄错了，真是命该如此。我是写悲剧的，王上，请陛下听我陈述。我是个诗人，干我这行的人喜欢夜晚在街上行走。今天晚上我从那里经过，那完全是出于偶然，他们错逮了我。我同群众暴动的事毫无关系，陛下看见那个乞丐并不认识我。我向陛下发誓……"

"住口！"国王喝了一口药汁说，"你闹得我头都胀破了！"

特里斯丹·莱尔米特走向前来，指着甘果瓦说道："王上，这家伙也得绞死吧？"

这就是他首先想到的话。

"咳!"国王无所谓地答道,"我看这样也没什么不好。"

"我看太不好哪!"甘果瓦说。

我们的诗人这时脸色比橄榄还青,看见国王那副冷冰冰的不高兴的样子,他就想到除了装出十分悲痛以外没有别的办法,于是他急忙跪在路易十一的脚前,绝望地指手画脚地喊道:

"王上请赐恩,容我上禀。王上,不要对我这个微不足道的人大发雷霆,上帝的雷电不打莴苣。王上,您是一位极有权威的君主,请怜悯一个诚实的可怜的人。我不会谋反,正像冰块不会爆出火星一样!最仁慈的王上啊,宽厚是狮子同国王的美德。哎!严酷只能吓唬人们的心,凛冽的北风刮不掉行人的外衣,太阳的光辉照到行人身上,却能使他渐渐热起来,自动把外衣脱掉。王上就是太阳。我向王上保证,我至高无上的主人和君王,我并不是偷盗胡来的乞丐一流人物,叛乱和抢劫都不在阿波罗的随从里,我是不会混进那种能爆发出种种叛乱的乌云中去的,我是陛下的一个忠实仆人。丈夫为了妻子的名誉而起的妒忌心,儿子为了爱他父母而起的孝心,一个奴仆应该拿这两种心情来爱他的国王的威名,他应该为忠于王室,为发展国王的大业效犬马之劳。假若他热衷于别的感情,那除非是发疯。王上,这就是我的政治格言。那么,请不要因为我的衣袖破得连胳膊都露出来就断定我是谋反行劫的人。假若陛下对我开恩,我要每天早晚为陛下向上帝祈福!哎!我不怎么有钱,这是真的,我还相当穷苦呢。但这并不是什么缺点,这不是我的过错呀。谁都知道,巨富并不是用漂亮文章取得的,最有学问的人冬天还生不起一炉好火呢。律师拿去了全部谷物,却把干草留给从事别种科学事业的人。我可以把有关四十位哲学家破烂衣服的绝妙笑话背给陛下听。啊,陛下,只有仁爱能够烛照伟大的灵魂。仁爱在一切德行之前高举火把。假若没有它,我们就只是些在黑暗里寻找上帝的瞎子了。慈悲也同仁爱一样,它使臣民爱戴王上,这种爱戴是君王最好的护卫。陛下的威光使万物晕眩,大地上多了我这么个穷人——多了这么个空着肚子,空着钱包在悲苦的黑暗中摸索的贫穷无辜的哲学家,对陛下又有什么妨碍呢?而且,陛下,我是一个文人,那些伟大的国王的王冠上都有一颗保护文化的珍珠。赫拉克勒斯①不轻视'缪斯引进者'②的称号,马蒂亚斯·果尔凡③对著名数学家若望·德·蒙华亚尔恩宠有加。可是,如今却用绞死文人的恶劣办法来代替保护文化啦。假若亚历山大把亚里士多德绞死了,那该是多大的污点,这不是一个使他名望更高的美人痣,而是使他名声败坏的烂疮啊。王上呵,我给弗朗德勒的小姐和尊敬的太子殿下写了一篇贺婚诗,那可不是叛乱的号召呀。陛下看得出,我并不是个拙劣的作家,我是有学问的,有多种天才。对我开恩吧,这样王上也就是对我们的圣母做了一件功德啊,我向王上发誓,我是非常害怕给绞死的啊。"

悲苦的甘果瓦一面说一面去吻国王的拖鞋,这时居约姆·韩低声向科勃诺尔说:"他趴在地上算是做对了,国王们都像克里特的朱庇特一般,耳朵长在脚上呀。"那个袜店老板

① 赫拉克勒斯,希腊神话故事中英雄。在意大利半岛被奉为农业与商贾保护神。
② "缪斯引进者"是阿波罗神的外号,意思是他是诗歌的保护者。
③ 马蒂亚斯·果尔凡(1440—1490),匈牙利国王。

并不去留心克里特的朱庇特,却把眼睛盯住甘果瓦,微笑着回答道:"这多好! 我相信是听见大臣雨果奈在求我开恩呢!"

甘果瓦喘着气说完了那篇话之后,战战兢兢地抬起眼睛去望国王,国王正在用指甲刮他裤子上膝盖部分的一个污点,随后国王喝了一口药水,一句话也不讲,这种沉默使甘果瓦好像受着苦刑。国王终于看了看他说:"真是个吵人精!"随后便回过头对特里斯丹·莱尔米特说道:"呸,放掉他吧!"

甘果瓦快乐得仰身昏倒了。

"放掉他!"特里斯丹埋怨道,"难道陛下不愿意让他在囚笼里关一阵吗?"

"老弟,"国王说,"你以为我们这些值三百六十七利勿尔八苏三德尼埃一个的笼子,是用来关这种鸟儿的么? 只管把这家伙(路易十一喜欢用这个词,这个词和"天知道"都是他极高兴时经常用的)给我放掉,拿大棍子把他赶出去!"

"啊!"甘果瓦喊道,"真是一位伟大的国王!"

担心国王再发出一个相反的命令,甘果瓦便急忙向房门口奔去,特里斯丹极其不高兴地给他开了门,兵士们拳脚交加地把他推了出来,甘果瓦用一种真正的斯多噶派①哲学家的坚忍来忍受着这一切。

自从得知人们对法官造反的消息之后,国王的好脾气表现在一切方面,刚才这种罕见的宽仁就是一个不小的标志。特里斯丹依旧绷着脸站在那个角落里,好像一条狗看见了什么东西却又弄不到。

~~~~~~~~~~~~~~~~~~~~~~

① 斯多噶派,形成于公元前四世纪末的西方哲学流派。强调道德、理智和忍认。

这时国王愉快地用手指头在靠椅扶手上敲起俄德梅桥的进行曲来了,这位国王挺会做作,但他能够比掩饰欢乐更巧妙地掩饰他的烦恼。这种明显地表现出来的欢乐,在得到好消息时往往会更加扩大,例如当勇敢的查理逝世的时候,他甚至立誓赠送图尔的圣马尔丹教堂一道银栏杆;在他即位当国王的时候,他甚至忘记吩咐给他父王办理丧事。

　　"嗯,王上,"雅克·夸克纪埃忽然嚷起来,"陛下让我医治的那种厉害的病现在好些了么?"

　　"啊,"国王说,"我实在很难受呢,我的老弟。我耳朵嗡嗡响,好像有很多烧红的铁耙在耙我的胸膛。"

　　夸克纪埃抓着国王的手腕,装出很自信的样子替他把起脉来。

　　"你瞧,科勃诺尔,"韩低声说道,"他就夹在夸克纪埃和特里斯丹的中间,他整个的朝廷都在这里了。一个医生是为他自己用的,一个刽子手是对付别人的。"

　　夸克纪埃给国王把着脉,装出愈来愈吃惊的样子,路易十一带着几分愁苦望着他。夸克纪埃的脸色愈来愈黯淡了,这家伙没有别的谋生之计,专门靠国王的病痛过日子,他尽可能地加以利用。

　　"啊!啊!"他终于喃喃道,"这会儿情况很严重。"

　　"是吗?"国王不安地说。

　　"脉搏很快,不规则,跳动间歇……"那个医生接着说。

　　"天知道!"

　　"不出三天就要人性命。"

　　"圣母啊!"国王喊道,"怎么治疗呢,老弟!"

　　"我正在想呢,王上。"

他使得国王咋舌，摇头，做出一副怪相，趁这机会他忽然说道："天哪！我必须告诉您，有了一个肥缺啦。我正好有一个侄儿。"

"我把空缺给你的侄儿，雅克老弟，"国王回答道，"可是得清清我胸里的内火。"

"既然陛下如此宽厚，"医生又说，"对于我在圣安德烈·代·亚克街修建的房屋决不会拒绝给点帮助吧。"

"嗯！"国王说。

"我的钱快用光了，"医生接着说，"那座房子没有屋顶真是可惜。倒不是为了那房子本身，那房子不过是简陋的民房罢了，倒是为了若望·富尔波的绘画，它使墙壁生色不少呢。有一幅空中飞翔的狄安娜，那么精致，那么温柔，那么文雅，姿态那么自然，头饰那么美好，戴着一顶新月形的帽子，皮肤非常洁白，走得太近一点去看的人真会受到诱惑呢。还有一幅色蕾丝①，她也是一位异常美貌的女神，她坐在一捆麦秆上，戴着一顶麦穗编成的花冠，上面还编有波罗门参和别的花卉。再没有比她的眼睛更多情的了，再没有比她的腿更圆溜的了，再没有比她的仪态更高贵的了，再没有比她的衣裙更好的衣料了，她是画笔画得出来的美人中最美的一位。"

"狠心的家伙！"路易十一嘀咕道，"你究竟想要什么？"

"我需要一个屋顶来遮盖这些绘画，王上，这虽然不过是件小事，可是我没有钱呀。"

"你那屋顶要多少钱？"

"那……一个铜花边镀金的屋顶，顶多两千利勿尔。"

---

① 色蕾丝，古代罗马神话中的谷禾女神。

"啊,凶手,"国王嚷道,"他连一颗牙都没有替我拔掉,倒想因此得到一颗宝石!"

"我可以得到我的屋顶吗?"夸克纪埃问。

"可以! 滚到魔鬼那儿去吧,可是先得把我医治好。"

夸克纪埃深深一鞠躬说:

"王上,只需一服发散药就能救您的命。您得在腰上敷一种用蜡膏、亚美尼亚黏土、蛋清、油和醋调配的特效药,您必须继续喝您的药汁。我会报答陛下的。"

一支点燃的蜡烛不单是招引一只飞蛾,奥里维先生看见国王毫不在乎的样子,以为正是好机会,也走向前来说道:"王上……"

"又是什么事?"路易十一问。

"陛下知道西蒙·拉丹先生死去了吗?"

"那又怎样?"

"他是在财产审判方面代表国王的顾问官呀!"

"那又怎样?"

"他的职位现在空着。"

这样说着,奥里维先生那副傲慢的面孔失去了傲慢,变得卑躬屈节起来,这是可以看清楚廷臣本来面目的惟一时机。国王直愣愣地看着他的脸,用毫无表情的腔调说:"我明白啦。"

接着他又说道:

"奥里维先生,布西科元帅说过:'只有国王那里才有赏赐,只有大海里才有鱼。'我看你同布西科先生的意见倒很一致。现在你听着:我的记性是很好的,六八年我让你当了我的内侍;

六九年我让你当了圣克鲁桥的堡垒管理人,年俸一百图尔利勿尔(你想要的是巴黎利勿尔);七三年十一月,为了送信到吉尔日阿尔的功劳,我让你代替骑士盾手吉倍尔·阿克尔当上了凡赛纳森林的护林官;七八年因为送交几份用双重绿蜡封口的信件,我恩赐你和你妻子每年在圣日耳曼学校的商业广场收用十个巴黎利勿尔;七九年让你代替可怜的若望·代兹当塞纳尔森林的护林官,后来又当洛奇堡垒的上尉,后来又当圣刚丹的长官,后来又当麦浪桥的上尉。你叫人称呼你是伯爵。每个理发师在节日里交纳的五个苏中,有三个是归你的,剩下的才归我。我很想把你的名字改成'坏蛋',那同你的面目太符合了。七四年,我让你穿上了胸前像孔雀开屏那样五彩缤纷的铠甲,虽然那非常令我不高兴。天晓得! 你还不满意吗? 你捕鱼的本领还不神妙吗? 你不怕再加一条鲑鱼就会把你的船翻沉吗? 骄傲会使你倒霉的,我的老弟,骄傲后面往往紧跟着毁灭和羞辱呢。想想这些,并且闭上你的嘴。"

国王严厉地说出的这些话,使奥里维先生又恢复了先前那种傲慢的神情。"好呀,"他大声嘀咕道,"国王今天显然生病哪,他把什么都给了医生。"

路易十一并没有因为这句无礼的话恼怒起来,反而温和地说道:"咳,我还忘记说我让你在玛丽夫人身边当了刚城的使臣呢。是呀,先生们,"国王回过头对两个弗朗德勒人说道,"这人是我的公使了。""得,我的老弟,"他又向奥里维先生说,"咱俩不会闹翻的,咱俩是老朋友呀。我的公事已经办完了,给我刮胡子吧。"

我们的读者大概没想到会从这位奥里维先生身上认出那

可怕的费加罗①来吧？老天这一位伟大的戏剧家,曾经把他放进路易十一那出冗长而流血的喜剧里。我们不想在这里对这一奇特的人物多加说明,这位国王的理发师有三个名字:在宫廷里人们有礼貌地称呼他为奥里维·勒丹②;老百姓叫他魔鬼奥里维;而他的真名是坏蛋奥里维。

坏蛋奥里维一动不动地站在那里,愠怒地望着国王,又斜眼瞟瞟雅克·夸克纪埃。"是呀,是呀! 这个医生!"他咬牙切齿地说。

"咳,是呀,这个医生,"路易十一神情古怪地说道,"医生可比你守信用得多呢。这是很简单的事,他抓住我们的是个身子,而你才不过碰到我们的下巴。来,我可怜的理发师,别再想了。假若我是像西尔倍里格③一样的一个国王,老喜欢用一只手握着胡子,你又会怎么说呢,你的职务会变成什么样的呢? 算了吧,我的老弟,专心于你的职务,给我刮胡子吧。去把你需要的东西拿来。"

看见国王笑起来,奥里维没办法再同他恼气了,只好嘀咕着出去找理发器具来执行他的吩咐。

国王起身走到窗前,忽然异常激动地把窗户打开。"啊,对了!"他拍着手喊道,"旧城区上空有一片红光,那是法官家里起的火。一定是这样。啊,我的好百姓! 你们终于帮助我来消灭领主啦!"

---

① 十八世纪法国剧作家博马舍的两部名剧《塞维利亚的理发师》和《费加罗的婚礼》中的主角。
② 勒丹的原意是梅花鹿。
③ 西尔倍里格(539—584),法兰克国王,他为领地曾多次和他的兄弟发生战争,后被刺死。

这时他转身向那两个弗朗德勒人说道:"先生们,到这里来看看,不是一片红红的火光吗?"

那两个刚城来的人走了过去。

"是一片大火。"居约姆·韩说道。

"啊,"科勃诺尔眼睛忽然亮闪闪地说道,"这使我想起了焚烧贵族安倍古府第时的情形。那边一定是发生了大暴动。"

"你以为是这样吗,科勃诺尔先生?"路易十一的眼色几乎同那袜店老板一般愉快,"那不是很不容易抵御的吗?"

"上帝的十字架作证!王上,那得要陛下好几团的战士呢!"

"啊!那就是另一回事了,只要我愿意……"

那袜店老板大胆地回答道:"假若这次暴动是我猜想的那一种,你愿意也是枉然呀!王上!"

"老弟,"路易十一说,"只要用我的两个近卫团和一尊大炮,就能把那些平民赶走。"

袜店老板可不管居约姆·韩向他做的暗示,好像决心要和国王争论一番。

"王上,那些教堂侍卫也不过是些平民。勃艮第公爵是一位伟大的绅士,他没把那些民众放在眼里。王上,在格郎松战役,公爵叫喊道:'炮手们,向那些贱民开火!'他还用圣乔治的名义起誓。可是那个复仇者夏尔纳达尔带着大棒和他的人向那漂亮公爵冲过来,兵器发出闪光的勃艮第军队和那些肤色像水牛般的乡下人一交手,就像玻璃被石子打碎了一样。那一次有许多骑士被强盗杀死,勃艮第最大的领主夏多·居容和他那匹高大的灰色马一块儿死在一片泥沼里。"

"朋友,"国王说,"你讲的那是一次战役,但这里却只是一次暴动。只要我高兴,皱皱眉头就能够把它了结。"

"那也可能,王上。假若是那样,那就是说属于人民的日子还没有到来。"

居约姆·韩认为应当干预了。"科勃诺尔先生,你是在同一位权威的国王讲话呀。"

"我知道。"袜店老板严肃地答道。

"让他讲吧,我的朋友韩先生,"国王说,"我喜欢这样坦率的讲话。我父亲查理七世常说真理生病了。我呢,我相信真理死掉了,它没找到一个听忏悔的神甫。科勃诺尔先生消除了我的疑惑。"

于是他亲热地把手搭在科勃诺尔肩膀上说:

"科勃诺尔先生,那么您是说……"

"王上,我是说您也许是对的,在您这里,属于人民的日子还没有到来。"

路易十一用他那洞察一切的眼睛望着他。

"那一天,何时到来呢,先生?"

"您就快要听到它的钟声敲响了。"

"那是什么钟呀,请问?"

科勃诺尔神色庄严而镇静地叫国王走近窗前。"听我说吧,王上,这里有一个堡垒和一口警钟,有许多大炮,许多市民和许多士兵。当堡垒上敲起警钟,大炮齐鸣时,堡垒就要在喧闹声中倒坍,那时平民和士兵也大喊大叫,互相厮杀,这就是那一时刻到来啦。"

国王的脸色像在做梦一般阴暗恍惚,他好一会没说话。随后他轻轻地拍拍那堡垒的厚墙,好像在拍一匹战马的臀部。

"啊,不会的!"他说,"你不是那么容易倒坍的吧,我的好巴士底?"

他突然转身问那大胆的弗朗德勒人:"你看见过暴动吗,雅克先生?"

"我造过反呢。"

"你是怎样造反的呢?"国王问。

"啊,"科勃诺尔回答道,"那并不怎么难办,有上百种办法呢。第一要那城里的人不满意,这种情况是常有的;再就要看居民们的气质如何,刚城的居民是很适合造反的。他们永远爱他们的君王,君王可从来不爱他们。咳,我想那是一个早晨吧,人们走进我的店铺,向我说科勃诺尔伯伯,发生了这件事,又发生了那件事,那弗朗德勒小姐要救她那些大臣,大管家要把磨面费增加一倍,或者诸如此类的事情。于是我丢开活儿,走出店铺到了街上,我就喊道:'抢吧!'那里经常有些空着的木桶,我站到桶上,大声讲出最先想到的话,这些话本来是早就在我心里的。当你站在老百姓一边的时候,王上,那你心头总是有话要说的。于是我们排成队伍,叫喊着并且敲响警钟,我们让平民都拿起从士兵手中夺过来的武器,市场上的人也参加进来,我们就干起来啦!永远是这样的,只要封邑里有领主,市镇里有居民,乡村里有农夫。"

"你们是造谁的反呢?造你们那些法官的反吗?造你们那些领主的反吗?"

"有时造他们的反,有时也造大公爵的反。"

路易十一走回去坐在椅上,微笑着说道:

"在这里,他们还不过是在造法官的反呀!"

正在这当儿,奥里维走了进来,他身后跟着两个侍卫,捧着国王的梳洗用具,但使路易十一惊讶的,是同他们一起进来的还有巴黎总督和夜巡队队长,神色都很惊慌。那怨气未消的理发师也装出惊恐的样子,其实他心里挺高兴,正是他先开口说道:"王上,请陛下宽恕我向您报告一个坏消息。"

国王急忙转过身来,椅子脚把地板擦得直响:"什么消息?"

"王上,"奥里维用那种由于能狠狠报复一下而觉得满意的恶毒的神态说,"这次暴动并不是造法官的反呀。"

"那么是造谁的反呢?"

"是造您的反,王上。"

老国王像年轻人一样直挺挺地站起来了:"奥里维,你得说清楚!好好保住你的脑袋,我的老弟。我凭圣洛的十字架起誓,假若你在这当儿对我撒谎,那把砍过卢森堡先生脖子的刀,还不至于坏得锯不下你的脑袋!"

这个誓言极其可怕,路易十一一生只用圣洛的十字架发过两次誓。

奥里维张口结舌想回答:"王上……"

"跪下!"国王狂怒地打断他道,"特里斯丹,守住这个人!"

奥里维跪下来,冷冰冰地说道:"王上,您的大理院法庭把一个女巫判了死刑,她躲在圣母院里,民众要用武力把她拉出来。总督先生和夜巡队队长是从叛乱地点来的,他们可以证明我讲的是不是实话。民众围攻的就是圣母院。"

"果然!"国王气得脸发白,浑身发抖,他低声说道,"圣母啊,我善良的女主人!原来他们围攻的是您的大教堂啊!起来,奥里维,你说得有理,我要把西蒙·拉丹的职位赏给你。

他们是攻击我呀,那个女巫是受教堂保护的,教堂是受我保护的。我还以为他们造法官的反呢,原来是造我的反呀!"

他好像被愤怒激动得年轻起来,大踏步走来走去。他不再笑了,脸色很可怕,走过来又走过去,狐狸变成了狼哪。他似乎窒息得说不出话了,只是嘴唇一动一动的,紧握着瘦骨嶙嶙的拳头。忽然他抬起头来,眼睛里充满了愤怒的光芒,声音同喇叭一般响亮:"砍碎他们,特里斯丹!把那些歹徒统统砍成碎块!去吧,我的朋友特里斯丹,给我杀吧,杀吧!"

发作了一阵,他又坐了下来,忍住怒火,不在乎地说:

"在这里,特里斯丹,在我身边,在巴士底,有纪甫子爵的五十支长枪,一共三百匹马,你带去。还有沙多倍尔队长的一队近卫弓箭手,你带去。你是宪兵司令,你有你的人马,你可以全部带去。在圣波尔大厦,你还可以找到太子殿下的新卫队弓箭手四十名,你可以带去。带着这全部人马,快跑到圣母院去。啊,巴黎的平民先生们,你们想推翻法兰西的王冠,想推翻圣母院的神圣同这个国家的和平吗?斩尽杀绝!特里斯丹,把他们斩尽杀绝!不许让一个人逃脱,除非是逃到隼山去!"

特里斯丹躬身施礼:"好吧,王上。"

过一会他又问道:"我该把那个女巫怎么办呢?"

这个问题使国王沉吟起来。

"啊,"他说道,"女巫么!代斯杜特维尔先生,民众打算把她怎么办?"

"王上,"巴黎总督答道,"我想民众是打算把她拖出圣母院的避难所,就是那个荡妇惹起了他们的恼怒。他们打算把她绞死。"

国王好像深思起来，随后他吩咐特里斯丹："好吧，我的老弟，杀尽百姓，绞死女巫！"

"妙啊，"居约姆向科勃诺尔耳语道，"命令惩罚老百姓，却又照老百姓的愿望行事！"

"行了，王上，"特里斯丹答道，"要是那女巫还在圣母院里，是不是不管圣地不圣地的就把她拖出来呢？"

"天晓得，什么圣地！"国王搔搔耳朵说，"总之得把那女巫绞死。"

说到这里，他好像想到了什么妙计似的，突然从椅子上滚到地下跪着，把帽子摘下来放在座位上，虔诚地望着帽子上的一个铅铸肖像。"啊，"他双手合十地说道，"巴黎的圣母，我崇敬的女护神啊！请宽恕我！我就只干这么一回。那个女犯应该受惩罚。圣处女啊，我善良的女主人，我向您担保，她是一个不值得受您怜惜的女巫。您知道，圣母啊，很多虔诚的君王都为了上帝的光荣和国家的需要，侵犯过教堂的特权。英格兰的主教圣雨格就曾经允许国王爱德华到他的教堂里去逮捕一个术士。法兰西的圣路易，我的老师，也曾经为了同样的目的侵犯了圣保尔先生的教堂。耶路撒冷国王的儿子阿尔封斯，甚至侵犯过圣塞比尔克尔教堂。请宽恕我这一回吧，巴黎的圣母啊，我决不再犯。我要献给您一个美丽的银像，就像我去年献给圣代苦侬的圣母的那个一样。阿门！"

他划过十字便站起身来，重新戴上帽子，向特里斯丹说道："勤奋些，我的老弟，让沙多倍尔先生同你一道，你们要把警钟敲响，你们要把民众击溃，你们要把女巫绞死。说定了！我等着听你奏功，你要向我报告一切。奥里维，今晚我不睡觉了，给我刮胡子。"

特里斯丹鞠躬告退。于是国王挥手和居约姆·韩和科勃诺尔告别:"上帝保佑你们,我的弗朗德勒好友们,请去休息一会。黑夜快结束了,我们离天亮比离开黄昏近了。"

两人告辞退出。巴士底典狱长把他俩送回他们的房门口,科勃诺尔向居约姆·韩说:"这位咳咳咯咯的国王可叫我受够啦! 我见过喝得酩酊大醉的查理·德·勃艮第,他还没有这个病歪歪的路易十一可恶呢。"

"雅克先生,"韩回答道,"那是因为国王们的酒并不像他们的药水那么厉害。"

六 小火把在闲逛

甘果瓦出了巴士底,就像脱缰的马一般飞快地走下圣安东尼街,到达波多瓦耶门,他径直向着竖在广场中央的一个石头十字架走去,好像已经在黑暗里看清了那个坐在十字架台阶上的黑衣黑帽的人。"是您吧,老师?"

那个黑衣人站起来:"死亡和热情呀! 甘果瓦! 你真叫人着急。圣热尔维教堂的钟楼刚刚敲过钟了,早上一点半已经过了。"

"啊,"甘果瓦说,"那不能怪我,得怪夜巡队和国王,我刚才逃脱了他们的手掌心! 我老是差点被绞死,我真是命该如此。"

"什么你都差一点,"那人说道,"还是快些吧,你有通行的口令吗?"

"你想想看,老师,我看见国王啦,我就是从他那里来的。他穿着粗布短外衣。真惊险呀!"

"啊,多嘴多舌的!你的惊险同我有什么相干?你有乞丐队伍的通行口令没有?"

"我有,别发脾气吧,口令是'小火把在闲逛'。"

"好啊,要不然我们可进不了教堂,乞丐们封锁了一切街道,幸好他们似乎碰到了抵抗,我们也许还赶得上。"

"对呀,老师。可是我们怎样进圣母院里去呢?"

"我有那座钟塔的钥匙。"

"我们又怎样出来呢?"

"修道院后面有一道开向德罕的侧门,从德罕就能到河岸去。我已经拿了那把钥匙,今天早上我还系了一只船在那里。"

"我真庆幸差点儿没有被绞死!"甘果瓦说。

"赶快呀,走吧!"那人说。

于是他俩一道迈开大步向旧城区走去。

七　沙多倍尔来支援了!

读者可能还记得伽西莫多的危急情况吧。那勇敢的聋子四面受到围攻,虽然并没丧失勇气,至少已经失掉援救那埃及姑娘的希望了,关于自己的危险他倒没有怎么考虑,他疯狂地在那楼廊上跑来跑去,圣母院眼看就要被乞丐们攻破了。忽然邻近的街上响起一片马蹄声,还有一长串火把,一队密集的拿着长枪勒着马的骑兵,怒吼声像一阵风似的刮进了广场:"法兰西!法兰西!砍死平民!沙多倍尔来支援了!宪兵司令!宪兵司令!"

乞丐们吓得团团转。

伽西莫多听不见喊声,只看到那些雪亮的刀,那些火把,那些戈矛和整个骑兵队,他认得带队的正是弗比斯队长。他看见乞丐们骚乱起来,有些人惊呆了,大胆些的也惊惶失措。这支意外的救兵使他恢复了勇气,他把已经踏上楼廊的头几个进攻者抓住,扔了出去。

真是国王的军队突然来到啦。

乞丐们十分英勇,他们在失望中进行自卫,把圣比埃尔·俄·倍甫街上的队伍当做侧翼,把巴尔维广场当做后卫,背着巴黎圣母院,他们依然在这里进攻,伽西莫多依然在抵抗,他们处在一个奇特的位置,既是进攻的人又是被围的人,正像一六四〇年"居罕之战"一役那样,亨利·达果尔伯爵处在被他围攻的萨瓦省的多玛王子和围攻他的勒加奈侯爵之间,正像他的墓志铭上所说"围攻居罕的人自己被围攻了"①。

这场混战真是骇人,正像蒲·马蒂厄斯所说的"狗牙咬住了狼肉"。在英勇的弗比斯·德·沙多倍尔指挥下的骑兵们,一步也不放松,才逃过他们前锋的人,又被他们的侧翼击倒了。拿着劣等兵器的乞丐激怒得咬着嘴唇,男人女人和孩子都扑倒在马后和马肚子下面,像猫一般用牙齿去咬,用指甲去抓马腿。有些人把火炬朝那些弓箭手的脸上扔去,有些人把铁钩向骑兵们的脖子上刺去,把他们钩到跟前,他们把那些落马的人砍成碎块。

只见一个男人拿着雪亮的大刀不停地砍着马腿,样子非常可怕,他哼着一首歌曲,声音发颤,把他的大刀砍出去又收回来。每砍一刀,他四周的地上就落下一大堆马腿,他就这样

---

① 原文是拉丁文。

不慌不忙地杀进骑兵队当中,脑袋一俯一仰,像农民割麦子一般,呼吸很均匀。这人就是克洛潘·图意弗,一支火绳枪把他击中了。

这时那些窗户都打开了,附近的居民听到近卫军的喊声,也参加了战斗,子弹从每座楼的窗口里像雨点般落到乞丐那里,巴尔维广场上升起一阵枪炮的浓烟。但人们还是看得见圣母院的前墙,也能看到衰朽的大医院,许多苍白的病人从医院屋顶上那些窗口里探出头来。

最后,乞丐们只好让步了,疲劳,缺乏良好武器,对突然袭击的惊恐,窗口上的火绳枪,近卫军的猛烈攻击,这一切都使他们遭受挫败,他们冲出包围圈,开始四散奔逃,留下一大堆尸体在巴尔维广场上。

一刻也没停止过抵抗的伽西莫多,看见围攻的人败退了,便双膝跪下,向天空举起双手,随后便高兴得昏昏沉沉地跑开了,他用飞鸟般的速度跑上了他一直那么英勇地保卫着不让人挨近的小房间去,此刻他只有一个念头:去跪在他刚才第二次搭救了的姑娘面前。

他走进那个小房间,却发现房间里空无一人。

第十一卷

一　小　鞋

乞丐们攻打教堂的时候,拉·爱斯梅拉达正在熟睡。

不一会,教堂周围不断增长的喧闹声和比她先醒的羊儿的咩咩叫,把她从梦中惊醒了。她坐起来听了听,看了看,被火光和喊声吓住了,便奔到房外去看个究竟。广场上的情景,那骚动的景象,那种夜间袭击时的一片混乱,那像跳来跳去的青蛙似的可怕的人们,黑暗中只能依稀看见。人群的嘶哑的喊声,像在湖面的雾霭中闪现的流星似的红红的火把,整个景象使她仿佛看见安息日会的魔鬼们在同教堂的石雕怪兽交战。因为从小习染了波希米亚部落的迷信,她第一个念头就是以为看到了那些只有夜间才出现的怪物的鬼把戏,她跌跌碰碰地跑回房间去躲起来,希望她那简陋的被褥能给她一个不那么可怕的梦境。

最初一阵恐怖的烟雾逐渐消散了,她听见了不断增多的喧闹声,看见了现实生活里的其他几种标志,她才明白包围她的并不是魔鬼,而是人。于是她的恐惧虽然没有增长,但是变了样。她想到那可能是一次打算把她从圣地拖出去的群众暴动,她将要再一次丢掉生命、希望以及她在将来还可能看见的弗比斯。她的柔弱,她的无处逃避,她的无依无靠,她的孤立无助等等念头又一齐占据了她的心。她跪下来,双手抱着头靠在垫褥上,异常悲痛,浑身哆嗦。她虽然是一个崇拜偶像的埃及姑娘,但现在她还是啼哭着请求好上帝保佑,还是向她的女房东圣母祷告起来。一个什么都不相信的人,到了性命攸关之际,也会相信那最靠近的寺院的宗教呢。

她就这样跪在那里有好一会,实际上发颤的时间比祷告的时间还多。听见群众的喊声迫近了,她愈来愈惊慌得透不过气,她不明白那骚动的性质,不知道那些人在干什么或是想干什么,但是她觉得结局一定是十分可怕。

正当她这样愁苦的时候,听见有人向她走来。她转过身去,有两个人走进了她的小房间,其中的一个提着灯笼。她发出一声微弱的叫喊。

"别害怕,"一个在她听来并不陌生的声音说道,"是我呀。"

"谁呀？你是谁?"她问道。

"比埃尔·甘果瓦。"

这个名字使她放心了。她抬眼一看,的确是那位诗人。但是他身边还有个全身遮得严严的黑衣人,又使她吓得说不出话了。

"啊,"甘果瓦用埋怨的口气说,"加里还比你先认出了我呢。"

那只小山羊的确没等甘果瓦通名就认出了他。诗人刚一进门,山羊就跑到他身边,在他膝头上擦来擦去,擦了他一身的白毛,原来它正在换毛呢。甘果瓦也不断抚摸它。

“同你一道的是个什么人？”埃及姑娘低声问道。

“放心吧，”甘果瓦回答，“是我的一个朋友。”

于是哲学家把灯笼放在地上，蹲下来把加里抱在怀中，真心实意地说道：“这是一只挺好的动物，不太大，但相当爱干净，而且还很聪明，很机警，像一位语法家一般有学问呢！加里，咱们来瞧瞧你有没有忘掉你的戏法。雅克·沙尔莫吕是什么样儿？……”

黑衣人不让甘果瓦说完话就走到他跟前，粗暴地碰他的肩膀。甘果瓦站起来了。“真的，”他说，“我忘了我们得赶快呢。可是，老师，这也用不着向人发火哟！我亲爱的漂亮孩子，你的生命在危险中，连加里也一样。我们想把你救出去，我们是你的朋友，我们救你来啦。跟我们走吧。”

“真的吗？”她慌张地喊道。

“真的，真极了。赶快来吧！”

“我很愿意，”她结结巴巴地说道，“可是你的朋友为什么不说话呀？”

“啊，”甘果瓦答道，“因为他的父母都是幻想家，使他天生就不爱说话。”

听到这个解释她只好满意了。甘果瓦拉着她的手，他的同伴拿起灯笼走在前头。恐怖把那位姑娘弄得昏头昏脑，任凭他们带领着她。羊儿蹦蹦跳跳地跟在他们身后，它因它重新看见了甘果瓦，就高兴得老是在他腿边擦来擦去，弄得他跌跌绊绊的。“这就是生活呀，”那位哲学家每当差点儿跌倒时就这样说道，“使我们摔跤的往往是我们的朋友！”

他们急忙走下了钟塔的楼梯，穿过黑暗荒凉的教堂，这座教堂被广场上的喧闹声震动着，正好形成可怕的对照。出了红门,他们来到修道院的庭院里,修道院里一个人也没有,神甫们都躲到主教府邸一块儿祷告去了,只有几个惊慌的仆役蹲在庭院角落里。他们朝庭院里那扇通向德罕荒地的门走去,黑衣人用自己身边的钥匙把门打开。读者知道德罕是被旧城区旁边的城墙围着的狭长地带,属于圣母院神甫公会,位于教堂背后,正当小岛的东头。他们发现那里空无一人,也没有那么多嘈杂声,进攻的乞丐们的各种喊叫,只不过隐约传到他们那里,他们只听见水上的风把德罕岸头那棵枯树的叶子吹得飒飒作响。这时他们还没有脱离险境,离他们最近的建筑物就是主教府邸同教堂了。主教府邸中显然有着很大的骚动,它阴暗的前墙上不断透出光亮,从一个窗口亮到另一个窗口,就像在刚烧掉的纸张的灰烬上嬉戏着的千万个火星一样。再过去是圣母院那两座巨大的钟塔,同支撑它们的本堂一道呈现在遍布巴尔维广场的红红的火光里,好像是独眼巨人的大火炉里的两副大柴架。

巴黎的大部分看起来就像个黑影,有些光亮在其中闪动,我们在伦勃朗的画面上往往可以找到这种背景。

那提灯笼的人径直向德罕尽头走去,那儿临水的地方有一排倒坍的篱笆,上面盖着些木条,一棵矮树把它那些像张开的手指一般的枝桠伸展在那儿。在后面,在篱笆的阴影里,藏着一只小船。那人招手叫甘果瓦同他的女伴上船去,山羊也跟着上了船,那个人是最后一个上船的。随后他解了缆,用一根长长的篙把船撑离岸边,接着他拿起两支桨坐在船头上,用力向河心划去。塞纳河这一段的水流很急,他很不容易划离岛尖。

甘果瓦上船后第一件事就是把山羊抱在膝头上,坐在船尾。那姑娘因为陌生人使她很不安,便走来坐在诗人身边,紧紧靠着他。

我们的哲学家感到小船已经在动了,他便拍起手来,并且吻着山羊两只犄角当中的地方。"啊,"他说道,"现在我们四个都得救啦!"接着又深思地添上一句:"要实现伟大的计划,有时要碰运气,有时要用计策。"

小船慢慢靠近了右岸,那姑娘感到一种隐约的恐怖,她望着陌生人。他小心地把暗淡的灯光遮住,只能模糊看到他像个幽灵似的坐在船头上。他的头巾依旧披垂着,成了他的面幕,他张开宽大的衣袖伸出手臂摇桨时,就像蝙蝠的两只翅膀。何况他没说一句话,没透一口气,他在船上没有一点声息,只听见一推一带的摇桨声和水波冲击船舷的声音。

"用我的灵魂担保!"甘果瓦忽然喊道,"我们本来应该像夜猫子一般轻松愉快的,现在怎么像毕达哥拉斯派的哲学家那样,或者像鱼儿那样一声不响呀?天知道!我的朋友们,我希望有人同我讲讲话呀!人类的声音在人类的耳朵听来就是音乐,这话可不是我说的,是亚历山大的狄丁①说的,真是金玉良言呢。真的,亚历山大的狄丁可不是一个平平常常的哲学家。说一句话吧,我漂亮的孩子,我求你同我讲句话吧。对了,你不是喜欢把嘴稍稍扁一下吗?你还常常做么?哎,我亲爱的朋友,你知道大理院有权管理一切避难所吗?你知道你在圣母院那间小屋里多么危险吗?啊呀,那就像小蜂鸟在鳄

---

① 亚历山大的狄丁有好几个,这里指的是希腊哲学家,生于意大利的亚历山大城,生卒年不详。他是奥古斯特大帝的老师和朋友,哲学著作已失传,仅有片段流传下来,内容涉及柏拉图、亚里士多德、毕达哥拉斯以及斯多噶学派的哲学。

鱼的牙床上筑窠一样！老师,现在月亮上来了,别让人看见我们才好,我们为了救这位小姐可冒着危险呢。假若他们把我们抓去,仍然会用国王的名义把我们绞死的。哎,人类的行动都是从两个起点开始,在一个人那里受到尊敬,在另一个人那里却被咒骂。崇拜恺撒的人却责怪加梯里纳①。不是吗,老师?你认为这种哲学怎么样?我呢,我懂得本能的哲学,自然的哲学,就像蜜蜂和几何学一样②。咳,谁也不答理我,你们两人的脾气真叫人恼火!我只好自说自道,这在我们的悲剧里就叫做独白。天晓得!我告诉你们,我刚才见过路易十一,这句粗话就是从他那里学来的。天晓得!旧城区里怎么还有这么大的呐喊声!那个路易十一是个可恶的老国王,他全身裹着黑毛皮,他还欠着我那贺婚诗的稿费呢,因此他今天晚上才没有下令把我绞死,我是特别怕给绞死的。他对人可不愿意发慈悲,他很应该读一读沙尔万·德·科洛涅的《反对吝啬》③那四本书。真的!这个国王对待文人非常刻薄,他很野蛮,很残酷,他是一块从人民身上吸取钱财的海绵,他的积蓄是搜刮别人而来的。因此,人民时时发出的痛苦呻吟在这位国王听来却好像喃喃低语。在这位虔诚的王上的统治下,绞刑架经常轧轧地绞死人,断头台上流满鲜血,监狱就像吃得太饱的肚皮一样装满了囚犯。国王一手搜刮,一手杀人。他是刑台先生和税务太太的保护人。大人物被免职,被剥夺爵位,小人物又不断承受新的剥削。这位国王太过分了,我可不喜欢他。你呢,我的老师?"

---

① 加梯里纳(前109—前62),古罗马的贵族,曾策划推翻元老院,因被西塞罗揭发而失败,手持武器而死。

②③ 原文是拉丁文。

黑衣人任凭诗人滔滔不绝地说去,他自己继续同激流搏斗着,这道激流把城岛的顶端和圣母岛(如今叫做圣路易岛)的末端分割开。

　　"啊,老师,"甘果瓦突然说,"我们通过那密集的乞丐群到达巴尔维广场的时候,你看见你那个聋子正把那可怜的小鬼的脑袋往那有国王雕像的楼廊的栏杆上磕破吗?我从下面望见了,但是认不清是什么人。你可知道那是谁吗?"

　　陌生人一句话也不回答。但他忽然不划桨了,两只胳膊像折断了似的耷拉下来,脑袋低垂到胸前。拉·爱斯梅拉达听见他痉挛地叹息,她惊慌得战栗起来,这种叹息她是听到过的呀。

　　那只小船因为没有人划,就顺水漂了一会。那黑衣人终于重新打起精神,抓起两支桨继续向上游划去。转过了圣母岛的尖端,他就朝着干草港那边划。

　　"啊,"甘果瓦说,"就快到达巴尔波府邸了。看呀,老师,看那一堆黑屋顶的犄角多么奇怪,那边,在那堆又低又乱又脏的云彩下,残缺的月亮像破了壳的蛋黄一般挂在那里。那是一座挺好的府邸呢。那里有一座小礼拜堂,拱顶上到处都是雕刻,你可以看到在那顶上高耸着一座很精致的钟楼。府邸里还有一个清爽的花园,里面有一个鱼池,一个鸟棚,一块岩石,那是山林女神的化身①,一条林阴路,一条曲径,一间饲养野兽的屋子和几条绿阴掩映的对维纳斯非常适合的小路。那里还有一棵名叫'浪子'的难看的大树,因为它曾经是一位著

---

① 山林女神因得罪天后朱诺而受到惩罚,变成一块岩石,不断重复别人的话。

名的公主同一个快乐聪明的法兰西元帅约会的地点。哎,我们这些可怜的哲学家,他们同一个元帅相比,就像一畦白菜或小萝卜同卢浮宫的一座花园相比一样。可是这又有什么关系呢?那些大人物的生活还不是同我们一样,有时好有时坏,痛苦总是守在欢乐旁边,就像扬抑抑格紧靠着抑扬扬格一般①。我的老师,我必须把那巴尔波府邸的故事讲给你听。它的结局是很悲惨的。那是在一三一九年菲立浦五世统治的时期,他是法兰西国王当中在位最久的一位。这个故事说明肉体的诱惑是有害的和有毒的,我们可不要常把眼睛盯在邻人的妻子身上,哪怕我们被她的美貌迷住了。通奸是很放肆的念头,私通是出于对别人的肉欲的好奇……咳,那边的喊声愈来愈大啦!"

圣母院周围的人群的确又增多了,他们留心倾听,胜利的呼声听得十分清楚,照得人们身边的兵器亮闪闪的几百个火把忽然在高高的教堂顶上、在钟塔上、楼廊上和飞檐下面出现,拿火把的人好像在寻找什么。一会儿,远远的喊声清楚地传到了那三个出走的人的耳朵里:"那个埃及姑娘!那个女巫!把那埃及姑娘处死!"

不幸的姑娘把脑袋埋在手里,陌生人就使劲向岸边划去。这时我们的哲学家沉思起来,他把小山羊紧紧抱在怀里,轻轻地离开了埃及姑娘,她本来是越来越紧地靠在甘果瓦身边的,好像那里就是她的避难所一样。

甘果瓦真有点左右为难了,他想,依照现行法律,小山羊

---

① 欧洲古代的一种诗歌格律,即长短短句式(— · ·)和短长长句式(· — —)。

假若被抓住了,也会处绞刑呢,那太可惜啦,可怜的加里! 他担负不了照管两个囚犯的重任,何况他的同伴正是十分愿意照顾那埃及姑娘的。他像《伊利亚特》里面的朱庇特一般,心头剧烈斗争了一会,看看小羊又看看埃及姑娘,眼睛里含着泪水,咬着牙说道:"可没办法同时救你们两个呀!"

一阵摇晃使他们知道船已经靠岸了,旧城区里还是一片喊声,陌生人站起来走到埃及姑娘跟前,想挽着她的胳膊帮助她下船。姑娘把他一推,去抓住甘果瓦的衣袖,正在她身边忙着照顾山羊的甘果瓦竟把她摔开了,于是她自个儿从船里跳上岸去。可是她不知该怎么办,该往哪里走,所以十分烦恼,站在那里望着河水出神。她稍稍清醒后,发觉自己是同那个陌生人站在岸边,甘果瓦好像一上岸就带着山羊悄悄钻进临河的水上楼街上一堆房舍里去了。

那可怜的姑娘发觉自己单独同那个陌生人在一道,就止不住战栗起来,她想说话,想叫喊,想呼唤甘果瓦,可是她的舌头仿佛钉牢在嘴里了,一声也喊不出来。忽然她感到陌生人抓住了她的手,陌生人的手是冰冷的,但非常有力。她牙齿打战,脸色变得同照着她的月光一般惨白。那个人没有说一句话,他抓住她的手大步向格雷沃广场走去,在那当儿,她模糊地意识到命运真是一股无法抗拒的力量。她一点力气也没有了,听凭人家拖着拽着,他向前走,她却被拖着跑步,码头的那一段本来是上坡路,她却觉得好像是在下坡。

她向四面看看,一个行人也没有,码头上十分荒凉,她听不见一点声音,除了火光通红的骚乱的旧城区之外,再也听不见人的声音了。她和旧城区仅隔一条塞纳河,从那边传来了喊声,叫着她的名字,嚷着要把她处死。巴黎其他地区就像大片阴影铺展在她的四周。

这时陌生人还是那样不出一声，还是那样快地拖着她走。她记不得走过了什么地方，在经过一家有灯光的窗前时，她使劲想要挣脱而且还突然喊道："救命呀！"

那窗户里的居民把窗子打开了，穿着衬衫就把灯举在窗口，迟疑地向码头上望了一眼，还讲了几句她没听清的话，接着又把百叶窗关上。最后的一线希望也熄灭了。

黑衣人还是一言不发，却把她抓得更紧，走得更快了，她无法抗拒，只好有气无力地跟着走。

她偶尔鼓起一点儿力气，用她那因为喘息和道路不平弄得上气不接下气的声音问道："你是谁？你是谁呀？"他一句也不回答。

他们就这样沿着码头走到了一个相当大的广场。有一点月光，原来这就是格雷沃广场，看得见广场中央竖着一个黑黑的像十字架一般的东西，那就是绞刑架。这些她都认得，她明白自己在什么地方了。

那个人停下脚步转身向着她，并且把头巾揭开了。"啊，"惊呆了的她结结巴巴地说道，"我就知道还是他呀！"

他就是那个神甫，样子倒像是他自己的灵魂，那是由于月光的原故。在那种月光下，一切事物看起来都像幽灵似的。

"听着。"他向她说。一听见这种久已没听到的阴惨的声调，她就战栗起来。那个人接着说下去，由于内心激动，他用很短的句子喘息着一句一顿地说："听着，我们到了这里。我要同你讲，这里是格雷沃，这就到了尽头啦。命运把你我放在一起，我要主宰你的生死，你呢，你要主宰我的灵魂。这儿除了广场和黑夜之外什么也看不见。听我说吧，我要告诉你……首先不要向我提起你的弗比斯(说到这里,他就像无法停住的人那样,拖着她走来走去)。不要提起他,明白吗?假若你提起那个名字,我不知道我会干出什么事来,一定是十分可怕的事。"

讲完了这些话他仿佛又找到了重心,他重新站着不动,但是他那些话并没有使他的激动平息下来,他的声音愈来愈低了。

"不要这样转过头去,听我说,这是一桩严肃的事情。首先要告诉你发生过什么事,这些都没有什么可笑的,我向你保证。我在讲什么呀!让我想想!啊!大理院下了一道命令要把你送上绞刑架,我刚才救你逃脱了他们,可是他们还在那里追捕你呢,看吧!"

他抬手指着旧城区,那里的确还在继续搜寻,喊声更迫近了。在格雷沃广场的正对面,那座陆军中尉的房子的塔楼上是一片喧闹声和火光,看得见对岸有许多兵丁手里拿着火把,在那里奔跑,一面喊着:"那个埃及姑娘!那个埃及姑娘在哪里?处死她!处死她!"

"你看得很清楚他们是在追捕你呢,我并没有说谎。我呢,我爱你。别张嘴,要是你打算说你恨我,还是别说为妙,我已经下决心不再听这种话了。我刚才救了你,先让我把话讲完,我完全可以再救你,我一切都准备好了,就看你愿意不愿意啦。只要你愿意,我就能够再救你。"

他猛然停了下来:"不,不应该这样说。"

于是他开步跑,让她也跟着跑,因为他一直抓住她没有放开。他径直跑到绞刑架下,用手指着绞刑架叫她看。"在它和我当中你可以选择一个。"他冷酷地说道。

她从他手中挣开，跪倒在绞刑架下，抱着那阴惨的柱脚，接着她把美丽的脑袋回过一半，从肩头上望着那个神甫，好像是一个跪在十字架下面的圣处女。神甫依旧站着不动，一手指着绞刑架，如同一座塑像。

　　姑娘终于向他说道："它还没有你那样使我害怕。"

　　于是他慢慢垂下手臂，极端丧气地望着石板地。"要是这些石头能够讲话，"他轻轻嘀咕道，"是呀，它们就会说这里有个多么不幸的男子啊。"

　　他又讲起话来。那姑娘跪在绞刑架前，把脸孔埋在长长的头发里，任凭他说去。此刻他的声音又悲苦又温柔，同他那傲慢的面孔成了辛酸的对照。

　　"我呢，我爱你，啊，这是千真万确的。我内心如同烈火焚烧，但外表上什么也看不出。啊，姑娘，无论黑夜白天，无论黑夜白天都是如此，这难道不值得一点怜悯吗？这是一种无论黑夜白天都占据我心头的爱情，我告诉你，这是一种苦刑啊。啊，我太受罪了，我可怜的孩子！这是值得同情的事啊，我担保。你看我在温柔地向你说话呢，我很希望你不再那样害怕我。总而言之，一个男子爱上一个女人并不是他的过错。啊，我的上帝！怎么，你就永远不能原谅我吗？你还在恨我！那么，完结啦！就是这个使我变得凶狠，你看，就是这个使我变得可怕的！你看都不看我一眼！当我站在这里向你说话，并且在我俩走向永恒的边界旁战栗的时候，你或许正在想别的事，不过千万别对我提起那个军官。唉！我要向你下跪了，啊呀，我要吻你脚下的泥土了，不是吻你的脚，那样你是不愿意的。我要哭得像个小孩子，我要从胸中掏出，不是我的话，而是掏出我的肺腑，为了告诉你我爱你。一切全都没用，都没用！可是在你的心里你有的只是慈悲和柔情,你全身发出最美丽最温柔的光芒,你是多么崇高、善良、慈悲、可爱。哎,你单单对我一个人这样冷漠无情。啊,怎样的命运呀!"

他把脸埋在手里,那姑娘听见他在哭泣,这是他生平第一次哭泣。他站在那里哭得浑身哆嗦,比跪着恳求更加凄楚,他就这样哭了好一会。

"啊呀!"哭了一阵之后他接着说道,"我找不出话说了,我对你讲的话都是好好考虑过的。这会儿我又颤又抖,我在决定性的关头倒糊涂起来,我觉得有一种至高无上的力量统治着我们,使我说不明白。啊,要是你不怜惜我也不怜惜你自己,我就要倒在地上了。不要使我俩都受到惩罚吧,要是你知道我多么爱你!我的心是怎样一颗心呀!我是怎样逃避真理,怎样使自己感到绝望!我是个学者,却辱没了科学;我是个绅士,却败坏了自己的名声;我是个神甫,却把弥撒书当做淫欲的枕头,向上帝的脸上吐唾沫!这一切都是为了你呀,狐狸精!为了能更快地在你的地狱里沉沦!可是你倒不愿意要我这个罪人哪!啊,让我全部告诉你,还有呢,还有一件更可怕的事情呢,啊,更可怕的呀!……"

讲到最后几句的时候,他完全是一副神经错乱的样子,他有一会没出声,随后又像自言自语一般厉声说道:"该隐①啊,你是怎样对待你的弟弟的呀?"

沉默了一会,他接着说道:"我是怎样对待他的呀,主啊?我曾经教育他,抚养他,我曾经教他成人。我曾经崇拜他,我

---

① 该隐是亚当和夏娃的长子,他因妒忌杀死了自己的弟弟亚伯。见《旧约·创世记》。

曾经宠爱他,但是我把他杀死了!是呀,主啊,人家刚才在我面前把他的脑袋在你教堂的石头上摔开了花,这都是因为我,因为这个女人,因为她……"

他的眼光变得凶暴起来,声音渐渐低下去了,像一口钟在发出最后的震颤,他隔一会就重复一遍:"是因为她……是因为她……"后来他的舌头再也发不出什么声音了,嘴唇却依然在动,突然他像什么东西坍塌似的跪倒在地上不动了,脑袋埋在两腿中间。

姑娘轻轻地把压在神甫身子底下的脚抽回去的动作使他清醒过来,呆呆地望着自己湿漉漉的手指。"啊!"他低声说道,"我哭了呀!"

他猛地转身对着埃及姑娘,难过得不知道该怎么说才好。

"哎,你看着我哭居然一点也不动心呢!孩子,你知道这些眼泪都是火山的熔液么?那么,人们对自己憎恨的人毫不动心竟是真的了,你看见我死去倒会发笑呢。啊!我却不愿意看见你死去!说一声,只要说一声你宽恕我就行了,不必说你爱我!只要说你愿意就行了,我就可以救你。要不然……啊,时间来不及啦,我凭一切神圣事物的名义这样求你,不要等到我又变得像那要你性命的绞刑架一般冷酷无情吧!想想我俩的命运都掌握在我的手中,想想我已经丧失理智了,这是可怕的,想想我是能够摧毁一切的吧,想想我们下面有一个无底的深渊吧,不幸的人啊,我会跟着你一起堕落下去永劫不返呢。好心地说一声吧,只要说一声!"

她张开嘴打算回答他,他爬到她跟前去以便虔诚地听她嘴里讲出的话,他猜想多半是动人的话。但是她说道:"你是个凶手!"

神甫疯狂地把她拽过来抱在怀里，恶狠狠地大笑起来。"咳,对了,我是凶手!"他说,"我一定要把你弄到手。你不愿要我当你的奴隶,你就得让我当你的主人,我一定要占有你。我有一个窝,我一定要把你拽进去,你得跟着我,你一定得跟着我,否则我就会把你交出去! 漂亮的孩子,你必须死掉或者属于我,属于一个神甫,一个叛教的人,一个凶手! 就从今天晚上开始,你听见了吗? 咱们走吧! 快活去吧! 咱们走! 亲我呀,笨蛋! 你得选择坟墓或是我的床褥!"

他的眼睛里闪出淫荡粗暴的光,他那贪欲的嘴唇火热地碰着姑娘的脖子,她在他的怀抱中挣扎,他拿湿漉漉的亲吻盖满了她一脸。

"别咬我,怪物!"她喊道,"啊,讨厌的肮脏的妖僧! 放开我! 我要扯下你那可恶的白头发,一把一把往你脸上扔去!"

他的脸红一阵,白一阵,随后把她放开了,神色阴郁地望着她。她以为自己是个胜利者了,便接着说道:"我告诉你我是属于我的弗比斯的,我爱的是弗比斯,漂亮的是弗比斯! 你这个神甫,你多老! 你多丑! 滚你的吧!"

他好像受着炮烙之刑的罪人一样,发出一声猛烈的叫喊。"那么死吧!"他咬牙切齿地说。看见了他那凶狠的眼光,她打算逃开去,他又抓住她,摇晃她,把她推倒在地上,然后拽着她漂亮的胳膊,拖着她迈开大步向罗兰塔拐角上走去。

到了这里,他转身问她道:"最后一次回答我:你愿不愿意属于我?"

她使劲回答说:"不!"

于是他高声喊道:"居第尔! 居第尔! 那个埃及姑娘在这里! 快报仇吧!"

姑娘觉得自己的手肘突然被人抓住了。她仔细看看，原来是一只瘦骨嶙嶙的胳膊从墙上的窗口伸了出来，像铁腕似的抓牢了她。

"抓紧她！"神甫道，"这是那个逃跑的埃及女人。别放松她，我去把军警找来，你会看见她给绞死的。"

一种从喉咙里发出的笑声从墙里回答这句血淋淋的话："哈！哈！哈！"埃及姑娘看见神甫向圣母桥那边跑去了，一阵马队的声音从那边传了过来。

姑娘认出了那个可恶的隐修女，她害怕得透不过气来，她想挣脱开。她弯着身子，又痛苦又失望地挣扎了一会，但是那一个却用异乎寻常的力气牢牢抓住她，那瘦骨嶙嶙的手指拳曲着紧紧箍在她的皮肉上，可以说是那只手钉牢在她的胳膊上了，简直比链条和铁箍还紧，好像从墙里伸出的是一把有生命有知觉的钳子。

她筋疲力尽地倒在墙脚下，起了怕死的念头，她想到生命的美好，想到青春，想到蓝天，想到大自然的种种景色，想到爱情，想到弗比斯，想到正在消失和快要临近的一切，想到那个出卖她的神甫，那就要到来的刽子手，还有那一座早已立在那边的绞刑架，于是她觉得恐怖一直升到了她的头发根，她听见那隐修女凄厉地笑着低声对她说道："哈！哈！你快要给绞死啦！"

她气息奄奄地回头朝窗口看，从铁栅空隙里望见小麻袋那副恶狠狠的样子。"我对你做过什么不好的事呀？"她有气没力地问道。

隐修女不回答她，却用激动的嘲笑的唱歌一般的声调嘟嘟囔囔地说："埃及女人！埃及女人！埃及女人！"

不幸的爱斯梅拉达明白了自己并不是在同一个人打交道,只好垂下蓬头散发的脑袋。

那隐修女好像过了好一会才想起了埃及姑娘的问话,忽然叫嚷起来:"你问我你对我做过什么不好的事吗?你的确对我做过。埃及女人,你听着:我也有一个孩子,你知道吗?我有一个孩子,一个孩子呀,我告诉你!一个漂亮的小女儿!我的阿涅丝呀,"她在黑暗里吻着一件什么东西,接着又恶狠狠说道,"咳,你知道吗,埃及女人?有人把我的孩子夺去了,把我的孩子偷去了,把我的孩子吃掉了。这就是你对我做过的事!"

那姑娘像只可怜的羔羊一般回答道:"那时候我也许还没有出生呢!"

"啊,出生了!"隐修女说,"那时候你一定出生了,你就是那些人当中的一个。她的年龄跟你差不多!我在这里十五年了,我痛苦了十五年,祷告了十五年,把头在墙上撞了十五年。我告诉你,是几个埃及女人把她偷去的!你听见吗?她们把她吃掉了。你有心肝吗?你想想,一个嬉戏的孩子,一个吃奶的娃娃,一个睡着了的小宝贝,多么天真呀!咳,就是这样一个小孩,她们把她偷去了,她们把她杀死了!善良的上帝是知道这件事的!啊,今天可该我来吃埃及女人了,要不是这些铁格子挡住我,我得咬死你。我头都气胀了,可怜的小女儿,就在她睡着的时候呀!要是她们去偷她的时候把她吵醒了,她一定会大哭起来的,因为我不在她身边啊!啊,埃及女人的母亲呀,你们把我的孩子吃掉了!现在来看我吃你们的孩子吧!"

于是她大笑起来,或者是在咬牙切齿吧,因为在那愤怒的脸上简直分不清到底是在笑还是在咬牙。天色开始破晓了，一抹灰白的微光照在那个地方，广场上的绞刑架也看得更加清楚了。可怜的犯人隐约听到马队的声音从圣母桥那边迫近了。

"夫人！"她双手合十，双膝跪地，披散着头发，惊惶失措地说道，"夫人，怜悯我吧，他们来啦。我没有对您做过什么不好的事，您愿意看着我那样可怕地死在您的眼前吗？我敢保证您是有怜悯心的。太可怕啦，让我逃命去吧。放开我！开恩吧！我可不愿意那样死去呀！"

"还我的孩子来！"

"开恩吧！开恩吧！"

"还我的孩子来！"

"放开我吧，看在上帝分上！"

"还我的孩子来！"

那姑娘又一次筋疲力尽地跌倒在地，眼睛像坟墓里的人一般呆钝。"哎，"她结结巴巴地说道，"你在找你的孩子，我却在找我的父母。"

"还我的小阿涅丝来！"居第尔说，"你不知道她在什么地方吗？那你就死你的吧！我要告诉你，我从前是个娼妓，我有过一个孩子，给人偷去了，那是埃及女人干的。要是你的母亲跑来问你在哪儿，我就要告诉她：'做母亲的，看看那绞刑架吧！'要不然就还我的孩子来！你知道我的小女儿在哪里吗？等着，我给你瞧瞧，这儿有她的一只小鞋，这是她留给我的惟一的东西了。你知道同这只鞋一样的那另一只鞋在哪里吗？要是你知道它在哪儿，就告诉我吧，哪怕是在地球的那一边，我也要爬着去找。"

她一面说,一面把另一只胳膊伸出铁格子,拿出一只绣花小鞋给那埃及姑娘看。那时天已大亮,看得清那鞋儿的式样和颜色了。

"把这只小鞋给我,"埃及姑娘哆嗦着说道,"上帝! 上帝!"同时她就用另一只没有被抓住的手迅速打开她脖子上挂着的装绿玻璃片的小荷包。

"呀,呀!"居第尔吼道,"把你那鬼符拿出来吧!"突然她住口了,浑身颤抖着,用发自肺腑的声音喊道:"我的女儿!"

那埃及姑娘刚刚从她的荷包里拽出了一只小鞋,同那一只一模一样。小鞋上贴着一张羊皮纸,上面还有这样的题词:

> 此鞋若成对,
> 母女重相会。①

一闪电的工夫,那隐修女已经把两只鞋比较了一番,读过了羊皮纸上的字句,把布满天堂的欢乐的脸孔凑到窗栏上喊道:"我的女儿,我的女儿!"

"我的母亲!"埃及姑娘回答道。

这个情景我们无力描绘了。

墙和铁栅隔在她们中间。"啊,墙呀!"隐修女喊道,"啊,看见她却不能拥抱她! 伸过你的手来! 伸过你的手来!"

姑娘把胳膊伸进窗口,隐修女就扑到那只手上,把嘴唇久久地贴着,全神贯注地吻着,要不是她胸口一起一伏地在那儿哭泣,她简直好像已经死去。她在暗处悄悄地哭,眼泪像泉水,像夜雨似的不断地流淌。这位可怜的母亲把十五年来一

---

① 这两行诗直译应是"当同样的一只鞋找到的时候,你的母亲正向你伸出双臂。"为了简明和押韵,略加改动。

滴一滴地注满她心头的又黑又深的泪井里所有的眼泪,一股脑儿全倾注在她崇拜的这只手上。

她忽然又抬起头来,把额前的白发掠开,一言不发地像只凶猛的狮子一般用双手去摇小屋的铁栅。铁栅纹丝不动。她便到屋角里拿来了一块当枕头用的石板,使劲向铁栅扔去,一根铁条冒出火花弯起来,她又捶了一下,就把窗口那老朽的铁格子完全捶断了,于是她双手把那些生锈的铁条拆掉。女人的手有时也有超人的力气呢。

不到一分钟就把通路扫清了,她拦腰抱住她的女儿,把她拖进了小屋。"来,我要把你救出火坑!"她轻声地说道。

把她的女儿抱进了屋,她就轻轻把她放在地上,随后又抱在怀中,仿佛她依旧是幼小的阿涅丝似的。她抱着女儿在狭小的屋子里走来走去,如痴如醉,快乐到了极点,走着唱着吻着女儿,对她讲话,放声大笑之后又放声大哭,这一切都一下子突然发作起来。

"我的女儿!我的女儿!"她说道,"我爱我的女儿啊!她回到我身边哪!善良的上帝把她还给我哪!你们,你们都来吧!有人想看看我又找到了我的女儿吗?我主耶稣!她多么漂亮!你让我等她等了十五年哪,好心的上帝,但那不过是为了使她长成个美人儿再还给我。这么说来,埃及女人们并没有吃掉她呀?那是谁告诉我的呢?我的小女儿,我的小女儿,亲我吧。那些埃及女人真好!我喜欢埃及女人了。真的是你呀,怪不得你每次打这里经过都使我的心跳起来,我还以为那是由于仇恨呢。原谅我吧,我的阿涅丝,原谅我吧!你觉得我挺凶的,是吧?我爱你呀。你脖子上的小痣还在吗?让我看看。它还在你脖子上呢。啊,你多么漂亮!是我把你生成这么大的眼睛的,小姐,亲亲我。我爱你呀。别的母亲们有她们的孩子,这对我有什么关系呢?现在我也可以嘲笑她们了。她们只管来好啦,这就是我的孩子,这就是她的脖子,她的眼睛,她的头发,她的手。你们倒试试找出像这么好看的来呀!啊,她呀,我敢保证一定会有很多人爱她呢。我哭了十五年,我的美貌都到她身上来了。亲吻我吧。"

她还向女儿说了一大堆话,声音动人极了,她解开了可怜的女儿的衣服,使她羞得脸孔通红,她用手梳理她那丝一般光滑的头发,她吻她的脚、膝盖、额头和眼睛,她的一切都令她沉醉。姑娘任凭她怎样,只是用极低的无限温柔的声音唤着:"我的母亲!"

"你看,我的小女儿,"隐修女说道,她的亲吻使她的话老是中断,"你看我多么爱你,我们要离开这个地方,我们会十分幸福的。我在兰斯继承了一点遗产,在我们本乡。你知道兰斯吗?啊,你不知道,那时你还太小呢。要是你知道你才四个月的时候是多么漂亮!人们从七里以外的埃帕尔奈来看你的小脚呢!我们会得到一块田地,一所房子,我要让你睡在我的床上。我的上帝!我的上帝!谁会相信这件事呢?我找到我的孩子啦!"

"啊,我的母亲,"那个姑娘在情绪激动下好容易有了说话的力气,"有一个埃及女人曾经清楚地告诉过我,我们那群人中间有一位好心的埃及女人,她去年死了,她待我像奶娘似的,把荷包挂在我的脖子上的就是她。她常常对我说:'小乖乖,好好留着这件装饰品,这是一个宝贝,它会帮助你找到你的母亲的。你把你的母亲戴在脖子上哪。'她早就预言过呢,那个埃及女人!"

隐修女重新把她的女儿抱在怀里。"来,让我亲你!你说得多好。我们回到了故乡,就把这双鞋送到教堂去给圣婴耶稣穿上。我们的确欠着善良的圣母的情分呢。你的声音多好听呀!你同我讲起话来,就像在奏乐一样!啊,上帝我主,我可找到我的孩子了!但过去的事能令人相信吗?人是怎样也不会死的,连我都没有高兴得死掉呀!"

随后她就拍起手来,笑着嚷道:"我们会幸福的!"

这时一片兵器碰撞声和马蹄声传进了小屋,好像正在从圣母桥那边过来而且离码头越来越近了。埃及姑娘痛苦地倒在隐修女的怀里。

"救救我!救救我!我的母亲呀!他们来啦!"

隐修女一下子变得面色惨白。

"啊,老天!你说什么?我忘记啦!有人在追捕你!难道你干了什么吗?"

"我不知道,"那不幸的孩子回答,"可是我被判了死刑。"

"死刑!"隐修女像受了雷击一般摇晃起来,"死刑!"她慢吞吞地一面说一面牢牢盯住女儿。

"是呀,我的母亲,"惊慌的女儿说道,"他们要杀死我,他们抓我来了,那个绞刑架就是用来绞死我的。救救我,救救我!他们来啦!救救我!"

隐修女像尊石像一般好一会动弹不得,随后疑惑地摇摇头大笑起来,又恢复了她先前那种可怕的笑声:"嗬,嗬,不会的!你是在做梦。啊,是呀!我把她丢失了,过了十五年了,我重新找到她才不过一分钟呀!居然有人又想把她夺去!她现在多么漂亮呀,她长大了,她同我谈话,她爱我,现在他们又要来吃她了,就在我这当母亲的人的面前!啊,不行!这种事情是不可能的。好心的上帝不会答应这种事的呀。"

这时马队好像停下来了,听得见远远地有个声音在说:"从这边走,特里斯丹大人!那个神甫说我们会在老鼠洞那儿找到她。"马蹄声又响起来了。

隐修女绝望地叫喊着直直地站起身来。"逃命吧,逃命吧,我的孩子!我全都想起来了,你说得对,是来弄死你的。可怕呀!诅咒他们!逃命吧!"

她把脑袋伸出窗口,马上又缩回来。

"待着吧,"她用短促凄楚的声音悄悄说道,一面紧握住埃及姑娘的死人般冰冷的手,"待着吧,屏住气!到处都有兵。你不能出去了。天已经大亮啦!"

她的眼睛干燥如焚,她好一会不言语,只是在小屋里大步走着,有时停步扯下一把白头发,又用牙齿咬断。

突然她说道:"他们迫近了,我去同他们讲讲,你躲到角落里去,他们看不见你的。我要告诉他们说你逃跑了。说我把你放走了,一定!"

她把她一直抱在怀中的女儿安置在一个从外边看不见的角落里,又叫她蹲下,让她躲藏好,很细心地不让她的手脚露出在阴影外面。她把她的乌黑的头发散开,让它们披在她的白衣服上作为掩护,又把她仅有的用具水壶和石块堆在她眼前,希望水壶和石块能把她遮住。安排完了,她就跪下来祷告,那时天刚亮不久,老鼠洞里还相当暗。

正在这当儿,那个神甫的阴惨惨的声音在离小屋不远处喊道:"从这边走,弗比斯·德·沙多倍尔队长!"

听到这个名字,这种声音,躲在角落里的拉·爱斯梅拉达便轻轻动了一下。"别动!"居第尔说。

她这句话刚一出口,大队人马就来到了小屋跟前,那个母亲赶快站起来,到窗口那儿挺身堵住。她看见一大群武装的士兵,有的骑马有的步行,在格雷沃广场上排列开。那领头的人向她走来。"老太婆,"那面目凶暴的人说道,"我们要把一个女巫找出来绞死。有人告诉我们说她在你这里。"

那可怜的母亲尽力装出不在乎的神情回答道:"我不大明白您的话是什么意思。"

那人说:"上帝的脑袋呀! 那么那可恶的副主教瞎扯些什么?他哪儿去了?"

"大人,"一个兵士说,"他不见了。"

"原来如此! 疯老太婆,"领头的人说道,"别撒谎了,人家交了一个女巫给你看管,你把她怎样了?"

为了怕引起疑心,隐修女便不打算全部否认,她用又诚恳又气愤的口气说:"假若你们说的是人家交给我看管的那个大姑娘,我告诉你吧,她把我咬了一口,我只好放开她,就是这么回事。让我休息吧。"

那领队的人做了个失望的鬼脸。

"别想对我撒谎了,老妖怪,"他说,"我名叫特里斯丹·莱尔米特,我是国王的老朋友。特里斯丹·莱尔米特,你可听见了?"他朝格雷沃广场望望,又说道:"这个名字在这一带是很响亮的呢。"

"哪怕你的名字叫做撒旦·莱尔米特,"重新有了一线希望的居第尔说,"我也没有别的话对你讲了,我并不怕你。"

"上帝的脑袋呀!"特里斯丹说,"这倒是个能说会道的家伙! 那么女巫是逃走了,她往哪边走的?"

居第尔用不在乎的语气回答道:

"我想是从绵羊街走的。"

特里斯丹回过头去,做了个手势叫队伍开步走,隐修女叹了一口气。

"大人,"一个弓箭手忽然说,"问问那个老仙女,她窗口上的铁栅为什么那样破。"

这个问题又使那母亲的心焦急起来,但她还没有到完全神志不清的地步。"它本来就是这样的呀。"她结结巴巴地说道。

"不对,"那个弓箭手说,"昨天它还是叫人起敬的漂亮的黑十字形呢。"

特里斯丹斜着眼睛看了隐修女一眼。

"我相信你这能说会道的家伙也说不清了。"

可怜的女人觉得一切全得靠她能够故作镇静,她虽然心里万分痛苦,但依然冷笑起来。当母亲的往往有这种本领。"呸!这个人喝醉了吧!一年以前,一辆装满石块的大车撞在我的窗上,把铁栅撞坏了。我还把赶车人骂了一顿呢!"

"真的,"另一个弓箭手说,"那时我正好在场。"

这种什么事都仿佛亲眼看见过的人是到处都找得到的,那个弓箭手的意想不到的见证,使隐修女又有了一线希望。那种盘问就好像叫她站在刀尖上跨过万丈深渊。

但是她命定要在刚有点希望之后又受到惊吓。

"要是一辆大车撞坏的,"前一个弓箭手说道,"折断的铁条都应该朝里弯呀,怎么它们反倒是朝外弯的?"

"咳!咳!"特里斯丹对那个士兵说,"你的鼻子倒像沙特雷法庭审判官的鼻子呢。回答他的话呀,老太婆!"

"我的上帝!"她被逼得忍不住满眼含着泪水嚷道,"大人，我给你赌咒，是一辆大车把这些铁条碰断的，你听见那个人说他亲眼看见的呀。而且，这同你那埃及女人又有什么相干？"

"哼!"特里斯丹嘀咕道。

"见鬼!"第一个兵士受到上司夸奖，得意地说道，"这些铁条折断的痕迹还是崭新的。"

特里斯丹摇摇头，隐修女脸色变得煞白。"你说说，大车把你的窗子碰坏多久了？"

"一个月，也许两个礼拜，大人，我可记不清了。"

"她本来说的是一年以前呢。"那个兵士提醒道。

"这可靠不住啊。"那宪兵司令说。

"大人，"她依然颤抖着紧贴着窗口，生怕那些人起了疑心会把脑袋伸进小屋来探看，"大人，我向你赌咒说是一辆大车把窗格子碰坏的。我用天堂里众天使的名义向你保证。假若不是一辆大车，我情愿永远堕入地狱，永远不信上帝。"

"你发这个誓多么费劲!"特里斯丹用搜索的眼光看了她一眼说。

那可怜的女人觉得她的保证越来越不起作用了，这件事她可干得太粗心大意哪，她怀着恐怖的心情明白了自己不应该讲那样的话。

这时，另一个兵士喊着跑了过来："大人，那个老仙女撒了谎，那个女巫并没有从绵羊街逃跑，那条街上的铁链整夜都锁得好好的，看管铁链的人并没有看见有人走过。"

脸色越来越阴沉的特里斯丹转身质问隐修女道："你还有什么说的？"

她仍然打算把这个新的意外应付过去："我怎么知道呀，

大人,也许我记错了。我想她是过河去了吧。"

"那是相反的方向,"那长官说道,"她决不会回到人家正在追捕她的旧城区里去的。你撒谎,老太婆!"

"并且,"第一个兵士帮腔道,"河这边和对岸都没有船呀。"

"也许她是游泳过去的呢。"隐修女步步设防地说道。

"女人也会游泳吗?"那个兵士说。

"上帝的脑袋呀! 你撒谎! 你撒谎!"特里斯丹怒冲冲地说,"我倒想不去管那个女巫,却想把你抓了去,只要拷打你一刻钟,就会使你供出全部实情了。来吧! 你跟我们来。"

她急忙抓住这句话。"随您便,大人,把我抓去吧,抓去吧,我情愿受刑。把我带走呀。快些,快些! 咱们马上就走。"但她心里却在想:"在这当儿,我的女儿就能够得救了。"

"天诛的!"那司令官说道,"她倒想尝尝刑具的滋味呢! 我真不明白这个疯女人是怎么回事。"

一个头发灰白的巡兵从行列里走出来,向司令官说:"大人,她的确是个疯子! 要是她真的放走了那个女巫,那可不能怪她,因为她是不喜欢那些埃及女人的。我在这一带巡夜已经十五年了,每晚都听到她用数不清的恶言恶语咒骂那些埃及女人。要是我们搜寻的正是那个牵着小山羊的跳舞姑娘,那更是她特别恨的一个呢。"

居第尔挣扎了一下说:"我特别恨那一个。"

宪兵们一致向司令官证明那老巡兵说的是事实。特里斯丹从隐修女口中没有问出半点线索,失望极了,只好转身走开,她用不安的眼光看着他慢慢向他的马走去。"得啦!"他咬着牙说道,"上路吧! 我们再去寻找。不把那个埃及姑娘绞死我是睡不着觉的。"

　　他跨上马之后又迟疑了一会,他像猎狗嗅出野兽近在跟前舍不得离开那样探望着广场一带。看到他这样,处在生死关头的居第尔禁不住心跳起来。最后他摇摇头跨上了马鞍。居第尔惶恐的心这才放宽了,自从那些人到来之后她就没敢望望她的女儿,这时才望了她一眼,并且低声说道:"你可得救了!"

　　那可怜的孩子一直待在屋角里,想着死亡就在眼前,不敢透气也不敢动弹。但是她完全听清了居第尔和特里斯丹的对话,她母亲的种种苦楚都传到了她的心头,她好像听到把她吊在悬崖上的绳子一根根断掉的声音,她以为已经看见它们断掉了二十次,最后才敢透一口气,才觉得已经脚踏实地了。正在这时,她听见一个声音向那司令官说道:

　　"牛角尖!宪兵司令先生,绞死女巫不是我们军队的事情。我手下的人都在那边,你自己干你的去吧。你知道我该回我的队伍去了,他们在那边没有队长带领呢。"这是弗比斯·德·沙多倍尔的声音。她这时的心情真是难以描述。他就在跟前呢,她的朋友,她的依靠,她的保护人,她的避难所,她的弗比斯!她站起来了,她母亲还没来得及阻拦她,她已经扑到窗口上喊道:"弗比斯,到我这里来吧,我的弗比斯!"

　　弗比斯已经不在那里了,他刚刚驰马跑过了刀剪街的拐角,可是特里斯丹却还没有离开。

　　隐修女大吼一声向她的女儿扑去,她狠命把姑娘往回拽,因为用力太猛,指甲都掐进了她的脖子。母老虎一般的母亲可没料到这一着啊,但是太晚了,特里斯丹已经看见了。

　　"嘿!嘿!"他大笑起来,像狼一般露出牙齿喊道,"原来老鼠洞里有两只老鼠呢!"

"我也疑心着呢。"那个兵士说。

特里斯丹拍拍他的肩膀:"你是一只好猫! 得啦!"他说,"昂里耶·库赞在哪里?"

一个没穿军装也不像士兵的人从行列里走出来,他穿着一件半灰半褐色的衣服,头发平梳,皮衣袖,一只大手里拿着一捆绳子。这个人是常常跟在特里斯丹身边的,特里斯丹是常常跟在路易十一身边的。

"朋友,"特里斯丹·莱尔米特说道,"我想这就是我们搜寻的那个女巫了,你去给我把她抓来。你带着梯子没有?"

"柱子房的厂棚下有一架梯子,"那个人回答,"这件事要由那个公证人来处理吗?"他指着那石头绞刑架问道。

"是呀。"

"嘀哎!"那个人大笑一声,笑得比那宪兵司令更加残酷,"我们用不着费多大事的。"

"赶快!"特里斯丹说,"你过后再笑吧。"

隐修女自从特里斯丹看见她的女儿之后就失去了一切希望,一直没再说话。她把半死不活的可怜的埃及姑娘丢在屋角,自己又跑去站在窗口,用两只利爪般的手抓住窗台。人们看见她就这样用疯狂昏乱的眼光盯着那些宪兵。昂里耶·库赞走到她的小屋跟前,她向他做出一副凶狠狠的样子,使他吓得倒退。

"大人,"他转身去问宪兵司令,"该抓哪一个呀?"

"那个年轻的。"

"好极了,老的那一个似乎很不好惹呢。"

"可怜的牵小山羊的跳舞姑娘!"那年老的巡兵说。

昂里耶·库赞来到了窗前,那母亲的眼光使他低下了眼睛,他相当胆怯地说道:"夫人……"

她用很低的极端愤怒的声音问:"你要怎么样?"

"不是抓您,是抓另外那一个。"

"另外哪一个?"

"那个年轻的。"

她摇着头嚷道:"没有人!没有人!没有人!"

"有人!"刽子手说,"您明明知道。让我抓那个年轻的吧,我并不打算伤害您。"

她古怪地冷笑道:"你还说不打算伤害我呢!"

"让我把那个年轻的抓走吧,夫人!是司令先生要抓她的呀。"

她神色狂乱地回答道:"一个人也没有。"

"我告诉你有人的!"刽子手说,"我们全都看见你们是两个人。"

"再来看看!"隐修女冷笑说,"把你的脑袋伸进窗口来看看!"

刽子手仔细看了看那隐修女的指甲,就不敢上前了。

"赶快呀!"特里斯丹喊道。他刚刚把队伍排成半圆形,把老鼠洞围起来,自己骑着马站在绞刑架近旁。

昂里耶·库赞又不知所措地转身到司令那里去了一次,他把那捆绳子放在地上,呆头呆脑地把帽子拿在手里转动着。"大人,"他问道,"从哪儿进去呀?"

"从门口。"

"没有门呀。"

"从窗口。"

"它太窄小啦。"

"把它挖大些,"特里斯丹发怒道,"你没有带锄头来吗?"

那个母亲依旧站在窗口,从她的洞里望着他们。她再不存什么希望了,也不知道怎么办才好,她只希望人家不要把她的女儿带走。

昂里耶·库赞到柱子房的厂棚下找来了那个装着他的用具的箱子,还带回了一架折梯,立刻把它靠在绞刑架上。司令的五六个士兵拿来了几把镐和撬棍,特里斯丹同他们一道向窗口走来。

"老太婆,"宪兵司令用严厉的语气说,"好好地把那个姑娘交给我们。"

她好像没有听懂似的望着他。

"上帝的脑袋呀!"特里斯丹说道,"你为什么要妨碍我们遵照国王旨意绞死那个女巫呢?"

那不幸的人惨笑起来。

"为什么! 因为她是我的女儿呀。"

她说这句话的口气,连特里斯丹·莱尔米特听了也禁不住战栗起来。

"我很抱歉,"宪兵司令说,"但这是国王的旨意。"

她又非常可怕地大笑起来,并且喊道:"你的国王和我有什么相干? 我告诉你她是我的女儿!"

"把墙打通!"特里斯丹说。

要开一个相当大的入口,只需把窗口下的石块挖掉一层就行了。那个母亲听到镐头和撬棍在攻打她的堡垒,就惊恐地大叫一声,随后就在她的小屋里飞快地团团转,像在笼子里关了很久的野兽惯常做的那样。她不再说话了,但眼睛里闪着怒火。兵士们都从心底里觉得寒森森的。

突然她抱起那块石头，双手朝正在干得起劲的人们扔过去。因为她的手抖得厉害，石头扔得不准，没有打中一个人，却落到了特里斯丹的马脚下。她气得直咬牙。

这时太阳虽然还没升起，但天已经大亮了，柱子房朽坏了的烟囱已经染上美丽的玫瑰色的光辉。正当这座大城市里早起的人快乐地打开屋顶窗户的时候，有几个平民，几个骑驴上市场去的水果贩正经过格雷沃广场，他们在那一大群围住老鼠洞的兵士跟前停了一会，惊奇地看看他们，又径自走开了。

隐修女坐到女儿身边去，在她前面用身子挡住她，眼睛发呆，听着那动也不动的可怜的孩子老在低声呼唤着"弗比斯！弗比斯！"估计那些挖墙的人愈来愈迫近跟前了，母亲就更加机械地往后退，把那姑娘挤得愈来愈贴在墙上。忽然隐修女看见（因为她一直留心看着，没有把眼光移开过），那块石头转动起来，听见特里斯丹给挖墙的士兵们鼓劲，于是她抛弃了刚才那种软弱，大声叫喊起来。她说话的声音有时像锯子一般刺耳，有时结结巴巴不成腔调，好像她所有的诅咒都涌到嘴边想要同时倾吐出来。"嗬！嗬！嗬！多么骇人！你们都是强盗！你们当真要把我的女儿抢去么！我告诉你她是我的女儿呀！啊，这些恶棍！这些刽子手的走狗！这些可恶的凶手！救命呀，救命呀！救命呀！难道他们就要这样把我的孩子抢去吗？好心的上帝允许这种事吗？"

她又头发蓬乱地趴在地上，目光凶野，口流白沫地向特里斯丹说道：

"走近一点来抢我的女儿！你不明白这个女人在向你说这是她的女儿吗？你可知道有了孩子是怎么回事？咳，你这

552

山猫,你难道没有和你的母山猫同居过吗?你们没有生过小山猫吗?假若你有小山猫,它们号哭的时候,你难道也不动心吗?"

"搬掉那块石头,"特里斯丹说,"它已经松动了。"

几铁杠就把那块石头撬开了。我们已经说过,它是那个母亲最后的堡垒。她扑到那块石头上,想把它放回原处,她用手去抓那块石头,可是那笨重的石头被六个人推动着,躲过了她,轻轻一下子顺着那几根铁杠滑到了地上。

那母亲看见入口已经打开,就横着身子躺在那里堵住它,她弯着胳膊把脑袋在地上碰着,用她那由于疲倦已经哑得几乎听不清的声音喊道:"救命呀! 救命呀!"

"现在去抓那个女儿吧。"特里斯丹依旧无动于衷地说。

那个母亲用十分可怕的神态望着那些士兵。他们不敢向前,反倒想往后退却。

"去呀,"那司令官又说,"昂里耶·库赞,你去!"

没有谁移动一步。

司令官咒骂起来:"耶稣的脑袋呀! 还算是些战士呢! 怕起女人来了!"

"大人,"昂里耶·库赞说,"你说她是个女人么?"

"她有狮子般的鬃毛呢!"另一个说。

"去呀!"司令官又说道,"那个缺口相当大,三个人带头进去,就像突破彭多瓦斯一样。把这件事干完! 谁第一个退后,我就把他砍成两段!"

处在那个司令和那个母亲之间,士兵们从两方面都受着威胁。他们犹豫了一会,随后下了决心,向老鼠洞挺进了。

隐修女见到这种情况,忽然直挺挺跪了下来,掠开满脸的头发,让两只细瘦的手垂在腰下,于是大颗的眼泪一滴一滴地从她眼睛里流出,不断顺着两颊像溪流一般往下淌。同时她又说起话来,不过声音是那样恳切、柔顺、卑下,那样令人感动,特里斯丹周围那些本来连人肉都敢吃的家伙,不止一人都在那里揩眼泪。

"大人们,军警先生们! 一句话,我必须告诉你们一件事,她是我的女儿。你们知道吗? 是我从前丢失了的小女儿。听着,这是一段往事。请想想我是认得军警先生们的。小孩子们因为我是个妓女,向我投石子的时候,他们都对我挺好。你们知道吗? 你们要是知道,就会把我的孩子留给我了。我是个可怜的妓女,是那些埃及女人把我的孩子偷走的,然而我把她的一只小鞋却保存了十五年。看吧,就是这一只。她曾经有过这样小的脚呢。在兰斯呀! 拉·尚特孚勒里! 在困难过多街。你们也许认识她,她就是我呀。你们年轻的时候,那是好时光呀,有多少快活事儿。你们会怜悯我的,不是吗,大人们? 那些埃及女人把她从我家里偷走,藏了十五年,我以为她死掉了。你们想想,好朋友们,想想我竟当她死掉了呢。我在这个洞里住了十五年,冬天也没有炉火,这可苦呢。可怜的亲爱的小鞋! 我哭了那么久,好心的上帝一定听见了,昨天晚上他把我的女儿还给了我。这是好上帝的一桩圣迹,她并没有死。我相信你们不会从我身边把她抢走的。再说,要是你们想抓我去,那我是什么也不说的。可是她呢,她才不过是个十六岁的孩子! 给她时间见见天日吧! 她冒犯了你们什么呢? 什么也没有。我也没有。要是你们知道我只有她一个,我老了,她是圣处女赏赐给我的。你们都是很善良的人,你们原先不知道她是我的女儿,现在可知道哪。啊,我爱她呀。大司令官先生,我情愿自己胸口上有个大洞,也不愿她的指头上有个小伤口呀。您的样子像是个善心的老爷!我向您讲的这些话使您明白了真相了,不是吗?啊,要是您也有母亲的话,大人!您是领队的人,请把我的女儿留给我吧!您看我就像恳求耶稣基督一般在恳求您!我并不向谁要求什么,我是兰斯人,大人们,我有我叔父马蒂厄·布拉东①留给我的一块田地。我不希求什么,可是我要我的女儿!好心的上帝并不是无缘无故把她送还给我的呀!国王,你说起国王!杀死我的女儿也不见得会使他怎么高兴,何况国王是个好心人!她是我的女儿,我的女儿,她是我的呀!她不是国王的!不是你们的!我愿意走掉,我们愿意走掉!总而言之,要是有两个女人走过,一个是母亲,一个是女儿,那总得让她们通过的呀!让我们走吧!我们是兰斯人。啊,你们都是好心的,我喜欢你们大家。你们不会把我亲爱的小人儿抓去,那是不可能的呀!这完全是不可能的,不是吗?我的孩子,我的孩子!"

我们描绘不出她的姿势,她的声调,她说话时吞下去的眼泪,她合起来又搓弄着的双手,她那凄苦的笑容,含泪的眼光,那些呻吟和叹息,那些夹杂着没条理的不连贯的傻话的悲惨的激动人心的叫喊。她住口不响了。特里斯丹皱起眉头,不过那只是为了掩饰他那老虎眼睛里滚下的一滴眼泪。但他克制住了这种软弱,用直截了当的声调说:"这是国王的旨意。"

随后他便凑在昂里耶·库赞的耳朵边低声告诉他:"快

① 这里原文是马耶(Mahiet)。在第六卷第一次介绍巴格特·拉·尚特孚勒里时,曾提到她有个叔叔叫马蒂厄·布拉东(Mathieu Pradon),这里雨果误写成Mahiet。为使人名前后一致,故译者将第二次的"马耶"改回"马蒂厄"。

点了结吧!"那可怕的宪兵司令也许是觉得连他自己的心也有些支持不住了。

剑子手同军警们一道进了那间小屋。那个母亲丝毫没有抵抗,只是朝她女儿身边爬去,不顾死活地扑在她身上。埃及姑娘看见兵士们近在眼前,就又被死亡的恐惧抓住了。"母亲!"她用无限悲苦的声调喊道,"我的母亲!他们来啦!保护我吧!"那母亲用微弱的声音答道:"是的,我保护你!"她把女儿紧紧抱在怀里,不停地吻她。两人就这样躺在地上,母亲伏在女儿身上,形成一副悲惨的景象。

昂里耶·库赞从姑娘的美丽的肩膀下把她拦腰抱住。她感到了那只手,说了声:"呃!"就昏过去了。那剑子手的眼泪大颗大颗地往她身上滴着,想把她抱起来。他尽力把那个母亲拽开,但那母亲把双手紧紧地箍在女儿的腰上,抱得紧极了,他没办法把她俩分开。于是昂里耶·库赞只好把那姑娘拖出小屋,那个母亲便拖在她的后边,母亲的眼睛也是闭得紧紧的。

这时太阳出来了,广场上已经有了一大批人,他们在远处望着他这样拖着两个女人向那个绞刑架走去。因为这是宪兵司令特里斯丹执行刑罚时的老规矩,他总是禁止旁观的人走到跟前去。

四周窗子口一个人也没有,他们只望见远远的圣母院钟塔顶上似乎有两个黑色的人影突现在早晨明朗的天空里,仿佛在那里观看。

昂里耶·库赞把两个女人拖到那要命的梯子脚下就停住脚步,那悲惨景象使他喘不过气来。他把绳子绕在那姑娘的可爱的脖子上,那不幸的姑娘感到了麻绳的可怕的接触。她睁开眼睛,看见那石头绞刑架两只瘦骨嶙峋的手臂摊开在她的头顶,她抖动了一下,用令人心碎的尖声叫喊道:"不,不,我不愿死!"那个母亲把脑袋整个儿埋在女儿的衣裙里,一句话也不说。人们只看见她全身哆嗦,只听见她不住地在她女儿身上亲吻。刽子手趁这当儿赶快把她的两只胳膊扯开。也许是因为力竭了,也许是由于绝望了,她听凭那刽子手做去。于是刽子手把那姑娘扛上肩头,那可爱的人就弯弯地搭在他那大脑袋上。他踏上梯级准备往上爬了。

这时,躺在地上的母亲忽然睁开了眼睛,她不出一声,却站了起来,神色非常骇人,像野兽扑向捕获物一般扑到刽子手的手上,把它咬住,这只不过是一刹那的工夫。刽子手痛得大叫,大家跑了过来,好不容易才把他血淋淋的手从那母亲的牙齿当中拽出来。她不出一声,人们把她使劲一推,就看见她的头沉重地撞在石板地上,人们扶起她,她又倒了下去,原来她已经死去了。

刽子手并没放松那个姑娘,他扛着她往梯子上爬去。

二 "白衣美人"①

伽西莫多看见小屋里空空的,埃及姑娘不在屋里,在他保卫她的时候,有人把她拐走了。这时他用两只手扯着头发,又吃惊又痛苦地跺起脚来,随后他跑遍整个教堂去寻找埃及姑娘,到每个角落里去发出奇怪的叫喊,把手里的红头发撒了一地。正巧这时那些搜捕埃及姑娘的王室弓箭手胜利地走进了

----

① 题目原文是但丁的诗句,意大利文。

圣母院,伽西莫多便帮着他们搜寻起来,那可怜的聋子丝毫没料到他们要把她弄死。他以为那些乞丐才是埃及姑娘的敌人呢。他亲自把特里斯丹·莱尔米特领到每个可以躲人的地方看看,替他打开那些秘密的门,那些祭坛的夹层和后面那些圣器室。假若不幸的姑娘真是躲在那些地方,把她交出去的可能正是他呢。当特里斯丹因为找不到而厌烦起来的时候(他在这种情况下是难得厌烦的),伽西莫多便自个儿寻找。他在整个教堂里找了二十遍,上百遍,从东到西,从南到北,从上到下,一会儿上楼,一会儿下楼,奔跑着,呼唤着,叫喊着,搜寻着,探索着,把脑袋伸到每个洞里去张望,把火把举到每个拱顶下面去照照,一副绝望的疯狂的样子。丢失了母鸡的公鸡也不会比他更惊惶失措,更啼叫得厉害。最后他肯定,万分肯定她不在教堂里面了。一切都完了,她给人抓走了。他慢吞吞地爬上钟塔的楼梯,他把她救进教堂的那天,他带着多么喜悦和胜利的心情走过那些地方,此刻他重新走过那些地方时,低着头,屏息不响,也不流泪。教堂又显得荒凉寂静起来,弓箭手们离开教堂到旧城区各处去追捕埃及姑娘去了,伽西莫多独自留在刚才还是闹闹嚷嚷地被攻打着的教堂里,他朝通到那所小屋的路上走去,姑娘在他的保护之下在那小屋里睡了好几个星期呢。快要到那小屋跟前的时候,他仍然幻想着或许还能在那里找到她。当他走到教堂两旁过道顶上的回廊拐角处,看见那间小屋连同它的小门窗像树上的鸟窝一般缩在一根拱形支柱下面,那可怜的人的心再也支持不住了,便靠着一根柱子免得跌倒。他想象她或许已经回到小屋里去了,一定有一位天使把她带回了那里,那小屋子多么安静,多么稳固,多么可爱,她不会不在那里。他不敢再前进一步,惟恐自己的梦想破灭。"是啊,"他自言自语地说道,"她也许还在睡觉,或者在祷告,别去惊醒她吧。"

最后他鼓起勇气踮着脚尖轻轻走到那小屋跟前,四面看看就跨了进去。空空的! 那间小屋依旧是空空的! 那可怜的聋子放慢脚步在屋里走了一圈,把垫褥掀起来看看,好像她能够躲在垫褥和地板之间似的。随后他摇摇头发起呆来,忽然他气愤地用脚把火把踏灭,不说一句话也不叹一口气,把脑袋拼命往墙上一碰,就昏倒在地上了。

他清醒过来后,又扑到垫褥上滚来滚去,狂热地亲吻她躺过的还有些温暖的地方。他在那里好一会像要断气似的一动不动,随后又满头大汗,气喘吁吁,昏昏沉沉地站起来,像敲钟一般匀称地用脑袋去碰墙,好像决心要把脑袋碰破。最后他又筋疲力尽地跌倒了一次。他用膝盖一步一移地爬出了那间小屋,好像惊呆了似的蹲在门对面。他就这样毫不动弹地在那里待了一个多钟头。他那牢牢盯着小屋的眼睛,比一个坐在空空的摇篮和孩子的棺木之间的母亲的眼睛更加凄惨,更加专注。他没有说一句话,过了好一会才哭泣起来,哭得浑身颤抖,但那是没有眼泪的哭泣,就像夏天无声的闪电。

好像就是当他在他极其悲痛的幻想深处探索着到底是什么意外把埃及姑娘抢去了的时候,他忽然想起副主教。他记得只有堂·克洛德才有通到钟塔楼梯的钥匙。他想起了副主教对那姑娘的黑夜偷袭。第一次伽西莫多给他帮过忙,第二次阻止过他。他想起成千的细节详情,觉得抢走埃及姑娘的一定是副主教无疑了。但是他对那个神甫那么尊敬,他对他的感激和忠诚已经在他心里深深地扎了根,甚至就是到了此刻,他也还在挣扎着不让妒忌和绝望来制服他。

可怜的聋子认为那一定是副主教干的,当他的满腔愤怒和仇恨涉及克洛德·孚罗洛时,他就感到更加痛苦。

当他这样不断想着神甫的时候,曙光已经照上了那些拱形柱子,他看见在圣母院最高的一层楼上,在半圆殿外面的栏杆的拐角处,有个人影在那里走动,是和他朝着同一个方向走的,他认出了那正是副主教。克洛德的脚步缓慢而沉重,他走路时眼睛并没有朝前看,他是向着靠北边那座钟塔走去,但他的脸却转向着另一边,望着塞纳河右岸,脑袋高高挺起,好像是要越过那些屋脊去望一件什么东西似的。猫头鹰往往有这种歪斜的姿势,它飞向一处,眼睛却望着另一处。那个神甫就是这样在伽西莫多上面一层楼走过去了,并没有看见他。

被神甫的突然出现惊呆了的聋子,看见他钻进了靠北边那座钟塔楼梯的门底下。读者知道,从那座钟塔上是望得见总督府的。伽西莫多站起来跟着副主教走去。

伽西莫多想弄明白神甫到那座钟塔去干什么,于是也爬上了通到那座钟塔的楼梯。尽管如此,那可怜的敲钟人不知道自己会干出什么事,不知道他伽西莫多会说出什么话,也不知道自己打算怎么办,他心里充满了愤怒和惶恐。副主教和埃及姑娘在他的心头冲突不已。

到了钟塔顶上,还没有跨出楼梯的阴影到达平台之间,他小心地看了看神甫在什么地方。神甫正背着他。那里有一条围绕着平台的栏杆伸出在外面。眼睛牢牢盯住市民区那边的神甫,正把胸膛靠在朝向圣母桥那一面的栏杆上。

伽西莫多轻轻地走到他背后去看他那么出神地在望什么。望得出神的神甫竟没有听见那聋子走到了自己身边。

从圣母院钟塔顶上望去,夏日清晨沐浴在新鲜光辉里的巴黎景色是异常的壮丽可爱,那个时辰的巴黎更是如此。那天大约是在七月份,天空十分明朗,稀疏的晨星正在东一颗西一颗地逐渐消隐,有一颗最亮的在东边,在天上最明亮的地方。太阳刚刚在升起,巴黎开始蠕动起来了,一道极明亮的光把所有朝东的房屋的轮廓清楚地送到眼前。钟楼巨大的影子从一座屋顶伸展到另一座屋顶,从大都市的这一头伸展到另一头。有些地区喧嚣声已经开始,这里是钟声,那里是锤子敲打的声音,再远些又是一辆货车走动的声音。屋顶上已经到处冒起炊烟,就像从巨大的硫磺矿里冒出的烟雾一样。塞纳河从许多桥拱下,从许多小岛尖头流过,翻起无数银白的波浪。在都市周围那些碉堡外面,是一片像羊毛那样的蒙蒙的雾,透过那层雾气,模糊的大片原野和优美的此起彼伏的山陵隐约在望。各种飘浮的声音都向半醒的城市散落,晓风把雾蒙蒙的山丘上几团散碎的白云推向东边的天空。

巴尔维广场上有几个拿着牛奶罐的女人,看见圣母院大门上奇怪的伤痕和凝结在砂石缝里的两股熔铅,都露出惊讶的样子。那就是夜间的骚动所留下的痕迹了,伽西莫多在两座钟塔之间燃起的大火已经熄灭,特里斯丹已经把广场打扫干净,把所有的尸体都扔进了塞纳河。路易十一那一类国王,在每次屠杀后总要留心把道路洗刷干净的。

钟塔栏杆外面,正当那神甫站着的地点下面,有一条哥特式建筑上常有的那种造得很富于幻想色彩的石头水槽,在那水槽的一条裂缝里有两朵盛开的美丽的紫罗兰,在晓风中摇曳,好像人一样,嬉笑着在点头行礼。在钟塔上面,远处高空里传来鸟的啭鸣。

神甫没有看见也没有听见所有这一切,他是那种不知道有清晨,有飞鸟,有花朵的人物。在他周围那广阔无边的天际,景物何止万千,但他的眼光却只集中在一点上。

伽西莫多急于要问他埃及姑娘怎么样了,但副主教此刻仿佛灵魂出了窍似的,他显然已进入那种即使地球在他脚下崩裂也毫无感觉的境界了,他的眼睛一直盯在某个地方,不动也不出声。但那种不动和默不作声的神情却如此可怕,使那粗野的敲钟人战战兢兢,不敢上前惊动他,他只能跟着副主教的眼光望去——那也是一种询问方法——,于是那不幸的聋子的眼光也落到了格雷沃广场上。

这样他便看见副主教望见的是什么了,梯子已经靠在那常设在那里的绞刑架上,广场上有几个平民和很多士兵,一个男人在石板路上拖着一件白色的东西,它还拖带着另一件黑色的东西。那个男人在绞刑架下停住了。

这时那地方似乎发生了什么事情,伽西莫多没有看清楚,这并不是由于他那一只独眼看不到那么远,而是由于那里有一大堆士兵把他的视线挡住了,使他不能全部看清楚。而且那时太阳已经出来,一时霞光万道,使巴黎所有的尖拱形建筑物如钟楼呀,烟囱呀,山墙呀,一下子变得像着了火一般通红。

那个男人开始往扶梯上爬去。伽西莫多很清楚地看见他了,他肩头上扛着一个女人,那是一个穿白衣服的姑娘,脖子上套着一个麻绳活结。伽西莫多认出了她,那就是她呀。

那个男人就那样爬到了梯子顶上,他把活结整理了一下,那当儿,神甫为了看得更清楚些,就双膝跪到栏杆上去。

那个人忽然用脚把梯子一踢,已经好一会屏住气息的伽西莫多就看见那不幸的孩子在麻绳末端摇晃起来,离地面两多瓦斯①高,那人把双脚踏在那可怜的孩子的两肩上,麻绳转动了几下,伽西莫多看见埃及姑娘浑身发出一阵可怕的抽搐。至于神甫,他正伸长着脖子,眼睛似乎要爆出来似的,全神贯注地望着那个男人和那个姑娘的可怕的景象,真是一幅蜘蛛捕蝇的图画。

到了那最骇人的刹那,只见一个魔鬼般的笑,一个不复是人类所能有的笑,从神甫铁青的脸上迸出来。伽西莫多听不见笑声,但却看见了那个笑容。敲钟人从副主教身后倒退了几步,突然愤怒地向他扑过去,用两只大手朝堂·克洛德的背上一推,把他从他靠着的地方往下推去。

神甫喊了一声"该死的"就掉下去了。

我们刚才说过,他靠着的地方下面有一条水槽,在他跌下去时挡住了他。当他用双手拼命抓住那条水槽,想张嘴喊第二声的时候,他从栏杆边上望见了伽西莫多那张可怕的愤恨的脸正在他的头顶上,他只好不做声了。

他下面就是深渊,得落下去两百多法尺才能着地。处在那样可怕的境地,副主教不说话也不呻吟,他只是在那水槽上扭着身子,使出罕见的力气挣扎着,想往上爬。可是他的手抓不住那花岗石,他的脚踏在黑黑的墙上也站不稳。到过圣母院塔上的人都知道,那栏杆脚下的石头都是逐渐向外边突出去的。副主教筋疲力尽地待着的地方正是那个向里缩的角落,他要对付的并不是一堵陡直的墙,而是一堵下边朝里倾斜的墙。

伽西莫多只要向他伸出手去就能把他拖出深渊,但是他

---

① 多瓦斯,法国旧长度单位。1 多瓦斯相当于 1.949 米。

连看也不看他一眼,他在望格雷沃广场,在望绞刑架,在望埃及姑娘。那聋子就靠在副主教刚才靠着的栏杆上,从那里目不转睛地望着此刻他在世间所关心的惟一的目标。他像受了雷击的人一样不动也不响,一长串泪珠从他那一共还只流过一滴眼泪的独眼里悄悄地往下流淌。

副主教正在那里喘气,他的秃头上全是汗,抓着石头的手指流着血,双膝在墙上擦破了皮。他听见自己那挂在水槽上的裂裟的撕裂声,他每挣扎一下,裂裟就裂得更大。最糟糕的是水槽的末端只有一个铅铸的管子,但也已经被他的体重压弯了。副主教觉得那铅管在逐渐弯折,那倒霉的家伙自言自语地说,到他疲倦得松开手的时候,到他的裂裟完全撕裂的时候,到那条铅管折断的时候,他就会跌下去,想到这里他吓得五内崩裂。有几次他迷迷糊糊地看着十来法尺下面有个平台之类的狭小的边沿,好像是在修教堂时偶然弄成的,他在绝望之余从心底祷告上苍让他就在那个两平方法尺的处所了却残生,哪怕待上一百年也行。有一次他向下面的广场望去,向那空空的深渊望去,他再抬起头时就把眼睛紧紧闭上,头发都一根根竖了起来。

那两人的沉默十分可怕。当那副主教在离他几步远的极其可怕的状态里折腾的时候,伽西莫多正流着眼泪望着格雷沃广场。

副主教看到他所有的挣扎只能使他现在攀附的着力点晃摇起来,便决心不再动一动了,他就待在那里,抱着那条水槽,几乎不呼吸也不动弹,只是腹部还有一阵机械的抽搐,就像人们在梦中觉得要往下坠的时候一样。他呆定定的眼睛睁得很大,一副惊慌痛苦的样子,可是他渐渐支持不住了,手指头慢慢从水槽上滑了下去,他愈来愈感到双臂的无力和身体的沉重,那支撑他的铅管逐渐向空中弯。他向下面望望,真可怕,圆形的圣若望教堂的屋顶小得好像一张折成两半的纸牌。他向钟塔上漠不关心的雕像一一望去,它们也像他似的挂在悬崖陡壁上,但它们并不为自己担心,也不对他表示半点怜悯。他周围全是些石头,他眼前是那些张着嘴的怪物,他下面,在最底下,是广场的石板地,他头上,是正在哭泣的伽西莫多。

巴尔维广场上有好几堆大胆的好奇的人,在那里安详地猜测着用那么奇怪的方法来消遣的疯子是个什么人。神甫听见他们说道(因为又清楚又尖锐的谈话声传到了他的耳边):"他会跌断脖子的!"

伽西莫多哭着。

气愤惊骇得口吐白沫的副主教终于明白一切办法都没有用,于是他竭尽全力作一次最后的挣扎,他攀住水槽,双膝抵在墙上,两手插进一条石头缝里,往上爬了约有一法尺左右。但这个动作突然一下子把他靠着的那条铅管的一头弄断了,同时袈裟也给撕成了两半,这时他感到除开自己僵硬无力的双手还攀着点什么之外,脚底下完全没有了着落。于是那倒运的家伙才闭着眼睛放弃了水槽,跌了下去。

伽西莫多眼看他跌下去。

从那么高的地方跌下去是很难垂直的,被抛到空中的副主教起先是脑袋朝下,两臂摊开,随后在空中打了几个旋,风把他刮到了一个屋脊上,碰断了几根骨头。他给刮到屋脊上时还没有摔死,那敲钟人还看见他用手去抓那堵山墙,但是屋顶倾斜度较大,他又已经毫无力气,他很快就像一块往下掉的瓦片似的从那屋脊上滑落下去,弹到了石板路上,在那里他再也不动弹了。

这时伽西莫多重新抬起眼睛去望埃及姑娘，看见她的身子吊在绞刑架上，远远地在她的白衣服里作临死的痛苦的颤抖。随后他又低下头去看看直挺挺躺在钟塔下面的摔得不像人样的副主教，他从心底里发出了一声呜咽："啊！都是我爱过的人呀！"

三　弗比斯的婚姻

那天傍晚，当主教的司法执事们到巴尔维广场来收拾副主教那摔坏的尸体的时候，伽西莫多从圣母院失踪了。

这件事引起了许多流言蜚语，人们不再怀疑那是预定的期限到了。根据他们事先的约定，伽西莫多——即那个魔鬼——要把克洛德·孚罗洛——即那个巫师——带走。人们猜想他一定把后者的尸体剥开取出了灵魂，好像猴子剥开核桃吃里面的果仁那样。

这就是副主教没有被安葬在圣地里的原因。

路易十一在第二年——一四八三年——八月死去了。

至于比埃尔·甘果瓦呢，他终于救出了那只小山羊，而且编了几出成功的悲剧。这之后他似乎又对星相学、哲学、建筑学和炼金术等都发生过兴趣，他从所有那些疯疯癫癫的学问里又回过来搞他的悲剧，那更是疯癫之尤了，这就是他所谓的"得到了一个悲剧的收场"。关于他在戏剧方面的成就，可以读读一四八三年的王室流水账："付若望·马尔尚和比埃尔·甘果瓦，前者是木匠，后者是剧作家，他俩曾编排公使先生莅临时在巴黎沙特雷法庭上演之宗教剧，为置办该剧人物所需之衣服用具及建造所需看台等之费用,共一百利勿尔。"

弗比斯·德·沙多倍尔也得到了一个悲剧的收场:他结婚了。

四　伽西莫多的婚姻

我们刚才说过,伽西莫多在埃及姑娘和副主教死去的那天就从教堂失踪了。人们真的没有再看见过他,不知道他上哪儿去了。

把拉·爱斯梅拉达处死的当天晚上,刽子手的助手们就把她的尸体从绞刑架上解下来,按照当时的惯例,送到隼山的墓窖里去了。

正如索瓦尔所说的,隼山是"王国里最古老最良好的刑台"。在庙堂镇和圣马尔丹之间,在离巴黎城垣六十多瓦斯及距古尔第耶数箭之地,在一个几里外都看得见的高高的安静的山丘顶上,可以望见一个形状古怪的建筑,很像克尔特的环形大石台,那里也是个杀人的场所。

请想象在一个大石灰堆的顶上,有一个砖砌的高大的平行六面体的东西,有十五法尺高,三十法尺宽,四十法尺长。它有一道门,一圈向外的围栏和一个平台。平台上有十六根巨大的石柱,每根三十法尺高,排成柱廊,环绕在支撑它们的平台的三面。每两根石柱顶端有粗大的横梁联结起来。横梁上每个间隔里挂着一条铁链,每条铁链上都吊着一具尸骨。在它们周围的平地上,有一个石头十字架和两个差一些的刑台,好像从中央那座刑台上辐射出来似的。它们顶上的天空里永远盘旋着一群乌鸦,那地方就是隼山。

在十五世纪末，那骇人的刑台——上面记明是一三二八年建造的——已经十分老旧。横梁都朽坏了，铁链都生锈了，柱子上布满了绿苔，石子路上到处都是裂缝，青草一直长上了没人踏上去的平台。这个建筑物高耸天际的样子极其可怕，尤其在夜里。当月光照着那些白色头盖骨的时候，夜里凛冽的风使那些铁链和尸骨相撞，使它们在黑暗里不断晃动。那刑台的存在足以使那一带显得阴森恐怖。

那令人憎恶的建筑物的石头底座是中空的，其中筑有一个大地窖，用一道歪歪斜斜的铁格子关住，被抛在那里面的不只是从隼山的铁链上解下的尸骨，还有巴黎各处长期设置的刑台上处死的不幸的人的尸体。在那个深邃的墓窖里，有多少人类的尘灰和多少罪恶同在一起腐烂，世界上有多少伟大人物，多少清白无辜的人的骸骨不断被送到那里，上自昂格安·德·马意尼①，他是第一个给送到隼山去的，是一个正直的人，下至郭里尼海军上将②，他是最后一个被送去的，也是一个正直的人。

至于伽西莫多的神秘失踪，下面就是我们所能披露的全部情况。

大约在这段故事结尾的情节发生了两年或十八个月之后，人们到隼山的地窖里去寻找奥里维·勒丹的尸体，他是两天前才被绞死的，后来查理八世又恩赐他葬在圣洛昂，和好人葬在一起。人们在那些怕人的骸骨中发现了两具尸骨，一具

---

① 马意尼（1260—1315），法王菲利浦四世的财政总监，被非法处死在隼山。

② 伽斯巴尔·德·郭里尼在法王查理九世对新教徒的一次大屠杀中被送上了断头台，尸骨抛在隼山。

把另一具抱得很紧。一具尸骨是女的,上面还残留着从前一定是白色布料的衣服的破片,还看见颈骨上有一条阿德雷扎拉珠链,串着一个嵌绿玻璃片的丝绸荷包,荷包已经打开了,掏空了。这些东西值不了几个钱,一定是刽子手不愿要才留下来的。紧抱住那具尸骨的另一具尸骨是个男人,人们只看到他有弯曲的脊梁骨,头盖骨缩在肩胛骨中间,一条腿骨比另一条腿骨短些。他的颈骨上没有一点伤痕,可见他并不是绞死的。那个男子一定是自己去到那里,而且就死在那里了。人们想把他同他抱着的那具尸骨分开,他就倒下去化成了灰尘。

"外国文学名著丛书"书目

第 一 辑

书 名	作 者	译 者
伊索寓言	〔古希腊〕伊索	周作人
源氏物语	〔日〕紫式部	丰子恺
堂吉诃德	〔西班牙〕塞万提斯	杨 绛
泰戈尔诗选	〔印度〕泰戈尔	冰 心 石 真
坎特伯雷故事	〔英〕杰弗雷·乔叟	方 重
失乐园	〔英〕约翰·弥尔顿	朱维之
格列佛游记	〔英〕斯威夫特	张 健
傲慢与偏见	〔英〕简·奥斯丁	王科一
雪莱抒情诗选	〔英〕雪莱	查良铮
瓦尔登湖	〔美〕亨利·戴维·梭罗	徐 迟
欧·亨利短篇小说选	〔美〕欧·亨利	王永年
特利斯当与伊瑟	〔法〕贝迪耶	罗新璋
巨人传	〔法〕拉伯雷	鲍文蔚
忏悔录	〔法〕卢梭	范希衡 等
欧也妮·葛朗台 高老头	〔法〕巴尔扎克	傅 雷
雨果诗选	〔法〕雨果	程曾厚
巴黎圣母院	〔法〕雨果	陈敬容
包法利夫人	〔法〕福楼拜	李健吾
叶甫盖尼·奥涅金	〔俄〕普希金	智 量
死魂灵	〔俄〕果戈理	满 涛 许庆道

1

书　名	作　者	译　者
波斯人信札	〔法〕孟德斯鸠	罗大冈
伏尔泰小说选	〔法〕伏尔泰	傅　雷
红与黑	〔法〕司汤达	张冠尧
幻灭	〔法〕巴尔扎克	傅　雷
莫泊桑中短篇小说选	〔法〕莫泊桑	张英伦
文字生涯	〔法〕让－保尔·萨特	沈志明
局外人　鼠疫	〔法〕加缪	徐和瑾
契诃夫小说选	〔俄〕契诃夫	汝　龙
布宁中短篇小说选	〔俄〕布宁	陈　馥
一个人的遭遇	〔苏联〕肖洛霍夫	草　婴
少年维特的烦恼	〔德〕歌德	杨武能
德国，一个冬天的童话	〔德〕海涅	冯　至
绿衣亨利	〔瑞士〕戈特弗里德·凯勒	田德望
斯特林堡小说戏剧选	〔瑞典〕斯特林堡	李之义
城堡	〔奥地利〕卡夫卡	高年生

第 三 辑

埃斯库罗斯悲剧二种	〔古希腊〕埃斯库罗斯	罗念生
索福克勒斯悲剧二种	〔古希腊〕索福克勒斯	罗念生
欧里庇得斯悲剧二种	〔古希腊〕欧里庇得斯	罗念生
神曲	〔意大利〕但丁	田德望
西班牙流浪汉小说选	〔西班牙〕克维多　等	杨　绛　等
阿拉伯古代诗选	〔阿拉伯〕乌姆鲁勒·盖斯　等	仲跻昆
列王纪选	〔波斯〕菲尔多西	张鸿年
蕾莉与马杰农	〔波斯〕内扎米	卢　永
莎士比亚喜剧五种	〔英〕威廉·莎士比亚	方　平
鲁滨孙飘流记	〔英〕笛福	徐霞村

书　名	作　者	译　者
彭斯诗选	〔英〕彭斯	王佐良
艾凡赫	〔英〕沃尔特·司各特	项星耀
名利场	〔英〕萨克雷	杨　必
人性的枷锁	〔英〕威廉·萨默塞特·毛姆	叶　尊
儿子与情人	〔英〕D. H. 劳伦斯	陈良廷　刘文澜
杰克·伦敦小说选	〔美〕杰克·伦敦	万　紫　等
了不起的盖茨比	〔美〕菲茨杰拉德	姚乃强
木工小史	〔法〕乔治·桑	齐　香
恶之花　巴黎的忧郁	〔法〕波德莱尔	钱春绮
萌芽	〔法〕左拉	黎　柯
前夜　父与子	〔俄〕屠格涅夫	丽　尼　巴　金
卡拉马佐夫兄弟	〔俄〕陀思妥耶夫斯基	耿济之
安娜·卡列宁娜	〔俄〕列夫·托尔斯泰	周　扬　谢素台
茨维塔耶娃诗选	〔俄〕茨维塔耶娃	刘文飞
德国诗选	〔德〕歌德　等	钱春绮
安徒生童话选	〔丹麦〕安徒生	叶君健
外祖母	〔捷〕鲍·聂姆佐娃	吴　琦
好兵帅克历险记	〔捷〕雅·哈谢克	星　灿
我是猫	〔日〕夏目漱石	阎小妹
罗生门	〔日〕芥川龙之介	文洁若

第 四 辑

一千零一夜		纳　训
培根随笔集	〔英〕培根	曹明伦
拜伦诗选	〔英〕拜伦	查良铮
黑暗的心　吉姆爷	〔英〕约瑟夫·康拉德	黄雨石　熊　蕾
福尔赛世家	〔英〕高尔斯华绥	周煦良

书　名	作　者	译　者
月亮与六便士	〔英〕威廉·萨默塞特·毛姆	谷启楠
萧伯纳戏剧三种	〔爱尔兰〕萧伯纳	潘家洵　等
红字　七个尖角顶的宅第	〔美〕纳撒尼尔·霍桑	胡允桓
汤姆叔叔的小屋	〔美〕斯陀夫人	王家湘
白鲸	〔美〕赫尔曼·梅尔维尔	成　时
马克·吐温中短篇小说选	〔美〕马克·吐温	叶冬心
老人与海	〔美〕欧内斯特·海明威	陈良廷　等
愤怒的葡萄	〔美〕约翰·斯坦贝克	胡仲持
蒙田随笔集	〔法〕蒙田	梁宗岱　黄建华
悲惨世界	〔法〕雨果	李　丹　方　于
九三年	〔法〕雨果	郑永慧
梅里美中短篇小说选	〔法〕梅里美	张冠尧
情感教育	〔法〕福楼拜	王文融
茶花女	〔法〕小仲马	王振孙
都德小说选	〔法〕都德	刘　方　陆秉慧
一生	〔法〕莫泊桑	盛澄华
普希金诗选	〔俄〕普希金	高　莽　等
莱蒙托夫诗选	〔俄〕莱蒙托夫	余　振　顾蕴璞
罗亭　贵族之家	〔俄〕屠格涅夫	陆　蠡　丽尼
日瓦戈医生	〔苏联〕帕斯捷尔纳克	张秉衡
大师和玛格丽特	〔苏联〕布尔加科夫	钱　诚
茨威格中短篇小说选	〔奥地利〕斯·茨威格	张玉书　等
玩偶	〔波兰〕普鲁斯	张振辉
万叶集精选	〔日〕大伴家持	钱稻孙
人间失格	〔日〕太宰治	魏大海

第 五 辑